Hans Christian Andersen

Der Improvisator

I0688161

CLASSIC PAGES

Hans Christian Andersen

Der Improvisator

Reihe: classic pages

1. Auflage 2010 | ISBN: 978-3-86741-186-8

© Europäischer Hochschulverlag GmbH & Co KG

www.classic-pages.de

Inhalt

Erster Teil

Meine erste Umgebung

Wer in Rom gewesen ist, kennt die Piazza Barberini, jenen großen Platz mit der schönen Fontäne, die den Triton mit der sprudelnden Muschelschale darstellt, aus welcher das Wasser mehrere Ellen in die Höhe springt; wer nicht dagewesen ist, kennt ihn doch aus Kupferstichen; schade nur, daß sich auf diesen nicht das Eckhaus an der Via Felice befindet, das hohe Eckhaus, wo das Wasser durch drei Röhren aus der Mauer und in das steinerne Bassin hinabströmt. – Dieses Haus hat ein besonderes Interesse für mich, denn dort wurde ich geboren. Werfe ich einen Blick in meine frühste Kindheit zurück, was ist da für ein Wirrwarr bunter Erinnerungen! Ich weiß selbst nicht, wo ich beginnen soll. Betrachte ich das ganze Drama meines Lebens, ja dann weiß ich noch weniger, wie ich es darstellen soll, was ich als unwesentlich übergehen muß, und welche Punkte hinreichend sind, um das ganze Bild wiederzugeben. Was für mich interessant ist, bleibt es vielleicht nicht für einen Fremden. Wahr und natürlich will ich das große Märchen meines Lebens erzählen, aber die Eitelkeit kommt doch mit ins Spiel, die schlimme Eitelkeit: die Lust zu gefallen! Schon in meiner Kinderwelt schoß sie wie ein Unkraut auf und wuchs dann wie das biblische Senfkorn hoch gen Himmel empor und wurde ein mächtiger Baum, worin meine Leidenschaften ihr Nest bauten. Eine meiner ersten Erinnerungen weist darauf hin. Ich war wohl schon sechs Jahre alt; ich spielte drüben an der Kapuzinerkirche mit einigen andern Kindern, die alle jünger als ich waren. An die Kirchenthüre war ein kleines Messingkreuz angeschlagen; es saß ungefähr mitten auf der Thür, und ich konnte gerade mit der Hand heranreichen. So oft meine Mutter mit uns dort vorübergegangen war, hatte sie uns emporgehoben, um das heilige Zeichen zu küssen. Als wir Kinder nun miteinander spielten, fragte eines der kleinsten, weshalb doch das Jesuskind niemals käme und mitspielte. Ich war nun der Klügere und antwortete, daß er ja am Kreuze hinge. Wir gingen nun zu demselben hin und obgleich wir es leer fanden, wollten wir doch, wie es uns die Mutter gelehrt hatte, Jesus küssen. Wir konnten jedoch nicht so hoch reichen, hoben deshalb einander in die Höhe, aber während wir den Mund zum Kusse spitzten, verließen den, welcher uns trug, die Kräfte, und der Küssende fiel gerade hinab, als der Mund das unsichtbare Jesuskind berühren sollte. In diesem Augenblicke kam meine Mutter vorbei; als sie unser Spiel sah, blieb sie stehn, faltete ihre Hände und sagte: »Ihr seid ja wahre Gottesengel, und du,« fügte sie hinzu, indem sie mich küßte, »bist mein eigner Engel,«

Ich hörte sie in Gegenwart der Nachbarin wiederholen, was für ein unschuldiger Engel ich wäre, und das gefiel mir sehr; meine Unschuld nahm freilich dadurch ab. Das Samenkorn der Eitelkeit sog hier die ersten Sonnenstrahlen ein. Die Natur hatte mir ein weiches frommes Gemüt gegeben, doch die gute Mutter lenkte meine Blicke darauf, lehrte mich meine wirklichen wie eingebildeten Vorzüge kennen und dachte nicht im geringsten daran, daß es mit der Kindesunschuld wie mit dem Basilisken geht: beide müssen sterben, wenn sie sich selbst erblicken.

Der Kapuzinermönch Fra Martino war meiner Mutter Beichtvater, und ihm erzählte sie, welch frommes Kind ich wäre. Meine Gebete konnte ich auch ganz hübsch auswendig, obschon ich kein einziges derselben verstand. Er hatte mich sehr lieb und schenkte mir ein Bild mit der Madonna, welche große Thränen weinte, die wie ein Regen in die lodernden Höllenflammen hinabfielen, wo die Verdammten gierig nach dem Labetrunk haschten. Er nahm mich auch einmal mit zu sich in sein Kloster, wo die offenen Säulengänge, die in einem Quadrate den kleinen Kartoffelgarten mit den beiden Cypressen und dem Orangenbaume umschlossen, einen tiefen Eindruck auf mich machten. Seite an Seite hingen in dem offenen Gange alte Porträts der verstorbenen Mönche und aus jede Zellenthür waren Bilder aus der Märtyrergeschichte geklebt, welche ich mit demselben heiligen Gefühle wie später Raffaels und Andrea del Sartos Meisterwerke betrachtete.

»Du bist ja ein tüchtiger Junge,« sagte er, »nun sollst du die Toten sehen.« Hierauf öffnete er eine kleine Thür, die zu einer Galerie führte, welche einige Treppenstufen niedriger als der Säulengang lag. Wir stiegen hinab und nun sah ich rings um mich Totenkopf an Totenkopf, dergestalt aufeinander gestellt, daß sie Wände und dadurch mehrere Kapellen bildeten. Es befanden sich darin ordentliche Nischen, und in diesen standen ganze Skelette der hervorragendsten Mönche, in ihre braune Kutte gehüllt, mit dem Strick um den Leib und einem Gebetbuche öder einem verwelkten Blumenstrauße in der Hand, Altäre, Kronleuchter und Verzierungen waren von Schulter- und Wirbelbeinen; Basreliefs von Menschenknochen, abstoßend und geschmacklos wie die Idee des Ganzen. Ich schmiegte mich fest an den Mönch, der ein Gebet las und darauf zu mir sagte: »Hier werde auch ich einmal schlafen. Willst du mich dann besuchen?« Ich antwortete nicht eine Silbe, sah aber ihn und die ganze sonderbare schauerliche Zusammenstellung erschreckt an. Es war in der That thöricht, ein Kind wie mich zu dieser Stätte hinabzuführen; ich war von dem ganzen Eindruck seltsam ergriffen und fühlte mich erst wieder ruhig, als ich in seine kleine Zelle kam, wo die herrlichen goldgelben Orangen fast zum Fenster hineinhingen und ich das bunte Bild mit der Madonna betrachten konnte, welche von Engeln in den klaren Sonnenschein emporgehoben wurde, während Tausende von Blumen das Grab füllten, in welchem sie geruht hatte.

Dieser mein erster Besuch im Kloster beschäftigte meine Phantasie lange Zeit und steht noch jetzt merkwürdig lebendig vor mir. Der Mönch schien mir ein ganz anderes Wesen als die übrigen Menschen, die ich kannte. Der Umstand, daß er bei den Toten wohnte, die in der braunen Kutte fast wie er selbst aussahen; die vielen Geschichten, welche er von heiligen Männern und merkwürdigen Wundern zu erzählen wußte, sowie die große Ehrfurcht meiner Mutter vor seiner Heiligkeit, machte, daß ich darüber nachzudenken begann, ob ich nicht auch ein solcher Mann werden könnte.

Meine Mutter war Witwe und hatte keine anderen Mittel zum Lebensunterhalt, als die sie sich mit ihrer Nadel, und durch das Vermieten einer großen Stube, die wir früher selbst bewohnt hatten, erwarb. Wir bewohnten die Dachkammer, und ein junger Maler, Federigo, war in den Saal, wie wir die große Stube nannten, eingezogen, Er war ein lebensfroher, gewandter junger Mann, aus weiter, weiter Ferne, wo man, wie meine Mutter sagte, die Madonna und das Jesuskind nicht kannte. Er war aus Dänemark. Damals begriff ich nicht, daß es mehr als eine Sprache geben könnte, und hielt ihn deshalb, wenn er mich nicht verstehen konnte, für taub. Aus dem Grunde schrie ich die Worte so laut ich vermochte, und er lachte darüber, brachte mir oft Obst und zeichnete mir Soldaten, Pferde und Häuser. Wir wurden bald bekannt; ich hatte ihn sehr lieb und meine Mutter sagte auch oft, er wäre ein so guter Mensch. Eines Abends hörte ich indes ein Gespräch zwischen meiner Mutter und dem Mönche Fra Martino, das mir ein eigentümliches Gefühl für den jungen Künstler einflößte. Meine Mutter fragte, ob denn der Fremde wirklich für ewig zur Hölle verdammt sein sollte. »Er und viele der Fremden,« sagte sie, »sind ja doch sehr gute Leute, die nie etwas Böses thun! Sie sind freigebig gegen die Armen, sie zahlen pünktlich und ohne Abzug, ja oft will es mich bedünken, daß sie nicht solche Sünden thun, wie manche der Unsrigen!«

»Ja,« erwiderte Fra Martine, »es ist wohl wahr! Sie sind sehr häufig vortreffliche Leute; aber wissen Sie, woher das Ganze kommt? Sehen Sie: der Teufel, welcher in der Welt umhergeht, weiß, daß die Ketzer ihm nun einmal gehören, und deshalb versucht er sie nie. Deswegen können sie leicht gut sein, leicht dem Laster entgehen. Ein guter katholischer Christ ist dagegen ein Gotteskind, und der Teufel muß darum hier seine Versuchungen anwenden. Er versucht, und wir Schwache unterliegen. Aber ein Ketzer wird, wie gesagt, nie vom Fleische oder vom Teufel versucht!«

Dagegen konnte meine Mutter nichts erwidern und seufzte tief über den armen jungen Mann. Ich begann zu weinen, denn es schien mir doch eine blutige Sünde zu sein, daß er ewig brennen sollte; er, der so gut war und mir so schöne Bilder zeichnete.

Eine dritte Person, welche in meinen Kinderjahren eine große Rolle spielte, war Onkel Peppo, allgemein »böser Peppo« oder auch »der König auf der spanischen Treppe« Von dem spanischen Platze führt eine breite und sehr hohe Steintreppe zu den auf dem Monte Pincio liegenden Straßen hinauf. Diese Treppe ist hauptsächlich der Versammlungsort der Bettler Roms und trägt den Namen der spanischen Treppe nach dem Platze, von dem sie ausgeht. genannt, auf welcher er täglich seine Residenz hatte. Mit vertrockneten Beinen, die über Kreuz unter ihm lagen, geboren, hatte er sich seit seiner frühsten Kindheit eine wunderbare Fertigkeit, sich auf den Händen vorwärts zu schieben, angeeignet. Diese steckte er unter einen Riemen, der ein loses Brettchen hielt, und vermittels dieses Instrumentes konnte er fast ebenso schnell vorwärts kommen, wie jeder andre auf gesunden starken Beinen. Täglich saß er, wie gesagt, auf der spanischen Treppe, bettelte zwar nie, rief aber allen Vorübergehenden mit gleißnerischem Grinsen »bon giorno!« zu, selbst wenn schon die Sonne untergegangen war. Meine Mutter hielt nicht viel von ihm, ja sie schämte sich sogar seiner Verwandtschaft, aber um meinetwillen, sagte sie oft zu mir, hielte sie Freundschaft mit ihm. Er hätte das, wonach wir andern suchen und streben, auf seinem Kastenboden liegen, und wenn ich ihn mir zum Freunde hielte, wäre ich der einzige, der ihn beerben könnte, falls er es nicht der Kirche schenkte. Er hatte auch in seiner Weise eine Art Zuneigung zu mir, doch fühlte ich mich in seiner Nähe nie recht froh. Einmal war ich Zeuge einer Scene gewesen, die, wie sie seine Gesinnung charakterisiert, mir zugleich Furcht vor ihm eingeflößt hat. – Auf einer der untersten Stufen der Treppe saß ein alter Bettler und rasselte mit seiner kleinen Blechbüchse, damit die Leute einen Bajocco hineinlegen möchten. Verschiedene gingen an meinem Onkel vorüber, ohne daß ihm sein heuchlerisches Grinsen oder Schwenken mit dem Hute etwas half; mit seinem Schweigen richtete der Blinde mehr aus, ihm gab man.

Drei hatten es gethan, nun kam der Vierte und warf ihm einige Pfennige zu. Länger konnte es Peppo nicht aushalten; ich sah, wie er sich gleich einer Viper die Treppe hinabschlängelte und dem Blinden ins Gesicht schlug, so daß derselbe Geld und Stock verlor.

»Du Dieb!« schrie mein Onkel, »du willst mir das Geld stehlen! Du, der du nicht einmal ein ordentlicher Krüppel bist! Kann nicht sehen, das ist der ganze Mangel, den er hat, und deshalb nimmt er mir das Brot vom Munde!«

Mehr hörte und sah ich nicht, sondern lief mit der Foglietta Wein, die ich hatte holen sollen, erschreckt nach Hause. An den großen Festtagen mußte ich meine Mutter regelmäßig zu ihm begleiten, um ihm einen Besuch abzustatten; wir nahmen dann stets ein oder das andre Geschenk für ihn mit, entweder ein Paar große Trauben oder eingemachte Paradiesäpfel, die seine Lieblingsnäschereien waren. Ich mußte ihm dann die Hand küssen und ihn Onkel nennen. Dabei lachte er so seltsam und gab mir einen halben Bajocco, fügte aber die Ermahnung hinzu, ich sollte ihn aufbewahren, um ihn anzusehen, ihn aber nicht zu Kuchen verschwenden, denn wenn dieser verzehrt wäre, hätte ich nichts, behielte ich jedoch das Geldstück, so hätte ich immer etwas!«

Es war dunkel und häßlich, wo er wohnte; in dem einen Zimmer befand sich gar kein Fenster, und in dem andern saß es hoch oben in der Mauer mit verklebten und zerbrochenen Scheiben. Außer einem großen breiten Kasten, der ihm zugleich als Bettstelle diente, und zwei kleinen Fässern, in denen er seine Kleider und Wäsche verwahrte, war von Möbeln nichts zu sehen. Ich weinte immer, wenn ich dorthin mußte, und wahr ist es auch, daß meine Mutter, so sehr sie mich auch aufforderte recht freundlich gegen ihn zu sein, ihn doch wieder als Schreckgespenst gebrauchte, wenn sie böse auf mich war. Sie sagte dann, sie wollte mich zu meinem reizenden Onkel schicken, da könnte ich auf der Treppe bei ihm sitzen und singen, mich wenigstens nützlich machen und einen Bajocco verdienen. Ich wußte recht gut, daß sie es nicht so böse meinte; ich war ja doch ihr Augapfel.

An dem gegenüberliegenden Hause befand sich ein Madonnenbild, vor welchem beständig eine Lampe brannte. Jeden Abend, sobald es zum Ave Maria läutete, lag ich mit den Nachbarkindern vor demselben auf den Knieen und sang vor der Mutter Gottes und dem schönen Jesuskinde, welches man mit Bändern, Perlen und silbernen Herzen geschmückt hatte. Bei dem flackernden Lampenscheine kam es mir oft vor, als ob sie und das Kind sich bewegten und uns anlächelten. Ich sang mit lauter heller Stimme, und man sagte, ich sänge schön. Einmal blieb eine englische Familie stehen und lauschte zu, und als wir uns erhoben, gab mir der vornehme Herr ein kleines Silberstück; »das wäre,« sagte meine Mutter, »meiner schönen Stimme wegen!« Aber wie sehr störte mich das nicht seitdem! Ich dachte nicht länger ganz allein an die Madonna, wenn ich vor ihrem Bilde sang, nein, sondern ob man zuhörte, wie schön ich sänge. Während ich so dachte, fühlte ich zugleich brennende Reue darüber, befürchtete, sie könnte über mich zürnen, und bat dann recht unschuldig, daß sie in Gnaden auf mich armes Kind herabblicken möchte.

Dieser abendliche Gesang war der einzige Vereinigungspunkt zwischen mir und den andern Kindern. Ich lebte still, ganz in meine eigne selbstgeschaffene Traumwelt versenkt, konnte stundenlang auf dem Rücken mit dem Gesichte nach dem offnen Fenster liegen und in die wunderbar blaue schöne Luft, die Italien besitzt, hineinblicken, mit Lust das eigentümliche Farbenspiel beim Sonnenuntergange bewundern, wenn die Wolken mit einem violetten Glanze auf den goldgelben Grund hingen. Oft wünschte ich weit hinaus über den Quirinal und die Häuser zu den hohen Pinien, die sich wie schwarze Schattenbilder von dem feuerroten Horizonte abhoben, fliegen zu können. Eine ganz entgegengesetzte Aussicht hatte ich von unserm Zimmer aus nach der andern Seite hin. Dort lag unser und des Nachbars Hof, jeder nur ein kleiner enger Raum, zwischen die hohen Häuser wie eingeklemmt und nach oben hin durch große hölzerne Altane beinahe geschlossen. Mitten in jedem Hofe befand sich ein gemauerter Brunnen, und der Platz zwischen diesem und den Mauern der Häuser war nicht größer, als daß gerade ein Mensch herumgehen konnte. Von oben sah ich demnach eigentlich nur in zwei tiefe Brunnen hinab; sie waren mit dem feinen Grün, welches wir Venushaar nennen, dicht überwachsen; ganz tief unten verlor es sich in Dunkelheit. Es war als könnte ich tief in die Erde hinabschauen, wo sich meine Phantasie die seltsamsten Bilder schuf. Inzwischen putzte meine Mutter das Fenster mit einer Rute aus, damit ich sehen könnte, welche Früchte hier für mich wüchsen, falls ich nicht herausfiele und ertränke.

Aber ich will zu einer Begebenheit übergehen, die leicht meinem ganzen abenteuerlichen Leben hätte ein Ende machen können, ehe es noch zu einer Verwickelung in demselben kam.

Der Besuch in den Katakomben. Ich werde Chorknabe. Das niedliche Engelskind

Unser Mieter, der junge Maler, nahm mich auf seinen Wanderungen bisweilen mit zum Thore hinaus; ich störte ihn nicht, während er eine oder die andere Skizze machte, und wenn er fertig war, unterhielt ihn mein Geplauder, da er jetzt die Sprache verstand. Schon vorher war ich einmal mit ihm in der *curia hostilia*, gewesen, tief hinein in jenen finstern Höhlen, wo in alten Tagen die wilden Tiere bis zu den Spielen aufbewahrt wurden, bei welchen den reißenden Hyänen und Löwen unschuldige Gefangene vorgeworfen worden waren. Die finstern Gänge, der Mönch, der uns hineinführte und die brennende Fackel beständig gegen die Mauer schlug, die tiefen Teiche, in welchen das Wasser spiegelhell war, ja so hell, daß man es mit der Fackel berühren mußte, um sich davon zu überführen, daß es den Rand erreichte, und man nicht einen leeren Raum vor sich hatte, wie es bei der Durchsichtigkeit und Klarheit desselben schien, alles erregte meine Phantasie, Furcht fühlte ich nicht, da ich von keiner Gefahr wußte.

»Gehen wir nach den Höhlen hinaus?« fragte ich ihn, als ich gegen Ende der Straße den obersten Teil des Kolosseums erblickte.

»Nein, zu andern weit größern!« erwiderte er. »Da sollst du etwas zu sehen bekommen, und dich will ich mitzeichnen, mein lieber Junge!«

Nun wanderten wir fort, immer fort, zwischen den weißen Mauern entlang, welche die Weingärten und die alten Ruinen der Bäder umschlossen, bis wir uns außerhalb Roms befanden. Die Sonne brannte heiß, und die Bauern hatten sich aus grünen Zweigen Lauben über ihre Wagen gemacht, unter welchen sie schliefen, während die Pferde, sich selbst überlassen, im Schritt gingen und von dem Heubündel fraßen, das zu diesem Zwecke über eine Seite derselben gehängt war. Endlich erreichten wir die Grotte der Egeria, in welcher wir unser Frühstück verzehrten und den Wein mit

dem frischen Wasser mischten, das zwischen den Steinblök-
ken hervorsprudelte. Wände und Gewölbe, die ganze Grotte
war inwendig mit dem feinsten Grün bewachsen, als wäre es
ein aus Seide und Samt gewirkter Teppich, und rings um den
großen Eingang hing der dichte Epheu, frisch und voll, wie
das Weinlaub in Kalabriens Thälern. Einige Schritte von der
Grotte liegt oder lag vielmehr, denn jetzt sind nur noch die
Trümmer desselben übrig, ein kleines ganz einsames Haus,
über einem der Eingänge in die Katakomben erbaut. Diese
sind in alten Zeiten bekanntlich Verbindungsglieder zwischen Rom und den umliegenden Dörfern gewesen, sind
aber später teils zusammengestürzt, teils, da sie Räubern und
Schmugglern zum Versteck dienten, zugemauert. Die Eingänge durch die Grabgewölbe in der St. Sebastianskirche
und hier durch dieses einsame Haus waren damals die beiden einzigen, welche man noch hatte, und ich darf annehmen, daß wir die letzten waren, die diesen benutzten, denn
kurz nach unserm gefährlichen Abenteuer wurde auch er
verschlossen, und nur der eine durch die Kirche blieb den
Fremden unter Begleitung eines Mönches geöffnet.

Tief unten kreuzt, durch die weiche Erde gegraben, ein Gang
den andern; ihre Menge, ihre Aehnlichkeit untereinander
kann selbst denjenigen verwirren, welcher die Hauptrich-
tungen kennt. Ich machte mir darüber keine Gedanken, und
der Maler hatte solche Vorsichtsmaßregeln ergriffen, daß er
kein Bedenken trug, mich kleinen Knaben mit hinab zu nehmen. Er zündete ein Licht an, ein zweites hatte er noch in der
Tasche, befestigte ein Knäuel Bindfaden an der Öffnung,
durch welche wir hinabstiegen, und unsre Wanderung begann. Bald waren die Gänge so niedrig, daß nur ich aufrecht
gehen konnte, bald erhoben sie sich zu kühnen Gewölben,
da, wo sie von andern durchschnitten wurden, zu großen
Quadraten erweitert. Wir kamen durch die Rotunde mit dem
kleinen steinernen Altare in der Mitte, in der die ersten Christen, so oft sie von den Heiden verfolgt wurden, heimlich
ihre Gottesdienste hielten. Federigo erzählte mir von den
vierzehn Päpsten und den vielen tausend Märtyrern, die hier
unten begraben lägen. Wir hielten das Licht an die großen

Sprünge in den Grabnischen und erblickten darin die gebleichten Gebeine. Die Grabmäler sind hier ohne jeglichen Schmuck; dagegen findet man in den Katakomben des heiligen Januarius bei Neapel Heiligenbilder und Inschriften, jedoch ohne Kunstwert. Auf den Gräbern der Christen befindet sich ein Fisch abgebildet, dessen griechischer Name ιχδυσ die Anfangsbuchstaben der Worte Ιησουσ χριστοσ, δεου υιοσ, σωτηρ(Jesus Christus, Gottes Sohn, Erlöser) enthält. Noch gingen wir einige Schritte vorwärts, dann machte der Maler Halt, denn der Faden war nicht länger. Das Ende band er an einem seiner Knopflöcher fest, steckte das Licht zwischen einige Steine und begann nun die tiefen Gänge abzuzeichnen. Ich saß dicht daneben auf einem Steine, er hatte mich die Hände falten und in die Höhe schauen lassen. Das Licht war halb abgebrannt, aber noch ein ganzes lag an der Seite desselben, außerdem hatte er Schwamm und Feuerzeug, damit er, wenn es plötzlich verlöschen sollte, es wieder anzünden könnte.

Meine Phantasie schuf tausend sonderbare Gegenstände in den unendlichen Gängen, die sich nur öffneten um eine ungeheure Finsternis zu zeigen. Alles war unheimlich still, nur die herabfallenden Wassertropfen brachten einen einförmigen Ton hervor. Während ich so in meine eignen Gedanken versenkt dasaß, wurde ich plötzlich durch das eigentümliche Gebaren meines Freundes, des Malers erschreckt, der einen tiefen Seufzer ausstieß und immer auf demselben Flecke umherlief. Alle Augenblicke beugte er sich auf die Erde hinab, als ob er nach etwas greifen wollte. Nun zündete er noch das längere Licht an und suchte rings um sich her. Da wurde ich über sein seltsames Wesen besorgt und richtete mich weinend empor.

»Um Gottes willen, bleib sitzen, Kind!« sagte er, »um Gottes willen!« und nun starrte er wieder auf die Erde.

»Ich will hinauf!« schrie ich, »ich will nicht hier unten bleiben!« Dabei ergriff ich ihn an der Hand und wollte ihn mit ziehen.

»Kind, Kind! Du bist ein herrlicher Junge! Ich will dir Bilder und Kuchen geben; da hast du Geld!« und nun zog er seinen Geldbeutel aus der Tasche und gab mir alles, was sich darin befand; aber ich fühlte, daß seine Hand eiskalt war und daß sie zitterte. Da wurde ich noch unruhiger und rief nach meiner Mutter, doch nun packte er mich heftig an der Schulter, schüttelte mich stark und sagte: »Ich prügle dich, wenn du nicht ruhig bist!« Darauf schlang er sein Taschentuch um meinen Arm und hielt mich fest, beugte sich aber in demselben Augenblicke nieder und küßte mich heftig, nannte mich seinen lieben kleinen Antonio und sagte: »Bete auch du zur Madonna!«

»Ist der Faden fort?« rief ich.

»Wir finden ihn,, wir finden ihn!« entgegnete er und suchte wieder. Inzwischen war das kleinere Licht niedergebrannt, und je mehr das größere infolge der schnellen Bewegung, mit der er umherleuchtete, schmolz und schon bis zur Hand, in der er es hielt, herunterbrannte, desto größer wurde sein Entsetzen. Es würde auch unmöglich gewesen sein, sich ohne Faden zurückzufinden, jeder Schritt konnte uns tiefer hineinführen, wo uns niemand zu retten vermochte.

Nach vergeblichem Suchen warf er sich auf die Erde nieder, faßte mich um den Hals und seufzte: »Du armes Kind!« Da weinte ich sehr, denn ich fühlte, daß ich nie wieder nach Hause kam. Er drückte mich, während er auf der Erde lag, so fest an sich, daß meine Hand unter ihn glitt. Ich griff unwillkürlich in den Staub und Schutt und hielt den Faden zwischen meinen Fingern.

»Hier ist er!« rief ich.

Er ergriff meine Hand und wurde wie wahnsinnig vor Freude, denn hier hing wirklich unser Leben an diesem einen Faden. – Wir waren gerettet.

O, wie warm schien nicht die Sonne, wie blau war nicht der Himmel, wie herrlich grün waren nicht Bäume und Büsche, als wir in die freie Luft hinauskamen! Der arme Federigo küßte mich wieder, zog seine schöne silberne Uhr aus der Tasche und sagte: »Die sollst du haben!« Ich wurde so seelensfroh darüber, daß ich alles, was geschehen war, rein vergaß. Allein meine Mutter konnte es nicht vergessen, als sie es hörte, und er erhielt nie mehr die Erlaubnis, mich mit sich zu nehmen. Fra Martino sagte ebenfalls, daß wir allein um meinetwegen gerettet wären, daß mir die Madonna den Faden gereicht hätte, mir und nicht dem Ketzer Federigo, daß ich ein gutes frommes Kind wäre und nie ihre Milde und Gnade vergessen sollte. Dieser Umstand und einiger Bekannten scherzhafte Äußerung, daß ich zum Geistlichen geboren wäre, da ich, meine Mutter ausgenommen, die Frauenzimmer durchaus nicht leiden könnte, bestimmte dieselbe dazu, einen Diener der Kirche aus mir zu machen. Ich weiß selbst nicht, aber jedes Frauenzimmer flößte mir ein unbehagliches Gefühl ein, und da ich es recht naiv ausplauderte, wurde ich von all' den Mädchen und Frauen, die zu meiner Mutter kamen, aufgezogen. Alle wollten sie mich küssen. Besonders war es ein Bauermädchen, Mariuccia, welche mir durch diesen Scherz oft die Thränen in die Augen trieb. Sie war überaus lebhaft und mutwillig, lebte vom Modellstehen und ging deshalb immer in schönen bunten Kleidern und mit einer breiten weißen linnenen Kopfbinde um das Haar. Oft saß sie Federigo, besuchte auch meine Mutter und erzählte mir dann immer, sie wäre meine Braut und ich ihr kleiner Bräutigam, welcher ihr einen Kuß geben müßte und sollte. Ich wollte nun nie, aber dann zwang sie mich mit Gewalt. Als ich eines Tages, wie sie sagte, recht kindisch weinte und mich wie ein kleines Kind aufführte, rief sie lustig, ich müßte mich nun auch wie die andern kleinen Kinder an der Mutterbrust zur Ruhe bringen lassen. Erschreckt flüchtete ich mich auf die Treppe hinaus, aber sie haschte mich, hielt mich zwischen ihren Knieen fest und drückte meinen Kopf, welchen ich mit Abscheu abwandte, mehr und mehr an ihre Brust. Ich riß den silbernen Pfeil aus ihrem Haare, welches über mich und ihre entblößten Schultern in dichten Wogen hinabfloß. Meine Mutter stand in der Ecke, lachte und ermunterte Mariuccia, während Federigo, ganz unbemerkt in seiner Thür, die ganze Gruppe malte.

»Ich will keine Braut, keine Frau haben!« sagte ich zu meiner Mutter, »ich will Priester oder Kapuziner wie Fra Martino werden!«

Das sonderbare Stillschweigen, in das ich oft ganze Abende versunken war, hielt meine Mutter für ein Zeichen meiner Bestimmung für die Kirche. Ich saß dann und überlegte bei mir, welche Kirchen und Schlösser ich erbauen wollte, wenn ich erst größer und reich würde; wie ich dann, gleich den Kardinälen in roten Wagen mit vielen goldgalonnierten Bedienten hintenauf einherfahren würde; oder auch bildete ich mir aus den vielen Märtyrergeschichten, die mir Fra Martino erzählt hatte, irgend eine neue. Ich wurde natürlich der Held derselben und würde durch der Madonna Hilfe nie die Schmerzen fühlen, die mir zugefügt wurden. Besonders trug ich große Lust Federigos Heimat zu besuchen, um die Bewohner derselben zu bekehren, damit auch sie an der Gnade teilhaben könnten.

Wie meine Mutter oder Fra Martino es angestellt haben, weiß ich nicht, aber genug, eines Morgens zog mir meine Mutter einen kleinen Rock an, warf mir ein Chorhemde über, welches mir bis an die Kniee reichte, und ließ mich dann mich selbst im Spiegel betrachten. Ich war nun Chorknabe in der Kapuzinerkirche, sollte eines der großen Räucherfässer tragen und droben mit vor dem Altare singen. Fra Martino lehrte es mich alles. O, ich war so glücklich darüber! Bald wurde ich in der kleinen aber freundlichen Klosterkirche wie zu Hause, kannte jeden Engelskopf auf den Altargemälden, jeden bunten Schnörkel auf den Pfeilern, konnte mit geschlossenen Augen den schönen St. Michael mit dem scheußlichen Drachen Das berühmte Gemälde: St. Michael, der Erzengel, jugendlich schön und mit großen Flügeln, setzt seinen Fuß und seine Lanze auf des Teufels Haupt. kämpfen sehen, wie es der Maler dargestellt hat und machte mir über die auf dem Fußboden ausgehauenen Totenköpfe mit den grünen Epheukränzen um die Stirnen viele sonderbare Gedanken.

Am Allerheiligenfeste war ich mit unten in den Totenkapellen, in welche mich Fra Martino bei meinem ersten Besuche im Kloster geführt hatte. Alle Mönche sangen Seelenmessen, und zwei meiner Altersgenossen schwangen mit mir die Rauchfässer vor dem großen Altare von Totenköpfen. – Man hatte auf die von Knochen gebildeten Kronleuchter Lichter gesetzt, und die Mönchsskelette hatten neue Blumenkränze um die Stirn und einen frischen Strauß in die Hand bekommen. – Viele Menschen waren, wie gewöhnlich, zusammengeströmt; sie knieten und die Sänger stimmten das feierliche Miserere an. Lange betrachtete ich die gebleichten Totenköpfe und die Rauchwolke, welche in seltsamen Gestalten zwischen ihnen und mir auf und ab wogte. Da begann sich plötzlich alles vor meinen Augen zu drehen; es war, als sehe ich das Ganze durch einen starken Regenbogen, es klang mir vor den Ohren, als ob tausend Kirchenglocken auf einmal läuteten; es kam mir vor, als segelte ich einen Strom hinab, es war unaussprechlich schön. – Mehr weiß ich nicht; das Bewußtsein verließ mich, ich ward ohnmächtig.

Die von der großen Menschenmasse herrührende schwere Luft und meine erhitzte Phantasie hatten meine Ohnmacht verursacht. Als ich wieder zu mir kam, lag ich auf Fra Martinos Schoß unter dem Orangenbaum im Klostergarten.

Meine verworrene Erzählung über das, was ich gesehen zu haben vermeinte, erklärten er und alle Brüder für eine Offenbarung. Die seligen Geister wären an mir vorübergeschwebt, aber ich hätte den Anblick ihres Glanzes und ihrer Herrlichkeit nicht aushalten können.

Dies gab denn die Veranlassung dazu, daß ich bald mehrere sonderbare Träume hatte, auch wohl selbst einige erdachte, die ich meiner Mutter erzählte und sie ihrerseits wieder ihren Freundinnen mitteilte, so daß ich täglich mehr für ein Gotteskind galt.

Inzwischen näherte sich die glückliche Weihnachtszeit. Die Pisserari, die Hirten aus dem Gebirge, erschienen in ihren kurzen Mänteln, mit Bändern und dem spitzen Hut, und verkündigten mit ihren Sackpfeifen vor jedem Hause, an welchem die Bildsäule der Madonna stand, daß der Heiland geboren werden sollte. Ich erwachte jeden Morgen bei diesen einförmigen melancholischen Tönen, und meine erste Beschäftigung war alsdann meine Rede durchzulesen, denn ich gehörte zu den auserwählten Kindern, Mädchen und Knaben, die diesmal zwischen Weihnachten und Neujahr vor dem Jesusbilde in der Kirche Santa Maria Araceli predigen sollten.

Nicht nur ich, meine Mutter und Mariuccia, wir freuten uns darüber, daß ich als neunjähriger Knabe eine Rede halten sollte, sondern auch der Maler Federigo, vor dem ich, ohne jener Wissen, von einem Tische herab eine Probe abgelegt hatte. War es doch auch nur ein Tisch, allein mit dem Unterschiede, daß eine Decke auf demselben lag, auf welchen man uns Kinder in der Kirche stellte, wo wir dann vor der versammelten Menge die auswendig gelernte Rede von dem blutenden Herzen der Madonna und von des Jesuskindes Herrlichkeit hersagen mußten. Ich fühlte nichts von Furcht, nur Freude machte mein Herz stärker klopfen, als nun die Reihe an mich kam und alle mich anblickten. Ich war bis jetzt dasjenige der Kinder, welches am meisten gefiel, das ließ sich nicht leugnen; jetzt aber wurde ein junges Mädchen emporgehoben. Die Kleine war so unendlich zart gebaut, hatte dazu ein so wunderbar verklärtes Antlitz und eine so melodische Stimme, daß alle in die Erklärung ausbrachen, es wäre ein kleines Engelskind. Selbst meine Mutter, die mir gern den Preis zuerkannt hätte, sagte laut, sie gliche den Engeln auf dem großen Altargemälde. Das merkwürdig dunkle Auge, das kohlschwarze Haar, das kindliche und doch so kluge Gesicht, die schönen kleinen Hände, nein, es kam mir denn doch so vor, als ob auch meine Mutter etwas zu viel davon spräche, obgleich sie behauptete, auch ich wäre ein Gottesengel gewesen. – Es giebt ein Lied von der Nachtigall, die als Junges im Neste saß und nach den grünen Blättern des Rosenstockes hackte, die Knospe nicht sah, die sich zu bilden begann; – und Monate danach, als die Rose sich entfaltete, sang die Nachtigall nur ihr ihre Lieder, flatterte in die Dornen hinein und verblutete. Dies Lied ist mir, als ich älter war, oft eingefallen, aber in der Kirche Araceli, da kannte ich es nicht, weder meine Ohren noch mein Herz kannte es. Zu Hause mußte ich in Gegenwart meiner Mutter, Mariuccias und mehrerer Freundinnen die gehaltene Rede wiederholen, und es schmeichelte meiner Eitelkeit nicht wenig; aber sie verloren früher das Interesse dieselbe zu hören, als ich sie immer von neuem vorzutragen. Um nun mein Publikum in Atem zu halten, machte ich mich selbst daran mir eine neue Rede abzufassen, doch bestand dieselbe mehr in einer Schilderung kirchlicher Feste als in einer eigentlichen Weihnachtspredigt. Federigo war der erste, der sie hörte, und wenngleich er lachte, war es mir doch sehr schmeichelhaft, daß er sagte, meine Rede wäre in jeder Beziehung ebenso gut wie die, welche mir Fra Martino beigebracht hätte, und in mir steckte ein Poet. Ueber das letzte sann ich viel nach, da ich es nicht verstand, doch dachte ich mir darunter einen guten Engel, der in mir wohnte. Vielleicht war es derjenige, der mir, wenn ich schlief, die schönen Träume eingab und so viel Herrliches zeigte.

Es kam sehr selten vor, daß meine Mutter den Stadtteil verließ, in welchem wir wohnten. Es erschien mir deshalb als ein vollkommenes Fest, als sie eines Nachmittags sagte, wir wollten eine Freundin in Trastevere Der Teil Roms, welcher auf der rechten Seite der Tiber liegt. besuchen. Ich bekam meine Sonntagskleider an; der bunte seidne Latz, welchen ich damals anstatt der Weste trug, wurde mir über der Brust mit Stecknadeln unter dem Jäckchen angeheftet; das Halstuch war in eine große Schleife zusammengelegt und den Kopf schmückte eine gestickte Mütze. Ich war recht niedlich.

Als wir nach abgestattetem Besuche uns wieder heimwärts wandten, war es schon ziemlich spät, aber herrlicher Mondschein, die Luft frisch und blau. Die Cypressen und Pinien standen in wunderbar scharfen Konturen auf den naheliegenden Anhöhen. Es war einer jener Abende, deren es in jedem Leben einzelne giebt, die sich, ohne sich durch irgend eine große Lebensbegebenheit auszuzeichnen, doch in ihrer

ganzen Farbenpracht unauslöschlich der Erinnerung einprä-
gen. So oft ich mich seitdem in Gedanken an den Tiberfluß
zurückversetze, sehe ich stets das Bild jenes Abends: das
dicke gelbe Wasser, auf welches der Mond herabschien, die
schwarzen Pfeiler der alten zerstörten Brücke, welche mit
starken Schlagschatten aus dem Strome, in welchem das
große Mühlenrad brauste, emporragten, ja selbst die lustigen
Mädchen sehe ich, die mit ihrem Tamburin vorüberhüpften
und den Saltarello Ein römischer Volkstanz nach einer sehr
einförmigen Melodie. Er wird von einem oder zweien getanzt, doch ohne daß diese je miteinander in Berührung
kommen. Am häufigsten sind es zwei Männer oder zwei
Frauen, die sich mit raschen hüpfenden Tritten und steigen-
der Schnelligkeit in einem Halbkreise bewegen. Die Arme
sind in ebenso großer Bewegung, wie die Beine, und verändern unablässig ihre Lage mit der natürlichen Anmut, die
den Römern eigen ist. Die Frauenzimmer pflegen beim Tanze
den Rock ein wenig emporzuheben, oder selbst den Takt auf
dem Tamburin zu schlagen, welchen andernfalls ein Dritter
durch die einförmige Trommel angiebt, deren Abwechslung
lediglich in der größeren oder geringeren Schnelligkeit besteht, mit der die Schläge aufeinander folgen. tanzten. In den
Straßen bei Santa Maria della Rotunda war noch alles in Bewegung; Schlächter und Obsthändlerinnen saßen hinter ihren Tischen, wo die Waren zwischen Lorbeerguirlanden lagen und die Lichter in der freien Luft brannten. Das Feuer
loderte unter den Kastanientöpfen und das Gespräch wurde
mit Schreien und Lärm geführt, so daß ein Fremder, welcher
die Worte nicht verstand, es für einen Streit auf Tod und
Leben halten mußte. Eine alte Freundin, welche meine Mutter bei einer Fischhändlerin traf, hielt uns so lange auf, daß
die Lichter zu erlöschen begannen, ehe wir uns wieder auf
den Weg machten, und während meine Mutter ihre Freundin
bis vor ihre Thür begleitete, wurde es auf den Straßen und
selbst auf dem Korso totenstill, als wir aber in die Piazza di
Trevi einbogen, auf der sich die prächtige Kaskade befindet,
klang uns wieder lustiges Leben entgegen.

Der Mondschein fiel gerade auf den alten Palast, wo das Wasser zwischen den Felsenblöcken des Fundaments, die lose übereinander geworfen zu sein scheinen, hervorströmt. Neptuns schwerer steinerner Mantel flatterte im Winde, während er über die große Kaskade, an deren Seiten blasende Tritonen die Seepferde lenken, hinausschaute. Unter ihnen breitet sich das große Bassin aus und auf den Treppenstufen, die rings um dasselbe laufen, lag eine Schar Bauern und streckte sich behaglich im Mondschein aus. Große zerschnittene Melonen, aus denen der rote Saft quoll, lagen neben ihnen. Ein kleiner vierschrötiger Bursche, dessen ganze Tracht aus dem Hemde und den kurzen Lederhosen bestand, die aufgeknöpft und lose um die Kniee hingen, saß mit einer Guitarre da und griff lustig in die Saiten. Bald sang er einen Vers, bald spielte er, und alle Bauern klatschten in die Hände. Meine Mutter blieb stehen und nun hörte ich ein Lied, das mich ganz wunderbar ergriff, denn es war nicht ein Lied wie andere, nein, er sang uns vor, was wir sahen und hörten. Wir spielten selbst eine Rolle in dem Liede mit, und dabei reimte es sich und hatte eine herrliche Melodie. Er sang, wie schön man mit einem Steine unter dem Kopfe und dem blauen Himmel als Decke schlafen könnte, während hier die beiden Pifferari die Sackpfeife bliesen, und dabei zeigte er auf die Tritonen, die in ihr Horn stießen. Er sang, wie die ganze Schar von Bauern, die hier die Melonen bluten ließen, die Gesundheit ihrer Geliebten trinken wollten, welche jetzt schliefen, aber im Traume die Peterskuppel und den Geliebten sähen, der in die Stadt des Papstes gegangen wäre. »Diese Gesundheit wollen wir trinken und aller Mädchen Wohl, deren Pfeil die Hand noch nicht geöffnet hat. Der Pfeil, den die Bäuerinnen im Haare tragen, hat bei den Mädchen eine geschlossene, bei den Verlobten und Verheirateten eine offene Hand. »Ja,« fügte er hinzu und kniff meine Mutter in die Seite, »und Mutters mit und der Braut, welche der Junge bekommt, wenn ihm der schwarze Flaum wächst!« – »Bravo!« sagte meine Mutter, und alle Bauern klatschten und brüllten mit: »Bravo, Giacomo! Bravo!«

Auf den Stufen der kleinen Kirche rechter Hand entdeckten wir inzwischen einen Bekannten, unfern Federigo, der mit dem Bleistifte dastand und das ganze lustige Mondscheinsstück aufnahm. Als wir nach Hause gingen, scherzte er und meine Mutter über den muntern Improvisator, wie ich jenen Bauer nennen hörte, der uns durch seinen Gesang so gut unterhalten hatte.

»Antonio,« sagte Federigo zu mir, »du solltest ebenfalls improvisiert haben, du bist ja auch ein kleiner Dichter! Du mußt lernen, deine Reden in Verse zu setzen.«

Nun verstand ich mit einem Male, was ein Dichter sein mußte, nämlich einer, der schön singen konnte, was er fühlte und sah. Ei, das wäre lustig, und müßte ja, wie ich mir vorstellte, leicht sein; hätte ich nur erst eine Guitarre.

Der erste Gegenstand meiner Sangeskunst war nicht mehr noch weniger als des gegenüberwohnenden Hökers Laden. Schön früh war meine Phantasie zwischen der merkwürdigen Zusammenstellung seiner Waren, die sogar die Blicke der Fremden auf sich lenkte, umhergeschweift. Zwischen schönen Lorbeerguirlanden hingen gleich großen Straußeiern die weißen Büffelkäse; die Lichter standen, mit Goldpapier umwunden, wie Orgelpfeifen nebeneinander und die Würste waren wie Säulen aufgerichtet, die Parmesankäse, wie gelber Bernstein leuchtend, trugen. Wenn nun des Abends das Ganze erleuchtet war und die rote Glaslampe vor dem Madonnabilde an der Wand zwischen Würsten und Presciutto (Schinken) brannte, glaubte ich in eine Zauberwelt hineinzublicken. Die Katze auf dem Ladentische und der junge Kapuziner, der stets so lange mit der Signora handelte, kam ebenfalls mit in mein Gedicht hinein, welches ich mir so oft in den Gedanken zurechtlegte, daß ich es Federigo sicher und deutlich hersagen konnte, und welches sich, da es seinen Beifall gewann, bald durch das ganze Haus und über die Straße fort bis zu des Hökers Signora verbreitete, die dazu lachte und die Hände zusammenschlug, indem sie es ein merkwürdiges Gedicht, eine *divina Commédia di Dante*« nannte.

Nun wurde denn auch alles besungen! Ich lebte völlig in Phantasien und Träumen, in der Kirche, wenn ich das Rauchfaß zum Gesange der Mönche schwang, auf den Straßen zwischen den rollenden Wagen und schreienden Händlern, wie in meinem kleinen Bettchen unter dem Madonnabilde und dem Weihwasserkessel. Stundenlang konnte ich in der Winterdämmerung vor unserm Hause sitzen und in die lodernden Flammen auf der Straße schauen, wo die Schmiede ihr Eisen glühend machten und die Bauern sich erwärmten. Ich sah in dem roten Feuer eine Welt, flammend wie meine eigne Phantasie. Ich jubelte vor Freude, wenn des Winters der Schnee eine so starke Kälte von den Bergen zu uns hinabjagte, daß Eiszapfen an dem Steintritonen draußen auf dem Platze hingen; schade, daß es so selten geschah! Dann waren auch die Bauern froh, denn sie sahen dies als das Vorzeichen eines fruchtbaren Jahres an. Sie reichten einander die Hände und tanzten in großen Schafpelzen um den Triton, während der Regenbogen an dem hohen Wasserstrahle spielte.

Aber ich verweile zu lange bei den einzelnen Jugenderinnerungen, die für Fremde nicht die tiefe Bedeutung, nicht das wunderbar Ergreifende wie für mich haben können. Bei der Wiederholung derselben, beim Verweilen bei den Einzelheiten ist es mir, als durchlebte ich alles noch einmal.

Doch ich will zu der Begebenheit übergehen, die die erste Dornenhecke zwischen mir und dem Paradiese der Heimat aufrichtete, die mich unter Fremde hinausführte und meine ganze Zukunft bestimmte.

Das Blumenfest in Genzano.

Es war im Juni; der Tag des berühmten Blumenfestes, das jährlich in Genzano Ein kleines Städtchen im Albanergebirge, dicht an der Landstraße zwischen Rom und den Sümpfen. feierlich begangen wurde, rückte heran. Meine Mutter und Mariuccia hatten dort eine gemeinschaftliche Freundin, welche mit ihrem Manne eine Osteria und Garküche hielt. *osteria e cucina*,« das gewöhnliche Schild für kleinere Herbergen und Garküchen in Italien. Schon seit mehreren Jahren hatten sie beschlossen diesem Feste beizuwohnen, aber immer hatten sich Hindernisse entgegengestellt; diesmal wurde es durchgesetzt. Den Tag vor dem Blumenfeste wollten wir, da es ein langer Weg war, aufbrechen; aus Freude konnte ich die ganze Nacht nicht schlafen.

Die Sonne war noch nicht aufgegangen, als der Vetturino vor der Thür hielt, und wir von dannen rollten. Nie war ich früher draußen im Gebirge gewesen. Erwartung und Freude über das vielbesprochene Fest setzten meine ganze Seele in Bewegung. Hätte ich in höherem Alter die Natur und das Leben rings umher mit demselben lebendigen Gefühl wie damals anschauen und meine Empfindungen in Worten ausdrücken können, es hätte ein unsterbliches Gedicht werden müssen. Die große Stille auf den Straßen, das eisenbeschlagene Stadtthor, die sich meilenweit ausdehnende Campagna mit den einsamen Grabstätten, der dichte Morgennebel, der den Fuß der fernen Berge verhüllte, alles nahm in meinen Augen den Charakter geheimnisvoller Vorbereitungen zu der Herrlichkeit an, die ich jetzt zu sehen bekommen sollte. Selbst die am Wege aufgerichteten hölzernen Kreuze mit den gebleichten Räubergebeinen auf denselben, die uns verkündigten, daß hier ein Unschuldiger getötet und der Mörder bestraft worden sei, hatten etwas eigentümlich Aufregendes für mich. Erst versuchte ich die unendlich vielen Bogen, die das Wasser vom Gebirge nach Rom leiten, zu zählen, wurde es aber bald überdrüssig; dann plagte ich die andern mit tausenderlei Fragen über die großen Feuer, welche die Hirten um die zusammengestürzten Grabmonumente angezündet hatten, und wollte genaue Erklärung über die großen Schafherden haben, welche die wandernden Treiber auf einem Flecke, durch ein rings um die ganze Herde einem Zaune gleich ausgespanntes Fischnetz, zusammenhielten.

Von Albano aus mußten wir den kurzen schönen Weg über Ariccia zu Fuß gehen. Reseda und Goldlack wuchsen wild am Wege; die dicht belaubten saftigen Olivenbäume gaben kühlen Schatten. Ich konnte das Meer in der Ferne erblicken und auf der Berghalde am Wege, wo das Kreuz steht, hüpften lustige Mädchen tanzend an uns vorüber, lachten und scherzten, vergaßen jedoch nicht fromm das heilige Kreuz zu küssen. Die hohe Kirchenkuppel in Ariccia hielt ich für die der Peterskirche, welche die Engel in die blaue Luft zwischen die dunklen Olivenbäume hinausgehängt hätten. Auf der Straße hatte sich das Volk um einen Bären zusammengeschart, der auf den Hinterbeinen tanzte, während der Bauer, welcher ihn am Stricke hielt, auf der Sackpfeife jene seltsame Melodie blies, die er zur Weihnachtszeit als Pifferari vor dem Bilde der Madonna angestimmt hatte. Ein hübscher Affe in Soldatenuniform, den er Korporal anredete, schlug auf dem Kopf und Rücken des Bären Purzelbäume. Ich wäre gern hier geblieben, anstatt nach Genzano zu gehen. Das Blumenfest war ja auch erst morgen; aber meine Mutter drängte zur Eile, weil wir ihrer Freundin Angelina helfen sollten, Kränze und Guirlanden zu winden.

Der kurze Weg war bald zurückgelegt und Angelinas Haus erfragt; es lag auf der Seite von Genzano, welche nach dem See Nemi führt. Es war ein hübsches Haus; aus der Mauer sprudelte eine Quelle, deren Wasser in einem steinernen Bassin aufgefangen wurde, um welches sich die Esel zur Tränke drängten.

Wir traten in die Osteria ein: ein dumpfes Summen und Brummen empfing uns! Das Essen kochte und auf dem Herde brannte das Feuer. Ein Gewimmel von Bauern und Städtern saß an den langen hölzernen Tischen, trank Wein und aß Presciutto. Schöne Rosen standen in der blauen Vase vor dem Madonnenbilde, wo die Lampen nicht recht brennen wollten, weil der Rauch dorthin zog. Die Katze lief über die Käse, die auf dem Schenktische lagen, und fast wären wir über die Hühner gefallen, welche uns um die Beine herumliefen. Angelina nahm uns sehr freundlich auf; wir mußten eine steile Treppe hinaufsteigen, wo wir dicht neben dem Schornsteine eine eigne Kammer und, nach meinen Begriffen, wahrhaft königliche Speise erhielten. Alles war prächtig, selbst die Foglietta mit Wein war ausgeputzt. Eine eben aufgebrochene Rose steckte als Pfropfen im Flaschenhalse. Alle drei küßten einander, auch ich bekam meinen Kuß, ich mochte wollen oder nicht. Angelina gestand, ich wäre sehr hübsch, und meine Mutter streichelte mir mit der einen Hand die Wangen, während sie mit der andern meine Toilette zu verbessern suchte. Bald zog sie mir die Jacke, die mir zu kurz war, über die Hände hinab, bald wieder hoch über Brust und Hals, um eine Jacke zurecht zu zupfen, wie sie sitzen mußte.

Nach Tische erwartete uns alle ein richtiges Fest; wir sollten hinaus, um Blumen und Grünes zu Kränzen zu pflücken. Durch eine niedrige Thür gelangten wir in den Garten hinaus. Dieser maß nur einige Ellen im Umfange und bildete, sozusagen, eine einzige Laube. Das schwache Geländer, welches ihn umgab, war durch die breiten festen Blätter der Aloestauden verstärkt, die hier wild wuchsen und eine natürliche Hecke bildeten. Völlig still lag der See tief unten in dem großen runden Krater, aus welchem sich einmal Feuersäulen bis zu den Wolken erhoben hatten. Wir gingen die amphitheatralische Bergseite, durch die großen Weinanpflanzungen und den dichten Platanenwald hinab, wo sich die Ranken bis zu den Baumzweigen emporschlangen. Auf der Spitze des jenseitigen Bergabhanges lag die Stadt Nemi und spiegelte sich in dem blauen See in der Tiefe. Während wir gingen, wanden wir Kränze. Der dunkle Olivenzweig und das frische Olivenblatt wurden zwischen die Blüten des wilden Goldlacks geschlungen. Bald war der blaue tiefliegende See und der klare Himmel über uns durch die dichten Zweige und das Weinlaub verhüllt, bald guckten sie wieder hervor, als bildeten sie beide nur ein einziges unendliches Blau. Alles war mir neu und herrlich; meine Seele bebte von einer stillen Glückseligkeit. Noch jetzt habe ich bisweilen Augenblicke, in denen jene Gefühle gleich schönen Mosaikstücken einer gesunkenen Stadt in meiner Erinnerung wieder auftauchen.

Die Sonne brannte heiß, und erst unten am See selbst, wo uralte Platanenstämme unmittelbar am Rande des Wassers wuchsen und ihre mit Weinlaub umschlungenen Zweige in den Wasserspiegel hinabtauchten, fanden wir Kühlung genug, um unsere Arbeit fortsetzen zu können. Schöne Wasserpflanzen nickten, als wenn sie träumten, unter dem dichten Schatten; sie kamen mit in den Kranz. Bald berührten die Sonnenstrahlen den tiefen See nicht mehr, sondern spielten nur auf den Dächern Nemis und Genzanos; die Dunkelheit umhüllte schon die Stelle, wo wir saßen. Ich hatte mich von den andern entfernt, jedoch nur wenige Schritte, da meine Mutter fürchtete, ich könnte in den See fallen, der tief war und abschüssige Ufer hatte. Bei den nur noch spärlichen Ruinen des alten Dianatempels, lag ein ungeheurer Feigenbaum, den der Epheu schon wieder an die Erde zu fesseln begann. Ich war auf ihn hinaufgeklettert, flocht ebenfalls einen Kranz und sang einige Verse aus einer bekannten Kanzonette:

»– Ah rossi, rossi flori,
Un mazzo die violi!
Un gelsomin d'amore – «

als ich plötzlich von einer sonderbar zischelnden Stimme unterbrochen wurde:

»– – Per dar al mio bene!«

Plötzlich stand eine große alte Frau von auffallend gerader Haltung und in der Tracht, welche die Bauerfrauen von Frascati gewöhnlich zu tragen pflegen, vor mir. Der lange weiße Schleier, welcher ihr vom Kopfe bis über die Schultern hinabwallte, trug viel dazu bei, Gesicht und Hals noch mulattenfarbiger erscheinen zu lassen, als sie vielleicht waren. Runzel lag neben Runzel, so daß die ganze Haut einem zusammengeschrumpften Netze ähnelte. Die schwarzen Augäpfel schienen die Augenhöhlen auszufüllen. Sie lächelte und sah mich im nächsten Augenblicke starr und ernst an, als wäre sie eine Mumie, die man unter den Bäumen aufgestellt hätte.

»Der Rosmarin,« sagte sie, »wird schöner in deinen Händen! Du hast einen Glücksstern im Auge!«

Ich sah sie verwundert an, während ich den Kranz, den ich wand, an meine Lippen drückte.

»Es sitzt Gift in den schönen Lorbeerblättern. *Prunus Laurocerasus*, der hier im Gebirge vielfach vorkommt. Winde deinen Kranz, aber sauge nicht an ihm!«

»Ha! die kluge Fulvia von Frascati!« rief Angelina, die hinter der Hecke hervortrat. »Windest du auch Kränze zum morgenden Feste, oder,« sagte sie mit gedämpfterer Stimme, »windest du andre Sträuße, während die Sonne hinter der Campagna untergeht?«

»Ein kluges Auge!« sprach Fulvia unbeirrt weiter und sah mich gleich unverwandt an. »Die Sonne ging durch das Tierzeichen des Stiers, als er geboren wurde, und Gold und Ehre hängt an des Stieres Horne!«

»Ja,« sagte meine Mutter, die mit Mariuccia herantrat, »wenn er den schwarzen Rock und den breiten Hut empfängt, dann kommt es darauf an, ob er Rauchopfer darbringen oder durch den Dornenbusch gehen wird!«

Daß sie hiermit darauf zielte, ich wäre für den geistlichen Stand bestimmt, schien die Sibylle richtig aufzufassen, doch lag in ihren Worten eine Bedeutung, die sich damals unserm Verständnisse entzog.

»Der breite Hut,« sagte sie, »wird nicht seine Stirne beschatten, wenn er vor dem Volke steht, wenn seine Reden wie Musik lauten, lieblicher als der Nonnen Gesang hinter dem Gitter und stärker als der Donner im Albaner Gebirge! Der Stuhl des Glücks ist höher als der Monte Cavo, wo doch die Wolke auf dem Berge zwischen den Schafherden liegt!«

»O Gott!« seufzte meine Mutter und zuckte etwas ungläubig zusammen, obgleich sie die glänzende Prophezeiung nicht ungern hörte. »Es ist ein armes Kind; die Madonna weiß, wie es ihm gehen wird! Der Glückswagen ist höher als der Wagen der Albaner Bauern, und das Rad desselben dreht sich, wie soll ein armes Kind hinaufkommen!«

»Hast du gesehen, wie sich die beiden großen Räder der Bauerwagen drehen? Die unterste Speiche wird die höchste und geht dann wieder abwärts. Dicht am Boden setzt der Bauer seinen Fuß hinauf und das sich drehende Rad muß ihn empor heben, aber oft liegt ein Stein im Wege, und dann kann es wie beim Tanze auf dem Markte gehen.« Die Bauern besteigen ihre hohen Wagen, indem sie den Fuß, während sich das Rad aufwärts dreht, auf eine Speiche setzen.

»Und kann ich nicht mit auf den Glückswagen kommen?« sagte halb scherzend meine Mutter, stieß aber gleichzeitig einen Schrei aus, denn ein ungeheurer Raubvogel schoß dicht neben uns auf den See hinab, so daß uns bei der Kraft, mit welcher seine großen Flügel den ruhigen Wasserspiegel peitschten, das Wasser ins Gesicht spritzte. Hoch aus der Luft hatte er mit seinem scharfen Blicke einen großen Fisch entdeckt, der unbeweglich unmittelbar unter der Oberfläche stand; mit pfeilartiger Geschwindigkeit ergriff er seine Beute, bohrte seine scharfen Krallen in des Fisches Rücken und wollte sich nun wieder erheben. Allein der Fisch war, wie wir an dem gepeitschten Wasser sehen konnten, von ganz besonderer Größe und seinem Feinde fast an Kräften gleich; deshalb suchte er denselben mit sich hinabzuziehen. Des Vogels Krallen saßen zu fest in dem Rücken des Fisches, als daß er seine Beute loslassen konnte, und nun begann daselbst zwischen ihnen ein Kampf, bei welchem der See zitternd große Ringe bildete. Bald sah man den schimmernden Rücken des Fisches, bald schlug der Vogel mit den breiten Flügeln gegen das Wasser, als ob er zu unterliegen schien. Der Kampf dauerte einige Minuten. Beide Flügel lagen einen Augenblick auf dem Wasser ausgebreitet still da, als ob sie sich ruhten; mit einem Male schlugen sie heftig zusammen, man hörte einen Knack und der eine Flügel sank nieder, während der andere das Wasser zu Schaum peitschte und dann verschwand. Der Fisch schoß mit seinem Feinde auf den Boden hinab, wo sie beide, einen Augenblick später, sterben mußten.

Schweigend hatten wir alle diese Scene angesehen; als sich meine Mutter wieder zu den andern umwandte, war die Sibylle verschwunden. Dieser Umstand, in Verbindung mit dieser kleinen Begebenheit, die, wie man sehen wird, noch viele Jahre später auf mein Schicksal einwirkte und sich deshalb meiner Erinnerung doppelt einprägte, hatte zur Folge, daß wir alle sehr schnell und ziemlich schweigend heimwärts eilten. Das dichte Laubwerk der Bäume schien Finsternis auszuströmen, das Bild der feurigen Abendwolken wurde vom Wasserspiegel zurückgeworfen, das Mühlrad brauste mit einförmigen Tönen, alles schien etwas Dämonisches an sich zu haben. Während wir gingen, flüsterte Angelina seltsame Dinge, die sie von der Alten, welche Gift und Liebesträne zu kochen verstand, hatte voraussagen hören, und nun erzählte sie von der armen Theresa in Olevano, die aus Gram und Sehnsucht nach dem flinken Giuseppe, der auf einer Wanderung nach dem Norden über das Gebirge gezogen war, von Tage zu Tage mehr dahinschwand; wie die Alte dann, Kräuter in einem kupfernen Geschirre gekocht und sie mehrere Tage über glühenden Kohlen hätte sieden lassen, bis auch Giuseppe von Sehnsucht ergriffen worden und Tag und Nacht, ohne Rast und Ruh, bis zu der Stelle zurückeilen mußte, wo das Geschirr mit den heiligen Kräutern und seiner und Theresas Haarlocke kochte. Ich betete ruhig mein Ave Maria und war nicht eher ruhig, als bis wir wieder bei Angelina unter Dach und Fach waren.

Alle vier Dochte der Messinglampe wurden angezündet, einer unserer Kränze wurde um dieselbe gehängt und uns ein Gericht Monzano al pomidoro nebst einer Foglietta vortrefflichen Weines vorgesetzt. Die Bauern tranken unten in der Stube und improvisierten; es fand eine Art Duett zwischen zweien statt, und die ganze Versammlung stimmte in den Chor ein; als ich jedoch mit den andern Kindern vor dem Madonnabilde, das dicht neben dem großen Herde, auf welchem das Feuer brannte, sang, hörten sie alle zu und lobten meine schöne Stimme, so daß ich den finstern Wald draußen und die alte Fulvia, welche mein Schicksal prophezeit hatte, darüber vergaß. Gern hätte ich jetzt angefangen mit den

Bauern um die Wette zu improvisieren, aber meine Mutter dämpfte meine Eitelkeit, indem sie mich fragte, ob ich es für passend hielte, daß ich, der ich in der Kirche das Rauchfaß schwänge und dem Volke vielleicht einmal Gottes Wort verkündigen sollte, mich zum Narren machen wollte; es wäre noch nicht Karnevalszeit und sie erlaubte es nicht. Allein als wir am Abend in unsre Schlafkammer kamen, und ich in das breite Bett stieg, drückte sie mich zärtlich an ihr Herz, nannte mich ihren Trost und ihre Freude, und ließ mich, da das Kopfkissen zu niedrig war, mit dem Haupte auf ihrem Arme ruhen, wo ich träumte, bis die Sonne in das Fenster hineinschien und mich zu dem schönen Blumenfest weckte. Wie soll ich den ersten Anblick der Straße, das bunte Bild schildern, wie ich es damals auffaßte! – Die ganze lange Straße, die sich in einer sanften Steigung erhebt, war mit Blumen bedeckt. Der Grund war blau; es sah aus, als hätte man alle Fluren und Gärten geplündert, um für die ganze Straße ausreichend Blumen von derselben Farbe zu erhalten. Die Seiten entlang lagen streifenartig große grüne Blätter, auf welche man Rose neben Rose gelegt hatte. In einiger Entfernung zog sich ein ähnlicher Streifen hin, und der Zwischenraum zwischen beiden war mit dunkelroten Blumen ausgefüllt, so daß förmlich eine große Borte um den ganzen Teppich gebildet wurde. Die Mitte desselben stellte Sterne und Sonnen dar, die man dadurch hervorgebracht, daß man aus einer Menge gelber Blumen steinförmige und runde Figuren gebildet hatte. Mehr Fleiß hatten die Namenszeichen gekostet; hier war Blume an Blume, Blatt an Blatt gelegt. Das Ganze war ein lebendiger Blumenteppich, ein Mosaikboden, reicher an Farbenpracht, als ihn Pompeji aufzuweisen hat. – Kein Windhauch rührte sich, die Blumen lagen fest, als wären es schwere festgedrückte Edelsteine. – Aus allen Fenstern hingen große Teppiche über die Mauern hinab, alle aus Blättern und Blumen gewirkt, die heilige Gemälde bildeten. – Hier führte Joseph den Esel, der die Madonna mit dem Kinde trug; Rosen bildeten Gesicht, Füße und Arme, Levkojen und blaue Anemonen ihr flatterndes Gewand, und die Krone bestand aus Weißen Sternblumen, Nymphaea alba. aus dem See Nemi geholt. St. Michael kämpfte mit dem Drachen, die heilige Rosalie streute Rosen auf die dunkelblaue Weltkugel hinab; überall, wohin ich sah, erzählten mir die Blumen biblische Legenden, und alle Menschen, rings umher, waren fröhlich wie ich. Auf den Altanen standen, festlich gekleidet, die reichen Fremden von der andern Seite des Gebirges, und an den Seiten der Straße drängte sich das ungeheure Menschengewimmel, jeder nach seinen Mitteln und seiner eignen Mode geputzt. An dem Bassin um den großen Springbrunnen, wo die Straße eine Biegung macht, hatte meine Mutter Platz genommen; ich stand vor dem Satyrkopfe, der aus dem Wasser hervorsieht.

Die Sonne brannte heiß, alle Glocken läuteten, und der Zug bewegte sich über den herrlichen Blumenteppich; die schöne Musik und der Gesang verkündeten das Kommen desselben. Die Chorknaben schwangen Rauchfässer vor der Monstranz, die hübschesten Mädchen der Umgegend folgten mit Blumenkränzen hinterher, und arme Kinder, mit Flügeln an den nackten Schultern, erwarteten vor dem Hochaltare den sich nähernden Zug mit Engelshymnen. Die jungen Männer hatten flatternde Bänder um den spitzen Hut, auf den das Marienbild geheftet war; silberne und goldene Ringe trugen sie an einer Kette um den Hals, und schöne bunte Schärpen stachen herrlich gegen ihre schwarzen Samtjacken ab. Die Mädchen von Allano und Frascati erschienen mit dünnen Schleiern, zierlich über die Haarflechten geschlungen, die von einem silbernen Pfeile zusammengehalten wurden; die von Velletri trugen Kränze um das Haar und das bunte Halstuch an das Kleid hinabgeheftet, so daß die hübschen Schultern und der runde Busen sichtbar wurden. Aus den Abruzzen, aus den Sümpfen, überall aus der Nachbarschaft kamen sie in ihrer eigentümlichen Nationaltracht und gewährten dadurch den buntesten Anblick. Der Kardinal schritt in seiner reichen Amtstracht unter dem blumengeschmückten Baldachin voran, Mönche aus verschiedenen Orden folgten, und alle trugen sie brennende Wachslichter. Als der ganze Zug die Kirche verlassen hatte, strömte die Menge hinterher. Wir wurden mit fortgerissen und meine Mutter hielt mich an den Schultern fest, damit wir nicht voneinander getrennt würden. Da folgte ich nun, zwischen die Volksmenge eingeklemmt, dem großen Haufen; alles was ich sehen konnte, war allein der blaue Himmel über mir. Mit einem Mal hörte man ringsum ein furchtbares Geschrei; von allen Seiten wurde gedrückt und gedrängt: ein paar Pferde waren scheu geworden. Mehr hörte ich nicht, sondern wurde umgerissen; es wurde mir schwarz vor den Augen, und es war mir, als ob ein Wasserfall über mich hinfortbrauste.

O, Mutter Gottes, was für ein Jammer! Ich fühle noch ein eigentümliches Beben, so oft ich daran zurückdenke. Als ich wieder zu mir kam, lag ich mit dem Kopfe in Mariuccias Schoß, die schrie und jammerte; zur Seite lag meine Mutter lang ausgestreckt und um uns stand ein enger Kreis fremder Menschen. Die scheuen Pferde hatten uns übergefahren, die Räder waren meiner Mutter über die Brust gegangen, das Blut strömte ihr aus dem Munde, sie war tot.

Ich sah, sie drückten ihr die gebrochenen Augen zu und falteten die leblosen Hände, die sich erst vor kurzem zu meinem Schutze voller Zärtlichkeit um mich geschlungen hatten. Die Mönche brachten sie ins Kloster, und da ich völlig unbeschädigt war, denn eine unbedeutende Handverletzung war kaum zu rechnen, nahm mich Mariuccia mit nach der Osteria zurück, wo ich gestern so froh gewesen war, Kränze gewunden und in meiner Mutter Armen geschlafen hatte. Ich war recht aufrichtig betrübt, obschon ich noch nicht verstand, wie völlig verlassen ich nun war. Man gab mir Spielzeug, Obst und Kuchen, versprach mir, ich sollte morgen meine Mutter sehen, und sagte, sie wäre nun bei der Madonna, wo beständig ein heiliges Blumenfest wäre und Freude herrschte. Jedoch auch das übrige Gespräch entging mir nicht. Ich hörte, wie man sich von dem gestrigen häßlichen Raubvogel, von Fulvia und einem Traume, den meine Mutter gehabt hatte, in die Ohren flüsterte. Jetzt, wo sie tot war, hatten sie das Unglück alle vorher geahnt.

Die wilden Pferde waren inzwischen unmittelbar vor der Stadt stehen geblieben, nachdem sie gegen einen Baum gerannt waren. Einem vornehmen Manne von vierzig und einigen Jahren hatte man, halbtot vor Schreck, vom Wagen geholfen. Man erzählte sich, er stammte aus dem borghesischen Hause, besäße eine Villa zwischen Albano und Frascati und wäre durch seine sonderbare Neigung, allerlei Pflanzen und Blumen zu sammeln, bekannt; ja, in den geheimen Künsten sollte er eben so weise wie die kluge Fulvia sein. Ein Diener in reicher Livree brachte dem mutterlosen Kinde von ihm einen Beutel mit zwanzig Scudi.

Am nächsten Abend führte man mich, ehe es zum Ave Maria läutete, in das Kloster, um meine Mutter zum letztenmal zu sehen. Sie lag, festlich wie gestern zum Blumenfeste gekleidet, in dem engen Brettersarge. Ich küßte die gefalteten Hände, und die Frauen weinten mit mir.

An der Pforte standen schon die Leichenträger und das Gefolge, in ihre weißen Kutten mit über das Gesicht herabgelassenen Kapuzen vermummt. Sie hoben die Bahre auf ihre Schultern, die Kapuziner zündeten ihre Wachslichter an und begannen den Leichengesang. Mariuccia ging mit mir dicht neben der Leiche; der glutrote Abendhimmel beleuchtete das Antlitz meiner Mutter, sie sah aus, als ob sie lebte. Die andern Kinder aus der Stadt liefen fröhlich um mich her und sammelten in Tüten das Wachs, welches von den Lichtern der Mönche herabträufelte. Wir gingen durch die Straße, durch welche sich gestern die Festprozession bewegte; noch lagen die Blumen und Blätter da, aber all' die Bilder, all' die schönen Figuren waren wie das Glück meiner eignen Jugend, wie das Glück des vorigen Tages vernichtet. Ich sah sie auf dem Kirchhofe den großen Stein auf die Seite heben, der das Gewölbe deckt, in welches die Leichen hinabgesenkt werden. Ich sah den Sarg hinabgleiten und hörte das schwache Dröhnen, als er mit den andern Särgen dort unten zusammenstieß. Darauf zogen sie alle fort, aber Mariuccia ließ mich auf den Grabstein knien und ein » ora pro nobis« beten. In der mondklaren Nacht reisten wir von Genzano ab; Federigo und zwei Fremde begleiteten uns. Dichtes Gewölk hing um das Albanergebirge. Ich betrachtete die leichten Nebelgebilde, welche im Mondscheine über die Campagna flogen; die andern sprachen nur wenig, und bald schlief und träumte ich von der Madonna, von den Blumen und meiner Mutter, die noch lebte, mich anlächelte und anredete.

Onkel Peppo. Die Nacht im Kolosseum. Der Abschied

Was nun eigentlich aus mir werden sollte, das war die große Frage, als wir nach Rom und dem Hause meiner Mutter zurückgekehrt waren. Fra Martino stimmte dafür, daß ich Mariuccias Eltern, einem braven Hirtenpaare in der Campagna, übergeben werden sollte. Die zwanzig Scudi würden für sie ein Reichtum sein, der mir einen Kindesplatz in ihrem Herzen und Hause sicherte. Jedoch war ich auch halb ein Glied der Kirche, und kam ich nun in die Campagna hinaus, so konnte ich nicht länger das Rauchfaß in der Kapuzinerkirche schwingen. Federigo fand ebenfalls, daß es das beste wäre, ich bliebe bei ehrlichen Leuten in Rom; er wünschte nicht, sagte er, daß ich ein roher einfältiger Bauer würde. Während Fra Martino mit den Klosterbrüdern beratschlagte, kam mittlerweile mein Onkel Peppo auf seinen Holzklötzen angerutscht; er hatte vom Tode meiner Mutter und daß mir zwanzig Scudi zugefallen wären gehört, und namentlich dieser letztern wegen erschien er, um gleichfalls seine Stimme geltend zu machen. Er erklärte, daß er als der Einzige, den ich jetzt in der Welt hätte, sich meiner annehmen müßte. Ich sollte ihn begleiten, und alles was sich noch im Hause befände, gehörte ihm nun nicht weniger als die zwanzig Scudi. Mariuccia versicherte mit dem größten Eifer, daß Fra Martino und sie alles aufs beste geordnet hätten, und gab ihm zu verstehen, daß er als Krüppel und Bettler genug mit sich selbst zu thun hätte und hier keine Stimme haben könnte. Federigo verließ das Zimmer, und die beiden Zurückgebliebenen ließen nun einander gegenseitig die eigennützige Ursache ihrer Sorge für mich hören. Onkel Peppo spie Galle, und Mariuccia stand ihm wie eine Furie gegenüber: sie wollte weder mit ihm, noch mit dem Knaben, noch mit dem Ganzen etwas zu thun haben, sagte sie; ihretwegen könnte er mich dreist nehmen und mir ein paar Rippen brechen, um einen Krüppel zu bekommen, der für seine Tasche betteln könnte! Er sollte mich nur gleich mitnehmen, allein das Geld behielte sie, bis Fra Martino käme; nicht einen Groschen sollten seine falschen Augen zu sehen bekommen. Peppo drohte, ihr mit seinem Handbrette ein Loch in den Kopf zu schlagen, so groß wie die Piazza del Popolo. Ich stand weinend zwischen ihnen; Mariuccia stieß mich von sich, und Peppo zog mich zu sich; ich sollte ihn begleiten, sagte er, mich nur an ihn halten. Wenn er die Last hätte, müßte er auch den Lohn erhalten! Der römische Senat verstände schon einem ehrlichen Manne zu seinem Rechte zu verhelfen! Ohne daß ich es wollte, zog er mich darauf bis zur Hausthür hinaus, wo ein zerlumpter Junge seinen Esel hielt; denn zu größeren Ausflügen und wenn es auf Geschwindigkeit ankam, warf er die Handbretter beiseite und preßte seine verdorrten Beine fest an den Esel; dieser und er wurden dadurch förmlich ein Körper. Mich nahm er vor sich auf das Tier, der Junge versetzte demselben einen Schlag, und dann galoppierten wir vorwärts, während er mich auf seine Weise liebkoste.

»Siehst du, mein Kind!« sagte er, »ist es nicht ein herrlicher Esel. Und fliegen kann er, fliegen, wie ein Wettrenner auf dem Korso! Du sollst es gut bei mir bekommen, wie ein Engel Gottes, du lieber Junge!« Und nun folgten tausend Flüche und Verwünschungen über Mariuccia.

»Wo hast du das schöne Kind gestohlen?« fragten ihn seine Bekannten beim Vorbeireiten, und dann wurde jedesmal meine Geschichte zum besten gegeben und fast an jeder Ecke wiederholt. Die Limonadenverkäuferin gab uns auch für die lange Erzählung ein ganzes Glas, um es uns zu teilen, und schenkte mir für unterwegs eine Pinienfrucht, denn die Kerne hatte sie schon alle verloren. Bevor wir noch unser Obdach erreicht hatten, war die Sonne schon untergegangen. Ich sprach nicht ein Wort, drückte aber die Hände vor die Augen und weinte. In einem kleinen Verschlage neben dem großen Zimmer wies er mir im Winkel eine Schicht von Maisblättern, oder vielmehr von den Hülsen dieser Frucht, zum Schlafen an; hungrig konnte ich, wie er sagte, noch nicht sein, und durstig eben so wenig; wir hätten ja das köstliche Glas Limonade getrunken; er streichelte mir die Wangen und zeigte dabei das häßliche Lächeln, welches mich immer erschreckt hatte. Nun, fragte er mich aus, wie viel Silberstücke sich in dem Gelbbeutel befänden, ob Mariuccia den Betturino daraus bezahlt hätte, und was der fremde Diener gesagt, als er mit dem Gelde kam. Aber ich wußte keinen Bescheid zu erteilen und fragte weinend, ob ich immer hier bleiben müßte, ob ich nicht morgen nach Hause käme.

»Ja gewiß, ja gewiß!« sagte er, »schlaf nur, aber vergiß dein Ave Maria nicht! Wenn der Mensch schläft, wacht der Teufel! Mache das Kreuzeszeichen über dir, es ist eine eiserne Mauer, welche der brüllende Löwe nicht durchdringen kann! Bete fromm und bitte, daß die Madonna die falsche Mariuccia, die dir Unschuldigen Kummer bereitet, und dich und mich um dein Wohl betrügt, mit Gift und Eiterbeulen bestrafen wolle. Schlafe nur, die Luke lasse ich offen stehen, die frische Luft ist halbes Abendbrot! Fürchte dich nicht vor den Fledermäusen! Sie kommen nicht herein, sie fliegen vorbei, die armen Geschöpfe. Schlafe süß mit dem Jesuskinde!« und damit schloß er die Thüre zu.

Lange wirtschaftete er in dem andern Zimmer umher; jetzt unterschied ich mehrere Stimmen und sah einen Lichtschimmer durch eine Thürspalte zu mir hereinfallen. Da erhob ich mich, aber ganz leise, denn die trockenen Maisblätter raschelten laut, und ich war besorgt, er könnte es hören und dann wieder hereinkommen. Durch die Spalte sah ich nun, daß die beiden Dochte in der Lampe angezündet waren, Brot und Rüben lagen auf dem Tische und eine Foglietta Wein kreiste in der Gesellschaft umher. Alle Anwesende waren Bettler, alle Krüppel; ich erkannte sie sehr gut, obgleich jetzt auf ihren Gesichtern ein ganz andrer Ausdruck ruhte, als ich sonst an ihnen zu sehen gewohnt war. Der fieberkranke halbtote Lorenzo saß lustig und lärmend da, schwatzte unaufhörlich, und am Tage hatte ich ihn stets auf dem Monte Pincio Auf demselben befindet sich eine öffentliche Promenade, die sich von der spanischen Treppe und der französischen Akademie bis zur Porta del Popolo erstreckt, mit der Aussicht über den größten Teil Roms und über den Garten bei der Villa Borghese. ausgestreckt im Grase liegen sehen, wo er den verbundenen Kopf an einen Baumstamm lehnte und wie in den letzten Zügen die Lippen bewegte, während seine Frau den Vorübergehenden ihren fieberkranken leidenden Mann zeigte, Francia mit den fingerlosen Händen trommelte mit den Stummeln der blinden Cattarina auf die Schultern und sang halblaut das Lied von » *Cavalière Torchino.*« Zwei bis drei andere saßen der Thür näher, aber so im Schatten, daß ich sie nicht erkennen konnte. Mein Herz klopfte stark vor Angst; ich hörte, daß sie von mir sprachen.

»Läßt sich der Junge zu irgend etwas gebrauchen?« fragte der eine. »Hat er irgend ein Gebrechen?«

»Nein, die Madonna ist ihm nicht so gnädig gewesen!« sagte Peppo, »er ist schlank und wohlgebildet wie das Kind eines Edelmanns.«

»Das ist ein großes Unglück!« sagten sie alle. Die blinde Katharina fügte hinzu, da ließe sich ja leicht nachhelfen, man könnte ihm ja selbst irgend einen Schaden zufügen, der ihm sein irdisches Brot verschaffen könnte, bis ihm die Madonna das himmlische verliehe.

»Ja,« sagte Peppo, »wäre meine Schwestertochter vernünftig gewesen, dann hätte der Junge sein Glück machen können. Eine Stimme hat er, o, wie die lieben Engel Gottes! Er ist für die päpstliche Kapelle geschaffen! Was könnte das für ein Sänger werden!«

Sie sprachen von meinem Alter, von dem, was noch geschehen könnte und was für mein Glück gethan werden müßte; ich verstand nicht, was sie mit mir vornehmen wollten, aber so viel sah ich deutlich ein, daß es etwas Böses war, was sie vor hatten, und ich bebte vor Schrecken. Wie sollte ich doch entkommen! Das allein füllte meine ganze Seele. Wohin? Ja, daran dachte ich nicht einmal. Ich kroch den Boden bis zur offnen Luke entlang. Mit Hilfe eines Holzblockes gelangte ich zu derselben empor. Ich sah nicht einen einzigen Menschen auf der Straße, alle Thüren waren geschlossen. Ich mußte hoch hinabspringen, wollte ich ins Freie kommen; mir fehlte der Mut, den Sprung zu wagen. Da war es mir, als griffe man nach der Thürklinke, als wollte man zu mir herein. Vor Schrecken fuhr ich zusammen und ließ mich die Mauer hinabgleiten. Ich fiel hart, aber doch auf den Boden und zwar auf Rasen.

Schnell richtete ich mich in die Höhe und lief dann, ohne zu wissen wohin, durch die engen winkligen Straßen; ein Mann, welcher laut sang und mit seinem Stocke gegen das Steinpflaster schlug, war der einzige, den ich traf. Endlich stand ich auf einem großen Platze, der Mond schien, ich erkannte die Stelle, es war das Forum Romanum, der Kuhmarkt, wie wir ihn nannten.

Der Mond beleuchtete die Rückseite des Kapitols, die, wie ein senkrechter Feldweg, den schmalen Raum von dem freieren Teile abzuschneiden schien. Auf der hohen Treppe, die zu dem Triumphbogen des Septimius Severus hinaufführt, lagen einige Bettler, in ihre großen Mäntel eingehüllt, und schliefen. Die hohen Säulen, die noch von den alten Tempeln herrühren, warfen lange Schatten. Nie war ich nach Sonnenuntergang hier gewesen; das ganze hatte etwas Gespensterhaftes für mich, und beim Gehen fiel ich über marmorne Kapitäler, die in dem hohen Grase lagen. Ich stand wieder auf und schaute zu den Ruinen der Kaiserburg empor. Der dichte Epheu machte die Mauern noch unheimlicher; die dunklen Cypressen hoben sich so dämonisch und gigantisch von der blauen Luft ab, daß ich noch ängstlicher wurde. Im Grase lagen zwischen umgestürzten Säulen und Marmorschutt einige Kühe, und Maulesel grasten. Es war für mich eine Art Trost; hier waren doch lebende Wesen, die mich nicht ängstigen und kränken wollten.

Es war in dem klaren Mondschein fast tageshell; jeder Gegenstand trat deutlich hervor. Da hörte ich jemand kommen. Wenn ich es war, den man suchte? In meiner Angst flüchtete ich mich in das riesengroße Kolosseum, welches wie eine völlige Felsenpartie vor mir lag. Ich stand in dem doppelten Bogengange, der sich noch vollständig und großartig, als wäre er erst gestern vollendet, um das halbe Gebäude erstreckt. Hier war es stockfinster und eisigkalt. Ich ging einige Schritte zwischen den Säulen vorwärts; aber leise, ganz leise, denn der Schall meiner Fußtritte jagte mir noch größere Angst ein. Ich erblickte nicht weit vor mir ein loderndes Feuer und konnte vor demselben die Umrisse dreier menschlicher Gestalten erkennen. Waren es etwa Bauern, die sich hier ihr Nachtlager gewählt hatten, um nicht zur Nachtzeit über die öde Campagna zu reiten? Waren es vielleicht die Soldaten, welche die Wache im Kolosseum hatten, oder gar Räuber? Ich glaubte das Klirren ihrer Waffen hören zu können, und zog mich deshalb leise dorthin zurück, wo die hohen Pfeiler ohne jegliches anderes Gewölbe, als das, welches Büsche und Schlingpflanzen bilden, dastanden. Seltsame Schlagschatten fielen im Mondscheine auf die hohen Mauern; die Quadersteine, welche aus ihren Fugen gewichen und mit Immergrün bewachsen waren, sahen aus, als wollten sie hinabstürzen und hingen nur noch an den dichten Ranken fest.

Oben in dem mittelsten Säulengange gingen Leute, sicherlich Reisende, welche spät im Mondenscheine diese merkwürdige Ruine besahen; eine weißgekleidete Dame war mit in der Gesellschaft. Noch sehe ich deutlich dieses seltsame Gemälde: wie sie zum Vorschein kamen, verschwanden und sich wieder zwischen den Säulen zeigten, beleuchtet vom Mondscheine und der roten Fackel. Die Nacht hatte sich unendlich dunkelblau auf die Erde hinabgesenkt; Büsche und Sträucher sahen wie der schwärzeste Samt aus; jedes Blatt atmete Nacht. Mein Auge folgte den Fremden. Als sie mir schon gänzlich aus dem Gesichte verschwunden waren, sah ich noch den roten Schein der Fackel, aber auch dieser verschwand, und alles rings umher war totenstille.

Hinter einem der vielen hölzernen Altäre, die Seite an Seite innerhalb der Ruinen stehen und die Stationen der Kreuzeswanderung Christi bezeichnen, setzte ich mich auf ein zerbrochenes Kapitäl, welches im Grase lag. Der Stein war kalt wie Eis, mein Kopf brannte, mein Blut kochte in Fieberhitze. Schlafen war mir unmöglich, und nun fiel mir alles ein, was mir von diesem alten Gebäude erzählt worden war, von den gefangenen Juden, die diese großen Steinblöcke für den mächtigen römischen Kaiser hatten aufrichten müssen; von den wilden Tieren, die hier miteinander, ja häufig sogar mit Menschen hatten kämpfen müssen, während das Volk auf den steinernen Bänken saß, die amphitheatralisch von der Erde bis zum obersten Säulengange Das Kolosseum hat eine ovale Form, ist aus Travertiner-Stein und vierstöckig erbaut. Jede dieser Etagen zeigt eine besondere Ordnung dorische, jonische und korinthische. Es wurde unter Vespasian, siebzig und einige Jahre nach Christi Geburt aufgeführt, 12 000 gefangene Juden arbeiteten daran. Es hat 80 Bogen und der Umfang desselben wird von den meisten auf 1641 Fuß angeschlagen. Rings um die Arena sollen sich 86 000 Sitzplätze und ganz oben 20 000 Stehplätze befunden haben. Jetzt ist die Ruine dem christlichen Gottesdienste geweiht worden. emporstiegen.

While stands the Coliseum, Rome shall stand,
When falls the Coliseum, Rome shall fall;
And when Rome falls – the world –,«
Byron.

Es raschelte im Gesträuche über mir; ich blickte empor und es kam mir vor, als bewegte sich etwas; ach ja, ringsum zeigte mir meine erregte Phantasie bleiche dunkle Gestalten, welche mauerten und hämmerten. Ich hörte deutlich den Klang jedes Schlages, sah die magern schwarzbärtigen Juden Gräser und Sträucher ausreißen und Stein auf Stein wälzen, bis das ganze ungeheure Gebäude wieder neu aufgerichtet dastand, und nun war alles ein ungeheures Menschengewimmel, Kopf an Kopf; das Ganze schien unendlich größer, ein lebendiger Riesenkörper.

Ich sah die Vestalinnen in langen weißen Kleidern, den prächtigen Kaiserhof, die nackten blutenden Gladiatoren; hörte nun, wie es ringsum in den untersten Bogengängen brauste und heulte. Von mehreren Seiten stürzten Scharen von Tigern und Hyänen herein, sie jagten dicht bei meinem Ruheplatze vorbei, ich fühlte ihren brennenden Atem, sah ihren roten Feuerblick und schmiegte mich fest an den Stein, auf dem ich saß, während ich zur Madonna um Errettung betete. Aber immer noch wilder lärmte es; doch konnte ich mitten in dem Aufruhr das heilige Kreuz erblicken, welches noch steht und welches ich immer fromm geküßt habe, so oft ich an demselben vorüber ging. Ich strengte meine ganze Kraft an, fühlte deutlich, daß ich meine Arme um dasselbe schlang, aber alles ringsum stürzte zusammen, Mauern, Menschen und Tiere. Ich verlor das Bewußtsein, ich fühlte nichts mehr.

Als ich wieder die Augen aufschlug, war mein Fieber vorüber, aber ich war entkräftet und von einer unendlichen Mattigkeit befallen.

Ich lag wirklich auf den Stufen des großen hölzernen Kreuzes. Ich betrachtete nun meine ganze Umgebung, die durchaus nichts Erschreckendes hatte. Eine tiefe Feierlichkeit ruhte über dem Ganzen; eine Nachtigall sang im Busche oben auf der Mauer. Ich dachte an das liebe Jesuskind, dessen Mutter nun, da ich keine mehr hatte, ja auch meine war, schlang meine Arme um das Kreuz, lehnte den Kopf an dasselbe und schlief bald einen ruhigen stärkenden Schlaf.

Er muß mehrere Stunden gedauert haben; Gesang erweckte mich. Die Sonne beleuchtete den obersten Teil der Mauern, die Kapuziner wanderten mit brennenden Lichtern von Altar zu Altar und sangen ihr »Kyrie eleison« in den schönen Morgen hinein. Sie standen am Kreuze, wo ich lag; – ich sah Fra Martino sich über mich beugen. Mein verwirrtes Aussehen, meine Blässe und daß ich zu dieser Zeit hier war, beunruhigte ihn. Wie ich mich erklärte, weiß ich nicht, aber meine Furcht vor Peppo, mein verlassener Zustand war ihm deutlich genug. Ich hielt ihn an seiner braunen Kutte fest, bat ihn, mich nicht zu verlassen, und es war, als ob alle Brüder an meinem Unglücke teil nahmen, sie kannten mich ja alle, ich war ja bei ihnen in ihren Zellen gewesen und hatte mit ihnen vor dem heiligen Altare gesungen.

Wie froh wurde ich nicht, als mich Fra Martino mit in das Kloster nahm, und wie vergaß ich nicht völlig alle meine Not, als ich in seiner kleinen Zelle saß, wo die alten Holzschnitte an die Wände geklebt waren, und der Orangenbaum seine grünen duftenden Zweige zum Fenster hinein streckte! Fra Martino hatte mir auch versprochen, daß ich nicht zu Peppo kommen sollte. »Einem Bettler,« hörte ich ihn zu den andern sagen, »einem Krüppel, der von Almosen lebt, kann der Knabe nicht übergeben werden.«

Zur Mittagszeit brachte er mir Rüben, Brot und Wein, und sagte dann recht feierlich, so daß mein Herz bebte:» Armer Knabe! Hätte deine Mutter gelebt, dann hätten wir uns nicht zu trennen brauchen, die Kirche hätte dich behalten, und du wärest in ihrem Frieden und Schirm aufgewachsen. Nun mußt du hinaus in die unruhige See, mußt schwimmen auf dem losen Brett, aber ich denke an den blutenden Erlöser und die himmlische Jungfrau! Halte an ihnen fest! Du hast in der ganzen weiten Welt niemand als sie.« »Wo soll ich hin?« fragte ich; und nun erzählte er mir, daß ich zu Mariuccias Eltern in die Campagna hinaus sollte, legte mir's an das Herz sie wie Vater und Mutter zu ehren, ihnen in allem, was sie verlangten, zu gehorchen und nie meine Gebete und die Lehren, die er mir gegeben hätte, zu vergessen. Gegen Abend stand Mariuccia mit ihrem Vater an der Klosterpforte, um mich abzuholen; Fra Martino führte mich zu ihnen hinaus. In Bezug auf die Kleider sah Peppo fast zierlicher und saubrer als dieser Hirt aus, dem man mich jetzt übergab. Die zerrissenen, bestaubten Lederstiefel, die nackten Kniee und der spitze Hut mit dem blühenden Haidekraute, das war es, was mir zuerst in die Augen fiel. Er beugte die Kniee, küßte Fra Martino die Hand und sagte, mich anschauend, ich wäre ein hübscher Junge, und er und seine Frau würden gern den letzten Bissen mit mir teilen. Mariuccia gab ihm nun den Geldbeutel mit all' meinem Reichtum, und wir gingen darauf alle vier in die Kirche; sie hielten ein stilles Gebet und auch ich kniete nieder, konnte jedoch nicht beten. Meine Augen suchten alle bekannte Bilder: Jesus, der hoch über dem Portale der Kirche segelte, den Engel auf dem Altargemälde und den schönen Sankt Michael; selbst den Totenköpfen mit den grünen Epheukränzen mußte ich Lebewohl sagen. Fra Martino legte mir seine Hand auf den Kopf und gab mir beim

Abschiede ein kleines Buch mit Holzschnitten » *Modo di servire la sancta messa*« und dann trennten wir uns. Als wir über die Piazza Barberini gingen, konnte ich nicht unterlassen, zu dem Hause meiner Mutter emporzuschauen; alle Fenster standen offen, die Zimmer warteten auf neue Bewohner.

Die Campagna

Die mächtige Steppe um das alte Rom war also nun meine
Heimat. Der Fremde, welcher begeistert für Kunst und Altertum, sich zum erstenmal der Tiberstadt nähert, sieht in dieser
ausgedörrten Einöde ein weltgeschichtliches Blatt; die einzelnen Hügel, ja alles, was er sieht, sind ihm heilige Chiffren,
ganze Kapitel der Weltgeschichte. Der Maler skizziert den
einsam stehenden Bogen einer eingestürzten Wasserleitung,
den Hirten, welcher bei seiner Schafherde sitzt, und malt
dann die taube Distel in den Vordergrund, und die Menschen sagen: das ist ein schönes Bild. Mit welch' ganz andern
Gefühlen betrachteten mein Führer und ich die große Ebene.
Das versengte Gras, die ungesunde Sommerluft, welche den
Campagnebewohnern beständig Fieber und andere bösartige
Krankheiten bringt, bildeten in meines Begleiters Betrach-
tungen die überwiegende Schattenseite. Mir war es etwas
Neues; mich ergötzte der Anblick der schönen Berge, welche
in verschiedenen Variationen von Lilla die eine Seite der
Ebene einfaßten, der wilden Büffel und der gelben Tiber, an
deren Ufern die Ochsen mit ihren langen Hörnern unter dem
Joche gingen und die Schiffe gegen den Strom zogen. Wir
gingen in derselben Richtung.

Ringsum nur das kurze gelbe Gras und hohe halbvertrockne-
te Disteln. Wir kamen an einem Kreuze vorüber, zum Zeichen errichtet, daß hier jemand erschlagen war; dicht
daneben hingen Teile von des Mörders zerstückeltem Leibe,
ein Arm und ein Fuß. Dieser Anblick erfüllte mich mit Grau-
en, und meine Angst nahm noch durch die Wahrnehmung
zu, daß der Ort nicht weit von meiner neuen Heimat entfernt
war. Letztere war nicht mehr und nicht weniger als eine der
alten verfallenen Grabstätten, wovon sich noch aus den ältesten Zeiten her sehr viele finden. Die meisten Hirten in der
Campagna beziehen eine solche, weil ihnen hier alles darge-
boten wird, was sie zum Schutz, ja oft selbst zur Bequem-
lichkeit bedürfen. Sie füllen einzelne Vertiefungen aus, mauern einige Löcher zu, legen ein Rohrdach darüber, und die
Wohnung ist fertig. Diese lag auf einem Hügel und hatte

zwei Stockwerke. Die beiden korinthischen Säulen an der schmalen Thür bekundeten das Zeitalter, aus welchem das Gebäude stammte, wogegen die drei breiten Pfeiler in der Mauer eine spätere Veränderung bekundeten. Vielleicht hatte es im Mittelalter als Kastell gedient. Ein Loch in der Mauer oberhalb der Thür ersetzte das Fenster. Das halbe Dach war mit einer Mischung von Rohr und Reisig gedeckt, die andere Hälfte zeigte ein lebendes Gebüsch, aus welchem Caprifolienranken in reicher Fülle über die zersprungene Mauer hinabhingen.

»Sieh, da sind wir!« sagte Benedetto, und das war das erste Wort, welches er auf dem ganzen Wege zu mir gesprochen hatte.

»Wohnen wir hier?« fragte ich und sah bald das unheimliche Haus an, bald nach dem zerstückelten Räuber zurück. Ohne zu antworten, rief er seine Frau: »Domenica! Domenica!« und ich sah eine ältliche Frau herauskommen, deren ganze Bekleidung aus einem groben Hemde bestand. Arme und Beine waren nackend und das Haar hing ihr aufgelöst um den Kopf. Sie überhäufte mich mit Küssen und Liebkosungen, und war Vater Benedetto schweigend gewesen, so war sie desto redseliger. Sie nannte mich ihren kleinen Ismael, der ihr aus der Wüste, wo die wilde Distel wächst, zugesandt wäre. »Aber du sollst nicht bei uns verschmachten. Ich will dir die Mutter, welche jetzt im Himmel für dich betet, ersetzen! – Und dein Bett habe ich schon in stand gesetzt, und die Bohnen kochen, und mein alter Benedetto und du, ihr könnt euch gleich zu Tische setzen! Und Mariuccia ist nicht mit gekommen? Und du sahest den heiligen Vater nicht? Den Schinken vergaßest du doch nicht, auch die Messinghaken nicht, noch das neue Madonnenbild, welches wir neben das alte, das wir schon schwarz geküßt haben, an die Thür kleben wollen? Nein, du bist ein Mann, der seine Gedanken immer beisammen hat, du mein einziger Benedetto!«

So blieb sie in einem Wortschwalle und führte uns in den engen Raum, der Stube genannt wurde, mir aber später groß wie die Säle des Vatikans erschien. Ich glaube auch in der

That, daß diese Heimat von bedeutendem Einflusse auf mein poetisches Gemüt gewesen ist.

Der enge kleine Platz war für meine Phantasie dasselbe, was die Last für den jungen Palmenbaum ist. Je mehr er in sich selbst zusammengedrückt wird, desto mehr wächst er. Das Haus war, wie gesagt, in alten Zeiten eine Familiengruft gewesen, welche aus einer großen Kammer mit vielen kleinen Nischen, dicht nebeneinander, und aus zwei übereinander befindlichen breiten Gesimsen bestand; überall zogen künstliche Mosaikarbeiten die Aufmerksamkeit auf sich. Diese Räumlichkeiten wurden nun zu sehr verschiedenen Zwecken genutzt; eine diente als Speisekammer, eine andere zum Aufstellen der Töpfe und Krüge, eine dritte wiederum als Feuerherd, wo die Bohnen kochten.

Domenica sprach das Tischgebet und Benedetto segnete die Mahlzeit. Als wir nun gesättigt waren, führte mich die alte Mutter eine leiterartige Treppe hinauf und durch das durchbrochene Gewölbe nach dem zweiten Stockwerke, wo wir alle in zwei großen Nischen, die einmal Gräber gewesen waren, schliefen. Mein Schlafraum lag dem Eingange gegenüber und war am entferntesten von demselben; mir zur Seite standen zwei Stangen, die über Kreuz zusammengebunden waren und von denen eine Art Hängematte herabhing, welche einem kleinen Kinde, wie ich glaube dem der Mariccia, als Wiege diente. Es lag ganz still. Ich legte mich hin; ein Stein hatte sich aus der Mauer gelöst, und ich konnte durch die Oeffnung die blaue Luft draußen und den dunklen Epheu sehen, der sich wie ein Vogel im Winde bewegte. Während ich mich hinlegte, lief eine bunte schillernde Eidechse über die Mauer fort, aber Dommica tröstete mich damit, daß sich die Aermsten mehr vor mir fürchteten als ich mich vor ihnen; sie wollten niemanden etwas zuleide thun. Darauf sprach sie ein Ave Maria an meiner Lagerstätte und setzte das Gestell mit der Wiege in die andere Nische, wo sie und Benedetto schliefen. Ich bekreuzte mich, dachte an meine Mutter, an die Madonna, an meine neuen Eltern und an des hingerichteten Räubers blutige Hand und Fuß, welche

ich dicht neben dem Hause gesehen hatte, und sie durchkreuzten alle seltsam meine Träume in dieser ersten Nacht.

Der nächste Tag begann mit Regenwetter; es währte die ganze Woche und hielt uns in der engen Stube zurück, wo eine
fortwährende Dämmerung herrschte, obwohl die Thür, offen
stand, sobald der Wind aus einer andern Richtung wehte. Ich
mußte das kleine Kind wiegen, welches in der Wiege von
Segeltuch lag; Domenica spann an ihrer Handspindel, erzählte mir von den Räubern in der Campagna, welche ihnen
doch nie etwas zuleide thäten, sang mir fromme Lieder vor,
lehrte mich neue Gebete und erzählte von solchen Heiligen,
welche ich vorher nicht gekannt hatte. Zwiebeln und Brot
waren unsere gewöhnliche Speise und sie schmeckte mir gut,
doch war es mir langweilig, in dem engen Raum eingeschlossen zu sitzen. Deshalb grub Dommica unmittelbar vor
der Thüre einen Kanal, eine kleine sich schlängelnde Tiber, in
der das Wasser gelb und langsam floß. Kleine Holz- und
Rohrstücke bildeten meine Schleppschiffe, und ich ließ sie an
Rom vorüber bis nach Ostia segeln. Rauschte jedoch der Regen zu heftig hernieder, dann mußte die Thür geschlossen
werden und wir saßen fast im Dunkeln. Domenica spann
und ich dachte an die schönen Bilder in der Klosterkirche,
glaubte Jesus auf dem Schiffe zu sehen, welches an mir vor-
überschaukelte; die Madonna auf der Wolke, von Engeln
getragen und die Leichensteine mit den bekränzten Totenköpfen.

Als die Regenzeit zu Ende war, wölbte sich auch der Himmel
monatelang in seinem unveränderlichen Blau über uns. Ich
bekam Erlaubnis, draußen umher zu laufen, nur nicht zu
weit fort und zu nah an den Fluß hin, denn die lockern Erd-
ufer konnten, wie Domenica sagte, leicht unter mir einstür-
zen. Dort weideten auch zahlreiche Büffel und sie waren
wild und gefährlich. Jedoch hatte gerade dies ein eignes seltsames Interesse für mich. Das Dämonische, was in dem Blick
des Büffels liegt, das eigentümlich rote Feuer, welches aus
seinen Augen blitzt, weckte bei mir ein ähnliches Gefühl wie
dasjenige, welches den Vogel in den Rachen der Schlange

treibt. Ihr wilder Lauf, geschwinder als der des Pferdes, ihr Kampf untereinander, wo Kraft der Kraft begegnete, fesselte meine ganze Aufmerksamkeit. Ich zeichnete dann Figuren in den Sand, welche andeuten sollten, was ich gesehen hatte, und es anschaulicher zu machen, besang ich es mit einem Text und mit eigner Melodie zu großer Freude der alten Domenica, welche sagte, ich wäre ein kluges Kind und sänge schön wie die Engel bei Gott-Vater.

Tag für Tag brannte die Sonne heißer. Ihre Strahlen waren ein Feuermeer, welches sich über die Campagna ergoß. Die stinkenden Gewässer verpesteten die Luft; nur morgens und abends konnten wir draußen sein. Solchen Uebelstand hatte ich in Rom auf dem luftigen Monte Pincio nicht empfunden. Ich erinnere mich noch sehr wohl der heißen Zeit daselbst, wenn die Bettler um einen Dreier baten, nicht zu Brot, sondern zu einem Glase Eiswasser. Ich erinnerte mich damals vorzüglich der schönen grünen Wassermelonen, die dort in zwei Stücke geteilt, zum Verkauf ausgelegt waren und das purpurrote Fleisch mit den schwarzen Kernen zeigten; meine Lippen schmachteten bei der Erinnerung doppelt danach! – Senkrecht brannte die Sonne herab; mir schien es, als ob sich selbst mein Schatten vor ihr unter meinen Füßen verstecken wollte. Die Büffel lagen wie tote Massen auf dem versengten Grase oder flogen, von völliger Raserei ergriffen, pfeilgeschwind in großen Kreisen umher. Da sog meine Seele ein Bild der Leiden eines Wanderers in Afrikas brennenden Wüsten ein.

Zwei Monate lagen wir in einem Wrack auf dem Weltmeere. Nicht ein einziges lebendes Wesen besuchte uns. Alles wurde des Nachts oder in frühester Morgenstunde besorgt. Die ungesunde Luft und die brennende Hitze gossen Fieberglut in meine Adern, kein kalter Tropfen war vorhanden, um sich daran zu erquicken. Jeder Sumpf war ausgetrocknet; lauwarmes gelbes Wasser glitt schläfrig die Tiber hinab, der Saft der Melone war erwärmt, ja selbst der Wein, obgleich unter Steinen und Schutt versteckt, schmeckte sauer und halbgekocht, und nicht eine Wolke, nicht eine einzige Wolke stieg am Horizonte empor. Tag und Nacht, immer das ewige unendliche Blau. Jeden Abend und Morgen flehten wir um Regen oder frischen Luftzug; jeden Abend und jeden Morgen schaute Domenica nach den Bergen, ob sich nicht eine Wolke erheben wollte, aber nur die Nacht brachte Schatten, den schwülen Schatten der Nacht, nur der Scirocco wehte zwei lange, lange Monate mit heißen Luftwellen.

Erst da, aber nur bei Sonnenaufgang und Untergang, erhob sich wieder ein leiser Luftzug; aber eine Abgestumpftheit, eine Todesmattigkeit, durch diese unleidliche Hitze und die fürchterlichste Langeweile hervorgerufen, hatte sich meines ganzen Wesens bemächtigt. Fliegen und alle mögliche Schmerzen verursachende Insekten erhoben sich bei dem frischen Lufthauche zu doppeltem Leben; myriadenweise überfielen sie uns mit ihren giftigen Stichen. Die sich im Freien aufhaltenden Büffel waren von den summenden Schwärmen oft wie bedeckt; bis zur Wut angestachelt, stürzten sie sich dann in die Tiber und wälzten sich in dem gelben Wasser. Der Römer, der in den heißen Sommertagen in den fast ausgestorbenen Straßen stöhnt und sich an den Häusern entlang schleicht, als wollte er jeden Schatten eines Schattens einsaugen, hat doch keine Idee von den Leiden der Campagna, wo jeder Atemzug schwefliges verpestetes Feuer ist, wo Insekten und Ungeziefer, wie peinigende Dämonen, diejenigen martern, welche dazu verurteilt sind, in diesem Flammenmeere zu leben.

Der September brachte mildere Tage, er führte auch eines Tages Federigo heraus, um Skizzen der versengten Natur aufzunehmen; er zeichnete unser sonderbares Haus, die Richtstätte und die wilden Büffel ab, gab mir Papier und Bleistift, damit ich mich ebenfalls im Zeichnen versuchen könnte, und versprach, mich, sobald er wiederkäme, eines Tages mit nach Rom zu nehmen, damit ich Fra Martino, Mariuccia und alle meine Freunde, die mich völlig zu vergessen schienen, besuchen könnte. Leider that das aber Federigo auch.

Wir waren bereits im November, doch war es die schönste Zeit, die ich bis jetzt hier verlebt hatte. Milde Lüfte wehten von den Bergen herab, und jeden Abend sah ich das reiche Farbenspiel der Wolken, wie es nur der Süden besitzt und wie es der Maler seinen Bildern nicht geben kann noch zu geben wagt. Die eigentümlichen olivengrünen Wolken, auf chamois Grund, kamen mir wie die schwimmenden Inseln im Garten des Paradieses vor, die dunkelblauen dagegen, die wie Pinienkronen in dem flammenvergoldeten Abendhimmel hingen, schienen mir die Berge der Seligkeit zu sein, in deren Thälern die schönen Engel spielten und mit den weißen Flügeln Kühlung zuwehten.

Als ich eines Abends in meine Träumereien versunken saß, verfiel ich darauf, durch ein durchstochenes Blatt in die Sonne zu schauen. Domenica sagte, es schadete meinen Augen, und um diesem Spiele ein Ende zu machen, schloß sie die Thüre. Die Zeit wurde mir lang, ich bat ausgehen zu dürfen, und als sie es gestattete, lief ich fröhlich hin und öffnete die Thür, doch in demselben Augenblicke stürzte mir ein Mann so eilig entgegen, daß ich hinfiel. In einem Nu schlug er die Thür zu. Ueberrascht sah ich eben in sein bleiches verzerrtes Antlitz, hörte ihn noch mit bebenden Lippen den Namen der Madonna hervorstöhnen, als ein so gewaltiger Stoß die Thür erschütterte, daß die Bohlen derselben brachen und auf uns herabfielen. Die ganze Oeffnung wurde aber durch den Kopf eines Büffels ausgefüllt, der seine wütenden brennenden Augen auf uns richtete.

Domenica stieß einen Schrei aus, ergriff mich am Arme und sprang eine Stufe jener Treppe hinauf, welche nach dem oberen Stockwerke führte. Der todbleiche Fremde blickte scheu umher, und als er Benedettos Flinte entdeckte, die aus Furcht vor nächtlichen Ueberfällen immer geladen war, ergriff er sie in einem Nu, ich hörte den Knall und sah im Pulverdampfe, wie er mit dem Kolben das Tier vor die Stirn schlug. Es stand unbeweglich; zwischen die enge Thüröffnung eingeklemmt, konnte es sich weder vor- noch rückwärts drehen.

»Um aller Heiligen willen!« war das erste, was Domenica über die Lippen brachte, »was soll das heißen? Sie haben ja dem Tiere das Leben genommen!«

»Madonna sei gepriesen!« erwiderte der Fremde, »sie rettete mir das Leben, und du,« sagte er zu mir, indem er mich von der Erde emporhob, »du warst mein guter Engel. Du öffnetest mir die Rettungsthür!« Er war noch ganz bleich und die kalten Schweißtropfen standen ihm vor der Stirn.

Wir hörten, daß es kein Ausländer war, sahen, daß es ein römischer Nobile sein mußte. Er erzählte auch, es wäre seine Liebhaberei allerlei Blumen und Pflanzen zu sammeln, zu diesem Zwecke hätte er an der Ponte Molle Pons Milvius. seinen Wagen verlassen und wäre die Tiber entlang gegangen; hier in der Nähe stieß er auf die Büffel, wo sich denn der eine gegen ihn gewendet hätte, und allein durch die Nähe unseres Hauses und durch den Umstand, daß sich die Thür wie durch ein Wunder plötzlich öffnete, wäre er gerettet worden.

»Santa Maria, ora pro nobis!« rief Domenica aus, »ja diese, die heilige Mutter Gottes hat Sie gerettet, und mein kleiner Antonio war einer der Auserkorenen! Ja, ihn hat sie lieb! Eccellenza weiß nicht, was für ein Kind er ist! Lesen kann er alles, was gedruckt und geschrieben ist, und so natürlich zeichnen, daß man ordentlich erkennen kann, was es vorstellen soll. Die Peterskuppel, die Büffel, ja den dicken Pater Ambrosio hat er gezeichnet, und dann hat er eine Stimme! – Eccellenza sollte ihn nur einmal singen hören, die päpstlichen Sänger können es mit ihm nicht aufnehmen, und dazu ist es ein gutes Kind, ein seltnes Kind! Ich lobe ihn nicht, weil er es anhört, denn das können Kinder nicht vertragen; aber er verdient es!«

»Das ist doch nicht Ihr Sohn?« fragte der Fremde; »er ist noch so jung.«

»Und ich bin so alt,« versetzte sie, »nein, ein alter Feigenbaum treibt nicht mehr solche kleine Sprößlinge! Aber das arme Kind hat keinen andern Vater und Mutter in dieser

Welt als mich und meinen Benedetto! Wir möchten ihn jedoch nicht verlieren, selbst wenn wir keinen Groschen mehr hätten! Aber du heilige Jungfrau!« unterbrach sie sich selbst und ergriff den Büffel bei den Hörnern, von dessen Kopf das Blut in die Stube strömte. »Wir müssen das Tier fortschaffen! Man kann wegen desselben weder hinaus noch herein. O weh, es sitzt fest eingeklemmt. Wir kommen nicht hinaus, bevor Benedetto zurückkehrt. Wenn wir nur keine Unannehmlichkeiten davon haben; daß das Tier getötet ist!«

»Sei sie nur ganz ruhig, gute Frau!« sagte der Fremde; »ich stehe für alles! Sie kennt doch wohl die Borghesische Familie – –?«

»O, Principe!« rief Domenica und küßte ihm den Rock; er drückte ihr aber die Hand und nahm auch die meinige zwischen seine Hände, während er ihr befahl, morgen mit mir nach Rom zu kommen, wo er im Palazzo Borghese wohnte, zu welchem Geschlechte er gehörte. Meiner alten Pflegemutter stiegen Thränen in die Augen über die große Gnade, wie sie es nannte. Meine verschiedenen Sudeleien auf allen möglichen Fetzen Papier, die sie mit einer Sorgfalt aufhob, als wären es Skizzen eines Michelangelo, mußten zum Vorschein. Eccellenza mußte alles, was ihr selbst Freude gemacht hatte, bewundern, und ich war stolz darauf, denn er lächelte, streichelte mir die Wange und sagte, ich wäre ein kleiner Salvator Rosa.

»Ja,« sagte Domenica, »ist es nicht unbegreiflich von dem Kinde, und ist es nicht so natürlich, daß man wirklich erkennen kann, was es vorstellen soll? Die Büffel, die Kähne und unser kleines Haus! Und sehen Sie, dies hier soll ich sein! Es ähnelt doch täuschend, bis auf die Farben natürlich, die kann er mit dem Bleistift nicht wiedergeben! Singe Eccellenza etwa« vor!« sagte sie zu mir, »sing, so gut du kannst, dichte selbst etwas! Ja, er kann sich ganze Geschichten und Predigten aussinnen, so gut wie nur irgend ein Mönch! Na, laß uns hören; Eccellenza ist ein gnädiger Herr, er wünscht es, und du kannst dich schon hören lassen!«

Der Fremde lächelte und belustigte sich über uns beide. Daß ich improvisierte, und daß Domenica es meisterhaft fand, ist gewiß; was ich aber eigentlich sagte und wie, dessen erinnere ich mich nicht mehr. Nur das eine, daß Madonna, Eccellenza und der Büffel den poetischen Dreiklang in dem Ganzen bildeten, steht mir noch deutlich vor der Seele. Eccellenza saß schweigend da, und Domenica las in diesem Stillschweigen Erstaunen über mein Genie. »Bringe Sie den Knaben mit,« waren seine ersten Worte, »ich erwarte euch morgen früh! Doch nein! – Kommt gegen Abend, eine Stunde vor dem Ave Maria! Wenn ihr kommt, werden meine Leute Bescheid wissen, damit ihr sofort vorgelassen werdet. Aber wie gelange ich nun hinaus? Habt ihr gar keinen Ausgang weiter als diesen, in welchem das Tier liegt? Und wie komme ich, ohne neue Angriffe der Büffel besorgen zu müssen, zu meinem Wagen an der Ponte Molle?«

»Ja, hinaus zu kommen,« sagte Domenica, »ist für Eccellenza schlechterdings eine Unmöglichkeit! Ich kann es freilich, und wir andern können es, aber für einen solchen hohen Herrn ist es kein Weg! Oben giebt es schon ein Loch, wo man hinauskriechen und sich dann ganz gut kann hinabgleiten lassen; das kann ich sogar noch in meinen alten Tagen! Aber, wie gesagt, es ist nichts, worauf man fremde Leute und eine vornehme Herrschaft einladen könnte!«

Eccellenza kletterte indes die schmale Leiter hinauf, steckte den Kopf durch das Loch in der Mauer und versicherte, es wäre ein ebenso guter Weg als die Treppe nach dem Kapitol hinunterwärts. Die Büffel hatten sich nach der Tiber zu gezogen, und auf dem nicht weit entfernten Wege fuhren schläfrig und langsam eine Menge Bauern die große Landstraße entlang. Diesen wollte er sich anschließen; hinter ihren mit Rohrbündeln befrachteten Wagen befand er sich vor den Büffeln in Sicherheit, falls ein neuer Angriff stattfinden sollte. Noch einmal befahl er Domenica am nächsten Tage zu kommen, eine Stunde vor dem Ave Maria, reichte ihr darauf seine Hand zum Kusse, streichelte mir die Wange und glitt dann zwischen dem dichten Epheu hinunter. Bald sahen wir ihn die Wagen einholen und hinter diesen verschwinden.

Der Besuch im Palazzo Borghese. Die Geschichte meiner Kindheit endet

Benedetto und ein paar Hirten schafften später den Büffel aus der Thüre fort; es war ein unaufhörliches Erzählen und Schwatzen, aber nur des einen erinnere ich mich noch deutlich, daß ich am nächsten Morgen schon vor Tagesgrauen erwachte und aufstand, um mit Domenica gegen Abend nach der Stadt wandern zu können. Meine Sonntagskleider, die seit mehreren Monaten unter Schloß und Riegel gelegen hatten, kamen nun wieder zum Vorschein, und eine schöne Rose wurde an meinen kleinen Hut gesteckt. Die Schuhe waren der schwächste Teil meiner Bekleidung, und es wäre eine schwierige Aufgabe gewesen zu bestimmen, ob sie das vorstellten, was ihr Name besagte, oder ob sie nicht eher alte römische Sandalen waren.

Wie lang die Campagna doch war, und wie die Sonne brannte! Nie hat mir später der Falerner- oder Cypernwein so herrlich wie das Wasser geschmeckt, welches aus dem Rachen der steinernen Löwen am Obelisken auf der Piazza del Popolo Wenn man Rom von der Nordseite erreicht, führt der Weg durch die Porta del Popolo, und man befindet sich auf der großen schönen Piazza del Popolo, welche zwischen der Tiber und dem Monte Pincio liegt. Auf beiden Seiten erheben sich, unter Cypressen und Akazien, moderne Statuen und Springbrunnen. Mitten auf dem Platze steht zwischen den erwähnten vier steinernen Löwen ein Obelisk aus Sesostris' Zeit. Vorn liegen die drei geraden Straßen Via Babuino, Il Corso und Via Ripetta. Zwei Kirchen im gleichen Baustile bilden die Ecken der Hauptstraße (Il Corso). Keine Stadt kann ein freundlicheres sommerlicheres Aussehen haben, als dieser Teil des alten Roms. springt. Ich drückte meine heiße Wange an den Löwenrachen und ließ mir, zu Domenicas großem Entsetzen das Wasser über den Kopf sprudeln, denn meine Kleider wurden ja naß und meine glatt gekämmten Haare verwirrten sich. Mittlerweile wanderten wir die Via Ripetta bis nach dem stolzen borghesischen Palaste hinab. Wie oft war ich nicht früher, und Domenica ebenfalls, an diesem Gebäude vorübergegangen, ohne demselben eine höhere Aufmerksamkeit als jedem andern gleichgültigen Gegenstande zu schenken! Nun standen wir förmlich still und betrachteten ihn; wir fanden alles so groß, so kostbar und reich, besonders die langen seidenen Gardinen hinter den Fenstern. Wir kannten die Eccellenza in demselben, sie war ja gestern in unserm Hause gewesen, wie wir jetzt das seinige betreten sollten; das flößte uns ein ganz eigentümliches Interesse ein. Ich vergesse nie das seltsame Zittern, das mich bei der Pracht des Hofes und der Gemächer überfiel. Mit Eccellenza war ich ganz vertraut gewesen, war er ja doch auch nur ein Mensch wie wir andern; aber diese Umgebung, diese Pracht – ja, nun sah ich die Glorie, welche den Unterschied zwischen einem Heiligen und einem Menschen kenntlich machte. Im Innern des Palastes umschlossen in einem Vierecke hohe weißgetünchte Bogengänge, mit Statuen und Büsten geschmückt, einen kleinen Garten. In späteren Jahren ist der Garten in einen mit Fliesen ausgelegten Hof verwandelt. Hohe Aloen und Kaktus wuchsen an den Säulen empor, die Citronen standen mit grasgrünen Früchten da, denen die Sonne noch nicht den goldgelben Glanz verliehen hatte. Zwei tanzende Bacchantinnen hielten eine Wasserschale in die Höhe, neigten sie aber dergestalt, daß ihnen das Wasser aus derselben über die Schultern floß. Hohe Wasserpflanzen ließen ihre saftigen grünen Blätter über sie herabhängen. Wie kühl, grün und duftend war hier nicht alles im Verhältnisse zu der unfruchtbaren, glühenden, verdorrten Campagna!

Wir gingen die breiten Marmortreppen hinauf. In den Nischen standen kostbare Statuen; vor einer derselben verneigte sich Domenica fromm und bekreuzigte sich, sie hielt sie für eine Madonna. Später erfuhr ich, daß es Besta war, auch eine heilige Jungfrau der Menschheit. Diener in reicher Livree empfingen uns; sie grüßten so freundlich, daß sich meine Angst zu verringern begann; wären nur die Säle nicht so groß, so prächtig gewesen! Die Fußböden waren von spiegelglattem Marmor und auf allen Wänden hingen herrliche Gemälde, und wo sie fehlten, da waren die Wände von Spiegelglas mit gemalten Engeln, die schwebend Guirlanden und

Blumenkränze hielten; oder es waren bunte Vögel darauf gemalt, die ihre großen Flügel ausbreiteten und in rote und goldene Früchte hackten. Nie hatte ich so Herrliches gesehen.

Wir brauchten nur wenige Augenblicke zu warten, bis Eccellenza zu uns hereintrat. Eine schöne weißgekleidete Dame mit großen lebhaften Augen, welche sie starr auf uns richtete, begleitete ihn. Sie betrachtete mich mit einem merkwürdig festen, aber freundlichen Blicke, strich mir die Haare aus der Stirn und sagte zu ihm: »Ja, wie ich sagte, ein Engel hat Sie errettet! Ich wette, die Flügel sitzen unter der häßlichen engen Kleidung verborgen.«

»Nein,« erwiderte er, »ich lese auf seinen roten Wangen, daß die Tiber noch viele Wellen in das Meer senden wird, ehe seine Flügel hervorwachsen. Die alte Mutter wünscht auch nicht, daß er fortfliege. Nicht wahr, Ihr wollt ihn nicht verlieren?«

»Nein, das hieße mir Fenster und Thür meiner Hütte vermauern! Wie finster und einsam würde sie werden! Nein, von dem süßen Kinde könnte ich mich nicht trennen!«

»Aber doch für heute Abend!« sagte die Dame, »einige Stunden könnt Ihr ihn schon bei uns lassen, dann holt Ihr ihn. Zum Heimgang habt Ihr schönen Mondschein, und vor Räubern seid ihr ja wohl nicht bange?«

»Ja, der Knabe bleibt ein Stündchen hier, und Ihr lauft Euch inzwischen eines und das andre, was in Eurer Wirtschaft fehlt!« sagte Eccellenza und steckte Domenica einen kleinen Beutel in die Hand. Ich hörte nichts mehr, denn die Dame führte mich mit sich in den Saal hinein und ließ ihn mit der alten Mutter allein weiter verhandeln.

Die reiche Pracht, die vornehme Gesellschaft blendete mich völlig. Bald betrachtete ich die lächelnden Engelskinder, die zwischen den grünen Ranken, welche auf die Wände gemalt waren, hervorguckten, bald die Senatoren in ihren violetten Strümpfen und die rotbeinigen Kardinäle, die ich stets als Halbgötter betrachtet hatte, in deren Kreis ich aber jetzt aufgenommen zu sein schien. Am allermeisten betrachtete ich jedoch den hübschen Amor, der in der Gestalt eines schönen Knaben auf einem häßlichen Delphine ritt. Letzterer warf zwei hohe Wasserstrahlen, die wieder in das Bassin zurückfielen, in welchem er mitten im Saale schwamm.

Die vornehme Gesellschaft, selbst die Kardinäle und Senatoren, lächelten mir einen guten Tag zu, und ein junger schmucker Offizier, in der Uniform der päpstlichen Garde, reichte mir die Hand, als mich die junge Dame als den guten Engel ihres Oheims vorstellte. Man richtete tausenderlei Fragen an mich, die ich recht munter beantwortete, und bald erschallten Gelächter und Beifallsrufe. Eccellenza kam hinzu, sagte, ich müßte ihnen ein Lied vorsingen, und ich that es gern. Der junge Offizier schenkte mir brausenden Wein ein und ließ mich trinken, doch die junge Dame schüttelte den Kopf und nahm mir das Glas fort, ehe ich es geleert hatte. Wie Feuer und Flamme ging mir der Wein durch das Blut. Der Offizier sagte, ich sollte die junge Dame besingen, die lächelnd an meiner Seite stand, und heiter und glückstrahlend erfüllte ich seinen Wunsch. Der Himmel mag wissen, was ich zusammengeschwatzt hatte. Aber mein Wortschwall galt für Beredsamkeit, meine Dreistigkeit für Witz, und daß ich ein armes Kind aus der Campagna war, gab dem Ganzen das Gepräge des Genies. Alle applaudierten mir, und der Offizier nahm sogar den schönen Lorbeerkranz von der Büste, die in der Ecke stand, und setzte ihn mir halb lächelnd auf den Kopf. Das Ganze war Scherz und doch sah ich einen Ernst, eine Huldigung dann, welche mich glückselig machte, mir meines Lebens beste Minuten schenkte. Ich sang ihnen die Lieder vor, welche mich Mariuccia und Domenica gelehrt hatten, erzählte ihnen von den bösen Augen der Büffel und von unsrer kleinen Stube in der Grabruine. Allzu schnell flog die Zeit dahin; ich mußte mit der alten Pflegemutter wieder nach Hause. Mit Kuchen und Obst förmlich beladen und auch mehrere blanke Silberstücke in der Tasche begleitete ich sie; sie war eben so glücklich wie ich, denn sie hatte reiche Einkäufe machen können: Kleidungsstücke, Küchengeschirr und zwei Foglietten Wein. Der Abend war so unendlich schön. Die Nacht schlummerte auf Bäumen und Sträuchern, aber hoch oben über uns hing der Vollmond, wie ein herrliches goldnes Boot auf dem in der Höhe ausgespannten dunkelblauen Himmelsmeere, welches Kühlung über die versengte Campagna aussandte.

Ich dachte an die reichen Säle, die freundliche Dame und das anhaltende Beifallsklatschen, träumte wachend und schlafend denselben schönen Traum, der bald zur Wirklichkeit, zur lieblichen Wirklichkeit wurde.

Mehr als einmal wurde ich nach Rom geholt, die schöne freundliche Dame ergötzte sich über mein eigentümliches Wesen, ich mußte erzählen, immerzu plaudern, als säße ich der alten Domenica gegenüber. Sie hatte große Freude daran und belobte mich vor Eccellenza. Der Onkel der jungen Dame war mir auch gut und doppelt gut, weil er die unschuldige Ursache an dem Tode meiner Mutter war; er hatte im Wagen gesessen, als die scheu gewordenen Pferde über uns wegfuhren. Die schöne Dame hieß Francesca, sie nahm mich mit sich in die reiche Bildergalerie, welche der Borghesische Palast enthält. Meine naiven Fragen und Aeußerungen vor den herrlichen Bildern brachten sie zum Lachen, sie erzählte sie den andern wieder und alle stimmten in ihr Gelächter ein. Des Vormittags waren die Säle voller Fremden, die Maler saßen und kopierten verschiedene Stücke, aber des Nachmittags war das Museum verödet. Dann ging Francesca mit mir hinein und sie erzählte mir viele Geschichten, zu denen die Bilder Anlaß gaben.

Francesco Albanis Jahreszeiten waren besonders meine Lieblingsstücke; die schönen lustigen Engelskinder, Amoretten lehrte sie mich dieselben heißen, waren wie meinen Träumen entsprungen. Wie köstlich tummeln sie sich nicht auf dem Gemälde, welches den Frühling darstellt. Eine Schar schärft ihre Pfeile, während einer den großen Schleifstein dreht, auf welchen zwei über demselben fliegende Knaben Wasser hinabgießen. Im Sommer stiegen sie um die Bäume und pflücken von den Früchten, welche die Zweige herniederbeugen; sie schwimmen im frischen Wasser und spielen damit. Der Herbst bringt die Freuden der Jagd; Amor sitzt mit einer Fackel in der Hand auf seinem kleinen Wagen, welchen zwei seiner Gespielen ziehen, während die Liebe dem flinken Jäger zuwinkt und ihm den Platz zeigt, wo sie Seite an Seite ruhen können. Der Winter hat die Kleinen alle in Schlaf gelullt, tief und fest schlafen sie rings umher. Die Nymphen stehlen ihnen die Köcher und Pfeile und werfen sie in das Feuer, welches die gefährlichen Waffen bald verzehrt.

Weshalb die Engel Amoretten genannt wurden, weshalb sie schossen, ja das waren Dinge, über die ich eine deutlichere Erklärung zu erhalten wünschte, als sie mir Francesca augenblicklich gab.

»Du mußt selbst darüber nachlesen,« sagte sie, »es giebt noch vieles, was du selbst kennen lernen mußt, aber der Anfang dazu ist nicht gerade behaglich! Den ganzen langen Tag mußt du mit deinem Buche auf der Bank sitzen, kannst nicht mit den Ziegen in der Campagna spielen noch umhergehen, und deine kleinen Freunde besuchen! Was wäre dir am liebsten: mit Helmbusch und Säbel neben der Kutsche des heiligen Vaters reiten zu können, eine prächtige Rüstung von Kopf bis zu Füßen, wie du sie bei Fabiani gesehen hast, zu bekommen, oder alle die schönen Bilder zu verstehen, die du zu sehen bekamst, die ganze weite Welt kennen zu lernen und tausend Geschichten zu wissen, weit schöner als die, welche ich dir erzählt habe?«

»Aber kann ich dann nie mehr zu dir kommen?« fragte ich; »darf ich nicht immer bei der guten Domenica bleiben?«

»Du erinnerst dich doch wohl noch deiner Mutter, deiner lieben Heimat bei ihr? Damals wolltest du ja immer dort bleiben, dachtest nicht an Domenica, nicht an mich, und nun sind wir dir die nächsten. Binnen kurzem könnte es wieder anders sein; so geht es das ganze Leben!«

»Aber Ihr sterbt doch nicht, wie meine Mutter?« fragte ich und die Thränen stiegen mir in die Augen.

»Sterben oder voneinander scheiden müssen wir alle! Es wird eine Zeit kommen, wo wir nicht, wie jetzt, beisammen sein können, und dann möchte ich dich froh und glücklich wissen!«

Ein Strom von Thränen war meine Antwort, ich fühlte mich so unglücklich, ohne mir den Grund dazu selbst recht deutlich zu machen. Francesca streichelte mir die Wangen, sagte, daß ich allzu weichmütig wäre, und daß dies in der Welt, wie sie einmal beschaffen, nichts taugte. Nun kam Eccellenza mit jenem jungen Offizier hinzu, welcher mir den Kranz auf den Kopf gesetzt hatte, als ich zum erstenmal in ihrer Gegenwart improvisierte. Er hieß Fabiani und hatte mich ebenfalls sehr lieb.

Es ist Hochzeit, glänzende Hochzeit in Villa Borghese! Diese Nachricht drang eines Abends bis nach Domenicas ärmlichem Hause in der Campagna hinaus. Francesca war Fabianis Braut und wollte ihm in wenigen Tagen auf seine Güter bei Florenz folgen. Die Hochzeit wurde in Roms nächster Nähe gefeiert, in dem schönen dichten Walde von Lorbeerbäumen und ewiggrünen Eichen, wo die hohen Pinien Winter und Sommer ihre beständig hellgrünen Kronen in die Luft emporheben. Damals wie noch jetzt dient der Wald als ein Vergnügungsort für die Römer wie für die Fremden; die reichen Equipagen rollten durch die dichten Eichenalleen, die weißen Schwäne schwammen auf den ruhigen Seen, in denen sich die Trauerweiden spiegelten, und künstliche Wasserfälle stürzten sich über die Steinblöcke hinab. Hochbusige Römerinnen mit Feuer im Auge rollten zum Feste und sahen stolz über die lebensfrohen Bauermädchen fort, die auf dem Wege tanzten und das Tamburin dazu schlugen. Die alte Domenica ging den langen Weg über die Campagna mit mir, damit auch wir mit auf dem Hochzeitsfeste unsrer Wohlthäterin sein konnten. Wir standen außerhalb des Gartens und sahen die Lichter durch die Fenster leuchten. Francesca und Fabiani waren getraut. Aus dem Saale tönte die Musik zu uns heraus; und von dem grünen Rasenplatze, auf welchem das Amphitheater eingerichtet war, stiegen Raketen

und herrliche feurige Fische empor, die in dem blauen Luft-
meere spielten. Die Schatten einer Dame und eines Herrn
bewegten sich an einem der hohen Fenster. »Das ist er und
sie!« sagte Domenica. Die Schatten neigten sich in dem halbdunkeln Fenster zu einander, als vereinigten sie sich zu einem Kusse. Ich sah meine alte Pflegemutter ihre Hände falten und beten. Da sank ich unwillkürlich vor den schwarzen
Cypressen nieder und betete für meine seelensgute Signora;
Domenica kniete an meiner Seite. »Mögen sie glücklich werden!« Und das Feuerwerk fiel gleich Tausenden von Sternschnuppen bejahend aus der Luft zur Erde. Aber die gute
Alte weinte, weinte um meinetwegen, denn bald sollten wir
voneinander scheiden. Eccellenza hatte mir einen Platz im
Jesuitenkollegium gekauft, wo ich mit andern Kindern zu
einem glänzenderen Leben, als mir die alte Domenica und
die Campagna bieten konnten, erzogen werden sollte.

»Es ist wohl das letzte Mal,« sagte die alte Mutter, »daß wir
beide, so lange meine Augen noch offen stehen, über die
Campagna gehen! Blanke Fußboden und bunte Teppiche soll
dein Fuß betreten, das hat die alte Domenica nicht. Aber du
warst ein gutes Kind, du wirst es bleiben und mich und den
armen Benedetto nie vergessen! O Gott, noch kann ein Gericht gebratene Kastanien dich glücklich machen! Du kannst
sitzen und das Rohr anfachen, und ich kann Gottes Engel in
deinen Augen sehen, wenn das Rohr brennt und die dürftigen Kastanien braten. So froh wirst du nie mehr durch eine
so kleine Gabe werden. Die Disteln der Campagna haben
doch wenigstens rote Blüten, auf dem blanken Fußboden des
Reichen wächst nicht ein einziger Halm, und der Fußboden
ist glatt, man fällt darauf so leicht! – Vergiß nie, daß du ein
armes Kind bist, mein lieber Antonio! Denk daran, daß du
sehen sollst, und doch nicht sehen, hören, und doch nicht
hören! Dann kommst du in der Welt vorwärts. Wenn der
liebe Gott einmal mich und Benedetto zu sich genommen
hat, wenn das kleine Mädchen, welches du wiegtest, ein
freudloses Leben an der Seite eines armen Mannes in der
Campagna führt, dann kommst du vielleicht einmal in deinem eignen Wagen, oder auf einem schönen Pferde, machst

vor der alten Grabstube Halt, in welcher du geschlafen, gespielt und bei uns gelebt hast, siehst fremde Leute darin,
welche sich tief vor dir verneigen. Hoffärtig wirst du nicht
sein, gedenke dann aber der alten Domenica, gedenke der
alten Zeiten, wo die Kastanien brieten und wo du das kleine
Kind wiegtest; du wirst dich deiner eignen armen Kindheit
erinnern, du herzensguter Junge!« Hier küßte sie mich heftig
und weinte; es war, als sollte mir das Herz brechen. Der
Gang heimwärts und ihre Rede war mir schwerer, als später
der Abschied selbst, denn da sprach sie nicht, sondern weinte nur, und als wir draußen waren, lief sie zurück und nahm
das alte halbverräucherte Madonnabild, welches auf die
Thür geklebt war, riß es ab und gab es mir mit. Ich hatte es ja
so oft geküßt, es war das einzige, was sie mir zu geben hatte.

Das Schulleben. Habbas Dahdah. Divina commédia. Der Neffe des Senators

Signora war mit ihrem Gemahl abgereist, ich war Schüler der Jesuitenschule. Neue Beschäftigungen nahmen mich in Anspruch, neue Bekanntschaften wurden gemacht, der dramatische Teil meines Lebens begann sich zu entwickeln. Jahre drängen sich hier zusammen, von denen jede Stunde reich an Abwechselung war; es ist ein Cyklus von Bildern, der nun, von einem ferneren Standpunkte aus überschaut, in ein einziges großes Gemälde zusammenfließt, in mein Schulleben. Wie für den Fremden, der zum erstenmal den höchsten Punkt eines Gebirges besteigt und nun von oben über ein Meer von Wolken und Nebel hinabschaut, sich diese allmählich heben oder verteilen, so daß bald ein Berggipfel, bald der sonnenbeschienene Teil des Thales hervorguckt, so offenbarte sich, stieg hervor und wuchs die Welt meines Geistes. Länder und Städte, von denen ich mir nie etwas hatte träumen lassen, tauchten hinter den Bergen, die die Campagna begrenzten, auf, die Geschichte bevölkerte mir jedes Plätzchen, sang mir wunderbare Sagen und Märchen. Jede Blume, jedes Gewächs erhielt Bedeutung, aber am schönsten blühte mein Vaterland, das herrliche Italien, vor mir. Ich fühlte mich stolz ein Römer zu sein: jeder Fleck in meiner Vaterstadt wurde mir lieb und interessant, die zertrümmerten Kapitäler, als Prell- und Ecksteine in die Straßen geworfen, waren mir heilige Ueberreste, Memnonssäulen, deren Töne seltsam mein Herz ergriffen. Das Schiff der Tiber flüsterte von Romulus und Remus, Triumphbogen, Säulen und Statuen prägten mir die Geschichte meines Vaterlandes tiefer ein; ich lebte und webte in jenem klassischen Zeitalter, und meine Gegenwart, das heißt mein Geschichtslehrer, erteilte mir deshalb Lob und Ehre.

Jede Gesellschaft, die politische wie die kirchliche, die Versammlung im Kruge und der vornehme Kreis um die Spieltische des Reichen, kurz jede Gesellschaft hat ihren Harlekin, ob er nun Pritsche, Ordenskette oder Ornat trägt; eine Schule hat ihn eben so gut. Die jungen Augen entdecken leicht eine

Zielscheibe ihres Spottes; wir hatten die unsrige, so gut wie irgend eine andre Gesellschaft und unsre war der ernsteste, mürrischste, brummigste und dabei zugleich der köstlichste Harlekin: der Abbate Habbas Dahdah, ein arabischer Sprößling, schon in früher Jugend in das päpstliche Gebiet verpflanzt und daselbst auferzogen, jetzt unsres Geschmacks Leiter und Lenker, der Jesuitenschule, ja der *Academis Tiberina* ästhetisches Haupt.

In höheren Lebensjahren habe ich oft über die Poesie, diese wunderbare göttliche Eingebung nachgedacht. Sie kommt mir vor wie das reiche Gold im Berge; Bildung und Erziehung sind die klugen Bergleute, welche es zu läutern wissen. Bisweilen kann man auf völlig reine Stücke stoßen: des Naturdichters lyrische Improvisationen. Eine Ader bringt Gold, eine andre Silber, aber es finden sich auch Zinn und geringere Metalle, welche nicht zu verachten sind; häufig können sie durch Verzierungen und Politur das Aussehen des echten Goldes und Silbers gewinnen. Nach diesen verschiedenen Metallen teile ich meine Dichter in Gold-, Silber-, Kupfer- und Eisenmänner ein. Doch nun kommt noch eine neue Schar, die nämlich, welche nur in einfachem Töpferthon arbeiten, die Nichtpoeten, welche sich aber dennoch gern zur Zunft rechnen. Habbas Dahdah gehörte zu diesen letzteren und hatte es damals gerade bis zur Fertigkeit gebracht,, eine gewisse Art Töpfe zu machen, mit denen er, sozusagen in dichterischer Freiheit, Leute bewarf, mit denen er sich weder hinsichtlich der Gefühlstiefe noch des Dichtergeistes zu messen imstande war. Leichte gewandte Verse, kunstreiche Formenbildung derselben, so daß sie dem Auge Vasen, Herzen und Aehnliches zu bilden schienen, fanden seine Bewunderung und Beifall. Es war deshalb vielleicht einzig und allein das wunderbar Melodiöse in Petrarcas Sonetten, das ihn für diesen Dichter einnahm, vielleicht auch die Mode, oder eine fixe Idee, ein lichter Augenblick in seinen krankhaften Anschauungen, denn Petrarca und Habbas Dahdah waren zwei höchst verschiedene Wesen. Er ließ uns fast den vierten Teil des langen epischen Gedichtes »Afrika« Petrarca wurde in Arezzo den 20. Juli 1304 geboren. Er lebte und webte nur für die alten Klassiker, aber Laura, welche er 1327 in Avignon kennen lernte, fesselte ihn wieder an die Welt. Um sich und die Scipionen zu verewigen, schrieb er sein episches Gedicht Afrika, welches über seine melodiösen Sonette, die er selbst nicht sonderlich hoch achtete, vergessen wurde. auswendig lernen, so daß viele bittere Thränen und Stockprügel um der Scipionen willen fielen. Die Gründlichkeit Petrarcas wurde uns täglich eingeprägt; »die oberflächlichen Dichter,« sagte er, »diese, welche nur mit Wasserfarben malen, die Kinder der Phantasie, sind die rechte Brut des Verderbens. Selbst der größte derselben, dieser Dante, der Himmel, Erde und Hölle in Bewegung setzen muß, um eine Unsterblichkeit erlangen zu können, die Petrarca schon durch ein einziges kleines Sonett erwirbt, ist in meinen Augen klein, sehr klein. Ja wohl, er konnte Verse schreiben! Es sind diese Tonwellen, welche seinen Babelturm den fernen Geschlechtern überliefern! Wäre er nur seinem ersten Plane gefolgt, hätte er lateinisch geschrieben, so hätte er Studium bewiesen, aber das hat ihn geniert, und deshalb schrieb er in diesem *volgare*, in welchem wir seine Werke noch haben! Es ist ein Strom, sagt Boccaccio, durch welchen ein Löwe schwimmen und ein Lamm gehen kann. Ich kann diese Tiefe und Einfachheit nicht finden. Es ist nirgends ein rechter Grund bei ihm, ein stetes Hin- und Herschwanken zwischen Altertum und Gegenwart. Aber Petrarca, dieser Apostel der Wahrheit, bewies seinen Mut nicht darin, einen verstorbenen Papst oder Kaiser mit seiner Feder in die Hölle zu versetzen. Er stand in seiner Zeit, wie der Chor in der griechischen Tragödie, trat, eine männliche Kassandra, weissagend, tadelnd auf, ohne Furcht vor Päpsten und Fürsten. Von Angesicht zu Angesicht wagte er Karl IV. zu sagen: »Man sieht es dir an, daß sich Tugenden nicht vererben lassen!« Mit edlem Selbstbewußtsein forderte er, als Rom und Paris ihm den verdienten Lorbeer reichen wollten, seine Zeitgenossen auf, selbst zu erklären, ob er des Dichterkranzes würdig wäre. Drei Tage lang ließ er sich examinieren, als wäre er ein Schulbube, wie ihr, ehe er das Kapitol bestieg, wo ihm Neapels König den Purpurmantel umhing und der römische Senat ihm den Lorbeerkranz reichte, den

Dante Dante, dessen Taufname Durante war, wurde in Florenz 1265 geboren. Als er neun Jahre alt war, verliebte er sich in Beatrice Portinari, welche schon 1290 starb. Sie war ihm das Ideal schöner Weiblichkeit, welche seine Seele läuterte und adelte. Im Kampfe zwischen Arezzo und Pisa war er Krieger, wirkte er später als Staatsmann und starb in Ravenna 1321.

So ging jede Rede nur darauf aus, Petrarca zu erheben und Dante herabzusetzen, obwohl sie eben so gut nebeneinander stehen könnten wie die duftende Nachtviole und der blühende Rosenstock. Alle Sonette mußten wir auswendig lernen, von Dante lasen wir kein Wort, nur aus Habbas Dahdahs Tadel erfuhr ich, baß er sich im Himmel, im Fegefeuer und in der Hölle bewegte, in drei Elementen, die mich im höchsten Grade ansprachen und mir die brennendste Lust einflößten, dies Werk kennen zu lernen. Aber es mußte heimlich geschehen; Habbas Dahdah hätte mir nicht erlaubt, diese verbotene Frucht zu berühren.

Als ich eines Tages auf der Piazza Navone Roms größter Platz, der im heißen Sommer an gewissen Tagen unter Wasser gesetzt wird zwischen aufgestapelten Orangen, Eisenkram, der auf der Erde lag, alten Kleidern und diesem ganzen Trödler-Chaos, das auf dem Platze feilgeboten wird, umher wanderte, kam ich auch an einen Tisch mit alten Büchern und Bildern. Hier lagen Karikaturen mit Maccaronischluckern, Madonnen mit dem Schwerte in dem blutenden Herzen und ähnliche einander sehr widersprechende Dinge. Ein Band von Metastasio fesselte meine Aufmerksamkeit; ich hatte noch einen Paolo in der Tasche, ein großes Vermögen für mich und der letzte Rest der Scubi, die mir Eccellenza vor einem halben Jahre als Taschengeld gegeben hatte. Einige Bajocci wollte ich wohl an Metastasio wenden, aber unmöglich konnte ich mich von dem ganzen Paolo trennen. Ein Scudo hat ungefähr den Wert von 4 ½ Mark; er wird in 10 Paoli eingeteilt, und jeder Paolo zerfällt in 10 Bajocci; diese letzteren sind Kupfer-, die anderen Silbermünzen Der Handel war schon beinahe abgeschlossen, als meine

Augen auf ein Blatt fielen: » *Divina Commédia di Dante!*« Meine verbotene Frucht des Baumes der Erkenntnis des Guten und des Bösen! Ich warf Metastasio hin und griff nach dieser, aber sie hing mir zu hoch, nur für drei Paoli durfte ich sie brechen. Ich wandte mein Geldstück in der Hand, bis es wie Feuer brannte, aber es wollte sich nicht verdoppeln, und nur zu diesem Preise wollte sich der Verkäufer bewegen lassen, mir den ersehnten Schatz abzutreten, denn es wäre, wie er sagte, Italiens bestes Buch, der Welt erstes Dichterwerk und ein Beredsamkeitsstrom über Dante, über den von Habbas Dahdah so herabgesetzten Dante, floß über die Lippen des ehrlichen Mannes.

»Jedes Blatt,« sagte er, »ist so gut wie eine Predigt! Es ist ein göttlicher Prophet, an dessen Hand man durch die Flammen der Hölle in das ewige Paradies wandelt! Sie kennen ihn nicht, junger Herr, sonst würden Sie sofort zugreifen, sogar wenn ich einen scudo forderte. Für Ihr ganzes Leben besitzen Sie des Vaterlandes schönstes Buch, und zwar für zwei elende Paoli!«

Ach, ich hätte ja gern selbst drei gegeben, wenn ich sie nur gehabt hätte, aber nun ging es mir wie dem Fuchs mit den sauren Trauben, wollte auch meine Gelehrsamkeit beweisen und kramte einen Teil von Habbas Dahdahs Reben gegen Dante aus, indem ich Petrarca erhob.

»Ja, ja!« sagte der Antiquar, nachdem er mit großer Heftigkeit und Begeisterung seinen Dichter verteidigt hatte; »Sie sind zu jung und ich bin zu sehr Laie, um solche Leute beurteilen zu können! Wir wollen es jeder auf sich bewenden lassen! Sie haben ihn nicht gelesen! Ich kann nicht! Ein junges warmes Blut kann nicht von sich selbst Galle gegen einen solchen Weltpropheten hervorbringen!«

Als ich ihm nun ehrlich gestand, daß mein Urteil einzig und allein auf die Behauptung meines Lehrers gebaut wäre, nahm er aus Begeisterung für seinen Dichter das Buch und schob es mir hin, indem er als Ersatz für den Paolo, den er weniger erhielt, nur verlangte, daß ich es lese und dann Italiens Stolz, seinen lieben himmlischen Dante, nicht länger verurteilte.

O wie glückselig machte mich der Besitz des Buches! Nun gehörte es mir, war es mein ewiges Eigentum. Zweifel hatte ich immer an Habbas Dahdahs bitterem Urteile gehegt; meine Neugier wie die Begeisterung des Antiquars versetzten mich in die höchste Spannung, so daß ich kaum den Augenblick erwarten konnte, wo ich, ungesehen von andern, zum erstenmal das Buch beginnen konnte.

Ein neues Leben ließ es für mich anbrechen! Meine Phantasie fand in Dante ein noch unentdecktes Amerika mit einer großem, einer üppigeren Natur, als die ich vorher gekannt hatte: mächtigere Felsen, reichere Farbenpracht! Ich erlebte das große Ganze, litt und genoß mit dem unsterblichen Sänger. Die Inschrift über der Höllenthür klang mir auf meiner Wanderung mit ihm in die Unterwelt unaufhörlich wie die Gerichtsglocken des jüngsten Tages.

»Durch mich geht man hinab zur Trauerstadt.
Durch mich geht man hinein zum ew'gen Schmerz,
Durch mich geht man zu der Verdammten Schar.
Gerechtigkeit trieb dich, du hoher Schöpfer,
Als du mich schufst in ew'ger Gottesmacht,
In größter Weisheit und voll Liebesglut.«

Ich sah diese Luft, beständig schwer und dunkel, wie der Sand der Wüste, welcher im Sturm wirbelt, sah Adams Geschlecht, wie die Blätter des Herbstes dahinsinken, während klagende Geister im Luftstrome heulten. Aber Tränen stiegen mir ins Auge beim Anblick der edlen Geisteshelden, die vor der Zeit der Erfüllung lebend, wo das Wort Fleisch ward, hier ihren Aufenthaltsort fanden. Homer, Sokrates, Brutus, Vergil und noch andere der edelsten und besten des Altertums weilten hier, für immer vom Paradiese ausgeschlossen. Es war mir nicht genug, daß Dante es so freundlich und behaglich gemacht hatte, wie es die Hölle irgend zuließ, ihr bloßes Dasein war ja doch auch ohne Qualen ein Jammerzustand, ein hoffnungsloses Sehnen; sie gehörten doch zum

Reiche der Verdammnis, wurden eingeschlossen von den tiefen Höllensümpfen, wo der Verdammten Seufzer in Gift und Pestdampf Blase an Blase trieben. Warum konnte nicht Christus, als er zur Hölle niederfuhr und wieder zur rechten Hand des Vaters emporstieg, warum konnte er da nicht alle aus dem Thale der Sehnsucht mit sich nehmen? Konnte die Liebe zwischen gleich Unglücklichen wählen? Ich vergaß völlig, daß ich es mit einer Dichtung zu thun hatte. An mein Herz drangen die tiefen Seufzer aus dem brodelnden Pechsee; ich sah ihn, sah der Simonisten Heer, sah, wie sie auftauchten, und die Dämonen sie dann wieder mit spitzen Forken hineinstießen. Die lebhaften Schilderungen prägten sich meiner Seele auf das Tiefste ein; sie vermischten sich des Tages mit meinen Ideen, des Nachts mit meinen Träumen. Oft hörte man mich im Schlafe rufen: » *Pape Satan, alepp Satan pape!*« Man glaubte, ich würde von Anfechtungen des Satans geplagt, und es waren Reminiscenzen, die ich aus dem, was ich gelesen hatte, wiederholte. In den Unterrichtsstunden war ich zerstreut, tausenderlei Ideen drangen auf mich ein. Beim besten Willen konnte ich sie nicht vertreiben. »Wo bist du wieder? Antonio!« fragte man, und Schrecken und Scham befielen mich, denn ich wußte wohl, woher es kam, aber Dante aufgeben, die ganze Wanderung nicht vollenden, das war mir unmöglich.

Der Tag schien mir lang und schwer wie der vergoldete Bleimantel, den die Heuchler in der Danteschen Hölle tragen müssen. Mit Unruhe im Herzen schlich ich mich zu meiner verbotenen Frucht und sog die Schreckbilder ein, die mich für meine eingebildete Sünde straften. Selbst fühlte ich den Stich der Schlangen der Tiefe, die nach jedem Stich in die Flammen hinwirbeln, aus denen sie neugeboren wie ein Phönix wieder emporsteigen, um aufs neue ihr Gift auszusenden.

Die anderen Schüler, die mit mir auf demselben Zimmer schliefen, erwachten häufig des Nachts durch einen Schrei, den ich ausstieß, und erzählten von meinen seltsamen unzusammenhängenden Reden über die Hölle und die Verdamm-

ten. Der alte Kustode hatte eines Morgens zu seinem Schrekken gesehen, daß ich mich mit offnen Augen und doch im
schlafenden Zustande im Bett aufrichtete, Lucifer nannte und
mit ihm rang, bis ich ermattet in die Kissen zurücksank. Es
war nun die allgemeine Annahme, ich wäre Anfechtungen
des Bösen unterworfen; mein Bett wurde mit Weihwasser
besprengt, man hielt mich sorgfältig an, ehe ich mich schlafen legte, eine bestimmte Anzahl Gebete zu sprechen. Nichts
konnte auf meinen Gesundheitszustand schädlicher wirken,
als gerade dies Verfahren. Mein Blut kam dadurch in größere
Bewegung, ich selbst in ängstlichere Spannung, da ich den
Grund kannte und sah, wie ich ihn verriet. Endlich trat eine
Reaktion ein, ich gelangte aus dem Sturme in eine Art Windstille.

Unter allen Schülern stand niemand, was Anlagen oder Geburt anlangt, höher als Bernardo, der lebensfrohe, fast allzu
ausgelassene Bernardo. Es war sein täglicher Spaß, auf der
hervorstehenden Dachrinne, hoch über der vierten Etage, zu
reiten und auf einem Brett zwischen den zwei Eckfenstern
unter dem Dache zu balancieren. Für alle Verwirrungen in
unserem kleinen Schulstaate wurde er regelmäßig verant-
wortlich gemacht, und gewöhnlich mit vollem Rechte. Eine
klösterliche Ruhe und Stille suchte man über uns und das
ganze Gebäude zu verbreiten, aber Bernardo war der Stören-
fried. Nie zeigte er sich jedoch bösartig, nur dem pedanti-
schen Habbas Dahdah gegenüber spielte sein Betragen ein
wenig in diese Farbe über, weshalb auch beständig ein ge-
spanntes Verhältnis zwischen ihnen herrschte, wodurch sich
Bernardo keineswegs abschrecken ließ. Er war der Bruder-
sohn eines römischen Senators und hatte große Reichtümer
und glänzende Aussichten, »denn das Glück warf,« wie sich
Habbas Dahdah ausdrückte, »seine Perlen in faule Holzklöt-
ze und ging an der schlanken Pinie vorüber.«

In jedem Dinge hatte Bernardo seine bestimmte Ansicht, und
wo er sie im Kreise seiner Kameraden nicht mit Worten geltend machen konnte, appellierte er auch an seine Fäuste, um
ihren Rücken seine saftgrünen Ideen einzuprägen; immer

war er deshalb der Dominierende. Höchst verschieden in unsern Naturen, fand doch das beste Verhältnis zwischen uns statt. Ich war beständig der Nachgebende, allein selbst dies gab ihm Anlaß meiner zu spotten.

»Antonio!« sagte er» »ich könnte dich prügeln, wenn ich wüßte, daß ich dadurch deine Galle zu erregen vermöchte. Wolltest du nur einmal Charakter zeigen! Schlügest du mir mit geballter Faust ins Gesicht, wenn ich dich aufziehe, dann könnte ich dein aufrichtigster Freund werden, aber letzt habe ich schon alle Hoffnung aufgegeben!«

Als wir eines Morgens allein im Saale waren, setzte er sich mir gegenüber auf den Tisch, sah mir lachend ins Gesicht und sagte: »Du bist doch ein größerer Schelm als ich! Du spielst ja vortrefflich Komödie! Deshalb besprengt man sein Bett und beräuchert seine Person! Glaubst du nicht, daß ich es weiß? Du liesest Dantes Komödie.«

Ich wurde wie Blut so rot und fragte, wie er mich dergleichen unerlaubter Sachen beschuldigen könnte.

»Hast du mir in dieser Nacht nicht den Teufel genau nach der *divina commédia* beschrieben? Soll ich dir eine Geschichte erzählen? Du hast ja viel Phantasie und mußt an meinen Schilderungen deine Freude haben! In der Hölle giebt es nicht bloß Feuerseen und verpestende Sümpfe, wie du aus Dante schon weißt, sondern auch große Teiche, bis auf den Grund gefroren, Eis und nichts als Eis, wo die Seelen ewig festgefroren sind; wenn man an ihnen vorüber passiert ist, gelangt man in die allertiefste Tiefe, wo die sind, welche ihre Wohlthäter verraten haben, und wo also auch Lucifer ist, als Empörer gegen Gott, unsern höchsten Wohlthäter. Er steht bis an die Brust in Eis vergraben, hat den Rachen aufgerissen und hält in demselben Brutus, Cassius und Judas Ischariot; des letzteren Kopf ist sogar schon halb im Rachen verschwunden, während der schauerliche Lucifer seine Fledermausflügel schüttelt. Siehst du, mein Sohn, wenn man den Kerl einmal gesehen hat, vergißt man ihn nicht so leicht. Mit ihm machte ich in Dantes Hölle Bekanntschaft, und ihn beschriebst du mir diese Nacht im Schlafe auf ein Haar. Da sagte ich zu dir, gerade wie jetzt: Du hast ja Dante gelesen! Aber da warst du ehrlicher als jetzt, du tuscheltest mir etwas zu und erwähntest unsern liebenswürdigen Habbas Dahdah. Gestehe es nur auch wachend! Ich werde dich nicht verraten! Das ist doch endlich einmal etwas von dir! Ja, ja, ich habe immer eine Art Hoffnung gehegt. Aber wo hast du das Buch erwischt? Bei mir hättest du es haben können, ich schaffte mir es sofort an. Da Habbas Dahdah schlecht von demselben sprach, konnte ich mich überzeugt halten, daß es lesenswert war. Es ist freilich keine leichte Mühe, sich durch die beiden dicken Bände hindurch zu arbeiten, aber um ihn zu ärgern, machte ich mich daran, und nun lese ich sie schon zum drittenmal. Ist die Hölle nicht brillant? Wohin meinst du wohl, daß Habbas Dahdah kommen wird? Er hat zwischen Hitze und Kälte die Wahl?«

Mein Geheimnis war verraten, allein ich konnte mich auf Bernardos Schweigen verlassen. Ein vertraulicheres Verhältnis entwickelte sich zwischen uns; unsere Gespräche drehten sich, sobald wir allein waren, nur um die » *divina commédia;*« diese erfüllte und begeisterte mich, ich mußte aussprechen, was meine Seele und meine Gedanken beschäftigte: Dante und sein unsterbliches Werk wurden deshalb mein erstes Gedicht, welches ich zu Papier brachte.

In der Ausgabe zur *divina commédia* stand seine Lebensbeschreibung, allerdings nur eine Skizze, allein für mich hinreichend, um mir daraus ein eignes Bild desselben zu entwerfen. Ich besang in ihm und Beatrice die reine geistige Liebe, schilderte seinen Schmerz im Kampfe zwischen den Schwarzen und Weißen und die schweren Wanderungen des vom Bannstrahle Getroffenen über die Alpen und seinen Tod unter Fremden. Am lebendigsten besang ich den Flug seiner befreiten Seele, ihren Rückblick über die Erde und die Tiefe; die ganze Schilderung war in wenigen Zügen seinem unsterblichen Gedichte entliehen. Das Fegefeuer, wie er selbst es besungen hatte, öffnete sich wieder; der Wunderbaum prangte mit herrlichen Früchten an den unter ihrer Last sich beugenden Zweigen, die von ewig brausendem Wasserfalle bewässert wurden. Er saß im Boote, wo Engel ihre großen weißen Schwingen als Segel benutzten, während die Berge ringsumher erbebten, indem die geläuterten Seelen zum Paradiese emporstiegen, wo die Sonne und alle Engel, gleichsam wie Spiegel, nur die Strahlen des ewigen Gottes zurückwarfen, wo alles Seligkeit war, wo die niedrigste Stufe eine gleich große Seligkeit wie die höchste verlieh, je nachdem ein Herz sie zu fassen vermochte.

Bernardo hörte mein Gedicht und fand es ganz meisterhaft. »Antonio,« sagte er, »das mußt du beim Feste aufsagen! Es wird Habbas Dahdah ärgern! Es ist köstlich! Ja, ja, das und kein anderes mußt du aufsagen!«

Ich machte eine verneinende Bewegung.

»Was?« rief er, »du willst nicht? Dann will ich! Quälen will ich ihn mit dem unsterblichen Dante! Herrlicher Antonio, überlaß mir dein Gedicht! ich deklamiere es! Aber es muß durchaus als meine eigne Arbeit gelten! Oder willst du etwa deine schöne Feder nicht verlieren, um eine Dohle damit zu schmücken? Du bist ja sonst ein unvergleichlich nachgiebiger Mensch, und gerade bei dieser Gelegenheit ist es ein schöner Zug von dir! Du sagst doch ja?«

Wie gern gab ich ihm nicht nach, wie sehr gelüstete es mich nicht, selbst diesen Scherz mit anzusehen! Es bedurfte deshalb keiner langen Ueberredung.

Es herrschte damals in der Jesuitenschule, wie noch heute in der Propaganda auf dem spanischen Platze, die Sitte, daß am 13. Januar » in onore dei sancti re magi« der größte Teil der Eleven als Deklamatoren auftreten, jeder mit einem Gedichte in einer der verschiedenen Sprachen, welche hier getrieben wurden, oder die sie nach Geburt und Heimat redeten. Wir konnten selbst einen Stoff auswählen, der allerdings der Censur unserer Lehrer unterworfen war, welche uns die Erlaubnis zur Ausarbeitung erteilen mußten. »Und Sie Bernardo,« sagte Habbas Dahdah an dem Tage, wo wir unsere Themata angeben mußten, »Sie, Bernardo, haben wohl nichts gewählt? Sie gehören nicht zu der Gattung der Singvögel, Sie können wir überspringen.«

»O nein,« lautete die Antwort, »ich wage es diesmal; ich habe daran gedacht, einen unserer Dichter zu besingen. Freilich nicht einen der größten, den Mut habe ich noch nicht, aber ich habe an einen der kleineren, an diesen Dante gedacht!«

»Ei, ei,« erwiderte Habbas Dahdah; »Er will auftreten, und mit Dante auftreten! Das muß ein Meisterstück werden! Das möchte ich wohl hören! Da aber sämtliche Kardinäle und alle mögliche Fremde erscheinen, wird es wohl am besten sein, diese Lustbarkeit auf die Karnevalzeit zu verlegen.« Und damit ging er ihm vorbei, aber Bernardo ließ sich so nicht abspeisen und erhielt von den andern Lehrern die Erlaubnis. Jeder hatte nun seinen Stoff, ich wählte die Herrlichkeit Italiens.

Man sollte seine Arbeit zwar ganz allein ausführen, wollte man jedoch Habbas Dahbah für sich gewinnen und eine Art Sonnenglanz auf seinem Regenwetterantlitz hervorrufen, so gab es dazu kein geringeres Mittel, als daß man ihm das Gedicht zum Durchlesen gab und ihn um Rat und Hilfe bat. Gewöhnlich arbeitete er dann das ganze Gedicht um, flickte und schnitt daran herum, so daß es eben so schlecht wie zuvor blieb, aber in einer andern Manier. Lobte dann ein oder der andere Fremde das Gedicht, dann verstand er auch gleich einfließen zu lassen, daß man ja diesen Versuchen einige kleine Tropfen seines eignen Wissens beifügte, das Grobe herausfeilte u. s. w.

Mein Gedicht über Dante, welches Bernardo als sein eignes aufsagen wollte, bekam er gar nicht zu sehen.

Endlich war der Tag da. Die Wagen rollten vor dem Portale vor; die alten Kardinale in ihren roten Mänteln mit den langen Schleppen traten ein und nahmen auf den prächtigen Lehnstühlen Platz. Programme mit Angabe unserer Namen und der Sprachen, in welchen wir unsere Gedichte vortrugen, wurden verteilt. Habbas Dahdah hielt die Einleitungsrede und nun folgten Gedichte in syrischer, chaldäischer, koptischer, ja selbst in Sanskrit, in englischer und sonstigen seltsamen Sprachen. Je fremder und sonderbarer die Sprache klang, desto größer wurde der Beifall; das Bravorufen und Klatschen steigerten sich unter herzlichstem Gelächter.

Mit zitterndem Herzen trat ich vor und sprach die wenigen Worte an Italien. Ein wiederholter Bravoruf der ganzen Versammlung begrüßte mich, die alten Kardinale klatschten mir Beifall, und Habbas Dahdah lächelte so freundlich, wie es ihm nur möglich war, und bewegte prophetisch den Kranz in seinen Händen, denn im Italienischen war nur noch Bernardo übrig, und es war nicht anzunehmen, daß das englische Gedicht, welches nach dem seinigen folgte, noch einige Lorbeeren gewinnen würde. Nun trat Bernardo auf das Katheder. Mit Unruhe folgte ihm mein Auge und Ohr. Dreist und stolz sagte er mein Gedicht auf Dante her; eine tiefe Stille herrschte im Saale. Alle schienen von der wunderbaren Kraft, die er hineinlegte, ergriffen. Ich kannte ja jedes Wort, aber sie lauteten mir wie der Gesang des Dichters, wenn er Tonschwingen erhalten hat. Der einstimmigste Beifall ward ihm zu teil. Die Kardinale erhoben sich, alles war zu Ende, der Kranz fiel Bernardo zu. Nur der Ordnung wegen hörte man das folgende Gedicht, auch dieses wurde beklatscht, aber dann wandte man sich sofort zu der Schönheit und Begeisterung im Gedichte auf Dante zurück.

Meine Wangen brannten wie Feuer, meine Brust hob sich, ich fühlte eine namenlose Seligkeit, meine ganze Seele sog den Weihrauch ein, den man Bernardo darbrachte. Ich sah ihn an, er war ganz anders, als er sich je früher gezeigt hatte; totenbleich, mit auf den Boden gerichtetem Blicke, stand er wie ein Verbrecher da, er, der sonst allen keck in die Augen sah. Habbas Dahdah machte eine ähnliche Figur und schien in der Zerstreuung den Kranz zerpflücken zu wollen. Einer der Kardinale nahm denselben und setzte ihn Bernardo, der niedergekniet war und beide Hände auf das Antlitz preßte, auf das Haupt.

Nach dem Feste suchte ich Bernardo. »Morgen!« rief er und riß sich los.

Den folgenden Tag merkte ich, wie er mir auswich, und dies betrübte mich, denn mein Herz hing wunderbar fest an ihm, es sehnte sich nach einer Seele in dieser Welt und hatte sich ihn ausersehen.

Zwei Abende vergingen; da hing er endlich um meinen Hals, drückte mir die Hand und sagte: »Antonio, ich muß mit dir sprechen, länger kann ich es nicht aushalten und will es auch nicht! Als man mir den Kranz auf das Haupt drückte, empfand ich einen Schmerz wie von tausend Dornen, Das Lob klang wie Spott! Du warst es ja, dem die Ehre gebührte. Ich las die Freude in deinem Auge, und weißt du? ich haßte dich! Ja, du bist mir nicht mehr derselbe wie früher; ein böses Gefühl hat sich meiner bemächtigt, ich bitte dich deshalb um Verzeihung, aber wir müssen scheiden; hier gehöre ich doch nicht her. Ich will fort. Gräßlich, im nächsten Jahre vor den andern zum Spotte dazustehen, wenn mir die gestohlenen Federn fehlen! Mein Onkel soll und muß für mich sorgen. Ich habe es ihm gesagt, ich habe sogar darum betteln können! Ich bin unter meiner Natur gewesen und – mir kommt es vor, als trügest du die Schuld an dem Ganzen. Ich habe eine Bitterkeit gegen dich, die mich peinigt, mich bis auf die Seele peinigt! nur in einem neuen Verhältnisse können wir Freunde bleiben – und wir wollen es sein, versprich mir es, Antonio!«

»Du bist unbillig gegen mich,« sagte ich, »unbillig gegen dich selbst. Laß uns nicht mehr an das dumme Gedicht, oder an die ganze Geschichte denken! Gieb mir deine Hand, Bernardo, und betrübe mich nicht mit solcher sonderbaren Rede!« »Wir bleiben immer Freunde!« sagte er und verließ mich. Spät am Abend kam er erst wieder nach Hause und suchte gleich sein Schlafzimmer auf, und am nächsten Morgen war es bekannt, daß er die Schule verließe, um eine andere Laufbahn einzuschlagen.

»Er verschwand ja wie eine Sternschnuppe,« sagte Habbas Dahdah ironisch; »er verschwand in demselben Augenblicke, wo man den Glanz bemerkte. Das Ganze war ein Knalleffekt, und so war es auch mit seinem Gedichte. Ich besitze es ja, damit dieser Schatz aufgehoben werden kann. O du heilige

Jungfrau! Wenn man es recht ansieht, was ist es dann! Ist es Poesie? Aus- und ineinander läuft es, ohne Form oder äußere Schönheit. Erst glaubte ich, es sollte eine Vase vorstellen, darauf ein französisches Weinglas oder einen medischen Säbel, aber wie ich es auch wandte und drehte, immer blieb es dieselbe bedeutungslose Schablone. Dreimal hat es einen Fuß zu viel, schreckliche Hiatus kommen darin vor, und fünfundzwanzigmal enthält es das Wort *divina*, als ob das Gedicht durch die Wiederholung dieses Wortes selbst *divina* würde. Gefühl und Gefühl! Das ist es wahrhaftig nicht, was den Dichter macht. Was soll all dieses Geplänkel der Phantasie? Bald ist sie hier, bald da! Auch der Gedanke thut es nicht, nein, die Besonnenheit, die goldne Besonnenheit. Der Dichter muß sich von seinem Stoffe nicht hinreißen lassen! Kalt, eiskalt muß er sein, muß die Kinder seines Herzens zerstückeln und nachsehen, wie die einzelnen Teile beschaffen sind. Nur dann entsteht ein wahres Kunstwerk. Weg mit diesem Jagen, diesem Haschen, diesem Begeisterungswesen! Dafür setzen sie einem solchen Jungen einen Kranz auf! Prügel sollte er für seine historischen Fehler, seine Hiatus, seine Jämmerlichkeiten bekommen! Ich habe mich wirklich geärgert und das verträgt meine Konstitution nicht! Pfui über den abscheulichen Bernardo!« So lautete ungefähr Habbas Dahdahs Lobrede.

Ein angenehmes und ein unangenehmes Zusammentreffen. Die kleine Abbedissa. Der alte Jude

Wir vermißten alle den wilden ausgelassenen Bernardo, und niemand vermißte ihn mehr als ich; es wurde, wie mir schien, leer und öde um mich her; meine Bücher waren mir nicht genug, in meiner Seele klangen Dissonanzen, die ich selbst nicht zu lösen vermochte. Musik allein brachte für einen Augenblick Harmonie. In der Welt der Töne erhielt mein Leben und mein ganzes Streben erst Klarheit; hier fand ich mehr als irgend ein Dichter, mehr als selbst Dante aussprach. Nicht bloß das Gefühl faßte hier das seelische Bild auf, sondern selbst das Ohr, der sinnliche Teil, sog hier ihr lebendiges Wesen ein. Jeden Abend erweckte in mir der Gesang von Kinderstimmen vor dem Madonnenbilde an der Mauer die Erinnerung an meine eigne Kindheit; sie tönte wie ein Wiegenlied, welches der Pifferari melancholische Sackpfeifen anstimmten, ich hörte in dem einförmigen Gesange des vermummten Leichengefolges dieselben Töne, welche an dem Sarge meiner Mutter erklungen waren. Ich begann über das Entschwundene und das, was nun kommen würde, nachzudenken; seltsam fühlte ich mein Herz beengt; ich mußte singen, alte Melodien tönten mir vor den Ohren, und die Worte derselben strömten mir laut von den Lippen, ja allzu laut, denn es störte Habbas Dahdah, obgleich er mehrere Zimmer von mir entfernt wohnte, so daß er mir sagen ließ, hier wäre keine Oper oder Singschule, sie wollten in der Jesuitenschule nur solche Triller dulden, die zum Preise der Madonna ertönten. Schweigend lehnte ich darauf mein Haupt an den Fensterrahmen; den Blick richtete ich wohl auf die Straße hinaus, aber mit den Gedanken hielt ich Einkehr in mich selbst.

» *Felicissima notte, Antonio*!« Die Nordländer wünschen »gute Nacht, schlafe wohl!« Die Italiener wünschen »die glücklichste Nacht!« Die Nächte des Südens besitzen freilich mehr als – Träume. rief plötzlich eine Stimme zu mir herauf. Ein schönes stolzes Roß bäumte sich unter dem Fenster und jagte dann mit seinem stolzen Reiter weiter. Es war ein päpstlicher

Offizier; mit jugendlicher Gewandtheit verneigte er sich auf dem Pferde und grüßte unaufhörlich, bis er mir aus dem Gesichte verschwand; aber ich hatte ihn erkannt, es war Bernardo, der glückliche Bernardo! Wie verschieden war nicht sein Leben von dem meinigen! Nein, ich wollte nicht darüber nachdenken, drückte den Hut tief über die Stirn, und wie von einem bösen Geiste verfolgt, trieb es mich fort, wohin der Wind mich führen wollte. Ich dachte nicht im geringsten an das Gesetz, daß jeder Schüler der Jesuitenschule, Propaganda oder irgend einer andern Schulanstalt im Kirchenstaate, sobald er in die Stadt ging, von einem ältern oder gleichaltrigen Mitschüler begleitet werden mußte und sich ohne eine besondere Erlaubnis nicht allein zeigen durfte. Ein so allgemein gültiges Gesetz war nie speciell eingeprägt worden. Ich dachte gar nicht daran, daß meine Freiheit in dieser Weise beschränkt war und hegte in dieser Hinsicht nicht die geringste Besorgnis. Der alte Kustode, der mich gehen sah, dachte wohl, daß ich dazu Erlaubnis hatte.

Auf dem Korso wimmelte es von Equipagen; eine Wagenreihe, von Römern und Fremden besetzt, fuhr hin, eine andere her; sie machten ihre Abendspazierfahrt. In großen Gruppen standen die Leute vor den ausgehängten Kupferstichen der Kunsthändler und die Bettler drängten sich heran, um einen Dreier zu erhalten. Es war, wenn man sich nicht zwischen die Equipagen wagen wollte, schwer vorwärts zu kommen. Ich war gerade hindurch geschlüpft, als mich eine Hand am Rocke festhielt, und ich hörte eine bekannte unangenehme Stimme flüstern: » *bon giorno, Antonio!*« Ich sah hinab. Da saß mein Onkel, der häßliche Peppo, mit den beiden verdorrten Beinen, die er in die Höhe gebunden hatte, und mit den hölzernen Brettern, mit denen er sich fortzuschieben pflegte. So nahe waren wir einander seit vielen Jahren nicht gewesen; ich hatte ihn immer durch große Umwege zu vermeiden gesucht, war der spanischen Treppe, wo er saß, aus dem Wege gegangen, und wenn ich in einer Prozession oder mit den andern Schülern bei ihm vorbei mußte, dann hatte ich mein Gesicht so gut wie möglich versteckt gehalten.

»Antonio, mein eignes Blut!« sagte er und hielt mich am Rocke. »Kennst du deinen Onkel Peppo nicht mehr? Denk an San Joseph, Peppo ist eine italienische Verkürzung des Namens Giuseppe (Joseph). dann hast du meinen Namen! Ach, wie groß und männlich du geworden bist!«

»Laß mich los!« rief ich, denn die Leute fingen an ihre Aufmerksamkeit auf uns zu richten.

»Antonio!« sagte er, »kannst du dich dessen entsinnen, als wir zusammen auf dem hübschen Esel ritten? Du süßes Kind! Ja nun reitest du auf einem höheren Pferde, willst deinen armen Mutterbruder nicht mehr kennen, willst nie zu mir nach der Treppe kommen! Du hast mir doch die Hand geküßt, hast auf meiner Handvoll Stroh geschlafen! Sei nicht undankbar, Antonio – –!«

»Laß mich los!« rief ich und riß ihm den Rock aus den Händen, stürzte mich zwischen die sich kreuzenden Wagen und gelangte in eine Seitenstraße. Mein Herz klopfte vor Schrecken, vor – ja wie soll ich es nennen? – vor gekränktem Stolze. Ich hielt mich in Gegenwart aller Menschen, die uns gesehen hatten, für verhöhnt. Aber nur wenige Augenblicke blieb dies Gefühl vorherrschend, da erwachte ein anderes, ein weit bittreres. Jedes Wort, welches er gesagt hatte, war ja Wahrheit, ich war ja seiner Schwester einziges Kind. Ich empfand das Grausame meiner Aufführung, schämte mich vor Gott und mir selbst, es brannte mir wie Feuer im Herzen. Wäre ich mit Peppo nur allein gewesen, ich hätte ihm die häßlichen Hände küssen und ihn um Verzeihung bitten können. Ich war in tiefster Seele erschüttert.

Da läutete von der Kirche San Agostino her die Glocke zum Ave Maria; meine Sünde lag schwer auf meiner Seele, und ich ging hinein, um die Mutter Gottes anzuflehen. Leer und finster war es unter den hohen Bogen, die Lichter auf den verschiedenen Altären brannten matt und schläfrig, ohne alle Strahlen. Meine Seele sog Trost und Vergebung ein.

»Signore Antonio!« sagte plötzlich eine Stimme dicht neben mir, »Eccellenza und die schöne Signora sind angekommen!

Sie sind von Firenza zurück und haben ihren Gottesengel bei sich. Wollen Sie ihnen nicht gleich einen Besuch abstatten und sie begrüßen?«

Es war die alte Fenella, die Frau des Pförtners im Palazzo Borghese. Meine Wohlthäterin war mit ihrem Manne und Kinde wieder hier; seit einigen Jahren hatte ich dieselben nicht gesehen. Meine Seele wurde voller Freude, ich flog mehr als ich ging und bald begrüßte ich wieder die mir so lieben freundlichen Gesichter.

Fabiani war mild und gnädig, Francesca mütterlich froh mich zu sehen; sie brachte mir ihre kleine Tochter Flaminia, ein freundliches Kind mit wunderbar leuchtenden Augen; sie reichte mir sogleich den Mund zum Kusse, ging gern zu mir und in zwei Minuten waren wir schon alte Bekannte und Freunde. Sie saß auf meinem Arme und lachte laut vor Freude, wenn ich mit ihr im Saale umher tanzte und eines meiner alten lustigen Lieder sang.

»Mache mir meine kleine Abbedissa Es ist eine Sitte der meisten italienischen Familien, daß, wenn eine der Töchter schon von Kindheit an für das Kloster bestimmt wird, dieselbe bereits in frühster Jugend einen oder den andern Ehrennamen, welcher auf ihre Bestimmung hinweist, wie die Jesusbraut, die Nonne, die Äbtissin u. s. w. erhält. nicht zu einem Weltkinde,« sagte Fabiani lächelnd, »siehst du nicht, daß sie schon das Zeichen ihrer Würde trägt?« Und nun zeigte er mir ein kleines silbernes Kreuz mit dem Erlöser, das an einer Schleife an des Kindes Brust hing. »Der heilige Vater hat es ihr gegeben, sie trägt ihren Seelenbräutigam schon an ihrem Herzen.«

In ihrem Liebesglücke hatten sie der Kirche das erste Kind gelobt, und der Papst hatte der Kleinen schon in der Wiege das heilige Zeichen geschenkt. Als Verwandte der reichen borghesischen Familie stand ihr der erste Platz in Roms Nonnenklöstern offen, weshalb die Eltern so wie ihre ganze Umgebung sie schon mit dem Ehrennamen »kleine Abbedissa« anredeten. Jede Erzählung, jedes Spiel ging darauf aus, ihr Ideen von der Welt, für welche sie eigentlich lebte, von dem Glücke, welches ihrer wartete, beizubringen.

Sie zeigte mir ihr Jesuskind, ihre kleinen weißgekleideten Nonnen, die jeden Tag in die Messe gingen, stellte dieselben, wie es die Amme sie gelehrt hatte, in zwei Reihen auf dem Tische auf und erzählte mir nun, wie schön sie sängen und zu dem lieblichen Jesuskinde beteten. Ich zeichnete ihr lustige Bauern, die in ihren langen wollenen Röcken um den steinernen Tritonen tanzten, Polichinellen, die einander auf dem Rücken saßen, und die neuen Bilder belustigten die Kleine unsäglich. Sie küßte sie einige Mal, zerriß sie dann aber in ihrem Uebermute und ich mußte ihr neue zeichnen, bis wir getrennt wurden, denn die Amme rief die kleine Abbedissa zu Bett; war es doch schon längst über ihre Schlafzeit hinaus.

Fabiani und Francesca erkundigten sich nach der Jesuitenschule, nach meiner Gesundheit und Zufriedenheit, versprachen mir, ihre Hand nicht von mir abzuziehen und wünschten mir das beste Glück. »Wir müssen uns täglich sehen,« sagte sie, »komm recht fleißig, so lange wir hier sind.« Auch nach meiner alten Dominica in der Campagna erkundigte sie sich, und ich erzählte, wie glücklich die Alte wäre, wenn ich einmal, im Herbste oder Frühling, zu ihr hinauskäme, wie sie mir dann Kastanien briete und im Geplauder über die Tage, welche mir zusammen verlebten, wieder jung zu werden schiene. Auch müßte ich mir jedesmal den kleinen Winkel ansehen, in welchem ich geschlafen hatte, so wie die Bilder, die ich gezeichnet und die sie noch immer neben ihrem geweihten Rosenkranze und dem alten Gebetbuche aufbewahrte.

»Wie drollig er sich verbeugt,« sagte Francesca zu Fabiani, indem ich beim Abschiede mein Kompliment machte. »Es ist vortrefflich, daß der Geist ausgebildet wird, aber der Körper darf auch nicht versäumt werden, darauf wird viel in dieser Welt gesehen! Aber das wird schon kommen, nicht wahr, Antonio!« und lächelnd reichte sie mir die Hand zum Kusse.

Es war noch nicht spät am Abend, als ich wieder unten auf der Straße stand, um nach Hause zu gehen, aber alles war stockfinster. In Rom waren damals die Laternen noch nicht im Gebrauch; sie gehören bekanntlich erst der neueren Zeit an. Die Lampe vor dem Madonnenbilde war das einzige Licht in den unebenen engen Straßen. Ich mußte mich förmlich weiter tasten, um nicht anzustoßen, und deshalb bewegte ich mich nur langsam vorwärts, die Gedanken von den Begebenheiten dieses Nachmittags erfüllt.

Während ich ging, stieß meine Hand an einen Gegenstand.

»Zum Teufel!« tönte eine bekannte Stimme, »stoßen Sie mir nicht die Augen aus, sonst sehe ich noch weniger!«

»Bernardo!« rief ich fröhlich aus, »so treffen wir uns doch einmal!«

»Antonio, mein teurer Antonio!« rief er und faßte mich unter den Arm. »Das ist ja ein lustiges Zusammentreffen! Wo kommst du her? Von einem kleinen Abenteuer. Das habe ich dir nicht zugetraut! Aber ertappt bist du nun auf den Wegen der Finsternis! Wo ist der Sklavenkorporal, der Cicisbeo, oder wie nennst du deinen treuen Begleiter?«

»Ich bin ganz allein,« sagte ich.

»Allein!« wiederholte er. »Du bist im Grunde genommen ein tüchtiger Bursche. Du solltest in die päpstliche Garde eintreten, vielleicht ließe sich aus dir noch etwas machen!« Ich teilte ihm in wenigen Worten Eccellenzas und der Signora Ankunft mit und äußerte nun meine Freude über diese unerwartete Begegnung. Seine Freude war nicht geringer; wir dachten gar nicht an die Finsternis und schwatzten munter, während wir vorwärts schritten, ohne auf die Richtung zu achten.

»Siehst du, Antonio!« sagte er, »nun habe ich erst gelernt, was das Leben ist; du kennst es durchaus nicht. Es ist zu lustig, um auf der kalten Schulbank zu sitzen und Habbas Dahdahs schimmelige Reden mit anzuhören. Mein Pferd kann ich tummeln! Du sahst mich ja wohl heute? Und die

85

schönen Signoras senden mir Blicke zu, o so brennend! Ich bin ja ein ganz passabler Kerl, den die Uniform kleidet. Wie verdammt finster es hier ist! Du kannst mich ja gar nicht einmal ansehen! Meine neuen Kameraden geben mir ja vortreffliche Anleitung, das sind keine solchen Bankrutscher wie ihr. Wir leeren unsern Becher auf das Wohl des Staates, haben auch kleine Abenteuer, aber davon zu hören verträgt deine Heiligkeit nicht. Was du doch für ein thörichtes Mannsbild bist! Antonio, ich habe mir in diesen wenigen Monaten eine zehnjährige Erfahrung erworben. Nun fühle ich meine Jugend, sie braust mir im Blute, schwellt mir das Herz und ich genieße sie, genieße sie in großen Zügen, während meine Lippen noch brennen und ich den kitzelnden Durst noch empfinde.«

»Deine Gesellschaft ist nicht gut gewählt, Bernardo!« sagte ich.

»Nicht gut gewählt!« unterbrach er mich, »predige mir nicht Moral! Was kannst du gegen meinen Umgang sagen? Meine Kameraden sind von dem reinsten Patricierblut, welches Rom besitzt. Wir sind des heiligen Vaters Ehrenwache, sein Segen löscht unsere kleinen Sünden aus! In den ersten Tagen, als ich eben erst aus der Schule gekommen war, hatte ich auch noch etwas von diesen klösterlichen Begriffen, aber ich war klug genug, es meinen neuen Kameraden nicht merken zu lassen; ich folgte ihrem Beispiele mit Fleisch und Blut, mein ganzes wahres Ich zitterte vor Liebeslust, und ich folgte diesem Triebe, denn er war am stärksten. Aber ich fühlte auch eine häßliche böse Stimme in mir, das war die propagandistische Klosterzucht und der letzte Rest meines kindischen Wesens. Diese rief mir zu: du bist nicht länger unschuldig, so unschuldig, wie du als Kind warst! Später habe ich dazu gelacht; jetzt verstehe ich es besser. Ich bin ein Mann, das Kind habe ich vom Arm geschüttelt. Das war es, welches weinte, wenn es seinen Willen nicht bekam. Aber hier sind wir ja bei Chjavica, der besten Osteria, dem Versammlungsorte der Künstler. Komm mit hinein, wir wollen zusammen eine Fogliette auf unsere erfreuliche zusammen eine Fogliette auf unsere erfreuliche Begegnung trinken. Komm mit, es geht lustig darin zu!«

»Wie kannst du daran denken!« erwiderte ich. »Was würde man sagen, wenn man in der Jesuitenschule erführe, daß ich in Gesellschaft eines Offiziers der päpstlichen Garde angetroffen worden wäre.«

»Ja, es ist ein großes Unglück ein Glas Wein zu trinken und den Gesang der fremden Künstler in ihrer Muttersprache, in deutscher, französischer, englischer und Gott weiß in welcher Zunge sonst noch anzuhören! Du kannst mir es glauben, es geht lustig zu!«

»Was für dich passend ist, ist für mich unerlaubt; rede also nicht weiter davon –« unterbrach ich mich selbst, indem ich von der kleinen Seitenstraße her Lachen und Bravoruf vernahm und dem Gespräche gern eine andere Richtung geben wollte. »Dort ist ja ein großer Auflauf,« fuhr ich deshalb fort, »was mag da los sein? Ich glaube, man macht dicht unter dem Madonnabilde Kunststücke!« und nun zog ich ihn mit dorthin.

Männer und Knaben der untersten Volksklasse hatten die Straße gesperrt; sie bildeten einen länglichen Kreis um einen alten Juden, der, wie wir hörten, gezwungen werden sollte über einen Stock zu springen, welchen einer der Männer vorhielt, wollte er anders aus der Straße gelangen.

Bekanntlich dürfen die Juden in Rom, der größten Stadt der Christenheit, nur in dem ihnen angewiesenen Stadtviertel, dem engen schmutzigen Ghetto wohnen. Jeden Abend wird das zu demselben führende Thor geschlossen und Soldaten halten Wache, daß sich niemand heimlich hinaus oder hinein schleicht. Jährlich müssen ihre Aeltesten nach dem Kapitol wandern und knieend um Erlaubnis bitten, noch ein Jahr in Rom verbleiben zu können, müssen sich dazu erbieten, die Ausgaben für die Wettrennen in der Karnevalszeit zu übernehmen und versprechen, daß sie alle einmal im Laufe des Jahres an dem dazu bestimmten Tage eine katholische Kirche besuchen und eine Bekehrungspredigt hören wollen.

Der alte Mann, den wir hier sahen, war an dem finstern Abend allein durch die Straße gekommen, wo die Knaben spielten und die Männer in ihr Morraspiel vertieft standen. »Seht den Juden!« hatte einer gerufen und nun verhöhnte und verspottete man den alten Mann, und als er schweigend seinen Weg fortsetzen wollte, sperrten sie die Straße. Einer der Männer, eine dicke breitschulterige Person, hielt ihm einen langen Stock vor und rief: »Na, Jude, nimm nun deine Beine in die Hand, sie verschließen sonst den Ghetto und du kommst heute Nacht nicht hinein! – Laß uns sehen, wie geschmeidig und leicht dein Fußwerk noch ist!«

»Spring, Jude!« schrieen alle Jungen, »der Gott Abrahams wird dir schon helfen.«

»Was habe ich Ihnen nur zuleide gethan?« sagte er, »lassen Sie mich alten Mann meiner Wege gehen und spotten Sie meiner grauen Haare nicht vor derjenigen, die Sie selbst um Erbarmen anflehen!« und er zeigte nach dem in nächster Nähe befindlichen Mabonnabilde.

»Glaubst du etwa,« sagte der Mann, »die Madonna bekümmere sich um einen Juden? Willst du gleich springen, du alter Hund!« und nun ballte er die Faust gegen ihn und die Knaben schlossen den Kreis dichter.

Da sprang Bernardo hervor, stieß die Nächsten zur Seite, riß dem Manne in einem Nu den Stock aus der Hand, schwang seinen Säbel über ihm, hielt den fortgenommenen Stock dem Manne selbst vor und rief mit starker männlicher Stimme: »Spring du nun oder ich spalte dir den Kopf! Zaudere nicht! Bei allen Heiligen, ich zerspalte dir den Schädel, wenn du nicht springst!«

Der Mann stand unter der erstaunten Menge wie vom Himmel gefallen. Die zornigen Worte, der gezogene Degen und die päpstliche Offizieruniform, alles elektrisierte ihn, und ohne ein Wort zu erwidern, machte er einen hohen Sprung über den Stock, den er soeben erst dem armen Juden vorgehalten hatte. Die ganze Versammlung war ebenso überrascht, niemand wagte ein Wort zu sagen, sondern sah ver-

wundert den Vorfall an. Kaum war der Kerl hinüberge-
sprungen, als ihn Bernardo an der Schulter packte, ihm mit
der flachen Klinge die Backe klopfte und rief: »Bravo, mein
Hündchen, gut gemacht! Noch einmal dasselbe Kunststück,
und dann, denke ich, wirst du wohl an den Hundekunst-
stücken genug haben!«

Der Kerl mußte springen, und die Versammlung, die zu der
lustigen Seite des Intermezzos überging, rief Bravo und
klatschte Beifall.

»Wo bist du, Jude?« fragte Bernardo, »komm, ich will dich
begleiten!«

Aber er war fort, niemand antwortete.

»Komm!« sagte ich, als wir uns außerhalb des Gedränges
befanden, »komm, laß sie sagen, was sie wollen, ich trinke
eine Fogliette Wein mit dir! Auf dein Wohl will ich trinken!
Freunde müssen wir immer bleiben, in welche Lage wir auch
kommen!«

»Du bist ein Narr, Antonio!« versetzte er, »und ich im Grunde genommen ebenfalls, daß ich mich über den rohen Kerl
geärgert habe; ich bin überzeugt, er wird jetzt niemanden
sobald wieder springen lassen.«

Wir gingen in die Osteria hinein, keiner der lustigen Gäste
beachtete uns. In einer Ecke stand ein kleiner Tisch. Hierher
ließen wir uns eine Fogliette bringen und stießen nun auf
unser glückliches Zusammentreffen und unsere fortgesetzte
Freundschaft an; dann schieden wir. Ich ging nach der Jesuitenschule, wo der alte Kustode, mein ganz besonders gnädiger Gönner, mir aufschloß, ohne daß es jemand bemerkte,
und bald schlief und träumte ich von den vielen Abenteuern
dieses Abends.

Das Judenmädchen

Daß ich ohne Erlaubnis eines Abends ausgewesen war, ja sogar mit Bernardo in einer Osteria Wein getrunken hatte, ängstigte mich einige Zeit, aber der Zufall war mir günstig; niemand hatte mich vermißt, oder auch hatten sie, wie der alte Kustode geglaubt, daß ich Urlaub hätte; ich war ja als der ruhigste, als der gewissenhafteste Mensch bekannt. Die Tage glitten still dahin und verwandelten sich in Wochen; ich studierte fleißig und besuchte inzwischen meine Wohlthäterin; dies war mein größter Ansporn und Erheiterung. Ihre kleine Abbedissa gewann mich von Tage zu Tage lieber. Ich brachte dem Kinde Bilder, welche ich selbst als Knabe gezeichnet hatte, aber wenn sie einige Augenblicke mit denselben gespielt hatte, dann flogen sie zerrissen auf den Fußboden; ich sammelte die Stücke wieder auf und verwahrte sie.

Ich las in jener Zeit den Vergil; das sechste Buch, wo die kumäische Sibylle Aeneas in die Unterwelt hinabführt, fesselte mich der Verwandtschaft mit Dante wegen im höchsten Grade. Ich dachte dann an mein Gedicht und dabei recht lebendig an Bernardo, welchen ich so lange nicht gesehen; ich sehnte mich recht sehr nach ihm. Es war gerade einer jener Wochentage, wo die Galerien des Vatikans geöffnet standen. Ich bat um Erlaubnis dorthin gehen zu dürfen, um mir die herrlichen Marmorgötter und die schönen Bilder anzusehen, mein eigentlicher Zweck war jedoch, meinen lieben Bernardo zu treffen.

Ich befand mich schon in dem großen langen Bogengange, wo die schönste Büste Raffaels steht, und wo die ganze Decke die Bibel in wunderlieblichen Bildern ist, von dem großen Meister selbst skizziert und von seinen Schülern ausgeführt. Die sonderbaren Arabesken die ganze Mauer hinauf, die Legion von Engeln, die in jedem Bogen knieen und sich auf großen Flügeln in das Unendliche emporschwingen, waren mir nicht neu; jedoch hielt ich mich hier trotzdem lange auf, als ob ich sie betrachtete, wartete indes eigentlich auf den glücklichen Zufall, der Bernardo hier hindurch führen würde. Ich lehnte mich an das Geländer und bewunderte die prächtige Bergformation, die stolzen Wellenlinien jenseits der Campagna, aber mein Auge durchforschte auch die Höfe des Vatikans, ob es Bernardo nicht entdecken könnte, sobald ein Säbel klirrend gegen die breiten Fliese stieß. Allein er kam nicht.

Vergebens durchwanderte ich die nächsten Säle, vergebens besuchte ich die Gruppe des Laokoon, es gewährte mir keine Zerstreuung und ich geriet in immer schlechtere Laune. Nirgends war Bernardo zu entdecken; deshalb schien mir der Heimweg gerade ebenso interessant, wie der Torso und der wunderbar schöne Antinous.

Da hüpfte eine leichte Gestalt mit Federbusch und klirrenden Sporen über den Gang, und ich hinterher – es war Bernardo; seine Freude war nicht geringer als die meinige. Hastig zog er mich mit sich, denn er hatte, wie er sagte, mir tausenderlei Dinge zu erzählen.

»Du weißt nicht, was ich gelitten habe und noch leide! Du sollst mein Doktor sein! Du allein kannst mir mit den magischen Kräutern helfen!« Und nun führte er mich durch den großen Saal, wo die päpstlichen Schweizer Wache hielten, in ein großes Gemach, welches für den wachthabenden Offizier eingerichtet war.

»Du bist doch nicht krank?« fragte ich. »Du kannst es nicht sein! Deine Augen und Wangen brennen ja lichterloh.«

»O ja, sie brennen,« sagte er, »ich brenne vom Kopfe bis zu den Füßen, aber alles ist gut; du bist mein Glücksstern, du bringst herrliche Abenteuer und gute Ideen, du mußt helfen! Setze dich doch! Du weißt nicht, wie viel ich seit dem Abende, wo wir uns zum letztenmal sahen, erlebt habe. Dir will ich das Ganze anvertrauen, du bist ein ehrlicher Freund und sollst selbst eine Rolle in dem Abenteuer spielen.«

Er ließ mich gar nicht zu Worte kommen, ich mußte hören, was ihn in hohem Grade bewegte.

»Entsinnst du dich des Juden?« sagte er, »des alten Juden, welchen die Jungen springen lassen wollten, und wie er dann fortlief, ohne mir für meine ritterliche Hilfe zu danken? Ich wenigstens hatte ihn und die ganze Geschichte längst vergessen. Einige Tage nachher komme ich an dem Eingange in das Ghetto vorüber; ich achtete erst darauf, als der Soldat, der an dem Thore seinen Posten hatte, vor mir Honneur machte, denn ich gehöre ja jetzt zu den Personen höheren Ranges. Ich danke ihm und gewahre dabei unmittelbar an der inneren Thorseite eine hübsche Gruppe schwarzäugiger Mädchen der jüdischen Rasse, und da wirst du es wohl begreiflich finden, daß ich Lust empfand, durch die enge schmutzige Straße zu traben. Es befindet sich eine vollständige Synagoge in derselben, die Häuser ragen dicht nebeneinander hoch in die Luft empor. In allen Fenstern ging es: »Bereschit Bara Elohim!« Dicht gedrängt, Kopf an Kopf, standen sie da, wie damals, als sie über das Rote Meer gingen. Rundum hingen alte Kleider, Regenschirme und anderer Trödelkram. Ich bahnte mir einen Weg durch altes Eisenzeug, Bilder und natürlich durch unerhört tiefen Schmutz, und dabei erhob sich ein Summen und Schreien, ob ich nichts zu handeln hätte, zu kaufen oder zu verkaufen, daß man mir kaum Zeit ließ, mir ein paar schwarzäugige Püppchen anzugucken, die mich von den Thüren aus anlächelten. Es war eine Wanderung, höre, so eine hätte Dante beschreiben sollen! Mit einem Mal stürzt mir ein alter Jude auf den Leib, und verneigt sich vor mir so tief, als wenn ich der heilige Vater wäre. »Eccellenza,« sagt er, »mein edler Wohlthäter, mein Lebensretter, gesegnet sei die Stunde, in der ich Sie begrüßen darf! Glauben Sie nicht, daß der alte Hanoch undankbar ist!« und noch vieles andere, das ich nicht verstand und dessen ich mich auch nicht mehr erinnere; ich erkannte ihn jetzt, es war der alte Mosait, der hatte springen sollen. »Hier ist mein armes Haus, aber meine Schwelle ist zu niedrig, als daß ich Sie bitten darf, dieselbe zu überschreiten,« sagte er, und dabei küßte er mir die Hände und den Rock. Ich wollte weiter, denn die ganze Nachbarschaft verlor sich in unserer Betrachtung, als plötzlich meine Augen auf das obere Stockwerk des Hauses fielen und ich den schönsten Kopf bemerkte, den ich je gesehen hatte, eine marmorne Venus mit warmem Blut in den Wangen und Augen wie Arabiens Töchter – nun da kannst du dir wohl vorstellen, daß ich den Juden in sein Haus begleitete, zumal er mich eingeladen hatte. Der Flur war freilich dunkel und eng, wie der Gang, der in die Gräber der Scipionen führt und nun erst die Steintreppen mit dem reizenden hölzernen Geländer – ja, sie waren vortrefflich geeignet, die Leute an einen gesetzten Gang zu gewöhnen und ihnen Vorsicht bis in die äußersten Fingerspitzen beizubringen. In der Stube war es dagegen gar nicht so übel, nur das Mädchen fehlte, und was sollte ich ohne dasselbe da anfangen. Nun mußte ich denn eine lange Danksagungsrede verdauen, in welche so viel morgenländische Bilder verwebt waren, daß sie deinem poetischen Gemüte sicher gefallen hätten. Ich ließ sie über mich ergehen und dachte, am Ende kommt die Kleine doch wohl noch, aber sie kam nicht. Dafür fuhr dem Juden eine Idee durch den Kopf, die bei andrer Gelegenheit hätte ganz ausgezeichnet sein können. Er meinte, daß ich als ein junger Mann, der sich in der Welt bewegen müßte, gewiß viel Geld gebrauchte, und wenn es mir fehlte, genötigt wäre, meine Zuflucht zu mitleidigen Seelen zu nehmen, die gegen zwanzig bis dreißig Prozent christliche Liebe bewiesen, daß er aber, und das war im Grunde genommen ein Mirakel im Reiche der Juden, das Benötigte ohne jegliche Prozente zu leihen bereit wäre; hörst du, ohne Prozente! Ich wäre ein edler junger Mann, auf meine Ehrlichkeit verließe er sich; ich hätte einen Zweig von dem Stamme Israels beschützt, dessen Stumpf meine Kleider nicht zerreißen sollte. Da ich kein Geld nötig hatte, nahm ich auch keins, und darauf bat er mich, ob ich mich nicht niederlassen und seinen Wein versuchen wollte, die einzige Flasche, welche er besäße. Ich weiß nicht, was ich sagte, aber das weiß ich, daß das herrlichste Mädchen von morgenländischer Abkunft hereintrat. Welche Formen, welche Farben! Das Haar desselben schimmerte kohlschwarz, wie Ebenholz. Es war des Juden Tochter. Sie schenkte mir einen herrlichen Cyperwein ein, und das königlich salomonische Blut stieg ihr in die Wangen, als ich das Glas auf ihr Wohl leerte. Du hättest sie sprechen hören sollen, wie sie mir ihres Vaters wegen dankte, was doch nicht der Mühe wert war. Wie Musik klang es in meinen Ohren. Es war kein natürliches Wesen; sie verschwand denn auch, nur der Alte blieb zurück.«

»Das Ganze klingt ja wie ein Gedicht!« rief ich aus. »Es ließe sich prächtig in Verse setzen.«

»Du weißt nicht, wie ich mich seitdem abquälte, was für Luftschlösser ich aufbaute und wieder einriß, was ich alles versuchte, um mit meiner Zionstochter wieder zusammen zu treffen. Denke dir, ich ließ mich sogar herab, bei ihm eine Anleihe zu machen, was gar nicht nötig war. Ich bat ihn um zwanzig Scudi auf acht Tage, die er mir auch in blanken Goldstücken auszahlte, aber sie bekam ich nicht zu sehen. Ich brachte sie ihm schon am dritten Tage unberührt wieder, und der Alte lächelte und rieb sich die Hände, denn er hatte doch wohl nicht zu fest auf meine gepriesene Ehrlichkeit gebaut. Ich lobte seinen Cyperwein, aber sie brachte mir keinen, selbst schenkte er ihn mit seinen magern zitternden Händen ein. Mein Auge spähte in jeden Winkel, sie war nicht da. Sie zeigte sich nicht; nur als ich die Treppe hinabsprang, kam es mir vor, als ob sich die Gardine am geöffneten Fenster bewegte; das mußte sie sein. »Leben Sie wohl, Signora!« rief ich, aber alles blieb still, niemand zeigte sich. Noch immer bin ich in meinem Abenteuer nicht weiter. Gieb mir einen Rat! Aufgegeben habe ich sie nicht und will es nicht! Was soll ich thun? Gieb mir eine glänzende Idee an die Hand, mein Herzensjunge! Sei mir eine Saturnia und Venus, die Aeneas und Lybiens Tochter in der verborgenen Grotte zusammenführt!«

»Was verlangst du von mir? Was kann ich dabei thun? Ich begreife nicht, wie ich dir dabei von Nutzen sein kann.«

»Du kannst alles, wenn du willst! Hebräisch ist ja eine schöne Sprache, eine poetische Bilderwelt, darauf solltest du dich legen und dir einen Juden zum Lehrer annehmen! Ich bezahle alles! Du nimmst den alten Hanoch, denn ich habe ausspioniert, daß er im Ghetto zu der gelehrten Welt gehört. Wenn ihn nun dein treuherziges Wesen eingenommen hat, dann wirst du dich auch mit der Tochter bekannt machen und dich meiner bei ihr annehmen können; aber im Galopp, im fliegenden Galopp muß es gehen. Ich habe brennendes Gift, der Liebe brennendes Gift in meinem Blute. Geh' noch heute zu dem Juden!«

»Das kann ich nicht!« erwiderte ich. »Bedenkst du denn nicht meine Verhältnisse und was für eine eigentümliche Rolle ich spielen müßte! Und wie kannst du lieber Bernardo, dich zu einem Liebesabenteuer mit einem Judenmädchen herablassen!«

»O, davon verstehst du nichts!« unterbrach er mich. »Judenmädchen oder nicht, das thut nichts zur Sache, wenn die Ware nur gut ist. Nun, du gesegneter Junge, mein vortrefflicher Antonio, lege dich mir zuliebe auf das Hebräische! Wir wollen es beide studieren, nur auf verschiedene Weise; sei vernünftig und bedenke, wie viel du dadurch zu meinem Glücke beitragen kannst!«

»Du weißt,« sagte ich, »wie ich mit ganzer Seele an dir hänge! Du weißt, wie deine überwiegende Kraft in meine Gedanken, in meinen ganzen Willen eingreift! Wärst du ein böser Mensch, könntest du mich von Grund aus verderben. – Es zieht mich unwiderstehlich in deinen magischen Kreis hinein. Ich beurteile deine Lebensanschauungen nicht nach den meinigen, jeder muß unweigerlich seiner eignen Natur folgen. Ich glaube auch nicht, daß die Art und Weise, in welcher du nach der Freude haschest, eine Sünde ist, denn so bist du nun einmal geschaffen; ich bin dagegen ein ganz anderer! Ueberrede mich nicht zu einem Abenteuer, welches, selbst wenn es gut ausfällt, doch nie zu deinem wahren Glücke gereichen wird!«

»Gut, gut!« unterbrach er mich, und ich bemerkte den fremden stolzen Blick, den er so oft gegen Habbas Dahdah angenommen hatte, wenn dieser durch seine Stellung der Entscheidende war. »Gut, Antonio, das Ganze war ja auch nur ein Scherz! Meinethalben sollst du nicht in den Beichtstuhl laufen. Was indes für Böses darin liegen sollte, daß du hebräisch und zwar von einem Juden lerntest, begreife ich nicht. Doch kein Wort weiter davon! – Dank für deinen Besuch! Hast du Lust zu essen? Willst du trinken? Hier, bediene dich selbst!«

Ich war verstimmt. Der Ton, welchen er anschlug, sein ganzes Benehmen zeigte, daß er sich beleidigt fühlte. Eisige Kälte und vornehme Höflichkeit begegneten meinem warmen Handdrucke. Verstimmt und betrübt verließ ich ihn bald.

Ich fühlte, wie unrecht er mir that, fühlte, daß ich so gehandelt hatte, wie ich mußte, und doch kamen Augenblicke, in welchen es mir vorkam, daß ich mich nicht freundschaftlich gegen ihn aufgeführt hätte. In diesem Kampfe mit mir selber ging ich durch das Judenviertel und hoffte auf meinen Glücksstern; wie hätte ich mich gefreut, wenn er mich ein Abenteuer zu Gunsten meines lieben Bernardo hätte erleben lassen! Allein ich sah nicht einmal den alten Juden. Fremde Gesichter guckten rundum aus den Fenstern und Thüren. Schmutzige Kinder lagen zwischen allerhand Eisenkram und alten Kleidern auf dem Trottoir. Das unaufhörliche Geschrei, ob man kaufen oder verkaufen wollte, betäubte mich fast. Einige junge Mädchen spielten über die Straße fort von Fenster zu Fenster Federball. Die eine war recht hübsch, sollte das etwa Bernardos Geliebte sein? Ohne es zu wollen zog ich den Hut, schämte mich aber darüber und strich mir mit der Hand über die Stirn, als entblößte ich mein Haupt der Wärme und nicht des Mädchens wegen.

Ein Jahr später. Der römische Karneval. Die Sängerin

Sollte ich ohne Unterbrechung dem Faden folgen, der sich an Bernardos Liebe und meine Wanderung durch das Ghetto knüpft, dann müßte ich ein ganzes Jahr meines Lebens überspringen. Aber dieses Jahr hatte in seinem gleichförmigen Gange ungleich höhere Bedeutung für mich, als daß es mich nur um die zwölf Monate älter machte. Es war eine Art Zwischenakt in meinem Lebensdrama.

Selten sah ich Bernardo, und trafen wir uns, so war er wohl der lustige Leichtfuß, der er zu sein pflegte, aber so vertraulich wie sonst schien er mir nicht; der kalte vornehme Blick guckte hinter der Maske der Freundschaft hervor. Das verstimmte und betrübte mich; ihn zu fragen, wie es mit seiner Liebe stände, fehlte mir der Mut.

Recht häufig besuchte ich den borghesischen Palast und fand bei Eccellenza, Fabiani und Francesca eine wahre Heimat, doch oft auch Anlaß zu tiefem Schmerze. Meine Seele war von Dankbarkeit für alle Güte und Liebe, die sie mir hier alle erwiesen hatten, erfüllt; jeder ernste Blick warf deshalb auch einen desto dunkleren Schatten auf meine Lebenslust. Francesca lobte meine guten Eigenschaften, wollte nun aber auch ein vollkommenes Muster aus mir machen. Meine Haltung, meine Ausdrucksweise wurde ihrer Kritik unterworfen, und diese war streng, in der That zu streng; oft füllte sie meine Augen mit Thränen, obgleich ich schon ein großer sechzehnjähriger Mensch war. Der alte Herr, welcher mich aus Domenicas Hütte in seinen prächtigen Palast gerufen hatte, war mir noch ebensogut wie das erste Mal, als wir uns trafen, aber auch er beobachtete gegen mich dieselbe Erziehungsmethode wie die Signora. Seine große Vorliebe für Pflanzen und seltene Gewächse teilte ich nicht genug, und er nannte es Mangel an Lust zum Gründlichen. Mein eignes Ich beschäftigte mich, wie er fand, zu viel; ich träte nicht genug aus mir selbst heraus, ließe die Radien des Geistes nicht den Kreis der großen Welt berühren. »Sei eingedenk mein Sohn,« rief er mir wiederholentlich zu, »daß das Blatt, welches sich nur in sich selbst zusammenrollt, verwelkt!« Aber nach jeder heftigen Rede streichelte er mir wieder die Wange und tröstete mich ironisch damit, daß es eine schlimme Welt wäre, in der wir lebten, und daß man wie die Blumen gepreßt werden müßte, wenn die Madonna schöne Exemplare von uns bekommen sollte. Fabiani nahm alles von der lustigen Seite und lachte sie mit ihren wohlgemeinten Vorlesungen aus, indem er versicherte, ich würde nie ein Gelehrter, wie Eccellenza, noch pikant, wie Francesca, werden, aber trotzdem ein Charakter, der nicht zu verwerfen wäre. Dann rief er seine kleine Abbedissa, und bei ihr vergaß ich bald meine kleinen Sorgen.

Das folgende Jahr wollten sie in Norditalien zubringen, so daß sie sich während der warmen Sommermonate in Genua und im Winter in Milano aufhielten. Mir stand während derselben Zeit der große Schritt bevor, durch eine Art Examen in den Abbatestand und folglich in eine höhere Stellung einzutreten, als ich für den Augenblick einnahm.

Vor der Abreise der Familie fand in dem borghesischen Palaste ein großer Ball statt, zu dem auch ich eine Einladung erhielt. Pechkränze brannten draußen, und alle Fackeln, welche den Kutschen der Gäste vorgetragen wurden, steckten die Läufer in die an der Mauer angebrachten eisernen Halter, so daß dieselbe einer förmlichen Feuerkaskade glich. Päpstliche Soldaten zu Pferde hielten vor dem Portale. Der kleine Garten war mit bunten Papierlaternen ausgeschmückt, die Marmortreppe glänzend erleuchtet. Blumenduft erfüllte das ganze Treppenhaus, denn auf jeder Stufe standen die Mauer entlang Blumenvasen und kleine Orangenbäume. Die Soldaten schulterten am Eingange; es wimmelte von reichgekleideten Dienern. Francesca war strahlend schön. Die köstliche Paradiesvogelfeder, das weiße Atlaskleid mit dem reichen Spitzenbesatz kleidete sie allerliebst; daß sie mir aber die Hand reichte – ja, das fand ich doch noch niedlicher. In zwei Sälen, jeder mit vollem Orchester, schwebten die Tanzenden. Unter diesen war auch Bernardo und er war schön; die rote goldgestickte Uniform, die engen weißen Beinkleider, alles saß den schönen Formen wie angegossen. Er tanzte mit der Schönsten und sie lächelte ihn vertraulich und zärtlich an. Wie es mich ärgerte, daß ich nicht tanzen konnte. Niemand nahm so recht Notiz von mir. Wo ich mich allein daheim fühlte, kam ich mir am fremdesten unter den Fremden vor, jedoch Bernardo reichte mir die Hand, und jeder Mißmut war wieder verschwunden. Hinter den langen roten Gardinen am offenen Fenster tranken wir den schäumenden Champagner; er stieß vertraulich mit mir an. Heitere Melodien strömten durch das Ohr zu unserm Herzen, und ausgelöscht war jeder Gedanke, daß unsere Freundschaft schwächer als in früheren Tagen sein könnte. Ich wagte sogar des hübschen Judenmädchens zu erwähnen, und er lachte und schien von der tiefen Wunde völlig geheilt.

»Ich habe ein neues Goldvögelchen gefangen,« sagte er, »das ist zahmer und hat mir die Grillen fortgesungen; wir wollen das andere deshalb fliegen lassen! Es ist denn auch schon fort, ist aus dem Judenquartiere, ja, wenn ich meinen Gewährsleuten trauen kann, aus Rom selbst entwischt.«

Noch einmal stießen unsere Gläser zusammen, der Champagner und die lustige Musik gossen doppeltes Leben in unser Blut, – Bernardo befand sich wieder mitten im Tanze, ich stand allein, aber mit jener Meeresstille der Glückseligkeit in der Seele, in der man gern die ganze Welt an sein Herz drücken möchte. Unten auf der Straße jubelten die armen Jungen über die Funken, welche aus den Pechkränzen ausflogen; ich gedachte meiner eignen Armut in der Kindheit, dachte, wie ich mich an gleichen Spielen erfreut hatte, und nun jetzt hier oben in dem reichen Ballsaal unter Roms ersten Familien wie zu Hause war. Dank und Liebe gegen die Mutter Gottes, die mich so liebevoll aufwärts geführt hatte, füllte meine ganze Seele, meine Knie beugten sich anbetend; die langen dichten Gardinen verhüllten mich ja vor allen andern. Ich war unendlich selig.

Die Nacht entfloh; noch zwei Tage verstrichen und die ganze Familie verließ Rom. Habbas Dahdah prägte mir jede Stunde ein, was mir dieses Jahr bringen würde, nämlich den Namen und die Würde eines Abbate. Ich studierte fleißig und sah Bernardo oder irgend einen andern Bekannten fast nie. Wochen vergingen und wurden zu Monaten, und diese brachten endlich den Tag, der mich nach abgelegter Prüfung, mit dem schwarzen Gewande und dem kurzen seidenen Mantel bekleidete.

Alles sang mir Viktoria zu, die hohen Pinien und die eben erst aufgeblühten Anemonen, die Ausrufer auf der Straße wie die leichte Wolke, welche durch die blaue Luft flog. Ich war unter dem schwarzen seidenen Abbatenmantel ein neuer und glücklicherer Mensch. Francesca hatte mir auch einen Wechsel auf hundert Scudi zur Bestreitung meiner kleinen Bedürfnisse und für meine Vergnügungen gesandt. In meiner Freude stürmte ich die spanische Treppe hinauf, warf dem Onkel Peppo einen blanken Scudo zu und flog wieder weiter, ohne mehr als sein »Eccellenza, Eccellenza Antonio!« zu hören.

Es war in den ersten Tagen des Februar, die Mandelbäume blühten; die Orangenbäume wurden gelber und gelber, der lustige Karneval stand vor der Thüre, als wäre er ein Fest zu Ehren meiner Erhebung in den Abbatestand, die Herolde zu Pferde, mit Trompeten und köstlichen Sammetfahnen, hatten sein Kommen schon verkündigt. Noch nie zuvor hatte ich diese Freuden genossen, noch nie so recht das Bild dieses glücklichen Narrenfestes meiner Heimat in mich aufgenommen. Als ich ein Kind war, befürchtete meine Mutter, daß ich im Gedränge zu Schaden kommen könnte; ich sah deshalb nur Momente des allgemeinen Festjubels, während sie mit mir nur an einer bestimmten Straßenecke stand. Als Schüler der Jesuitenschule hatte ich das lustige Treiben nur in ähnlicher Weise mit ansehen können. Wir Schüler durften auf all das fröhliche Scherzen und Lachen von dem flachen Dache eines Seitengebäudes in der Palazza del Doria hinabschauen; aber selbst teilzunehmen, selbst von der einen Seite der Straße nach der andern hinüber zu fliegen, nach dem Kapitol emporzusteigen und nach Trastevere hinauszuwandern, kurz zu gehen und zu bleiben, wohin und wo ich selbst wollte, davon war gar keine Rede. Wie natürlich also, daß ich mich nun in den wilden Strom warf und mich recht wie ein Kind über das Ganze freute. Am allerwenigsten dachte ich daran, daß das ernsteste Abenteuer meines Lebens beginnen sollte, daß eine Begebenheit, die mich einst stark und lebhaft beschäftigt hatte, wieder in meiner Erinnerung wach werden sollte, daß das verlorene Samenkorn, vergessen und ungesehen, sich nun als eine grüne duftende Pflanze zeigen würde, die sich fest um meinen Lebensbaum schlang.

Der Karneval nahm alle meine Gedanken ein. Ich besuchte schon in aller Frühe die Piazza del Popolo, um mir die Vorbereitungen zum Wettrennen anzusehen, ging am Abende den Korso auf und ab, indem ich die bunten Maskenanzüge, welche an den Schaufenstern hingen, und die Gestalten mit Masken und in vollem Kostüme betrachtete. Ich lieh mir die Tracht eines Advokaten, weil derselbe einer der lustigsten Charaktere ist, und schlief fast die ganze Nacht nicht; ich mußte ja meine Rolle überdenken und einstudieren.

Der kommende Tag kam mir wie ein heiliges Fest vor; ich war glücklich wie ein Kind. Rings umher in den Seitenstraßen richteten die Confettihändler ihre Buden und Tische auf und breiteten ihre bunten Waren Confetti sind kleine rote und weiße Kalkkügelchen, so groß wie Erbsen; bisweilen werden sie auch aus Getreidekörnern, die in einem Gipsteige umher gewälzt sind, verfertigt. Während des Karnevals bewirft man sich gegenseitig mit denselben. aus; der Korso wurde gefegt und bunte Teppiche aus allen Fenstern herausgehängt. Gegen drei Uhr, um die Stunden nach französischer Zeit anzugeben Die Stunden fängt man in Italien von Sonnenuntergang an zu zählen. Zu dieser Zeit läuten die Glokken zum Ave Maria. Die erste Stunde, nachdem die Sonne also untergegangen ist, heißt ein Uhr, die folgende zwei Uhr, und so geht es fort bis vierundzwanzig. Jede Woche werden die Uhren nach der Sonne ein Viertel vor oder nach gestellt. Unsere gewöhnliche Weise, die Zeit anzugeben, nennen die Römer die französische. Geht die Sonne genau sechs Uhr abends unter, dann heißt unsre dritte Nachmittagsstunde:

drei Stunden vor Nacht oder einundzwanzig Uhr. Die Nacht beginnt bei Sonnenuntergang. war ich auf dem Kapitol, um zum erstenmal den Anfang des Festes zu genießen. Die Balkone waren mit vornehmen Fremden gefüllt. Der Senator saß in Purpur auf einem Samtthrone, allerliebste kleine Pagen, mit Federn auf ihren Samtbaretten, standen vor dem linken Flügel der päpstlichen Schweizergarde. Nun erschien eine Schar der ältesten Juden; mit entblößten Häuptern knieten sie vor dem Senator nieder. Ich erkannte den Mittelsten, es war Hanoch, der alte Jude, dessen Tochter Bernardo ein so großes Interesse eingeflößt hatte. Der Alte führte das Wort und hielt eine Art Rede, in welcher er nach altem Herkommen für sich und sein Volk um Erlaubnis bat, noch ein Jahr hier in Rom in dem ihnen angewiesenen Stadtviertel verbleiben zu dürfen, versprach einmal in eine katholische Kirche zu gehen und darum bat, daß es ihnen gestattet würde, anstatt selbst nach alter Sitte in Gegenwart der Römer durch den Korso zu laufen, die Kosten für das Pferdewettrennen sowie den ausgesetzten Preis und die bunten Samtfahnen zu bezahlen. Der Senator nickte gnädig (der alte Gebrauch, den Fuß auf die Schulter des Bittenden zu setzen, war abgeschafft), stieg darauf unter rauschender Musik in voller Prozession die Treppe bis zu seinem prächtigen Wagen hinab, in welchem auch die Pagen ihren Platz erhielten, und eröffnete so den Karneval. Die große Glocke des Kapitols läutete das Fest ein und ich lief schnell nach Hause, um mich in aller Eile in mein Advokatengewand zu werfen. In diesem kam ich mir wie ein ganz anderer Mensch vor. Mit einer Art Selbstzufriedenheit hüpfte ich auf die Straße hinab, wo mich bereits eine Gruppe Masken begrüßte. Es waren arme Arbeiter, welche diese Tage mit den reichsten Nobili auf gleiche Stufe stellten. Ihr ganzer Ausputz war originell genug und dazu der billigste von der Welt. Ueber ihrer gewöhnlichen Kleidung trugen sie ein grobes Hemde, mit Citronenschalen, die große Knöpfe vorstellen sollten, besetzt; grünen Salat auf den Schultern und Schuhen, eine Perücke von Finocchi und außerdem große aus Apfelsinenschalen ausgeschnittene Brillen.

Ich drohte ihnen allen mit Prozessen, zeigte ihnen in meinem Buche die Gesetzesstellen, die eine so verschwenderische Kleidertracht wie die ihrige verboten, und nun hüpfte ich, von ihnen allen applaudiert, nach der langen Korsostraße, die sich in einen förmlichen Maskensaal verwandelt hatte. Aus allen Fenstern und von allen Balkonen hingen bunte Teppiche herab. Längs den Häusern stand eine unendliche Reihe Stühle, »köstliche Plätze zum Zusehen,« wie der Ausrufer versicherte. Wagen folgte auf Wagen, zum größten Teil mit Maskierten, in zwei langen Reihen, eine die Straße aufwärts, die andere abwärts. An einzelnen waren selbst die Räder mit Lorbeerzweigen umwunden, sie machten fast den Eindruck beweglicher Lauben, und zwischen diesen tummelte sich das lustige Menschengewimmel. Alle Fenster waren mit Zuschauern gefüllt. Niedliche Römerinnen, in Offiziertracht und mit einem Schnurrbart über dem feinen Munde, warfen Confetti auf ihre Bekannten hinab. Ich hielt ihnen eine Rede und lud sie vor Gericht, weil sie nicht nur Confetti ins Gesicht, sondern auch Feuerblicke in die Herzen schleuderten. Ein Blumenregen belohnte meine Rede.

Ich traf eine furchtbar herausgeputzte Bürgersfrau in Begleitung ihres Cicisbeo; die Passage war auf einen Augenblick durch einen Kampf zwischen einer Schar Polichinelle unterbrochen, und die gute Madame mußte eine Probe meiner Beredsamkeit über sich ergehen lassen.

»Signora!« sagte ich, »heißt das Ihr Gelübde halten? Heißt das die römisch-katholische Sitte beobachten, wie Ihre Pflicht erheischt? Ach, wo ist jetzt noch eine Lucretia, Tarquinii Collatini Gattin! Da senden Sie nach dem Beispiele anderer römischer Frauen Ihren braven Mann während des Karnevals fort, um ihn bei den Mönchen in Trastevere geistliche Exercitien treiben zu lassen. Sie schwören ein göttliches ruhiges Leben in Ihrem Hause zu führen, und Ihr Mann kasteit seinen Leib in der Zeit allgemeiner Freude, betet und arbeitet Tag und Nacht innerhalb der Klostermauern. Da haben Sie freies Spiel, da fliegen Sie mit Ihren Galanen auf dem Korso umher. Ei, Signora, ich klage Sie vor Gericht laut § 27 des 16. Titels an.«

Ein nachdrücklicher Fächerschlag mir gerade ins Gesicht war ihre Antwort, und nach seiner Kraft und Gründlichkeit zu urteilen, mußte ich in aller Unschuld die Wahrheit getroffen haben.

»Bist du närrisch? Antonio!« flüsterte mir ihr Begleiter zu, und sie schlüpften, zwischen Sbirren, Griechen und Hirtinnen hindurch. Nach den wenigen Worten hatte ich ihn erkannt, es war Bernardo. Aber wer in aller Welt könnte die Dame sein?

» *Luogi! Luogi, Patroni!*« schrieen die Stuhlvermieter. Meine Gedanken waren zerstreut, aber wer wollte auch an einem Karnevalstage denken. Eine Gruppe Harlekin, mit Schellen auf den Schuhen und Schultern, tanzte um mich herum, und ein neuer Advokat auf mannshohen Stelzen schritt über uns fort. Als er in mir einen Kollegen erkannte, spottete er des niedrigen Standpunktes, den ich einnähme, und versicherte, daß nur bei ihm eine Sache gewonnen werden könnte. Auf Erden, an welcher ich fest klebte, gäbe es keine Gerechtigkeit. Nur oben ließe sie sich finden, und nun zeigte er nach dem höhern Luftraume, zu dem er sich emporgeschwungen hatte, und spazierte weiter.

Auf der Piazza Colonna war ein Musikchor: lustige Doktoren und Hirtinnen tanzten jubelnd sogar um einzelne Abteilungen Soldaten, welche, um Ordnung zu halten, zwischen den Wagen und dem Menschengewimmel die Straße mechanisch auf und ab wandelten. Eben hatte ich wieder eine gründliche Rede begonnen, als plötzlich ein Schreiber kam und meiner Beredsamkeit ein Ende machte. Sein Begleiter, der vor ihm herlief, läutete mir so vor den Ohren, daß ich meine eignen Worte nicht verstehen konnte. Nun erschallte auch der Kanonenschuß als Signal, daß alle Wagen die Straße verlassen mußten, da der Karneval für heute ein Ende hatte.

Ich erhielt einen Platz auf einer der Tribünen. Unter mir wogte das Volksgewühl; es ließ sich von den Soldaten nicht stören, die bemüht waren den Pferden Platz zu machen, welche bald durch die Straßen, wo keine Scheidewand eine bestimmte Bahn bildete, in wildem Laufe jagen sollten.

Kurz vor Ende der Straße, auf der Piazza del Popolo, wurden die Pferde vor die Schranken geführt. Sie schienen schon halb wild. Brennender Schwamm war ihnen auf den Rücken geklebt, kleine Raketen waren hinter den Ohren angebracht und lose Eisenplatten, welche sie während des Laufes bis aufs Blut spornten, an den Seiten befestigt. Die Stallknechte konnten sie kaum noch halten, der Kanonenschuß gab das Zeichen, das Tau vor den Schranken fiel, und nun flogen sie wie ein Sturmwind an mir vorbei den Korso entlang. Das Knittergold rauschte, die Mähnen und die bunten Bänder flatterten hoch in die Luft, die Feuerfunken sprühten ihnen um die Hufe, das ganze Volksgewimmel schrie hinter ihnen her, und in demselben Augenblicke, wo sie vorüber waren, strömte die Masse über die offene Bahn fort, der Woge gleich, die sich hinter dem Kiel des Schiffes schließt.

Das Fest war für heute zu Ende. Ich eilte heim, um mein Kostüm abzulegen, und fand im Zimmer Bernardo, welcher auf mich wartete.

»Du hier!« rief ich, »und deine Donna, wo in aller Welt hast du sie verlassen?«

»Still!« sagte er und drohte scherzend mit dem Finger, »laß es nicht zu einer Ehrensache zwischen uns kommen! – Wie konntest du doch nur auf die bizzare Idee verfallen, gerade das zu sagen, was du sagtest! – Aber wir wollen dir Absolution erteilen und eine Gnade erweisen. Du begleitest mich heute Abend ins Theater, man giebt die Oper Dido, es soll eine göttliche Musik sein. Unter den weiblichen Mitgliedern des Personals giebt es mehrere Schönheiten ersten Ranges, und außerdem tritt in der Hauptrolle eine fremde Sängerin auf, die ganz Neapel in Feuer und Flamme gesetzt haben soll. Es soll eine Stimme, ein Ausdruck und ein Vortrag sein, wovon wir keine Idee haben, und dann ist sie schön, sehr schön, wie man sagt. Du mußt die Bleifeder mitnehmen, denn entspricht sie nur halb der Beschreibung, die man mir gemacht hat, dann muß sie dich zu den schönsten Sonetten begeistern. Ich habe mir vom heutigen Karneval die letzten Veilchensträußer aufgespart, um sie ihr zu opfern, falls sie mich hinreißt.«

Ich war bereit ihn zu begleiten; jeden Tropfen des lustigen Karnevals wollte ich einsaugen. Es wurde ein wichtiger A-bend für uns beide. In meinem *diario romano* steht denn auch dieser dritte Februar doppelt unterstrichen. Bernardo konnte Grund haben dasselbe zu thun.

In Roms größtem Opernhause, im Theater Alibert, sollten wir die neue Sängerin, als Dido, sehen. Der prächtige Pla-fond, an dem die Musen schweben, der Vorhang mit dem ganzen Olymp und die goldnen Arabesken der Logen, waren damals alle noch neu. Das ganze Haus war ausgekauft; alle Plätze, vom Parterre bis zum fünften Range, waren mit Men-schen gefüllt. In jeder Loge brannten auf Wandleuchtern Lichter, alles strahlte wie ein Lichtmeer, Bernardo lenkte meine Blicke auf jede neue Schönheit, die in eine Loge trat, und sagte ein Dutzend Bosheiten über die Häßlichen.

Die Ouvertüre begann. Es war in Tönen die Expositionsscene des Stückes. Der wilde Sturm brauste über das Meer und trieb Aeneas an Lybiens Küsten. Des Sturmes Schrecken lö-sten sich in fromme Hymnen auf, die sich bis zum Jubel stei-gerten, und bei den weichen Flötentönen träumte ich mir Didos erwachende Liebe, ein Gefühl, das ich selbst noch nicht kannte. Das Jagdhorn ertönte, der Sturm stieg aufs neue, und ich weilte mit den Liebenden in der geheimnisvol-len Grotte, wo alles Liebe atmete und verkündigte, diese starke feurige Leidenschaft, die in einer schrillen Dissonanz endete, unter welcher der Vorhang in die Höhe ging. Aeneas will fort, will für Askanius das hesperische Reich gewinnen, will Dido verlassen, die ihn, den Fremdling, aufnahm, ihm ihre Ehre und ihren Frieden opferte, und bis jetzt seine Pläne nicht ahnt, »aber bald wird der Traum zerfließen,« sagt er, »bald, wenn das Heer der Teukrer, mit Beute beladen, gleich der Ameisen schwarzer Schar, zum Strande zieht.«

Nun tritt Dido auf. Während sie auf der Bühne erschien, legte sich eine tiefe Stille über das Publikum; ihr ganzes Wesen, ihr königlicher und zugleich leichter reizender Anstand, ergriff alle ebenso wie mich, obwohl ich mir eine Darstellerin der Dido ganz anders gedacht hatte. Sie stand da, ein zartes liebliches Wesen, unendlich schön und vergeistigt, wie Raffael sich ein Weib zu denken vermochte. Schwarz wie Ebenholz lag das Haar und die schöne gewölbte Stirn, das dunkle Auge war voller Ausdruck. Ein lautes Beifallklatschen erhob sich, es war die Schönheit, welcher man huldigte, die Schönheit allein, denn noch hatte sie nicht einen einzigen Ton gesungen. Ich sah deutlich eine Röte über ihre Stirne fliegen, sie verneigte sich vor der bewundernden Menge, die nun unter tiefem Schweigen ihrer durchdachten schönen Betonung des Recitativs folgte.

»Antonio!« rief mir Bernardo halblaut zu und zupfte mich am Arme, »sie ist es! Ich müßte meinen Verstand verloren haben, oder sie ist es, mein entflogener Vogel! Ja, ja, ich kann mich nicht irren, auch ihre Stimme ist es! Ich entsinne mich aller ihrer Reize nur zu gut!«

»Wen meinst du?« fragte ich.

»Das Judenmädchen aus dem Ghetto,« erwiderte er, »und doch scheint es unmöglich, rein unmöglich! Sie kann ja nicht dieselbe sein!«

Er schwieg und verlor sich im Anschauen des wunderbar schönen Sylphenwesens. Sie sang ihr Liebesglück; es war ein Herz, das in Tönen jenes tiefe reine Gefühl ausatmete, welches sich auf Tonschwingen aus der Menschenbrust losriß. Eine eigentümliche Wehmut ergriff meine Seele; es war, als ob diese Töne die am tiefsten begrabenen Erinnerungen heraufbeschwören wollten. Auch ich war nahe daran mit Bernardo auszurufen: sie ist es. Ja, woran ich seit vielen Jahren nicht gedacht, wovon ich nicht einmal geträumt hatte, stand jetzt klar und lebhaft vor mir. Ich dachte daran, wie ich als Kind zur Weihnachtszeit in der Kirche Araceli predigte, und mir das wunderbar fein gebaute Mädchen mit der merkwürdig sonoren Stimme den Preis abgewonnen hatte; ich dachte ihrer, und je mehr ich diesen Abend sah und hörte, desto bestimmter brach in mir der Gedanke durch: »Sie ist es, sie und keine andere!«

Als ihr Aeneas später gesteht, daß er fortgeht, daß sie ja nicht verheiratet seien, er ihre Hochzeitsfackel nicht kenne, wie staunenerregend verstand sie da nicht den Uebergang in ihrer Seele, die Ueberraschung, den Schmerz, die Wut auszudrücken. Und nun sang sie ihre große Arie. Es war, als ob Wogen der Tiefe bis zu den Wolken emporschlugen. Wie soll ich diese Tonwelt schildern, die sich hier offenbarte! Mein Gedanke suchte ein körperliches Bild für diese Töne, die nicht aus einer Menschenbrust zu quellen schienen, und ich sah den Schwan sein Leben im Gesange ausatmen, während er bald die hohen Aetherströme mit den Flügeln schlug, bald in das tiefe Meer hinabtauchte und die Brandung zerteilte, um aufs neue emporzusteigen. Ein allgemeiner Beifallsruf brauste durch das Haus. »Annunziata! Annunziata!« rief man, und nun mußte sie wieder und wieder vor der begeisterten Menge erscheinen.

Und doch stand diese Nummer des Stücks hinter dem Duette des zweiten Aktes zurück, in welchem sie Aeneas bittet, nur nicht augenblicklich fortzuziehen, sie nicht so zu verlassen, sie, die um seinetwillen »Lybiens Stämme, Afrikas Fürsten, ihre Schamhaftigkeit und ihren Ruf verletzte.« »Ich sandte kein Schiff gegen Troja, ich störte nicht Anchises' Schatten und Asche!« Es war eine Wahrheit, ein Schmerz in ihrem Ausdruck, der mir die Thränen in die Augen trieb, und die tiefe Stille ringsumher bewies, wie jedes Herz dasselbe fühlte.

Aeneas verläßt sie und nun steht sie einen Augenblick bleich und marmorkalt, wie eine Niobe, aber bald rollt ihr das Blut siedend durch die Adern, es ist nicht mehr Dido, die warm liebende Dido, die verlassene Gattin, es ist eine Furie, die Schönheitszüge atmen Gift und Tod. Annunziata wußte so vollständig den Ausdruck ihrer Züge zu verändern, so einen jeden mit Schrecken zu erfüllen, daß man unwillkürlich mit ihr atmen und leiden mußte.

Bernardo da Vinci hat ein Medusenhaupt gemalt, welches sich in dem Museum zu Florenz befindet; alle werden von dem Anblick desselben eigentümlich ergriffen und sind doch nicht imstande, sich los zu reißen. Es gleicht dem Gischt des Abgrundes in den schönsten Formen der gähnenden Tiefe, die sich aus Gift und Eiter eine mediceeische Venus geschaffen hat. Der Blick, selbst die Stellung des Mundes, atmet Tod. So stand jetzt Dido vor uns.

Man sah den Scheiterhaufen, den ihre Schwester Anna errichtet hatte, den Hof mit schwarzen Totenkränzen behängt; fern im Hintergründe flog des Aeneas Schiff über die aufgeregte See. Dido stand mit seinen vergessenen Waffen da, ihr Gesang klang tief und schwer und stieg dann wieder in Höhe und Kraft, wie der gefallenen Engel Jammer. Der Scheiterhaufen loderte auf, das Herz brach in Tönen.

Wie ein Sturm brauste der Beifall, als der Vorhang fiel. Wir waren alle außer uns vor Begeisterung über die herrliche Künstlerin, ihre Schönheit und unbegreiflich klangreiche Stimme.

»Annunziata! Annunziata!« schallte es vom Parterre und aus allen Logen. Da hob sich der Vorhang und sie stand vor uns schüchtern und anmutig, mit Augen voller Liebe und Milde. Blumen regneten auf sie hinab, die Damen wehten mit ihren weißen Taschentüchern und die Herren jubelten entzückt ihren Namen. Der Vorhang fiel, aber der Jubel schien sich nur noch zu steigern. Abermals mußte sie erscheinen und diesmal hielt sie den Sänger an der Hand, welcher die Rolle des Aeneas gespielt hatte. Aber wieder und immer wieder erhob sich der Ruf »Annunziata!« Noch einmal zeigte sie sich mit dem ganzen Personale, welches zu ihrem Triumphe beigetragen hatte, aber von neuem wiederholte man stürmisch nur ihren Namen, und zum viertenmal stand sie nun ganz allein auf der Bühne und dankte mit wenigen herzlichen Worten für die reiche Aufmunterung, die man ihrem Talente schenkte. Ich hatte in meiner Begeisterung einige Zeilen auf ein Papier geschrieben; unter Blumen und Kränzen flog es ihr zu Füßen.

Der Vorhang erhob sich nun nicht mehr, aber ununterbrochen ertönte derselbe Ruf; man wollte sie länger sehen, ihr länger seine Huldigungen darbringen. Da trat sie hinter dem Vorhange hervor, ging die Lampen entlang und sandte der jubelnden Menge Kußfinger und Dankworte zu. Die Freude strahlte ihr aus den Augen; über ihr ganzes Gesicht hatte sich eine Glückseligkeit verbreitet, die sich nicht beschreiben läßt; es war sicher einer der glücklichsten Augenblicke ihres Lebens. Aber war er es vielleicht nicht auch in dem meinigen? Ich teilte die Freude mit ihr wie den Jubel mit den andern; mein Auge, meine ganze Seele sog ihr Bild ein, ich sah nichts, ich dachte nichts anderes als Annunziata.

Die Menge verließ das Theater, ich wurde vom Strome, der sich um die Ecke bewegte, wo der Wagen der Sängerin hielt, mit fortgerissen; man drückte mich gegen die Mauer, alle wollten sie noch einmal sehen. Alle zogen den Hut ab und jubelten ihren Namen. Ich rief ihn mit und mein Herz schwoll sonderbar dabei. Bernardo hatte sich bis zur Kutschenthür hindurch gedrängt und öffnete sie ihr. Ich sah, daß man in einem Nu die Pferde ausspannte, und begeisterte junge Männer zugriffen, um selbst sie nach Hause zu ziehen; sie dankte und bat dieselben mit bebender Stimme es zu unterlassen, aber nur ihr Name erschallte im höchsten Jubel durch die Straße, Bernardo stieg auf den Wagentritt und beruhigte sie, sogar ich faßte an der Deichsel mit an und fühlte mich glückselig wie die andern. Nur allzu schnell ging alles wie ein schöner Traum vorüber. Ich war so glücklich mit Bernardo zusammen zu stoßen; wie beneidenswert er war! Er hatte ja mit ihr gesprochen, war ihr ganz nahe gewesen!

»Nun, was sagst du, Antonio? Ist dein Herz noch nicht bewegt? Glühst du nicht durch Mark und Bein, dann bist du nicht wert, ein Mann zu heißen! Begreifst du nun, wie du dir selbst im Lichte gestanden hast, als ich dich bei ihr einführen wollte, und daß es sich schon der Mühe lohnte hebräisch zu lernen, um mit solch einem Geschöpfe auf einer Bank sitzen zu können. Ja, Antonio, ich zweifle nicht im geringsten daran, wie unerklärlich es auch scheint, daß sie mein Judenmädchen ist! Sie war es, die mir den Cyperwein einschenkte und verschwand. Ich habe sie wieder, sie ist hier und ist herrlicher als ein Phönix in ihrem Neste, dem häßlichen Ghetto, aufgeflogen.«

»Es ist unmöglich, Bernardo!« erwiderte ich, »auch bei mir erweckt sie Erinnerungen, die deiner Vermutung, sie sei eine Jüdin, widersprechen; sicher gehört sie der allein seligmachenden Kirche an. Hättest du sie recht betrachtet, wie ich es that, dann hättest du sehen müssen, daß ihre Erscheinung nicht den jüdischen Typus hat, daß diese Züge nicht das Kainszeichen dieser unglücklichen Nation an sich tragen. Selbst ihre Sprache, diese Töne, nein so können sie von jüdischen Lippen nicht erklingen. O Bernardo, ich fühle mich so glücklich, so erfüllt von der Tonwelt, in die sie meine Seele versetzt hat! – Aber was sagte sie? Du sprachest ja mit ihr, standest ja dicht neben dem Wagen! War sie recht glücklich, so glücklich, wie sie uns alle gemacht hat?«

»Du bist ja ordentlich begeistert, Antonio!« unterbrach er mich, »nun schmilzt das Eis der Jesuitenschule! – Was sie sprach? Sie war ängstlich und doch zugleich stolz darauf, daß ihr wilden Bengel mit ihr durch die Straßen fuhrt. Sie zog den Schleier dicht um ihr Gesicht und drückte sich in eine Wagenecke; ich beruhigte sie und sagte alles, was mein Herz der Königin der Schönheit und Unschuld sagen konnte, aber sie wollte nicht einmal meine Hand annehmen, als ich ihr beim Aussteigen helfen wollte.«

»Aber wie konntest du dir dergleichen auch nur herausnehmen! Sie kennt dich ja nicht. Solche Dreistigkeit hätte ich mir nie unterstanden.«

»Ich glaube es gern, du kennst eben weder die Welt noch die Weiber! Sie hat mich bemerkt und das ist immer etwas!«

Ich mußte ihm nun mein ihr gewidmetes Impromptu vorlesen; er fand es göttlich, es müßte im *diario di Roma* abgedruckt werden. Wir stießen mit den Gläsern zusammen und tranken auf ihr Wohl. Alle im Café redeten nur von ihr. Alle waren gleich uns unerschöpflich ihr Lob zu singen. Es war schon spät, als ich von Bernardo schied; ich kam nach Hause, aber an Schlaf war nicht zu denken. Es war mir eine Wollust, die ganze Oper an meiner Seele vorüberziehen zu lassen, Annunziatas erstes Auftreten, die Arie, das Duett, die wunderbar ergreifende Schlußscene. In meinem Entzücken applaudierte ich laut und rief ihren Namen. Nun durchlief ich in Gedanken mein kleines Gedicht, schrieb es auf Papier und fand es schön, las es noch ein paarmal für mich selbst, und soll ich aufrichtig sein, so ging die Liebe zu ihr beinahe in zu hohem Grade auf das Gedicht über. Jetzt nach Verlauf vieler Jahre betrachte ich es mit ganz andern Augen; damals hielt ich es für ein kleines Meisterstück. »Sie hat es sicher aufgehoben,« dachte ich, »nun sitzt sie halb entkleidet auf dem weichen seidnen Sofa, stützt die Wange auf ihren schönen Arm und liest den Erguß meiner Seele:

Mit ird'scher Schwachheit sah ich aus dem Weltgetümmel
Zu dir entzückt empor, folgt' deinem stolzen Gang,
Auf Tönen führte durch die Tiefen und den Himmel
Mich jetzt dein Seraphblick, dein seelenvoller Sang.
Was Dante nur in Worten hat der Welt geschenkt,
In Tönen hast du's in die Seele mir gesenkt.

Ich kannte keine reichere und schönere Geisteswelt, als die uns aus Dantes Dichtung entgegenweht, aber diese stand nun, wie mir schien, mit einem höheren Leben, in einer weit größern Klarheit wie sonst vor mir. Ihr schmelzender Gesang, ihr Blick, der Schmerz und die Verzweiflung, die sie so meisterhaft zur Anschauung gebracht, hatten völlig den Dreiklang des Danteschen Gedichtes wiedergegeben. Sie mußte mein kleines Gedicht hübsch finden; ich stellte mir ihre Gedanken, ihre Lust, den Verfasser kennen zu lernen, vor und fast glaube ich, daß ich mich, ehe ich einschlief, beinahe mehr mit mir selbst und meinem kleinen Gedichte als mit ihr beschäftigte.

**Bernardo als deus ex machina. La pruova d'un Opera seria.
Meine erste Improvisation. Der letzte Karnevalstag**

Am nächsten Vormittage konnte ich Bernardo nirgends erblicken; vergebens sah ich mich nach ihm um. Mehrmals
passierte ich auch die Piazza Colonna, nicht um die Antoni-
ussäule zu betrachten, sondern um zu versuchen, ob ich
nicht einen Schimmer von Annunziata entdecken könnte. Sie
wohnte hier, es waren Fremde bei ihr, die glücklichen Menschen! Ich hörte ein Klavier und lauschte zu, aber keine Annunziata sang. Ein tiefer Baß sang einige Tone, gewiß war es
der Kapellmeister oder einer der Sänger ihrer Gesellschaft.
Was für ein beneidenswertes Los! Wer in dessen Stelle wäre,
der den Aeneas gab! So ihr Auge ins Auge sehen zu können,
diesen Liebesblick einzusaugen, mit ihr von Stadt zu Stadt zu
fliegen und Ehre und Bewunderung einzuernten! Ich wurde
dabei ganz gedankenvoll. Harlekins mit Schellen, Polichinelle und Zauberer tanzten rundum, ich hatte rein vergessen,
daß es Karneval war, daß die Stunde des Anfangs schon
geschlagen hatte. Die ganze bunte Menge, all der Lärm und
das Geschrei machten nun einen widrigen Eindruck auf
mich. Wagen jagten vorüber; fast alle Kutscher trugen Da-
menkleider, aber der Anblick beleidigte mein Auge; diese
schwarzen Backenbärte unter den Frauenhauben, die heftigen Bewegungen, alles war in zu grellen Farben gemalt, ja es
kam mir geradezu abscheulich vor. Ich fühlte mich nicht, wie
gestern, zur Freude aufgelegt, ich wollte fort und warf noch
zum Abschiede einen letzten Blick zu dem Hause empor, in
welchem Annunziata wohnte, als Bernardo plötzlich zur
Thüre heraussprang und auf mich zulief, indem er lachend
rief: »So komm doch, steh doch nicht so da! Ich will dich
Annunziata vorstellen, sie erwartet dich schon; siehst du, das
ist ein Freundschaftsstück von mir.«

»Sie –!« stammelte ich, und das Blut sauste mir vor den Ohren, »treibe keinen Scherz mit mir! Wo willst du mich hinführen?«

»Zu ihr, die du besungen hast!« erwiderte er, »zu ihr, für die du und wir alle schwärmen, zu der göttlichen Annunziata!« und nun zog er mich mit sich in die Hausthüre hinein.

»Aber erkläre mir doch, wie du zu ihr gekommen bist, wie du imstande bist mich einzuführen?«

»Später, später sollst du alles erfahren!« erwiderte er; »mache aber nur jetzt wieder ein heiteres Gesicht!«

»Allein mein Anzug!« stammelte ich, und putzte und zupfte noch schleunigst an mir herum.

»O du bist prächtig, alter Freund, ganz allerliebst! Doch nun sind wir an der Thüre.«

Sie wurde geöffnet und ich stand vor Annunziata. Sie hatte ein schwarzseidenes Kleid an; ein halb roter und halb blauer Ueberwurf von Flor hing über Busen und Schultern, das kohlschwarze Haar war von der edlen hohen Stirn, um welche sie ein Band mit einem, dem Anscheine nach, antiken Steine trug, zurückgestrichen. Nicht weit von ihr, nach dem Fenster zu, saß eine alte Dame in einem dunkelbraunen ärmlichen Kleide. Ihr Auge, die ganze Gesichtsbildung, verriet auf den ersten Blick, daß sie eine Jüdin war. Ich gedachte Bernardos Aeußerung, daß Annunziata und die Schöne im Ghetto ein und dieselbe Person wären, aber das war unmöglich, sagte mir wieder mein Herz, sobald ich Annunziata anblickte. Außerdem befand sich noch ein Herr, der mir nicht bekannt war, im Zimmer; er stand auf, auch sie erhob sich und kam mir halblächelnd entgegen, während mich Bernardo ihr vorstellte und scherzend sagte: »Meine gnädige Signora, hier habe ich die Ehre Ihnen den großen Dichter, meinen Freund, den vortrefflichen Abbate Antonio, einen Liebling des borghesischen Geschlechtes zu präsentieren.«

»Verzeihen Sie, Signore,« sagte sie, »aber es ist in Wahrheit nicht meine Schuld, daß ich Ihnen in dieser Weise meine Bekanntschaft aufdringe, wie wert mir auch die Ihrige ist. Sie haben mich mit einem Gedicht beehrt,« fuhr sie fort und errötete, »Ihr Freund nannte Sie als Verfasser und versprach

Sie mir vorzustellen. Plötzlich gewahrt er Sie draußen, sagt: nun sollen Sie ihn gleich sehen und stürzt fort, ehe ich ihm antworten und ihn zurückhalten kann– – denn auf diese Weise – – doch Sie kennen Ihren Freund ja besser als ich.«

Bernardo verstand scherzend auf ihre Schilderung einzugehen; ich stammelte eine Entschuldigung und einige Worte über mein Glück und meine Freude bei ihr eingeführt zu sein.

Meine Wangen brannten, sie reichte mir die Hand und in meinem Entzücken drückte ich dieselbe an meine Lippen. Sie stellte mir den fremden Herrn vor, er war der Kapellmeister der Gesellschaft. Die alte Dame nannte sie ihre Pflegemutter, aber diese sah mich und Bernardo sehr ernst, fast streng an, aber das vergaß ich über Annunziatas Freundlichkeit und muntere Laune bald wieder.

Der Kapellmeister sagte mir ebenfalls etwas Verbindliches über mein Gedicht und reichte mir die Hand, indem er mich aufforderte Operntexte zu schreiben und den ersten ihm anzuvertrauen.

»Hören Sie ihn nicht an!« unterbrach ihn Annunziata; »Sie wissen nicht, in welches Elend er Sie stürzen will. Die Kapellmeister denken nicht im geringsten an ihre Opfer und das Publikum noch weniger. Sie werden heute Abend in: *La pruova d'un opera seria* so recht das Bild eines geplagten Autors sehen, und trotzdem ist dasselbe noch mit zu lichten Farben gezeichnet.«

Der Komponist wollte Einwendungen machen, Annunziata lachte und trat vor mich hin.

»Sie schreiben ein Stück,« sagte sie, »lassen sich Ihre ganze Seele in den lieblichsten Versen ergießen; die Einheit, die Charaktere, alles ist wohl durchdacht, aber nun kommt der Komponist; hier hat er eine Idee, die angebracht werden muß, die Ihrige muß also fort; hier will er Pfeifen und Trommeln, und Sie müssen danach tanzen. Die Primadonna des Theaters erklärt, sie singe nicht, wenn nicht eine Arie zu einem glänzenden Abgange eingelegt werde; sie will *furioso maestoso*, ob es paßt oder nicht, dafür trifft sie keine Verantwortung; der *primo tenore* ist nicht weniger anspruchsvoll. Sie müssen von der *prima* bis zur *tertia donna*, zu den Bässen und Tenören fliegen, müssen sich bücken und schmiegen, müssen lächeln und schmeicheln, kurz müssen alles ertragen, was unsere Launen ersinnen und das ist fürwahr nicht so gar wenig.«

Der Kapellmeister wollte sie unterbrechen, aber Annunziata ließ ihn nicht zu Worte kommen, sondern fuhr fort: »Nun kommt der Direktor, kritisiert, recensiert, tadelt, verwirft und Sie müssen sein unterthänigster Diener sein selbst bei offenbarer Dummheit und Unvernunft. Der Maschinenmeister versichert, daß die Kräfte des Theaters dieses Arrangement und jene Dekoration nicht gestatten. Sie müssen also in dem Stücke eine Aenderung vornehmen, was in der Theatersprache »das Stück biegen« heißt. Der Theatermaler giebt nicht zu, daß der Heuhaufen oder der Brunnen oder das Stück Acker auf seiner neuen Dekoration angebracht werde Sie müssen also die Replik, die darauf hindeutet »biegen.« Nun kann die Primadonna keine Triller auf der Silbe schlagen, mit der einer ihrer Verse schließt, sie will für dieselbe eine mit dem Buchstaben a, wo Sie die herbekommen, das ist Ihre Sache. Sie müssen sich biegen und der Text muß gebogen werden, und wenn dann das Ganze fast in einer völlig neuen Gestalt über die Bühne geht, können Sie das Vergnügen haben mit anzuhören, wie es ausgepfiffen wird und der Komponist wütend ausruft: »Ach es war der jämmerliche Text, der mein Werk stürzte! Meine Tonschwingen konnten den Koloß nicht halten, er mußte fallen!«

Lustig klang die Musik von draußen zu uns herauf. Die Karnevalsmasken summten über den Platz und durch die Straßen. Ein lauter Jubel, mit Beifallklatschen gemischt, lockte uns alle an das offene Fenster. Jetzt, wo ich Annunziata so nahe war und ich meines Herzens ersten Wunsch so plötzlich erfüllt sah, fühlte ich mich unaussprechlich glücklich, und der Karneval kam mir wieder eben so lustig wie gestern vor, wo ich selbst eine Rolle in ihm gespielt hatte.

Unter dem Fenster hatten sich mehr als fünfzig Polichinelle versammelt, die einen König aus ihrer Mitte wählten. Derselbe bestieg einen kleinen Karren, welcher mit bunten Fahnen und Guirlanden von Lorbeerzweigen und Citronenschalen behängt war. Lustig flatterten sie wie Bänder im Winde. Im Wagen setzte man dem König eine Krone von vergoldeten und bunt bemalten Eiern auf den Kopf und überreichte ihm als Scepter eine kolossale, mit Makronen besetzte Kinderklapper. Alle tanzten um ihn herum, und er nickte gnädig nach allen Seiten; darauf spannten sie sich selbst vor seinen Wagen, um ihn durch die Straßen zu ziehen. In diesem Augenblicke fielen seine Blicke auf Annunziata. Er erkannte sie, nickte ihr vertraulich zu und rief, während sich sein Fuhrwerk in Bewegung setzte: »Gestern dich, heute mich, echtes römisches Vollblut vor dem Wagen!« – Ich sah, wie Annunziata blutrot wurde und einen Schritt zurücktrat; aber augenblicklich faßte sie sich wieder, beugte sich über den Altan und rief ihm laut zu: »Lerne dein Glück würdigen, dessen du eben so unwürdig bist wie ich !« Man hatte sie gesehen, seine Worte und ihre Antwort gehört, ein Vivat erbrauste durch die Luft und Blumensträuße flogen zu ihr herauf. Einer derselben streifte ihre Schulter und flog mir dann gerade vor die Brust; ich drückte ihn fest an mich; er bildete für mich einen Schatz, den ich nicht wieder verlieren wollte.

Bernardo war über des Polichinellkönigs Unverschämtheit, wie er seinen Scherz nannte, höchst aufgebracht und wollte augenblicklich hinab, um den Menschen zu züchtigen, doch hielt ihn der Kapellmeister mit den übrigen fest und behandelte das Ganze als einen unschuldigen Spaß.

Der Diener meldete den ersten Tenorsänger; er brachte einen Abbate und einen fremden Künstler mit, welche sich Annunziata vorzustellen wünschten. Kurz darauf kam ein neuer Besuch: fremde Künstler, welche sich selbst einführten, brachten ihr ihre Huldigungen dar. Wir waren schon eine vollständige Gesellschaft. Das Gespräch drehte sich um das lustige Festino, welches in der letzten Nacht im Theater Argentina stattfand, und um die verschiedenen Kunstmasken nach berühmten Statuen: nach Apollo Musagetes, den Gladiatoren und den Diskuswerfern. – Die Einzige, welche sich nicht in das Gespräch mischte, war die alte Dame, welche ich für eine Jüdin hielt. Sie saß still, nur mit ihrem Strickstrumpf beschäftigt, und nickte höchstens fast unmerklich, wenn sich Annunziata mitunter in ihrer Rede an sie wandte.

Wie verschieden war Annunziata nicht von dem Wesen, welches sich meine Seele nach dem, was ich gestern Abend von ihr gesehen und gehört, vorgestellt hatte! Hier in ihrem eignen Heim machte sie den Eindruck eines lebensfrohen, fast mutwilligen Mädchens; aber auch dies verminderte den eigentümlichen Zauber, den sie auf mich ausübte, keineswegs und sprach mich wunderbar an. Sie verstand mich und alle durch ihre leichten scherzhaften Bemerkungen und durch die kluge witzige Art und Weise, in der sie sich ausdrückte, hinzureißen. – Plötzlich sah sie auf ihre Uhr, sprang schnell auf und entschuldigte sich damit, daß die Toilette auf sie wartete, sie müßte ja heute Abend in *La pruova d'un opera seria* als Primadonna auftreten. Freundlich uns zunickend, hüpfte sie in das Seitenzimmer.

»Wie glücklich du mich gemacht hast, Bernardo!« rief ich ihm laut zu, als wir draußen waren; »wie liebenswürdig sie ist, eben so liebenswürdig wie bei Gesang und Spiel! – Aber wie in aller Welt bist du nur zu ihr gekommen, hast du so schnell diese Bekanntschaft gemacht? Ich begreife es gar nicht, alles kommt mir wie ein Traum vor, selbst das, daß ich hier gewesen bin.«

»Wie ich hingekommen bin!« erwiderte er, »o sehr einfach; ich hielt es für meine Pflicht, ihr als einer der jungen römischen Nobili, als Offizier der päpstlichen Ehrenwache und als Bewunderer alles Schönen meine Aufwartung zu machen. Liebe braucht nicht die Hälfte dieser Gründe. Deshalb begab ich mich zu ihr, und daß ich mich wohl eben so gut einzuführen imstande bin, wie jene, die du selbst unangemeldet kommen sahst, unterliegt wohl keinem Zweifel. – Wenn ich mich verliebe, werde ich stets interessant, und deshalb kannst du dir wohl denken, daß ich sie sehr gut unterhielt. Wir waren nach der ersten halben Stunde schon ziemlich bekannt, so daß ich mich deiner, als du dich zeigtest, ganz gut annehmen konnte.«

»Du liebst sie?« fragte ich, »liebst sie wirklich aufrichtig?«

»Ja, jetzt mehr, als früher!« rief er, »und was die Aeußerung anlangt, die ich gegen dich that, daß sie das Mädchen ist, welches mir bei dem alten Juden den Wein präsentierte, so zweifle ich nicht im geringsten daran. Sie erkannte mich, als ich vor sie hintrat, das bemerkte ich deutlich. Selbst das alte Judenmütterchen, welches kein einziges Wort spricht, sondern nur dasitzt und den Takt mit dem Kopfe nickt und Maschen von ihrem Strickstrumpf fallen läßt, ist ein salomonisches Wahrheitszeugnis für meine Vermutung. Doch Jüdin ist Annunziata nicht. Ihr schwarzes Haar, ihre dunklen Augen, die Umgebung und der Ort, wo ich sie zum erstenmal sah, haben mich irregeleitet. Deine Vermutung ist richtiger, sie ist unseres Glaubens und wird einst in unser Paradies kommen.«

Am Abend wollten wir uns im Theater treffen. Das Gedränge war groß, vergebens sah ich mich nach Bernardo um, er war nicht zu finden. Ich bekam noch einen Platz; alle Logen waren gefüllt, die Hitze war schwer und drückend, mein Blut war schon im voraus fieberhaft erregt, ich meinte die Begebenheiten der letzten beiden Tage halb zu träumen. Kein Stück konnte weniger geeignet sein, meinem erregten Gemüte das verlorene Gleichgewicht wiederzugeben, als das, welches nun begann. Die komische Oper *La pruova d'un opera seria*« ist bekanntlich das Produkt der ausgelassensten phantastischen Laune; eigentlich zieht sich durch das Stück gar kein bestimmter Faden hindurch, Dichter und Komponist haben keinen andern Zweck im Auge gehabt, als Gelächter hervorzurufen und für die Sänger Glanzrollen zu schaffen. Eine leidenschaftliche launische Primadonna und ein Komponist, der in denselben Farben schillert, spielen die Hauptrollen; ununterbrochene Heiterkeit begleitet die unerschöpfliche Menge der komischen Scenen derselben, sowie der Capricen der andern Darsteller, jenes merkwürdigen Völkchens Leute, die auf ganz besondere Weise behandelt sein wollen, ungefähr wie Gift, das sowohl töten wie heilen kann. – Der arme Dichter hüpft zwischen denselben wie ein leidendes, gering geschätztes Opferlamm umher.

Jubel und Blumenkränze begrüßten Annunziata beim Auftreten. Die Laune, welche sie zeigte, die Munterkeit, welche aus ihrem ganzen Wesen hervorleuchtete, nannte man höhere Kunst, ich nannte sie Natur. Ganz ebenso war sie ja zu Hause gewesen, und als sich nun ihr Gesang erhob, als rührte er von tausend silbernen Glocken her, die in weichen Harmonien wechselten, da sog jedes Herz die Freude ein, welche aus ihren Augen strahlte. Das Duett zwischen ihr und *il compositore della musica*, in welchem sie die Rollen tauschen, so daß sie die des Mannes und er die der Dame singt, war ein Triumph für beider Virtuosität, aber besonders waren alle von ihrem Uebergang aus dem tiefsten Alt bis zu dem höchsten Sopran hingerissen. In ihrem leichten anmutigen Tanze glich sie Terpsichore auf den etrurischen Vasen, jede ihrer Bewegungen konnte für einen Maler oder Bildhauer eine Studie sein. – Ihre ganze reizende Lebendigkeit schien mir eine Entfaltung ihrer eignen Persönlichkeit, die ich heute kennen gelernt hatte. Ihre Darstellung als Dido war mir ein Kunststudium, ihre »Primadonna« heute Abend die höchste Subjektivität.

Ohne sonderliche Verbindung sind in diese Operette große Bravournummern aus andern Stücken eingelegt. Die Schalkhaftigkeit, mit der sie dieselben sang, machte es natürlich; Ausgelassenheit, Neckerei bewog sie zu diesen Prachtvorstellungen.

Gegen Ende des Stückes versichert der Komponist, alles gehe vortrefflich, die Ouvertüre könne nun beginnen, er verteilt die Musik im wirklichen Orchester, die Primadonna hilft ihm, das Zeichen wird gegeben und beide fallen mit den schrecklichsten ohr- und herzzerreißenden Dissonanzen ein, applaudieren »Bravo, Bravo!« und das Publikum dazu. Das

Gelächter übertönte fast die Musik, aber ich fühlte mich tief und schmerzlich angegriffen und befand mich in einer halbkranken Exaltation. Annunziata war ein wildes ausgelassenes Kind, aber liebenswürdig in ihrer Ausgelassenheit. Ihr Gesang brauste wie der Bacchantinnen wilde Dithyramben, selbst in der Freude konnte ich ihr nicht gleich sein, ihre Ausgelassenheit war geistig, schön und großartig, und als ich sie sah, mußte ich an Guido Renis herrliches Plafondgemälde denken: Aurora, wo die Horen um den Sonnenwagen tanzen. Eine derselben hat eine wunderbare Aehnlichkeit mit Beatrice Cencis Porträt, wie diese in ihrem frohsten Lebensmomente ausgesehen haben mochte. Diesen Ausdruck fand ich bei Annunziata wieder. Wäre ich Bildhauer gewesen, hätte ich sie in Marmor dargestellt, und die Welt würde die Statue: »die schuldlose Freude« genannt haben. Höher und höher, in wilden Dissonanzen, brauste das Orchester, sang *il compositore* und die Primadonna. »Herrlich!« riefen sie jetzt, »die Ouverture ist zu Ende, laßt nun den Vorhang aufziehen!« und bei diesen Worten fiel er, die komische Oper war zu Ende. Aber wie gestern wurde Annunziata wieder herausgerufen; Kränze und Blumen, Gedichte und flatternde Bänder flogen ihr entgegen. Ein Teil meiner Altersgenossen, von denen mir einige bekannt waren, wollten ihr noch an demselben Abend eine Serenade bringen und ich schloß mich ihnen an; seit einer Ewigkeit hatte ich nicht gesungen.

Eine Stunde nach ihrer Heimkunft zog unsere Schar auf die Piazza Colonna. Die Musikanten wurden unter dem Balkone, auf welchem wir noch Licht hinter den langen Vorhängen erblickten, aufgestellt. Meine ganze Seele war in Bewegung, ich dachte nur an sie, mein Gesang vereinigte sich dreist mit dem der andern. Ich hatte eine Solonummer, und während ich sang, schwand alles in der Welt vor mir, ich schöpfte tief Atem, meine Stimme gewann eine Kraft und eine Weichheit, die ich vorher nicht geahnt hatte. Meine Umgebung konnte ein schwaches Bravo nicht unterdrücken, welches aber doch laut genug war, um mich auf meinen eignen Gesang aufmerksam zu machen. Eine wunderbare Freude erfüllte meine Brust, ich fühlte den Gott, der sich in mir regte, und als sich

Annunziata auf dem Balkon zeigte, sich tief verneigte und uns dankte, schien es mir, als ob es nur mir allein gelte. Ich hörte, wie ich den Chor beherrschte, in dem sich meine Stimme bewegte, wie die Seele in dieser großen Tonwelt. In einem halben Begeisterungsrausche kam ich nach Hause, in meiner Eitelkeit träumte ich nur von Annunziatas Freude über meinen Gesang, ich war ja selbst über meine Leistungen erstaunt.

Am nächsten Tage stattete ich ihr einen Besuch ab; ich traf schon Bernardo und mehrere Bekannte bei ihr. Sie war über die schöne Tenorstimme entzückt, welche sie bei der Serenade gehört hatte; ich wurde bei diesem Lobe blutrot. Als einer der Anwesenden verriet, daß ich der Sänger gewesen, zog sie mich schnell nach dem Klavier und verlangte, ich sollte ein Duett mit ihr singen. Ich stand wie auf dem Richtplatz, versicherte, es wäre unmöglich, man bat und Bernardo schalt mich aus, weil ich sie nur um den Gesang der Signora bringen wollte. Sie nahm mich bei der Hand und ich war ein gefangener Vogel. Es half nicht, daß ich noch mit den Flügeln schlug, ich mußte singen. Es war ein mir bekanntes Duett; Annunziata spielte die Begleitung und erhob ihre Stimme. Zitternd begann ich mein Adagio, ihr Blick ruhte auf mir, als wollte er sagen: Mut, Mut, folge nur in meine Tonwelt! Und nur an diese dachte ich, nur von Annunziata träumte ich. Meine Furcht verschwand, und ohne Zagen endete ich meinen Gesang. Ein stürmischer Beifall begrüßte uns beide, selbst die alte schweigsame Frau nickte mir freundlich zu.

»Mensch!« raunte mir Bernardo zu, »du setzest mich in Erstaunen!« und darauf erzählte er allen, daß ich noch ein eben so prächtiges Talent besäße, ich wäre auch Improvisator, und ich müßte ihnen die Freude machen, vor ihnen eine Probe meiner Kunst abzulegen. Meine ganze Seele war in Bewegung; wegen meines Gesanges mit Schmeicheleien überhäuft, und meiner Kraft mir bewußt, bedurfte es nur Annunziatas Bitte, und zum erstenmal, seitdem ich erwachsen war, hatte ich die Dreistigkeit, eine Improvisation zu wagen. Ich nahm ihre Guitarre, und sie gab mir das Wort »Unsterblichkeit« auf. Ich überlegte den reichen Stoff, griff einige Accorde und begann nun mein Gedicht, wie es unmittelbar meiner Seele entquoll. Mein Genius führte mich über das blaue Mittelmeer nach Griechenlands wildüppigen Thälern, Athen lag in Trümmern, die wilde Feige überwuchs die zerbrochenen Kapitäler, und der Geist seufzte, denn einst, in Perikles' Tagen, bewegte sich hier unter den stolzen Bogengängen das fröhliche Volksgewühl, es war das Fest der Schönheit, Frauen, schön wie eine Lais, tanzten mit Kränzen durch die Straßen, und die Dichter sangen laut, daß das Schöne und Gute nie verschwände. Nun waren jene edlen Töchter der Schönheit Staub, in Staub gebettet, vergessen die Formen, die ein glückliches Geschlecht entzückt hatten. Während mein Genius auf den Trümmern Athens weinte, zog man aus dem Schoß der Erde herrliche Statuen hervor, Schöpfungen großer Künstler, mächtige Göttinnen, in Marmorgewändern schlummernd, und mein Genius erkannte Athens Töchter wieder, die die Schönheit zur Gottheit erhoben und der weiße Marmor den kommenden Geschlechtern aufbewahrt hatte. Unsterblich, sang ich, ist die Schönheit, aber keine irdische Kraft noch Macht. Mein Genius schwang sich über das Meer, nach Italien, nach der Weltstadt hinüber, schaute schweigend von den Ruinen der Kaiserburg aus über das alte, das ewige Rom. Die Tiber wälzte ihre gelben Wellen und wo Horatius Cocles einmal kämpfte, trug sie jetzt Barken mit Holz und Oel nach Ostia. Wo auf dem Forum sich Curtius in den Flammenschlund stürzte, streckte sich jetzt das Vieh in dem hohen Grase. Augustus und Titus! Stolze Namen, welche nur ihre eingestürzten Tempel und Triumphbogen noch nennen! Roms Adler, Jupiters mächtige Vögel lagen tot im Neste. Rom, wo war deine Unsterblichkeit? Da flammte des Adlers Blitz, der Bannstrahl fuhr über das emporwachsende Europa. Roms gestürzter Thron verwandelte sich in Peters Stuhl, und Könige wanderten barfuß nach der heiligen Stadt, nach Rom, der Weltbeherrscherin. Aber im Laufe der Jahrhunderte zeigt sich der Tod. Der Tod ereilt alles, was die Hand ergreifen, was das Auge beschauen kann. Aber kann das Schwert Petri wohl rosten? Kann die Macht der Kirche sinken? Kann das

Unmögliche geschehen? Rom steht doch stolz in seinen Trümmern da mit den Göttern des Altertums und den heiligen Bildwerken, welche die Welt durch die ewige Kunst beherrschen. Zu deiner Hoheit, Rom, mögen Europas Söhne immerdar wallfahrten, von Ost und von West, vom kalten Norden mögen sie herbeiströmen und ihre Herzen bekennen: Rom, deine Macht ist unsterblich.«

Ein stürmischer Beifall begrüßte mich, als ich diese Stanze endete, nur Annunziata rührte nicht eine Hand, aber still und schön wie ein Venusbild schaute sie mir mit einem treuen, holden Blick ins Auge. Des vollen Herzens stumme Sprache und Worte strömten über meine Lippen in leichten Versen, wie sie mir Herz und Begeisterung eingaben.

Von dem großen Schauplatz der Welt führte ich sie auf die kleinere Bühne, schilderte die große Künstlerin, die durch Spiel und Töne jedes Herz an sich fesselte. Annunziata schlug das Auge nieder, denn es war ihr, als dächte ich an sie, und jeder mußte es auch aus der Schilderung, die ich gab, merken. Und wenn nun die letzten Töne verklungen, der Vorhang gefallen und selbst der brausende Jubel verstummt wäre, dann wäre auch ihr Kunstwerk tot, eine schöne Leiche, in der Zuhörer Brust bestattet. Aber eines Dichters Herz sei wie das Grab der Madonna: alles verwandle sich in ihm in Blumen und Duft, die Tote steige herrlicher daraus hervor und aus seinem mächtigen Gesange erblühe ihr »Unsterblichkeit!«

Mein Auge ruhte auf Annunziata; Herz und Mund hatten sich ausgesprochen, ich verneigte mich tief, und alle umringten mich mit Dank- und Schmeichelworten.

»Sie haben mich aufrichtig erfreut,« sagte Annunziata und sah mir vertraulich in die Augen; ich wagte ihr die Hand zu küssen.

Mein Gedicht hatte ihr ein höheres Interesse für mich eingeflößt, sie fühlte schon damals, was ich erst später erkannte, daß mich meine Liebe zu ihr bestach, ihrer Kunst und der Ausüberin derselben einen Platz im Reiche der Unsterblichkeit anzuweisen, zu dem sie sich nicht emporschwingen konnten. Die dramatische Kunst ist gleich dem Regenbogen eine himmlische Pracht, eine Brücke zwischen Himmel und Erde, die bewundert wird und mit allen ihren Farben verschwindet.

Täglich besuchte ich sie. Die wenigen Karnevalstage, welche noch übrig waren, flogen wie ein Traum dahin, aber ich genoß sie recht, denn bei Annunziata sog ich eine Lebensfreude ein, die ich nie zuvor gefühlt hatte.

»Du beginnst ja schon ein Mensch zu werden,« sagte Bernardo, »ein Mensch wie wir andern, und hast doch erst an dem Becher genippt. Ich möchte darauf schwören, daß du nie ein Mädchen geküßt, nie mit deinem Kopfe an dessen Schulter geruht hast! Wenn Annunziata dich nun liebte – ?«

»Wie kannst du so etwas denken!« erwiderte ich halb ärgerlich, und das Blut stieg mir in die Wangen; »Annunziata, das herrliche Weib, welches so hoch über mir steht!«

»Ja, mein Freund, hoch oder niedrig, sie ist ein Frauenzimmer, und du bist ein Poet, deren Verhalten man nie beurteilen kann. Hat der Dichter erst einen Platz im Herzen, dann hat er auch den Schlüssel, der den Geliebten hineinlassen kann.«

»Es ist Bewunderung für sie, was meine Seele erfüllt; ich huldige ihrer Munterkeit, ihrem Verstande und der Kunst, welche sie ausübt. Sie lieben? Der Gedanke ist mir noch nie in den Sinn gekommen,«

»Wie ernst und feierlich!« unterbrach mich Bernardo lächelnd. »Du bist nicht verliebt! Freilich, es ist ja wahr, du bist ja ebenfalls eine jener geistigen Amphibien, bei denen man nie weiß, ob sie eigentlich der Körper- oder der Traumwelt angehören. – Du bist nicht verliebt, bist es nicht in der Weise, wie ich, nicht in der Weise, wie es jeder andere sein müßte. Du sagst es ja selbst, und ich will dir glauben; aber du mußt es dann auch in deinem Benehmen zeigen, nicht das Blut die Wangen auf und ab marschieren lassen, wenn sie mit dir

126

redet, nicht diese bedeutungsvollen Feuerblicke auf sie richten. Ich rate es dir um ihrer selbst willen! Was meinst du wohl, daß andere darüber denken? – Aber glücklicherweise reist sie übermorgen ab und wer weiß, ob sie nach Ostern zurückkehrt, wie sie versprochen hat.«

Fünf lange Wochen wollte uns Annunziata verlassen. Sie war bei dem Theater in Florenz engagiert, und ihre Abreise auf den ersten Tag in den Fasten festgesetzt.

»Nun bekommt sie eine neue Schar Anbeter!« fuhr Bernardo fort; »die alten werden dann bald vergessen, ja selbst deine schöne Improvisation, wofür sie dir so zärtliche Blicke zusandte, daß man sich ordentlich darüber erschrecken konnte. Aber ein Narr ist, wer nur an ein einziges Weib denkt; wir besitzen sie alle! Die Wiese steht voller Blumen, man kann überall pflücken.«

Am Abend waren wir zusammen im Theater; Annunziata trat das letzte Mal vor ihrer Abreise auf. Wir sahen sie wieder als Dido, und ihre Leistungen in Spiel und Gesang waren eben so vortrefflich wie das erste Mal; eine höhere Stufe der Kunst konnte sie nicht mehr erreichen, ihr Spiel war die Vollendung der Kunst. Sie war mir wieder das reine Ideal, welches ich mir an jenem Abende von ihr gebildet hatte. Die muntere Laune, die leichte Ausgelassenheit, von der in der Opera Buffa wie im Leben selbst ihr ganzes Wesen sprühte, kam mir wie eine bunte Welttracht vor, die sie nur angenommen hatte; sie stand ihr gut, aber in Dido zeigte sie ihre ganze Seele, ihr eigentliches und geistiges Ich. Entzücken und Jubel begrüßte sie; begeisterter hatte das jubelnde Römervolk schwerlich Cäsar und Titus empfangen.

Mit dem aufrichtigen Danke eines gerührten Herzens sagte sie uns allen Lebewohl und versprach uns bald wieder zurückzukehren. Ein wiederholtes Bravo erfüllte das Haus; man wollte sie wieder und wieder sehen, und im Triumph zog man wie das erste Mal ihren Wagen durch die Straßen; ich war unter den Vordersten; Bernardo jubelte ebenso begeistert wie ich, während wir uns dicht am Wagen hielten, in welchem Annunziata, glücklich wie es nur ein edles Herz sein kann, lächelnd saß.

Der nächste Tag war der letzte des Karnevals und der letzte, welchen Annunziata noch in Rom zubrachte. Ich kam, um ihr meinen Abschiedsbesuch zu machen. Der Beifall, den man ihrem Talente geschenkt, hatte sie tief bewegt. Sie freute sich schon auf ihre Rückkunft zu Ostern, trotzdem Florenz wegen seiner schönen Natur und der herrlichen Bildergalerien ihr ein lieber Aufenthaltsort war. Durch einige kleine Züge gab sie mir ein so klares Bild von Stadt und Umgebung, daß ich alles deutlich vor mir sah, die waldigen Apenninen, mit Villen übersäet, die Piazza del Granduca und alle die alten prächtigen Paläste. »Ich werde die herrliche Galerie wiedersehen!« sagte sie freudig erregt, »wo ich zum erstenmal Liebe zur Skulptur einsog und des Menschengeistes Größe fühlte, der es verstand, wie ein Prometheus dem Toten Leben einzuhauchen. Könnte ich Sie in diesem Augenblicke in einem der Säle, zwar den kleinsten, mir aber liebsten unter allen, hineinführen, Sie würden glücklich werden, wie ich es war, wie ich es bei der Erinnerung bin. In dem achteckigen Zimmer hängen nur ausgesuchte Meisterwerke, aber alle verschwinden vor der lebensvollen Statue in demselben Gemache, vor der mediceischen Venus! Nie habe ich einen ähnlichen Lebensausdruck im Stein gesehen. Das Marmorauge, welches sonst ohne Sehkraft ist, hier ist es lebendig. Der Künstler hat ihrem Blick einen solchen Ausdruck zu verleihen gewußt, daß sie bei der Beleuchtung zu sehen, ja uns bis in die Seele zu schauen scheint. An der Wand hinter der Statue hängen zwei prächtige Bilder der Venus, von Tizian gemalt, es sind Bilder der Göttin der Schönheit in Leben und Farben, aber nur die irdische Schönheit kommt in ihnen zur Erscheinung, in der marmornen Göttin die himmlische. – Raffaels Fornarina, die überirdischen Madonnen rühren meinen Geist und mein Herz, und doch muß ich immer wieder zur Venusstatue zurückkehren, sie steht vor mir, nicht wie ein Bild, sondern vollkommen lebendig, mir mit ihrem Marmorauge bis in die Seele schauend. Ich weiß keine Statue, keine Gruppe, die mich so anspricht, nein, nicht einmal

Laokoons, obschon der Stein im Schmerz zu seufzen scheint. Der vatikanische Apollo, welchen Sie ja kennen, ist meiner Anschauung nach allein ein würdiges Seitenstück. Die Kraft und geistige Größe, die der Künstler in den Dichtergott hineingelegt hat, stellt sich weiblich edler in der Schönheitsgöttin dar.«

»In Gipsabdruck kenne ich die herrliche Statue,« erwiderte ich; »in Pasten habe ich sehr gute Abdrücke gesehen.«

»Aber es giebt ja nichts Unvollkommeneres! Die tote Gipsmaske macht den Ausdruck tot; der Marmor giebt Leben und Seele, in ihm verwandelt sich der Stein zu Fleisch, es ist, als rollte das Blut unter der feinen Haut. – Wären Sie doch mit in Florenz, um zu bewundern und anzubeten! Ich möchte Ihre Führerin sein, wie Sie in Rom mein Führer sein müssen, wenn ich zurückkomme.«

Ich verneigte mich tief und fühlte mich durch ihr Verlangen geschmeichelt und glücklich. »Erst nach Ostern sehen wir Sie also wieder?«

»Ja, zur Illumination der Peterskirche und der Girandola,« erwiderte sie, »behalten Sie mich mittlerweile in freundlicher Erinnerung, wie ich in der Florenzer Galerie oft Ihrer gedenken und wünschen werde, daß Sie da wären und die Schätze derselben sähen! Es geht mir stets so: sehe ich etwas Schönes, dann sehne ich mich nach meinen Freunden und wünsche, Sie wären bei mir und könnten meinen Genuß teilen. Das ist meine Art Heimweh.«

Sie reichte mir die Hand, ich küßte sie und wagte halb im Scherz zu sagen: »Wollen Sie der mediceischen Venus meinen Kuß überbringen?«

»Also mir gilt er nicht,« sagte Annunziata. – »Nun ich will ihn ehrlich besorgen!« Sie nickte dabei so mild und dankte mir für die heitern Stunden, die ich ihr durch meinen Gesang und meine Improvisation verschafft hätte. »Wir sehen uns wieder!« schloß sie und wie ein Träumender verließ ich das Zimmer.

Draußen traf ich mit der alten Dame zusammen, die mich freundlicher als gewöhnlich begrüßte; in meiner erregten Gemütsstimmung küßte ich ihr die Hand; sie klopfte mir sanft auf die Schulter und ich hörte sie sagen: »Sie sind ein guter Mensch!« und dann befand ich mich auf der Straße, selig über Annunziatas Freundlichkeit und entzückt von ihrem Geiste und ihrer Schönheit.

Ich fühlte mich recht aufgelegt, diesen letzten Karnevalstag zu genießen, ich konnte mir nicht vorstellen, daß Annunziata fortreiste, unser Abschied war zu leicht gewesen, es kam mir vor, daß das Wiedersehen schon am nächsten Morgen stattfinden müßte. Ohne Maske nahm ich doch lustig an dem Kampfe mit Confetti teil. Alle Stühle die ganze Straße entlang waren besetzt, alle Tribünen und Fenster gefüllt, die Wagen fuhren auf und ab, und zwischen ihnen drängte sich, einem wogenden Strome gleich, das bunte Menschengewimmel. Um etwas freier zu atmen, mußte man dreist vor einem der Wagen einherlaufen; der kleine Raum zwischen zwei einander folgenden Wagen war der einzige, auf welchem man sich einigermaßen bewegen konnte. Die Musik rauschte, lustige Masken sangen, und von einem der Wagen herab posaunte *il capitano* seine stolzen Thaten zu Wasser und zu Lande aus. Ausgelassene Knaben auf hölzernen Pferden, von denen eigentlich nur Kopf und Hinterteil sichtbar war, während der übrige Körper sich unter einer bunten Decke verbarg, die die zwei Beine des Reiters verhüllte, welche die vier Pferdefüße ersetzen mußten, drängten sich in den engen Raum zwischen den Wagen ein und vermehrten noch die Verwirrung. Ich war wie eingekeilt und nicht imstande mir einen Ausgang aus dem Gedränge zu verschaffen; der Schaum der Pferde hinter mir spritzte mir um die Ohren. Um mich aus dem Volksgetümmel herauszuwinden, sprang ich hinten auf einen Wagen, in welchem zwei Masken saßen, dem Anscheine nach ein alter dicker Herr in Schlafrock und Nachtmütze und ein niedliches Blumenmädchen. Dasselbe hatte sofort bemerkt, daß mich weniger Mutwillen als Furcht dazu gebracht hatte, hinten aufzuspringen, und klopfte mir deshalb sanft auf die Hand, indem es mir zwei

Confettikugeln zur Erquickung anbot. Der alte Herr warf mir dagegen einen ganzen Korb voll ins Gesicht, und als der Platz hinter mir freier wurde, begann das Blumenmädchen ebenfalls, so daß ich, wehrlos dieser Kanonade preisgegeben, und schon von Kopf bis zu den Füßen wie mit Puder bestreut, auf das Schnellste die Flucht ergreifen mußte. Zwei Harlekine bürsteten mich lustig mit ihren Pritschen ab. Als aber auf der Rückfahrt der Wagen wieder an mir vorbeipassierte, brach das Unwetter von neuem über mich los. Ich beschloß mich nun meinerseits mit Hilfe der Confettikugeln in Verteidigungszustand zu versetzen; allein die Kanonenschüsse ertönten, die Wagen mußten in die engen Seitenstraßen einbiegen, um für das Wettrennen Platz zu machen, und meine beiden Masken waren mir mit einem Male aus dem Gesichte verschwunden. Sie schienen mich zu kennen, wer konnte es sein? Bernardo hatte ich heute auf dem Korso nirgends erblickt. Ein Gedanke ging mir durch den Sinn: der alte Herr im Schlafrock und der Nachtmütze mußte er sein und das niedliche Blumenmädchen sein sogenannter »zahmer Vogel.« Das Gesicht hätte ich doch wohl sehen mögen! Ich hatte auf einem der Stühle dicht an der Ecke Platz genommen; bald schallte der Kanonenschuß, und die Pferde brausten durch den Korso bis nach dem venetianischen Platze und das Menschengewimmel ergoß sich hinter ihnen wieder über die ganze Straße. Schon wollte ich mich auf den Weg machen, als sich ringsum der ängstliche Ruf hören ließ: »Cavollo!« Eines der Pferde, welches zuerst das Ziel erreicht hatte, war nicht angehalten worden, sondern war augenblicklich umgekehrt und hatte seinen Weg zurück fortgesetzt. Bedenkt man das dichte Getümmel, die Sorglosigkeit, in der nach Beendigung des Laufes jetzt alle einhergingen, dann wird man begreifen, welches Unglück hätte geschehen können. Wie ein Blitzstrahl durchzuckte mich die Erinnerung an meiner Mutter Tod, es war, als fühlte ich den fürchterlichen Moment, als die wilden Pferde über uns fortbrausten. Mein Auge starrte unbeweglich vor mich hin. Die Menge flog wie durch einen Zauberschlag auf die Seite, sie schien in einem Nu in sich selbst zusammengedrängt. Ich sah das

Pferd schäumend und mit blutigen Seiten, mit wildflattern-
der Mähne und Funken sprühend, vorbeisausen, sah es
plötzlich, wie durch einen Schuß zur Erde gestreckt, zusam-
menstürzen und tot daliegen. Aengstlich fragte ein jeder, ob
kein Unglück geschehen wäre, aber Madonna hatte ihre
schützende Hand über ihr Volk ausgebreitet, nichts verlaute-
te, und die wohl überstandene Gefahr machte die Gemüter
lustiger und weit wilder. Das Zeichen ward gegeben, die
Ordnung in der Wagenreihe löste sich auf und das prächtige
Moccolo sollte als glänzendes Finale des Karnevals beginnen.
Die Wagen fuhren nun durcheinander, die Verwirrung und
der Lärm wurde größer, die Dunkelheit mit jeder Minute
stärker, aber nun zündete jeder seinen Wachsstock an, einzelne ganze Bündel. An allen Fenstern saßen sie mit Lichtern,
Häuser und Wagen waren an diesem stillen schönen Abend
mit diesen schimmernden Sternen wie übersäet. Papierlaternen, Lichtpyramiden schwebten auf langen Stangen über die
Straße hinaus; jeder suchte sein Licht zu schützen, dagegen
das seines Nachbars auszulöschen, während der Ruf: » Lia
ammazato, chi non porta moccoli!« sich immer wilder erhob.
Vergebens suchte ich meines zu schützen, alle Augenblicke
war es aus, ich warf es fort und verlangte nun, alle um mich
her sollten dasselbe thun. Die Damen längs der Mauer des
Hauses steckten ihre Lichter zu den Kellerfenstern hinein
und riefen mir lachend zu: senza moccoli. Sie hielten ihre eignen Lichter für gesichert, aber die Kinder im Innern kletterten auf Tische und bliesen sie aus. Kleine Papierballons und
Lampions senkten sich aus den obersten Fenstern hinab.
Viele Leute saßen an denselben, die gleich Hunderte von
Wachsstöcken angezündet hatten und sie an langen Stangen
über die Straße hinaushielten, indem sie riefen: »Wer nicht
ein kleines Licht trägt, muß sterben!« Neue Gestalten kletterten indes auf die Dachrinne hinaus, und hatten ihre Taschen-
tücher an lange Stangen gebunden, womit sie jene Lichter
auslöschten und die ihrigen dafür hoch in die Luft hoben
und ein freudiges » senza moccoli!« riefen. – Ein Fremder, der
es noch nicht gesehen hat, kann sich von diesem betäuben-
den Tumult, Gewühl und Gedränge keine Vorstellung ma-

chen. Die Luft ist von der Menschenmasse und den brennenden Lichtern dick und warm. Plötzlich sah ich, als einige
Wagen in die finstere Seitenstraße einbogen, meine beiden
Masken dicht vor mir. Die Lichter des Kavaliers im Schlafrocke waren erloschen, aber das junge Blumenmädchen hielt
einen Strauß brennender Wachsstöcke an einem Rohre, welches gewiß vier bis fünf Ellen lang war, hoch empor. Sie lachte laut vor Freude, als man mit den an Stöcke gebundenen
Tüchern nicht hinauf langen konnte, und der Mann im
Schlafrock überflutete jeden, der sich zu nähern wagte, mit
Confetti. Ich ließ mich nicht abschrecken; in einem Nu war
ich hinten auf dem Wagen, ergriff das Rohr mit fester Hand
und, obgleich ich ein flehentliches »Nein« hörte und ihr Beschützer mich mit den Gipskugeln schonungslos bombar-
dierte, ließ ich nicht los, sondern bemühte mich, das Rohr
hinabzubeugen. Bei dem Versuche zerbrach es in meinen
Händen, und der strahlende Strauß fiel unter dem Jubel der
Menge auf die Erde. »Pfui, Antonio!« rief das Blumenmädchen. Es ging mir durch Mark und Bein, denn es war Annunziatas Stimme. Sie warf mir all ihr Confetti ins Gesicht
und den Korb dazu. In meiner Ueberraschung sprang ich
hinab und der Wagen rollte weiter, aber ich sah einen Strauß
als Versöhnungszeichen mir nachfliegen. Ich fing ihn in der
Luft auf, wollte ihnen nach, aber es war unmöglich mich
hindurchzudrängen. Die Wagen befanden sich im Gedränge,
es herrschte die größte Verwirrung, indem einige nach der
einen, andere wieder nach einer andern Seite auswichen. Ich
bog in eine Seitenstraße ein, aber als ich freier atmete, fühlte
ich nur um so mehr die schwere Last auf meinem Herzen.
»In wessen Begleitung mochte Annunziata ausgefahren
sein?« – Daß sie am letzten Tage an dem Karneval teilnehmen wollte, fand ich natürlich, aber der Herr im Schlafrocke?
Ach ja, meine erste Vermutung war gewiß richtig! Es mußte
Bernardo sein. Ich wollte mich davon überzeugen. Schnell
lief ich durch die Seitenstraßen nach der Piazza Colonna, auf
welcher Annunziata wohnte, und postierte mich an der
Hausthüre auf, um ihre Ankunft abzuwarten. Bald kam auch
der Wagen und ich sprang hinzu, als ob ich der Diener des

Hauses wäre. Annunziata hüpfte heraus, ohne mich anzusehen. Nun kam der Herr im Schlafrock, er stieg zu langsam
aus, um Bernardo sein zu können. »Dank, mein Freund!«
sagte er, und an der Stimme erkannte ich ihre alte Freundin,
sah auch an den Füßen und dem braunen Rocke, der beim
Aussteigen unter dem Schlafrocke hervorguckte, wie sehr ich
mich in meiner Vermutung geirrt hatte. » *Felicissima notte,
Signora*!« rief ich laut in meiner Freude. Annunziata lachte,
sagte scherzend, ich wäre ein schlechter Mensch und sie
würde eilen, um nach Florenz zu kommen, aber ihre Hand
drückte doch die meinige. Selig und mit leichtem Herzen
verließ ich sie, jubelte laut den wilden Ruf: »Wer kein Licht
hat, muß sterben!« und dabei hatte ich selber keines. – Ich
dachte indes nur an sie und die gute alte Frau, die gewiß
lediglich um ihr eine Freude zu bereiten, sich in Nachtmütze
und Schlafrock geworfen und so an dem Karneval teilge-
nommen hatte, an einer Freude, für welche sie nicht geschaffen schien. Und wie schön war es von Annunziata, daß sie
nicht mit einem Fremden gefahren war, daß sie weder Bernardo noch selbst dem Kapellmeister gestattet hatte in ihrem
Wagen zu fahren. Daß ich in dem Augenblicke, in welchem
ich sie erkannte, auf die Nachtmütze eifersüchtig geworden
war, wollte ich mir selbst nicht gestehen; glücklich und fröhlich war ich und in Freude wollte ich die wenigen Stunden
zubringen, die noch bis zum Schluß des Karnevals übrig
waren. Ich besuchte das Festino; das ganze Theater war mit
Guirlanden von Lampen und Lichtern erleuchtet, alle Logen
waren mit Maskierten und Fremden ohne Maske gefüllt.
Vom Parterre aus führte eine hohe breite Treppe über das
dadurch verdeckte Orchester auf die Bühne, die durch Dra-
perien und Kränze zu einem festlich dekorierten Ballsaal
umgewandelt war; zwei Orchester wechselten miteinander
ab. Eine Menge Vetturinomasken tanzten einen lustigen
Ringtanz um Bacchus und Ariadne; sie zogen mich mit in
den Kreis hinein, und in meiner Glückseligkeit machte ich
die ersten Tanzpas, und fand es so lustig, daß es bei diesen
nicht blieb, nein, ehe ich spät in der Nacht leichten Fußes
nach Hause ging, machte ich mit den lustigen Masken noch

ein Tänzchen und rief mit ihnen: »die glücklichste Nacht folge dem schönsten Karneval!«

Mein Schlaf war nur kurz. Ich dachte in der schönen Morgenstunde an Annunziata, welche vielleicht in diesem Augenblicke Rom verließ, dachte an die lustigen Karnevalstage, die ein neues Leben in mir hervorgerufen zu haben schienen und nun mit all ihrem Jubel und Gewühl verschwunden waren. Ich hatte keine Ruhe, ich mußte in die frische Luft hinaus. Alles war draußen mit einem Schlage verändert. Alle Thüren und Läden waren geschlossen, wenige Menschen auf den Straßen, und auf dem Korso, wo das lustige Gewimmel sich gestern kaum vorwärts drängen konnte, gingen nur einige Sträflinge in ihrer weißen Kleidung mit den breiten blauen Streifen und fegten Confetti fort, der wie Hagel auf der Straße lag. Ein elender Gaul, mit seinem Heubündel an der Seite, von dem er fraß, zog den kleinen Karren, in welchem der Kehricht gesammelt wurde. Ein Vetturin hielt vor einem Hause, belud das Verdeck seiner Kutsche mit Kasten und Schachteln, breitete eine große Decke über dies schwankende Bauwerk und zog nun die eisernen Ketten so fest, daß sie tief in das Leder der hinten aufgebundenen Koffer einschnitten. Aus einer Seitenstraße kam eine ähnlich bepackte Kutsche. Alle zogen fort. Es ging nach Neapel oder Florenz. Rom sollte fünf lange Wochen hindurch, vom Aschermittwoch bis Ostern, tot daliegen.

Die Fasten. Allegris Miserere in der sixtinischen Kapelle. Der Besuch bei Bernardo. Annunziata

Still und tödlich lang schleppten sich die Tage hin; das Schauspiel des Karnevals, die große Begebenheit meines eignen Lebens, worin Annunziata die Hauptrolle spielte, zogen unaufhörlich vor meiner Seele vorüber. Aber Tag für Tag nahm die Einförmigkeit und diese Grabesstille ringsum zu. Ich fühlte eine Leere, welche meine Bücher nicht ausfüllen konnten. Bernardo war mein Alles gewesen, nun war es, als läge eine Kluft zwischen uns, ich fühlte mich in seiner Nähe gedrückt, und mehr und mehr wurde es mir klar, daß es einzig und allein Annunziata war, die mich beschäftigte. Auf Augenblicke beglückte mich dieses Gefühl. Aber dann kamen Stunden, dann kamen Nächte, in welchen ich Bernardos gedachte, der sie früher als ich geliebt hatte. War er es ja auch, der mich zu ihr geführt! Ihm hatte ich versichert, daß es Bewunderung und nichts anderes wäre, was ich für sie fühlte. Er, mein einziger Freund, er, dem ich so oft aufrichtige Treue gelobt hatte, er verdiente nicht, daß ich mich gegen ihn falsch und schlecht zeigte. Dann fühlte ich den Stachel der Reue in meinem Herzen, aber trotzdem konnte ich mein ganzes Denken und Fühlen von Annunziata nicht losreißen. Jede Erinnerung an sie, meine frohesten Stunden, stimmten mein Herz nur immer wehmütiger. So betrachten wir das lebensschöne lächelnde Bild eines lieben Toten, und je lebendiger, je freundlicher es lächelt, desto stärkere Wehmut ergreift uns. Des Lebens große Kämpfe, auf die man mich in der Schule so oft hingewiesen und welche ich in der schwierigen Lösung einer Aufgabe oder in dem Aerger über eines Lehrers Unvernunft bestanden zu haben glaubte, fühlte ich jetzt erst beginnen. Erst wenn ich diese Leidenschaft, welche in mir erwacht war, zu besiegen verstände, dann erst, sagte mir eine innere Stimme, würde meine frühere Ruhe wieder eintreten. Wozu konnte diese Liebe auch führen? Annunziata stand hoch in ihrer Kunst, aber gleichwohl würde mich die Welt verurteilen, wenn ich meine Stellung aufgäbe und ihr folgte. Die Madonna selbst, zu deren Ehren ich erzogen war, würde mir zürnen. Bernardo hätte mir nie vergeben können, und – ich wußte ja nicht einmal, ob mich Annunziata liebte. Dies war mir im Grunde genommen der bitterste Gedanke. Vergebens warf ich mich in der Kirche vor dem Bilde der Madonna nieder, vergebens flehte ich sie an, meine Seele in meinem großen Kampfe zu stärken, selbst hier steigerte sich meine Sünde, die Madonna schien mir die Züge meiner Annunziata anzunehmen. Es kam mir vor, als ob jedes Frauengesicht nach dem geistigen Ausdrucke strebte, der aus Annunziatas Zügen leuchtete. »Nein, ich will diese Gefühle aus meiner Seele reißen,« sagte ich, »ich will sie nie öfter sehen!« – Ich begriff nun vollkommen, was ich vorher nicht einzusehen vermochte, daß man den Drang fühlen könnte seinen Körper zu foltern, um den geistigen Kampf durch Kasteiung seines Fleisches zu unterdrücken. Meine brennenden Lippen küßten den kalten Marmorfuß der Madonna, und auf Augenblicke kehrte Frieden in meine Seele zurück. Ich gedachte meiner Kindheit, als meine liebe Mutter noch lebte, wie glücklich ich damals gewesen war, wie viele Freuden mir selbst diese stille Zeit vor Ostern gebracht hatte. Noch war ja alles dasselbe wie damals. An Ecken und auf Plätzen standen wie sonst die kleinen grünen Laubhütten, mit goldnen und silbernen Sternen geschmückt. Ringsum hingen noch die prächtigen Schilde mit den Versen, welche rühmten, was für herrliche Fastenspeisen hier bereitet würden. Jeden Abend wurden die bunten Papierlaternen unter den grünen Zweigen angezündet; wie hatte ich mich nicht als Kind darüber gefreut, wie glücklich war ich nicht vor des Hökers prächtigem Laden gewesen, der in den Fasten wie eine Phantasiewelt strahlte, wie hatte ich nicht die niedlichen Engel von Butter bewundert, die in einem Tempel tanzten, wo mit Silberpapier umwundene Würste Säulen und ein Parmesankäse die Kuppel bildete. Mein erstes Gedicht hatte ja diese Herrlichkeiten besungen, und des Hökers Signora hatte es eine *divina comédia di Dante* genannt. – Damals kannte ich diesen herrlichen Sänger nicht, aber auch noch keine Sängerin; könnte ich nur Annunziata vergessen!

Mit der großen Prozession wallfahrte ich nach Roms sieben heiligen Kirchen, vereinigte meinen Gesang mit dem der Pilgrime, und mein Gefühl war tief und aufrichtig, aber Bernardo flüsterte mir mit dämonischem Spott ins Ohr: »Der lustige Advokat auf dem Korso, der dreiste Improvisator, mit Buße im Auge und Asche auf den Wangen. – Ei, wie gut du dich ausnimmst, jede Rolle verstehst, das könnte ich dir nicht nachmachen, Antonio!« Es lag ein Spott und doch auch eine so augenscheinliche Wahrheit in seinen Worten, daß ich mich tief gekränkt fühlte.

Die letzte Fastenwoche war gekommen; die Fremden strömten nach Rom zurück. Fast Wagen an Wagen rollten zur Porta del Popolo und Porta del Giovanni herein. Mittwoch Nachmittag begann das Miserere in der sixtinischen Kapelle. Meine Seele lechzte nach Musik, in der Welt der Töne wollte ich Mitgefühl und Trost finden. Das Gedränge war groß, selbst innerhalb der Kapelle, die vorderste Abteilung war bereits mit Damen gefüllt. Prächtige Bogen, für königliche Personen von fremden Höfen bestimmt und mit Samt und Seide dekoriert, waren in solcher Höhe angebracht, daß die Anwesenden über das künstlich geschnitzte Geländer, welches die Damen von dem Innern der Kapelle trennte, hinwegschauten. Die päpstliche Schweizergarde stand in ihrer bunten Gala-Uniform, die Offiziere trugen leichte Harnische und auf den Helmen einen wehenden Helmbusch. Der Anzug kleidete besonders Bernardo, der die jungen schönen Damen seiner Bekanntschaft freundlich grüßte.

Ich bekam einen Platz unmittelbar innerhalb der Schranken, nicht weit von dem Balkone auf welchem sich die päpstlichen Sänger aufgestellt hatten. Eine ziemliche Anzahl Engländer saß dicht hinter mir, ich hatte sie während des Karnevals in bunten Maskenanzügen gesehen, hier trugen sie ähnliche; vermutlich wollten sie Offiziere vorstellen, selbst die zehnjährigen Jungen! Alle hatten kostbare Uniformen, von den grellsten Farben und Dekorationen. Einer trug zum Beispiel einen hellblauen Frack mit Silberstickerei, Gold auf den Stiefeln und eine Art Turban mit Perlen und Federn. Es war durchaus nichts Neues bei den Festen in Rom, wo die Uniform zu einem bessern Platz verhilft. Ringsumher lachte man darüber, aber nur kurze Zeit beschäftigte es mich.

Die alten Kardinäle erschienen in ihren prächtigen violetten Samtmänteln mit den weißen Hermelinkragen; sie setzten sich innerhalb der Schranken in einem großen Halbkreise nebeneinander; die Geistlichen, welche ihnen die Schleppe getragen hatten, nahmen zu ihren Füßen Platz. Aus der kleinen Seitenthür neben dem Altare kam nun der heilige Vater in seinem Purpurmantel und mit dem silberweißen Papsthute. Er bestieg seinen Thron, die Bischöfe schwangen die Rauchfässer um ihn, während junge Geistliche in hochroten Gewändern mit brennenden Fackeln vor ihm und dem Hochaltar knieten.

Die Vorlesungen begannen, Bevor das Miserere gesungen wird, werden fünfzehn lange Abschnitte vorgelesen; nach Schluß eines jeden wird eines der Lichter aus dem großen Kandelaber ausgelöscht, auf welchem für jede Vorlesung ein Licht brennt. Man kann also stets sehen, wie viele noch übrig sind. aber es war mir unmöglich mein Auge auf den toten Buchstaben ruhen zu lassen, es hob sich mit meinen Gedanken zu dem großen Weltall empor, welches Michelangelo mit Farben an Decke und Wänden in wunderbarer Schönheit zur Darstellung gebracht hat. Ich betrachtete seine mächtigen Sybillen und herrlichen Propheten, Gestalten, von denen jede einzelne hinreichenden Stoff für eine ganze Kunstabhandlung darbietet. Mein Auge sog die kräftigen Züge, die schönen Engelsgruppen ein; mir waren es nicht gemalte Bilder, lebendig stand alles vor mir: der Baum der Erkenntnis, unter dem Eva Adam die verbotene Frucht reichte, der mächtige Gott, welcher über die Gewässer hinschwebte, nicht von Engeln getragen, wie ihn die ältern Meister darzustellen pflegten, nein, Scharen von Engeln auf ihm und seinem flatternden Gewande ruhend. Wohl hatte ich die Gemälde schon früher gesehen, aber nie hatten sie mich so wie jetzt ergriffen. Meine überreizte Stimmung, das Menschengewühl, vielleicht selbst die Lyrik meiner Gedanken verursachten, daß ich das

Ganze wunderbar poetisch auffaßte; ein innerer Trieb zwang mich dazu, und manch ein Dichterherz hat wohl wie das meinige gefühlt.

Die kühnen Verkürzungen, die ergreifende Kraft, womit jede Figur hervortritt, ist so schlagend; man wird völlig hingerissen, es ist eine Bergpredigt des Geistes in Farben und Formen! Mit Raffael stehen wir erstaunet vor Michelangelos Stärke; jeder Prophet ist ein Moses wie der, welchen er aus Marmor bildete. Welche Riesengestalten! Sie sind es, welche beim Eintritt unsere Augen und Gedanken ergreifen; aber wie von diesen Heiligen eingeweiht, wendet sich unser Auge nach dem Hintergrunde der Kapelle, dessen ganze Wand ein einziger Hochaltar der Kunst und des Geistes ist. Das große chaotische Bild erscheint vom Fußboden bis zur Decke wie der Edelstein, um den alles übrige nur den Rahmen bildet. Das jüngste Gericht sehen wir.

Christus steht richtend auf der Wolke, und der Apostel und seine Mutter strecken, für das arme Menschengeschlecht betend, ihre Hand aus. Die Toten heben ihre Grabsteine auf; selige Geister schweben anbetend zu Gott empor, während die Hölle ihre Opfer ergreift. Hier will eine aufwärts schwebende Seele ihren verdammten Bruder retten, den die Hölle schon von Schlangen umwickelt hält; die Söhne der Verzweiflung schlagen sich mit geballten Händen vor die Stirn und versinken in die Tiefe. In kühnen Verkürzungen stürzen und schweben Legionen zwischen Himmel und Hölle. Die Teilnahme der Engel, der Ausdruck der Liebenden, die sich treffen, das Kind, welches sich beim Schalle der Posaunen an die Brust der Mutter drückt, ist so natürlich und schön, daß man sich selbst unter die versetzt glaubt, welche auf den Urteilsspruch lauschen. Michelangelo hat in Farben ausgesprochen, was Dante sah und den Geschlechtern der Erde sang.

Die untergehende Sonne warf gerade die letzten Strahlen durch die obersten Fenster hinein. Christus und die Seligen ringsum waren hell beleuchtet, während der unterste Teil, wo die Toten auferstehen, und der Dämon sein Boot mit den

Verdammten vom Lande abstößt, sich beinahe schon in völliger Finsternis befand. Gerade beim Untergang der Sonne endete die letzte Vorlesung, das einzige Licht, welches noch übrig war, wurde ausgelöscht; das ganze Bild verschwand in der Dunkelheit vor mir, aber in demselben Augenblick erbrauste Musik und Gesang; was die Farben körperlich offenbart hatten, steigerte sich jetzt in Tönen; das jüngste Gericht mit seiner Verzweiflung und seinem Jubel erklang über uns.

Der Vater der Kirche, seiner päpstlichen Pracht entkleidet, stand vor dem Altare, betete das heilige Kreuz an, und auf den starken Schwingen der Posaunen erschallte der erschütternde Chor: *Populus meus, quid feci tibi*? Weiche Engelstöne wiegten sich auf dem tiefen Gesange, Töne, welche aus keiner Menschenbrust hervorstiegen, nicht einer Männer-, nicht einer Weiberbrust entquollen, nein, die einer Geisterwelt angehörten. Es war, als ob sich der Engel Thränen in Melodie auflösten.

Aus dieser Tonwelt sog meine Seele Kraft und Lebensfülle ein. Ich fühlte mich froh und stark, wie ich es lange nicht gewesen war. Annunziata, Bernardo, alle meine Lieben bewegten sich in meinen Gedanken. So wie ich sie in diesen Augenblicken liebte, müssen selige Geister einander lieben. Der Friede, den ich im Gebete suchte, aber nicht fand, strömte hier durch Töne in mein Herz.

Als das Miserere zu Ende und alle fort waren, saß ich bei Bernardo auf seinem Zimmer. Ehrlich reichte ich ihm die Hand, sagte, was meine begeisterte Seele mir eingab und meine Lippen erhielten Beredsamkeit. Allegris Miserere, unsere Freundschaft, der märchenhafte Lauf meines ganzen abenteuerlichen Lebens bot mir Stoff genug dar. Ich erzählte, wie geistig gesund mich die Musik gemacht hätte, wie schwer mein Herz vorher gewesen wäre, erzählte von meinen Leiden, meiner Angst und Melancholie während der langen Fastenzeit, ohne doch zu erwähnen, welchen Anteil er oder Annunziata dabei gehabt hätten; das war aber auch die einzige kleine Falte meines Herzens, in die ich ihn nicht schauen ließ. Er lachte mich aus, sagte, ich wäre ein ganz schlimmer Geselle; das Hirtenleben bei Domenica und Signora, alle diese Frauenzimmer-Erziehung und nun gar noch endlich die Jesuitenschule hätten mich verderbt. Mein heißes italienisches Blut wäre mit Ziegenmilch versetzt, meine trappistische Enthaltsamkeit machte mich krank, mir fehlte ein kleiner zahmer Vogel, der mich aus meiner Traumwelt heraussingen könnte. Ich sollte ein Mensch wie alle andern sein, dann würde ich mich schon an Leib und Seele erholen.

»Wir sind sehr verschieden, Bernardo!« sagte ich, »und doch hängt mein Herz wunderbar an dir; oft wünsche ich, daß wir beständig beisammen sein könnten.«

»Das würde der Freundschaft nicht zuträglich sein,« erwiderte er, »nein, da wäre sie zerrissen, ehe wir es dächten, – Freundschaft ist wie Liebe, sie wird durch Trennung am stärksten. Ich denke oft daran, wie langweilig es im Grunde genommen sein muß, verheiratet zu sein! Immer und immer sich sehen und in alle Falten hinein! Die meisten Eheleute sind deshalb einander auch bald überdrüssig, es ist nur eine Art Anstand, eine Art Gutmütigkeit, die sie auf die Länge zusammenhält. Es sagt mir eine innere Stimme, daß, wenn mein Herz auch noch so heftig brennte und das meiner Geliebten wie das meinige lichterloh brennte, die Flammen dennoch, sobald sie sich begegneten, erlöschen würden. Liebe ist eine Sehnsucht, und die Sehnsucht stirbt, wenn sie erfüllt wird.«

»Aber wenn nun deine Frau,« sagte ich, »schön und klug wie– –«

»– Wie Annunziata wäre!« fiel er mir in das Wort, indem ich einen Augenblick stockte, um einen passenden Vergleichungsgegenstand zu suchen, »Ja, Antonio, dann würde ich die schöne Rose bewundern, so lange sie frisch wäre; und wenn die Blätter welkten, der Duft sich verlöre – ja, Gott mag wissen, welches Gelüsten dann über mich käme. In diesem Augenblicke habe ich ein ganz seltsames, und schon früher habe ich ein ähnliches verspürt! – Ich könnte Lust bekommen zu sehen, wie rot dein Blut ist, Antonio; aber ich bin ein vernünftiger Mensch, du bist mein Freund, mein aufrichtiger Freund. Wir wollen uns nicht schlagen, selbst wenn wir uns auf demselben Liebespfade begegneten.« Und nun lachte er laut, drückte mich heftig an seine Brust und sagte halb scherzend: »Ich überlasse dir meinen zarten Vogel, er beginnt mir zu sentimental zu werden und wird dir gewiß gefallen. Begleite mich heute Abend. Vertraute Freunde müssen nichts voreinander verbergen, wir werden einen lustigen Abend haben! Am Sonntag giebt der heilige Vater dann uns allen *Beneditione.*«

»Ich begleite dich nicht!« erwiderte ich.

»Du bist feige, Antonio!« entgegnete er, »laß doch die Ziegenmilch dein Blut nicht ganz besiegen! Dein Auge kann wie das meinige brennen; sinnlich kann es brennen, das habe ich gesehen! Deine Leiden, deine Angst, deine Pönitenz in den Fasten – ja, soll ich dir ehrlich den Grund sagen, so ist es nichts anderes als Begehrlichkeit nach frischen Lippen, schönen Formen! Ich weiß es ganz gut, Antonio, du verstehst nicht dich zu verstellen! – Nun, so drücke die Schönheit an dein Herz; – aber du hast keinen Mut, du bist dazu zu feige, eine zu große Memme!«

»Du führst eine Sprache, Bernardo,« versetzte ich, »welche mich beleidigen muß.«

»Aber dulden mußt du sie doch,« erwiderte er. Da stieg mir das Blut in die Wangen, aber auch Thränen füllten meine Augen.

»Kannst du so mit meiner Zuneigung zu dir spielen!« rief ich. – »Du glaubst, ich stehe zwischen dir und Annunziata, glaubst, sie habe ein freundlicheres Auge auf mich geworfen als auf dich?«

»O nein!« unterbrach er mich, »du weißt wohl, daß ich keine starke Phantasie habe! Aber laß sie aus dem Spiele! Und was deine Zuneigung anlangt, von der du immer sprichst, so verstehe ich es nicht. Wir reichen einander die Hand, wir sind Freunde, vernünftige Freunde, aber deine Begriffe sind überspannt, mich mußt du nehmen, wie ich bin.«

Darin gipfelte ungefähr unser Zwiegespräch, das waren die Pfeile, mit denen er mich verwundete und die mir bis ins Herz drangen. Ich fühlte mich gekränkt, und doch drang zuletzt seine alte Herzlichkeit wieder hervor, indem er mir warm die Hand drückte.

Am nächsten Tage, dem grünen Donnerstage, riefen mich die Glocken nach der Peterskirche. In ihrer mächtigen Vorhalle, deren Größe ja einen Fremden auf den Gedanken gebracht haben soll, daß sie die ganze Kirche ausmachte, erneuerte sich das Gedränge ebenso wie in den Straßen und auf der Engelsbrücke. Es war, als ob ganz Rom herbeiströmte, um ebenso wie die Fremden über die Größe der Kirche in Erstaunen zu geraten, denn je größer die Volksmasse war, desto mehr schien sie sich auszudehnen, zu erweitern.

Hoch über uns ertönte der Gesang, zwei große Chöre antworteten einander von verschiedenen Stellen im Kreuz der Kirche. Alles drängte herbei, um das Fußwaschen Am grünen Donnerstage wäscht der Papst dreizehn Priestern alten wie jungen, die Füße; sie küssen ihm die Hand und er giebt jedem derselben einen Levkojenstrauß. welches nun begann, mit anzusehen. Aus den Schranken, hinter welchen die fremden Damen saßen, nickte mir jemand freundlich zu. Es war Annunziata. Sie war zurückgekehrt, sie war hier in der Kirche, mein Herz klopfte stark. Ich stand ihr so nahe, daß ich ihr Willkommen sagen konnte.

Sie war schon gestern gekommen, aber zu spät, um Allegris Miserere zu hören, doch hatte sie beim Ave Maria die Peterskirche besucht.

»Die merkwürdige Dunkelheit,« sagte sie, »machte, daß alles mehr imponierte als jetzt bei Tage; nicht ein Licht brannte außer den Lampen am Grabe Petri, es war ein Strahlenkranz, und doch nicht stark genug, die nächsten Pfeiler zu beleuchten. Alle knieten schweigend ringsum; ich sank selbst nieder und fühlte recht lebendig, wie viel in einem Nichts liegen kann. Welche Kraft liegt doch in einem religiösen Schweigen!«

Ihre alte Freundin, welche ich, da sie einen langen Schleier trug, erst jetzt erkannte, nickte freundlich. Die festliche Ceremonie war zu Ende, vergebens sahen sie sich nach ihrem Diener um, der sie nach dem Wagen führen sollte. Einige junge Herren waren auf Annunziata aufmerksam geworden, sie schien unruhig, wollte fort und ich wagte mich ihr zur Begleitung bis an den Wagen anzubieten. Die Alte faßte mich sogleich unter dem Arm, aber Annunziata ging allein an meiner Seite; ich hatte nicht den Mut ihr den Arm zu bieten; als wir jedoch das Portal erreichten, und der Strom uns mit fortriß, fühlte ich ihren Arm unter dem meinigen; wie Feuer ging es mir durchs Blut.

Ich fand den Wagen; als sie in demselben saßen, lud mich Annunziata ein, bei ihnen mit einem einfachen Löffel Suppe vorlieb zu nehmen. »Nur ein ärmliches Mahl,« sagte sie, »so gut wir es in den Fasten bieten können.«

Ich war glücklich; die alte Dame, welche nicht gut hörte, merkte wahrscheinlich aus dem Ausdrucke in Annunziatas Gesicht, daß es sich um eine Einladung handelte, mochte aber wohl meinen, daß sie mich zur Mitfahrt aufgefordert hätte. Augenblicklich machte sie den Vordersitz von Mänteln und Shawl frei, ergriff mich bei der Hand und sagte: »Ja, seien Sie so gut, Herr Abbate! Hier ist Platz genug.«

Das war allerdings Annunziatas Meinung nicht; ich sah eine leichte Röte über ihre Wangen fliegen, allein ich saß ihr schon gegenüber und nun fuhr der Wagen fort.

Eine kleine fürstliche Tafel erwartete uns. Annunziata sprach von ihrem Aufenthalt in Florenz und von dem heutigen Feste, fragte mich nach den Fasten in Rom und wie ich diese Zeit zugebracht hätte, eine Frage, die ich nicht so ganz aufrichtig beantwortete.

»Werden Sie denn der Judentaufe am Sonnabend beiwohnen?« fragte ich, warf jedoch gleichzeitig einen Blick nach der alten Dame hinüber, die ich völlig vergessen hatte.

»Sie hörte es nicht!« erwiderte Annunziata; »hätte sie es gehört, würde sie doch schwerlich errötet sein! Nur wohin sie mich begleiten kann, gehe ich, und für sie würde es nicht passend sein, zu unserm Feste in Konstantins Taufkapelle Jährlich werden am Tage vor Ostern einige Juden oder Türken getauft. Im *Diario romano* wird dieser Tag auch mit *si af il battessimo di Ebrei e Turchi*, bezeichnet. zu erscheinen. Auch mich interessiert es nicht, denn nur selten bekehrt sich der Türke oder Jude, mit dessen Taufe man prunkt, aus Ueberzeugung. Ich erinnere mich aus meiner Kindheit, welchen unbehaglichen Eindruck der ganze Auftritt auf mich machte. Ich sah mit an, wie ein kleiner Judenjunge von sechs bis sieben Jahren getauft wurde. Er erschien in schmutzigen Schuhen und Strümpfen, mit struppigem ungekämmtem Haar, und zu diesem allen in grellem Gegensatze, in einem prächtigen weißseidenen Rock, welchen ihm die Kirche geschenkt hatte. Die Eltern, unreinlich wie der Knabe, schritten hinterher. Sie hatten seine Seele an eine Seligkeit verkauft, die sie selbst verschmähten.«

»Sie haben es als Kind hier in Rom gesehen?« fragte ich.

»Ja,« erwiderte sie und errötete, »aber trotzdem bin ich keine Römerin.«

»Als ich Sie zum erstenmal sah, Ihren Gesang hörte, war es mir, als hätte ich Sie schon früher gekannt. Ich weiß selbst nicht, wie es zugeht, aber ich bilde es mir noch ein. Glaubten wir an eine Seelenwanderung, so würde ich mir vorstellen, daß wir beide Vögel gewesen wären, auf denselben Zweigen gehüpft und einander recht lange gekannt hätten. Giebt es keine Erinnerungen in Ihrer Seele? Nichts, was Ihnen sagt, daß wir einander früher gesehen haben?«

»Durchaus nichts!« erwiderte Annunziata und sah mir fest ins Auge.

»Die Mitteilung, die Sie mir vorhin machten, daß Sie als Kind hier in Rom gewesen wären und nicht, wie ich vermutete, Ihre ganze Kindheit in Spanien zugebracht hätten, weckte dieselbe Erinnerung in meiner Seele, welche in mir auftauchte, als Sie das erste Mal als Dido vor mir standen. Haben Sie nie als Kind in der Weihnachtszeit in der Kirche Araceli wie wir andern Kinder eine Rede gehalten?«

»Das habe ich!« rief sie, »und Sie, Sie, Antonio, waren jener kleine Knabe, der die Aufmerksamkeit aller auf sich zog?«

»Aber von Ihnen ausgestochen wurde!« entgegnete ich.

»Das waren Sie, Antonio!« rief sie laut, ergriff meine beiden Hände und sah mir mit einem unbeschreiblich sanften Ausdruck ins Auge. Die alte Freundin rückte ihren Stuhl näher und blickte uns ernst an. Annunziata erzählte ihr alles, und sie lächelte nun zu unserer Wiedererkennungsscene.

»Wie meine Mutter und alle von Ihnen sprachen!« sagte ich; »Ihre feinen, fast geistigen Formen, Ihre weiche Stimme! Ja, ich war eifersüchtig auf Sie, meine Eitelkeit wollte nicht dulden, daß jemand anderes mich so ganz verdunkelte. – Wie seltsam kreuzen sich doch des Lebens Wege!«

»Ich entsinne mich Ihrer noch ganz gut,« sagte sie, »Sie trugen eine kleine kurze Jacke mit vielen blanken Knöpfen; das interessierte mich damals am meisten an Ihnen.«

»Sie,« erwiderte ich, »hatten eine prächtige rote Schleife auf der Brust, aber das war es doch nicht, was den größten Eindruck auf mich machte, sondern Ihre Augen und Ihr kohlschwarzes Haar. – Ja, ich mußte Sie wiedererkennen, Sie sind noch dieselbe, nur Ihre Züge haben sich mehr entwickelt, ich würde Sie selbst unter einer größeren Veränderung erkannt haben. Ich teilte Bernardo sogleich meine Vermutung mit, der mir jedoch widersprach und in Ihnen eine ganz andere – –!«

»Bernardo!« unterbrach sie mich und es kam mir vor, als ob ihre Stimme zitterte.

»Ja,« versetzte ich etwas verwirrt, »er glaubte Sie ebenfalls zu kennen, Sie schon gesehen zu haben, und zwar unter Verhältnissen, die meiner Behauptung völlig zuwider liefen. Ihre schwarzen Haare, Ihr Blick – Sie dürfen es mir aber nicht übelnehmen, und er gab auch seine Meinung sofort auf – kurz er bildete sich anfangs ein, Sie wären,« – ich stockte – »Sie wären – kein Glied der katholischen Kirche, und folglich hätte ich Sie dann ja auch nicht in Araceli können predigen hören.«

»Er dachte vielleicht, ich teilte den Glauben meiner Freundin hier?« sagte Annunziata und zeigte auf die alte Dame. Ich nickte unwillkürlich, ergriff jedoch gleichzeitig ihre Hand und fragte: »Sind Sie böse auf mich?«

»Weil Ihr Freund mich für ein Judenmädchen hält?« fragte sie lächelnd. »Sie sind ein komisches Menschenkind!« – Ich merkte, daß die gegenseitigen Verhältnisse unserer Kindheit uns vertraulicher machten, jeder Kummer war vergessen, aber auch jeder Entschluß sie nie zu sehen, nie zu lieben.

Die Galerien waren diese zwei Tage vor Ostern noch geschlossen. Annunziata meinte, es müßte herrlich sein, wenn man in dieser Zeit, und dabei so recht in aller Gemächlichkeit, in einer derselben umherwandeln könnte; aber es ließe sich nicht so leicht thun. Der Wunsch von ihren Lippen war für mich ein Befehl; ich kannte ja den Kustode und Pförtner nebst allen Bedienten, die im Palazzo Borghese, wo sich eine der interessantesten Sammlungen Roms befindet, zurückgeblieben waren. Es ist dieselbe Galerie, die ich als Kind mit Francesca besucht und wo ich mit allen Amoretten auf Francesco Albanis Jahreszeiten Bekanntschaft gemacht hatte.

Ich bat, sie und die alte Dame am nächsten Morgen dorthin führen zu dürfen, sie sagte freundlich dankend zu und ich war unendlich glücklich.

In der Einsamkeit meines Zimmers tauchte der Gedanke an Bernardo wieder in mir auf. Nein, er liebt sie nicht, tröstete ich mich selbst, seine Liebe ist nur Sinnlichkeit, nicht rein und groß wie die meinige. Unser letztes Gespräch schien mir noch bitterer, als es war. Ich sah nur seinen Stolz, empfand bitter die mir zugefügten Kränkungen und versetzte mich in immer größeren Zorn. Sein Stolz, so redete ich mir vor, ist dadurch gekränkt, daß Annunziata gegen mich freundlicher scheint als gegen ihn. Allerdings hat er mich bei ihr einge- führt, aber vielleicht, that er es nur in der Erwartung, ich würde mich lächerlich machen. Deshalb erstaunte er über meinen Gesang, meine Improvisation; er hatte es sich nicht träumen lassen, daß ich neben seiner schönen Gestalt, Unge- zwungenheit und Dreistigkeit aufzutreten imstande wäre. – Nun hat er mich von der Wiederholung meiner Besuche zu- rückschrecken wollen. Ein guter Engel wollte es anders; ihre milde Freundlichkeit, ihr Auge, alles sagt mir, daß sie mich liebt, daß sie voller Güte gegen mich ist, ja mehr als voller Güte, denn sie muß bemerken, daß ich sie liebe.

Selig drückte ich heiße Küsse auf die Kissen, aber mit mei- nem Liebesglücke stieg meine Bitterkeit gegen Bernardo. Ich ärgerte mich über mich selbst, daß ich nicht mehr Charakter, mehr Heftigkeit und Galle hätte. Nun hatte ich hundert vor- treffliche Antworten, die ich ihm hätte geben sollen, als er mich das letzte Mal wie einen unreifen Jungen behandelte. Jede kleine Beleidigung von ihm stand nun in grellen Farben vor mir. Zum erstenmal fühlte ich das Blut in meinen Adern kochen. Die reinsten und besten Gefühle, in die sich eine abscheuliche Bitterkeit mischte, beraubten mich allen Schla- fes. Erst gegen Morgen fiel ich in einen sanften und kurzen Schlummer, von dem ich gestärkt und leichten Herzens er- wachte. Ich setzte den Kustoden von dem Besuch der frem- den Damen in Kenntnis, und war nun bei Annunziata. Wir fuhren alle drei nach dem Palazzo Borghese.

Die Bildergalerie. Genauere Erklärung. Das Osterfest. Der Wendepunkt meines Schicksals

Es war für mich ein ganz eignes Gefühl Annunziata dort einzuführen, wo ich als Knabe gespielt, wo mir Signora die Gemälde gezeigt und sich über meine naiven Fragen und Aeußerungen belustigt hatte. Ich kannte jedes Stück, aber Annunziata kannte sie besser, verstand sie geistig. Ihre Bemerkungen waren treffend; mit geübtem Blicke und natürlichem Sinne bezeichnete sie jede Schönheit. Wir standen vor dem berühmten Stücke von Gerardo del Notti »Loth mit seinen Töchtern.« Ich lobte die große Wirkung, die darin läge, Loths männliches Gesicht, die lebensfrohe Tochter, welche ihm den Wein einschenkt, und den roten Abendhimmel, der durch die dunklen Bäume hindurchschimmert.

»Mit Geist und Flammen ist es gemalt!« unterbrach sie mich, »ich bewundere des Künstlers Pinsel im Kolorit und Ausdruck, aber es gefällt mir nicht, daß er diesen Gegenstand gewählt hat. Ich verlange selbst bei einem Gemälde eine Art Anstand, eine edle Reinheit in der Wahl eines Gegenstandes. Deshalb spricht mich auch Correggios Danae keineswegs so an, wie sie es könnte. Schön ist sie, göttlich ist der kleine Engel mit den bunten Flügeln, welcher auf dem Bette sitzt und ihr das Gold einsammeln hilft, aber das Sujet ist in meinen Augen unedel, es verletzt, wenn ich so sagen darf, meines Herzens Schönheitsgefühl. Deshalb erscheint mir Raffael so groß; in allem, was ich von ihm kenne, ist er der Apostel der Unschuld, und als solcher hat er uns die Madonna geben können.«

»Aber die Schönheit des Kunstwerkes,« fiel ich ihr in das Wort, »kann uns doch dazu bringen, das Unedle des Sujets zu übersehen.«

»Niemals,« erwiderte Annunziata; »die Kunst ist in jedem ihrer Zweige hoch und heilig, und Geistesreinheit ergreift mehr als Formenreinheit. Deshalb können uns der ältern Meister naive Darstellungen der Madonna tief rühren, obgleich uns diese scharfen Formen oft wie chinesische Bilder vorkommen. Alles ist so steif und hart! Der Geist muß in dem Bilde des Malers wie in dem Liede des Sängers rein sein; einzelne Ausschweifungen will ich zugeben, will sie als etwas zu Grelles entschuldigen und beklagen, daß der Künstler auf diesen Einfall kam, aber ich will mich doch über das Ganze freuen können.«

»Indes,« unterbrach ich sie, »die Abwechselung verschiedener Sujets ist gerade interessant; immer und ewig dasselbe zu sehen – –«

»Sie mißverstehen mich! ich will durchaus nicht, daß man mir immer Madonnen malen soll; nein ich bin glücklich über eine herrliche Landschaft, eine lebendige Scene aus dem Volksleben, ein Schiff im Sturme und Salvator Rosas Räubergruppen; aber ich will nichts Unmoralisches im Reiche der Kunst, und so nenne ich selbst Scidonis schön gemaltes Stück im Palazzo Sciaria. Sie erinnern sich desselben wohl? Zwei Bauern auf Eseln kommen an einer steinernen Mauer vorbei, auf welcher ein Totenkopf liegt. Eine Maus, ein Regenwurm und eine Bremse sitzen darauf, und an der Mauer liest man die Worte: *et ego in Arcadia.*«

»Ich kenne es,« entgegnete ich, »es hängt an der Seite von Raffaels herrlichem Violinspieler.«

»Ja,« versetzte Annunziata, »möchte auch die Inschrift unter ihm anstatt über jenem häßlichen Bilde hängen.« Wir standen nun vor Francesco Albanis Jahreszeiten; ich erzählte ihr, welchen Eindruck die kleinen Amoretten auf mich, als Kind, ausgeübt und wie ich hier in dieser Galerie gelebt und mich umher getummelt hätte.

»Sie haben glückliche Lebensmomente in Ihrer Jugend gehabt!« unterbrach sie mich und unterdrückte einen Seufzer, der vielleicht ihrer eignen galt.

»Die Ihrige war gewiß nicht weniger reich daran,« sagte ich. »Sie standen als ein glückliches bewundertes Kind da, als ich Sie zum erstenmal sah, und als wir uns wieder trafen, rissen

Sie ganz Rom hin und – schienen glücklich; sind Sie es auch so recht im Herzen?«

Ich hatte mich halb zu ihr hinabgeneigt; sie schaute mir mit einem wunderbar wehmütigen Blicke ins Auge, indem sie rief: »Das bewunderte glückliche Kind wurde vater- und mutterlos, ein einsamer Vogel auf blattlosem Zweige. Er würde verhungert sein, aber der verachtete Jude gab ihm Obdach und Speise, bis er auf die wilde unruhige See ausflattern konnte.«

Sie schwieg, schüttelte den Kopf und sagte: »Aber das ist nichts, was einen Fremden unterhalten kann, und ich weiß nicht, wie ich dergleichen schwatzen kann.« – Sie wollte sich erheben, aber ich ergriff ihre Hand, indem ich fragte: »Bin ich Ihnen denn so fremd?« – Sie starrte einen Augenblick still vor sich hin, lächelte wehmütig und sagte: »Ja, ich habe ebenfalls Lebensaugenblicke gehabt, und,« fügte sie mit ihrer gewöhnlichen Munterkeit hinzu, »nur an diese will ich denken. Unser Zusammentreffen in der Kindheit, Ihre träumerische Versenkung in die Vergangenheit steckt auch mich an, und bewegt das Herz seine eignen Bilder zu betrachten, anstatt die Kunstwerke um uns her zu bewundern.«

Als wir die Galerie verließen und nach ihrem Hotel zurückkamen, erfuhren wir, daß Bernardo dagewesen wäre, um seinen Besuch abzustatten; man hatte ihm gesagt, sie wäre mit der alten Dame ausgefahren und ich hätte sie begleitet. Seine Leidenschaftlichkeit darüber sah ich voraus, aber anstatt darüber wie früher betrübt zu werden, hatte meine Liebe zu Annunziata Trotz und Bitterkeit gegen ihn geweckt. Daß ich Charakter und Willen bekäme, hatte er ja so oft gewünscht, sogar wenn ich gegen ihn unbillig würde. Nun sollte er seinen Wunsch bei mir in Erfüllung gehen sehen.

Beständig klangen mir Annunziatas Worte über den verachteten Juden, der den einsamen Vogel unter seine Flügel nahm, vor den Ohren. Sie mußte also doch dieselbe sein, welche Bernardo bei dem alten Hanoch gesehen hatte; es interessierte mich unendlich, aber sie war nicht zu bewegen den Faden wieder aufzunehmen. Als ich am nächsten Tage kam, war sie auf ihrem Zimmer, um eine neue Rolle einzustudieren. Ich unterhielt mich lange mit der alten Dame, die tauber war, als ich geglaubt hatte. Sie schien so dankbar, daß ich mit ihr sprach. Es fiel mir ein, daß sie mich nach meiner Improvisation zum erstenmal freundlich angesehen hatte, und daß ich damals glaubte, sie hätte meinem Vortrage folgen müssen.

»Das habe ich auch!« versicherte sie; »aus dem Ausdrucke in Ihrem Gesichte und den einzelnen Worten, die mein Ohr erreichten, verstand ich das Ganze. Und das war schön; so verstehe ich Annunziatas Recitative vollkommen und das lediglich durch ihren mimischen Ausdruck. Mein Auge hat sich geschärft, seitdem mein Gehör schwächer wurde.« Sie fragte mich nach Bernardo, welcher gestern während unserer Abwesenheit hier gewesen wäre, und bedauerte, daß er uns nicht begleitet hatte. Sie äußerte ein merkwürdiges Wohlwollen und Interesse für ihn. »Ja,« sagte sie, als es mir auffiel, »er hat einen edlen Charakter! Ich kenne einen Zug von ihm, der es beweist – der Gott der Juden und der Christen möge ihn dafür in seinen Schirm und seine Obhut nehmen!« Nach und nach wurde sie immer lebendiger und gesprächiger; ihre Liebe für Annunziata war rührend und groß. So viel wurde mir aus den vielen und nur halb dunkel angedeuteten Mitteilungen klar, daß Annunziata in Spanien geboren wäre und von spanischen Eltern abstammte. Schon in zartester Jugend wäre sie nach Rom gekommen. Als sie nun verwaist dastand, wäre der alte Hanoch, der in seiner Jugend in ihrer Heimat gewesen und dort ihre Eltern gekannt hätte, der einzige gewesen, der sich ihrer angenommen hätte. Später wäre sie noch als Kind zu einer Dame ihrer Heimat gekommen, welche ihre Stimme und ihr dramatisches Talent hätte ausbilden lassen. Ein Mann von großem Einflusse hätte sich in das schöne Kind verliebt, ihre Kälte gegen ihn seinen Haß und seine Rachsucht geweckt. Die Alte schien den geheimnisvollen Schleier, der diese ihr bereiteten Nachstellungen bedeckte, nicht berühren zu dürfen. Annunziatas Leben wäre in Gefahr gewesen; heimlich wäre sie nach Italien geflohen, wo sie in Rom im Judenquartiere bei ihrem alten Pflegevater schwerlich gesucht werden würde. Es wäre erst anderthalb Jahr her. Damals müßte es gewesen sein, wo sie Bernardo gesehen und sie ihm den Wein eingeschenkt hätte, wovon er so viel erzählt. Kurz darauf hätten sie erfahren, daß ihr Verfolger tot wäre. Nun wäre sie ausgeflogen, begeistert für ihre heilige Kunst, und hätte die Leute durch dieselbe wie durch ihre Schönheit entzückt. Die alte Dame hätte sie nach Neapel begleitet, sie ihre ersten Lorbeeren sammeln sehen und sie bisher nicht verlassen. »Ja, sie ist aber auch ein Engel Gottes,« sagte die redselige Alte, »fromm ist sie in ihrem Glauben, wie ein Weib es sein muß, und Verstand hat sie, wie man ihn dem besten Herzen nur wünschen kann.«

Als ich das Haus verließ, erschallten gerade die Freudenschüsse. In allen Straßen, auf den Plätzen, von Altanen und Fenstern aus schoß man mit kleinen Kanonen und Pistolen, zum Zeichen, daß die Fasten zu Ende wären. Die schwarzen Decken in Kirchen und Kapellen, welche die Gemälde fünf lange Wochen hindurch verhüllt hatten, fielen in demselben Augenblicke. Alles war Osterfreude. Die Trauerzeit war um, morgen begann Ostern, brach der Tag der Freude an, und doppelt froh sollte er mir aufgehen, da ich eingeladen war Annunziata zum Kirchenfeste und zur Kuppelbeleuchtung zu begleiten.

Alle Osterglocken läuteten, die Kardinäle rollten in ihren bunten Wagen, auf welchen hinten zahlreiche Diener standen, nach der Peterskirche; die Equipagen der reichen Fremden, das Gewühl der Fußgänger, alles verstopfte förmlich die engen Straßen. Von der Engelsburg wehten die großen Fahnen mit dem päpstlichen Wappen und dem heiligen Bilde der Madonna. Auf dem Petersplatze war Musik und rundum wurden Rosenkränze und Holzschnitte, welche den Papst darstellten, wie er den Segen austeilte, verkauft. Die Fontänen spielten mit ihren Riesenstrahlen und überall waren an den Arkaden Tribünen und Bänke angebracht, die schon fast ebenso gefüllt waren, wie der Platz. Bald strömte eine beinahe gleich große Schar aus der Kirche heraus, wo Prozessionen und Gesang, Vorzeigung heiliger Reliquien, des Speeres und der Kreuzesnägel u.s.w. manch frommes Gemüt erquickt hatten. Der ungeheuere Platz war ein Menschenmeer, Kopf bewegte sich an Kopf, die Wagenreihen zogen sich dicht zusammen, Bauern und Knaben kletterten an den Postamenten der Bildsäulen empor, es war, als ob ganz Rom in diesem Augenblicke nur hier lebte und atmete. Der Papst wurde in Prozession zur Kirche hinaus getragen; hoch auf den Schultern von sechs lilla gekleideten Geistlichen saß er auf einem prächtigen Lehnsessel, zwei jüngere Priester fächelten ihm mit kolossalen Pfauenschwänzen auf langen Stöcken Kühlung zu, vor ihm schwangen Geistliche Rauchfässer und die Kardinale schritten unter frommen Gesängen hinter ihm her. In dem Augenblicke, wo der Zug aus dem Portale hervortrat, empfingen ihn alle Musikchöre mit rauschenden Jubelklängen. Man trug den Papst die hohe Marmortreppe zur Galerie hinauf, auf deren Balkon er sich, von den Kardinälen umgeben, nun zeigte. Alles sank auf die Kniee, die langen Reihen der Soldaten, Alt und Jung, nur der protestantische Fremde stand aufrecht da und wollte sich vor dem Segen eines alten Mannes nicht beugen. Annunziata kniete im Wagen halb nieder und blickte mit ihrem seelenvollen Auge nach dem heiligen Vater, während tiefes Schweigen überall herrschte und sich der Segen gleich unsichtbaren Feuerzungen über uns ergoß. Von dem päpstlichen Balkon flatterten jetzt zwei Papiere, eines mit der Sündenvergebung, das andere mit der Verfluchung aller Feinde der Kirche, und der Pöbel schlug sich, um selbst nur ein Stückchen derselben zu erhalten. Nun läuteten wieder alle Kirchenglocken, die Musik mischte sich in diesen Jubel; ich war glücklich wie Annunziata. Während sich unser Wagen in Bewegung setzte, ritt Bernardo dicht an uns vorüber, er grüßte beide Damen, mich aber schien er gar nicht zu bemerken.

»Wie bleich er war!« sagte Annunziata, »ist er krank?« »Ich glaube es nicht,« erwiderte ich, obwohl ich wußte, was ihm das Blut aus den Wangen scheuchte. Das reifte meinen Entschluß. Ich fühlte, wie heiß ich Annunziata liebte; daß ich, schenkte sie mir ihre Liebe, für sie alles thun könnte; ihr wollte ich folgen; ich zweifelte nicht an meinem dramatischen Talent und, was meinen Gesang anlangte, so wußte ich, welchen Eindruck er machte, ich würde, wagte ich einmal diesen Schritt, immer mit Ehren auf der Bühne auftreten können. Liebte sie mich, welche Ansprüche hatte dann Bernardo? Er konnte sich ja um sie bewerben; war seine Liebe ebenso stark wie die meinige, und liebte sie ihn, dann würde ich natürlich augenblicklich zurücktreten. Dies schrieb ich ihm noch an dem nämlichen Tage, und ich wage zu glauben, daß mein Brief ein warmes und treues Herz verriet, denn manche Thräne fiel auf das Papier, als ich unserer früheren Freundschaft erwähnte, und wie wunderbar sich mein Herz an ihn geklammert hätte. Als der Brief abgesandt worden, fühlte ich mich weit ruhiger, obgleich der Gedanke, vielleicht Annunziata zu verlieren, wie ein Prometheusadler mich mit seinem scharfen Schnabel peinigte. Aber ich träumte auch davon, sie immer begleiten zu können und an ihrer Seite Ehre und Freude zu ernten. Als Sänger, als Improvisator sollte das Drama meines Lebens nun beginnen.

Nach dem Ave Maria fuhr ich mit Annunziata und der alten Dame aus, um die Kuppelbeleuchtung anzusehen. Die ganze Peterskirche mit ihrer hohen Kuppel, den beiden kleineren Seitenkuppeln und der ganzen Fassade war mit transparenten Papierlaternen ausgeschmückt; diese waren so richtig architektonisch angebracht, daß das ganze große Gebäude sich mit feurigen Konturen von der blauen Luft abhob. Das Gedränge draußen schien noch größer als am Vormittage, wir konnten nur im Schritt fahren. Von der Engelsbrücke aus sahen wir das illuminierte Riesengebäude zum erstenmal. Es spiegelte sich in der gelben Tiber, wo zahlreiche mit frohen Menschen gefüllte Boote dem großartigen Gemälde noch mehr Leben verliehen. Als wir den Petersplatz erreichten, wo uns rauschende Musik entgegentönte und überall Jubel und Freude herrschte, wurde gerade das Zeichen zur Verwandlung der Illumination gegeben. Mehrere hundert Menschen waren auf dem Dache und der Kuppel der Kirche verteilt, die gleichzeitig große eiserne Pfannen mit brennenden Pechkränzen hervorschoben. Es war, als ob plötzlich jede Laterne zu einer großen Flamme aufloderte; das ganze Gebäude verwandelte sich in einen glühenden Tempel Gottes, der über Rom leuchtete, wie der Stern über Bethlehems Wiege. Da die Kirche sowie sämtliche umherliegende Gebäude nur aus Stein gebaut sind, so ist es durchaus mit keiner Gefahr verbunden, daß die Pechkränze in den eisernen Pfannen ruhig bis zu Ende ausbrennen. Alles ist deshalb die Nacht hindurch ein einziges Feuermeer. Der Jubel des Volkes stieg mehr und mehr; Annunziata verlor sich im Anschauen des prächtigen Bildes.

»Aber das ist doch entsetzlich!« rief sie. »Der unglückliche Mensch, der dort die oberste Flamme auf dem Kreuze über der großen Kuppel befestigen muß. Mir schwindelt bei dem Gedanken daran.«

»Es ist eine Höhe gleich Aegyptens Pyramiden; es gehört Kühnheit dazu, sich dort hinaufzuschwingen und die Stricke festzuschnüren. Der heilige Vater läßt ihm auch die letzte Oelung geben, ehe er hinaufsteigt.«

»So muß also eines Menschen Leben gewagt werden,« seufzte sie, »und zwar nur um der Pracht und der Freude eines Augenblicks willen.«

»Aber es geschieht auch zur Verherrlichung Gottes,« versetzte ich, »und wie oft setzen wir es nicht für Geringeres aufs Spiel.« Die Wagen rollten vorüber, die meisten fuhren nach dem Monte Pincio, um von dort in einiger Entfernung die erleuchtete Kirche und die ganze Stadt, welche in ihrem Glanze schwamm, zu überschauen. Es ist doch eine schöne Idee, sagte ich, »daß von der Kirche alles Licht über die Stadt ausstrahlt; vielleicht hat Correggio hiervon die Idee zu seiner unsterblichen Nacht erhalten.«

»Um Vergebung!« unterbrach sie mich, »Sie scheinen nicht zu wissen, daß das Gemälde schon vor der Kirche vollendet war. Er erhielt die Idee sicherlich aus seinem eigenen Herzen, und das halte ich auch für schöner. Aber wir müssen die ganze Herrlichkeit von einem ferneren Punkte aus betrachten. Wie wäre es, wenn wir auf den Monte Mario führen, wo das Gedränge nicht so groß ist wie auf dem Monte Pincio. Wir sind dicht am Thore.«

Wir fuhren hinter dem Säulengange herum und befanden uns bald außerhalb der Stadt. Der Wagen hielt vor dem kleinen Wirtshause auf der halben Höhe des Berges. Die Kirchenkuppel nahm sich herrlich aus, sie schien aus brennender Sonne erbaut. Die Fassade war zwar verdeckt, aber auch dies übte eine eigentümliche Wirkung aus. Der Glanz, welcher sich von der erhellten Luft verbreitete, machte den Eindruck, als ob die von Sternen strahlende Kuppel auf einem Lichtmeer schwömme. Die Musik und die Glocken klangen bis zu uns herüber, aber rund umher war doppelte Nacht und die Sterne standen nur wie weiße Punkte hoch in der blauen Luft, als hätten sie ihren Glanz über Roms glänzendem Osterfeuer verloren. Ich stieg aus dem Wagen und ging in das kleine Wirtshaus, um einige Erfrischungen zu holen. Als ich wieder in den engen Gang hinaustrat, wo die Lampe vor dem Madonnenbilde brannte, stand Bernardo vor mir, bleich, wie damals, als er in der Jesuitenschule den Kranz empfing. Sein Auge brannte fieberhaft, er ergriff meine Hand mit der Kraft und Wildheit eines Wahnsinnigen. »Ich bin kein Mörder, Antonio!« sagte er mit sonderbar gedämpfter Stimme, »sonst stieße ich dir meinen Degen in dein falsches Herz; aber schlagen mußt du dich mit mir, ob deine Feigheit will oder nicht! Komm, komm mit mir!«

»Bernardo, bist du rasend?« fragte ich und wollte mich losreißen.

»Schrei nur laut!« fuhr er mit gedämpfter Stimme fort, »damit die Menge dir zu Hilfe eilt, da du nicht wagst mir Mann gegen Mann gegenüber zu treten. Aber ehe man mir die Hände fesselt, bist du des Todes!« Er reichte mir eine Pistole. »Komm, schieß dich mit mir, oder ich werde dein Mörder!« Dabei riß er mich mit den Gang entlang, und ich hielt die Pistole, die er mir gereicht hatte, zu meiner Verteidigung auf ihn gerichtet.

»Sie liebt dich, und stolz wirst du es dem römischen Volke, wirst du es mir beweisen, den du mit falscher gleißnerischer Rede betrogst, obgleich ich dich nie dazu aufforderte.«

»Du bist krank, Bernardo! Wahnsinniger, komm mir nicht zu nahe!« Er drang auf mich ein, ich stieß ihn fort – da hörte ich einen Schuß fallen, meine Hand zitterte, alles war in Rauch gehüllt, aber ein eigentümlicher Seufzer, Schrei kann ich es nicht nennen, traf mein Ohr, mein Herz. – Meine Pistole war losgegangen, Bernardo lag vor mir in seinem Blute. Wie ein Nachtwandler stand ich da und drückte krampfhaft die Pistole in meiner Hand. Erst als ich Stimmen der herbeieilenden Hausbewohner hörte, Annunziatas Schrei: »Jesus Maria!« hörte, sie und die Alte vor mir sah, fühlte ich das ganze Unglück. »Bernardo!« rief ich verzweifelt und wollte mich über seine Leiche werfen, aber Annunziata kniete schon neben derselben und suchte das Blut zu stillen. Noch immer sehe ich ihr bleiches Antlitz, sehe den festen Blick, welchen sie auf mich heftete. Ich war wie festgewurzelt.

»Retten Sie sich, retten Sie sich!« rief die alte Dame und zog mich am Arme.

Da rief ich, von Schmerz überwältigt: »Ich bin unschuldig! Jesus Maria, ich bin unschuldig! Mich wollte er morden, selbst gab er mir die Pistole, und sie ging aus Zufall los.« Und was ich sonst vielleicht nicht zu sagen gewagt hätte, jetzt in meiner Verzweiflung sprach ich es aus: »Annunziata, wir liebten dich, für dich würde ich eben so wie er sterben! Wer war dir der liebste von uns beiden? Sage mir in meiner Verzweiflung, ob du mich liebst, dann will ich fliehen!«

»Fort!« stammelte sie und machte ein Zeichen mit der Hand, während sie sich ununterbrochen mit dem Gefallenen beschäftigte.

»Fliehen Sie!« rief die alte Dame.

»Annunziata, wer war dir der liebste von uns beiden?« fragte ich, vom Schmerz überwältigt. Da beugte sie ihr Haupt auf den Toten herab, ich hörte sie weinen und sah, wie ihre Lippen Bernardos Stirn berührten.

»Die Gendarmen!« rief man von allen Seiten. »Fliehen Sie, fliehen Sie!« und wie von unsichtbaren Händen wurde ich aus dem Hause gerissen.

Die Bauern von Rocca del Papa. Die Räuberhöhle. Meines Lebens Parze

Sie liebt Bernardo! klang es in meinem Herzen; das war der Todespfeil, der Gift in all mein Blut goß, mich vorwärts trieb und selbst die Stimme betäubte, welche unaufhörlich rief: Du hast deinen Freund und Bruder getötet.

Instinktmäßig brach ich durch Gestrüpp und Gebüsch und kletterte über die Mauern, welche die Weingärten auf dem Berge einfriedigten. Die Peterskirche strahlte hoch in der Luft; so flammte es auch auf Kains und Abels Altären, als der Mörder floh.

Mehrere Stunden wanderte ich ununterbrochen vorwärts; ich machte erst vor der gelben Tiber halt, die mir den Weg versperrte. Von Rom bis zum Mittelländischen Meere hinab hätte ich weder eine Brücke noch ein Boot finden können, um auf die andere Seite zu gelangen. Das unerwartete Hindernis war ein Messerschnitt, der auf einen Augenblick den Wurm, welcher an meinem Herzen nagte, zerschnitt; aber bald wuchs er wieder zusammen, und ich fühlte mein ganzes Unglück doppelt.

Nur wenige Schritte von mir entfernt lag eine Grabruine; dem Umfange nach war sie größer als diejenige, in welcher ich als Kind bei der alten Domenica gelebt hatte, aber sie war ungleich verfallener. An den herabgestürzten Steinblöcken waren drei Pferde angebunden; sie verzehrten das Heubündel, welches ihnen an der Brust hing.

Der Eingang zur Grabesstube führte einige Stufen hinab; im Innern brannte ein Feuer. Zwei vierschrötige Bauern in Schafpelzen, bei welchen die Wolle nach außen gekehrt war, und mit großen Stiefeln und einem spitzen Hute, an welchen ein Marienbild geheftet war, streckten sich um das Feuer und rauchten aus ihren kurzen Pfeifen. Eine kleinere Gestalt, in einen großen grauen Mantel eingehüllt und mit einem breiten tief hinabgezogenen Hute lehnte sich an eine Mauer, indem sie aus einer Fogliette auf baldiges fröhliches Wiedersehen trank. Kaum hatte ich die ganze Gruppe überschaut, als ich auch schon entdeckt war. Sie ergriffen ihre Gewehre, die neben ihnen lagen, als befürchteten sie einen Ueberfall, und traten mir rasch entgegen.

»Was suchen Sie hier?« fragten sie.

»Ein Boot, um über die Tiber zu kommen,« erwiderte ich.

»Da können Sie lange suchen! Hier geht weder eine schwimmende Brücke noch eine Fähre hinüber, wenn man sie nicht selbst mit sich führt.«

»Aber,« fuhr der eine fort, während er mich vom Kopf bis zu den Füßen mit den Blicken maß, »Sie sind weit von der Landstraße abgekommen, Signore, und es ist in der Nacht hier nicht sicher. De Cesaris Bande soll noch lange Wurzelfasern haben, obgleich der heilige Vater so fleißig den Spaten gebraucht hat, daß ihm vielleicht seine eigenen Arme noch wehe thun.«

»Sie sollten,« sagte der andere, »sich eine kleine Waffe mitgenommen haben! Sehen Sie, das haben wir gethan, eine Flinte mit dreifachem Lauf und eine Pistole im Gürtel, wenn die Flinte versagen sollte.«

»Ja, und ich habe ein ganz allerliebstes Taschenmesser mitgenommen,« sagte der erste und zog aus dem Gürtel einen scharfen blanken Dolch, mit dem er in der Hand spielte.

»Stecke ihn wieder in die Scheide, Emidio! Der fremde Signore wird mir so bleich. Der junge Mann kann so scharfe Waffen nicht vertragen. Die ersten besten Gauner werden ihm seine paar Scudi abnehmen. Mit uns werden sie nicht so leicht fertig werden. Wissen Sie was,« sagte der Mann zu mir, »geben Sie uns Ihr Geld zur Aufbewahrung, Sie können versichert sein, daß es da besser aufgehoben ist.«

»Alles was ich habe, können Sie nehmen,« erwiderte ich, des Lebens überdrüssig und vor Kummer wie stumpfsinnig. »Große Summen werden Sie nicht bekommen.« Es war mir nur zu klar, in was für Gesellschaft ich geraten war. Schnell griff ich in meine Tasche, in welcher sich, wie ich wußte, noch zwei Scudi befanden, fand aber zu meiner Verwunderung eine Börse darin. Ich zog sie heraus, es war eine weibliche Arbeit. Ich hatte sie früher in den Händen der alten Gesellschafterin Annunziatas bemerkt. Sie mußte sie mir in den letzten Augenblicken in die Tasche gesteckt haben, damit ich auf meiner unglücklichen Flucht einen Notpfennig hätte. Alle Drei griffen nach der gefüllten Börse, ich schüttete ihren Inhalt auf den flachen Stein vor dem Feuer.

»Gold und Silber!« riefen sie, als die blanken Louisdore zwischen den Piastern hindurch blinkten. »Es wäre Sünde, wenn das edle Metall in Räuberhände fallen sollte.«

»Töten Sie mich nun,« sagte ich, »wenn es Ihre Absicht ist! Dann haben alle meine Leiden ein Ende.«

» *Madonna mia*!« rief der erste, »was denken Sie von uns? Wir sind ehrliche Bauern aus Rocca del Papa. Wir schlagen keinen christlichen Bruder tot. Trinken Sie einen Schluck Wein mit uns, und erzählen Sie uns, was Sie zu dieser Reise bewogen hat!«

»Das bleibt mein Geheimnis,« sagte ich und griff nach dem Weine, welchen man mir reichte, denn meine Lippen brannten nach einem Labetrunk.

Sie flüsterten einander einige Worte ins Ohr; der Mann mit dem breiten Hute erhob sich nun, nickte den andern vertraulich zu, sah mir spöttisch ins Gesicht und sagte: »Ihr werdet nach dem warmen lustigen Abend eine kalte Nacht haben.« Er ging, und bald hörten wir ihn über die Campagna traben.

»Sie wollten ja über die Tiber?« sagte der eine. »Kommen Sie nicht mit uns, dann werden Sie lange warten können. Setzen Sie sich zu mir aufs Pferd, denn wahrscheinlich werden Sie noch weniger Lust haben, sich an dem Schwanze desselben haltend hinterher zu schwimmen.«

Sicher war ich auf dieser Stelle nicht; ich fühlte, meine Heimat war fortan unter den Geächteten. Der Mann half mir auf das starke feurige Pferd, stieg darauf selbst auf und nahm den Vordersitz ein.

»Lassen Sie mich nun diesen Strick um Sie schlingen,« sagte er, »sonst gleiten Sie hinab und sind verloren!« Darauf legte er mir einen starken Strick fest um Arme und Brust und schlang ihn dann um sich selbst, so daß wir Rücken gegen Rücken saßen. Es war mir rein unmöglich die Hände zu bewegen. Langsam und mit dem Fuße vor sich hertastend ging das Pferd in den Strom, bald stieg ihm das Wasser bis an den Bauch. Kräftig arbeitete es sich bis an das entgegengesetzte Ufer hinüber. Sobald wir dort angelangt waren, löste der Mann den Strick, der mich an ihm festhielt, aber nur um mich noch fester an den Sattelgurt zu binden.

»Sie könnten stürzen und sich den Hals brechen,« sagte er; »halten Sie sich nur fest, denn nun reiten wir quer durch die Campagna.« Er drückte dem Pferde die Fersen in die Seite, der andere machte es ihm nach, und nun jagten sie wie zwei wohlgeübte Reiter über die große öde Ebene dahin. Ich hielt mich mit Händen und Füßen fest. Der Wind spielte mit des Mannes langem schwarzem Haare, welches mir um die Wangen flatterte. Wir jagten an zusammengestürzten Gräbern vorüber, ich sah die zertrümmerten Wasserleitungen und den Mond, der sich blutrot über dem Horizonte erhob, während leichter weißer Nebel an uns vorüber flog.

Daß ich Bernardo getötet hatte, daß ich von Annunziata und meiner Heimat geschieden war und nun in wilder Flucht über die Campagna flog, an eines Räubers Pferd gebunden – alles schien mir wie ein Traum, ein schrecklicher Traum. O daß ich bald erwachen und dieses Schreckensbild möchte verschwinden sehen! Ich drückte meine Augen zu und fühlte nur den kalten Wind vom Gebirge her mir um die Wangen blasen.

»Nun sind wir bald unter Großmutters Schürze,« sagte der Reiter, als wir das Gebirge erreichten. »Haben wir nicht ein gutes Pferd? Es hat heuer aber auch St. Antonii Segen erhalten. Mein Junge hat es mit seidenen Bändern ausgeputzt, es bekam Bibel und Weihwasser, und weder der Teufel noch der böse Blick wird ihm in diesem Jahre den Rest geben können.«

Die Morgendämmerung zeigte sich bereits am Horizonte, als wir einen Gebirgspfad einschlugen.

»Es beginnt schon hell zu werden,« sagte der andere Reiter; »Signore könnte schlimme Augen bekommen, ich will ihm einen Sonnenschirm geben,« und mit diesen Worten warf er mir ein Tuch über den Kopf und band es so fest, daß ich auch nicht das Geringste unterscheiden konnte. Meine Hände waren gebunden, ich befand mich völlig in ihrer Gewalt, aber in meinem Kummer fügte ich mich in alles. Ich merkte, daß wir aufwärts ritten, aber bald ging es wieder abwärts. Zweige und Sträucher schlugen mir ins Gesicht; wir waren auf einem völlig ungebahnten Wege. Endlich mußte ich absteigen, sie führten mich, aber kein Wort wurde gesprochen. Nun ging es durch eine enge Oeffnung eine Treppe hinab. Meine Seele war mit sich selbst zu beschäftigt gewesen, um zu bemerken, nach welcher Richtung zu man mit mir ins Gebirge gezogen war, doch sehr tief konnten wir nicht eingedrungen sein. Erst mehrere Jahre später wurde mir die Stelle bekannt; mancher Fremde hat sie besucht, und mancher Maler sie in Formen und Farben wiedergegeben. Wir waren bei dem alten Tusculum. Hinter Frascati, wo die Berghalde mit Kastanienwäldern und hohen Lorbeersträuchern bewachsen ist, liegen noch jetzt diese altertümlichen Ruinen. Hoher Weißdorn und wilde Rosen überwucherten die Stufen des Amphitheaters. Auf mehreren Stellen des Berges sind tiefe Höhlen, gemauerte Gewölbe, von dem üppigen Grase und Gebüsch fast ganz versteckt. Jenseits des Thales erheben sich die hohen Abruzzen, welche die Sümpfe begrenzen und der ganzen Landschaft eine mächtige Wildheit verleihen, die hier auf den letzten Ueberresten einer der Städte des Altertums doppelt ergreifend ist. Durch eine der Oeffnungen im Berge, von herabhängendem Immergrün und Schlinggewächsen halb verhüllt, führte man mich. Wir machten Halt; ich hörte ein leises Pfeifen und gleich darauf das Geräusch einer sich öffnenden Luke oder Thür. Wieder stiegen wir einige Stufen tiefer, nun vernahm ich mehrere Stimmen, man nahm mir die Binde von den Augen, und ich sah mich in einem geräumigen Gewölbe. Kräftig gebaute Männer, gleich meinen Begleitern in langen Schafpelzen, saßen um einen langen hölzernen Tisch, auf welchem zwei Messinglampen mit mehreren Flammen brannten, die ihre finstern ausdrucksvollen Züge hell beleuchteten, und spielten Karte; vor ihnen standen mehrere Flaschen Wein. Meine Ankunft weckte durchaus keine Verwunderung; man machte mir am Tische Platz und reichte mir den Becher und ein Stück ihres Salamis, während sie untereinander in einem Dialekte sprachen, welchen ich nicht verstand; aber ihr Gespräch schien mich durchaus nicht zu betreffen. – Ich fühlte keinen Hunger, nur einen brennenden Durst, und trank deshalb den Wein. Mein Auge glitt über die Wände hin; überall entdeckte ich Gewehre und Kleidungsstücke. In einer Ecke des Gewölbes befand sich eine Vertiefung; an der Decke derselben hingen zwei Hasen, denen das Fell halb abgezogen war, aber unter ihnen gewahrte ich noch ein Wesen. Eine alte magere Frau von wunderbar gerader, fast jugendlicher Haltung saß unbeweglich an ihrer Spindel und spann Flachs. Ihr silberweißes Haar hatte sich aufgelöst und floß über die eine Wange und rund um den bräunlichen Hals hinab; ihr schwarzes Auge ruhte ununterbrochen auf dem Flachsrocken. Es war das lebendige Bild einer der Parzen. Vor ihren Füßen lagen eine Menge glimmender Kohlen, als ob sie einen magischen Kreis bildeten, der sie von dieser Welt ausschlösse.

Lange wurde ich jedoch nicht mir selbst überlassen, man stellte eine Art Examen mit mir über meinen Stand, meine Vermögensverhältnisse und Familie an. Ich sagte ihnen, daß sie alles, was ich besäße, schon genommen hätten, daß ihnen, wenn sie etwa ein Lösegeld für mich forderten, niemand in Rom auch nur einen Scudo geben würde, und daß ich ein armer Vogel wäre, der sich lange mit dem Gedanken getragen hätte, nach Neapel zu reisen, um mein Talent als Improvisator geltend zu machen. Ich verbarg ihnen nicht den eigentlichen Grund meiner Flucht, jenen zufällig losgegangenen Schuß, doch ohne die näheren Umstände zu erwähnen. »Das einzige Lösegeld, welches Sie für mich erhalten,« sagte ich, »ist das, welches Ihnen die Gerechtigkeit giebt, wenn Sie mich ihr ausliefern. Thuen Sie es, in meiner Lage und Stimmung habe ich selbst keinen bessern Wunsch.«

»Das ist ja ein merkwürdiger Wunsch,« sagte der eine der Männer. »Sie haben doch gewiß in Rom so ein liebes Püppchen, welches seine goldnen Ohrringe für Ihre Freiheit hingiebt. Es wird Ihnen immer noch unbenommen bleiben, in Neapel zu improvisieren. Wir sind die Männer dazu, Sie sicher über die Grenze zu schaffen. Oder soll etwa Ihr Lösegeld in dem Handgelde auf unsere Brüderschaft bestehen, so ist hier gleichfalls meine Hand. Sie müssen wissen, daß Sie unter ehrliche Leute geraten sind. Um aber meine Vorschläge besser überlegen zu können, so suchen Sie jetzt erst Stärkung im Schlafe, hier ist das Bett und Sie sollen ein Deckbett erhalten, welches Wintersturm wie Sciroccoregen ausgehalten hat: meinen braunen Mantel dort am Rechen.« Er warf ihn mir zu, zeigte auf die Strohmatte vor dem Ende des Tisches und verließ mich, indem er das albanische Volkslied » *discendi o mia bettina*« anstimmte.

Ich warf mich, ohne an Ruhe zu denken, auf das Lager. Alle die letzten Begebenheiten schwebten wie häßliche Schreckbilder vor meiner Seele, doch schlossen sich dessenungeachtet meine Augen. Meine körperliche Kraft war völlig erschöpft, ich schlief den ganzen Tag fest und tief.

Als ich wieder erwachte, fühlte ich mich wunderbar gestärkt. Alles, was meine Seele erschüttert hatte, erschien mir jetzt wie ein Traum, aber mein Aufenthaltsort, die finstern Gesichter ringsumher, sagten mir nur zu bald, daß meine Erinnerungen die nackte Wirklichkeit waren.

Ein Fremder, mit Pistolen im Gürtel und den langen grauen Mantel lose über die eine Schulter gehängt, saß rittlings auf der Bank und befand sich in tiefem Gespräche mit den andern Räubern. In der Ecke des Gewölbes saß noch die alte mulattenfarbige Frau und spann nach wie vor an ihrem

Spinnrade, ein Bild, auf dunklem Grunde gemalt. Frische Kohlen lagen auf den Fliesen vor ihr und verbreiteten Wärme. »Der Schuß ist ihm durch die Seite gegangen!« hörte ich den Fremden erzählen; »etwas Blut hat er verloren, aber in einem Monat ist alles vorbei!«

»Ei, Signore!« rief mein Entführer, als er mich wach sah, »ein zwölfstündiger Schlaf ist ein gutes Kopfkissen. Na, Gregorio bringt Neuigkeiten von Rom, welche Ihnen gewiß Freude machen werden. Sie haben dem hohen Senate arg auf die Schleppe getreten. Ja, ja, Sie sind es! Alle Umstände treffen zusammen. Sie haben ja dem Brudersohne des Senators auf den Pelz gebrannt. Es war ein kühner Schuß.«

»Ist er tot?« war alles, was ich hervorzustammeln vermochte.

»Nein, nicht so ganz!« erwiderte der Fremde, »und stirbt diesmal auch noch nicht. Wenigstens sagt es der Doktor. Die fremde schöne Signora, welche wie eine Nachtigall singen soll, wachte die ganze Nacht an seinem Bette, bis der Doktor versicherte, sie könnte ruhig sein, es wäre durchaus keine Gefahr vorhanden.«

»Sie haben sowohl nach seinem wie nach ihrem Herzen fehl geschossen! Lassen Sie die Vögel fliegen, sie bilden ein Paar, und bleiben Sie bei uns! Unser Leben ist lustig und frei, Sie können ein kleiner Fürst werden, und die Gefahr ist dabei nicht größer als diejenige, welche an einer jeden Krone hängt. Wein sollen Sie bekommen, Abenteuer und hübsche Mädchen für die eine, die Sie getäuscht hat. Besser ist es, das Leben in einem lustigen Zuge zu trinken, als es in Tropfen zu saugen.«

»Bernardo lebt! Ich bin nicht sein Mörder!« der Gedanke goß neues Leben in meine Seele, aber den Schmerz über Annunziatas Verlust konnte er doch nicht lindern. Ruhig und bestimmt antwortete ich dem Manne, daß sie mit mir nach Gutdünken verfahren könnten. Meine Natur, meine ganze Erziehung und Anschauung verböten mir in eine andere Verbindung mit ihnen zu treten als diejenige, in welche mich der Zufall geführt hätte.

»Sechshundert Scudi sind die geringste Summe, welche Ihnen Ihre Freiheit wiedergiebt,« sagte der Mann mit finsterm Ernst; »sie sind innerhalb sechs Tagen da, oder Sie sind der Unsrige! Tot oder lebendig! Ihr hübsches Gesicht, meine Freundlichkeit gegen Sie, hilft nichts. – Ohne die sechshundert Scudi haben Sie nur die Wahl zwischen der Brüderschaft mit uns oder der Brüderschaft mit den vielen, die sich Arm in Arm unten im Brunnen küssen. Schreiben Sie an Ihren Freund oder an die schöne Sängerin, im Grunde genommen müssen sie Ihnen doch dankbar sein, da Sie es zu einer Erklärung zwischen ihnen gebracht haben. Sie bezahlen die elende Summe für Sie gewiß gern. Für so billigen Preis ist noch niemand von unserm Wirtshause abgereist. Denken Sie nur,« fuhr er lachend fort, »Sie hatten freie Beförderung bis hierher, und nun noch Kost und Nachtlager sechs ganze Tage lang! Niemand kann sagen, daß es unbillig ist.«

Meine Antwort blieb dieselbe.

»Trotzkopf!« sagte er, »das gefällt mir von dir, und das will ich in dem Augenblicke bekennen, wo ich dir die Kugel ins Herz schieße. Unser leichtes keckes Leben muß eine jugendliche Seele entzücken, und du bist ein Dichter, Improvisator, dich sollte unser kecker Kampf ums Dasein nicht mit fortreißen? Wenn ich dich bäte »die stolze Kraft zwischen den Felsen« zu besingen, müßtest du dann das Leben, das du jetzt herabzusetzen scheinst, nicht rühmen und erheben? Trinke den Becher aus und laß uns deine Kunst hören, du sollst uns schildern, was ich dir soeben sagte, die stolze Kraft, wie die Berge sie sahen, und thust du es als Meister, so lege ich der dir gegebenen Frist noch einen Tag zu.« – Er reichte mir die Zither, welche an der Wand hing, und die Räuber scharten sich, mit der Aufforderung zu singen, um mich.

Einige Augenblicke überlegte ich. Vom Walde, von den Felsen sollte ich singen, ich, der ich mich eigentlich nie zwischen denselben befunden hatte; meine Wanderung in der vorigen Nacht hatte ja mit verbundenen Augen stattgefunden, und während meines Aufenthaltes in Rom besuchte ich nur den Pinienwald bei der Villa Borghese und Villa Pamfili. Das

Gebirge hatte mich zwar, als ich noch klein war, beschäftigt, gesehen hatte ich es aber nur von Domenicas Hütte aus. Ein einziges Mal hatte ich mich in demselben befunden, auf jener unglücklichen Reise nach Genzano zum Blumenfeste. Des Waldes Dunkelheit und Stille lag in dem Bilde, welches sich meine Erinnerung von jener Wanderung unter den hohen Platanen am See Nemi her, wo wir jenen Abend Kränze gewunden, gebildet hatte. Ich sah es deutlich wieder, Ideen erwachten in meiner Seele. In halb so kurzer Zeit, als ich jetzt zum Erzählen gebrauche, bewegten sich alle diese Bilder lebendig vor mir. Ich griff einige Accorde und die Gedanken verwandelten sich in Worte, die Worte in wogende Verse. Ich schilderte den tiefen See, vom Walde eingeschlossen, und die Felsen, welche sich über demselben hoch bis zu den Wolken erheben. In dem Adlerneste saß die Adlermutter und lehrte die Jungen die Kraft ihrer Schwingen versuchen, übte ihren stolzen Blick, indem sie sie in die Sonne schauen ließ. »Ihr seid die Könige der Vögel, scharf ist euer Auge, stark sind eure Fänge. Flieget aus von eurer Mutter, mein Blick wird euch folgen, und singen wird mein Herz, wie des Schwanes Zunge, wenn der Tod ihn küßt, singen das Lied von der »stolzen Kraft!« Und die Jungen flogen vom Neste aus; das eine flog nur auf die nächste Felsenspitze und saß still, das Auge auf die Strahlen der Sonne gerichtet, als ob es ihre Flammen einsaugen wollte; aber das andere schwang sich kühn in großen Kreisen hoch über die Wälder und den tiefliegenden See. In der Wasserfläche spiegelte sich der den See begrenzende Wald und der blaue Himmel. Ein ungeheurer Fisch lag unbeweglich wie ein Stück Rohr dicht unter der Oberfläche. Mit Blitzesgeschwindigkeit stürzte sich der Adler auf seine Beute hinab; schlug seine scharfen Klauen in den Rücken derselben, und die Mutter bebte vor Freude. Aber Fisch und Vogel waren von gleicher Kraft. Die scharfen Fänge saßen zu fest, um sich wieder losreißen zu können, und der Kampf begann, so daß der stille See zitternd mächtige Ringe bildete. Einen Augenblick wurde es wieder ruhig, die großen Flügel lagen wie die Blätter der Lotusblume auf dem See ausgebreitet. Da schlugen sie plötzlich in die Höhe, ein eigentümlich krachender Ton ließ sich vernehmen, der eine Flügel sank hinab, während der andere den See zu Schaum peitschte und verschwand: – Fisch und Vogel versanken in die Tiefe. Da stieß die Mutter einen Jammerschrei aus und wandte ihr Auge wieder nach dem andern Sohne, der oben auf dem Felsen zaudernd gesessen hatte und nun verschwunden war; aber zur Sonne empor sah sie einen kohlschwarzen Punkt steigen und in den Strahlen derselben verschwinden; und ihr Herz erbebte vor Lust und sie besang die stolze Kraft, die erst am Ziele ihres Strebens sich so herrlich entfaltete.

Mein Gesang war zu Ende, ein lautes Beifallsklatschen begrüßte mich, aber mein Auge war unverwandt auf die alte Frau im Winkel gerichtet. Mitten unter meinem Gesange sah ich ja, wie sie die Spindel sinken ließ, und den finstern scharfen Blick auf mich heftete. Gerade das war die Veranlassung, daß sich jene Jugendscene, die ich in meinem Liede geschildert hatte, vor meinem Geiste zu erneuern schien. Sie stand auf und trat nun raschen Schrittes auf mich zu, indem sie rief: »Du hast dir dein Lösegeld ersungen! – Der Töne Klang ist stärker als der des Goldes. Ich bemerkte den Glücksstern in deinem Auge, als Fisch und Vogel untergingen, um auf dem tiefen Grunde zu sterben. – Fliege zur Sonne empor, mein mutiger Adler! Die Alte sitzt im Neste und freut sich deines Fluges. Niemand soll dir die Flügel binden.«

»Weise Fulvia!« sagte der Räuber, welcher mich zum Improvisieren aufgefordert hatte und sich jetzt mit wunderbarer Ehrerbietung vor der Alten verneigte, »kennst du den Signore? Hast du ihn schon früher improvisieren hören?«

»Ich habe den Stern in seinem Auge gesehen,« sagte sie, »den unsichtbaren Glanz gesehen, welcher die Kinder des Glückes umstrahlt. Er wand seinen Kranz, er wird einen schönern winden, aber mit ungebundenen Händen. – In sechs Tagen wirst du meinen jungen Adler weiter bringen, weil er seine Fänge nicht in die Seite des Fisches schlagen wird. Sechs Tage soll er hier im Neste ruhen und dann seinen Flug sonnenwärts beginnen.« – Darauf öffnete sie einen kleinen

Wandschrank, nahm ein Stück Papier daraus und wollte schreiben. »Die Tinte ist eingetrocknet, und hart wie der feste Felsenpfad. Ritze dir in die Hand, Cosmo, die alte Fulvia denkt auch an dein Glück.« – Schweigend ergriff der Räuber sein Messer, ritzte sich leicht in die Haut und tauchte die Feder in das Blut. Die Alte gab sie mir und hieß mich schreiben: »Ich reise nach Neapel.« – »Nun deinen Namen darunter!« sagte sie, »er ist so gut wie ein päpstliches Siegel.« – »Wozu soll das führen?« hörte ich einen der Jüngeren halblaut sagen, indem er einen unwilligen Blick auf die Alte warf.

»Bekommt der Wurm Sprache?« sagte sie; »hüte dich vor dem breiten Fuße, der dich zertritt!«

»Wir vertrauen deiner Weisheit, kluge Mutter!« entgegnete der Aeltere, »dein Wille ist für uns die Monstranz mit dem Segen und Glücke.«

Es wurde nicht mehr gesprochen. Die muntere Stimmung kehrte zurück, die Weinflasche kreiste unaufhörlich. Vertraulich klopfte man mir auf die Schulter und gab mir das beste Stück vom Wildbret, als gegessen wurde, aber die Alte saß nach wie vor an ihrem Spinnrocken, während ihr der Jüngere frische glühende Kohlen vor die Füße legte, indem er sagte: »Du frierst, altes Mütterchen!« – Aus ihrer Rede, aus ihrem Namen, den ich hörte, erkannte ich in ihr jene alte Frau wieder, welche mir in meiner Kindheit, als ich mit meiner Mutter und Mariuccia am See Nemi Kränze wand, geweissagt hatte. – Ich fühlte, daß mein Schicksal in ihrer Hand lag. »Ich reise nach Neapel!« hatte sie mich schreiben lassen; das war mein eigner Wunsch, aber wie kam ich ohne Paß über die Grenze? Wie sollte sich meine Zukunft in der fremden Stadt gestalten, wo ich niemand kannte? Als Improvisator aufzutreten, wagte ich, nachdem ich aus dem Nachbarstaate geflüchtet war, nicht. Meine sprachlichen Kenntnisse und ein merkwürdig kindliches Vertrauen auf die Madonna stärkten meine Seele. Selbst der Gedanke an Annunziata, der in eine eigentümliche Wehmut überging, brachte Ruhe in meine Seele, eine Ruhe gleich der des Schiffers, wenn sein Schiff gesunken ist, und er, allein in dem kleinen Boote, einer unbekannten Küste zutreibt.

Ein Tag glitt nach dem andern hin, die Männer kamen und gingen, selbst Fulvia war einen ganzen Tag fort, und ich war in der Höhle mit einem der Räuber allein.

Es war ein junger Mensch von ungefähr einundzwanzig Jahren, mit unedlen Gesichtszügen, aber einem sonderbar melancholischen Blicke, der oft bis zur tierischen Wildheit überging; ein schönes langes über die Schultern hinabwallendes Haar charakterisierte sein Aeußeres. Lange saß er, den Kopf auf den Arm gestützt, schweigend da. Auf einmal wandte er sich zu mir, indem er sagte: »Du kannst lesen, lies mir ein Gebet aus diesem Buche!« und dabei zog er ein kleines Gebetbuch hervor. Ich las, und die aufrichtigste und tiefste Andacht leuchtete aus seinen großen dunklen Augen hervor.

»Weshalb willst du uns verlassen,« sagte er und reichte mir gutmütig die Hand, »Meineid und Falschheit wohnen in den Städten wie in den Wäldern, aber der Wald hat doch frischere Luft und weniger Menschen.«

Es entstand eine Art Vertraulichkeit zwischen uns, und ich schauderte vor seiner Wildheit, wurde aber von seinem Unglücke gerührt.

»Du kennst wohl die Sage von dem Fürsten von Savelli?« fragte er, »von der lustigen Hochzeit in Ariccia? Es war ja nur ein geringer Bauer, ein armes Mädchen, aber schön war dasselbe doch, und die Hochzeit wurde gefeiert. Der reiche Herr von Savelli ehrte die Braut mit einem Tanze und bestellte sie in den Garten hinaus. Sie verriet es aber ihrem Bräutigam, der sich in ihre Kleider und den Brautschleier hüllte und sich für sie einfand. Als sie nun der Graf an seine Brust drücken wollte, saß der Dolch in seinem adeligen Herzen. – Ich habe sowohl einen Grafen als auch einen Bräutigam wie diesen gekannt, aber die Braut war nicht so offenherzig: der reiche Herr hielt Brautnacht und der Bräutigam das Leichenmahl mit ihr. Ihre Brust glänzte wie Schnee, als das blanke Messer den Weg nach ihrem Herzen suchte.«

Ich sah ihm schweigend in die Augen, ich fand kein Wort ihm mein Mitgefühl zu äußern. »Du glaubst, ich habe nie Liebe empfunden, nie der Biene gleich aus dem duftenden Kelche getrunken!« rief er. »Eine vornehme englische Dame reiste nach Neapel, ein schönes Mädchen hatte sie bei sich, Gesundheit in den Wangen und Feuer im Auge. Die Kameraden zwangen sie alle aus dem Wagen zu steigen und sich auf die Erde zu legen, worauf sie ausgeplündert wurden. Die beiden Frauen und einen jungen Mann, vermutlich den Bräutigam der jüngeren, schleppten wir mit in das Gebirge. Ihn banden wir an einen Baum, das junge Mädchen war schön, war Braut – ich konnte auch Fürst von Savelli spielen! – Als später das Lösegeld für die drei ankam, waren des Mädchens rote Wangen fort, das Auge brannte nicht mehr so stark, es kam von dem vielen Schatten zwischen den Bergen.« – Ich wandte mich von ihm ab; halb entschuldigend fügte er hinzu: »Das Mädchen war Protestantin, keine Christin, eine Tochter des Satans.«

Eine Weile saßen wir beide schweigend. »Lies mir noch ein Gebet vor,« sagte er, und ich las es.

Gegen Abend kam Fulvia; sie reichte mir einen Brief, erlaubte mir aber nicht ihn zu lesen. »Die Berge haben ihre nassen Mäntel um sich; es ist Zeit auszufliegen. Iß und trink, wir haben einen langen Weg vor uns und auf dem nackten Felsenpfade wachsen keine Brotbäume.« Der junge Räuber trug eiligst verschiedene Gerichte auf, ich genoß etwas, und darauf warf sich Fulvia einen Mantel über die Schultern, und riß mich mit sich durch die finstern ausgehöhlten Gänge fort. »Im Briefe liegen deine Flügel,« sagte sie: »kein Grenzsoldat wird dir eine Feder krümmen, mein junger Adler! Die Wünschelrute daneben, sie giebt dir Gold und Silber, bis du deine eigenen Schätze gehoben hast.«

Mit ihren nackten magern Armen griff sie in den dichten Epheu hinein, der wie ein Vorhang den Eingang der Höhle verhüllte. Draußen war dunkle Nacht, ein feuchter Nebel umfloß die Berge. Ich hielt mich an ihrem Rocke fest; kaum konnte ich ihren schnellen Schritten auf dem ungebahnten

Wege in der Dunkelheit folgen. Wie ein Geist schritt sie vorwärts; Büsche und Sträucher flogen gleichsam an uns vorüber.

Einige Stunden hatte unsere Wanderung schon gewährt; wir befanden uns in einem schmalen Gebirgsthale. In demselben lag eine Strohhütte, wie man sie in den Sümpfen findet: keine Wände, das Dach von Rohr und Stroh bis auf die Erde hinab. Licht schimmerte durch eine Ritze der niedrigen Thüre. Wir traten hinein, es war wie in einem großen Bienenkorbe, aber alles war ringsum kohlschwarz vom Rauch, der nur durch die Thür den einzigen Abzug fand. Pfähle und Ballen, selbst das Rohr, glänzten vom Ruße. Mitten auf dem Fußboden befand sich eine von Ziegelsteinen aufgeführte Erhöhung von einigen Ellen Länge und ungefähr der halben Breite. Hier lagen Kohle und Asche, hier wurde das Essen gekocht und von hier aus die Hütte erwärmt. Weiter zurück befand sich in der Wand eine Oeffnung, welche in eine kleinere Hütte führte, die mit der größeren ähnlich zusammenhing, wie die kleinere Zwiebel mit der Mutterzwiebel. Hierin schliefen ein Weib und einige Kinder, Ein Esel steckte seinen Kopf über sie fort und glotzte uns an. Ein alter, fast nackter Mann, nur mit zerrissenen Hosen von Ziegenfell um die Lenden, kam uns entgegen, er küßte Fulvia die Hand, und ohne daß ein Wort gewechselt wurde, warf er seinen Schafpelz über die nackten Schultern, zog den Esel hervor und machte mir ein Zeichen, daß ich aufsteigen möchte.

»Das Glückspferd wird einen bessern Trab gehen, als der Esel der Campagna!« sagte Fulvia. Der Bauer zog den Esel mit mir zur Hütte hinaus. Mein Herz war tief von Dankbarkeit gegen die seltsame Alte bewegt, ich beugte mich hinab, um ihr die Hand zu küssen, aber sie schüttelte den Kopf und strich mir das Haar von der Stirn zurück. Ich fühlte ihren kalten Kuß, sah sie noch einmal mit der Hand winken, und Zweige und Gesträuch entzogen sie meinen Blicken. Der Bauer trieb den Esel an und lief mit ihm den Pfad hinauf um die Wette; ich redete ihn an, er stieß einen schwachen Ton aus und deutete mir durch Zeichen an, daß er stumm wäre.

Darauf ließ mir meine Neugierde den Brief, welchen mir Fulvia gegeben hatte zu lesen, keine Ruhe; ich zog ihn hervor und öffnete ihn. Er enthielt verschiedene Papiere, aber die Dunkelheit gestattete mir nicht, auch nur ein einziges Wort zu entziffern, so sehr ich meine Augen auch anstrengte. Beim Morgengrauen befanden wir uns auf dem Bergrücken, der nur den nackten Granit mit einzelnen Schlingpflanzen und der graugrünen duftenden Artemisia zeigte. Es war hellgestirnter Himmel, eine schwimmende Wolkenwelt lag unter uns, es waren die Sümpfe, die sich hier vom Albanergebirge zwischen Belletri und Terracina erstrecken, von den Abruzzen und dem Mittelländischen Meere begrenzt. Die niedrigen wogenden Nebelwolken schimmerten unter uns, und bald sah ich, wie der unendliche blaue Himmel in Lila und darauf in das reinste Rosenrot überging, die Berge selbst glichen himmelblauem Samt. Ich war von der Farbenpracht geblendet; ein Feuer brannte auf der Berghalde, es leuchtete wie ein Stern auf dem hellen Grunde. Da falteten sich meine Hände zum Gebet, mein Herz beugte sich vor Gott in der großen Kirche der Natur und ich betete still: »Dein Wille geschehe mit mir!«

Das Tageslicht war nun stark genug, um zu erkennen, was mein Brief enthielt. Es war ein Paß, von der römischen Polizei auf meinen eigenen Namen ausgestellt und von dem neapolitanischen Gesandten visiert. Daneben lag ein Wechsel über 500 Scudi auf das Haus Falconet in Neapel. Auf einem kleineren Zettel standen die Worte: »Bernardos Leben ist außer Gefahr, kommen Sie aber in den ersten Monaten nicht nach Rom!«

Fulvia hatte recht, hier waren Flügel und Wünschelrute. Ich war frei, ein Seufzer der Dankbarkeit stieg aus meinem Herzen empor. Bald erreichten wir einen gebahnteren Weg; hier saßen einige Hirten und frühstückten. Mein Führer machte Halt, sie schienen ihn zu kennen. Er unterhielt sich mit ihnen durch die Fingersprache, und sie luden uns ein, an ihrer Mahlzeit, welche aus Brot und Büffelkäse bestand, wozu sie Eselsmilch tranken, teilzunehmen. Ich genoß einige Bissen und fühlte mich dadurch gestärkt. Darauf wies mir mein Führer einen Fußpfad, und die andern erklärten mir, daß er das Gebirge hinab, längs den Sümpfen nach Terracina führte, wohin ich noch vor Abend gelangen könnte. Ich sollte nur beständig den Pfad verfolgen und das Gebirge zur Linken lassen; er würde mich nach Verlauf einiger Stunden an einen Kanal bringen, der das Gebirge mit der großen Heerstraße verbände, deren lange Allee ich, sobald sich der Nebel senkte, erblicken würde. Wenn ich dem Kanale folgte, gelangte ich auf die große Straße dicht bei dem verlassenen Kloster, in welchem jetzt ein Wirtshaus gehalten würde; es hieße Torre di tre Ponte.

Gern hätte ich meinem Führer ein kleines Geschenk gemacht, aber ich besaß durchaus nichts. Da fiel mir plötzlich ein, daß ich ja noch die zwei Scudi hätte, welche in meiner Tasche waren, als ich Rom verließ. Ich hatte ja nur die Geldbörse, welche man mir als Notpfennig zugesteckt hatte, hingegeben. In zwei Scudi bestand also augenblicklich all mein bares Geld, den einen sollte mein Führer haben, den andern mußte ich als Reisegeld behalten, bis ich nach Neapel kam, wo ich erst von meinem Wechsel Gebrauch machen konnte. Ich griff in die Tasche, aber vergeblich war mein Suchen; man hatte mich längst dieses kleinen Eigentums beraubt. Ich besaß schlechterdings nichts. Deshalb band ich mein seidenes Halstuch ab, gab es dem Manne, reichte den andern die Hand und ging dann allein, den Fußpfad verfolgend, nach den Sümpfen hinab.

Zweiter Teil

Die Pontinischen Sümpfe. Terracina. Ein alter Bekannter. Fra Diavolos Geburtsstadt. Der Orangenhain bei Mola di Gaeta. Die neapolitanische Signora. Neapel

Viele stellten sich unter den Pontinischen Sümpfen nur einen morastigen Boden, eine öde Strecke Landes mit stehendem schlammigen Wasser, einen traurig zu durchreisenden Weg vor. Gerade das Gegenteil findet statt, die Sümpfe haben mehr Äehnlichkeit mit den reichen lombardischen Ebenen, ja sie sind sogar noch üppiger. Gräser und Kräuter sind so saftvoll und kräftig, wie sie Norditalien nicht aufweisen kann.

Kein Weg kann ausgezeichneter sein als der, welcher durch die Sümpfe führt. Der Wagen rollt unter einer unendlich langen Lindenallee dahin, deren Zweige gegen die brennenden Sonnenstrahlen Schutz und Schatten verleihen. Auf beiden Seiten dehnt sich die unabsehbare Ebene mit ihrem hohen Grase, ihren frischen grünen Sumpfpflanzen aus, Kanäle kreuzen einander und saugen das Wasser an sich, welches überall teich- und seeartig mit Schilf und breitblättrigen Wasserlilien steht. Linker Hand, wenn man von Rom kommt, ziehen sich die hohen Abruzzen mit mehreren kleinen Städten hin, die wie Bergschlösser mit ihren weißen Mauern von den grauen Felsen herableuchten. Zur Rechten erstreckt sich die grüne Ebene bis zum Meere hinab, wo sich das Vorgebirge Cicello erhebt, jetzt mit dem festen Lande zusammenhängend, einst die Insel der Circe, wo die Sage Ulysses landen ließ.

Während ich so dahinschritt, löste sich der Nebel auf, der über der grünen Fläche schwebte, auf welcher die Kanäle wie Leinwand auf der Bleiche hervorschimmerten. Obgleich es erst Ende Februar war, brannte die Sonne sommerlich heiß. Büffelherden weideten in dem hohen Grase. Eine Schar Pferde lief frei umher und schlug mit den Hinterbeinen lustig in die Höhe, daß das Wasser hoch empor spritzte. Die leichten Bewegungen, die mutwilligen Sprünge, mit denen sie sich umhertummelten, konnten einem Tiermaler als Studien dienen. Links erblickte ich eine schwarze ungeheure Rauchsäule, welche von dem großen Feuer herrührte, das die Hirten zur Reinigung der Luft um ihre Hütten angezündet hatten. Ich traf einen Bauer, dessen gelblich blasses kränkliches Aussehen dem üppigen Wachstume, in welchem die Sümpfe prangten, völlig widersprach. Wie ein aus dem Grabe hervorgeholter Toter ritt er auf seinem schwarzen Pferde und hielt in der Hand eine Art Lanze, mit der er die auf dem morastigen Sumpfboden zerstreuten Büffel zusammentrieb. Einige hatten sich hingelegt und streckten nur ihren schwarzen häßlichen Kopf mit den unheimlich funkelnden Augen hervor. Die hier und da unmittelbar am Wege aufgeführten, drei bis vier Stockwerke hohen Posthäuser verrieten gleichfalls auf den ersten Blick die giftige Luft, welche dampfend aus den Sümpfen emporstieg. Die geweißten Mauern waren von unten bis oben mit einem fetten grünlichen Schimmel überzogen. Gebäude wie Menschen trugen das Gepräge des Geistes der Verwesung, ein seltsamer Kontrast gegen all die reiche Ueppigkeit umher, das frische Grün und den warmen Sonnenschein.

Meine kranke Seele ließ mich in dieser Natur hier ein Bild des falschen Lebensglückes erblicken. So sieht der Mensch die Welt fast immer durch die Brille des Gefühls, und je nach den Farben des Glases, durch welches er schaut, erscheint sie ihm finster oder purpurhell.

Ungefähr eine Stunde vor dem Ave Maria hatte ich die Sümpfe hinter mir. Das Gebirge mit seinen gelben Felsmassen näherte sich mehr und mehr, und dicht vor mir lag Terracina in seiner üppigen hesperischen Natur. Drei hohe Palmbäume, mit Früchten bedeckt, standen unweit des Weges. Die großen Fruchtgärten auf den Berghalten schienen einen einzigen großen grünen Teppich mit Millionen goldner Punkte zu bilden; es waren Citronen und Apfelsinen, welche die Zweige bis zur Erde herabbeugten. Vor einem kleinen Bauerhause am Wege lagen eine Menge abgefallener Citronen, die gleich abgeschüttelten Kastanien auf einen Haufen zusammengetragen waren. Rosmarin und wilde dunkelrote Levkojen wuchsen üppig in den Klüften bis zu dem Felsengipfel empor, auf welchem die prächtige Ruine der Burg des Ostgotenkönigs Theodorich Dietrich von Bern. lag und über die Stadt und die ganze Umgegend hinwegschaute.

Mein Auge war von dem schönen Gemälde geblendet; still träumend zog ich in Terracina ein. Da lag das Meer vor mir; zum erstenmal sah ich das Meer, das wunderherrliche Mittelländische Meer. Der Himmel selbst in seinem reinsten Ultramarin war wie eine ungeheure Ebene vor mir ausgespannt. Weit hinaus lagen Inseln, wie schwimmende Wolken, in dem schönsten Lila. Dort, wo am Horizonte sich die dunkle Rauchsäule in die Luft erhob, gewahrte ich den Vesuv. Der Meeresspiegel war völlig still; aber gegen die Küste, auf der ich stand, schlug die Brandung in langen blauen Wellen, klar und durchsichtig wie der Aether selbst; donnernd brach sie sich an den Felsen.

Mein Auge war nicht weniger wie mein Fuß gefesselt; meine ganze Seele atmete Entzücken. Es war, als ob sich das Körperliche in mir, Herz und Blut, in Geist verwandelte, sich in denselben auflöste, um zwischen diese beiden Himmel, das unendliche Meer und den Himmel darüber, hinausschweben zu können. Die Thränen strömten mir über die Wangen hinab, ich mußte weinen wie ein Kind.

In meiner Nähe lag ein großes weißes Gebäude; die Brandung schlug gegen den Boden, auf dem es errichtet war. Das unterste Stockwerk desselben bildete nach der Straße zu einen einzigen Bogengang, unter welchem die Wagen der Reisenden hielten. Es war das Wirtshaus von Terracina, das größte und schönste auf dem ganzen Wege zwischen Rom und Neapel.

Peitschengeknall hallte von der Felsenwand wieder; ein vierspänniger Wagen rollte auf das Wirtshaus zu. Bewaffnete Diener saßen hinten auf dem Wagen; ein bleicher magerer Herr, in einen großen bunten Schlafrock eingehüllt, lag bequem in demselben ausgestreckt. Der Postillon stieg nun ab, knallte noch einige Male mit seiner langen Peitsche und frische Pferde wurden vorgespannt. Der Fremde wollte weiter, da er aber eine Eskorte über das Gebirge verlangte, in welchem Fra Diavolo und de Cesaris kühne Nachfolger gefunden hatten, mußte er sich ein Viertelstündchen gedulden, und nun schalt er halb englisch, halb italienisch über das schläfrige Wesen der Italiener, über all die Plagen und Leiden, welche der Reisende hier zu erdulden hätte, knüpfte sich endlich aus seinem Taschentuche eine Nachtmütze zusammen, zog sich dieselbe über die Ohren und warf sich dann in eine Ecke des Wagens, schloß die Augen und schien sich in sein Schicksal zu ergeben.

Ich erfuhr, daß es ein Engländer war, der schon zehn Tage lang Nord- und Mittelitalien durchreist und sich in der kurzen Zeit mit diesen Ländern bekannt gemacht hatte. In einem einzigen Tage hatte er ganz Rom gesehen und nun wollte er nach Neapel, um den Vesuv zu besteigen. Darauf beabsichtigte er mit dem Dampfschiff nach Marseille überzusetzen, um auch das südliche Frankreich kennen zu lernen, hoffte jedoch dies in noch kürzerer Zeit abmachen zu können. Endlich kamen acht wohlbewaffnete Reiter, der Postillon knallte, und Wagen und Reiter verschwanden durch das Thor neben der hohen gelben Felsenwand.

»Trotz seiner ganzen Eskorte und allen seinen Waffen ist er doch nicht so sicher wie meine Fremden,« sagte ein kleiner vierschrötiger Mann, der mit seiner Peitsche spielte. »Die Engländer müssen das Fahren sehr lieben! Immer geht es in Galopp! Es sind sonderbare Käuze! *Santa Philomena di Napoli!*«

»Haben Sie viel Fremde in Ihrem Wagen?« fragte ich.

»Ein Herz in jeder Ecke,« erwiderte er. »Sehen Sie, das macht vier Mann. Allein im Kabriolett ist bis jetzt nur ein einziger. Wollen Sie nach Neapel, so können Sie übermorgen, wenn die Sonne noch San Elmo bescheint, schon dort sein.«

Wir wurden einig, und ich war aus der Verlegenheit, in welche mich der völlige Mangel an barem Gelde versetzte, gerettet. Wenn man mit einem Betturino reist, so bezahlt man nicht voraus, sondern bekommt sogar noch Handgeld von ihm, damit man sich auf seine Ehrlichkeit verlassen kann, und er sorgt auf der ganzen Reise für Speise und Nachtlager. Alle diese Ausgaben werden in den einmal abgeschlossenen Accord mit eingerechnet.

»Handgeld möchten Sie auch wohl gern haben, Signore?« fragte der Betturino und hielt ein Fünfpaolistück zwischen den Fingern.

»Besorgen Sie mir einen Platz bei Tische und ein gutes Bett,« versetzte ich. »Morgen fahren wir also?«

»Ja, wenn Sankt Antonio und meine Pferde wollen,« rief er, »dann geht es Schlag drei Uhr los. Zweimal werden wir ja auf dem Zollamt visitiert und dreimal unsere Pässe visiert, morgen ist unser schwerster Tag.« Und nun legte er die Hand an seine Mütze, nickte und verließ mich.

Man wies mir ein Zimmer nach dem Meere hinaus an, wo ein frischer Windzug sich erhoben hatte, wo die Brandung sich in langen Wellen unaufhörlich brach, ein Bild, gar verschieden von dem, welches die Campagna darbot, und doch lenkte die unermeßliche Ausdehnung vor mir meine Gedanken auf die Heimat und die alte Domenica. Es betrübte mich, daß ich sie nicht fleißiger besucht hatte, sie liebte mich von ganzem Herzen und war sicherlich das einzige menschliche Wesen, welches es that. Eccellenza Francesca, ja, sie hatte wohl auch eine gewisse Liebe zu mir, aber sie war von einer sehr eigentümlichen Färbung. Wohlthaten verbanden uns, und wo diese nicht vergolten werden können, bleibt zwischen Geber und Empfänger immer eine Kluft, welche wohl Jahr und Tag mit den Schlingpflanzen der Anhänglichkeit zudecken, aber nie ausfüllen können. Ich dachte an Bernardo und Annunziata – bittere Tropfen, die meinen Augen entrollten, netzten meine Lippen, oder – vielleicht rührten sie auch von der See unter mir her, spritzte doch die Brandung hoch an die Mauer empor.

Am nächsten Morgen rollte ich mit dem Betturino und seinen Fremden schon vor Tage von Terracina fort. An der Grenze machten wir Halt; der Morgen fing gerade an zu grauen. Alle verließen, weil unsere Pässe untersucht werden sollten, den Wagen. Jetzt sah ich mir meine Gesellschaft erst recht an. Zu derselben gehörte ein Mann von ungefähr dreißig und einigen Jahren, ziemlich blond und mit blauen Augen, welcher meine Aufmerksamkeit auf sich zog. Ich mußte ihn schon früher gesehen haben, aber wo, darauf konnte ich mich nicht besinnen. Die wenigen Worte, die ich ihn reden hörte, verrieten außerdem, daß er ein Fremder war.

Durch die Revision der Pässe wurden wir, da die meisten in fremden Sprachen geschrieben waren, welche die Soldaten nicht verstanden, lange aufgehalten. Der Fremde nahm inzwischen ein Buch mit reinen Blättern vor und nahm eine Skizze der Umgegend auf. Romantisch genug nahmen sich die hohen Türme mit dem Thore, durch welches die Landstraße geht, die malerischen Höhlen dicht daneben und im Hintergrund die kleine Stadt im Gebirge aus.

Ich trat näher hinzu und er machte mich darauf aufmerksam, wie hübsch die Ziegen in der größten Höhle gruppiert standen. In demselben Augenblicke sprangen sie empor; ein großes Reisbündel, welches in einer der kleineren Oeffnungen im untern Teil der Höhle lag und als Thüre diente, wurde fortgezogen und paarweise, gleich den Tieren, als sie Noahs Arche verließen, hüpften die Ziegen hinaus. Ein ganz kleiner Bauerjunge bildete den Schluß. Sein kleiner spitzer Hut mit grobem Bande, die zerrissenen Strümpfe und Sandalen, dazu der kurze braune Mantel, welchen er umgebunden hatte, gaben ihm ein malerisches Aussehen. Hoch oben sprangen die Ziegen zwischen den niedrigen Sträuchern. Der Knabe stellte sich auf ein Felsenstück, welches über die Höhle hervorragte, und betrachtete uns und namentlich den Maler, der ihn und seine ganze Umgebung abzeichnete.

»Maledetto!« hörten wir den Vetturino rufen und sahen ihn in voller Hast auf uns zukommen. Einer der Pässe war nicht in Ordnung. Ich fühlte, daß dies nur der meinige sein konnte, und das Blut stieg mir in die Wangen. Der Fremde schalt über die Unwissenheit der Soldaten; sie könnten nur nicht lesen, behauptete er, und wir folgten nun dem Vetturino in den einen der Türme hinauf, wo wir fünf bis sechs Menschen, halb über einen Tisch gestreckt fanden, welche die vor ihnen ausgebreiteten Pässe herauszubuchstabieren bemüht waren.

»Wer heißt Frederik?« fragte der Mächtigste unter den Mächtigen am Tische.

»Ich bin so frei,« erwiderte der Fremde, »mein Name ist Frederik, auf italienisch Federigo.«

»Also Federigo Sir?«

»O nein, das ist der Name meines Königs, welcher ganz oben auf dem Passe steht.«

»Ja so!« sagte der Mann und las langsam vor: *Frederic Six par la grace de dieu roi de Danemarc, des Vandales, des Gothes – –* aber was ist das?« unterbrach der Mann sich selbst, »Sind Sie ein Vandale? Das ist ja doch ein barbarisches Volk?«

»Ja,« erwiderte der Fremde lächelnd, »ich bin ein Barbar, der nach Italien gekommen ist, sich zu kultivieren. Unten steht mein Name, er lautet Frederik wie der meines Königs, Frederic oder Federigo.«

»Es ist ein Engländer!« sagte einer der Schreiber.

»O nein!« versetzte der andere, »du mischst alle Nationen untereinander; du kannst ja lesen, daß er von Norden stammt: es ist ein Russe!«

Federigo, Dänemark, die Namen schlugen wie ein Blitzstrahl in meine Seele. Es war ja der Freund meiner Kindheit, der Mieter meiner Mutter, er, mit welchem ich in den Katakomben gewesen war und der mir seine hübsche silberne Uhr geschenkt und die schönen Bilder gezeichnet hatte.

Der Paß war richtig, und die Grenzsoldaten sahen es doppelt ein, als er ihnen einen Paolo in die Hand steckte, damit sie uns nicht noch länger aufhielten.

Sobald wir draußen waren, gab ich mich ihm zu erkennen. Er war wirklich der, für den ich ihn gehalten, unser dänischer

Federigo, welcher bei meiner Mutter gewohnt hatte. Er äußerte bei der Wiedererkennungsscene eine lebhafte Freude und nannte mich sogar seinen lieben kleinen Antonio. Da gab es beiderseitig tausenderlei Fragen und Erkundigungen. Er wechselte mit meinem früheren Nachbar im Kabriolett den Platz, und nun saßen wir zusammen; noch einmal drückte er meine Hände, lachte und scherzte.

Ich erzählte ihm in wenigen Worten meine Lebensbegebenheiten von meinem Aufenthalte bei Domenica bis zu der Zeit, wo ich Abbate wurde, machte dann einen Sprung und endete, ohne die letzten Begebenheiten zu berühren, mit dem kurzen Satze – »nun reise ich nach Neapel.«

Er erinnerte sich noch sehr gut des Versprechens, welches er mir gab, als wir uns zum letztenmal in der Campagna sahen, mich eines Tages nach Rom abzuholen, aber kurz darauf nötigte ihn ein Brief aus seinem Vaterlande, die lange Rückreise anzutreten, so daß es ihm unmöglich war sein Versprechen zu erfüllen. In der Heimat wuchs seine Liebe zu Italien mit jedem Jahre, sie trieb ihn jetzt zum zweitenmal hinaus. »Und nun genieße ich erst alles,« sagte er, »trinke so recht die Luft in großen Zügen und kenne jedes Plätzchen, wo ich früher gewesen bin. Hier winkt mir meines Herzens Vaterland, hier sind Farben, hier sind Formen. Italien ist das Füllhorn des Segens!«

Die Zeit und der Weg flogen mir in Federigos Gesellschaft schnell dahin, selbst der Aufenthalt bei dem Zollhause zu Fondi währte mir nicht zu lange. Er wußte an jedem Dinge das poetisch Schöne richtig aufzufassen, er wurde mir dadurch lieb und interessant, und war der beste Trostengel meines betrübten Herzens«.

»Dort liegt mein liebes schmutziges Itri!« rief er und zeigte auf das Städtchen vor uns. »Du wirst es kaum glauben, Antonio, aber ich habe mich im Norden, wo die Straßen so rein, so regelmäßig, so abgezirkelt sind, recht herzlich nach einer schmutzigen italienischen Stadt gesehnt; darin liegt etwas Charakteristisches, etwas, was einen Maler anziehen muß.

Diese engen schmutzigen Straßen, die grauen unreinlichen Altane mit darauf aufgehängten Strümpfen und Unterrökken, die Fenster ohne Ordnung, eins oben, eins unten, einige groß, andere klein, hier eine vier bis fünf Ellen hohe Treppe, um bis zur Hausthüre emporklimmen zu können, in der eine Mutter vor ihrem Spinnrocken sitzt, und dann ein Citronenbaum mit großen gelben Früchten über die Mauer hervorragend, ja das kann ein Gemälde werden! Aber mit diesen kultivierten Straßen, wo die Häuser wie Soldaten stehen, wo Treppen und Erker beschnitten werden, da läßt sich nie etwas anfangen.«

»Hier ist Fra Diavolos Geburtsstadt!« rief man inwendig im Wagen, als wir in das enge schmutzige Itri, welches Federigo so malerisch schön fand, hineinrollten. Die Stadt liegt auf einem hohen Felsen dicht an dem tiefen Abgrund; die Hauptstraße war auf den meisten Stellen nur für einen einzigen Wagen hinreichend breit.

Das Erdgeschoß hatte bei den meisten Häusern keine Fenster, dafür war die Thüre desto größer und breiter, durch welche man wie in einen dunklen Keller hineinblickte. Wohin man sah, gewahrte man nichts als unreinliche Kinder und Frauen; alle streckten die Hand aus, um zu betteln. Die Frauen lachten und die Kinder schrieen und schnitten uns Gesichter. Man durfte nicht den Kopf zum Wagen hinausstecken, wollte man nicht Gefahr laufen ihn an den hervorspringenden Häusern zu zerschmettern. Auf einzelnen Stellen hingen die Altane so weit über uns fort, daß es uns vorkam, als führen wir durch einen Bogengang. Schwarze Wände erblickte ich auf beiden Seiten, der Rauch bahnte sich den Weg durch die offenen Thüren die rußigen Mauern hinauf.

»Es ist eine herrliche Stadt,« sagte Federigo und klatschte in die Hände.

»Ein Räubernest ist es, entgegnete der Vetturino, als wir das Thor passiert hatten. »Die halbe Bevölkerung hat die Polizei nach einer andern Stadt jenseits des Gebirges verpflanzt und andere hierher versetzt, aber es hilft nichts, aus allem, was in dieses Erdreich gestreut wird, geht Unkraut auf. Aber die Aermsten wollen ja auch leben.«

Die Lage hier an der großen Landstraße zwischen Rom und Neapel lud förmlich zur Räuberei ein; überall fanden sich Schlupfwinkel in den dichten Olivenwäldern, in den Berghöhlen, den cyklopischen Mauern und den vielen andern Ruinen.

Federigo machte mich auf einen freistehenden einsamen Mauerkoloß aufmerksam, der mit Geißblatt und Schlingpflanzen völlig überwuchert war. Es war Ciceros Grab; hier hatte der Mörder Dolch den Flüchtling getroffen, hier hatten sich die Lippen der Beredsamkeit in Staub verwandelt.

»Nach seiner Villa in Mola bi Gaeta wird uns der Vetturino fahren,« sagte Federigo. »Es ist das beste Wirtshaus und hat eine Aussicht, welche sich mit der Neapels messen kann.«

Wunderbar schön war die Gebirgsformation, üppig die Vegetation; nun rollten wir durch eine Allee von hohen Lorbeerbäumen, und das erwähnte Hotel lag vor uns. Der Camerieri Der Kellner stand schon mit der Serviette da und erwartete uns auf der breiten Treppe, wo Sträucher und Blumen prangten.

»Eccellenza, sind Sie es!« rief er, indem er einer etwas wohlbeleibten Dame aus dem Wagen half. Ich betrachtete sie: ihr Gesicht war schön, sehr schön, die kohlschwarzen Augen verkündigten gleich, daß sie Neapolitanerin war.

»Ach ja, ich bin es!« erwiderte sie. »Hier komme ich mit meinem Kammermädchen als Cicisbeo; das ist mein ganzes Gefolge, ich habe nicht einen einzigen meiner sonstigen männlichen Umgebung bei mir. Was sagt Er zu meinem Mute, so allein von Rom nach Napoli zu reisen?«

Wie eine Leidende warf sie sich auf das Sofa, stützte ihre Wange auf ihr kleines fleischiges Händchen und begann den Speisezettel zu studieren: » *Brodetto, Cipollette, Facioli.* – Er weiß, daß ich keine Suppe haben will; – nein, nein, mein Embonpoint soll nicht wie das *castello dell' ovo* werden. Ein wenig *animelle dorate* und einige *Finocchi* sind für mich hinreichend. Wir werden noch in Santa Agathe die eigentliche Mahlzeit einnehmen. – Ach, nun atme ich schon leichter!« fuhr sie fort und löste ihr Mantelband auf, »nun fühle ich meine neapolitanische Luft wehen! *Bella Napoli!*« rief sie, riß die nach dem Garten hinaus gelegene Altanthüre auf, breitete ihre Arme aus und sog die Luft in langen Zügen ein.

»Können wir Neapel schon sehen?« fragte ich.

»Noch nicht,« versetzte Federigo, »aber Hesperien, Armidas Zaubergarten.«

Wir traten auf die Loggia hinaus. Welch eine Pracht, reicher als sich die Phantasie vorzustellen vermag! Unter uns befand sich ein Wald von Citronen- und Apfelsinenbäumen, sie schienen mit Früchten überladen, die Zweige beugten sich unter ihrer goldnen Last zur Erde. Cypressen, riesenhoch, wie Norditaliens Pappeln, begrenzten den Garten. Doppelt dunkel nahmen sie sich gegen das helle himmelblaue Meer aus, welches sich hinter ihnen ausdehnte und auf der andern Seite der Gartenmauer mit seiner Brandung über die Trümmer von Bädern und Tempeln des Altertums hinschlug. Schiffe und Böte, mit großen weißen Segeln, glitten in die ruhige Bucht hinein, um welche sich Gaeta Hier begrub Aeneas seine Amme Cajeta, nach welcher die Stadt ihren Namen erhielt. mit seinen hohen Gebäuden ausdehnte. Ein kleiner Berg ragte über die Stadt empor, oben auf demselben lag eine Ruine.

Mein Auge war von der großen Schönheit wie geblendet.

»Siehst du, wie der Vesuv raucht!« rief Federigo und zeigte zur Linken, wo die Umrisse des Berges wie leichte Wolken, die auf dem unbegreiflich schönen Meere ruhten, hervordämmerten. Mit der Seele eines Kindes erfaßte ich die reiche Herrlichkeit, und Federigo war ebenso glücklich wie ich. Wir mußten hinab unter die hohen Apfelsinenbäume, und ich küßte die goldne Frucht, welche an den Zweigen hing, nahm einige von der großen Menge, die auf der Erde lagen, und ließ sie wie goldne Kugeln in der Luft spielen.

»Liebliches Italien!« jauchzte Federigo. »Ja, so stand dein Bild
in dem hohen Norden vor mir! In meiner Erinnerung fächelte
dieser Duft, den ich hier bei jedem Luftzuge atme. An deine
Olivenwälder dachte ich, wenn ich unsere Weiden sah. Von
der Orangen Fülle träumte ich, wenn ich die goldnen Aepfel
im Garten des Bauern neben dem duftenden Kleefelde sah.
Aber das grüne Wasser der Ostsee ward nie blau wie das
schöne Mittelmeer. Des Nordens Himmel wurde nie so hoch,
so farbenreich, wie im warmen, im wunderschönen Süden.«
Seine Freude war Begeisterung, seine Rede wurde Poesie.

»Welche Sehnsucht erfüllte mich in der Heimat!« fuhr er fort.
»Glücklicher ist, wer nie das Paradies sah, als derjenige, welcher in ihm wandelte und sich von ihm wandte, um nie zurückzukehren. Meine Heimat ist schön. Dänemark ist ein
blühender Garten, es kann sich mit allem jenseits der Alpen
messen; es hat Buchenwälder und das Meer. Was ist aber
irdische Schönheit gegen himmlische! Italien ist das Land der
Phantasie, das Land der Schönheit; doppelt glücklich, wer es
wieder begrüßt!« – Und er küßte gleich mir die gelben Orangen, die Thränen rollten ihm die Wangen hinab, und er faßte
mich um den Hals, seine Lippen brannten auf meiner Stirne.
– Da öffnete sich auch mein Herz ihm vollkommen; er war
mir ja nicht fremd, war der Freund meiner Kindheit. Ich erzählte ihm meines Lebens letzte große Begebenheit und fühlte mein Herz dadurch erleichtert, daß ich mich mitteilen,
Annunziatas Namen laut nennen, mich über meinen Kummer und mein Unglück aussprechen konnte, und Federigo
hörte mit der Teilnahme eines aufrichtigen Freundes zu. Ich
erzählte von meiner Flucht, von dem Abenteuer in der Räuberhöhle, von Fulvia und was ich über Bernardos Heilung
erfahren hatte. Still drückte er mir die Hand und schaute mir
mit seinen hellblauen Augen teilnahmsvoll bis in die Seele.
Ein unterdrückter Seufzer ließ sich plötzlich hinter der Hecke
dicht neben uns vernehmen; aber die hohen Lorbeersträu-
cher und die von ihren Früchten herabgebeugten Apfelsi-
nenzweige verhüllten alles. Daran hatte ich nicht gedacht,
daß dort jemand ganz gut konnte gestanden und meine Erzählung mit angehört haben. Wir schoben die Zweige zur

Seite und dicht neben uns, vor dem Eingange zu den Trümmern von Ciceros Bade, saß die neapolitanische Signora und schwamm in Thränen.

»Ach, junger Herr!« rief sie, »ich bin ganz unschuldig daran. – Ich saß schon hier, als Sie mit Ihrem Freunde kamen; es ist hier so kühl und frisch, Sie sprachen so laut, und ich war mitten in der Geschichte, ehe ich nur merkte, daß sie ganz vertraulicher Natur war. – Sie hat mich tief gerührt. Sie dürfen nicht böse darüber werden, daß ich Mitwisserin geworden bin; meine Zunge ist stumm wie die des Todes.« – Verlegen verneigte ich mich vor der fremden Signora, die so in meines Herzens Geschichte eingeweiht worden war. Nachher suchte mich Federigo damit zu trösten, daß niemand wissen könnte, wozu das gut wäre. »In meinem Glauben an ein Fatum,« sagte er, »bin ich ein wahrer Türke; außerdem handelt es sich ja auch nicht um Staatsgeheimnisse, jedes Herz hat in seinem Archive dergleichen traurige *mémoires*. Vielleicht war es ihre eigne Jugendgeschichte, welche sie aus der deinigen heraushörte. Ich bin davon überzeugt, denn die Menschen haben selten Thränen für den Kummer anderer, wenn er nicht einen ähnlichen bei ihnen selbst berührt. Wir sind alle ohne Ausnahme Egoisten, sogar in unserer größten Trauer, unserm tiefsten Kummer.«

Wir stiegen wieder ein und fuhren weiter. Die ganze Gegend weit und breit nahm an Ueppigkeit zu. Mannshoch wuchs dicht am Wege die breitblättrige Aloe, überall zur Einfriedigung der Gärten und Aecker benutzt. Die großen Trauerweiden schienen mit ihren hinabhängenden schwankenden Zweigen ihren eigenen Schatten auf der Erde zu küssen.

Bei Sonnenuntergang passierten wir den Fluß Garigliano, wo einst das alte Minturna lag. Ich sah in ihm nur den gelb dahinfließenden Liris, mit Schilf umwachsen, wie damals, als sich hier Marius vor dem grausamen Sulla verbarg. Aber wir hatten bis Santa Agathe noch weit, die Dunkelheit brach ein, und Signora wurde aus Angst vor den Räubern sehr unruhig und guckte beständig hinaus, ob uns auch niemand das Gepäck vom Wagen schnitte. Vergebens peitschte der Vetturino seine Pferde und stieß sein *maledetto* aus; aber die schwarze Nacht rollte schneller als er. Endlich sahen wir Licht vor uns; wir waren in Santa Agathe.

Signora war während der Abendmahlzeit merkwürdig still, aber es entging mir nicht, wie ihr Blick auf mir ruhte, und als ich am nächsten Morgen kurz vor der Abreise aus meinem Zimmer kam, um mein Glas Kaffee In Italien trinkt man den Kaffee nicht aus Tassen, sondern aus Biergläsern. zu trinken, schritt sie mir mit großer Liebenswürdigkeit entgegen. Wir waren ganz allein, sie reichte mir die Hand und sagte gutmütig und vertraulich: »Sie sind mir doch nicht böse? ich schäme mich recht vor Ihnen, und doch ging alles so unschuldig zu.«

Ich beruhigte sie und versicherte, ich verließe mich völlig auf ihr weibliches Gefühl und ihre Verschwiegenheit.

»Sie kennen mich noch nicht,« sagte sie,, »aber vielleicht werden wir näher miteinander bekannt. Möglicherweise kann Ihnen jetzt, wo Sie nach einer großen fremden Stadt kommen, mein Mann von Nutzen sein. Sie müssen mich und ihn besuchen. Sie haben wohl keine Bekanntschaften, und ein junger Mann kann sich so leicht in der Wahl irren.«

Herzlich dankte ich ihr für ihre Teilnahme, die mich wirklich rührte; überall findet man doch gute Menschen.

»Napoli ist eine gefährliche Stadt,« sagte sie, aber Federigo trat herein und unterbrach uns.

Bald saßen wir wieder im Wagen, die Glasfenster waren herabgelassen, wir waren jetzt alle schon bekannter miteinander und näherten uns unserm gemeinsamen Ziele, Neapel. Federigo war über die malerischen Gruppen, denen wir begegneten, entzückt. Frauen in roten Röcken, welche sie über den Kopf gezogen hatten, ritten auf Eseln vorüber; ein kleines Kind lag saugend an der Mutter Brust oder ein etwas größeres schlief in einem Korbe zu ihren Füßen. Eine ganze Familie ritt auf einem Pferde; die Frau saß hinter ihrem Manne, legte ihren Arm und Kopf auf seine Schulter und schien zu schlafen; der Mann hatte ihren kleinen Jungen, welcher mit der Peitsche spielte, vor sich; es war eine Gruppe, wie sie Pignelli in seinen reizenden Scenen aus dem Volksleben dargestellt hat.

Die Luft war grau, es regnete ein wenig; wir konnten weder den Vesuv noch Capri sehen. Das Korn stand auf dem Felde unter den hohen Fruchtbäumen und Pappeln, an denen sich der Wein emporrankte, saftig grün.

»Sehen Sie?« sagte die Signora; »unsere Campagna ist eine vollständige Tafel, mit Brot, Wein und Obst gedeckt, und bald werden Sie unsere lustige Stadt und das wogende Meer erblicken.«

Gegen Abend langten wir daselbst an. Die prächtige Toledostraße lag vor uns; ja was war da« für ein Korso! Die Hauptstraße, welche in Rom und Milano Korso, in Palermo Cassaro genannt wird, heißt in Neapel: Toledo. Helle Läden, Tische vor denselben, mit Orangen und Feigen bedeckt und von Lampen und bunten Laternen beleuchtet. Die Straße nahm sich mit ihren unzähligen Lichtern in freier Luft wie ein einziger Lichtstrom aus. Auf beiden Seiten hohe Häuser, mit Altanen vor jedem Fenster; Damen und Herren standen auf denselben, als wäre es noch ein lustiger Karneval. Ein Wagen jagte an dem andern vorbei; bald strauchelten die Pferde auf den glatten Lavafliesen, mit denen die Straße gepflastert war, bald kamen kleine zweirädrige Kabriolette. Fünf bis sechs Personen saßen in dem kleinen Wagen, zerlumpte Jungen hintendrauf, und unten in dem schaukelnden Netze lag noch zum Ueberflusse ein halb nackter Lazzaroni in süßer Seelenruhe; ein einziges Pferd zog die ganze Menge und doch ging es in Galopp. Vor einem Eckhause war ein Feuer angezündet; zwei halbnackte Kerle nur in Schwimmhosen und einer Weste, die mit ihrem einzigen Knopfe über der Brust zugeknöpft war, lagen an demselben und spielten Karte. Leierkasten und Drehorgeln spielten, Frauenzimmer sangen dazu, alle schrieen, alle liefen durcheinander: Soldaten, Griechen, Türken und Inglesi. Ich fühlte mich in eine ganz andere Welt versetzt; ein südlicheres Leben, als ich bisher gekannt hatte, wehte mir entgegen. Signora klatschte aus Begeisterung über ihr lustiges Neapel in die Hände; Rom war ein Grab gegen ihre lachende Stadt.

Wir bogen in den Largo del Castello Einer der größten Plätze in Neapel; er geht bis zum Hafen hinab. ein: derselbe Lärm, dasselbe Volksgewühl empfing uns. Ringsumher befanden sich hell erleuchtete Theater mit bunten Gemälden, welche die Hauptscene des Stückes, das gespielt wurde, darstellten. – Von einer hohen Tribüne herab suchte eine Bajazzofamilie das Publikum anzulocken: die Frau rief aus, der Mann blies die Trompete, und das kleinste Kind prügelte sie alle beide mit einer mächtigen Reitpeitsche, während unten ein kleines Pferd auf den Hinterbeinen stand und aus einem aufgeschlagenen Buche las. – Ein Mann stand und focht mit den Händen umher und sang mitten unter einem Haufen Matrosen, die zusammengekauert dasaßen; es war ein Improvisator. Ein alter Mann las aus einem Buche, dem *Orlando Furioso*, wie man mir sagte, laut vor. Gerade als wir vorüberfuhren, klatschten seine Zuhörer Beifall.

»Monte Vesuvio!« hörte ich die Signora rufen, und nun sah ich am Ende des Platzes, dort wo der Leuchtturm steht, den Vesuv hoch in die Luft ragen, und die feuerrote Lava wälzte sich wie ein Blutstrom an einer Seite herab. Ueber dem Krater schwebte eine von der glühenden Lava rot angehauchte Wolke; aber nur einen einzigen Augenblick erblickte ich dies großartige Bild. Der Wagen rollte mit uns über den Platz, nach dem Hotel Casa tedesca. Dicht neben demselben lag ein kleines Marionettentheater; ein kleineres war vor demselben errichtet, in welchem Polichinel lustige Sprünge machte, jammerte, weinte und seine komischen Reden hielt. Ueberall ließ sich fröhliches Gelächter vernehmen. Nur wenige beachteten den Mönch, der an der gegenüberliegenden Ecke stand und von einer der hervorspringenden steinernen Treppen herabpredigte. Ein alter breitschultriger Mann, welcher wie ein Schiffer aussah, hielt das Kreuz mit der Figur des Erlösers. Mit blitzenden Augen sah der Mönch die hölzernen Puppen des Marionettenspielers an, die die

Puppen des Marionettenspielers an, die die Aufmerksamkeit des Volkes von seiner Rede abzogen.

»Ist dies Fastenzeit!« hörte ich ihn rufen. »Ist dies die dem Himmel geweihte Zeit! Die Zeit, in welcher wir uns demütigen, unser Fleisch kasteien, in Sack und Asche einherwandeln sollen! Für euch ist alle Zeit Karneval, bei Tag und Nacht, jahraus jahrein, bis ihr dahinfahrt in den Abgrund der Hölle. Dort könnt ihr dann winseln, dort könnt ihr dann heulen, tanzen und *Festino* feiern, in der Hölle ewigem Pfuhl und Pein!«

Seine Stimme hob sich mehr und mehr; der weiche neapolitanische Dialekt erklang in meinem Ohr wie wogende Verse, die Worte verschmolzen melodisch ineinander. Je mehr sich aber seine Stimme steigerte, desto lauter schrie auch Polichinel und machte doppelt so lustige Sprünge, welchen das Volk applaudierte. Da nahm der Mönch in heiliger Wut dem Manne, welcher bis jetzt das Kreuz gehalten hatte, dasselbe aus der Hand, stürzte sich damit unter das Volk und zeigte den Gekreuzigten, indem er rief: »Seht, das ist der wahre Polichinel! Ihn sollt ihr sehen! Ihn sollt ihr hören! Deshalb erhieltet ihr Augen und Ohren! Kyrie eleison!« Und von dem Anblicke des heiligen Zeichens ergriffen, stürzte die ganze Menge auf die Kniee und stimmte in das Kyrie eleison ein. Selbst der Marionettenspieler ließ seinen Polichinel sinken. Ich stand, von der Scene wunderbar ergriffen, neben unserm Wagen.

Federigo mußte der Signora einen Wagen herbeischaffen, damit sie nach Hause kommen konnte. Sie reichte ihm die Hand zum Danke, schlang aber ihre Arme um meinen Hals, ich fühlte einen brennend heißen Kuß auf meinen Lippen und hörte sie sagen: »Willkommen in Neapel!« Aus dem Wagen, welcher mit ihr davon rollte, warf sie mir noch Kußfinger zu. Wir begaben uns in das Hotel nach den Zimmern hinauf, welche uns der Camerieri anwies.

Schmerz und Trost. Nähere Bekanntschaft mit der Signora. Der Professor. Der Brief. Hatte ich sie mißverstanden?

Als Federigo zu Bette war, saß ich noch auf dem offenen Altane, der nicht nur den ganzen Platz zu überschauen gestattete, sondern auch die Aussicht auf den Vesuv darbot; die wunderbare Welt, in welche ich hinübergeträumt zu sein schien, ließ mich nicht schlafen. Allmählich wurde es auf der Straße unter mir stiller und stiller; die Lichter erloschen; es war bereits nach Mitternacht, – Mein Auge hing an dem Berge, wo sich die Feuersäule vom Krater gegen die blutrote breite Wolkenmasse emporhob, die zusammen eine mächtige Pinie von Feuer und Flammen zu bilden schienen; der Lavastrom stellte ihre Wurzeln dar, mit welchen sie den Berg umschlang. Meine Seele war von dem großartigen Schauspiele ergriffen, von dieser Gottesstimme, welche aus dem Vulkane wie aus dem stillen schweigenden Nachthimmel zu mir redete. Es war ein Augenblick, wie wir ihn nur haben können, wenn unsere Seele, sozusagen, ihren Gott von Angesicht zu Angesicht schaut: ich verstand seine Allmacht, Weisheit und Güte, verstand die Liebe dessen, der Blitz und Wirbelwind als seine Diener aussendet und ohne dessen Willen kein Sperling zur Erde fällt. Mein eignes Leben stand klar vor mir, ich erblickte in demselben eine wunderbare Leitung und Führung; selbst jedes Unglück, jede Trauer war Uebergang zu etwas Besserm. Der unglückliche Tod meiner Mutter durch die wilden Pferde schien mir ja jede bessere Zukunft abzuschneiden, indem ich als ein armes hilfloses Kind dastand. Aber war das nicht vielleicht der eigentliche und edlere Grund, der später Eccellenza bewog für meine Erziehung zu sorgen, da er die unschuldige Ursache meines Unglücks war? Der Streit zwischen Mariuccia und Peppo, die fürchterlichen Augenblicke, die ich in dem Hause desselben zubrachte, trieben mich in den Weltstrom hinaus; aber wäre ich nicht zu der alten Domenica in die öde Campagna hinausgekommen, dann würde Eccellenza schwerlich auf mich aufmerksam geworden sein. Scene für Scene durchlief ich so in Gedanken mein ganzes Leben und fand in der Kette desselben die höchste Weisheit und Güte. Nur als ich zu dem letzten Gliede gelangte, schienen mir wieder alle auseinander fallen zu wollen. Die Bekanntschaft mit Annunziata war wie ein Frühlingstag, der plötzlich jede Blumenknospe in meiner Seele geöffnet hatte. Durch sie hätte alles aus mir werden können, ihre Liebe würde meines Lebens Glück vollendet haben. Bernardos Gefühl war nur Sinnlichkeit; hätte er durch ihren Verlust auch augenblicklich gelitten, so würde sein Schmerz doch nur kurz gewesen sein, er hätte sich bald zu trösten gewußt. Allein daß ihn Annunziata liebte, vernichtete alle meine Hoffnungen. Hier begriff ich der Allmacht Weisheit nicht, fühlte nur Kummer über meine vereitelten Träume. Eine Zither erklang in diesem Augenblicke unter dem Altane; ich erblickte einen Mann, den Mantel lose über die Schultern gehängt, der in die Saiten griff und ein Liebeslied anstimmte. Gleich darauf öffnete sich leise die Thür des gegenüberliegenden Hauses, und der Mann verschwand hinter derselben. – Ein glücklicher Liebhaber, der zu Kuß und Umarmung eilte! – Ich betrachtete den sternhellen Himmel, das klare dunkelblaue Meer, welchem die glühende Lava hier und da einen rötlichen Schimmer verlieh. – »Herrliche Natur!« rief da mein Herz. »Du bist meine Geliebte! Du drückst mich an dein Herz, öffnest mir deinen Himmel, und jeder Luftzug küßt mir Stirn und Lippe! Dich will ich besingen, deine Schönheit, deine heilige Größe. Wiederholen will ich dem Volke die tiefen Melodien, die du in meiner Seele singst. Laß mein Herz bluten! Der Schmetterling, der an der Nadel ängstlich seine Flügel schwingt, glänzt ja am schönsten; herrlicher wird der Fluß, indem er sich als Wasserfall vom Felsen stürzt und in Schaum auflöst. Das ist des Sängers Los. Das Leben ist ja doch nur ein kurzer Traum. Wenn ich in jener Welt Annunziata wieder treffe, wird sie auch mich lieben, alle reine Seelen lieben einander; Arm in Arm fliegen die Reihen der seligen Geister zu Gott empor.«

So träumte mein Herz, und Mut und Kraft, als Improvisator aufzutreten, sogar eine mächtige Lust dazu, erfüllte meine Seele. Nur eins lag mir noch schwer auf dem Herzen: was würden Eccellenza und Francesca zu meiner Flucht aus Rom, zu meinem Auftreten als Improvisator sagen? Sie glaubten mich still und fleißig bei meinen Büchern in Rom. – Dieses Gefühl ließ mir keine Ruhe, ich mußte noch heute Nacht an sie schreiben. Mit dem Vertrauen eines Sohnes erzählte ich alles, genau wie es sich ereignet hatte, jeden einzelnen Umstand, meine Liebe zu Annunziata, und den einzigen Trost, den ich in der Natur und Kunst fände; endigte dann mit der inständigen Bitte um eine Antwort, so mild und nachsichtig, wie sie ihr Herz mir zu geben vermöchte; bevor dieselbe einträfe, würde ich keinen Schritt thun, auch nicht öffentlich auftreten. – Länger als einen Monat möchten sie mich nicht schmachten lassen. – Während ich den Brief schrieb, fielen meine Thränen auf denselben, aber ich fühlte eine Erleichterung dabei, und als er beendigt war, schlief ich bald fest und ruhig, wie ich es lange nicht gethan hatte.

Am folgenden Tage ordneten Federigo und ich unsere Angelegenheiten, er zog in sein neues Logis, in einer der Seitenstraßen, ich blieb in der Casa tedesca, von wo ich den Vesuv und das Meer, zwei Weltwunder, die mir fremd waren, sehen konnte. – Fleißig besuchte ich Museo Borbonico, die Theater und Promenaden und war schon nach einem dreitägigen Aufenthalte ziemlich gut in der fremden Stadt orientiert.

Da erging an Federigo und mich eine Einladung von Professor Maretti und seiner Frau Santa. Im ersten Augenblicke glaubte ich, es wäre ein Irrtum, ich kannte ja beide nicht, und die Einladung schien mir zu gelten, ich sollte Federigo mitbringen. Auf meine genaueren Erkundigungen erfuhr ich, daß Maretti sehr gelehrt, daß er Archäolog wäre, und daß Signora Santa erst vor kurzem von einem Besuche aus Rom zurückgekehrt; ich und Federigo hätten wahrscheinlich ihre Bekanntschaft auf der Reise gemacht. Also unsere neapolitanische Signora.

Gegen Abend ging ich mit Federigo hin. Wir fanden eine zahlreiche Gesellschaft in dem erleuchteten Saale, dessen glatter Marmorboden den Kerzenschein zurückstrahlte, während ein mächtiger Scaldino, um welchen ein eisernes Gitter gestellt war, eine milde Wärme verbreitete.

Die Signora oder, da wir ihren Namen ja wissen, Santa kam uns mit offenen Armen entgegen. Das hellblaue seidne Gewand kleidete sie sehr gut. Wäre sie ein wenig schlanker gewesen, hätte sie für eine Schönheit ersten Ranges gelten können. Sie stellte uns der Gesellschaft vor und bat uns zu thun, als ob wir zu Hause wären.

»In mein Haus kommen nur Freunde; Sie werden bald die ganze Versammlung kennen.« Und nun nannte sie eine Menge Namen und wies auf die einzelnen Personen. »Wir plaudern, wir tanzen, hören etwas Gesang an, und die Stunden fliegen dahin.« Sie nötigte uns Platz zu nehmen. Eine junge Dame setzte sich an das Klavier und sang. Es war gerade dieselbe Arie, welche Annunziata in der Oper Dido sang, aber welch anderer Ausdruck lag dort in derselben, mit wie ungleich größerer Kraft ergriff sie dort die Seele. Dennoch mußte ich mit den andern der Sängerin Beifall spenden, und darauf griff sie einige Accorde und spielte einen lustigen Tanz; drei bis vier Herren reichten ihren Damen die Hand und schwebten mit ihnen auf dem blanken glatten Fußboden entlang. Ich zog mich in eine Fensternische zurück; ein kleines schmächtiges Männchen mit unendlich beweglicher Brille, das ich bisher nur koboldartig unaufhörlich zur Thüre hatte heraus- und hereinspringen sehen, verneigte sich tief vor mir. Um ein Gespräch anzuknüpfen, begann ich von den Ausbrüchen des Vesuv zu reden und schilderte, wie herrlich sich der Lavastrom ausnähme.

»Das ist nichts, geehrter Freund,« erwiderte er, »nichts gegen die furchtbare Eruption im Jahre 96, welche Plinius beschreibt; damals flog die Asche bis nach Konstantinopel. Wir haben uns auch in meiner Zeit hier in Neapel des Regenschirms zum Schutz gegen die Asche bedienen müssen, aber Neapel und Konstantinopel ist freilich ein Unterschied. Die klassische Zeit übertraf uns in allem, eine Zeit, in der man hätte beten sollen: *serus in coelum redeas!*«

Ich erzählte vom Theater Carlino, und der Mann schweifte bis auf den Thespiskarren zurück und gab mir eine Abhandlung über die tragische und komische Maske. Ich berührte zufällig die letzte Musterung der königlichen Truppen, und sofort befand er sich in einer ausführlichen Auseinandersetzung über die Art der Kriegsführung bei den Alten; die ganze Phalanx ließ er ihre Exercitien vor mir machen. Die einzige Frage, welche er selbst an mich richtete, war, ob ich Kunstgeschichte studierte, mich mit der Archäologie beschäftigte. Ich erklärte, daß das ganze Weltleben, daß alles meinem Interesse nahe läge, daß ich den Dichterberuf in mir fühlte; und der Mann klatschte entzückt in die Hände und feierte meine Leier mit dem Horazischen:

O decus Phoebi, et dapibus supremi
Grata testudo Jovis!

»Hat er Sie endlich erwischt,« sagte Santa, die zu uns herantrat, lächelnd, »dann befinden Sie sich gewiß mitten in den Zeiten des Sesostris! Aber auf Sie macht unser eignes Zeitalter Anspruch. Uns gegenüber sitzen einige Damen, mit denen Sie tanzen müssen.«

»Aber ich tanze nicht, habe nie getanzt,« versetzte ich.

»Aber wenn nun ich, die Frau des Hauses, Sie zu einem Tänzchen aufforderte, könnten Sie es mir doch nicht abschlagen.«

»Leider muß ich, denn ich würde mich so linkisch dazu anstellen, daß wir auf dem glatten Fußboden vielleicht beide zu Falle kämen!«

»Das müßte einen hübschen Anblick gewähren!« rief sie und hüpfte zu Federigo hinüber, und bald schwebten sie beide den Saal entlang.

»Eine muntere Frau,« sagte der Mann und fügte hinzu: »schön, sehr schön ist sie, Herr Abbate!«

»Sehr schön!« erwiderte ich höflich, und darauf befanden wir uns, der Himmel mag wissen, wie es zuging, mitten unter den etrurischen Vasen. Er bot sich mir zum Führer durch das Museo Borbonico an und entwickelte mir dann, welche Maler diese zerbrechlichen Schätze, auf denen jede Linie zur

Schönheit der Figuren in Ausdruck und Stellung beiträgt, gemalt hätten; und, wie er erzählte, mußten sie gemalt werden, so lange der Thon noch feucht war, nichts ließ sich wieder auslöschen, jeder Strich, der einmal gezogen war, mußte bleiben.

»Sind Sie noch immer mitten in der Abhandlung?« fragte Santa, als sie wieder zu uns zurückkehrte. »Fortsetzung folgt!« rief sie lachend, zog mich von dem Gelehrten fort und flüsterte halblaut: »Lassen Sie sich doch von meinem Manne nicht beschwerlich fallen. Sie sollen hübsch munter sein, sollen an der allgemeinen Freude und Heiterkeit teilnehmen. Ich will Sie heilen, erzählen sollen Sie mir, was Sie gesehen und gehört und was Ihnen den größten Genuß bereitet hat!«

Ich erzählte, wie sehr mir Neapel gefiele, erzählte von dem, was mir am nächsten lag, von einer kleinen Wanderung, die ich diesen Nachmittag durch die Posilippogrotte gemacht hatte, vor welcher ich in dem wahren Weinwalde die Trümmer einer kleinen Kirche entdeckt, die in die Wohnung für eine Familie umgewandelt wären. Die freundlichen Kinder und die hübsche Frau, welche mir den Wein einschenkte, hätten dem Ganzen noch einen romantischeren Anstrich verliehen.

»Sie haben also schon Bekanntschaften gemacht?« sagte sie lachend und erhob den Zeigefinger. »Nun, nun, darüber brauchen Sie nicht verlegen zu werden, in Ihrem Alter befriedigt sich das Herz nicht mit einer Fastenpredigt.«

Das war ungefähr alles, woraus ich an diesem Abende Schlüsse über Signora Santas und ihres Gatten Charakter ziehen konnte. In ihrer Weise sich auszudrücken lag eine Leichtigkeit, eine den Neapolitanerinnen eigentümliche Natürlichkeit, eine Herzlichkeit, die mich wunderbar fesselte. Der Mann war gelehrt, und das war ja durchaus kein Fehler; einen bessern Führer durch das Museum konnte ich mir nicht wünschen. Daß er es wirklich war, davon überzeugte ich mich später, und Santa, der ich öfter einen Besuch abstattete, wurde mir jedesmal interessanter. Die Aufmerksamkeit, die sie mir bewies, schmeichelte mir, und die Teilnahme öffnete mir Herz und Lippen. Ich kannte die Welt gar wenig, in vielen Stücken war ich noch ein völliges Kind, und deshalb ergriff ich die erste Hand, welche mir freundlich gereicht wurde, und wechselte gegen den Handdruck mein ganzes Vertrauen aus.

Eines Tages berührte Santa den wichtigsten Moment meines Lebens: die Trennung von Annunziata, und ich fand einen Trost, eine Erleichterung darin, mich vor ihr, die mir so große Teilnahme an den Tag legte, auszusprechen. Daß sie in dem Charakter Bernardos nach der Schilderung, die ich von ihm machte, Schattenseiten nachzuweisen verstand, diente mir zu einer Art Beruhigung, aber daß sie auch an Annunziata Mängel herausfinden könnte, wollte ich nicht zugeben.

»Für die Bühne,« sagte sie, »ist sie zu klein, viel zu zart gebaut, das müssen Sie mir doch einräumen! Etwas Körperliches bedürfen wir, so lange wir noch in dieser Welt sind. Ich weiß wohl, daß hier in Neapel die jungen Herren ebenfalls von ihrer Schönheit wie berauscht waren. Die Stimme war es, die unvergleichliche herrliche Stimme, die sie mit in diese Geisteswelt hinüberzog, welcher ihre feine Gestalt angehört. Wäre ich ein Mann, ich könnte mich nie in solch ein Wesen verlieben; ich müßte ja befürchten, daß sie bei der ersten Umarmung mir unter den Händen zerbräche.«

Unwillkürlich mußte ich lächeln, und wie ich glaube, war das auch der Zweck ihrer Rede gewesen. Dagegen ließ sie Annunziatas Talent, Verstand und unbeflecktem Herzen volle Gerechtigkeit widerfahren.

An den letzten Abenden hatte ich, von der Schönheit der mir so neuen Natur rings um mich her ergriffen und in meiner eignen aufgeregten Stimmung einige kleine Gedichte niedergeschrieben: Tasso im Gefängnisse, der Bettelmönch und dann noch einen kleinen lyrischen Erguß, der meine unglückliche Liebe, die zerschmetterte Bilderwelt, in der meine Seele schwamm, in krankhafter Schwärmerei besang. Ich begann sie Santa vorzulesen, aber schon in dem ersten überwältigte mich mein Gefühl so vollständig, daß ich in lautes Weinen ausbrach. Da drückte sie mir die Hand und weinte mit mir; durch diese Thränen hatte sie mich für ewig an sich gefesselt. – Ihr Haus wurde mir zu einer zweiten Heimat; ich sehnte mich ordentlich nach den Stunden, wo ich wieder mit ihr reden konnte. Ihre Laune, die komischen Einfälle, mit denen sie oft zum Vorschein kam, gewannen mir oft ein Lachen ab, obschon ich fühlte, wie ganz anders sich Annunziatas Witz und Munterkeit bewegte, ungleich edler und reiner. Da aber keine Annunziata leibhaftig vor mir stand, so war ich Santa dankbar und ihr von Herzen zugethan.

»Haben Sie,« fragte sie mich eines Tages, »die hübsche Frau zu Posilippo und das romantische Haus, welches halb eine Kirche war, vor kurzem wiedergesehen?«

»Nur einmal seitdem,« entgegnete ich.

»Sie war wohl sehr liebevoll und zärtlich?« fragte Santa weiter; »die Kinder waren gewiß als Führer auswärts und der Mann auf der See? Nehmen Sie sich in acht, Signore, Neapel grenzt an die Unterwelt.« – Ich gab ihr aufrichtig die Versicherung, daß mich nichts als die romantische Gegend nach der Posilippogrotte hinzöge.

»Teurer Freund,« sagte sie vertraulich, »ich kenne die Dinge besser. – Ihr Herz war von Liebe, von der ersten starken Liebe zu der erfüllt, welche ich zwar derselben nicht unwürdig nennen will, die Sie aber doch weniger aufrichtig behandelte; – reden Sie mir nicht ein einziges Wort dagegen – dieselbe erfüllte Ihre ganze Seele, und Sie haben dies Bild aus Ihrem Herzen reißen, haben, wie Sie mir selbst versichert, Ihre Geliebte aufgeben müssen, aber dadurch ist eine Leere in Ihrer Seele entstanden, welche notwendig ausgefüllt werden muß. Früher lebten Sie nur in Ihren Büchern und Träumen, die Sängerin hat Sie in die Menschenwelt hinausgeführt, Sie sind wie wir andere Fleisch und Blut geworden, und dieses fordert sein Recht. Und weshalb sollte es nicht? – Ich beurteile einen jungen Menschen niemals streng; außerdem können Männer handeln wie sie wollen!«

Im letzten Punkte widersprach ich ihr, aber hinsichtlich der Oede, welche nach Annunziatas Verlust in meiner Seele entstanden sein sollte, fühlte ich nur zu gut, wie recht sie hatte; was aber konnte mir wohl das verlorene Bild ersetzen?

»Sie sind nicht ein Mensch wie andere, Sie sind eine poetische Figur, und sehen Sie, selbst die ideale Annunziata will einen Mann haben. Deshalb konnte sie Bernardo, der so tief unter Ihnen steht, vorziehen.« – »Aber,« fuhr sie fort, »Sie bringen mich dazu Sachen zu berühren, die ich als Dame kaum erwähnen dürfte. Ihre wunderbare Unschuld und geringe Weltkenntnis zwingen andere in ihrer Rede ebenso naiv zu werden, wie Sie es in Ihren Gedanken sind!« Und dabei lachte sie laut auf und klopfte mir die Wange.

Eines Abends saß ich mit Federigo zusammen, und er wurde lustig und vertraulich, erzählte mir von seinen glücklichen Tagen in Rom und wie auch sein Herz einst geklopft hatte. Mariuccia spielte eine Rolle in dem Abenteuer. – Marettis und Santas Haus besuchten mehrere junge Leute; sie tanzten gut, waren unterhaltend, und die zärtlichen Blicke der Damen so wie die Achtung der Männer war ihr Lohn. Kaum hatte ich sie kennen gelernt, so vertrauten sie mir schon ihre Herzensangelegenheiten an, Dinge, über welche ich bei Bernardo erschrak und die mich nur meine eingewurzelte Liebe zu ihm übersehen ließ. – Ja, sie waren alle sehr von mir verschieden! – Sollte Santa wirklich recht haben? Sollte ich in dieser Welt nur eine poetische Figur sein? Daß Annunziata Bernardo liebte, war ja ein hinreichender Beweis dafür; mein geistiges Ich war vielleicht lieb und wert, aber ich selbst konnte sie nicht gewinnen.

Schon einen Monat war ich in Neapel gewesen, und noch immer hatte ich weder von ihr noch Bernardo etwas gehört. Da brachte mir die Post einen Brief. Mit klopfendem Herzen empfing ich ihn, betrachtete, um zu erraten, von wem er sein könnte und was für Nachrichten er mir bringen würde, Siegel und Aufschrift und erkannte das borghesische Wappen und die Schrift der alten Eccellenza. – Ich wagte ihn kaum zu öffnen. »Ewige Mutter Gottes,« betete ich, »sei mir gnädig!

Dein heiliger Wille lenke alles zum besten!« Ich öffnete den Brief und las:

»Signore!

Während ich glaubte, daß Sie die Gelegenheit, welche ich Ihnen eröffnet hatte, etwas zu lernen und ein nützliches Mitglied der bürgerlichen Gesellschaft zu werden, benutzten, gingen Sie ganz andere Wege, völlig von den Plänen, die ich mit Ihnen hegte, verschieden. – Als die unschuldige Ursache des Todes Ihrer Mutter habe ich das Meinige für Sie gethan; wir sind quitt. Treten Sie als Improvisator, als Dichter, als was und wie Sie immer wollen, auf, erzeigen Sie mir aber, als den einzigen Beweis Ihrer so oft erwähnten Dankbarkeit, die Gefälligkeit, meinen Namen, meine Sorge für Sie nie der Oeffentlichkeit preiszugeben. Den größten Liebesdienst, den Sie mir hätten erweisen können, etwas zu lernen, haben Sie nicht thun wollen; der allerkleinste dagegen, mich als Ihren Wohlthäter zu bezeichnen, widerstrebt mir in so hohem Grade, daß Sie mir keinen größern Verdruß bereiten könnten.«

Das Blut strömte mir nach dem Herzen, meine Hände sanken matt in den Schoß, aber zu weinen vermochte ich nicht; es würde meine Seele erleichtert haben. »Jesus Maria!« stammelte ich, mein Haupt sank auf den Tisch hinab. Betäubt, ohne Gedanken, selbst ohne Schmerz, blieb ich in unveränderter Stellung liegen. Ich fand keine Worte, um zu Gott und den Heiligen zu beten; auch sie schienen mich wie die Welt verstoßen zu haben. – Da kam Federigo.

»Bist du krank, Antonio?« fragte er und drückte mir die Hand. »Man muß sich mit seinem Kummer nicht so einschließen. Wer weiß, ob du mit Annunziata glücklich geworden wärest! – Was für uns das Beste ist, geschieht zu allen Zeiten, das habe ich selbst mehr als einmal gelernt, wenn auch gerade nicht auf dem angenehmsten Wege.«

Schweigend reichte ich ihm den Brief, welchen er las. Inzwischen erhielten meine Thränen freien Lauf, doch schämte ich mich, sie ihm sehen zu lassen und wandte mich ab, allein er drückte mich in seine Arme und sagte: »Weine nur, weine deinen Schmerz aus, dann wird dir besser werden!« – Als ich etwas ruhiger war, fragte er mich, ob ich schon irgend einen Entschluß gefaßt hätte. Da fuhr mir ein Gedanke durch die Seele, welcher die Madonna, deren Dienste ich mich schon als Kind geweiht hatte, versöhnen mußte und mir zugleich eine sichere Zukunft bereitete. »Es ist das beste, ich werde Mönch,« sagte ich, »dazu hat mein Schicksal mich gereift, die Welt kann mir nichts mehr bieten, ich bin ja auch nur eine poetische Figur, kein Mensch wie ihr andern! Ja, im Schoße der Kirche giebt es für mich allein Frieden und Heimat.«

»Sei doch vernünftig, Antonio!« sagte Federigo; »zeige Eccellenza, zeige der Welt, welche Kraft in dir wohnt. Laß dich durch des Lebens Mißgeschick erheben und nicht beugen! – Aber ich denke und hoffe, daß du nur heute Abend ins Kloster gehen willst, morgen, wenn dir die helle Sonne ins Herz hineinscheint, wirst du diesen Plan belächeln. – Du bist ja Improvisator, Dichter, hast Geist und Kenntnisse, alles kann noch herrlich, noch vortrefflich werden. Morgen nehmen wir ein Kabriolett, jagen nach Herculanum und Pompeji hinaus und besteigen den Vesuv; dort sind wir noch nicht gewesen, du mußt dich zerstreuen, dich wieder erheitern, und wenn die finsteren Grillen verscheucht sind, dann reden wir vernünftig über deine Zukunft. Jetzt gehst du mit mir nach dem Toledo, wir wollen uns einen lustigen Abend machen! Das Leben läuft im Galopp, und alle tragen wir der Schnecke gleich unsere Last auf dem Rücken, gleichviel ob sie aus Blei oder nur aus Spielzeug besteht, die Last ist dieselbe.« Seine treue Sorge um mich rührte mich, in ihm schaute ich doch noch einen Freund. Schweigend ergriff ich meinen Hut und folgte ihm. Draußen auf dem Platze drang lustige Musik aus den Bretterbuden der kleinen Volkstheater zu uns herüber; vor einem derselben blieben wir inmitten eines großen Menschenhaufens stehen; die ganze Künstlerfamilie stand wie gewöhnlich auf einer Art Tribüne, Mann und Weib mit allerlei Flitterstaat ausgeputzt und vom unaufhörlichen Schreien völlig heiser. Ein kleiner bleicher Junge mit traurigem Gesichte stand in seiner weißen Pierrottracht daneben und spielte Violine, während seine zwei kleinen Schwestern in lustigem Tanze um ihn herum wirbelten. Der Anblick machte einen tragischen Eindruck auf mich. »Die unglücklichen Wesen!« dachte ich. Ebenso ungewiß wie ihr Schicksal lag ja auch das meinige vor mir. Ich preßte mich fest an Federigo und konnte den Seufzer, der aus meiner Brust emporstieg, nicht unterdrücken.

»Sei doch ruhig und vernünftig! Jetzt promenieren wir ein wenig, lassen den Wind deine roten Augen bleichen und dann besuchen wir Signora Maretti!« Sie wird dich munter lachen oder mit dir weinen, bis dir es überdrüssig ist; sie versteht sich besser darauf als ich.« Darauf wanderten wir die große Straße auf und ab und zuletzt nach Marettis Haus.

»Endlich kommen Sie doch einmal auch an einem andern als an den gewöhnlichen Empfangsabenden!« rief Santa freundlich, als wir eintraten.

»Signor Antonio ist in seiner elegischen Stimmung, der eine Mischung von Humor zugesetzt werden muß, und wo hätte ich ihn also besser hinführen können, als zu Ihnen! Morgen fahren wir nach Herculanum und Pompeji und besteigen den Vesuv! Möchten wir es nur mit einem Ausbruche glücklich treffen!«

»*Carpe diem!*« rief Maretti, »ich könnte Lust bekommen, den Ausflug mitzumachen; freilich nicht um den Vesuv zu besteigen, sondern um zu sehen, wie es mit den Ausgrabungen in Pompeji steht. Ich habe von dort gerade einige Glaszieraten in verschiedenen Farben erhalten, habe diese nach den Perioden geordnet und ein *opusculum* darüber geschrieben. Sie müssen diese Schätze sehen,« sagte er zu Federigo, »und mir hinsichtlich der Farben einige kleine Winke geben, und Sie,« rief er und klopfte mir dabei auf die Schulter, »Sie müssen einmal recht lustig sein! Wir trinken nachher ein Glas Falerner zusammen und singen mit Horaz:

»Ornatus viridi tempora pampino
Liber vota bonos ducit ad exitus!«

Ich blieb mit Santa allein.

»Haben Sie etwas Neues geschrieben?« fragte sie. »Sie sehen völlig danach aus, als hätten Sie wieder eines der schönen Stücke gedichtet, die so wunderbar zum Herzen sprechen. Ich habe mehrmals an Sie und Ihren Tasso gedacht, und mich bei der Erinnerung ganz wehmütig gefühlt, obschon Sie wissen, daß ich nicht zu den weinenden Schwestern gehöre. Seien Sie nun hübsch guten Mutes, sehen Sie mich an und erzählen Sie mir etwas Interessantes! – Sie wissen nichts? Sagen Sie mir dann etwas über mein neues Kleid! Sehen Sie nur, wie schön es sitzt! Ein Dichter muß Sinn für alles haben! – Ich bin schlank wie eine Pinie, ordentlich mager! Nicht wahr?«

»Das sieht man gleich!« entgegnete ich.

»Schmeichler!« rief sie. »Bin ich nicht wie immer? Das Kleid hängt ganz lose um mich! Warum werden Sie darüber rot? Sie sind auch nur wie alle Männer! Wir müssen Sie öfter in Frauengesellschaft bringen, müssen Sie erst ein wenig erziehen! Darauf verstehen wir Frauen uns vortrefflich! – Nun sitzen die beiden, mein Mann und Federigo, bis über die Ohren in dem gesegneten Altertume; lassen Sie uns der Gegenwart leben, das bringt wahrere Freuden! Sie sollen unsern ausgezeichneten Falernerwein kosten und das jetzt gleich, nachher können Sie mit den beiden andern von neuem beginnen.«

Ich lehnte es ab und suchte ein allgemeines Gespräch über die Tagesbegebenheiten anzuknüpfen, aber ich merkte nur allzugut, wie zerstreut ich war. »Ich bin Ihnen zur Plage,« sagte ich, erhob mich und wollte meinen Hut nehmen. »Verzeihen Sie, Signora, ich befinde mich nicht wohl, und das macht mich ungesellig und langweilig.«

»Sie dürfen mich nicht verlassen!« sagte sie, zog mich auf den Stuhl zurück und schaute mir teilnahmsvoll und bekümmert in die Augen. »Was ist geschehen? Haben Sie Vertrauen zu mir! Ich meine es so gut und ehrlich mit Ihnen! Fühlen Sie sich durch mein heiteres und mutwilliges Wesen nicht verletzt. Das ist nun einmal meine Natur! Sagen Sie mir, was geschehen ist! Haben Sie Briefe erhalten? Ist Bernardo tot?«

»Nein, Gott sei Lob und Dank!« erwiderte ich, »es sind andere, ganz andere Dinge!« Ich wollte von Eccellenzas Brief nicht sprechen, und doch sagte ich in meinem Schmerze und in meiner vertrauensvollen Offenherzigkeit alles, und mit Thränen in den Augen bat sie mich dann nicht betrübt zu sein.

»Ich bin von der Welt ausgestoßen,« sagte ich, »von allen verlassen; niemand, durchaus niemand liebt mich mehr!«

»Doch, Antonio!« rief sie, und ich fühlte ihre Hand über meine Stirn gleiten, und brennende Lippen drückten einen Kuß auf dieselbe. »Sie sind geliebt! Sie sind schön, Sie sind gut! Ich liebe Sie, liebe Sie, Antonio!« und voller Leidenschaft schlang sie ihre Arme um mich; ihre Wange ruhte an der meinigen. Mein Blut wurde zur Flamme, ein Zittern durchschauerte meinen ganzen Körper, es war, als ob mir der Atem stockte, nie hatte ich etwas Aehnliches gefühlt. Da raschelte es an der Thüre, sie öffnete sich und Federigo und ihr Mann traten herein.

»Ihr Freund hat das Fieber!« sagte sie in ihrem gewöhnlichen leichten Tone. »Er hätte mich fast erschreckt, wurde bleich und rot in einem Augenblicke, ich befürchtete, er würde in meinen Armen ohnmächtig werden. Aber jetzt ist es wieder besser; nicht wahr, Antonio?« und nun, als ob nichts geschehen, nichts gesagt wäre, scherzte sie über mich. Ich hörte mein eignes Herz klopfen und ein Gefühl von Scham und Unwillen erhob sich in meiner Seele; ich wandte mich ab von ihr, der Sünde schönen Tochter.

» *Quae sit hiems Veliae, quod coelum, Vala Salerni*!« sagte Maretti, »wie geht es mit Herz und Kopf, Signore? Was hat der » *ferus cupido*« gethan, der die blutigen Pfeile beständig auf dem glühenden Schleifsteine wetzt?«

Der Falernerwein perlte im Glase, Santa stieß mit mir an und sagte mit einem sonderbaren Blicke: »Auf bessere Zeiten!«

»Auf bessere Zeiten!« wiederholte Federigo. »Ja, sie werden kommen! Man darf nie verzagen und entsagen!«

Maretti stieß ebenfalls mit uns an, indem er nickte: »Auf bessere Zeiten!« Santa lachte laut auf und streichelte mir die Wange.

Wanderung durch Herculanum und Pompeji. Der Abend auf dem Vesuv

Am nächsten Morgen kam Federigo, um mich abzuholen. Maretti stieg mit in den Wagen, ein frischer Luftzug wehte von der See herüber, und wir rollten um den Busen von Neapel nach Herculanum.

»Wie der Rauch aus dem Vesuv wirbelt!« sagte Federigo und zeigte nach dem Berge. »Der heutige Abend verspricht viel!«

»Anders wirbelte es,« sagte Maretti, »ein förmlicher Wolkenschatten lagerte sich über die ganze Gegend, als *anno 79 post Christum* die Städte, welche wir jetzt besuchen wollen, unter Lava und Asche verschwanden.«

Unmittelbar dort, wo die Vorstadt Neapels aufhört, beginnen die Städte San Giovanni, Portici und Resina, die so eng aneinander grenzen, daß sie als eine einzige Stadt betrachtet werden können. Wir waren am Ziele, ehe ich dachte; vor einem Hause in Resina machten wir Halt. Unter der Straße, in welcher wir hielten, ja unter der ganzen Stadt liegt Herculanum verborgen. Lava und Asche bedeckten in wenigen Stunden den ganzen Ort, dessen Existenz man allmählich vergaß, und die Stadt Resina erhob sich über demselben.

Wir traten in das nächste Haus; im Hofe befand sich ein großer offner Brunnen, eine Wendeltreppe führte durch denselben in die Tiefe.

»Sehen Sie, Signori!« sagte Maretti, »man schrieb *1720 post Christum*, als der Prinz von Elboeuf diesen Brunnen graben ließ. Nur wenige Fuß war man erst hinabgekommen, als sich Bildsäulen fanden. Deshalb wurde die Fortsetzung der Brunnenanlage verboten, und, *mirabile dicta*, 30 Jahre lang rührte sich nicht eine Hand, bis Karl von Spanien hierher kam, den Brunnen tiefer graben ließ, und man nun auf die mächtige steinerne Treppe stieß, die wir hier sehen können.«

Das Tageslicht beleuchtete einen kleinen Teil derselben, es waren die Bänke in Herculanums großem Theater. Unser

Führer zündete für jeden von uns ein Licht an, und wir stiegen in die Tiefe des Brunnens hinab und nun standen wir auf den Stufen, auf welchen die Zuschauer vor siebzehnhundert Jahren bei den dargestellten Lebensbegebenheiten wie ein einziger Riesenkörper gelacht, gefühlt und gejubelt hatten.

Eine kleine niedrige Thür dicht neben uns führte uns in einen großen geräumigen Gang. Wir stiegen nach dem Orchester hinab, betrachteten darin die verschiedenen Räumlichkeiten für die einzelnen Musici, die Garderoben und die Bühne selbst. Die Größe des Ganzen ergriff mich. Nur stückweise konnten wir es vor uns erleuchten, doch schien es mir weit größer als San Carlo. Leer, finster und öde lag alles ringsum; eine Welt lärmte über uns. Wie wir uns vorstellen, daß ein verschwundenes Geschlecht in dem Gewande verklärter Geister in unser Wirken und Leben hineintreten kann, so schien es mir hier umgekehrt, als wäre ich aus unserm Zeitalter herausgetreten und durchwanderte als Gespenst das ferne Altertum. Ich sehnte mich ordentlich nach dem Tageslichte und bald atmeten wir wieder die warmen Lüfte der Oberwelt.

Wir bogen rechts in eine Straße Resinas ein und ein ausgegrabener Platz von geringer Größe lag vor uns. Das war so ziemlich alles, was von Herculanum die Sonne beschien. Wir sahen eine einzelne Straße, Häuser mit kleinen engen Gemächern, roten und blaugemalten Wänden; nur wenig gegen das, was unserer in Pompeji wartete.

Bald lag Resina hinter uns, und nun gewahrten wir weit und breit eine einzige Ebene, die einem pechschwarzen, schäumenden, zu Eisenschlacke erstarrten Meere glich. Hier und da hatten sich bereits Gebäude erhoben, kleine Weingärten grünten und halb versunken stand eine Kirche in diesem Lande des Todes da.

»Diese Verwüstung habe ich selbst mit angesehen,« sagte Maretti; »ich war noch ein Kind, wenn ich so sagen darf im Alter zwischen *lactens* und *puer*, nie werde ich jenen Tag vergessen. Diese schwarze Schlacke, über welche wir jetzt dahinrollen, war ein glühender Feuerstrom. Ich sah, wie er sich vom Berge nach Torre del Greco hinabwälzte. Mein Vater, *beati sunt mortui*! pflückte mir selbst hier dicht daneben, wo jetzt nur die schwarze steinharte Rinde liegt, reife Trauben. Die Lichter in der Kirche schimmerten bläulich, während hier draußen die Mauern von dem starken Feuerscheine rot erglänzten. Die Weingärten waren schon überflutet, aber die Kirche stand inmitten des glühenden Feuermeeres wie eine schwimmende Arche.«

Wie sich die Weinreben mit schweren Trauben von Baum zu Baum ranken und eine einzige Guirlande bilden, so reiht sich um Neapels Busen Stadt an Stadt. Wo Torre del Greco aufhört, beginnt sofort Torre del Annunziata. Der ganze Weg, bis auf die soeben erwähnte Wüstenei, gleicht einer ununterbrochenen Toledostraße. Leichte, dicht mit Menschen gefüllte Kabriolette, Reiter zu Pferde und zu Esel kreuzten fortwährend einander; Karawanen von Reisenden, Damen wie Herren, trugen zur Belebung des Gemäldes bei.

Immer hatte ich mir Pompeji ebenso wie Herculanum tief in der Erde liegend gedacht, aber so ist es durchaus nicht. Oben vom Berge aus hat es über die Weinberge fort bis nach dem blauen Mittelländischen Meere geschaut. Wir stiegen bei jedem Schritte und standen jetzt vor einem durchbrochenen Walle schwärzlicher Asche, dem einzelne Sträucher und Baumwollenpflanzen ein freundlicheres Aussehen zu geben suchten. Wachthabende Soldaten ließen sich sehen und wir schritten in Pompejis Vorstadt hinein.

»Sie haben die Briefe an Tacitus gelesen!« sagte Maretti. »Sie haben den jüngern Plinius gelesen, jetzt sollen Sie die Kommentare seines Werkes sehen, wie sie wohl kein anderes besitzt.«

»Gräberstraße,« hieß die lange Straße, durch welche wir schritten; hier befand sich Monument an Monument. Vor zweien sah man runde hübsche Diwans mit schönen Zieraten. Hier hatten in jener Zeit Pompejis Söhne und Töchter auf ihren Spaziergängen zur Stadt hinaus gerastet. Von den Gräbern aus schauten sie über die blühende Natur und das lebendige Treiben auf der Landstraße und dem Meerbusen fort. Nun gewahrten wir auf beiden Seiten eine Reihe Häuser, alle mit Läden. Wie Gerippe mit leeren Augenhöhlen starrten sie uns an. Alle zeigten Spuren des Erdbebens, welches noch vor der völligen Zerstörung die Stadt erschüttert hatte. Mehrere Häuser ließen deutlich erkennen, daß sie gerade damals, als Feuer und Asche sie vor Jahrhunderten begrub, im Bau begriffen waren. Unvollendete Marmorkarniese lagen auf der Erbe und neben ihnen die Modelle aus Terracotta.

Jetzt erst gelangten wir an die Stadtmauern; auf diese führten wie auf ein Amphitheater breite Treppenstufen hinauf. Vor uns dehnte sich eine lange schmale Straße, wie Neapel mit breiten Lavafließen gepflastert, aus, mit Resten also eines weit früheren Ausbruches als derjenige, welcher Herculanum und Pompeji vor siebzehnhundert Jahren zerstörte. Tiefe Wagengeleise hatten sich in die Steine eingeschnitten; an den Häusern las man noch die Namen der Bewohner, welche bei ihren Lebzeiten darin eingehauen waren; hier und da hingen noch Schilder, eines derselben zeigte an, daß hier im Hause Mosaikarbeiten angefertigt würden.

Alle Zimmer waren klein, das Licht fiel durch die Decke oder eine Oeffnung oberhalb der Thüre hinein. Um den Hofraum, der gewöhnlich nur für das einzig kleine Blumenbeet oder das Bassin, aus welchem sich der Springbrunnen erhob, groß genug war, lief ein viereckiger Säulengang. Außerdem waren Häuser und Fußböden mit schönen Mosaikbildern ausgeschmückt, auf denen sich künstliche Formen, Kreise und Quadrate gegenseitig schnitten. Die Wände waren aus weißen, blauen und roten Farben bunt gemalt. Tänzerinnen, Genien, leichte schwebende Gestalten zeigten sich überall auf dem glühenden Grunde, alle in Kolorit und Zeichnung unendlich reizend und mit einer Frische, als wären sie erst gestern gemalt. Federigo und Maretti waren in tiefem Gespräche über die wunderbare Farbenkomposition, die sich so unglaublich gut hielt, ja ehe ich mich dessen versah, befanden sie sich mitten in Bayardis zehn Foliobänden. *Catalogo degli antichi Monumenti d'Ercolano (1755)*. Es ging den beiden wie tausend andern, die die poetische Wirklichkeit, welche vor ihnen liegt, vergessen und sich auf die Kritik und Abhandlungen darüber weisen; Pompeji wurde über den gelehrten Untersuchungen vergessen. Ich war in diese auswendig gelernten Mysterien nicht so eingeweiht, die Wirklichkeit um mich her war eine poetische Welt, in welcher sich meine Seele zu Hause fühlte. Jahrhunderte schmolzen hier in Jahre zusammen, offenbarten sich in Augenblicken, jede Sorge legte sich, und mein Gemüt gewann wieder Ruhe und Begeisterung.

Wir standen vor Sallusts Hause.

»Sallust!« sagte Maretti und lüftete den Hut: » *corpus sine animo!* Die Seele ist fort, aber man grüßt doch den toten Körper ehrerbietig.«

Ein großes Gemälde, Diana und Aktäon darstellend, nahm die vordere Wand ein. Die Arbeiter stießen einen Freudenschrei aus und zogen einen prächtigen Marmortisch, weiß wie die in Carrara gebrochenen Blöcke, an das Tageslicht hervor; zwei herrliche Sphinxe dienten ihm als Füße, Was mich aber noch mehr ergriff, waren die fahlen Knochen, die ich bemerkte, und in der Asche der Abdruck einer weiblichen Brust von unendlicher Schönheit.

Wir gingen über das Forum nach dem Tempel des Jupiter; die Sonne beleuchtete hell die weißen Marmorsäulen desselben, dahinter lag der rauchende Vesuv, pechschwarze Wolken wälzten sich aus dem Krater hervor und schneeweiß lagerte sich der dicke Dampf über dem Lavastrome, der sich den Weg den Abhang des Berges hinabbahnte.

Wir besahen das Theater und setzten uns auf die treppenförmigen Bänke. Die Bühne mit ihren Säulen, ihrem steinernen Hintergrunde mit der Ausgangsthüre, alles stand noch, als hätte man gestern gespielt; aber keine Töne rauschten vom Orchester herüber, kein Roscius redete zu der jubelnden Menge, alles war tot, nur die große Scene der Natur vor uns atmete Leben. Die üppig grünen Weingärten, die unaufhörlich befahrene Straße nach Salerno hinab und im Hintergrunde die dunkelblauen Berge, die sich in scharfen Konturen gegen den Aether abhoben, bildeten einen Schauplatz, auf welchem Pompeji selbst wie ein tragischer Chor dastand, der von der Macht der Todesengels sang. Ich sah ihn ja selbst, ihn, dessen Flügel kohlschwarze Asche und strömende Lava sind, die er über Städte und Flecken ausbreitete.

Erst gegen Abend wollten wir den Vesuv besteigen, weil dann die glühende Lava in der Mondbeleuchtung von größerer Wirkung war. Von Resina nahmen wir Esel und ritten den Berg hinauf. Der Weg ging durch Weingärten und einsame Gehöfte, aber bald verschwand die Vegetation bis auf kleine verkrüppelte Sträucher und verwelkte schilfartige Stengel. Ein kalter und starker Wind hatte sich erhoben, sonst war der Abend unendlich schön. Die Sonne sah beim Untergehen wie brennendes Feuer aus, der Himmel strahlte wie Gold, das Meer glänzte indigofarbig und die Inseln glichen hellblauen Wolken. Es war eine Feenwelt, in die ich hineinschaute. Rings um den Meerbusen erblaßte Neapel mehr und mehr. In weiter, weiter Ferne leuchteten, gleich den Gletschern der Alpen, die schneebedeckten Berge, während zur Rechten, ganz in unserer Nähe, die rote Lava glühend aus dem Vesuv hervorquoll.

Jetzt gelangten wir auf eine mit schwarzer Lava bedeckte Ebene, ohne Weg und Steg. Unsere Esel prüften den Boden, ehe sie fest auftraten, vorsichtig mit dem Fuße; so erreichten wir nur langsam einen höheren Teil des Berges, welcher wie ein Vorgebirge in dieses tote versteinerte Meer hineinragte. Durch einen engen Hohlweg, in dem nur schilfartige Stengel hervorschossen, näherten wir uns der Hütte des Eremiten. Hier saß eine Schar Soldaten um ein Feuer und trank einige Foglietten Lacrimä Christi. Sie dienten den Fremden zur Eskorte und zum Schutze gegen die Räuber. Fackeln wurden angezündet, der Wind blies in die Flammen, als wollte er jeden Funken auslöschen. Bei dem beweglichen unsichern Scheine ritten wir nun in den dunkeln Abend hinein, den schmalen Felsenpfad hinauf, über lose Lavastücke, hart an tiefen Abgründen vorüber. Endlich erhob sich, wie ein hoher Berg, der kohlschwarze Aschengipfel, den wir hinauf mußten, vor uns. Weiter konnten unsere Esel nicht klettern, sie blieben bei den Knaben, die sie getrieben hatten, zurück. Der Führer ging mit der Fackel voraus, wir andern hinterher, aber in schräger Linie, denn es ging in der weichen Asche, in welche wir knietief einsanken, steil in die Höhe; hintereinander konnten wir nicht gehen, denn große lose Steine und Lavablöcke lagen in der Asche und rollten, sobald wir auf sie traten, hinab. Bei jedem zweiten Schritt glitten wir einen rückwärts, jeden Augenblick fielen wir in die schwarze Asche, als hätten wir ein Bleigewicht an den Füßen. – »Mut!« rief uns der Führer von der Spitze aus zu, »Mut, bald sind wir oben!« Aber beständig schien der Berg in gleicher Höhe vor uns zu stehen. Erwartung und Lust beflügelten mich, eine Stunde war verstrichen und wir erreichten den Gipfel, ich war der erste.

Eine große Fläche mit mächtigen, bunt durcheinander geworfenen Lavastücken breitete sich hier vor unsern Augen aus; mitten auf derselben stand noch ein Aschenhügel; es war der Kegel mit dem tiefen Krater, wie ein Feuerball schwebte der Mond darüber, so hoch war er gestiegen. Wir konnten ihn des Berges halber erst jetzt sehen, aber nur einen kurzen Augenblick, denn schon im nächsten wirbelte mit Gedankengeschwindigkeit ein kohlschwarzer Rauch aus dem Krater empor, rings um uns lagerte sich finstere Nacht, tief unter uns im Berge rollte ein ununterbrochener Donner; es bebte unter unsern Füßen, wir mußten, um nicht zu fallen, uns aneinander festhalten, und nun ertönte ein Knall, wie ihn hundert Kanonen nur schwach nachzuahmen vermöchten, der Rauch teilte sich und eine Feuersäule erhob sich mindestens eine italienische Meile hoch in die blaue Luft. Glühende Steine flogen Rubinen gleich in dem weißlich schimmernden Feuer, ich sah sie wie Raketen über uns hinabfallen, aber sie fielen in gerader Linie in den Krater oder rollten glühend den Aschenhügel hinab. »Ewiger Gott!« stammelte mein Herz, und ich wagte kaum zu atmen.

»Der Vesuv ist in seiner Sonntagslaune!« sagte unser Führer und winkte uns weiter vor. Ich glaubte, die Wanderung wäre zu Ende, aber der Führer zeigte über die Ebene hin, deren ganzer Horizont ein einziges leuchtendes Feuer war. Riesengroße Gestalten bewegten sich gleich schwarzen Schattenbildern auf das grausige Feuermeer zu. Es waren Reisende, die zwischen uns und der herabströmenden Lava standen. Wir waren, um derselben zu entgehen, um den Berg herumgegangen und bestiegen ihn von der östlichen entgegengesetzten Seite. Dem Krater selbst konnten wir uns bei seinem unruhigen Zustande nicht nähern, wohl aber der Stelle, wo die Lavaströme wie Quellen aus der Seite des Berges hervorquollen. Wir ließen den Krater deshalb linker Hand liegen, gingen über die Bergebene und kletterten über die großen Lavablöcke; weder Weg noch Steg gab es in dieser Einöde. Das bleiche Mondlicht, der rote Fackelschein auf dem unebenen Boden bewirkten, daß jeder Schatten, jede Spalte wie ein Abgrund erschien, da wir nur die tiefe Finsternis bemerkten. Wieder erschallte der mächtige Donner unter uns, alles wurde Nacht und ein neuer Ausbruch leuchtete vor uns auf. Nur langsam, mit den Händen vor uns hertastend, gingen und kletterten wir unserm Ziele entgegen, aber bald fühlten wir, daß alles, was wir berührten, warm war. Zwischen Lavastücken dampfte es heiß, wie aus einem Ofen heraus. Jetzt lag eine ebnere Fläche vor uns: ein Lavastrom, der nur zwei Tage alt war. Die oberste Rinde desselben war unter der Einwirkung der Luft schon schwarz und fest geworden, aber kaum eine halbe Elle dick, unter derselben stand die glühende Lava klafterdick. Fest wie die Eisrinde auf einem See, lag hier die erstarrte dünne Haut über einem Feuermeere. Hier sollte es hinübergehen; auf der andern Seite lagen wieder die unebenen Blöcke, auf welchen Fremde standen und zu dem neuen Lavastrom hinüberschauten, den man erst von hier erblicken konnte. – Einzeln gingen wir, der Führer voran, über die dünne Rinde, welche durch die Sohlen hindurchbrannte; überall hatte die Hitze große Spalten in dieselbe gerissen, und wir sahen das rote Feuer unter uns. Wäre die Rinde geborsten, dann wären wir alle in ein Feuermeer hinabgestürzt. Vorsichtig setzten wir Fuß vor Fuß und traten doch fest auf, um schnell einen Schritt weiter zu kommen, denn die Füße brannten uns; und gerade wie das Feuer, welches sich abzukühlen beginnt und schwarz wird, bei der Berührung augenblicklich seinen Feuerschein wieder erhält, so zeigte sich hier dieselbe Wirkung: auf dem Schnee wird die Spur schwarz, hier flimmerte sie rot. Keiner von uns sprach ein Wort, so schreckenvoll hatte es sich keiner in Gedanken vorgestellt. Ein Engländer kehrte mit seinem Führer zurück, er kam an mir auf demselben inselgleichen Rindenstücke vorüber, welches ringsum von Rissen eingeschlossen war.

»Befinden sich Engländer unter Ihnen?« fragte er. – »Italiener und ein Däne,« erwiderte ich; » a diavolo!« lautete die ganze Antwort. Wir waren jetzt bei den großen Blöcken, auf welchen mehrere Fremde standen. Ich stieg hinauf, und dicht vor mir glitt den Bergeshang der frische Lavastrom hinab. Es war, als ob das geschmolzene Metall aus dem Schmelzofen strömte; groß, breit und in ungeheuerer Ausdehnung breitete er sich vor und unter uns aus. Kein Wort, kein Bild vermag die Scene, die sich vor uns entrollte, in ihrer Größe und Schrecken erregenden Erhabenheit wiederzugeben. Selbst der Luftstrom schien mit Feuer und Schwefel gesättigt; ein dicker Dampf, von dem starken Schein gerötet, schwebte über dem Lavastrome; aber ringsum herrschte dichte Finsternis, in der Tiefe donnerte es und über uns stieg die Feuersäule mit glühenden Steinen in die Höhe. Nie habe ich mich meinem Gotte so nahe gefühlt. Seine Allmacht und Größe erfüllte meine Seele; es war, als ob das überall wogende Feuer jede Schwachheit und Kränklichkeit derselben verzehrte, ich fühlte Kraft und Mut, meine unsterbliche Seele erhob ihre Schwingen: »Mächtiger Gott, dein Apostel will ich werden! In dem Weltsturme will ich deinen Namen, deine Kraft und Herrlichkeit besingen; lauter soll mein Lied erklingen, als das des Mönches in seiner einsamen Zelle! Ich bin ein Dichter; verleihe mir Kraft, erhalte meine Seele rein, wie sie dein Priester und der der Natur besitzen muß!« Meine Hände falteten sich zum Gebete, zwischen Feuer und Wolken beugte sich mein Herz vor dem, dessen Wunder und Majestät zu meiner Seele redeten.

Wir stiegen hinab, und nur wenige Schritte von der Stelle, auf der wir standen, sahen wir das Lavastück krachend durch die geborstene Rinde versinken und eine Wolke von Funken in die Höhe wirbeln. Aber ich bebte nicht, ich fühlte, daß mein Gott mir nahe war, es bildete für mich einen Lebensmoment, wo es weder Furcht noch Schmerz giebt, weil man sich in seines Gottes Schutze sicher weiß. Ueberall sprühten Funken aus kleinen Kratern und aus dem größeren erfolgte jede Minute ein neuer Ausbruch. Es rauschte in der Luft, als ob Scharen von Vögeln auf einmal aus einem Walde aufstiegen. Federigo war ebenso ergriffen wie ich, und das Hinabsteigen in der weichen Asche entsprach unserer erregten Gemütsstimmung; wir flogen, unser Marsch glich einem Falle durch die Luft, wir glitten, liefen, sanken. Die Asche lag locker wie frischgefallener Schnee; nur zehn Minuten brauchten wir abwärts, wozu wir aufwärts eine Stunde gebraucht hatten. Der Wind hatte sich gelegt, unsere Esel erwarteten uns unten, und in der Einsiedelei saß unser Gelehrter, welcher die ermüdende Wanderung aufwärts nicht hatte mitmachen wollen. Ich fühlte mich wie neu belebt, mein Blick wendete sich beständig zurück; die Lava lag gleich kolossalen Meteorsteinen da, der Mond schien tageshell, wir fuhren längs dem Meerbusen hin und sahen den Wiederschein des Mondes und der Lava in zwei langen Strahlen, einem roten und blauen, über den Wasserspiegel zittern. Ich fühlte eine Kraft in meiner Seele, eine Klarheit in meinen Begriffen, ja, wenn ich das Kleinere mit dem Größeren vergleichen darf, fand ich bei mir darin etwas Verwandtes mit Boccaccio, daß der Eindruck eines Ortes, die augenblickliche Eingebung desselben, für das ganze Geisteswirken entscheidend war: Virgils Grab sah seine Thränen, die Welt seinen Dichterwert; mich hatte des Vulkans Größe und Schrecken erregende Erhabenheit von jeglichem Mißmut und Zweifel befreit; deshalb steht das Bild der Erlebnisse dieses Tages und Abends so lebendig vor meiner Seele, deshalb habe ich so lange bei dieser Schilderung verweilt und mich den Eindruck wieder-

zugeben bemüht, den ich damals erhielt und den auszusprechen es mich unwiderstehlich trieb.

Unser Gelehrter lud uns ein, ihn nach Hause zu begleiten;
nach dem letzten Auftritte zwischen Santa und mir geriet ich
im ersten Augenblicke in eine gewisse Verlegenheit, eine
eigentümliche Furcht, sie wieder zu sehen, bemächtigte sich
meiner, indes ein fester Entschluß hinsichtlich der künftigen
Regelung unseres gegenseitigen Verhältnisses, den ich in
meiner Seele faßte, brachte das erste Gefühl bald zum
Schweigen. Sie reichte mir freundlich die Hand, schenkte uns
Wein ein und war natürlich und munter, so daß ich mir
selbst Vorwürfe wegen meines strengen Urteils über sie
machte. Ich fühlte, daß nur mein Herz unrein war. Ihr Mitgefühl und ihre Teilnahme, die sich in südlicher Heftigkeit
ausgesprochen, hatte ich für sinnliche Leidenschaft gehalten.
Durch Freundlichkeit und Scherz, die in meiner jetzigen
Stimmung so natürlich erschienen, suchte ich meine seltsame
Aufführung am vorigen Tage wieder gut zu machen. Es kam
mir vor, als verstände sie mich, und in ihren Blicken las ich
aufrichtige Teilnahme und innige Liebe einer Schwester.

Sie hatten mich noch nie improvisieren hören, sie bewogen
mich dazu, ich besang unsere Wanderung nach dem Vesuv,
und Beifallklatschen und Begeisterung begrüßten mich. Was
Annunziatas stumme Blicke gesagt hatten, strömte beredt
von Santas Lippen, und sie wurde bei ihrer Rede doppelt
schön, ihre Augen brannten sich mit verständnisvollen Blikken förmlich in meine Seele hinein.

Eine unerwartete Begegnung. Mein Auftreten in San Carlo.

Es war entschieden, ich wollte als Improvisator auftreten.
Tag für Tag fühlte ich mehr Mut dazu; in Marettis Haus und
in einzelnen Familien, deren Bekanntschaft ich daselbst gemacht hatte, trug ich durch mein Talent zur Unterhaltung
der Gesellschaft bei und erntete das größte Lob und freundliche Aufmunterung, Es war eine Erquickung für meine kranke Seele; ich fühlte eine Glückseligkeit, eine Dankbarkeit
gegen die Vorsehung dabei, und niemand, der in meinem

Herzen zu lesen verstand, würde das Feuer, welches in meinem Auge brannte, Eitelkeit genannt haben; es war reine, ungeschminkte Freude. Ich hatte ordentlich eine Art Angst bei dem Lobe, welches man mir erteilte, ich fürchtete desselben unwürdig zu sein oder es mir nicht beständig erhalten zu können. Ich fühlte tief und wage es auszusprechen, obwohl es auf mich selbst in so hohem Grabe Anwendung findet: Ruhm und Ermunterung ist für eine edle Seele die beste Schule, wogegen Strenge und unbilliger Tadel sie entweder einschüchtert oder Trotz und Uebermut erweckt; ich habe es aus eigener Erfahrung kennen gelernt. Maretti bewies mir viel Aufmerksamkeit, zeigte um meinetwillen für Dinge Interesse, die ihm sonst fern gelegen hatten, und führte mich zu Personen, deren Bekanntschaft mir auf der von mir erwählten Laufbahn von Nutzen sein konnte. Santa selbst war unendlich sanft und liebenswürdig gegen mich, und doch war es, als ob mich etwas von ihr fern hielte. Stets kam ich mit Federigo, oder wenn ich vermuten konnte, daß die Gesellschaft bereits versammelt war; ich befürchtete, daß sich der letzte Auftritt wiederholen möchte; indes ruhte mein Auge auf ihr, sobald sie es nicht gewahr wurde, und ich mußte sie schön finden. Es ging mir, wie es oft in der Welt geht, man wird aufgezogen, es wird erzählt, baß man eine Person liebe, an die man nie dachte und welche man nie sehr beachtete, allein nun stellt sich das Gelüst ein zu sehen, was denn an ihr sein kann, weshalb gerade sie der Gegenstand unserer Wahl sein sollte. Man wird neugierig, die Neugier verwandelt sich in Interesse, und aus dem Interesse wird, wie man Beispiele hat, Liebe. Bei mir ging es nur bis zur Aufmerksamkeit, zu einer Art sinnlichen Anschauens, welches ich nie zuvor gekannt hatte, aber gerade hierbei entstand ein Herzklopfen, eine Angst, die mich blöde und schüchtern machte und mich von ihr entfernt hielt.

Zwei Monate war ich schon in Neapel gewesen; der nächste Sonntag war zu meinem Auftreten auf dem großen Theater San Carlo bestimmt; man gab die Oper »der Barbier von Sevilla,« und nach derselben sollte ich nach aufgegebenen Thematen improvisieren. Ich nannte mich Cenci, meinen

Familiennamen hatte ich doch nicht die Dreistigkeit auf den Theaterzettel zu setzen. Eine wunderbare Sehnsucht nach dem entscheidenden Tage, der meine Ehre gründen sollte, erfüllte meine Seele, aber oft befiel mich auch eine eigentümliche Beängstigung, eine Art Fieberschreck durchschauerte mein Blut, Federigo tröstete mich,, das rührte von der Luft her, er und fast alle fühlten etwas Aehnliches, der Vesuv trüge die Schuld, dessen Ausbrüche sich fortwährend steigerten, der Lavastrom wäre schon den Berg hinabgeflossen und nähme seine Richtung nach Torre del Annunziata; am Abend könnten wir die Detonationen im Berge vernehmen. Die Luft wäre voller Asche, dieselbe bildete auf Bäumen und Blumen eine dichte Decke, der Gipfel des Berges stände in schwarzen donnerschwangren Wolken eingehüllt, bei jedem Ausbruche führen bläuliche Blitzstrahlen im Zickzack aus dem Krater hervor. Santa befand sich ebenfalls nicht wohl; »es ist ein Fieber,« sagte sie, und ihr Auge brannte. Sie sah bleich aus und äußerte ihren tiefen Unmut über ihr Unwohlsein, da sie an dem Abende meines Auftretens in San Carlo sein wollte und müßte. »Ja,« sagte sie, »und sollte ich den folgenden Tag das Fieber dreimal so stark haben, ich bleibe doch nicht fort. Für seine Freunde muß man sein Leben wagen, selbst wenn es nicht anerkannt wird.«

Ich tummelte mich bald auf den Promenaden, bald in Vergnügungsgärten und den verschiedenen Theatern; dann trieb mich die Aufregung, in der ich mich befand, wieder in die Kirchen zu den Füßen der Madonna. Ich beichtete jeden sündhaften Gedanken und betete um Mut und Kraft, dem mächtigen Triebe meiner Seele zu folgen. – »Bella ragazza!« flüsterte mir der Versucher ins Ohr, und meine Wangen brannten, indem ich mich losriß. Mein Geist und mein Fleisch rangen um die Herrschaft, ich fühlte eine Uebergangsperiode in meinem ganzen eigentlichen Ich; den Sonntagsabend hielt ich für den Kulminationspunkt.

»Wir müssen einmal das große Spielhaus besuchen!« hatte Federigo mehrmals gesagt. »Ein Dichter muß alles kennen lernen!« Wir waren nicht dagewesen, und ich empfand eine

Art Schüchternheit allein hinzugehen. Bernardo hatte doch einigermaßen recht in der Aeußerung, die er einmal gegen mich gethan, daß meine Erziehung bei der guten Domenica und die Klosterzucht der Jesuitenschule meinem Blute ein wenig Ziegenmilch beigemischt hätten; Feigheit hatte er es sogar beleidigend genannt. – Meinem Wesen fehlte es an Bestimmtheit; ich mußte mehr in der Welt leben, wollte ich sie richtig schildern. Diese Gedanken regten sich sehr lebendig in mir, als ich etwas spät am Abend an dem bekannten Spielhaus vorüberging, »Ich gehe hinauf, gerade weil ich Mangel an Mut dazu in mir fühle,« sagte ich bei mir selbst, »Ich brauche ia nicht zu spielen. Federigo und meine andern Freunde werden sagen, daß ich vernünftig gehandelt habe.« Wie schwach man doch sein kann! Mein Herz klopfte, als beginge ich eine Sünde, während meine Vernunft mir sagte, daß gar nichts dabei wäre. Schweizer standen an dem Portal, die Treppe war prächtig erleuchtet, im Vorsaale standen eine Menge Diener, die mir Hut und Stock abnahmen und die Thür öffneten, durch welche ich eine Reihe reich erleuchteter Zimmer überblickte. Es war eine große Gesellschaft, Herren und Damen; ich wollte nicht verlegen erscheinen, durchschritt rasch den ersten Saal, und niemand nahm auch die geringste Notiz von mir. Ringsum saßen sie an großen Spieltischen, Haufen von Goldstücken lagen vor jedem. Eine ältliche Dame, sicher einmal sehr schön, saß mit geschminkten Wangen, reich gekleidet und mit einem sonderbaren Falkenblick auf die Goldhaufen da; fest preßte sich ihre magere Hand um die Karten. Einige junge, sehr schöne Mädchen standen im vertraulichen Gespräche mit mehreren Herren. Alle diese schönen Töchter der Sünde, selbst die Alte mit dem Falkenblicke, hatte einmal Herzen gewonnen, wie sie jetzt nur auf dieser Farbe gewann.

In einem der kleinern Gemächer stand ein Tisch mit roten und grünen Feldern; ich sah, daß man einen oder Mehrere Colonati auf eine dieser Farben setzte; die Kugeln rollten, und wenn sie auf der erwählten Farbe liegen blieben, war der doppelte Einsatz gewonnen. Es ging so schnell wie mein Pulsschlag, Gold und Silber rollten beständig über den Tisch.

Da griff ich ebenfalls in die Tasche und warf einen Colonati auf den Tisch; er fiel auf die rote Farbe. Der Mann, welcher vor mir stand, sah mich mit einem fragenden Blicke an, ob er liegen bleiben sollte, ich nickte unwillkürlich, die Kugel rollte und verdoppelt war mein Eigentum. Ich wurde darüber ordentlich verlegen, ließ Einsatz und Gewinn stehen, und die Kugeln rollten wieder und wieder. Ich hatte Glück im Spiel, mein Blut kam in Bewegung, es war nur mein Glücksgeld, welches ich wagte. Bald lag ein Silberhaufen vor mir, auch vereinzelte Goldstücke leuchteten daraus hervor. Ich trank ein Glas Wein, denn mein Gaumen brannte. Die ganze Silber- und Geldmasse wuchs, da ich sie nicht teilte, fort und fort. Wieder rollten die Kugeln und kaltblütig strich der Bankhalter den ganzen flimmernden Haufen ein. Mein schöner Goldtraum war vorbei, aber ich war auch erwacht, spielte nicht mehr, hatte nur den eingesetzten Colonati verloren. Damit tröstete ich mich und ging in den nächsten Saal.

Unter den jungen Damen zog eine meine Aufmerksamkeit durch eine wunderbare Aehnlichkeit mit Annunziata auf sich; nur war sie größer und stärker. Unablässig ruhte mein Blick auf ihr, sie bemerkte es und trat an mich heran, fragte, ob wir eine Partie machen wollten und zeigte nach einem der kleineren Spieltische; allein ich entschuldigte mich und ging in das andere Zimmer zurück; sie folgte mir mit ihren Blikken.

Ein Teil der jungen Herren spielte in dem innersten Zimmer Billard; sie hatten, obgleich Damen mitspielten, den Rock abgelegt; ich dachte nicht gleich daran, welche Freiheit in dieser Gesellschaft gestattet war. Vorn an der Thür, den Rükken mir zugewandt, stand ein junger Mann von stattlicher Figur. Er setzte das Queu gegen den Ball und machte einen meisterhaften Stoß, weshalb man ihm lebhaft Beifall zuklatschte, selbst die Dame, welche meine Aufmerksamkeit erregt hatte, nickte freundlich und schien ihm etwas Belustigendes zu sagen. Er wandte sich um und drückte einen Kuß auf ihre Wange. Scherzend schlug sie ihm auf die Schulter, aber mein Herz bebte – es war ja Bernardo. Ich hatte nicht

den Mut näher zu treten, doch mußte ich vollkommene Gewißheit erlangen. Ich ging die Wand entlang bis zu einer
offenen Thür, die in einen großen halbdunklen Saal führte.
Aus diesem wollte ich ihn, ohne selbst gesehen zu werden,
genauer betrachten. In dem Saale herrschte Dämmerung; rote
und weiße Glaslampen verbreiteten nur ein schwaches Licht;
er stellte einen künstlichen Garten dar, Lauben mit blecher-
nen Blättern waren in demselben angebracht und Kübel mit
Orangenbäumen zwischen ihnen in hübschen Gruppen aufgestellt. Ausgestopfte Papageien mit bunten Federn schau-
kelten sich auf den Zweigen, wählend eine Orgel in ge-
dämpften Tönen leichte einschmeichelnde Melodien, die zu
Herzen gingen, spielte. Eine sanfte Kühle wehte von dem
Altane her durch die offenen Thüren.

Eben hatte ich einen flüchtigen Blick über das Ganze geworfen, als Bernardo auf mich zu hüpfte. Mechanisch zog ich
mich in die nächste Laube zurück, er sah in dieselbe hinein,
gerade nach der Richtung wo ich stand, nickte lächelnd, als
hätte er einen Bekannten gesehen, und ging in die nächste
Laube, warf sich dort auf einen Diwan und trällerte halblaut
eine Melodie vor sich her. Tausend Gefühle bewegten meine
Brust: Er hier? Ich ihm so nahe? Ich fühlte ein Zittern in meinem ganzen Körper und mußte mich setzen. Die duftenden
Blumen, die halbgedämpfte Musik, die Dämmerung, selbst
der elastische weiche Diwan, alles bewirkte eine Art Traumwelt, und nur in dieser konnte ich glauben Bernardo zu begegnen. Wie ich so dasaß, tänzelte die junge Dame, die meine
Aufmerksamkeit auf sich gezogen hatte, zur Thüre herein.
Sie stand schon in der Laube, in welcher ich mich befand,
und Schrecken machte mein Blut sieden, als Bernardo laut zu
singen begann. Sie erkannte ihn an der Stimme und war bei
ihm, ich hörte einen Kuß, er brannte mir in der Seele.

Ihn, den treulosen leichtsinnigen Bernardo, ihn hatte Annunziata mir vorgezogen! Schon so kurz nach seinem Liebesglücke konnte er sie vergessen, konnte seine Lippen auf diesem, aus Schlamm gebildeten, Schönheitsbilde entweihen.
Ich stürzte aus dem Zimmer, aus dem Hause, mein Herz

klopfte vor Zorn und Schmerz; erst gegen Morgen vermochte ich wenige Augenblicke zu ruhen.

An dem nun kommenden Abend sollte ich auf dem Theater San Carlo auftreten. Der Gedanke daran so wie das gestrige Abenteuer setzten meine ganze Seele in Bewegung. Aufrichtiger und inbrünstiger hat mein Herz nie zur Madonna und den Heiligen gebetet. Ich ging in die Kirche, ließ mir von dem Priester das heilige Brot, des Erlösers blutigen Körper, reichen, betete, daß mich dasselbe stärken und reinigen möchte, und fühlte dessen wunderbare Kraft in mir. Nur ein Gedanke griff noch störend in die mir so nötige Ruhe ein, der Gedanke, ob Annunziata sich ebenfalls hier befände, ob Bernardo ihr gefolgt wäre. Federigo brachte mir Gewißheit, sie war nicht hier, dagegen war Bernardo nach der Liste über die angekommenen Fremden schon vor vier Tagen angelangt. Santa litt, wie ich wußte, am Fieber, wollte aber trotzdem das Theater besuchen. Die Zettel waren angeschlagen, Federigo erzählte Geschichten und der Vesuv warf stärker als gewöhnlich Feuer und Asche aus. Alles war in Thätigkeit.

Die Oper hatte begonnen, als mich am Abend die Kutsche nach dem Theater holte. Hätte die Parze an meiner Seite gesessen, die Schere erhoben, um meinen Lebensfaden zu trennen, ich glaube, ich hätte gerufen: »Schneide zu!« – »Gott, lenke alles zum besten!« war mein Gebet und mein Gedanke.

Im Foyer fand ich eine Menge Bühnenkünstler und einige Schöngeister, sogar einen Improvisator, einen Professor der französischen Sprache, Santini; Maretti hatte uns schon früher miteinander bekannt gemacht. Die Konversation war leicht, sie scherzten und lachten. Die im Barbier auftretenden Sänger kamen und gingen, als handelte es sich um ein geselliges Tanzvergnügen; die Bühne war ihre gewohnte Heimat.

»Wir werden Ihnen ein Thema aufgeben,« sagte Santini, »o, eine harte Nuß, aber es geht schon. Ich entsinne mich, wie ich bebte, als ich zum erstenmal heraus mußte, aber es ging, ich hatte meine Pfiffe, kleine unschuldige Kunstgriffe, wie sie die Vernunft an die Hand giebt. Gewisse kleine Stücke von Liebe, vom Altertum, von Italiens Schönheit, Kunst und Poesie, die man anzubringen weiß, und außerdem ein paar stehende Gedichte auswendig zu wissen, darauf muß man sich verstehen.«

Ich versicherte, daß ich auf dergleichen durchaus nicht vorbereitet wäre.

»Ja, ja, das sagt man so,« erwiderte er lächelnd; »aber gut, gut! Sie sind ein vernünftiger junger Mann, es wird Ihnen glänzend gelingen.«

Das Stück war zu Ende, ich stand allein auf der leeren Bühne. »Das Schafott ist errichtet!« sagte der Regisseur lächelnd und gab dem Maschinisten das Zeichen. Der Vorhang ging in die Höhe.

Ich sah nur einen schwarzen Abgrund, konnte nur die vordersten Köpfe am Orchester und in den ersten Logen des hohen Gebäudes unterscheiden; eine dicke warme Luft wogte mir entgegen. Ich fühlte eine Fassung, die mich selbst in Erstaunen setzte. Wohl war meine Seele erregt, allein sie war, wie sie sein mußte, für jeden Gedanken leicht empfänglich. Wie die Luft am klarsten ist, wenn im Winter eine scharfe Kälte sie durchdringt, so empfand ich zugleich Spannung und Klarheit, Alle meine geistigen Fähigkeiten waren rege, wie sie sein sollten und mußten.

Jeder konnte mir auf einem Zettel einen Gegenstand aufgeben, über den ich improvisieren sollte. Ein Polizeisekretär las ihn zuerst, ob mir kein gesetzwidriges Thema zugemutet wurde, darauf konnte ich wählen. Auf dem eisten stand: » Il cavalier servente,« eine Art von Galanterie, über welche ich niemals recht nachgedacht hatte. Ich wußte zwar, der Cicisbeo, wie man statt cavalier servente auch sagt, wäre der Ritter der Gegenwart, welcher, seitdem er für seine Dame nicht mehr in die Schranken treten kann, ihr treuer Begleiter ist, welcher in die Stelle des Ehemanns tritt. Ich erinnerte mich des bekannten Sonetts: Femina di costume di maniere; Das Cicisbeat soll bei den Kaufleuten Genuas entstanden sein. Geschäfte hielten sie häufig auswärts; wollten sie nun ihre

Frauen nicht einsperren, so mußten sie sie einem Freunde anvertrauen, welcher ihr Begleiter sein konnte; gewöhnlich war dieser dann ein Geistlicher, Später wurde es allgemein Mode, niemand konnte eines solchen entbehren. Das Verhältnis war oft edel und rein und es ist vorgekommen, daß ein Gestorbener wegen seiner gewissenhaften und treuen Pflichterfüllung als Cicisbeo in der Leichenrede gerühmt wurde. Vom Toilettentische bis zur Schlafzeit ist der Cicisbeo um seine Dame; die größte Aufmerksamkeit gegen dieselbe und dagegen Gleichgültigkeit gegen andere ist seine Pflicht. – Oben erwähntes Sonett findet sich in W. Müllers »Rom, Römer und Römerin« im 2. Bande abgedruckt. aber augenblicklich wollte sich kein Gedankenfaden bei mir bilden. Ich öffnete mit großer Erwartung das andere Papier; darauf stand »Capri«; auch dies setzte mich in Verlegenheit; ich war nie auf der Insel gewesen, hatte ihre schöne Gebirgsformation nur von Neapel aus gesehen. Was ich nicht kannte, konnte ich auch nicht besingen, deshalb mußte ich mich lieber an il oavalier servente halten. Ich öffnete den dritten Zettel. »Neapels Katakomben« lautete sein Thema. Zwar war ich auch nicht darin gewesen, aber das Wort Katakomben rief ein furchtbares Ereignis aus meiner Kindheit wieder in mir wach. Meine Wanderung mit Federigo und unser Abenteuer stand lebendig vor meiner Seele. Ich griff einige Accorde, die Verse bildeten sich von selbst, ich erzählte, was ich empfunden und erlebt hatte, nur daß es Neapels und nicht Roms Katakomben waren. Zum zweitenmal ergriff ich den Glücksfaden wie damals, ein wiederholentlicher stürmischer Beifall begrüßte mich, es war mir, als ob Champagner statt des Blutes durch meine Adern rollte. Nun gab man mir »Fata Morgana« auf; auch diese schöne Lufterscheinung, die in Neapel und Sizilien sich oft in wunderbarer Pracht zeigt, hatte ich nicht gesehen, aber desto besser kannte ich dafür die schöne Fee Phantasie, welche in diesen schimmernden Schlössern wohnt. Meine eigene Traumwelt konnte ich schildern, in dieser schwebten auch ihre Gärten und Schlösser, In meinem Herzen wohnte ja des Lebens schönste Fata Morgana.

Schnell überdachte ich meinen Stoff, eine kleine Erzählung bildete sich daraus, und während des Gesanges entstanden beständig neue Ideen und reihten sich aneinander. Ich begann mit einer Schilderung der in Trümmer gesunkenen Kirche bei Posilippo, ohne gerade diesen Namen auszusprechen. Die romantische Wohnung darin hatte mich angesprochen, und ich gab ein Bild der Kirche, welche sich nun in ein Fischerhaus verwandelt hatte. Ein kleiner Knabe lag im Bette unter dem Fenster, in dessen Scheibe San Georgs Bild eingebrannt war. In der stillen mondhellen Nacht kam ein kleines wunderliebliche« Mädchen zu ihm; es war so schön, so leicht wie die Luft und hatte herrliche bunte Flügel an den Schultern. Sie spielten zusammen und darauf führte dasselbe ihn in den grünen Weingarten hinaus, wo es ihm tausend Herrlichkeiten zeigte, die er nie zuvor gesehen hatte. Sie gingen in den Berg hinein, der sich öffnete und große glänzende Kirchen voller Bilder und Altäre in sich barg. Sie segelten auf dem blauen Meere nach dem rauchenden Vesuv hinüber, und der Berg war wie von Glas. Sie sahen, wie das Feuer darin flammte und loderte; sie besuchten unter der Erde die alten Städte, von welchen der Knabe schon hatte erzählen hören, und alle Leute lebten, und er sah ihren Reichtum und ihre Pracht, die sogar noch größer waren, als uns jetzt ihre Ueberreste erkennen lassen. – Das Mädchen löste ihre Flügel und band sie ihm an die Schultern. Selbst brauchte es sie nicht, denn es war leicht wie die Luft. Da flogen sie denn über die Orangenhaine, über das Gebirge, über die üppig grünen Sümpfe nach dem alten Rom mitten in der öden toten Campagna; flogen über das schöne blaue Meer, weit an Capri vorüber, ruhten auf den roten leuchtenden Wolken, und das kleine Mädchen küßte ihn, nannte sich die Phantasie, zeigte ihm seiner Mutter prächtige, aus Luft und Strahlen gebaute Burg, und in derselben spielten sie glücklich und froh. Als aber der Knabe heranwuchs, kam das kleine Mädchen seltener, nur im Mondschein guckte es zwischen dem bunten Weinlaub und den Orangen hervor, nickte ihm zu und er wurde betrübt und voller Sehnsucht. Seinem Vater mußte er mit auf der See helfen, mußte lernen die Ruder gebrauchen, die Segel reffen und das Boot im Sturme lenken. Aber je mehr er heranwuchs, desto fester verwuchsen auch seine Gedanken mit seiner lieben Spielschwester, die nie mehr kam. Oft ließ er in der mondhellen Nacht, wenn er auf der stillen See war, das Ruder ruhen; durch das klare tiefe Wasser schaute er den Grund mit seinem Sande und seinen Gewächsen. Die Phantasie blickte dann mit ihren dunklen schönen Augen zu ihm empor, schien ihm zu winken und ihn hinabzurufen. Eines Morgens scharten sich die Fischer am Ufer zusammen; in den Strahlen der aufgehenden Sonne schwamm dicht bei Capri eine neue wunderbar herrliche Insel, aus den Farben des Regenbogens erbaut und mit leuchtenden Türmen, Sternen und hellen purpurfarbigen Wolken geschmückt. »Fata Morgana!« riefen alle und jubelten froh bei dem herrlichen Anblick, aber der junge Fischer erkannte die Stätte nur zu gut, dort hatte er mit der schönen Phantasie gespielt, dort hatte er mit ihr gewohnt, eine eigentümliche Wehmut und Sehnsucht ergriff seine Seele, aber durch seine Thräne erbleichte und verschwand das ganze bekannte Bild. – An dem mondhellen Abend stieg wieder das Schloß und die Insel, aus Strahlen und Duft gebaut, empor. Von dem Vorgebirge, auf welchem die Fischer standen, sahen sie ein Boot pfeilgeschwind auf das seltsame schwimmende Land loseilen und verschwinden, und plötzlich erlosch das ganze Strahlengebäude, eine kohlschwarze Wolke erhob sich über die See, eine Wasserhose bewegte sich über die ruhige Oberfläche, die nun dunkelgrüne Wellen schlug. Als sie vorübergezogen war, lag die See wieder ruhig, der Mond schien auf das blaue Wasser hinab, aber kein Boot war zu sehen, der junge Fischer war verschwunden, verschwunden mit der schönen »Fata Morgana.«

Derselbe Beifall, wie vorher, begrüßte mich wieder; mein Mut und meine Begeisterung steigerte sich; in jedem Namen fand ich Erinnerungen an mein eigenes Leben, die ich nur auszusprechen brauchte. – Ich sollte über Tasso improvisieren. Ich sah mich selbst in ihm, Leonore war Annunziata, wir sahen einander an Ferraras Hofe, ich litt mit ihm im Gefängnisse, atmete, mit dem Tode im Herzen, wieder die Freiheit, indem ich von Gorrento über das wogende Meer nach Neapel blickte, saß mit ihm unter der Eiche bei St. Onophrii Kloster, die Glocke des Kapitols läutete zu seinem Krönungsfeste, aber der Todesengel kam und reichte ihm zuerst seine Krone, die Krone der Unsterblichkeit!

Mein Herz klopfte heftig, ich war davon ergriffen, fortgerissen von dem Fluge meiner Gedanken. Noch ein Gedicht trug ich vor, es war das letzte: Sapphos Tod. Die Qual der Eifersucht empfand ich selbst bei der Erinnerung an Bernardo, Annunziatas Kuß auf seiner Stirne brannte in meiner Seele. Sapphos Schönheit glich Annunziatas, aber ihr Liebeskummer war der meinige. Die Wogen schlossen sich über Sappho.

Mein Gedicht hatte zu Thränen gerührt, ein rauschender Beifall erschallte von allen Seiten, und nach dem Fallen des Vorhangs wurde ich zweimal hervorgerufen. Eine Glückseligkeit, eine namenlose Freude durchströmte mich, preßte mir aber zugleich das Herz, als ob es brechen sollte. Als ich von der Bühne kam, und man mich umarmte und beglückwünschte, brach ich in Weinen, in ein heftiges krampfhaftes Weinen aus.

Mit Santini, Federigo und einigen der Sänger wurde ein lustiger Abend gefeiert, meine Gesundheit getrunken, und ich war glücklich, aber meine Lippe wie gebunden.

»Er ist eine Perle!« sagte Federigo in seiner Lustigkeit von mir, »sein einziger Fehler besteht darin, daß er auch ein zweiter Joseph ist. Genieße das Leben, Antonio, pflücke die Rosen, eh' sie verblühn.«

Spät kam ich nach Hause und unter Dank und Gebet zur Madonna und zu dem Heiland, die mich nicht verlassen hatten, schlief ich bald tief und fest.

Santa. Der Ausbruch. Alte Verhältnisse.

Am nächsten Morgen war ich Federigo gegenüber ein neugeborener Mensch; ich konnte meine Freude aussprechen, was ich den Abend vorher nicht vermochte. Das Leben um mich her kam mir freundlicher vor, ich fühlte mich älter, schien durch den Beifallsthau, der auf meinen Lebensbaum gefallen war, gereifter zu sein. Santa mußte ich einen Besuch abstatten, sie hatte mich ja gestern Abend gehört, ich sehnte mich danach, auch ihr Lob, welches mir nicht fehlen würde, einzusaugen. Maretti empfing mich voller Begeisterung, aber Santa hatte, nachdem sie aus dem Theater gekommen war, die ganze Nacht stark gefiebert. In diesem Augenblicke schliefe sie, aber der Schlaf würde sie gewiß stärken, und ich mußte versprechen gegen Abend wieder zu kommen. Den Mittag verlebte ich mit Federigo und meinen neuen Freunden, Gesundheit wurde auf Gesundheit getrunken, dem weißen Lacrimä Christi folgte der Kalabreserwein, ich wollte nicht mehr trinken, mein Blut brannte, der Champagner sollte kühlen. Munter und heiter trennten wir uns; als wir auf die Straße hinauskamen, glänzte förmlich die Luft infolge des Ausbruchs des Vesuvs und des starken Lavastroms. Mehrere fuhren bereits hinaus, um das furchtbar schöne Schauspiel der Natur anzusehen. Ich ging zu Santa, es war erst kurz nach dem Ave Maria. Sie wäre ganz allein und befände sich weit besser, sagte die Magd, der Schlaf hätte sie gestärkt; ich dürfte gewiß eintreten, aber niemand sonst.

Ein hübsches gemütliches Zimmer mit langen dichten Vorhängen vor den Fenstern, eine schöne Marmorstatue des Amor, welcher seine Pfeile schärfte, eine argantische Lampe, deren Licht dem Ganzen ein magisches Kolorit verlieh, war das erste, was ich sah. Santa lag in einem leichten Nachtgewande auf dem weichen seidenen Sofa. Sie richtete sich, während ich eintrat, halb in die Höhe, hielt mit der einen Hand die Decke um sich und streckte mir die andere entgegen.

»Antonio!« rief sie, »es ging ja herrlich; glücklicher Mensch! Alle haben Sie hingerissen! O, Sie wissen nicht, wie besorgt ich Ihrethalben war, wie mein Herz klopfte, und wie selig ich wieder aufatmete, als Sie in solcher Weise meine höchste Erwartung übertrafen.«

Ich verbeugte mich vor ihr, fragte nach ihrer Gesundheit, sie reichte mir die Hand und versicherte, daß es besser wäre. – »Ja weit besser!« sagte sie und fügte hinzu: »Sie sehen auch wie neugeboren aus. Sie waren schön, sehr, sehr schön! Als die Begeisterung Sie hinriß, sahen Sie idealisch aus. Sie waren es, den ich in jedem Gedichte sah. Unter dem kleinen Knaben mit dem Maler in den Katakomben dachte ich mir Sie und Federigo.«

»So war es auch!« rief ich, »ich selbst habe erlebt, was ich sang.«

»Ja,« erwiderte sie, »alles haben Sie selbst erlebt, der Liebe Glück, der Liebe Schmerz; möchten Sie so glücklich werden, wie Sie es verdienen!«

Ich sagte ihr, welche Veränderung allem Anscheine nach in meinem ganzen Wesen vor sich gegangen wäre, wieviel freundlicher das Leben mir jetzt lächelte, und sie ergriff meine Hand und schaute mir mit ihrem dunklen ausdrucksvollen Auge bis in die Seele. Sie war schön, schöner als gewöhnlich, eine feine Röte glühte auf ihren Wangen, das schwarze glänzende Haar, aus der schön gebildeten Stirne glatt zurückgekämmt, floß in reichen Wellen hinab. Der üppige Wuchs zeigte das Bild einer Juno, schön, wie nur ein Phidias es zu bilden vermochte.

»Ja, für die Welt müssen Sie leben,« sagte sie, »Sie sind ihr Eigentum, Millionen werden Sie erfreuen und entzücken, lassen Sie deshalb den Gedanken an eine Einzelne nicht störend in Ihr Glück greifen; Sie sind der Liebe wert, Sie reißen hin durch Ihren Geist, durch Ihr Talent, durch«

– – Sie zog mich auf den Diwan an ihre Seite nieder.

– »Wir müssen ernstlich reden, wir haben ja seit jenem A-bende, wo der Kummer so schwer auf Ihrer Seele lag, nicht recht zusammen reden können. – Sie schienen damals, ja wie soll ich es nennen – Sie schienen mich mißverstanden zu haben. –«

Das hatte mein Herz auch, und oft hatte ich es mir vorgeworfen. »Ich bin Ihrer Güte nicht wert,« rief ich, einen Kuß auf ihre Hand drückend, und schaute ihr mit Reinheit in Blick und Gedanken in das dunkle Auge. Und doch brannte ihr Blick, während er ernst, fast möchte ich sagen durchbohrend auf mir ruhte. Hätte uns ein Fremder gesehen, würde er da Schatten gefunden haben, wo nur Licht und Reinheit war. Es war, mein Herz wenigstens konnte das laut aussprechen, als ob sich hier Bruder und Schwester, Augen und Gedanken begegneten.

Sie war selbst bewegt, ich sah ihre Brust sich stark heben, sie löste eine Schleife, um freier zu atmen. »Sie sind meiner wert!« sagte sie, »Geist und Schönheit sind jedes Weibes wert,« Sie legte ihren Arm um meine Schulter und schaute mir ins Auge und mit einem unendlich vielsagenden Lächeln fuhr sie fort: »Und ich konnte glauben, daß Sie nur in einer Idealwelt träumten, Feinheit und Klugheit besitzen Sie, und diesen folgt der Sieg, Deshalb brannte das Fieber in meinem Blute, deshalb war ich krank, – Sie können alles mit mir anfangen, Antonio! Ihr Kuß, Ihre Liebe ist mein Traum, mein Gedanke!« Sie drückte mich fest an ihre Brust, ihre Lippen glühten wie Feuer, welches auch in mein Blut, in meine Seele, in mein Herz überströmte – –. Ewige Mutter Gottes! Dein heiliges Bild stürzte da plötzlich von der Wand mir gerade auf den Kopf. Es war nicht Zufall, nein, du berührtest meine Stirne, ergriffest mich, als ich in den Malstrom der Leidenschaft hinabsinken wollte.

»Nein, nein!« schrie ich und sprang auf, mein Blut war wie siedende Lava.

»Antonio!« rief sie, »töte mich, töte mich, aber verlaß mich nicht!« – Ihre Wangen, ihre Augen, Blick und Ausdruck, alles war Leidenschaft, und doch war sie so schön, ein mit Flammen gemaltes Schönheitsbild. Ich fühlte ein Zittern in allen meinen Nerven, und ohne Antwort verließ ich das Zimmer und flog die Treppen hinab, als ob mich ein böser Geist verfolgte.

Auch draußen flammte alles wie in meinem Blute; der Luftstrom wogte mir Wärme entgegen, der Vesuv stand in glühendem Feuer, die Ausbrüche erleuchteten alles weit und breit. Luft, Luft verlangte mein Herz; ich eilte nach dem Molo, der Schiffsbrücke, hinab, eilte nach dem offenen Meerbusen und unmittelbar dort, wo die Brandung sich brach, setzte ich mich nieder. Blutrot unterliefen mir die Augen, ich kühlte meine Stirn mit dem salzigen Seewasser und riß mir den Rock auf, damit jeder Luftzug mir Kühlung bringen könnte; aber alles war Flamme, das Meer selbst leuchtete im Widerscheine der glühenden Lava, die sich den Berg hinabwälzte, wie Feuer. Wohin ich sah, stand sie mit Flammen gemalt vor mir und schaute mir mit dem flehenden brennenden Feuerblicke bis in die Seele. »Töte mich, aber verlaß mich nicht!« klang es mir vor den Ohren. Ich hielt mir die Ohren zu, richtete meine Gedanken auf Gott, aber sie sanken zurück, es war, als ob ihnen die Flamme der Sünde die Flügel versenkt hätte. Ein böses Gewissen muß uns zerschmettern können, wenn schon ein sündiger Gedanke unsern Mut und unsere Stärke zu lähmen vermag.

»Wünschen Eccellenza ein Boot nach Torre del Annunziata?« sagte eine Stimme dicht neben mir, und der Name Annunziata jauchzte wieder Bewegung in meine Seele.

»Der Lavastrom schreitet drei Ellen in der Minute fort,« sagte der Mann, der mit dem Ruder sein Boot dicht am Lande hielt. »In einer halben Stunde könnten wir dort sein.«

»Das Meer wird Kühlung bringen,« dachte ich und sprang in das Boot. Der Schiffer stieß vom Lande ab, hißte das Segel auf, und nun flogen wir, wie vom Winde getragen, über das blutrote glühende Wasser hin. Ein frischer Wind wehte mir um die Wangen, ich atmete freier und fühlte mich ruhiger und besser, als wir auf der andern Seite des Meerbusens ans Land stießen. »Nie will ich Santa mehr sehen!« beschloß ich fest in meinem Herze»! »fliehen will ich die Schlange der Schönheit, die mir die verbotene Frucht der Erkenntnis zeigt. – Tausende werden deshalb meiner spotten, aber lieber will ich das Hohngelächter derselben ertragen als den Jammerschrei meines Herzens vernehmen. Die Madonna ließ ihr heiliges Bild von der Wand fallen, damit ich nicht fallen sollte.« Tief fühlte ich ihre beschirmende Gnade.

Eine wunderbare Freude durchströmte mich, alles Edle und Gute jubelte Siegeshymnen in meinem Herzen, ich war wieder Kind mit Seele und Gedanken. »Vater, lenke alles zu meinem Besten!« und frohen Mutes, als wäre mein Glück für ewig begründet, wanderte ich durch die Straßen des Städtchens auf die Landstraße hinaus.

Alles war in Bewegung, Wagen und Kabriolette voller Menschen jagten vorüber, man schrie, jubelte und sang, alles schien ringsum in hellen Flammen zu stehen. Der Lavastrom hatte eine der kleinen Städte erreicht, welche am Fuße des Berges liegen, die Familien flüchteten sich, ich sah Frauen mit kleinen Kindern an der Brust und einem Bündel unter dem Arme, hörte ihren Jammer und mußte mit den ersten die kleine Summe teilen, welche ich bei mir hatte. Ich folgte dem allgemeinen Strome zwischen den von weißen Mauern eingefaßten Weingärten hindurch den Berg hinauf. Alles drängte sich nach dem von dem Lavastrome bedrohten Orte hin. Eine große Anzahl Weingärten lag zwischen uns und der Lava, die mehrere Klaftern hoch sich gleich einem glühenden Feuermeere über Gebäude und Mauern vorwärts wälzte. Der Jammer der Flüchtenden, der Jubel der Fremden über den imponierenden Anblick, das Geschrei der Kutscher und Händler, die Gruppen betrunkener Bauern, die scharenweise um die Branntweinverkäufer standen, die Fahrenden und Reitenden, alles von dem Feuerschein beleuchtet, boten eine Scene dar, die es unmöglich ist getreu zu schildern. Man konnte an den Lavastrom, der seine bestimmte Richtung verfolgte, ganz nahe herantreten. Manche steckten Stöcke oder Geldmünzen hinein, die sie, in ein Lavastück eingeklemmt, wieder herausnehmen ließen. Furchtbar schön sah es aus, als sich ein Teil der Feuermasse infolge ihrer Höhe losriß, es glich der Brandung des Meeres. Das abgefallene Stück lag wie ein strahlender Stern außerhalb des Stromes. Die Luft kühlte zuerst die hervorstehenden Ecken und Ränder ab, die dadurch schwarz wurden, und das ganze Stück nahm sich nun wie strahlendes Gold in einem kohlschwarzen Netze aus. An einem der Weinstöcke hatte man ein Madonnabild aufgehängt, in der Hoffnung, daß das Feuer vor der Heiligen Halt machen wurde, aber in gleichmäßigem Gange schritt es vorwärts. Die Hitze versengte die Blätter an den hohen Stöcken, sie neigten ihre Kronen dem Feuer entgegen, als wollten sie um Gnade bitten. Erwartungsvoll ruhte mancher Blick auf dem Bilde der Madonna, aber der Stock neigte sich mit derselben tief vor dem glühenden Feuerstrom; nur wenige Ellen war derselbe noch entfernt. Da sah ich einen Kapuzinermönch dicht neben mir den Arm hoch erheben und hörte, wie er laut rief, daß das Bild der Madonna schon anfinge zu brennen, »Rettet sie, die euch von den ewigen Feuerflammen erretten will!« Alle aber bebten zurück und starrten entsetzt nach der Stelle hin. Da stürzte eine Frau hervor, rief den Namen der Madonna und eilte dem glühenden Tode entgegen, doch in demselben Augenblicke gewahrte ich, wie ein junger Offizier zu Pferde sie mit gezogenem Degen zurücktrieb, trotzdem das Feuer sich wie eine Bergwand dicht neben ihm erhob.

»Wahnsinnige!« rief er, »die Madonna bedarf deiner Hilfe nicht. Sie will, daß dies schlecht gemalte und von den Händen eines Sünders entweihte Bild im Feuer verbrennen soll!« Bernardo war es, ich erkannte seine Stimme; sein rascher Entschluß hatte ein Menschenleben gerettet, seine Rede ein Aergernis gehoben. Ich mußte ihn achten und wünschte von Herzen, daß wir nie getrennt worden wären. Noch fühlte ich, wie mein Puls schlug, ich hatte nicht Lust und Mut, ihn von Angesicht zu Angesicht zu sehen.

»Antonio, bist du es!« hörte ich da auf einmal eine Stimme rufen. Zuerst glaubte ich, Bernardo wäre es; eine Hand drückte die meinige. Es war Fabiani, Eccellenzas Schwiegersohn, Francescas Gemahl, der mich als Kind gekannt hatte und mir nun nach dem erhaltenen Briefe ebenso zürnen mußte, wie die andern, mich ebenso, wie diese, verstoßen hatte.

»Prächtig, daß wir uns hier treffen müssen!« sagte er, »Wie wird Francesca sich freuen dich zu sehen. – Aber schön ist es von dir nicht, daß du uns nicht aufgesucht hast; wir sind ja schon seit acht Tagen in Castellamare.«

»Das ist mir völlig unbekannt!« erwiderte ich, »außerdem – – ,«

»Richtig, du bist ja mit einem Male ein ganz anderer Mensch geworben, hast Liebeshandel gehabt und,« fügte er ernster hinzu, »sogar ein Duell, weshalb du förmlich desertiertest, etwas, dem ich durchaus nicht meinen Beifall schenken kann. Eccellenza hat es uns in wenigen Worten mitgeteilt, und wir waren sehr erstaunt darüber. Er hat dir doch gewiß geantwortet und wahrscheinlich nicht in den sanftesten Ausdrükken?«

Mein Herz klopfte stark, ich fühlte die Kette, mit der Wohlthaten mich einst gefesselt hielten, von neuem um mich geschlungen. Betrübt äußerte ich meinen Schmerz darüber, so gänzlich von ihnen allen verstoßen zu sein.

»Nein, nein, Antonio!« sagte Fabiani, »das kann nicht der Fall sein. Komm mit in meinen Wagen. Francesca soll heute Abend durch deine Anwesenheit überrascht werden. Wir können Castellamare bald erreichen, und im Gasthofe wird sich wohl ein Plätzchen für dich finden! Du mußt mir erzählen, was vorgefallen ist. Es ist eine Thorheit zu verzweifeln, Eccellenza ist heftig, du kennst ihn ja, aber alles wird wieder gut werden.«

»Nein, das kann es nicht!« entgegnete ich halblaut, wieder in meinen Kummer versinkend.

»Es muß und wird!« sagte Fabiani und führte mich nach seinem Wagen.

Ich mußte ihm alles erzählen. »Du improvisierst doch nicht?« fragte er lächelnd, als ich von meiner Flucht und von Fulvia in der Räuberhöhle erzählte.

»Es klingt so poetisch, als ob hierbei deine Phantasie und nicht deine Erinnerung die Hauptrolle spielte. – Streng, allzu streng!« sagte er, als er den Inhalt von Eccellenzas Brief vernahm, »aber du wirst ja wohl daraus erkennen, daß seine Strenge gerade aus seiner großen Liebe zu dir herrührt. Du bist doch nachher nicht auf einem Theater aufgetreten?«

»Gestern Abend!« erwiderte ich.

»Das ist in der That kühn von dir!« rief er, »Wie ging es denn?«

»Herrlich, glücklich!« versetzte ich mit froher Stimme. »Mir ward großer Beifall zu teil, zweimal wurde ich hervorgerufen.«

»Ist es möglich? Du machtest Glück?«

Es lag ein Zweifel in diesem Ausdruck, der mich tief verletzte. Mein Dankbarkeitsverhältnis band mir die Lippen. Ich fand bei dem Gedanken an das Zusammentreffen mit Francesca eine Art Verlegenheit, denn ich wußte ja, wie streng und ernst sie sein konnte. Fabiani tröstete mich halb scherzend damit, daß es ohne Buß- und Strafpredigt abgehen würde, obgleich mir eine solche nicht schaden könnte.

Wir langten vor dem Hotel an.

Ach, Fabiani!« rief ein junger geputzter frisierter Herr, der uns entgegen kam, »gut, daß du kommst; deine Signora ist schon ungeduldig! – Ach!« rief er, indem er mich bemerkte, »du bringst den jungen Improvisator mit. Cenci, nicht wahr?«

»Cenci?« wiederholte Fabiani und sah mich verwundert an.

»Der Name, welchen ich auf dem Theaterzettel annahm,« erwiderte ich.

»So, so!« rief er, »nun, das war wenigstens« vernünftig.« »Wie vortrefflich versteht er von Liebe zu singen,« sagte der Fremde. »Du hättest gestern Abend in San Carlo sein sollen; was ist das für ein Talent!« Er reichte mir verbindlich die

Hand und bezeugte mir seine Freude darüber, meine angenehme Bekanntschaft zu machen, »Ich speise heute Abend mit euch!« sagte er zu Fabiani, »ich lade mich selbst auf unsern vortrefflichen Sänger ein, und du und deine Frau, ihr werdet mir hoffentlich den Zutritt nicht verwehren.«

»Du bist, wie du weißt, stets willkommen!« versetzte Fabiani.

»Aber so stelle mich dem fremden Herrn doch vor!«

»Der Ceremonien bedarf es hier nicht,« entgegnete Fabiani; »er und ich, wir kennen einander ganz genau; meine Freunde brauchen ihm nicht vorgestellt zu werden. Es wird ihm eine große Ehre sein, deine Bekanntschaft zu machen,«

Ich verneigte mich, fühlte mich aber mit Fabianis Weise sich auszudrücken nicht völlig zufrieden.

»Nun, so muß ich mich selbst vorstellen,« sagte der Fremde. »Sie habe ich schon die Ehre zu kennen, mein Name ist Gennaro, ich bin königlicher Gardeoffizier und,« fügte er lächelnd hinzu, »von guter neapolitanischer Familie. Viele,« fuhr er fort, »geben ihr sogar Nummer eins. Es kann leicht richtig sein; besonders thun sich meine Tanten viel darauf zu gute. Unendlich erfreut bin ich, einen jungen Mann kennen zu lernen, dessen außerordentliches Talent, dessen – –«

»Still doch, still!« unterbrach ihn Fabiani, »er ist an dergleichen nicht gewohnt! Nun kennt ihr ja einander, Francesca wartet; es steht eine Versöhnungsscene zwischen ihr und deinem Improvisator bevor. Vielleicht kannst du Gelegenheit bekommen, deine Beredsamkeit zu zeigen.«

Ich wünschte, er hätte das nicht gesagt, aber es waren ja Freunde, wie konnte Fabiani sich in meine peinliche Lage versetzen. Er führte uns zu Francesca hinein, unwillkürlich hielt ich mich einige Schritte zurück.

»Endlich, mein vortrefflicher Fabiani!« rief sie, »endlich!«

»Endlich!« wiederholte er, »und dazu bringe ich zwei Gäste mit.«

»Antonio!« rief sie laut und ihre Stimme sank wieder, »Signore Antonio.« Sie richtete einen strengen ernsten Blick auf mich und auf Fabiani. Ich verneigte mich und wollte ihr die Hand küssen, aber sie schien es nicht zu bemerken, reichte sie Gennaro und äußerte, wie lieb es ihr wäre, ihn beim Abendessen zu sehen, »Erzähle mir von dem Ausbruche des Vesuv,« begann sie, »hat der Lavastrom seine Richtung verändert?«

Fabiani erzählte, was er gesehen, und schloß damit, daß er mich dort getroffen, daß ich sein Gast wäre, und Gnade für Recht ergehen müßte.

»Ja,« rief Gennaro, »zwar weiß ich nicht, worin er sich versündigt hat, aber dem Genie muß man alles verzeihen.«

»Sie sind in Ihrer gewöhnlichen vortrefflichen Laune,« sagte sie und nickte mir nun recht gnädig zu, während sie Gennaro versicherte, sie hätte durchaus nichts zu vergeben. »Was bringen Sie sonst für Neuigkeiten?« fragte sie ihn, »Was melden die französischen Zeitungen? Wie brachten Sie den gestrigen Abend zu?«

Ueber die erste Frage ging er flüchtig dahin, die andere behandelte er mit desto größerem Interesse.

»Ich war im Theater und hörte den letzten Akt des Barbiers. Josephine sang wie ein Engel, aber wenn man Annunziata gehört hat, so kann einen niemand mehr befriedigen. Ich kam indes auch hauptsächlich, um den Improvisator zu hören.«

»Befriedigte er Sie?« fragte Francesca.

»Er übertraf meine, ja aller höchste Erwartung,« erwiderte er. »Ich sage das durchaus nicht, um ihm zu schmeicheln, und was kümmert er sich auch wohl um meine geringe Kritik; aber was war das für eine Improvisation! Er lebte und webte in seinem Gedichte und riß uns alle mit fort. Welch Gefühl! Welche Phantasie! Er sang von Tasso, von Sappho, von den Katakomben; es waren Gedichte, die aufbewahrt werden sollten!«

»Ein glückliches Talent, welches man nicht genug schätzen und bewundern kann,« sagt« Francesca, »Wäre ich doch dagewesen!«

»Aber wir haben ja den Mann bei uns,« sagte Gennaro und wies auf mich.

»Antonio!« lief sie fragend, »Er hat improvisiert?«

»Ja, wie ein Meister!« versetzte Gennaro; »aber Sie kennen ihn ja und müssen ihn also schon gehört haben,«

»Ja, recht oft,« entgegnete sie lächelnd; »wir bewunderten ihn schon als kleinen Knaben.«

»Ich bekränzte ihn sogar das erste Mal, als ich ihn hörte,« sagte Fabiani ebenfalls im Scherz. »Er besang meine Frau, als wir noch nicht verheiratet waren. Aber nun zu Tische! Du führst meine Francesca, und da wir weiter keine Damen haben, nehme ich den Improvisator, Signore Antonio! ich bitte mir deinen Arm aus.«

Er führte mich darauf hinter den andern her in das Speisezimmer.

»Aber du hast Cenci, oder wie sonst eigentlich unser junger Freund heißt, nie mir gegenüber erwähnt.«

»Wir nennen ihn Antonio,« sagte Fabiani, »wir hatten ja keine Ahnung davon, daß er als Improvisator auftreten wollte. Sieh, das war gerade die Ursache zu der erwähnten Versöhnungsscene. Du mußt wissen, er ist gewissermaßen ein Sohn des Hause«. Nicht wahr, Antonio?« Ich verneigte mich mit einem dankbaren Blicke. »Es ist ein vortrefflicher Mensch, an seinem Charakter ist nichts auszusetzen; aber er will nichts lernen.«

»Wenn er nun aber alles au« dem großen Buche der Natur herauszulesen vermag, weshalb ihm dann Hindernisse in den Weg legen?«

»Sie müssen ihn uns durch Ihre Lobsprüche nicht verderben,« sagte Francesca scherzend, »wir glaubten, er säße bei

243

seinen Klassikern, studierte Physik und Mathematik, und statt dessen seufzt und schwärmt er für eine junge neapolitanische Sängerin.«

»Das beweist, daß er Gefühl hat,« sagte Gennaro. »War sie denn schön? Wie heißt sie?«

»Annunziata,« sagte Francesca: »ein seltenes Talent, eine ganz ausgezeichnete Frau,«

»In sie bin ich selbst verliebt gewesen, er hat einen guten Geschmack. Auf Annunziatas Wohl, Herr Improvisator!«

Er stieß mit mir an. Ich konnte kein Wort sagen; es schmerzte mich, daß Francesca so leicht meine Wunde vor einem Fremden entblößte, aber sie betrachtete ja freilich das Ganze von einer völlig andern Seite als ich.

»Ja,« fuhr sie fort, »er hat sich ihrethalben sogar duelliert, hat den Neffen des Senators, da sie Nebenbuhler waren, in der Seite verwundet, weshalb er die Flucht ergreifen mußte. Der Himmel mag wissen, wie er über die Grenze gekommen ist; und darauf tritt er noch auf San Carlo auf! Es ist im Grunde genommen eine Entschlossenheit und Kühnheit, die ich ihm gar nicht zugetraut hätte.«

»Der Neffe des Senators,« wiederholte Gennaro; »nun, das interessiert mich. Er ist dieser Tage hierher gekommen und in königliche Dienste getreten; ich bin eines Abends mit ihm zusammengetroffen. Ein schöner interessanter Mann – ach, nun begreife ich alles! Annunziata kommt bald her, ihr Liebhaber ist ihr vorangeflogen, hat sich hier festgesetzt, und bald werden wir wohl auf dem Zettel lesen, daß sich die Sängerin zum letzten, zum allerletztenmal hören läßt.«

»Sie glauben, er werde sich mit ihr verheiraten?« fragte Francesca. »Aber das würde doch ein Skandal für seine Familie sein.«

»Man hat Beispiele davon,« sagte ich mit bebender Stimme, »daß sich ein Edelmann durch die Hand einer Künstlerin geehrt und beglückt gefühlt hat.« »Beglückt vielleicht,« unterbrach sie mich, »allein geehrt niemals.«

»Ja, meine gnädige Signora!« ergriff Gennaro das Wort; »ich würde mich geehrt fühlen, falls sie mich wählte, und dasselbe traue ich auch jedem andern zu.«

Sie redeten viel, recht viel von ihr und Bernardo; sie vergaßen, wie schwer mir jedes Wort auf das Herz fiel.

»Aber Sie müssen uns mit einer Improvisation erfreuen! Signora wird Ihnen ein Thema aufgeben.«

»Ja,« fügte Francesca lächelnd, »besinge uns die Liebe, das ist etwas, was Gennaro interessiert und worauf du dich verstehst.«

»Ja, Liebe und Annunziata!« rief Gennaro.

»Ein anderes Mal will ich alles thun, was Sie von mir verlangen,« sagte ich, »aber heute Abend ist es mir unmöglich. Ich befinde mich nicht ganz wohl; ohne Mantel fuhr ich über die See. Beim Lavastrom war es so warm, und darauf fuhr ich an dem kühlen Abend hierher.«

Gennaro bat mich inständig doch zu improvisieren! aber an dieser Stelle und über dieses Thema konnte ich mich nicht dazu überwinden.

»Er hat schon Künstlermanieren,« sagte Fabiani, »er will sich nötigen lassen. Willst du uns nicht lieber morgen nach Pästum begleiten, dort kannst du Stoff für deine Dichtungen finden! – Du solltest dich etwas kostbar machen. Es hält dich wohl schwerlich etwas in Neapel zurück.«

Ich verneigte mich verlegen, da es mir nicht gut möglich schien, eine abschlägige Antwort zu erteilen.

»Ja, er muß mit!« rief Gennaro, »und sobald er erst in den griechischen Tempeln steht, wird der Geist über ihn kommen, und er wird wie ein Pindar singen.«

»Wir reisen morgen,« fuhr Fabiani fort, »die ganze Fahrt ist in vier Tagen abgemacht. Auf dem Heimwege besuchen wir Amalfi und Capri. Du bist also dabei?«

Ein Nein hätte, wie die Zeit zeigen wird, vielleicht mein ganzes Schicksal verändert. Die vier Tage dieser kurzen Reise raubten mir, wie ich wohl behaupten darf, sechs Jugendjahre, Und der Mensch sollte frei sein? Ja freilich, wir können in die Fäden, die vor uns liegen, frei hineingreifen, aber wo sie befestigt sind, sehen wir nicht. Ich dankte, sagte ja und ergriff den Faden, der den Vorhang meiner Zukunft dichter zusammenziehen sollte.

»Morgen reden wir miteinander,« sagte Francesca, als wir uns nach Tische trennten, und sie reichte mir ihre Hand zum Kusse.

»Noch heute Abend schreibe ich an Eccellenza,« waren Fabianis Worte; »ich will die Versöhnungsscene vorbereiten.«

»Und ich will von Annunziata träumen!« rief Gennaro, »Ich werde doch deshalb keine Herausforderung bekommen?« fügte er lächelnd hinzu, indem er mir die Hand drückte.

Ich selbst schrieb ein Paar Worte an Federigo«, erzählte ihm von meinem Zusammentreffen mit Eccellenzas Familie und daß ich sie einige Tage auf einem Ausfluge in die Nachbarstädte begleiten würde. Ich hatte den Brief beendet, tausend Gefühle bewegten meine Brust. Wie viel hatte mir dieser Abend nicht gebracht! Wie viele Begebenheiten durchkreuzten sich hier nicht!

Ich dachte an Santa, an Bernardo neben dem brennenden Madonnabilde; dachte der letzten Stunden in den alten Verhältnissen. Gestern hatte ich mir ein ganzes Publikum, welchem ich fremd war, Beifall zugejubelt, ich war bewundert und geehrt worden, noch diesen Abend hatte mich ein Weib, reich an Schönheit, um einen einzigen zärtlichen Blick angefleht, und wenige Stunden später stand ich unter Bekannten, unter Freunden, denen ich alles zu verdanken hatte, und war nur das arme Kind, dessen erste Pflicht Dankbarkeit war.

Aber Fabiani und Francesca waren ja liebenswürdig gegen mich gewesen; sie hatten den verlorenen Sohn wieder aufgenommen, mir einen Platz an ihrem Tische eingeräumt, mich auf morgen zu einer Lustreise eingeladen, hatten Wohlthat an Wohlthat gereiht, ich war ihnen lieb und weit – aber die Gabe des Reichen, mit leichter Hand gereicht, liegt schwer auf dem Herzen des Armen.

Die Reise nach Pästum. Die griechischen Tempel. Das blinde Mädchen.

Italiens Schönheit findet sich nicht in der Campagna und Rom, ich kannte sie nur von der Wanderung am Nemisee und durch das, was ich auf meiner Reise nach Neapel gesehen hatte. Doppelt mußte ich deshalb, ja fast noch mehr als der Fremde, der anderer Länder Schönheit kennt und folglich einen Vergleich anstellen kann, hier von der reichen Schönheit ergriffen werden. Wie eine Feenwelt, die ich im Traume gesehen, ja in der ich gelebt habe, liegt der Ausflug dieser Tage vor mir. Aber wie soll ich dieses Bild wiedergeben, welches meine Seele in sich aufnahm und das ich gleichsam in mein Blut übergehen ließ?

Naturschönheiten lassen sich durch eine bloße Erzählung niemals wiedergeben. Die Worte folgen ja, wie lose Mosaikstücke, hintereinander, das ganze Bild wird stückweise zusammengesetzt, man wird nicht, wie in der Natur, von dem großen Ganzen ergriffen, und immer bleibt es mangelhaft und unvollkommen. Man giebt die einzelnen Teile und läßt den Fremden sich das Bild selbst zusammensetzen; könnte man aber bei einer größeren Anzahl von Personen sehen, was für ein Bild sie sich nach ihrer Auffassung daraus gemacht haben, wie große Verschiedenheiten würden sich zeigen. Es geht mit der Natur, wie mit einem schönen Antlitz; durch Aufzählung der Einzelheiten bei beiden wird der Gesamteindruck doch nicht begreiflich; man muß einen bekannten Gegenstand zu Hilfe nehmen, und nur, wenn man mit mathematischer Gewißheit sagen kann: sie ähneln einander bis auf diese oder jene Einzelheit, entsteht ein einigermaßen befriedigender Begriff. Gäbe man mir eine Improvisation über Hesperiens Schönheit auf, so würde ich mit Zügen der Wahrheit schildern, was hier mein Auge mit berauschender Lust erschaute, und du, der du Süditalien niemals sähest, würde deine Phantasie auch jede Schönheit noch zu erhöhen suchen, sie wäre doch zu schwach, sich der Wirklichkeit zu nähern! Die Phantasiegemälde der Natur übersteigen die Phantasie des Menschen.

Herrlich war der Morgen, an dem wir von Castellamare abfuhren. Ich sehe noch den rauchenden Vesuv, das schöne Bergthal mit den wahren Weinwäldern, wo die saftigen grünen Ranken von Baum zu Baum hingen, die weißen Bergschlösser auf den grünen Felsenwänden oder halb in grünen Olivenhainen versteckt. Ich sehe den alten Tempel der Vesta mit seinen Marmorsäulen und seiner Kuppel, jetzt eine der Madonna Santa Maria Maggiore geweihte Kirche. Ein Stück der Mauer war eingestürzt, Totenköpfe und Gebeine schlossen die Oeffnung, aber die grünen Weinreben wuchsen wild über sie fort und schienen mit ihren frischen Blättern die Macht und Gewalt des Todes verbergen zu wollen.

Ich sehe noch die wilde Gebirgsformation, die einsamen Türme, auf denen Netze zum Fange ganzer Scharen von Seevögeln ausgespannt waren. Tief unter uns lag Salerno an dem dunkelblauen Meere, und wir trafen einen Zug, der mir das Bild mit doppelter Genauigkeit einprägte. Zwei weiße Ochsen mit ellenlangen Hörnern zogen einen Wagen, auf welchem vier gefesselte Räuber mit wahrhaft dämonischen Blicken und häßlichem Hohngelächter lagen. Schwarzäugige, schöngestaltete Kalabresen ritten, mit dem Gewehr über der Schulter, zur Seite.

Salerno, die gelehrte Stadt des Mittelalters, war das Ziel unserer ersten Tagesreise.

»Die Folianten vergilben,« rief Gennaro, »Salernos gelehrter Glanz ist erblichen, aber das Buch der Natur erhält jedes Jahr eine neue Auflage; und unser Antonio denkt, wie ich, aus ihm kann man mehr lernen als aus all dem gelehrten Staub.«

»Wir müssen aus beiden lernen!« erwiderte ich, »Wein und Brot gehören zusammen.«

Francesca fand, ich spräche vernünftig.

»Am Reden fehlt's nicht,« sagte Fabiani, »aber am Handeln. Nun sollst du beweisen, daß du dich auch darauf verstehst, Antonio, sobald du nach Rom kommst.«

Nach Rom? Ich nach Rom? Dieser Gedanke war mir nie in den Sinn gekommen, meine Lippen schwiegen, aber mein Bewußtsein sagte mir, ich könnte, ich dürfte jetzt Rom nicht wiedersehen, dürfte in die alten Verhältnisse nicht wieder eintreten.

Fabiani führte das Gespräch weiter, die andern plauderten mit ihm, und wir waren in Salerno. Unser erster Besuch galt der Kirche.

»Hier kann ich Cicerone sein,« sagte Gennaro, »Dies ist die Kapelle Gregors des Siebenten, des heiligen Vaters, welcher in Salerno starb. Sein Marmorbild steht dort vor uns auf dem Altare! Hier liegt Alexander der Große,« fuhr er fort und zeigte auf einen großen Sarkophag.

»Alexander der Große?« wiederholte Fabiani fragend.

»Ja gewiß! Ist es nicht so?« fragte er den Kirchendiener.

»Wie Eccellenza sagen!« versetzte dieser.

»Das ist ein Irrtum!« rief ich, indem ich mir das Monument genauer betrachtete. »Alexander ist ja hier nicht begraben, das streitet wider alle Geschichte! Sehen Sie nur, auf dem Sarkophage ist Alexanders Triumphzug abgebildet! Davon wird sich der Name wohl herschreiben.«

Gleich beim Eintritte in die Kirche hatte man uns einen ähnlichen Sarkophag gezeigt, auf dem des Bacchus Triumphzug dargestellt war. Man hatte ihn aus den Tempeln in Pästum geholt und jetzt diente er zur Grabstätte eines salernitanischen Prinzen, dessen modernes Marmorbild in natürlicher Größe auf demselben angebracht war. Daran hielt ich mich und meinte, dasselbe Verhältnis würde auch wohl bei diesem sogenannten Grabe Alexanders stattfinden. Ueber meinen Scharfsinn sehr entzückt, wurde ich förmlich beredt, allein Gennaro antwortete nur ein kaltes »Vielleicht« und Francesca flüsterte mir ins Ohr, es wäre unpassend, daß ich klüger als er sein wollte, ich wüßte es ja doch nicht. – Schweigend und ehrerbietig trat ich zurück.

Beim Ave Maria saß ich allein mit Francesca auf dem großen Altane des Hotels. Fabiani und Gennaro promenierten, und ich sollte meine gnädige Frau unterhalten.

»Was für ein herrliches Farbenspiel!« sagte ich und zeigte auf das Meer, welches sich milchweiß von der mit breiten Lavafliesen gepflasterten Straße bis zu dem rosenrot glänzenden Horizonte ausdehnte; indigoblau schimmerte die Küste. Diese Farbenpracht hatte ich in Rom nicht gekannt.

»Die Wolke hat schon *felicissima notte* gesagt!« rief Francesca und zeigte nach dem Berge, um den sich hoch über den Villen und Olivenhainen, und doch tief unter der alten Burg, die sich mit ihren zwei Türmen dem Gipfel näherte, eine Wolke gelagert hatte.

»Dort möchte ich wohnen und leben!« sagte ich; »hoch über der Wolke, möchte hinaussehen über das ewig wechselnde Meer!«

»Dort könntest du improvisieren,« entgegnete sie lächelnd, »aber niemand würde dich hören, und das wäre doch ein großes Unglück, Antonio!«

»Ja freilich!« erwiderte ich ebenfalls im Scherz, »soll ich aufrichtig sein? Der Beifall ist dem Dichter, was der Sonnenschein dem Baume. Der Mangel desselben hat im Gefängnisse ebenso sehr an Tassos Lebensblüte genagt wie sein Liebesunglück.«

»Lieber Freund!« unterbrach sie mich etwas ernst, »soeben sprach ich von dir und nicht von Tasso. Was hat er hier zu thun?«

»Es war ein Beispiel,« versetzte ich, »Tasso war ein Dichter und – –«

»Du glaubst es nun auch zu sein! Lieber Antonio, um des Himmels willen, nenne doch nie einen unsterblichen Namen, wenn von deinem die Rede ist! Glaube doch nur nicht, du seist ein Dichter, ein Improvisator, weil du ein leicht bewegliches Gemüt hast und diese verstehen kannst. Das können Tausende ebenso gut wie du! Mache dich damit nicht selbst unglücklich!«

»Aber Tausende haben mir doch neulich Beifall gespendet!« erwiderte ich und meine Wangen brannten! »da ist es doch wohl natürlich, daß ich diesen Gedanken, ja die volle Ueberzeugung hegen muß; und ich weiß, Sie freuen sich über mein Glück, über das Gute, das in mir wohnt.«

»Niemand von allen deinen Freunden freut sich mehr darüber als ich! Wir schätzen alle dein vortreffliches Herz, deinen edlen Charakter; um derentwillen wird Eccellenza dir auch verzeihen, das getraue ich mir dir zu versprechen! Du hast herrliche Anlagen, die entwickelt werden können, aber das müssen sie auch wirklich, Antonio! Von sich selbst kommt nichts. Arbeiten muß man. Dein Talent ist ein hübsches Gesellschaftstalent, viele Freunde kannst du damit erfreuen, aber für die Oeffentlichkeit ist es nicht groß genug.«

»Allein,« wagte ich zu sagen, »Gennaro, welcher mich nicht kannte, war ja doch über mein erstes Auftreten entzückt.«

»Gennaro!« wiederholte sie, »mit aller Achtung vor ihm, messe ich doch seinem kunstrichterlichen Urteile keinen hohen Wert bei. Und nun erst das Urteil des großen Publikums? Ja in dem Kapitel ist das Ohr eines Künstlers oft sehr verschieden von dem aller anderer Leute. Gut ist es, daß du nicht ausgepfiffen wurdest, das würde mich aufrichtig betrübt haben. Nun ist es recht still abgegangen und bald wird alles, sowohl du wie deine Improvisation, vergessen sein. Du hattest ja überdies einen fremden Namen. In drei Tagen sind wir wieder in Neapel und den folgenden Tag geht es nach Rom. Betrachte dann alles wie einen Traum, es war ja auch im Grunde genommen nichts anderes, und beweise uns durch Fleiß und Ausdauer, daß du wieder erwacht bist! Sage nicht ein einziges Wort! Ich meine es gut mit dir, ich bin die einzige, welche dir die Wahrheit sagt.« Sie reichte mir die Hand, ich durfte sie küssen.

Am nächsten Morgen sollten wir schon beim ersten Tagesgrauen aufbrechen, um rechtzeitig Pästum erreichen und nach einigen Stunden Aufenthalt wieder nach Salerno zurückkehren zu können, denn man kann in Pästum nicht übernachten und der Weg dorthin ist unsicher. Reitende Gendarmen folgten uns als Eskorte.

Orangenhaine, Wälder könnte man fast sagen, lagen auf beiden Seiten des Weges. Wir passierten den Fluß Sela, in dessen klarem Wasser sich Trauerweiden und Lorbeerbäume spiegelten. Innerhalb des wilden Gebirges lag ein üppiges Kornland. Aloe und Kaktus wuchs wild am Wege, alles war Ueppigkeit und Ergiebigkeit, und nun sahen wir die im reinsten schönsten Stile erbauten, über zweitausend Jahre alten Tempel vor uns. Diese, eine elende Schenke, drei ärmliche Häuser und einige Rohrhütten bildeten das ganze berühmte Dorf. Nicht einen einzigen Rosenstrauch sahen wir, und doch gab einst die Menge und Fülle seiner Rosen Pästum seine Berühmtheit; damals lag ein Purpurschein über diesen Fluren, jetzt waren sie blau, unendlich blau wie die in weiter Ferne sich erhebende Bergkette. Veilchen bedeckten die große Ebene, schossen zwischen Disteln und Sträuchern auf. Eine von Fruchtbarkeit strotzende und schwellende Wildnis breitete sich ringsumher aus. Aloe, wilde Feigen und das rote *pyrethrum indicum*, schlangen sich umeinander.

Hier hat man Siziliens Natur, dessen Fülle und Wildheit, dessen griechische Tempel und Armut. Ganze Scharen von Bettlern standen um uns her, die Wilden von den Inseln der Südsee glichen. Männer in langen Schafpelzen, die Wolle nach außen gekehrt, mit nackten schwarzbraunen Beinen und mit lose um das bräunliche Gesicht flatterndem langem Haare; Mädchen mit den herrlichsten Formen, halbnackt, der kurze zerrissene Rock bis über die Kniee aufgeschlitzt, eine

Art Mantel von schmutzig braunem Zeuge lose um die nackten Schultern und ins lange schwarze Haar in einen Knoten gebunden. Die Augen strahlten Flammen.

Ein junges Mädchen befand sich darunter, schwerlich älter als elf Jahr, liebreizend wie die Schönheitsgöttin, obgleich es Annunziata nicht ähnelte, und ebensowenig Santa. Ich mußte an die mediceische Venus denken, von der Annunziata mir erzählt hatte. Ich konnte nicht lieben, aber bewundern, mich tief vor den Schönheiten beugen.

Die Kleine stand in einiger Entfernung von den andern Bettlern. Ein braunes viereckiges Stück Zeug hing lose über die eine Schulter hinab, die andere, Brust und Arme, waren wie die Füße völlig entblößt. Daß sie auch Geschmack besaß und sich zu putzen verstand, bezeugte das glatt aufgebundene Haar, welches mit einem Veilchenstrauß, der auf die schöne Stirn hinabhing, geschmückt war. Schamhaftigkeit, Geist und ein eigentümlich tiefer Schmerz leuchtete aus ihrem Antlitz hervor. Ihr Auge war niedergeschlagen, als suchte sie etwas auf der Erde.

Gennaro gewahrte sie zuerst, und obgleich sie kein Wort gesagt hatte, reichte er ihr seine Gabe, faßte sie unter das Kinn und sagte, daß sie im Verhältnis zu der übrigen Gesellschaft zu hübsch wäre. Francesca und Fabiani teilten seine Meinung. Ich sah, wie eine feine Röte unter ihrer braunen Haut hervorschimmerte, sie hob ihren Blick, und ich bemerkte, daß sie blind war.

Gern hätte ich ihr ebenfalls Geld gegeben, allein ich wagte es nicht. Als die andern, von den Bettlern verfolgt, in das Wirtshaus hineingingen, kehrte ich schnell um und drückte ihr einen Scudo in die Hand. Durch ihr ausgebildetes Gefühl und ihren Tastsinn schien sie den Wert desselben zu erkennen; ihre Wangen brannten, sie beugte sich hinab. Die frischen Lippen der Gesundheit, der Schönheit berührten meine Hand, es ging mir durch das Blut, ich riß mich los und folgte den andern.

Ein ungeheurer Reisighaufen brannte auf dem Herde, der beinahe die ganze Breite des Zimmers einnahm. Der Rauch wirbelte unter der rußigen Decke in förmlichen Wolken und suchte sich einen Ausweg; wir mußten uns ins Freie flüchten. Unter den hohen schattigen Trauerweiden wurde, während wir nach den Tempeln gingen, unser Frühstück bereitet. Wir mußten über eine wahre Wildnis, Fabiani und Gennaro reichten einander die Hände und bildeten auf diese Weise einen Tragsessel für Francesca.

»Eine fürchterliche Promenade!« rief sie lächelnd.

»O Eccellenza!« sagte der eine unserer Führer, »jetzt ist es hier prächtig, aber noch vor drei Jahren stand hier alles dicht voller Dornbüsche und in meiner Jugend lag bis hoch um die Säulen Sand und Erde.«

Die Menge bejahte seine Rede, und wir wanderten vorwärts, von der ganzen Bettlerschar begleitet, die uns schweigend anstarrte. Traf unser Blick einen der Bettler, so streckte sich sofort seine Hand mechanisch zum Betteln aus, und ein *miserabile* klang von seinen Lippen. Das blinde schöne Mädchen sah ich nicht, es saß jetzt wohl allein am Wege. Wir kletterten über die Trümmer eines Theaters und eines Friedenstempels.

»Frieden und Theater!« rief Gennaro, »wie konnten sich auch diese zwei so nahe bei einander halten!«

Der Neptunstempel lag vor uns. Dieser, die sogenannte Basilika und ein Cerestempel sind die herrlichen stolzen Reste, die gleich Pompeji in unserem Zeitalter wieder aus Vergessenheit und Nacht emporgestiegen sind. Jahrhunderte lang lagen sie unter Trümmern und in einer Wildnis verborgen, bis ein fremder Maler, der seinen Studien nachging, nach dieser Stelle kam und die Spitzen der Säulen entdeckte. Ihre Schönheit fesselte ihn, er skizzierte sie, sie wurden bekannt, die Trümmer fortgeräumt, das Strauchwerk ausgerodet, und wie gestern erbaut stehen jetzt die großen offnen Hallen da. Die Säulen sind von gelbem Travertiner, wilder Wein schlingt sich um sie, Feigenbäume ranken sich über den Boden, und aus Rissen und Sprüngen sprossen Veilchen und die dunkelrote Levkoje hervor.

Wir saßen auf dem Piedestal einer abgebrochenen Säule, Gennaro hatte die Bettler fortgetrieben, still genossen wir die reiche Natur um uns her. Die blauen Berge, das nahe Meer, die Stelle selbst, auf der wir uns befanden, ergriffen mich eigentümlich. »Wirst du jetzt vor uns improvisieren?« hatte Fabiani gefragt und Francesca mir denselben Wunsch zugenickt. Ich lehnte mich an die nächste Säule und besang nach einer der Melodien meiner Kindheit, was das Auge sah: die Schönheit der Natur, die herrlichen Denkmäler der Kunst, ich gedachte des armen blinden Mädchens, dem alle diese Herrlichkeit verschlossen war. Es wäre doppelt arm, doppelt verlassen. Thränen traten mir in die Augen, Gennaro klatschte Beifall und Fabiani und Francesca räumten ein: »Gefühl hat er!«

Sie stiegen die Tempelstufen hinab, langsam folgte ich hinter ihnen her. Hinter der Säule, an welcher ich gestanden hatte, saß oder lag vielmehr unter den duftenden Myrtensträuchern eine Gestalt mit dem Kopfe im Schoße und die Hände fest über den Nacken gepreßt; es war das blinde Mädchen.

Die Kleine hatte meinen Gesang gehört, mich ihre Sehnsucht und ihre Entbehrungen singen hören; das schnitt mir in die Seele. Ich neigte mich über sie, sie hörte die Blätter rauschen, erhob ihr Haupt, und mir kam es vor, daß sie bleicher aussah. Ich wagte nicht mich zu bewegen, sie lauschte.

»Angelo!« rief sie halblaut.

Ich weiß nicht weshalb, aber ich hielt meinen Atem zurück. Einen Augenblick saß sie schweigend da, es war Griechenlands Schönheitsgöttin, mit dem Auge ohne Sehkraft, welche trotzdem tief in die Seele hineinblickte, gerade so wie Annunziata sie geschildert hatte. Sie saß auf des Tempels Fußgestelle zwischen den wilden Feigen und den duftenden Myrtensträuchern; sie drückte einen Gegenstand an ihre Lippen und lächelte. Es war der Scudo, welchen sie von mir empfangen hatte. Bei diesem Anblicke wurde ich ganz warm, neigte mich unwillkürlich tiefer – mein Kuß brannte auf ihrer Stirne.

Sie stieß einen Schrei aus, einen durchdringenden Schrei, der mir Todesschrecken in die Seele jagte. Wie die erschreckte Hindin sprang sie auf und war verschwunden; ich sah nichts mehr, alles schien sich um mich zu drehen; über Dornbüsche und Sträucher flog ich dahin.

»Antonio, Antonio!« hörte ich Fabiani in weiter Ferne rufen, und ich faßte mich wieder, »Läufst du hinter Hasen her?« fragte er, »oder soll das den poetischen Flug vorstellen?«

»Er will uns zeigen, daß er da zu fliegen vermag, wo wir nur schrittweise vorwärts kommen,« sagte Gennaro, »jedoch ich meinerseits traue mir zu, denselben Flug wagen zu können.« Er stellte sich an meine Seite, um den Wettlauf zu beginnen.

»Glaubt ihr etwa, daß ich mit meiner Signora am Arme mit euch Schritt halten kann?« äußerte Fabiani; Gennaro unterbrach sofort seinen Lauf.

Als wir nach dem Wirtshause kamen, suchte mein Auge vergebens das blinde Mädchen, beständig tönte der Schrei desselben mir vor den Ohren, ich hörte mein eignes Herz dabei. – Mir war, als hätte ich eine Sünde begangen. Erst hatte ich, um das, was es verlor, zu veranschaulichen, den Kummer und Schmerz in der Brust desselben besungen, dann hatte ich ihm Schrecken und Angst in die Seele gejagt, ihm einen Kuß auf die Stirne gedrückt, den ersten, den ich bisher einem Weibe gegeben hatte. Hätte mich dasselbe angesehen, dann würde ich es nicht gewagt haben, sein Unglück, seine Schutzlosigkeit gaben mir Mut dazu – und ich beurteilte Bernardo so streng! Ich war ein sündiges Menschenkind wie er, wie alle Staubgeborene. Ich hätte vor dem Mädchen niederknieen, hätte es um Verzeihung anflehen können: nirgends war es zu entdecken.

Wir stiegen in den Wagen, um wieder nach ???Galerno zurückzufahren. Noch einmal sah ich mich nach demselben

256

um, wagte aber nicht mich zu erkundigen, wo es sein könnte. Da rief Gennaro: »Wo ist das blinde Mädchen?«

»Lara?« fragte unser Führer, »sie sitzt gewiß im Neptuntempel! Dort hält sie sich meistenteils auf.«

» *Bella divina*!« rief Gennaro und warf einen Kußfinger nach der Gegend des Tempels hin. Wir rollten von dannen.

Lara hieß es also. Ich saß mit dem Kutscher Rücken an Rücken, sah, wie die Tempelsäulen sich mehr und mehr entfernten, aber in meinem Herzen tönte des Mädchens Angstschrei, tönte mein eigner Schmerz. An dem Wege hatte sich eine Schar Zigeuner gelagert und im Graben ein großes Feuer angezündet, an dem sie kochten und brieten. Die alte Zigeunermutter schlug das Tamburin und wollte uns prophezeien, wir jagten jedoch vorbei. Zwei schwarzäugige Mädchen verfolgten uns eine weite Strecke. Sie waren schön, und Gennaro hatte über ihren leichten Lauf und ihre brennenden Augen seine Freude, schön und edel wie Lara waren die Mädchen jedoch nicht.

Gegen Abend kamen wir nach Salerno, um am nächsten Morgen nach Amalfi und von dort nach Capri zu gehen.

»Nur einen Tag,« sagte Faliani, »bleiben wir in Neapel, wenn wir jetzt daselbst ankommen. Am Ende der Woche müssen wir wieder in Rom daheim sein. Du kannst deine Angelegenheiten ja wohl schnell ordnen, Antonio?«

Ich konnte, ich wollte nicht nach Rom zurück, aber eine Blödigkeit und eine Furcht, die mir meine Armut und Dankbarkeit während meines ganzen Lebens eingeflößt hatten, bewirkten, daß ich nur hervorzustammeln wagte, Eccellenza würde über meine Dreistigkeit zurückzukommen sehr zornig werden.

»Dafür werden wir schon sorgen!« unterbrach mich Fabiani.

»Verzeihen Sie mir, aber ich kann nicht!« stammelte ich und ergriff Francescas Hand. »Ich fühle tief, wie viel ich Ihnen zu verdanken habe.«

»Nichts davon, Antonio!« erwiderte sie und legte mir ihre Hand auf den Mund. Gleichzeitig wurden Fremde angemeldet, ich stand schweigend in einem Winkel und fühlte, wie schwach ich war. Noch vor zwei Tagen war ich frei und unabhängig wie ein Vogel, und er, der nicht einen Sperling auf die Erde fallen läßt, würde auch für mich gesorgt haben, und doch ließ ich den ersten schwachen Faden, der mir um den Fuß gelegt wurde, zu einem Ankertau wachsen. In Rom hast du wahre Freunde, dachte ich, wahr und aufrichtig, wenn auch nicht so höflich, wie deine neapolitanischen. Ich dachte an Santa, die ich nie mehr sehen wollte, dachte an Bernardo, welchen ich in Neapel ja doch treffen mußte, an Annunziata, welche kommen würde, dachte an sein und ihr Liebesglück – ! Nach Rom, nach Rom! dort ist es weit besser!« sagte mein Herz zu mir, während meine Seele nach Freiheit und Unabhängigkeit verlangte.

Das Abenteuer in Amalfi. Die blaue Grotte auf Capri.

Wie schön nahm sich doch Salerno von der See aus gesehen aus, als wir an dem lieblichen Morgen absegelten. Sechs kräftige Bootsleute führten die Ruder; ein kleiner Knabe schön zum Malen, saß zusammengekauert am Steuer; er hieß Alphonso. Das Wasser war grün und hell wie Glas. Die ganze Küste rechter Hand glich mächtigen schwebenden Gärten, von der kühnen Semiramis der Phantasie angelegt. Wie Bogengänge lagen unten an der See offne tiefe Höhlen, tief hinein schlugen die Wellen der Brandung und spielten darin. Auf der hervorspringenden Felsenspitze lag ein Kastell, eine Wolke glitt unter den Zinnen desselben hin. Wir sahen Minuri und Majuri, und bald darauf Mafaniellos und Flavio Giojas Der Erfinder des Kompasses. Geburtsstadt, Amalfi, das zwischen den grünen Weingärten freundlich hervorschimmerte.

Die große Schönheitsfülle überwältigte mich. Möchten doch alle Geschlechter der Erde diese Herrlichkeit schauen können! Kein Sturm aus Norden oder Westen bringt dem blühenden Garten, auf dessen Terrasse Amalfi liegt, Kälte und Winter. Nur von Osten und Süden her weht ein Luftzug, ein warmer Luftzug aus dem Lande der Orangen und Palmen hin über das herrliche Meer.

Amphitheatralisch erhebt sich die Stadt mit ihren weißen Häusern, deren Dächer überall nach der morgenländischen Bauart flach sind; noch höher den Berg hinauf steigen die Weingärten; dort, wo auf dem Bergrücken das alte Kastell mit seiner Ringmauer der Wolke zum Stütz- und Richtpunkt dient, ragt der grüne Schirm einer einsamen Pinie hoch in die blaue Luft.

Die Fischer mußten uns aus dem Boote durch die Brandung ans Land tragen. Tiefe Höhlen in den Felsen zogen sich bis unter die Stadt; in einzelne strömt das Wasser hinein, andere standen leer, die Boote waren zum Teil ans Land gezogen, und ein lustiges Gewimmel glücklicher Kinder spielte darin, die meisten nur in einem Hemde oder höchstens noch in einer kurzen Weste, die ihre ganze Bekleidung ausmachten. Halbnackte Lazzaroni streckten sich in dem warmen Sande; die braune Kappe, ihre wichtigste Bedeckung, war, während sie ihren Mittagsschlaf hielten, bis über die Ohren gezogen. Alle Kirchenglocken läuteten, ein Zug von jungen Geistlichen in lila Röcken ging unter Psalmengesang an uns vorüber. Ein frischer Blumenkranz hing um das Bild des Gekreuzigten.

Hoch über der Stadt liegt linker Hand unmittelbar an einer tiefen Felsenhöhle ein prächtiges großes Kloster. Dies dient allen Fremden zur Herberge. Francesca wurde in einen Tragsessel gesetzt, wir gingen den tief in den Felsen eingehauenen Weg hinterher, tief unter uns lag das klare blaue Meer. Wir hielten vor der Klosterpforte, die tiefe Felsenhöhle dicht daneben gähnte uns entgegen. Drei Kreuze mit dem Erlöser und den Schachern standen darin, und über denselben, oben auf dem Felsen knieten Engel in bunten Kleidern und mit großen weißen Flügeln. Kein Kunstwerk war es, alles war aus Holz gebildet und nur dürftig angestrichen; aber ein frommes gläubiges Herz atmet in dem rohgestalteten Bilde seine eigne Schönheit.

Durch den kleinen Klosterhof stiegen wir bald zu den uns angewiesenen Zimmern hinauf; von meinem Fenster aus überschaute ich das unendliche Meer bis nach Sizilien; wie silberweiße Punkte standen die Schiffe an dem fernen Horizonte.

»Herr Improvisator,« sagte Gennaro, »wollen wir nicht zu den niedrigeren Regionen hinabsteigen und nachsehen, ob die Schönheit dort ebenso groß ist wie hier? Die weibliche ist es sicher, denn die englischen Damen, welche wir hier zu Nachbarinnen haben, sind doch auch allzu kalt und bleich. Sie haben doch Sinn für die Weiber? Um Vergebung! Diese sind es ja gerade, welche Sie in die Welt hinausgetrieben und mir einen angenehmen Abend und eine interessante Bekanntschaft verschafft haben!«

Wir stiegen den Felsenpfad hinab.

»Das blinde Mädchen bei Pästum war doch schön,« sagte Gennaro; »ich denke, ich werde sie mir nach Neapel verschreiben, sobald ich nach Kalabreserwein schreibe; beide bringen mein Blut zum Sieden.« Wir kamen nach der Stadt, die, wenn ich mich so ausdrücken darf, wunderbar auf und über sich selbst gepackt dalag. Ihr gegenüber mußte einem der schmale Ghetto in Rom wie ein prächtiger Korso vorkommen. Die Gassen waren eigentlich nur enge Durchgänge zwischen den hohen Häusern und durch dieselben. Bald kam man durch eine Thür in einen langen Flur mit kleinen Oeffnungen auf beiden Seiten, welche in dunkle Gemächer führten, bald passierte man eine schmale Gasse zwischen Mauern und Felsenwänden, treppauf und treppab, ein halbdunkles Labyrinth unsauberer Gänge. Ich wußte oft nicht, ob wir uns in einer Stube oder in einer Straße befanden. An den meisten Stellen brannten auch Lampen, sonst wäre es, obschon mitten am Tage, finstere Nacht gewesen.

Endlich atmeten wir freier und standen auf einer steinernen Brücke, die zwei Felsenlücken miteinander verband. Der kleine Platz unten in der Tiefe war gewiß der größte in der ganzen Stadt. Zwei Mädchen tanzten daselbst Saltarello, und ein kleiner vollkommen nackter Junge, schön gebildet und mit braunen Gliedern, stand wie ein Amor und sah ihnen zu. Hier fröre man nie, erzählte man mir, die strengste Kälte, welche man in Amalfi seit vielen Jahren empfunden hätte, waren acht Grad Wärme.

Dicht neben dem kleinen Turme auf dem vorspringenden Felsengrund, von wo man die schöne Bucht bis Minuri und Majuri überschaut, wand sich ein kleiner Pfad zwischen Aloen und Myrten dahin, und bald wandelten wir im Schatten hoher Weinbogen weiter. Wir fühlten einen brennenden Durst und lenkten unsere Schritte nun nach einem weißen Gebäude, welches am Ende des Gartens zwischen dem frischen Grün gar freundlich hervorguckte. Die milde warme Luft war mit lauter Duft erfüllt, wunderbar schöne bunte Insekten schwirrten rund um uns.

Das Haus, vor welchem wir standen, war höchst malerisch; in die Wand waren als Zierat einige unter dem Schutt gefundene Marmorkapitäler und ein ebenfalls daselbst entdeckter schöner Arm und Fuß eingemauert. Auf dem Dache selbst befand sich ein schöner Garten von Orangen und üppigen Schlingpflanzen, die wie grüne Samtdecken über die Mauer hinaushingen. Vor dem Hause blühte eine Wildnis von Monatsrosen. Zwei hübsche kleine Mädchen, im Alter von sechs bis sieben Jahren, spielten und wanden Kränze; aber am schönsten war doch die junge Frau mit der weißleinenen Binde um das Haar, die uns an der Thür entgegenkam. Der seelenvolle Blick, die langen dunklen Augenwimpern, die edlen Formen –, ja, sie war sehr schön! – Wir zogen den Hut deshalb auch tiefer ab.

»Das schönste Mädchen besitzt also dieses Haus?« sagte Gennaro. »Will dasselbe wohl als Hausmutter zwei müden Wandersleuten einen Labetrunk reichen?«

»Die Hausmutter thut es mit Vergnügen!« sagte sie lächelnd, und die schneeweißen Zähne hoben die roten frischen Lippen noch mehr hervor; »ich will ihnen den Wein hier heraus ins Freie bringen, allein ich habe nur eine einzige Sorte.«

»Wenn Sie ihn einschenken, wird er vortrefflich,« sagte Gennaro; »ich trinke ihn am liebsten, wenn ihn mir ein junges Mädchen, die so schön ist wie Sie, kredenzt.«

»Indes müssen Eccellenza heute mit der Frau vorlieb nehmen!«

»Sie sind verheiratet!« sagte Gennaro lächelnd. »So jung!«

»O ich bin sehr alt!« sagte sie und lachte.

»Wie alt?« fragte ich. Sie sah mir fragend ins Auge und antwortete: »Achtundzwanzig Jahre.« Sie war kaum älter als fünfzehn Jahre, aber prächtig ausgewachsen; eine Hebe konnte nicht schöner dargestellt werden.

»Achtundzwanzig!« sagte Gennaro; »ein schönes Alter, welches Ihnen recht gut steht! – Sind Sie lange verheiratet?«

»Zwanzig Jahr!« erwiderte sie, »erkundigen Sie sich nur bei meinen Töchtern!« Die kleinen Mädchen, welche wir hatten spielen sehen, kamen in demselben Augenblicke gerade auf uns zu. »Ist das eure Mutter?« fragte ich, obwohl ich recht gut wußte, daß es nicht der Fall war. Sie sahen dieselbe lächelnd an, nickten darauf Ja und schmiegten sich liebkosend an sie. Sie brachte uns den Wein, einen herrlichen Wein, und wir tranken ihre Gesundheit.

»Der da ist ein Dichter, ein Improvisator!« sagte Gennaro und wies auf mich. »Er hat allen Damen in Neapel den Kopf verdreht. – Aber er ist ein Kieselstein, ein sonderbares Menschenkind! Denken Sie sich nur, er haßt alle Frauenzimmer, hat noch nie ein Weib geküßt.«

»Das ist unmöglich!« sagte sie und lachte.

»Ich dagegen bin von einem ganz anderen Schlage, ich liebe alles Schöne, küsse alle schönen Lippen, bin sein treuer Genosse und versöhne so die Welt und die Weiber, wohin wir kommen. – Ich setze es auch durch, fordere es bei jedem schönen Weibe als ein Recht und erwarte auch hier jetzt meinen Tribut.« Er ergriff dabei ihre Hand.

»Ich entbinde Sie sowohl wie die andere Eccellenza gern von jeder Mühewaltung. Ueberhaupt habe ich mit der Bezahlung des Tributs nicht das Geringste zu thun; das ist etwas, was mein Mann stets persönlich abmacht.«

»Und wo ist er?«

»Nicht allzu weit!« erwiderte sie.

»Eine so schöne Hand habe ich in Neapel noch nicht gesehen,« sagte Gennaro. »Was kostet ein Kuß auf dieselbe?«

»Einen Scudo!« entgegnete sie.

»Einer auf die Lippen also das Doppelte?«

»Der ist für keinen Preis zu erhalten; mein Mann hat sich das Nutzungsrecht vorbehalten!« Während dieses Gesprächs schenkte sie uns wieder den wärmenden starken Wein ein, scherzte und lachte mit uns, aber aus dem lustigen Geplauder erfuhren wir doch, daß sie erst vierzehn Jahr alt wäre und sich im vorigen Jahre mit einem jungen schönen Manne verheiratet hätte, der sich augenblicklich in Neapel befände und erst morgen heimkehrte. – Die kleinen Mädchen wären ihre Geschwister und bis zur Rückkunft ihres Mannes bei ihr auf Besuch. – Gennaro bat dieselben um einen Rosenstrauß, und sie liefen, da er ihnen einen Carlin versprochen hatte, um ihn zu pflücken.

Vergebens bat er sie um einen Kuß, sagte ihr tausend süße Schmeicheleien und schlang seinen Arm um ihren Leib. Sie riß sich los und schalt, kam aber trotzdem immer zurück, denn es belustigte sie doch. Er nahm einen Louisdor zwischen die Finger, erzählte, was für schöne Bänder sich für denselben kaufen ließen, wie prächtig sie sich in ihrem dunklen Haare ausnehmen würden, und diese ganze Herrlichkeit könnte sie für einen einzigen Kuß, den sie ihm gäbe, erhalten.

»Die andere Eccellenza ist weit besser,« sagte sie und wies auf mich. – Mein Blut brannte, ich ergriff sie bei der Hand und sagte, sie sollte nicht auf ihn hören, es wäre ein schlechter Mensch, sollte sein verführerisches Gold nicht ansehen, sondern sich dadurch an ihm rächen, daß sie mir einen Kuß gäbe.

Sie sah mich an.

»Er hat in seiner ganzen Rede nur ein einziges wahres Wort gesagt, daß ich nämlich noch nie ein Weib geküßt habe. Ich habe meine Lippen rein erhalten, bis ich die Schönste fände; und nun hoffe ich, daß Sie die Tugend belohnen.«

»Sie sind ja ein meisterhafter Verführer!« rief Gennaro. »Sticht er nicht sogar mich aus, der ich mich doch auf das Handwerk verstehe!«

»Sie sind trotz Ihrem Golde ein Bösewicht,« sagte sie, »und damit Sie sehen, daß ich mir weder aus dem Golde noch aus einem Kusse etwas mache, so soll der Improvisator einen haben.« Dabei drückte sie ihre Hände um meine Wangen, ihre Lippen berührten die meinigen, und sie verschwand hinter dem Hause.

Als die Sonne untergegangen war, saß ich oben im Kloster auf meinem kleinen Zimmer und sah zum Fenster hinaus über das Meer; es glänzte rosenrot und die Brandung schlug brausend an das Ufer. Die Fischer zogen ihre Boote auf das Land, und als die Dunkelheit zunahm, leuchteten die Lichter heller und die Brandung schimmerte bläulich; alles war so unendlich still. Da sangen die Fischer mit Frauen und Kindern einen Choral am Strande; die kindlichen Sopranstimmen mischten sich mit dem tiefen Baß, und Wehmut durchzitterte meine Seele. Eine Sternschnuppe zog blitzartig am Himmel hin, sie schien hinter den Weinbogen niedergefallen zu sein, wo mich heute die lustige junge Frau geküßt hatte. Ich dachte daran, wie schön sie war, dachte an das blinde Mädchen, das Schönheitsbild bei den Tempelruinen, aber Annunziata stand im Hintergrunde, geistig und körperlich schön, also doppelt schön! Meine Brust hob sich, meine Seele brannte vor Liebe, vor Sehnsucht und Verlangen. Die reine Flamme, welche Annunziata in meinem Herzen angezündet hatte, das Opferfeuer, dessen Priesterin sie war, sie hatte es verlassen, wild brannte nun das Feuer in dem ganzen Gebäude. »Ewige Mutter Gottes!« betete ich, »meine Brust ist voller Liebe, mein Herz ist vor Sehnsucht und Verlangen zum Zerspringen!« Und ich ergriff die Rosen, welche im Glase standen, drückte die schönste an meine Lippen und dachte an Annunziata.

Länger konnte ich es nicht aushalten, ich ging zum Meere hinab, wo sich die leuchtende Brandung brach, wo der Fischer sang und der Wind Kühlung wehte. Ich stieg zu der steinernen Brücke hinauf, auf welcher ich heute gestanden hatte. Eine in einen großen Mantel eingehüllte Gestalt schlich sich dicht an mir vorüber; ich erkannte sie, es war Gennaro. Er schlug den Fußpfad nach dem kleinen weißen Hause ein; ich folgte ihm leise. Jetzt schwebte er dicht an dem Fenster vorbei, durch welches der Lampenschein bis zu uns herausfiel. Hier nahm ich, zwischen dem herabhängenden Weinlaube verborgen, Platz und konnte nun in die Stube hineinsehen. Auf der entgegengesetzten Seite, wo eine hohe Treppe nach dem Seitenzimmer führte, befand sich ein ähnliches Fenster.

Die beiden kleinen Mädchen lagen, fast entkleidet, nur das Hemdchen lose um sich, auf den Knieen und sangen vor dem kleinen Tische, auf welchem das Kruzifix und die Lampe stand. Die älteste Schwester, das Hausmütterchen, was sie ja war, kniete in der Mitte. Es war die Madonna mit zwei Engeln, ein lebendes Altarbild, wie von Raffael gemalt, was ich vor mir sah. Ihr dunkles Auge war in die Höhe geschlagen, das Haar floß in reicher Fülle über die nackten Schultern hinab, die Hände falteten sich über der jugendlich schönen Brust.

Mein Pulsschlag ging schneller, ich wagte kaum zu atmen. Jetzt erhoben sich alle drei; sie begleitete die kleinen Mädchen die Treppe hinauf bis nach dem Seitenzimmer, schloß die Thüre hinter ihnen und beschäftigte sich nun in dem vordersten Zimmer mit allerlei häuslichen Arbeiten. Ich sah, wie sie aus einem Schubfach ein rotes Zeichenbuch hervorholte, es mehrmals umwandte und lächelte, auch im Begriff stand es zu öffnen, allein in demselben Augenblick den Kopf schüttelte und es wieder in das Schubfach warf, als ob sie jemand überraschte.

Einen Augenblick darauf hörte ich ein leises Klopfen an das entgegengesetzte Fenster; erschreckt blickte sie dorthin und lauschte; es klopfte wieder, und ich hörte jemand reden, ohne ein einziges Wort auffangen zu können.

»Eccellenza!« rief sie laut, »was wollen Sie? Weshalb kommen Sie um diese Zeit her? Um Himmels willen! Ich bin darüber böse, sehr böse.«

Er sagte wieder etwas.

»Ja, ja, es ist wahr!« rief sie, »Sie haben Ihr Zeichenbuch vergessen! Meine kleine Schwester war unten im Wirtshause, um es Ihnen zu bringen, aber Sie wohnen gewiß oben im Kloster! Frühmorgens hätte dieselbe Sie dort aufgesucht. Hier ist es!«

Sie holte es hervor, er sagte wieder einige Worte, sie schüttelte den Kopf.

»Nein, nein! Was fällt Ihnen ein! Ich öffne Ihnen die Thüre nicht! Sie kommen nicht herein!« Darauf ging sie nach dem Fenster und riegelte es auf, um ihm das Buch zu reichen. Er griff nach ihrer Hand, sie ließ das Buch fallen und es blieb auf dem Fensterbrett liegen. Gennaro steckte darauf den Kopf hinein, und die junge Frau schritt schnell nach dem Fenster hinüber, vor welchem ich stand, so daß ich jedes Wort, das Gennaro sagte, zu hören vermochte.

»Und Sie wollen mir nicht gestatten, Ihre schöne Hand zum Danke zu küssen? Wollen nicht den geringsten Findelohn annehmen? Mir nicht einmal einen Becher Wein reichen? Ich brenne vor Durst! Darin liegt doch nicht das geringste Böse. – Weshalb wollen Sie mir nicht einzutreten gestatten?«

»Nein,« sagte sie, »wir haben um diese Zeit nichts miteinander zu besprechen! Nehmen Sie, was Sie vergessen haben, und lassen Sie mich das Fenster schließen!«

»Ich gehe nicht,« versetzte Gennaro, »ehe Sie mir nicht Ihre Hand reichen, ehe Sie mir nicht den Kuß geben, um den Sie mich heute betrogen und ihn dem dummen Menschen gaben.«

»Nein, nein,« erwiderte sie, mußte aber trotz ihres Aergers doch lachen, »Sie wollen sich erzwingen, was Sie nicht bekommen, deshalb will ich es gerade nicht, thue ich es gerade nicht!«

»Es ist das letzte Mal,« sagte Gennaro in einem weichen und flehenden Tone, »bestimmt das letzte Mal, daß wir uns sehen, und da können Sie mir die geringe Gunst versagen, mir die Hand zu reichen! Mehr verlange ich nicht, obgleich Ihnen mein Herz tausenderlei zu sagen hat. – Die Madonna will ja, daß wir Menschen einander wie Brüder und Schwestern lieben sollen! Als Bruder will ich mein Gold mit Ihnen teilen. Sie sollen sich schmücken und doppelt so schön werden wie Sie sind! Alle Freundinnen werden Sie beneiden und niemand soll unser Glück sehen!« Und bei den letzten Worten sprang er mit einem Satze zum Fenster hinein.

Sie stieß einen Schrei aus, »Jesus Maria!« Heftig klopfte ich an das Fenster, vor dem ich stand, so daß das Glas klirrte, und wie von einer unsichtbaren Macht getrieben, stürmte ich nach dem offenen Fenster, indem ich dabei, um doch eine Art Waffe zu haben, eine Latte von einem Weinspaliere losriß.

»Bist du es, Nicolo?« rief sie laut.

»Ich bin es!« antwortete ich tief und fest. Ich sah Gennaro sich zum Fenster hinausflüchten, sein Mantel flatterte im Winde, und die Lampe erlosch, es wurde ganz finster im Zimmer.

»Nicolo!« rief sie am Fenster und ihre Stimme bebte. »Du wieder hier? Die Madonna sei gelobt!«

»Signora!« stammelte ich.

»All ihr Heiligen!« hörte ich sie ausrufen. Das Fenster flog zu, ich stand draußen wie angenagelt. Einige Augenblicke waren verstrichen, als ich sie leise durch das Zimmer schreiten hörte, die Kammerthür öffnete und schloß sich wieder. Ich vernahm, wie ein Riegel vorgeschoben wurde. »Nun ist sie sicher!« dachte ich, und schlich mich leise fort; ich fühlte mich so wohl, so wunderbar froh ums Herz. »Nun habe ich doch den Kuß bezahlt, den ich heute empfing!« sagte ich zu mir selbst; »vielleicht hätte sie mir noch einen zugegeben, hätte sie gewußt, welch ein Schutzengel ich für sie gewesen bin.«

Als ich im Kloster anlangte, wurde ich gerade zum Abendessen gerufen; niemand hatte mich vermißt. Aber Gennaro kam nicht, Francesca wurde unruhig, Fabiani sandte Boten auf Boten, endlich kam er. Er wäre auf den Bergen spazieren gegangen und hätte sich verirrt, so erzählte er, allein zum Glück hätte er einen Bauer getroffen, der ihn auf den rechten Weg geführt hätte. »Ihr Rock ist auch ganz zerrissen,« sagte Francesca. Gennaro griff nach dem Zipfel. »Ja,« entgegnete er, »das Stück sitzt in einem Dornbusche, ich merkte es gleich. Der Himmel mag auch wissen, wie ich mich so verirren konnte. Der Abend war so schön, die Dunkelheit brach so plötzlich ein, und ich wollte deshalb den Weg etwas abschneiden, kam aber gerade dadurch von demselben ab.«

Wir lachten über sein Abenteuer, das ich freilich besser kannte und tranken auf seine Gesundheit; der Wein war ausgezeichnet, und wir wurden recht aufgeräumt. Als ich später auf meinem Zimmer saß, kam Gennaro, dessen Schlafgemach nur durch eine Thür von dem meinigen getrennt war, halb entkleidet zu mir herein, lachte, legte mir vertraulich die Hand auf die Schulter und bat mich, nicht zu viel von der schönen Frau zu träumen, die wir heute gesehen hätten.

»Den Kuß erhielt ich doch!« sagte ich scherzend.

»O ja, den erhielten Sie,« erwiderte er lächelnd, »aber glauben Sie, ich wäre das Stiefkind geblieben?«

»Es hat wenigstens den Anschein!« versetzte ich.

»Ich bin noch nie das Stiefkind gewesen!« sagte er in kaltem Tone, in dem fast etwas Bitteres lag; aber ein leichtes Lächeln spielte wieder um seinen Mund und er flüsterte: »Könnten Sie schweigen, würde ich Ihnen etwas erzählen.«

»Erzählen Sie dreist!« bat ich. »Niemand soll auch nur eine Silbe von mir erfahren!« Und ich erwartete nun seine Klagen über das übelausgefallene Abenteuer zu vernehmen.

»Ich vergaß heute absichtlich mein Zeichenbuch oben bei der schönen Frau, um einen Scheingrund zu haben, gegen Abend wieder zu ihr zu kommen, denn dann sind die Frauen nicht so streng. Dort bin ich gewesen. Beim Ueberklettern der Gartenmauer und beim Hindurchzwängen durch die Hecken habe ich mir den Rock zerrissen.«

»Und die schöne Frau?« fragte ich.

»Sie war doppelt schön,« entgegnete er und nickte bedeutungsvoll, »doppelt schön und gar nicht streng, als wir allein waren. Das wußte ich ja schon im voraus. Dir gab sie einen Kuß, mir gab sie tausend und ihr Herz als Zugabe. Ich will die ganze Nacht von meinem Glücke träumen! Armer Antonio!« Er warf mir einen Kußfinger zu und sprang in sein Bett.

Der Morgenhimmel war, als wir das Kloster verließen, wie mit einem grauen Flor bedeckt. Am Strande erwarteten uns flinke Matrosen, die uns wieder in das Boot hineintrugen. Die Reise ging nach Capri, der Flor des Himmels zerriß in leichte Wolken, die Luft wurde doppelt hoch und klar, nicht eine Welle rührte sich. Das schöne Amalfi verschwand hinter den Felsen. Gennaro warf einen Kußfinger dorthin, indem er mir zuraunte: »Dort haben wir Rosen gepflückt!«

»Du stachest dich wenigstens an den Dornen!« dachte ich und nickte bejahend.

Das große unendliche Meer bis nach Sizilien und Afrika hinab breitete sich vor uns aus; linker Hand lag Italiens Felsenküste mit ihren seltsamen Höhlen. Vor einzelnen derselben lagen kleine Städte, die gleichsam um sich zu sonnen aus ihren Höhlen herausgetreten zu sein schienen; in anderen saßen Fischer, die ihr Essen kochten oder ihre Boote neben der hohen Brandung teerten.

Das Meer glich einem fetten blauen Oele; wir steckten die Hände in das Wasser, und sie schimmerten ebenso bläulich wie dieses. Der Schatten, welchen unser Boot auf das Wasser warf, war von dem reinsten Dunkelblau, die Schatten der Ruder bildeten bewegliche Schlangen in allen Abstufungen von Blau.

»Herrliches Meer!« jubelte ich, »den Himmel ausgenommen ist doch in der ganzen Natur nichts so schön wie du!« Ich dachte daran, wie ich als Kind oft auf dem Rücken gelegen und mich in die blaue unendliche Luft hinaufgeträumt hatte. Jetzt schien sich mein Traum in Wirklichkeit aufgelöst zu haben. Wir kamen an drei kleinen Felseneilanden » I galli« vorüber; mächtige, übereinander geworfene Steinblöcke waren es, Riesentürme, aus der Tiefe emporgerichtet und andere über diese gestürzt. Hoch schlug die blaue Brandung gegen die grünen Steinmassen. Im Sturm mußte es eine Scylla mit ihren heulenden Hunden sein.

Still schlummerte die Wasserfläche um das nackte steinreiche Kap Minerva, wo im Altertume die Sirenen wohnten. Vor demselben lag das romantische Capri, wo Tiberius in Wollust geschwelgt und über den Meerbusen nach Neapels Küste geschaut hatte. Das Segel unseres Bootes wurde aufgehißt, und von Wind und Wellen getragen, näherten wir uns der Insel. Jetzt sahen wir erst so recht des Wassers unendliche Reinheit und Klarheit. Es war so vollkommen durchsichtig, als glitten wir über Luft hin, jeder Stein, jedes Rohr, fadentief unter uns, war deutlich; mir schwindelte, als ich aus dem Boote in die Tiefe hinabblickte, über welche wir dahinglitten.

Nur von einer Seite ist die Insel Capri zugänglich; ringsum steile senkrechte Felsenmauern, nach Neapel zu senken sie sich amphitheatralisch mit Weingärten, Orangen- und Olivenhainen. Unten am Strande liegen einige Fischerhütten und ein Wachthaus. Höher hinauf blickte zwischen den grünen Gärten das Städtchen Anna Capri hervor; eine ganz kleine Zugbrücke und ein Thor führen hinein. In Paganis Wirtshause, vor dessen Thüre eine hohe Palme steht, hielten wir Rast.

Auf Eseln gedachten wir nach der Mittagsmahlzeit zu den Ruinen der Villa des Tiberius hinauf zu reiten; jetzt jedoch erwartete uns das Frühstück, und zwischen diesem und dem folgenden Mittagsessen wollten sich Francesca und Fabiani ausruhen, um Kräfte für den bevorstehenden Ausflug zu sammeln. Gennaro und ich fühlten kein Bedürfnis dazu. Die Insel kam mir nicht größer vor, als daß wir sie nicht ganz gut in ein paar Stunden umrudern und uns die hohen Felsenthore ansehen könnten, die sich gegen Süden isoliert aus dem Wasser hervorheben.

Wir nahmen ein Boot und zwei Ruderer; ein leichter Wind hatte sich erhoben, so daß wir ungefähr während des halben Weges die Segel gebrauchen konnten. Die See brach sich an den niedrigen Schären. Zwischen denselben lagen Fischnetze ausgespannt, so daß wir, um diese nicht zu verletzen, zunächst ein Stück weiter hinaus in das Meer stechen mußten. Es war eine köstliche lustige Fahrt in dem kleinen Boote. Bald sahen wir vom Meere nach dem Himmel zu nur die senkrechten Felsen, die grauen Steinmassen, hier und da in den Spalten eine Aloe oder eine wilde Levkoje, aber nicht einmal so viel festen Boden, daß er auch nur für einen Steinbock genügt hätte. Unten in der Brandung, die wie ein bläuliches Feuer in die Höhe schlug, wuchsen an den Felsen die blutroten Seeäpfel, die, feucht vom Wasser, einen doppelten Glanz hatten. Es schien, als blutete der Felsen bei jedem Wellenschlage.

Jetzt lag uns das offene Meer zur Rechten, die Insel zur Linken. Große Höhlen, von denen nur der oberste Teil der Oeffnung ein wenig über das Wasser ragte, zeigten sich in der Felsenwand, einzelne wurden nur beim Zurückströmen der Wellen sichtbar. In ihnen wohnen die Sirenen; das blühende Capri, welches wir umschifften, bildet nur das Dach ihres Felsenschlosses.

»Ja, böse Geister hausen dort,« sagte der eine Ruderer, ein alter Mann mit silberweißem Haare. »Schön soll es dort sein, aber sie lassen ihren Raub nicht wieder los und kommt doch einmal jemand wieder von dort unten zur Oberwelt empor, so ist ihm für diese Welt der Verstand erloschen.«

Etwas weiter vor uns zeigte er uns eine Oeffnung, die zwar ein wenig größer als die andern war, aber doch nicht so groß, daß unser Boot, sogar ohne Segel und wenn wir uns in demselben ausstreckten, hätte hindurchkommen können.

»Das ist das Hexenloch,« Mit diesem Namen benannten die Bewohner Capris die blaue Grotte, bevor dieselbe, meinem Wissen nach, 1881 eigentlich von den Deutschen Fries und Kopisch entdeckt und seitdem das Ziel aller Reisenden wurde, welche Süditalien besuchen. Kopisch ist in Breslau geboren und Verfasser der hübschen Novelle: »Die Kahlköpfe auf Capri.« Seine »Gedichte« erschienen 1837. flüsterte der Jüngere, der am Steuer saß und jetzt etwas mehr vom Felsen abhielt. »Dadrinnen ist alles von Gold und Edelsteinen, aber man verbrennt in den Feuerflammen, wenn man hineinkommt! – Santa Lucia bitte für uns!«

»Hätte ich nur eine der Sirenen hier im Boote!« sagte Gennaro. »Aber schön müßte sie sein! Wir würden schon mit ihr auskommen.«

»Ihr Glück bei allen Damen,« sagte ich lächelnd, »würde sich auch hier geltend machen.«

»Auf der schwellenden See muß man gerade küssen und umarmen, das ist der Wellen ewiges Spiel! Ach,« seufzte er, »hätten wir nur die schöne Frau von Amalfi. War das ein Weib! Nicht wahr? Sie nippten ja doch auch den Nektar ihrer Lippen. Wie köstlich, wie zurückhaltend sie sich stellen konnte! Sie hätten sie nur gestern Abend sehen sollen, sie brannte heftiger als ich.«

»Nein, nein,« sagte ich, halb unwillig über seine unverschämte Prahlerei. »Das ist ja gar nicht der Fall, ich weiß es besser.«

»Wie soll ich dies verstehen?« fragte er und sah mir ganz erstaunt ins Gesicht.

»Ich habe es selbst gesehen, der Zufall führte mich dorthin! Ich zweifle sonst durchaus nicht daran, daß Sie großes Glück haben, aber diesmal wollen Sie nur Scherz mit mir treiben.« – Er sah mich noch immer schweigend an.

»Ich gehe nicht,« sprach ich Gennaro lächelnd nach, »ehe Sie mir nicht den Kuß geben, um den Sie mich betrogen und ihn dem dummen Menschen gaben.«

»Signore! Sie haben mich belauscht!« sagte er mit furchtbarem Ernste, und ich sah, wie er erbleichte. »Wie können Sie wagen mich zu beleidigen? Sie müssen sich mit mir schlagen oder Sie haben meine volle Verachtung!«

Daß meine Rede diese Wirkung auf ihn ausüben würde, hatte ich nicht erwartet.

»Gennaro, das kann nicht Ihr Ernst sein!« rief ich und ergriff ihn bei der Hand; er zog sie zurück, antwortete mir nicht, sondern befahl den Matrosen uns an Land zu setzen.

»Wir müssen um die Insel herum,« sagte der Alte, »nur dort, wo wir ausfuhren, können wir wieder landen.«

Sie legten sich in die Ruder, und bald näherten wir uns den hohen Felsengewölben in dem blauen schwellenden Wasser; aber Zorn und Kummer bewegten mein Gemüt; ich betrachtete Gennaro, der mit seinem Stocke ins Wasser schlug.

» *Una tromba*!« rief der jüngste der Matrosen; und ihn über die See schwebte vom Kap Minerva aus eine kohlschwarze Wolkensäule in schräger Richtung vom Meere zum Himmel empor. Das Wasser kochte rings um dieselbe. Schnell ließen sie das Segel unseres Bootes fallen.

»Wohin steuern wir?« fragte Gennaro.

»Zurück, zurück!« sagte der Jüngere.

»Wieder um die ganze Insel?« fragte ich.

»Unter Lee, dicht an die Felsenwand heran; die Wasserhose scheint ihre Richtung weiter von der Insel ab zu nehmen.«

»Die Brandung wird da« Boot an den Felsen zerschmettern!« sagte der Alte und griff rasch in das Ruder:

»Ewiger Gott!« stammelte ich, denn die schwarze Wolkensäule kam mit Windeseile über das Wasser daher, als wollte sie gerade an Capris Felsenwand, an der wir uns befanden, entlang gehen. Sie mußte uns mit sich in die Höhe wirbeln, oder uns dicht an der senkrechten Felsenwand in die Tiefe hinabdrücken. Ich griff mit dem Alten in das Ruder, Gennaro half dem Jüngeren, aber schon hörten wir den Wind pfeifen und das Wasser vor dem Fuße der Wasserhose kochen, es war, als ob sie selbst uns von sich fort treiben wollte.

»Santa Lucia, errette uns!« riefen beide Seeleute, ließen die Ruder los und sanken auf die Kniee.

»Ergreift doch die Ruder!« rief Gennaro, aber totenbleich sahen sie gen Himmel. – Da sauste der Orkan über unsere Köpfe dahin. Zur Linken zog, nicht weit von uns, schwarze Nacht über die Wogen, sie hoben uns hoch, hoch in die Höhe, schlugen schaumweiß über das Boot, die Luft drückte, als sollte uns das Blut aus den Augen springen, es wurde Nacht, des Todes Nacht. Ich fühlte nur eins, daß das Meer über mir lag, daß ich, daß wir alle des Meeres, des Todes Beute waren. Mein Bewußtsein verließ mich.

Lebhafter als die Größe des Vulkans, ebenso stark wie die Trennung von Annunziata, steht mir der Anblick vor der Seele, den ich hatte, als sich mein Auge wieder öffnete. Der blaue Aether war tief unter mir, über mir und ringsum. Ich bewegte den Arm und gleich elektrischen Feuerfunken sprühten Millionen Sternschnuppen um mich her. Vom Luftstrome wurde ich getragen; ich war nun tot und schwebte durch den Aether zu Gottes Himmel empor; doch ein schweres Gewicht lag auf meinem Haupte, es war meine irdische Sünde. Sie zog mich abwärts und der Luftstrom schlug, kalt wie die See, über meinen Kopf. Mechanisch tastete ich vor mir her, ich fühlte einen festen Gegenstand und klammerte mich an denselben an. Todesmattigkeit hatte sich meiner bemächtigt, ich fühlte, es war weder Blut noch Mark in mir. Mein Leichnam lag gewiß auf des Meeres Tiefe, meine Seele stieg jetzt der großen Entscheidung entgegen. »Annunziata!« seufzte ich. Mein Auge schloß sich wieder. Diese Ohnmacht muß lange gedauert haben. – Ich atmete wieder und fühlte mich gestärkter, mein Bewußtsein war klarer. – Ich lag auf einer kalten festen Masse, wie es mir vorkam, auf einer Felsenspitze, hoch in dem unendlichen blauen Aether, der mich rings umleuchtete. Ueber mir wölbte sich der Himmel, mit seltsamen kegelförmigen Wolken, blau wie er selbst. Alles war Ruhe, alles war unendlich still; aber eine eisige Kälte durchschauerte mich. Langsam erhob ich den Kopf. Meine Kleider waren blaue Flammen, meine Hände schimmerten wie Silber, und doch fühlte ich, daß sie körperlich waren. Meine Gedanken strengten sich an: Gehörte ich dem Tode oder dem Leben an? Ich tauchte die Hand in die eigentümlich glänzende Luft unter mir. Ich griff in eine Welle hinein, und doch war es eine Flamme, blau, wie brennender Spiritus, aber kalt wie Wasser. Aehnlich der Wasserhose draußen auf der See, nur kleiner und bläulich funkelnd, stand eine unförmliche und hohe Säule neben mir. War es mein Schreck, meine Erinnerung, die mir dies Bild vorspiegelten? Ich wagte es nach einigen Augenblicken zu berühren. Es war fest wie Stein, kalt wie dieser; ich tastete mit der Hand in den halbdunkeln Raum hinter mir und traf auf eine feste glatte Mauer, aber dunkelblau wie der Nachthimmel. Wo war ich? – Einen leuchtenden See hatte ich für Luft unter mir gehalten; er brannte bläulich, aber ohne Hitze zu verbreiten. War er es, der alles rundum erleuchtete, oder leuchteten die Felsenwände und das Gewölbe hoch über mir? War es die Wohnung des Todes, die Grabzelle meiner unsterblichen Seele? Eine irdische Aufenthaltsstätte war es nicht. In allen Uebergängen von Blau leuchtete jeglicher Gegenstand; ich selbst stand in einem Glanze, den das Licht von innen herausströmte.

Dicht neben mir war eine ausgehauene Treppe, die aus mächtigen Saphiren zu bestehen schien; jede Stufe war ein ungeheuerer Block dieses funkelnden Steines. Ich wollte hinaufsteigen, aber Felsenstücke verschlossen mir den Eingang. War ich nicht würdig dem Himmlischen näher zu treten? Beladen mit dem Zorne eines Menschen gegen mich, war ich aus der Welt gegangen. Wo war Gennaro, wo die beiden Ruderer?

Ich war allein, ganz allein; ich dachte an meine Mutter, an Domenica, Francesca, an sie alle und fühlte, daß meine Phantasie mir kein Blendwerk erschuf; der Glanz, welchen ich schaute, war vorhanden, so wie ich selbst es war, geistig oder körperlich. In einer Felsenspalte stand frei und offen ein Gegenstand da, den ich berührte. Es war eine Concha, schwer und groß. Sie war voller Gold- und Silbermünzen, ich befühlte die einzelnen Stücke, und mein Aufenthaltsort wurde mir immer seltsamer. Dicht an der Wasserfläche bemerkte ich, nicht weit von der Stelle, an der ich mich befand, einen klaren blauen Stern, der einen einzigen langen Strahl ätherrein über den Wasserspiegel warf. Plötzlich gewahrte ich, daß er wie der Mond verdunkelt wurde, ein schwarzer Gegenstand zeigte sich, und ein kleines Boot glitt über das brennende blaue Wasser hin. Es war, als wäre es aus der Tiefe emporgestiegen und schwömme leicht über dieselbe hin. Ein alter Mann ruderte langsam, das Wasser färbte sich bei jedem Ruderschlage rosenrot. In dem anderen Teile des Bootes saß noch eine menschliche Gestalt, es war, so viel ich sehen konnte, ein Mädchen. Schweigend, unbeweglich, wie Steinbilder, saßen sie, nur des Alten Hände bewegten sich mit dem Ruder. Ein sonderbar tiefer Seufzer erreichte mein Ohr; es war, als ob ich schon früher einen ähnlichen gehört hatte. – Sie ruderten in einem Kreise umher und näherten sich darauf der Stelle, wo ich stand. Der Alte legte die Ruder in das Boot, und das Mädchen erhob die Hände und rief tief schmerzlich: »O Mutter Gottes verlaß mich nicht! – Hier bin ich ja, wie du gesagt hast!«

»Lara!« rief ich laut. Sie war es. Ich erkannte ihre Stimme, ihre Gestalt, es war Lara, das blinde Mädchen von den Tempelruinen in Pästum.

»Gieb mir das Augenlicht! Laß mich Gottes schöne Welt sehen!« betete sie weiter. Es war, als hätte eine Tote geredet; es
bebte mir durch die Seele. Die Schönheit der Welt, von der
ich ihr durch meinen Gesang eine Ahnung eingehaucht hatte, verlangte sie von mir. – Meine Lippen verstummten,
schweigend breitete ich meine Arme nach ihr aus. Noch
einmal erhob sie sich. »Verleih mir –!« stammelten ihre Lippen, und sie sank in das Boot zurück. Das Wasser spritzte
feurige Tropfen um sie her. Einen Augenblick beugte sich
der Alte über sie, stieg darauf zu meinem Standorte hinauf,
sein Blick ruhte auf mir, ich sah ihn das Kreuzeszeichen in
der Luft machen, darauf ergriff er die mächtige kupferne
Concha, setzte sie in das Boot und stieg selbst hinein. Instinktmäßig folgte ich ihm in das Schifflein, sein verwunder-
ter Blick starrte mich unablässig an. Nun ergriff er das Ruder
und wir fuhren auf den leuchtenden Stern zu. Ein kalter
Luftstrom drang uns entgegen; ich neigte mich über Lara,
eine enge Felsenöffnung schloß sich um uns, aber nur einen
Augenblick, dann lag das Meer, das große Meer in seiner
unendlichen Ausdehnung vor uns, und hinter uns ragten die
senkrechten Felsen himmelwärts. Aus einer kleinen finsteren
Oeffnung waren wir herausgekommen; dicht neben derselben befand sich ein niedriger, mit einzelnen Sträuchern und
dunkelroten Blumen bewachsener Abhang. Der Neumond
leuchtete wunderbar hell.

Lara richtete sich in die Höhe. – Ich wagte nicht ihre Hand zu
berühren, sie war ein Geist, in einer Geisterwelt befand ich
mich; ich fühlte, daß ich es mit keinem Traumbild meiner
Phantasie zu thun hatte.

»Gieb mir die Kräuter!« sagte sie und streckte ihre Hand aus.
– Es war, als müßte ich der Stimme des Geistes folgen. Ich
betrachtete die grünen Sträucher, die roten Blumen, welche
auf dem niedrigen Abhange unter den hohen Felsen wuchsen. Ich stieg aus dem Boote, pflückte die seltsam duftenden
Blumen und reichte ihr den Strauß. Da befiel Todesmattigkeit meine Glieder, ich sank in die Kniee, aber noch sah mein
Auge, wie der Alte das Kreuzeszeichen schlug, die Blumen

nahm und Lara in ein größeres Boot hob, welches an der Seite lag. Das kleinere wurde hinten angebunden, das Segel gehißt, und sie segelten fort, hin über die See, Ich streckte meine Hände nach ihnen aus, aber der Tod näherte sich meinem Herzen, es war, als ob es brechen sollte.

»Er lebt!« war das erste Wort, welches ich wieder vernahm, ich schlug die Augen auf und erblickte Fabiani und Francesca. Es stand noch ein Fremder neben mir, der meine Hand hielt und mir ernst und überlegend ins Auge schaute.

– Ich lag in einem schönen großen Zimmer, es war Tag.

– Wo war ich? Das Fieber brannte in meinem Blute; nur langsam und nach und nach erfuhr ich, wie ich hierher gekommen, wie ich gerettet worden war.

Als Gennaro und ich gestern nicht zurückkehrten, war man unsertwegen sehr besorgt gewesen; auch die Fischer hatten nichts von sich hören lassen, und als man nun in Erfahrung brachte, daß man eine Wasserhose die südliche Küste der Insel hatte entlang brausen sehen, da hielt man unser Schicksal für entschieden. Zwei Fischerboote wurden sofort ausgesandt die Insel zu umfahren, so daß sie sich unterwegs begegnen mußten, aber keine Spur von uns oder dem Boote war zu entdecken. Francesca hatte geweint, sie war mir doch so gut; mit Schmerz beklagte sie auch Gennaro und die armen Seeleute. – Fabiani hatte keine Ruhe, selbst wollte er alles durchsuchen, wollte jede Felsenspalte durchspähen, ob sich nicht einer von uns durch Schwimmen dorthin gerettet hätte, der nun vielleicht den schrecklichsten Tod, den Tod durch Hunger und Angst, erlitt; denn von keiner Seite konnte man zu den Menschen emporsteigen. Früh am Morgen ruderte er mit vier kräftigen Männern aus dem Hafen, untersuchte die frei im Meere stehenden Felsenthore, die einzelnen Felsenspalten. Die Ruderer wollten sich dem fürchterlichen Hexenloche nicht nähern, aber Fabiani befahl ihnen, auf den kleinen grünen Abhang loszusteuern. – Als er sich demselben näherte, gewahrte er auf ihm eine Gestalt ausgestreckt liegen. Ich war es, ich lag wie eine Leiche zwischen den grünen Sträuchern. Meine Kleider waren vom Winde halb getrocknet, sie hoben mich in das Boot, er deckte mich mit seinem Mantel zu, rieb mir die Brust und Hände und fühlte dabei, daß ich schwach atmete. Sie brachten mich an das Land und in ärztliche Behandlung – ich war wieder unter der Zahl der Lebendigen, Gennaro und beide Seeleute waren ertrunken. Ich mußte alles erzählen, dessen ich mich noch erinnern konnte, und ich redete von der seltsam strahlenden Höhle, in der ich erwacht war, von dem Boote mit dem alten Fischer und dem blinden Mädchen, aber alle sagten, es wäre ein Hirngespinst meiner Phantasie, ein Fiebertraum in der Nachtluft. Ich mußte es ja beinahe selbst glauben und doch konnte ich es wieder nicht, es stand mir zu lebendig vor der Seele.

»Bei dem Hexenloche fanden Sie ihn?« fragte der Arzt und schüttelte den Kopf.

»Sie glauben doch nicht etwa, daß dieser Ort mehr Kraft und Einfluß besitzt, als jeder andere?« entgegnete Fabiani.

»Die Natur ist eine Kette von Rätseln,« erwiderte der Arzt; »erst die wenigsten haben wir gelöst.«

Es wurde Licht in meiner Seele. Das Hexenloch, jene Welt, von der unsere Seeleute geredet hatten, worin alles funkelnd und blitzend, alles Feuer und Strahlen war, hatte die See mich vielleicht in dasselbe geworfen? Ich erinnerte mich der engen Oeffnung, durch welche uns das Boot hinausgetragen hatte. War es Wirklichkeit oder Traum? Hatte ich in die Geisterwelt hineingeschaut? Die Gnade der Madonna hatte mich gerettet und beschirmt. Meine Gedanken träumten sich in die strahlend schöne Halle zurück, wo mein Schutzengel Lara hieß. Wahrheit war das Ganze, kein Traum! Ich hatte gesehen, was erst Jahre nachher entdeckt wurde und jetzt Capris, ja Italiens schönster Besitz ist: *Grotta Azurra* ;die Frau selbst war das blinde Mädchen Lara von Pästum. Aber wie konnte ich damals es glauben, damals es denken. – Es war ja allzu seltsam! ich faltete meine Hände und dachte an meinen Schutzengel.

Die Heimreise

Francesca und Fabiani blieben noch zwei Tage auf Capri, damit wir die Rückreise nach Neapel gemeinschaftlich machen konnten. – War ich vorher mehrere Male durch ihre Rede, durch ihre Art und Weise mich zu behandeln verletzt worden, so umgaben sie mich jetzt mit so vieler Sorge und Liebe, daß ich mich von ganzem Herzen an sie anschloß. »Du mußt uns nach Rom begleiten,« sagten sie, »es ist das Vernünftigste und Beste.« Meine seltsame Errettung, der wunderbare Anblick in der Höhle wirkten auf mein exaltiertes Gemüt ein, ich fühlte mich so völlig in der Hand des unsichtbaren Lenkers, der alles liebevoll zum besten lenkt, daß ich jetzt alles Zufällige als eine Leitung auffaßte und mich voll Resignation in mein Schicksal ergab; und als mir Francesca freundlich die Hand drückte und mich fragte, ob ich Lust hätte, mit Bernardo in Neapel zu leben, versicherte ich, daß ich nach Rom wollte, nach Rom müßte.

»Wir hätten viel Thränen um dich geweint, Antonio!« sagte Francesca und drückte mir die Hand, »du bist unser gutes Kind! Die Madonna hat ihre Hand schirmend über dich gehalten.«

»Eccellenza soll erfahren, daß der Antonio, über den er böse war, im Mittelländischen Meere ertrunken ist,« sagte Fabiani, »und daß wir den alten vortrefflichen Antonio mit nach Hause bringen.«

»Der arme Gennaro!« seufzte da Francesca, »er hatte ein edles Herz, war Leben und Geist! In allem war er ein Muster!«

Der Arzt saß mehrere Stunden bei mir; er war eigentlich von Neapel und nur besuchsweise auf Capri. Am dritten Tage fuhr er mit uns zurück; ich wäre nun vollkommen wohl, behauptete er. Körperlich konnte es vielleicht sein, in psychischer Beziehung aber gewiß nicht. Ich hatte in das Reich des Todes hineingeschaut, hatte den Kuß des Todesengels auf meiner Stirn gefühlt, die Mimose der Jugendlichkeit hatte ihre Blätter zusammengerollt. Als wir in das Boot stiegen, in welches uns der Arzt folgte, und ich das klare durchsichtige tiefe Wasser sah, erschütterten die Erinnerungen an die Begebenheiten der letzten Tage meine Seele auf das heftigste. Ich dachte daran, wie nahe ich dem Tode gewesen war, dachte an meine wunderbare Rettung. Die Sonne schien so warm auf das herrliche blaue Meer! Ich fühlte, das Leben ist doch schön und Thränen traten mir in die Augen. Alle drei beschäftigten sich nur mit mir, ja Francesca selbst sprach von meinem schönen Talent, nannte mich Dichter, und als der Arzt hörte, daß ich es war, welcher improvisiert hatte, erzählte er, welches Glück ich bei allen seinen Freunden gemacht hätte, wie entzückt man gewesen wäre. Der Wind war vortrefflich, und anstatt nach Sorrento zu steuern, wie zuerst bestimmt war, und von dort auf dem Landwege nach Neapel zu reisen, fuhren wir direkt nach dieser Stadt.

In meiner Wohnung fand ich drei Briefe, darunter einen von Federigo. Er war gestern nach Ischia gereist und kam erst in drei Tagen zurück. Es betrübte mich, daß ich auch ihm nicht Lebewohl zu sagen vermochte, denn unsere Abreise war auf den nächsten Mittag festgesetzt. Der zweite Brief war, wie mir der Camerieri sagte, den Tag nach meiner Abreise angekommen; ich las: »Ein treues Herz, welches es ehrlich und gut mit Ihnen meint, erwartet Sie gegen Abend.« Haus und Hausnummer waren angegeben, aber kein Name, nur: »Ihre alte Freundin,« Der dritte Brief war von derselben Handschrift und lautete: »Kommen Sie, Antonio! Der Schreck in dem letzten unglücklichen Augenblicke, wo wir beisammen waren, ist jetzt gewiß überstanden, – Kommen Sie bald! Betrachten Sie es als ein Mißverständnis. – Alles kann noch gut werden, nur zögern Sie keinen Augenblick zu kommen!« Darauf folgte dieselbe Unterschrift. Daß er von Santa herrührte, ließ sich deutlich erkennen, obschon sie ein anderes Haus als das ihrige zur Zusammenkunft gewählt hatte. Ich wollte sie nicht mehr sehen und teilte ihrem Manne deshalb in einigen hastigen Worten mit, daß ich Neapel verließe. Die Schnelligkeit, in der sich dieser Entschluß bei mir gebildet hätte, verböte mir, mich noch persönlich zu verabschieden. Ich dankte ihm für seine und der Signora Artigkeit, die sie mir stets bewiesen, und bat sie meiner nicht ganz zu vergessen. An Federigo schrieb ich ebenfalls einen kleinen Zettel und versprach ihm einen ausführlichen Brief von Rom, denn ich wäre jetzt nicht in der Verfassung zu schreiben. – Nirgends ging ich hin, ich wollte nicht mit Bernardo zusammentreffen, wollte keinen meiner neuen Freunde sehen; der Arzt war der einzige, welchen ich besuchte! ich fuhr mit Fabiani zu ihm. Es war ein gemütliches freundliches Heim; seine älteste Schwester, eine alte Jungfer, hielt ihm Haus. Etwas höchst Liebenswürdiges, etwas Offenes und Ehrliches lag in ihrem ganzen Wesen, das mir ungemein gefiel. Ich mußte an die alte Domenica denken, nur daß des Arztes Schwester gebildet war, Talente und höhere Vollkommenheiten besaß.

Am nächsten Morgen, dem letzten, wo ich in Neapel weilte, hing mein Blick mit Wehmut an dem Vesuv, den ich jetzt zum letztenmal sah. Dichte Wolken verhüllten den Gipfel desselben, er schien mir lein Lebewohl zurufen zu wollen. – Das Meer war vollkommen still, ich dachte an mein Traumbild, an Lara in der strahlenden Grotte. Bald sollte alles, mein ganzer Aufenthalt hier in Neapel, einem Traume gleichen.

Ich ergriff die Zeitung diario di Napoli, welche der Camerieri gebracht hatte,, mein Name stand darin: eine Kritik über mein erstes Auftreten. Begierig las ich sie: meine reiche Phantasie, meine schönen Verse wurden besonders hervorgehoben, ich schiene der Pangettischen Schule anzugehören und meinen Meister nur ein wenig zu stark studiert zu haben. Ich kannte ihn gar nicht; so viel stand unumstößlich fest, daß ich kein Vorbild hatte. Die Natur und mein eignes Gefühl waren meine einzigen Führer gewesen. Aber die meisten Recensenten sind so wenig original, daß sie glauben, alle, welche sie beurteilen, seien ebenfalls Kopien. Das Publikum hatte mir einen größeren Beifall zugejubelt als dieser, obgleich er sagte: Mit der Zeit würde ich ein Meister werden, schon jetzt wäre ich ein ungewöhnliches Talent, reich an Phantasie, Gefühl und Begeisterung. Ich verwahrte das Blatt, es sollte mir einmal als ein Zeichen dafür dienen, daß doch nicht alles, was ich hier erlebt hatte, ein Traum wäre. – Ich hatte Neapel gesehen, mich darin umhergetummelt, viel gewonnen, viel verloren. – War Fulvias glänzende Weissagung schon zu Ende?

Wir verließen Neapel; die hohen Weingärten entzogen es unsern Blicken. Vier Tage ging es heimwärts, nach Rom, vier Tage gebrauchten wir, um denselben Weg zurückzulegen, welchen ich vor zwei Monaten mit Federigo und Santa gereist war. Ich sah wieder Mola di Gaeta mit seinen Orangenhainen, jetzt dufteten die Bäume in voller Blütenpracht. Ich trat in den Gang, wo Santa gesessen und die Abenteuer meines Lebens mit angehört hatte. Wie viele große Begebenheiten hatten sich nicht seit der kurzen Zeit daran geknüpft! Wir fuhren durch das enge Itri und ich dachte an Federigo. An der Grenze, wo die Pässe untersucht wurden, standen noch die Ziegen in der großen Felsenhöhle, die er abgezeichnet hatte; den kleinen Knaben sah ich nicht.

Die Nacht brachten wir in Terracina zu; die Morgenluft war unendlich klar, ich sagte dem Meere Lebewohl, welches mich in seine Arme gedrückt, in den schönsten Traum gelullt und mir das Schönheitsbild Lara gezeigt hatte. In weiter Ferne sah ich an dem ätherklaren Horizont noch immer den Vesuv mit seiner hellblauen Rauchsäule; das Ganze war wie mit Duft auf das flimmernde Firmament hingehaucht. »Lebe wohl, lebe wohl, heim nach Rom, dort steht mein Grab!« seufzte ich. Ich grüßte die Berge, wo ich mit Fulvia gewandert, ich sah Genzano wieder, fuhr über den Platz, wo meine Mutter getötet war, wo ich als Kind mein Alles in dieser Welt verloren hatte. Jetzt kam ich als ein vornehmer Herr, die Bettler nannten mich Eccellenza, ich überschaute die Straße; war ich letzt wohl glücklicher als damals? – Wir kamen durch Albano, die Campagna lag vor uns, das Grab des Askanius mit dem dichten Epheu am Wege, die Grabkammern, die lange Wasserleitung und Rom mit der Peterskuppel.

»Ein munteres Gesicht, Antonio!« sagte Fabiani, als wir zur Porta San Giovanni hineinrollten. Die Laterankirche, der hohe Obelisk, das Kolosseum und der Trajanplatz, alles sagte mir, daß ich zu Hause war. Wie ein nächtlicher Traum und doch wie ein Jahr meines Lebens lagen die Begebenheiten der letzten Zeit vor mir. – Wie still und tot es hier gegen Neapel war, der lange Korso war keine Toledostraße. Ich sah wieder die bekannten Gesichter rings umher; Habbas Dahdah trippelte an uns vorüber und grüßte uns, als er den Wagen erkannte. An der Ecke der Via Condotti saß Peppo mit seinen Holzklötzen an den Händen.

»Nun sind wir zu Hause,« sagte Francesca.

»Ja, zu Hause!« wiederholte ich, und tausend Gefühle bewegten sich in meiner Brust. In wenigen Augenblicken sollte ich vor Eccellenza stehen, ich graute vor der Begegnung mit ihm und doch schien es mir, als ob die Pferde nicht schnell genug vorwärts flögen.

Wir hielten vor dem Palazzo Borghese.

Zwei kleine Zimmer in der obersten Etage wurden mir angewiesen; noch hatte ich Eccellenza nicht gesehen. Wir wurden zu Tische gerufen. Ich verneigte mich tief vor ihm.

»Antonio muß selbstverständlich zwischen mir und Francesca sitzen!« waren die ersten Worte, die ich von ihm hörte. Das Gespräch bewegte sich leicht und natürlich, jeden Augenblick erwartete ich, daß mich eine bittere Bemerkung treffen sollte, aber nicht ein einziges Wort kam zum Vorschein, nicht eine einzige Andeutung darauf, daß ich fortgewesen war, oder daß Eccellenza mir gezürnt hatte, wie sein Brief zu erkennen gab. Diese Milde rührte mich, doppelt schätzte ich all die Liebe, welche mich umgab, und doch kamen Stunden, in denen mein Stolz sich darüber verletzt fühlte, daß man mich nicht ausgescholten hatte.

Die Erziehung. Die kleine Abbedisse.

Palazzo Borghese war jetzt meine Heimat; ich wurde mit größerer Milde und Freundlichkeit behandelt. Einigemal kam zwar der alte belehrende Ton, die verletzende leichte Weise gegen mich aufzutreten wieder zum Vorschein, aber ich wußte, sie meinten es so gut mit mir.

In den wärmsten Monaten verließen sie Rom, ich war allein in dem großen Palast; gegen den Winter kamen sie zurück und ich verwuchs wieder mehr und mehr mit den alten Verhältnissen. Man vergaß, daß auch ich älter geworden, daß ich nicht länger das Kind von der Campagna war, welches jedes gesprochene Wort für einen Glaubensartikel hielt, noch der Schüler der Jesuitenschule, der immer und immer erzogen werden *mußte*.

Wie eine mächtige See, auf der Welle sich an Welle reihte, liegt ein Zeitraum von sechs Jahren vor mir; gottlob, ich bin nicht darin untergegangen! Du, der du mir bei der Erzählung der Abenteuer meines Leben« folgst, fliege schnell darüber hinfort! In wenigen Strichen will ich dir den Eindruck des Ganzen zu geben suchen: es war der Kampf meiner geistigen Erziehung, ich war der Geselle, den man als Lehrburschen behandelte, damit er als Meister auftreten könnte.

Ich galt für einen vortrefflichen Menschen von großem Talent, aus dem etwas werden könnte, und alle nahmen sich meiner Erziehung an. Meine Abhängigkeit gab denen, zu welchen ich in diesem Verhältnisse stand, die Erlaubnis dazu, meine Gutmütigkeit allen andern. Lebhaft und tief fühlte ich da« Bittere meiner Stellung und doch trug ich sie. Es war eine Erziehung!

Eccellenza klagte über meinen Mangel an Gründlichkeit; es half nichts, wie viel ich auch studierte, ich saugte doch nur aus den Büchern den süßen Honig, der mir für meinen Kram paßte. Die Freunde des Hauses und meine Gönner taxierten mich, lediglich nach dem Ideale ihres Interesses, und ich konnte also bei einem solchen Vergleiche nur verlieren. Der Mathematiker behauptete, ich hätte zu viel Phantasie, zu wenig Besonnenheit; der Gelehrte, ich beschäftigte mich nicht genug mit der lateinischen Sprache. Der Politiker fragte mich in Gegenwart der Gesellschaft beständig nach politischen Neuigkeiten, in welchen ich nicht zu Hause war, und er fragte nur, um mich Armen zu kränken. Ein junger Nobile, der nur für sein Reitpferd lebte, jammerte über meine Unwissenheit in allen Sportangelegenheiten, und stimmte mit den andern ein Miserere darüber an, daß ich mehr Interesse für mich selbst als für seine Pferde hätte. Eine adelige Freundin des Hauses, die durch ihren Rang und eine seltene Suffisance in den Ruf gekommen war sehr klug und kritisch zu sein, im Grunde genommen aber durchaus nicht den Verstand besaß, dessen sie sich rühmte, erbot sich meine Gedichte in Bezug auf ihre Schönheit und Form durchzusehen, verlangte sie jedoch auf gebrochenem Papiere zugesandt. Habbas Dahdah hielt mich für ein Talent, das einst etwas versprochen hätte, indes längst erstorben war. Die ersten Tänzer der Stadt verachteten mich, weil ich im Ballsaal keine Figur zu machen verstand, der Grammatiker, weil ich einen Punkt setzte, wo er nur einen Semikolon anwandte, und Francesca sagte, ich würde dadurch verdorben, daß man zu viel aus mir machte, Weshalb sie mich mit Ernst und Strenge erziehen müßte. Jeder spritzte seinen Gifttropfen auf mein Herz, ich fühlte, daß dasselbe verhärten oder verbluten mußte.

Das Edle, das Schöne, ergriff und entzückte mich bei jedem Dinge. In ruhigen Augenblicken dachte ich oft an alle meine Erzieher und dann kam es mir vor, als ob sie in der ganzen Natur und dem Weltleben, für welche mein Herz und meine Seele lebten, mir nur als fleißige Arbeitsleute gegenüberständen. Die Welt selbst war mir ein hübsches Mädchen, die nach Geist, Gestalt und Kleidung meine ganze Aufmerksamkeit in Anspruch nahm. Aber der Schuhmacher sagte: »Betrachten Sie doch nur Ihre Schuhe! Sie sind ganz ausgezeichnet, die bilden ihren Hauptschmuck!« Der Schneider rief: »Nein, dieser Rock! Sehen Sie doch nur, was für ein Schnitt! Der allein muß Sie beschäftigen! Gehen Sie auf die Farbe, auf die Nähte ein, studieren Sie ihn aus dem Grunde!« »Nein!« schrie der Friseur, »diese Flechte müssen Sie analysieren, ihr müssen Sie sich hingeben!« »Die Sprache ist doch mehr!« rief der Sprachlehrer. »Nein, die Haltung!« sagte der Tanzmeister. »Du guter Gott!« seufzte ich, »Das Ganze ist es, was mich ergreift; ich sehe das Schöne wohl in jeder Einzelheit, aber ich kann nicht Schneider oder Schuhmacher werden, um mich ihnen anzubequemen. Mein Beruf ist, die Schönheit des Ganzen zu erfassen. Ihr guten Männer und Weiber, seid mir deshalb nicht böse und verurteilt mich nicht! – »Das ist ihm zu niedrig, nicht hoch genug für seinen poetischen Geist!« spotteten sie alle. Kein Tier ist doch so grausam wie der Mensch! Wäre ich reich und unabhängig gewesen, wie schnell würden sich dann die Farben geändert haben. Alle waren sie klüger, gründlicher und vernünftiger als ich. Ich lernte verbindlich lächeln, wo ich hätte weinen können, mich bücken, wo ich geringschätzte, lernte aufmerksam auf das leere Geschwätz der Thoren lauschen, Verstellung, Bitterkeit und Lebensüberdruß waren die Früchte der Erziehung, die die Umstände und die Menschen mir zu geben übernommen hatten. Man wies stets auf meine Mängel hin, sollte es denn durchaus keine geistige gute Seiten an mir geben? Ich selbst mußte dieselben aufsuchen, mußte sehen, sie geltend zu machen. Man lenkte meine Gedanken auf mein eignes Ich und warf mir darauf vor, daß ich mich beobachtete.

Der Politiker nannte mich Egoist, weil ich mich nicht einzig und allein mit seinem Kram beschäftigte; ein junger Dilettant der Aesthetik, ein Verwandter der Borghesen, lehrte mich, wie ich denken, dichten und urteilen müßte, und zwar immer in einer Weise, daß jeder Fremde sehen konnte, er wäre der Edelmann, der den Hirtenknaben unterrichtete, den Armen, welcher über seine Herablassung doppelt dankbar sein müßte. Der, welcher sich für die Pferde, und einzig und allein für diese interessierte, sagte, ich wäre der eitelste Mensch, weil ich nicht ausschließlich für seine Pferde ein Auge hatte. Waren nicht etwa sie alle Egoisten? Oder hatten sie recht? Vielleicht! Ich war ein armes Kind, für welches man so viel gethan hatte. Aber hatte mein Name nicht Adel, so besaß ihn doch mein Geist, und tief fühlte ich jede kleinste Demütigung. Ich, der ich mich mit ganzer Seele den Menschen angeschlossen hatte, wurde nun wie Loths Frau zur Salzsäule verwandelt. Trotz erhob sich in meiner Seele. Auf Augenblicke regte sich mein geistiges Bewußtsein, und in seinen Fesseln erwachte ein Hochmutsteufel, der auf die Thorheiten meiner klugen Lehrer herniederblickte und mir voller Eitelkeit in das Ohr raunte: Dein Name wird leben und genannt werden, wenn alle diese vergessen sind oder nur durch dich in der Erinnerung leben, als deine Umgebung, als die bittern Tropfen, die in deinen Lebensbecher fielen! Dann dachte ich an Tasso, an die eitle Leonora, den stolzen Hof von Ferrara, dessen Adel jetzt allein an Tassos Namen geknüpft ist; ihr Schloß war nur ein Trümmerhaufen, da« Dichtergefängnis ein Wallfahrtsort. Ich fühlte selbst, wie eitel mein Herz schlug, aber bei der Erziehungsweise, welche man mit mir einschlug, mußte es so werden oder verbluten. Milde und Aufmunterung würden mein Herz rein, meine Seele voller Liebe bewahrt haben. Jedes freundliche Lächeln, jedes freundliche Wort war ein Sonnenstrahl, der eine Eiswurzel der Eitelkeit schmolz, aber es fielen mehr Gifttropfen als Sonnenstrahlen in mein Leben.

Ich war nicht mehr gut, wie ich früher gewesen war, doch hieß ich noch immer ein ausgezeichneter, ein vortrefflicher Mensch; mein Geist studierte Bücher, die Natur, die Welt und mich selbst, und doch sagte man: er will nichts leinen! Diese Erziehung dauerte sechs Jahre, ja sieben kann ich sagen; aber schon gegen Ende des sechsten Jahres entstand eine Art Wellenbewegung auf meinem Lebenssee. Diese sechs langen Jahre enthielten zwar manche erzählenswerte Begebenheiten, manche, die hervorragender sind als einige der früheren, deren ich erwähnt habe, aber alle flössen doch in einen einzigen Gifttropfen zusammen, den jedes Talent, welches weder Gold noch Familie besitzt, wie den Atemzug kennt und empfindet.

Ich war Abbate und hatte als Improvisator eine Art Namen in Rom, denn in der Academia Tiberina hatte ich improvisiert und Gedichte vorgetragen und immer den stürmischsten Beifall geerntet, allein Francesca hatte auch recht, alles, was dort vorgelesen, wurde beklatscht. Habbas Dahdah spielte eine der ersten Rollen in der Academia, das heißt, er war derjenige, welcher am meisten sprach und schrieb, alle seine Kollegen behaupteten, er wäre zu einseitig, mißgünstig und ungerecht, und doch duldeten sie ihn unter sich, und er schrieb und schrieb. Er hatte meine, wie er sie nannte, Wasserfarbenstücke durchblättert, aber die geringe Spur von Talent, die er einmal, als ich mich in der Schule vor seiner Meinung in den Staub beugte, bei mir gefunden hatte, wäre gleich in der Geburt erstorben, meine Freunde müßten verhindern, daß nichts von meinen Dichtungen, die nur poetische Mißgeburten wären, an das Tageslicht käme; das Unglück wäre, meinte er, daß große Genies in jugendlichem Alter geschrieben hätten, und deshalb bildete ich mir ein, ich müßte es auch thun.

Nie hörte ich von Annunziata; sie schwebte als eine Tote vor mir, die im Augenblicke des Todes ihre Hand zermalmend auf mein Herz gelegt hatte, damit es für jede schmerzliche Berührung desto empfindlicher würde. Mein Aufenthalt in Neapel, alle Erinnerungen von dort, glichen einem versteinernden Medusenhaupte der Schönheit. Wenn der heiße Scirocco blies, erinnerte ich mich der milden Luft bei Pästum, erinnerte ich mich Laras und der strahlenden Grotte, in welcher ich sie gesehen hatte. Wenn ich wie ein Schulknabe vor meinen männlichen und weiblichen Erziehern stand, stieg die Erinnerung an den Beifall in der Räuberhöhle wie in dem großen Theater San Carlo in mir auf. Wenn ich fremd in einer Ecke stand, dachte ich an Santa, die ihre Arme nach mir ausstreckte und seufzte: »Töte mich, aber verlaß mich nicht!« Es waren sechs lange lehrreiche Jahre, ich war nun sechsundzwanzig Jahr.

Flaminia, die kleine Abbedisse, wie man sie genannt hatte, Francescas und Fabianis Tochter, welche der heilige Vater schon von der Wiege auf zur Himmelsbraut geweiht, hatte ich nicht gesehen, seitdem ich mit ihr auf meinem Arme tanzte und ihr lustige Bilder zeichnete, Sie wurde im Nonnenkloster in der Quattro Fontane erzogen, aus welchem sie nie herauskam; Fabiani hatte sie ebenfalls sechs lange Jahre nicht gesehen, nur Francesca durfte als Mutter und Frau dieselbe sehen. Sie war, wie man sich erzählte, körperlich schon völlig entwickelt, und die frommen Schwestern hatten ihren Geist zu derselben Reife gebracht. Nach alter Sitte sollte die kleine Abbedisse jetzt auf einige Monate zu ihren Eltern nach Hause zurückkommen, sollte alle Lust und Freude der Welt genießen, um darauf ihr und ihnen auf ewig Lebewohl zu sagen. Selbst könnte sie dann, hieß es wohl, zwischen der lärmenden Welt und dem stillen Kloster wählen, aber schon von den Spielen des Kindes mit den wie Nonnen angezogenen Puppen an bis zu der Erziehung im Kloster war ja alles geschehen, um ihre Seele und ihre Gedanken auf letzteres zu richten.

Oft dachte ich, wenn ich durch die Quattro Fontane, worin das Kloster lag, ging, an das freundliche Kind, mit dem auf dem Arme ich getanzt hatte, dachte, wie verändert es jetzt sein müßte, wie still es jetzt hinter den engen Mauern lebte. Ein einziges Mal war ich auch in der Kirche des Klosters gewesen und hatte den Gesang der Nonnen hinter dem Gitter gehört. Mich beschäftigte der Gedanke, ob die kleine Abbedisse wohl mit unter ihnen säße, doch wagte ich nicht zu fragen, ob die Kostgänger am Gesänge und der Kirchenmusik teilnähmen. Eine Stimme klang wunderbar hoch, klar und wehmütig aus den übrigen hervor; sie ähnelte auffallend Annunziatas, ich glaubte sie wieder zu hören; und alle Erinnerungen au« jener Zeit erwachten von neuem in meiner Seele.

»Nächsten Montag kommt unsere kleine Abbedisse!« sagte Eccellenza. Eine merkwürdige Sehnsucht ergriff mich, sie wieder zu sehen, Sie war, ebenso wie ich, ein gefangener Vogel; sie nahmen ihn aus dem Bauer, um ihn mit einem Faden um den Fuß die Freiheit in Gottes Natur genießen zu lassen.

An der Mittagstafel sah ich sie zum erstenmal wieder. Sie war, wie man mir vorher gesagt hatte, ziemlich entwickelt, aber etwas bleich, und beim ersten Blick würde schwerlich jemand sie hübsch genannt haben, allein es lag eine wahre Herzensgute auf ihren Zügen ausgeprägt, eine wunderbare Sanftmut war über ihr Gesicht ausgegossen.

Bei Tische waren nur einige der nächsten Verwandten zugegen. Niemand sagte ihr, wer ich war. Sie schien mich nicht zu erkennen, aber mit einer Freundlichkeit, an die ich nicht gewohnt war, antwortete sie mir auf die wenigen Worte, welche ich sagte. Ich fühlte, daß sie keinen Unterschied unter uns machte und auch mich in das Gespräch hineinzog. Sie muß mich gewiß nicht erkennen, dachte ich.

Sie waren alle aufgeräumt, erzählten Anekdoten und komische Züge aus dem Tagesleben, und die kleine Abbedisse lachte. Das flößte mir Mut ein, ich gab ebenfalls einige Wortspiele zum besten, welche gerade damals eine große Rolle in mehreren Kreisen der Stadt spielten. Aber nur die Kleine lachte, bei den andern verlor sich das Lächeln, sie sagten, wie man dergleichen nur erzählen könnte. Ich versicherte, daß man sich in Rom fast überall sonst darüber amüsierte.

»Das ist ja nur Wortgeklingel,« sagte Francesca. »Wie kann man an solcher Oberflächlichkeit Vergnügen finden! Was doch alles ein Menschenhirn beschäftigen kann!«

Es beschäftigte mich in der That sehr wenig, aber ich wollte doch auch das Meinige zur Munterkeit beitragen, und was ich erzählte, kam mir recht drollig vor und galt auch überall dafür. Ich wurde verstimmt und schwieg.

Am Abend erschienen einige Fremde, ich hielt mich bescheiden zurück. Ein zahlreicher Kreis hatte sich um den vortrefflichen Perini gesetzt. Er war in meinem Alter, aber Edelmann. Munter und in Wahrheit unterhaltend, besaß er alle mögliche gesellschaftliche Talente, Man wußte, daß er amüsant und witzig war, und fand es deshalb auch in allen seinen Worten. Ich stand in einiger Entfernung und hörte, wie alle lachten, besonders Eccellenza. Ich trat näher, und was vernahm ich! Die Wortspiele, die ich heute Mittag so unglücklich gewesen war zuerst vorzutragen, erzählte jetzt Perini abermals. Er ließ weder etwas fort noch setzte er etwas zu, gab sie vielmehr mit denselben Worten und Mienen wieder wie ich und sie lachten alle.

»Das ist sehr komisch!« rief Eccellenza, und klatschte in die Hände. »Sehr komisch! Nicht wahr?« sagte er zu der kleinen Abbedisse, die an seiner Seite stand und lachte.

»Ja, das kam mir heut' Mittag schon so vor, als es uns Antonio erzählte!« erwiderte sie. Es lag durchaus keine Bitterkeit in dieser Erklärung, sie gab sie mit ihrer natürlichen Milde. Ich hätte ihr zu Füßen fallen können.

»O, das ist köstlich!« sagte Francesca von den Wortspielen.

Mein Herz klopfte stark; ich trat an das Fenster hinter die langen Vorhänge und atmete die frische Luft.

Ich habe diesen kleinen Zug angeführt! jeder Tag, welcher folgte, brachte ähnliche; aber die kleine Abbedisse war ein liebenswürdiges Kind, welches mir mit Freundlichkeit und Liebe in die Augen schaute, als wollte es mich um Verzeihung für die Sünden anderer gegen mich bitten. Ich war auch zu schwach; ich besaß Eitelkeit genug, aber keinen Stolz. Das lag doch gewiß in meiner armen Geburt, in meiner ersten Erziehung, in meiner Abhängigkeit und dem unglückseligen Dankbarkeitsverhältnisse, in welchem ich beständig gestanden hatte. Stets erinnerte ich mich dessen, was ich meiner Umgebung zu verdanken hatte, und das band meine Zunge, verhinderte die Entschlüsse meines Stolzes. Es war zwar edel, verriet aber immer Schwäche.

In eine unabhängige Stellung konnte ich, so wie die Dinge jetzt standen, durchaus nicht kommen. Mein Pflichtgefühl, meine Gewissenhaftigkeit erkannten sie alle an, aber doch sagten sie, ein Genie wäre zu ernsten Geschäften nicht tauglich. Ich hatte zu viel Geist dazu, versicherten diejenigen, welche höflich gegen mich waren. Meinten sie wirklich, was sie sagten, wie schlecht beurteilten sie dann einen Mann von Geist! Ich hätte verhungern können, wäre Eccellenza nicht gewesen. Wie viel Dankbarkeit war ich ihm deshalb nicht schuldig!

Zu dieser Zeit hatte ich gerade ein großes Gedicht »David« vollendet; meine ganze Seele war darin ausgeströmt. Unter der beständigen Erziehung, unter der fortwährenden Erinnerung an meine Flucht nach Neapel an die dortigen Abenteuer und an den unglücklichen Ausgang meiner ersten starken Liebe hatte mein ganzes Wesen in den letzten Jahren Tag für

Tag eine stärkere poetische Richtung genommen: in einzelnen Augenblicken stand das ganze Leben wie ein poetisches
Gedicht vor mir, in welchem ich selbst eine Rolle hatte,
nichts kam mir unbedeutend und alltäglich vor, selbst mein
Schmerz, die mir zugefügte Unbill war Poesie. Es war meinem Herzen ein Bedürfnis, sich in Tönen zu ergießen, und in
David fand ich einen Stoff, der meiner Stimmung entsprach.
Ich fühlte lebhaft das Vortreffliche in dem, was ich geschrieben hatte, und meine Seele war Dankbarkeit und Liebe, denn
in Wahrheit kann ich behaupten, nie sang oder dichtete ich
eine Strophe, die mir gelungen vorkam, ohne mich mit kind-
lichem Danke an den ewigen Gott zu wenden, der meine
Seele mit seiner Gnade erfüllt und ihr den Dichtergeist eingehaucht hatte. Ich war glücklich über mein Gedicht und
hörte mit frömmerem Sinne alles mit an, was ich als eine
Unbilligkeit gegen mich ansah, indem ich dachte: Wenn sie
dies hören, dann werden sie fühlen, welch Unrecht sie mir
thun, sie werden mir mit doppelter Liebe entgegenkommen.
Mein Gedicht war fertig, kein irdisches Auge außer dem
meinigen hatte es bisher gesehen. Wie ein vatikanischer
Apollo, ein unentweihtes Schönheitsbild, nur von Gott und
mir gekannt, stand es vor mir. Ich freute mich auf den Tag,
an dem ich es in der Academia Tiberina vorlesen konnte.
Aber eines Tages, an einem der ersten nach der Ankunft der
kleinen Abbedisse, waren Francesca und Fabiani so mild und
freundlich gegen mich, daß ich kein Geheimnis vor ihnen
haben konnte. Ich erzählte von meinem Gedichte und sie
sagten: »Aber wir müssen es doch zuerst hören,« Ich war
bereit dazu, obschon nicht ohne eine Art Herzklopfen, nicht
ohne eine eigentümliche Angst. Am Abende, wo ich es vorlesen füllte, stattete gerade Habbas Dahdah einen Besuch ab.
Francesca bat ihn zu bleiben und mir die Ehre zu erweisen,
meiner Vorlesung beizuwohnen. Nichts konnte mir unange-
nehmer sein, kannte ich doch seine Bitterkeit, seinen Neid
und sein böses Blut, während schon die andern nicht sonderlich begeistert für mich waren. Doch die Zuversicht auf die
Vorzüglichkeit meines Werkes flößte mir eine Art Mut ein.
Die kleine Abbedisse sah ganz glückselig aus, sie freute sich

darauf meinen David zu hören. Als ich auf dem Theater San Carlo auftrat, klopfte mein Herz nicht stärker als jetzt, wo ich vor diesen Menschen saß. Dies Gedicht mußte ihr Urteil, ihre Weise, mich zu behandeln, völlig verändern; es war eine Art geistiger Operation, die ich an ihnen vornehmen wollte, und deshalb bebte ich. Ein natürliches Gefühl hatte mir eingegeben, nur das zu schildern, was ich selbst kannte. Davids Hirtenleben, womit das Gedicht begann, war den Erinnerungen meiner eigenen Kindheit in Domenicas Hütte entliehen.

»Aber das bist du ja selbst!« rief Francesca aus, »du selbst draußen in der Campagna!«

»Ja, das konnte man doch schon vorher wissen,« sagte Eccellenza, »er selbst muß stets dabei sein! Es ist wirklich ein eigenes Genie, das der Mensch besitzt! Bei allem Möglichen weiß er sich stets in den Vordergrund zu drängen.«

»Die Verse müßten ein wenig mehr gefeilt werden,« sagte Habbas Dahdah, »Ich rate zu der Horazischen Regel: laß es nur liegen, nur liegen und zur Reife kommen!«

Es war, als hätte man mich Aermsten schon auf meiner schonen Bildsäule zerschmettert. Ich las zwar noch einige Stanzen, aber kalte leichte Bemerkungen schwirrten um mich. Wo mein Herz sein eigenes Gefühl natürlich und ungezwungen ausgesprochen hatte, da hatte ich von einem andern Dichter entlehnt, wo meine Seele begeistert war, wo ich Aufmerksamkeit und Entzücken erwartet hatte, war man gleichgültig und machte kalte gewöhnliche Bemerkungen. Ich brach beim Schlüsse des zweiten Gesanges ab, es war mir unmöglich weiter zu lesen. Mein Gedicht, welches so schön und geistig vor mir gestanden hatte, lag nun wie eine mißgestaltete Puppe, wie eine Besana mit Glasaugen und verzerrten Mienen ta. Es war, als hätte man Gift über mein Schönheitsbild gehaucht.

»Der David schlägt keine Philister tot,« sagte Habbas Dahdah. Im übrigen meinte man, es kämen recht artige Dinge darin vor; das Kindliche, das Gefühlvolle wüßte ich ganz niedlich auszudrücken. Ich stand schweigend und verneigte mich, wie der Verbrecher für ein gnädiges Urteil. »Die Horazische Regel,« raunte mir Habbas Dahdah zu, drückte mir aber sonst recht freundschaftlich die Hand und nannte mich Dichter. Jedoch einige Augenblicke darauf, als ich mich verlegen in eine Ecke drückte, hörte ich ihn zu Fabiani sagen, meine Arbeit wäre ein zur wahren Verzweiflung zusammengestoppeltes Machwerk.

Man verkannte mich und mein Werk, aber das konnte meine Seele nicht ertragen. Ich ging in den anstoßenden großen Saal, wo Feuer im Kamine brannte. Krampfhaft preßte ich das Gedicht in meinen Händen zusammen. Alle meine Hoffnung, alle meine Träume waren in einem Augenblicke vernichtet. Ich fühlte mich so unendlich klein, ein mißlungenes Abbild dessen, nach dessen Bilde ich geschaffen war. Was ich geliebt, an meine Lippen gedrückt, meine Seele eingeatmet hatte, meinen lebendigen Gedanken, warf ich von mir, hinein in den Kamin, mein Gedicht loderte in den glühenden Flammen auf.

»Antonio!« rief die kleine Abbebisse dicht neben mir und griff in das Feuer nach den brennenden Blättern. Bei der schnellen Bewegung glitt ihr Fuß aus, sie stürzte in das Feuer, es sah schrecklich aus. Sie stieß einen Schrei aus, ich stürzte mich über sie, richtete sie empor, das Gedicht war schon verzehrt, die andern kamen erschreckt herbei.

»Jesus Maria!« rief Francesca. Die kleine Abbedisse lag totenblaß in meinen Armen; sie hob den Kopf, lächelte und sagte zur Mutter: »Mein Fuß glitt aus! Ich habe mir etwas die Hand verbrannt; wäre Antonio nicht gewesen, würde es schlimmer ausgefallen sein!« Ich stand wie ein Sünder da und konnte nicht ein einziges Wort sagen. Sie hatte sich die linke Hand stark verbrannt, im ganzen Hause entstand eine lebhafte Bewegung. Man erfuhr nicht, daß ich mein Gedicht verbrannt hatte; ich erwartete, daß man mich später nach demselben fragen würde, aber da ich nicht davon anfing, wurde dasselbe auch von niemandem erwähnt. Von niemandem? Ja, von einer einzigen: von Flaminia, der kleinen Abbedisse. Ich sah in ihr des Hauses guten Engel. Bei ihrer

Sanftmut, ihrem schwesterlichen Sinne kehrte öfter mein ganzes kindliches Vertrauen wieder zurück; ich war wie an sie gekettet. Mehr als vierzehn Tage war ihre Hand krank, aber es brannte auch in meinem Herzen.

»Flaminia, ich trage an dem Ganzen die Schuld!« sagte ich eines Tages zu ihr, als ich allein bei ihr saß. »Um meinetwillen leiden Sie diese Schmerzen.«

»Antonio,« erwiderte sie, »schweige um Gottes willen darüber! Laß niemand auch nur ein einziges Wort davon hören. Du thust dir ja selbst unrecht; mein Fuß glitt aus, es hätte weit unglücklicher ablaufen können, wärest du nicht gewesen. Ich muß dir ja danken, und das fühlt auch Vater und Mutter. Sie haben dich sehr lieb, Antonio, mehr als du glaubst.«

»Ich verdanke ihnen alles,« versetzte ich; »jeden Tag überhäufen sie mich mit neuen Wohlthaten.«

»Rede nicht davon, Antonio, sie haben ihre eigene Manier dich zu behandeln, aber sie denken nun einmal, daß sie die richtige ist. Du weißt nicht, wie viel Gutes mir Mutter von dir erzählt hat. Wir haben ja alle Fehler, Antonio, du selbst« – sie stockte – »ja wie konntest du nur so böse sein, das schone Gedicht zu verbrennen?«

»Es verdiente nichts Besseres,« erwiderte ich; »ich hätte es schon längst in das Feuer werfen sollen.«

Flaminia schüttelte den Kopf. »Es ist eine schlimme böse Welt,« versetzte sie; »ja es war bei den Schwestern in dem stillen freundlichen Kloster weit besser.«

»Ja,« rief ich, »unschuldig und gut, wie Sie, bin ich nicht; mein Herz erinnert sich weit öfter des bittern Tropfen, als jedes Labetrunkes des Segens, den man mir reicht.«

»In meinem lieben Kloster war es weit besser als hier, wo ihr mich doch auch alle liebt,« sagte sie öfter, wenn wir allein waren. Meine ganze Seele neigte sich zu ihr, denn ich empfand es, sie war meines Gefühls, meiner Unschuld guter Engel. Ich glaubte bei den andern eine größere Delikatesse, eine größere Milde in Worten und Blicken gegen mich zu bemerken und schrieb dies Flaminias Einflusse zu.

Sie sprach so gern mit mir von demjenigen, was mich am meisten beschäftigte: von der Poesie, der herrlichen göttlichen Poesie, und ich erzählte ihr von den großen Meistern, und oft erfüllte mich Begeisterung und meine Lippen wurden beredt. Sie saß mit gefalteten Händen wie ein Engel der Unschuld dabei und schaute mir ins Auge.

»Wie glücklich du doch bist, Antonio!« sagte sie, »glücklich vor Tausenden, und doch scheint es mir ängstlich, in dem Grade der Welt anzugehören, wie du, wie jeder Dichter es muß. Wie viel Gutes kann dein Wort nicht wirken, aber auch wie viel Böses!« Sie äußerte ihre Verwunderung darüber, daß die Dichter beständig von irdischem Kampf, von irdischem Treiben singen. Sie meinte, daß ein Prophet Gottes, was ein Sänger doch wäre, nur von dem ewigen Gott und von der Himmelsfreude singen müßte.

»Aber der Dichter besingt Gott in seinen Geschöpfen,« erwiderte ich; »ich verherrliche ihn in dem, was er zu seiner eigenen Verherrlichung hervorbrachte.«

»Ich verstehe das nicht,« sagte Flamina,, »ich fühle klar, was ich sagen möchte, finde aber die Worte dafür nicht. Den ewigen Gott, das Göttliche in seiner Welt und in unserm eigenen Herzen sollte der Dichter zum Ausdruck bringen, sollte uns an Gottes Vaterherz führen und nicht in die wilde Welt hinaus.« Und sie fragte mich, welche Empfindung eines Dichters Brust erfüllte, was sich in einem regte, wenn man improvisierte. Ich erklärte ihr diesen geistigen Gesundheitszustand, so gut es mir möglich war.

»Die Gedanken, die Ideen,« sagte sie, »ja, das verstehe ich wohl. Sie werden in der Seele geboren, stammen von Gott, das kennen wir alle; aber die schönen Verse, die Art und Weise, in der man dieses Bewußtsein ausdrückt, das verstehe ich nicht.«

»Haben Sie nicht,« fragte ich, »mitunter im Kloster einen oder den andern schönen Psalm oder eine heilige Legende gelernt, die in Versen geschrieben waren? Oft, wenn Sie am wenigsten daran dachten, ist durch eine oder die andere Veranlassung eine Idee in Ihnen aufgetaucht, durch welche die Erinnerung an dieses oder jenes Gedicht geweckt würde; Sie haben es dann zu Papier bringen können. Der Vers, der Reim selbst, hat Ihre Erinnerung lebendiger gemacht und unwillkürlich auf das Folgende gelenkt, während der Gedanke, der Inhalt klar vor Ihnen stand. So geht es auch dem Improvisator und dem Dichter, mir wenigstens. Oft kommt es mir vor, als seien es Erinnerungen, Wiegengesänge aus einer andern Welt, die in meiner Seele erwachen und die ich wiederholen muß.«

»Wie oft habe ich nicht etwas Aehnliches gefühlt!« entgegnete Flaminia, »ohne imstande zu sein es auszusprechen. Welch wunderbare Sehnsucht ergriff mich oft, ohne daß ich selbst wußte wonach! Es kam mir deshalb oft vor, als ob ich in diese wilde Welt hier gar nicht hineingehörte. Alles erschien mir wie ein großer seltsamer Traum! darum sehne ich mich auch wieder nach meinem Kloster, nach meiner kleinen Zelle. Ich weiß nicht, wie es zugeht, Antonio, aber dort sah ich im Traume so häufig meinen Bräutigam Jesus und die heilige Jungfrau. Jetzt kommen sie seltener zu mir, ich träume von so viel weltlicher Pracht und Freude, von so viel Bösem. Ich bin gewiß nicht mehr so gut wie bei den 308 Der Improvisator

Schwestern. Weshalb soll ich nun so lange fort sein von ihnen? Weißt du was, Antonio, ich will dir beichten! Ich bin nicht mehr unschuldig, ich will mich so gern putzen, und es macht mir Freude, wenn sie sagen, daß ich schön bin. Im Kloster sagte man mir, nur die Kinder der Sünde dächten an dergleichen.«

»O, wäre mein Herz doch so unschuldig, wie das Ihrige!« rief ich, verneigte mich vor ihr und küßte ihr die Hand. Sie erzählte mir, daß sie sich noch recht gut erinnerte, wie ich mit ihr auf dem Arme getanzt und ihr Bilder gezeichnet hätte.

»Welche Sie zerrissen, wenn Sie sie angesehen hatten,« versetzte ich.

»Das war häßlich von mir; wurdest du dann nicht böse auf mich?«

»Die Menschen haben mir die besten Bilder meines Herzens zerrissen, und ich bin doch nicht böse auf sie,« sagte ich, und sie streichelte mir zärtlich die Wangen. Immer teurer und teurer wurde sie meinem Herzen, welches ja von allen in der Welt zurückgestoßen wurde; sie allein war liebevoll und teilnehmend.

In den beiden wärmsten Monaten übersiedelten sie alle nach Tivoli. Ich durfte sie begleiten; gewiß war Flaminia die Veranlassung. Die herrliche Natur, die reichen Olivenhaine und brausenden Wasserfälle ergriffen meine Seele, wie das Meer sie ergriff, als ich es zum erstenmal bei Terracina erblickte. Ich fühlte mich unendlich glücklich, daß ich dem staubigen Rom, der versengten Campagna, der drückenden Hitze hatte entfliehen können. Die frische Luft und die Berge mit ihren dunklen Olivenhainen riefen die Lebensbilder aus Neapel wieder in meiner Seele wach.

Gern und oft ritt Flaminia mit ihrem Kammermädchen auf ihren Eseln durch die Gebirgsthäler bei Tivoli und ich durfte sie begleiten. Flaminia hatte viel Sinn für das malerisch Schöne in der Natur; ich mußte den Versuch machen einige Scenen der reichen Umgebung für sie abzunehmen: die unendliche Campagna, an deren Horizonte sich die Peterskirche erhob, die üppigen Berghalden mit dichten Olivenhainen und Weingärten, und Tivoli selbst, welches auf hohem Felsen lag, unter dem sich Wasserfall an Wasserfall schäumend in den Abgrund stürzte.

»Es sieht aus,« sagte Flaminia, »als ob die ganze Stadt auf losen Felsenstücken stände, die das Wasser einmal mit sich reißen könnte. Oben in den Straßen läßt man sich nichts davon träumen, leichtsinnig hüpft und springt man über einem offenen Grabe.«

»Das thun wir ja immer,« erwiderte ich. »Es ist weise und glücklich, daß es unseren Augen verhüllt ist. Die brausenden Wasserströme, die wir hier hinabstürzen sehen, haben etwas Beängstigendes, aber um wie viel entsetzlicher muß es nicht unter Neapel aussehen, wo das Feuer wirbelt, wie hier das Wasser!«

Ich erzählte ihr daraus vom Vesuv, meiner Wanderung hinauf, erzählte von Herculanum und Pompeji, und sie sog jedes Wort von meinen Lippen. Zu Hause mußte ich ihr noch mehr von der Herrlichkeit jenseits der Sümpfe erzählen.

Das Meer konnte sie sich nicht recht vorstellen, denn sie hatte es nur von den höchsten Bergspitzen aus wie ein Silberband am Horizont gesehen. Ich erklärte ihr, es wäre, als wenn Gottes Himmel ausgespannt über der Erde läge, und sie faltete ihre Hände und sagte: »Gott hat doch die Welt unendlich schön gemacht.«

»Deshalb muß man sich auch nicht von der Herrlichkeit seiner Werke abwenden und sich nicht in ein finsteres Kloster einmauern!« hätte ich gern gesagt, wagte es aber nicht.

Wir standen eines Tages neben dem alten Sibyllentempel und sahen auf die beiden großen Wasserfälle hinab, welche wie Wolken in den Abgrund stürzten. Eine Säule von Wasserstaub stieg hoch zwischen den dunklen Bäumen in die blaue Luft empor. Die Sonnenstrahlen schienen auf die Säule und bildeten einen Regenbogen. In der Felsenhöhle über der kleineren Kaskade hatte ein Schwarm Tauben seine Nester; in großen Kreisen flogen sie unter uns über die brausende Wassermasse fort, die in ihrem Falle sich in Schaum auflöste.

»Wie wunderbar schön!« rief Flaminia, »improvisiere nun auch vor mir, Antonio!« fuhr sie fort, »sage mir jetzt ein Gedicht über das, was du siehst!«

Ich dachte an die Träume meines Herzens, die sich alle wie der Strom hier vor mir aufgelöst hatten, und ich gehorchte ihr und sang: Das Leben brauste wie der Strom dahin, aber nicht jeder Tropfen sog Sonnenlicht ein, nur über das Ganze,

über die Menschheit im ganzen, neigte sich die Schönheits-
glorie hinab.

»Nein, ich will nichts Trauriges hören,« sagte Flaminia;
»wenn es dir nicht wirklich Freude macht, sollst du nicht vor
mir singen! ich weiß nicht, wie es zugeht, Antonio, aber dich
betrachte ich durchaus nicht wie die andern Herren, die ich
kenne. Dir kann ich alles sagen, was ich denke, du scheinst
mir ebenso nahe zu stehen, wie mein Vater und meine Mutter.«

Ich besaß ihr Vertrauen in eben so hohem Grade, wie sie das
meinige. So vieles bewegte sich in meiner Seele; mein Herz
sehnte sich danach, sich mitzuteilen. Eines Abends erzählte
ich ihr etwas aus meinen Kinderjahren, von der Wanderung
in den Katakomben, von dem Blumenfeste in Genzano und
dem Tode meiner Mutter, als Eccellenzas Pferde über uns
hinfort stürmten. Davon hatte sie nie gehört.

»O Gott!« sagte sie, »dann sind wir ja an deinem Unglücke
schuld, armer Antonio!« Sie ergriff meine Hand und schaute
mir betrübt ins Auge. Für die alte Domenica äußerte sie viel
Interesse, fragte, ob ich sie fleißig besuchte und ich schämte
mich eingestehen zu müssen, daß ich in den letzten Jahren
höchstens zweimal bei ihr draußen gewesen wäre; in Rom
hätte ich sie jedoch oft gesehen und dann stets mein kleines
Vermögen mit ihr geteilt, was freilich nicht der Rede wert
gewesen wäre.

Sie bat mich, ihr immer mehr zu erzählen; ich teilte ihr darauf mein ganzes Jugendleben mit, erzählte von Bernardo und
Annunziata, und sie sah mir mit ihrem unendlich frommen
Blick bis in die Seele hinein. Die Nähe der Unschuld lenkte
meine Worte. Ich erzählte von Neapel, selbst die Schattenseiten berührte ich, aber leicht, mit sehr leisen Andeutungen,
und doch schauderte sie über das, was ich erzählte, schauderte vor Santa, der Schönheitsschlange in meinem Paradiese.

»Nein, nein!« rief sie, »dort möchte ich niemals hin! Nicht
das Meer, nicht der brennende Berg kann all die Sünde und

Abscheulichkeit aufwiegen, welche die große Stadt in sich birgt. Du bist gut und fromm, deshalb hat die Madonna dich beschirmt.«

Ich dachte an das Bild der Mutter Gottes, welches von der Wand hinabgestürzt war, als meine Lippen die Santaberührten, aber das konnte ich Flaminia nicht erzählen. Ob sie mich dann wohl noch gut und fromm genannt haben würde? Ich war ein Sünder, wie alle übrige; die Umstände, die Gnade der Mutter Gottes hatten über mir gewacht. Im Augenblicke der Versuchung war ich schwach, wie alle, die ich kannte.

Lara gewann sie unaussprechlich lieb. »Ja,« sagte sie, »als dein Geist in Gottes Himmel war, konnte nur sie zu dir kommen! Ich kann sie mir so recht lebhaft vorstellen, kann mir genau die blaue strahlende Grotte vorstellen, wo du sie zuletzt sahest.« Annunziata mochte sie weniger leiden. »Wie konnte sie den häßlichen Bernardo lieben? Ich wünschte gar nicht, daß sie gerade deine Frau würde. Ein Frauenzimmer, das sich vor ein ganzes Publikum hinstellen kann, ein Frauenzimmer – –! Ja ich vermag es nicht ganz deutlich auszusprechen, was ich meine – –! Ich erkenne recht wohl, wie schön, wie klug sie war, wie viele Vorzüge sie vor andern Frauen hatte, aber trotzdem würde ich nicht wünschen, daß sie dich besäße. Da war Lara ein besserer Schutzengel für dich.«

Ich mußte ihr von meiner Improvisation erzählen, und sie meinte, es hätte in dem großen Theater weit schrecklicher sein müssen, als in der Räuberhöhle mitten im Gebirge. Ich zeigte ihr den *diario di Napoli*, in welchem die Kritik über mein erstes Auftreten stand. Wie oft hatte ich sie seitdem nicht gelesen!

Es machte ihr Vergnügen alles zu sehen, was dort in dem Blatte aus der fremden Stadt stand. Mit einem Male blickte sie zu mir auf und rief: »Aber du hast mir ja gar nicht gesagt, daß Annunziata zu derselben Zeit in Neapel war wie du! Hier steht es, sie will morgen auftreten, also an dem Tage deiner Abreise.«

»Annunziata!« stammelte ich und starrte in da« Blatt, welches ich so oft gesehen, von dem ich aber freilich nie etwas anderes gelesen hatte, als eben das, was von mir darin stand. »Das habe ich wirklich nicht gesehen!« rief ich, und wir sahen schweigend einander an. »Gott sei Lob und Dank, daß ich sie nicht traf, sie nicht sah, hatte ich doch kein Anrecht auf sie!«

»Aber wenn es jetzt geschähe?« fragte Flaminia, »würde es dich nicht freuen?«

»Es würde mir Schmerz bereiten,« rief ich, »mein Leiden vermehren! Die Annunziata, welche mich einst begeisterte, welche noch in meiner Erinnerung idealisch vor mir steht, würde ich nicht wiederfinden. Sie würde mir ein neues Wesen sein, welches schmerzlich ein Andenken berührte, das ich vergessen muß, das ich als das Eigentum de« Todes betrachten muß! Sie ruht unter meinen Toten.«

Eine« Nachmittags, als es sehr heiß war, trat ich in den großen gemeinschaftlichen Saal, dessen Fenster von dichten grünen Schlingpflanzen beschattet waren. Flaminia stützte den Kopf auf die Hand und war eingeschlummert, es sah aus, als hätte sie die Augen nur zum Scherz geschlossen. Ihre Brust hob sich, sie träumte. »Lara!« sagte sie. Im Traume schwebte sie wahrscheinlich mit dem Traumbilde meines Herzens in jener strahlenden Welt, wo ich es zuletzt gesehen hatte. Ein Lächeln spielte um ihre Lippen. Sie schlug die Augen auf. »Antonio, du hier?« sagte sie, »ich habe geschlafen und geträumt! Weißt du wohl von wem?«

»Von Lara!« sagte ich, denn an sie hatte ich ebenfalls unwillkürlich denken müssen, als ich Flaminia mit geschlossenen Augen sah.

»Ich träumte von ihr,« versetzte sie. »Wir flogen beide über das große herrliche Meer, von dem du mir erzählt hast. Mitten im Wasser lag ein Berg, auf welchem du so traurig saßest, wie du es oft sein kannst. Sie forderte mich auf, mit ihr zu dir hinabzufliegen, aber die Luft hielt mich in der Höhe zurück, und bei jedem Flügelschlage, den ich that, um ihr zu folgen, wich ich nur in größere Ferne. Aber als ich glaubte, es lägen tausend Meilen zwischen uns, war sie an meiner Seite und du ebenfalls.«

»So sammelt der Tod uns alle!« erwiderte ich. »Der Tod ist doch reich, er besitzt alles, was unserm Herzen am liebsten ist.« Ich sprach mit ihr von allen meinen lieben Toten, auch von denen meines Herzens, meiner Liebe, und oft kehrten wir zu denselben Erinnerungen zurück.

Na fragte sie mich, ob ich auch ihrer gedenken würde, wenn wir uns trennten. Bald wäre sie ja im Kloster, wäre Nonne, Christi Braut, dann könnten wir einander nie mehr sehen.

Ein tiefer Schmerz ergriff mich bei dem Gedanken daran, ich fühlte recht lebhaft, wie teuer mir Flaminia geworden war.

Als sie eines Tages mit ihrer Mutter und mir im Park der Villa d'Este spazieren ging, der wegen seiner hohen Cypressen berühmt ist, wandelten wir durch die lange Allee, welche von künstlichen Springbrunnen gebildet wird. Hier lag ein in ärmliche Lumpen gehüllter Bettler und reinigte den Weg von dem hervorsprießenden Grase. Ich gab ihm einen Paolo, Flaminia lächelte ihn freundlich an und gab ihm gleichfalls einen.

»Madonna lohne es der jungen Eccellenza und ihrer schönen Braut!« lief er uns nach.

Francesca lachte laut auf, mir ging es siedend heiß durch das Blut; ich hatte nicht den Mut, Flaminia anzusehen. In meiner Seele war ein Gedanke erwacht, den ich nicht einmal gewagt hatte vor mir selbst zu entschleiern. Langsam, aber stetig, war Flaminia immer mehr mit meinem Herzen verwachsen; ich fühlte es nur zu tief, es mußte verbluten, sollten wir uns trennen. Sie war die einzige, an die sich meine Seele noch klammerte, die einzige, der meine Gedanken und Gefühle sich liebevoll zuneigten. War dies Liebe? Liebte ich sie? Das Gefühl, welches Annunziata in meiner Seele geweckt hatte, war völlig verschieden; selbst die Erscheinung Laras, die Erinnerung an sie, hatte ein diesem weit verwandteres Gefühl in mir hervorgerufen. Geist und Schönheit rissen mich bei Annunziata hin; das ideal Schöne blendete mich bei dem ersten Anblicke Laras, der mein Herz höher schlagen ließ. Nein, so war meine Liebe zu Flaminia nicht! Es war nicht die wilde brennende Leidenschaft; es war Freundschaft, des Bruders lebhafteste Freundschaft. Ich kannte das Verhältnis, in dem ich zu ihrer Familie stand, das Los, welches ihr von derselben bestimmt war, und verzweifelte, denn ich konnte mich nicht von ihr trennen, sie war mir mein Alles, mein Liebstes in dieser Welt. Aber ich fühlte nicht den Wunsch, sie an mein Herz zu drücken, Küsse auf ihre Lippen zu hauchen, worauf bei Annunziata mein ganzes Sinnen gerichtet war, wozu mich bei dem blinden, mir völlig fremden Mädchen eine unsichtbare Macht trieb.

»Die junge Eccellenza und ihre schöne Braut!« wie der Bettler gerufen hatte, hallte beständig in meiner Seele wieder. Jeden Wunsch suchte ich Flaminia an den Augen abzusehen, wie ein Schatten hing ich an ihr. Wenn die andern zugegen waren, wurde ich verstimmt und traurig. Ich fühlte die tausend Bande, die mich fesselten und bedrückten; ich wurde still und zerstreut, nur ihr gegenüber wurde ich beredt. Sie war mir so lieb und wert, und sie sollte ich verlieren!

»Antonio!« sagte sie, »du bist krank, oder es ist dir etwas geschehen, was ich nicht wissen soll. Weshalb? Darf ich es nicht erfahren?« Mit ganzer Seele hing sie an mir; ich wollte ihr ein lieber treuer Bruder sein, und doch ging all mein Reden beständig darauf aus, ihre Gedanken auf diese Welt zu lenken. Ich erzählte, wie ich selbst einmal hätte Mönch werden wollen, und wie unglücklich ich, falls es geschehen, dann geworden wäre, denn früher oder später verlangte das Herz sein Recht.

»Dagegen werde ich,« erwiderte sie, »mich glücklich, sehr glücklich fühlen, wenn ich wieder zu den frommen Schwestern zurückkomme. Bei ihnen erst bin ich wahrhaft daheim! Oft werde ich dann der Zeit gedenken, wo ich draußen in der Welt war, werde an alles denken, was du mir erzählt hast, werde deiner gedenken und wie gut du gegen mich gewesen bist. Es wird ein schöner Traum sein, schon jetzt erscheint mir alles traumartig. Ich werde beten für dich, beten, daß dich die böse Welt nie verderben möge, daß du recht glücklich werdest, daß du die Welt mit deinen Gesängen erfreuest und daß du fühlest, wie gut der liebe Gott gegen dich und uns alle ist.«

Da traten mir die Thränen in die, Augen, ich seufzte tief: »Dann bekommen wir uns nie mehr zu sehen.«

»O ja, bei Gott und der Madonna,« entgegnete sie und lächelte fromm. »Dort wirst du mir Lara zeigen! Dort erhält sie auch ihr Augenlicht! Ach ja! bei der Madonna ist es doch am besten.«

Wir übersiedelten wieder nach Rom; in einigen Wochen sollte Flaminia, wie ich sie miteinander es verabreden hörte, nach dem Kloster zurück – und bald darauf den Schleier nehmen. Mein Herz brach fast vor Schmerz, und doch mußte ich meinen Kummer verbergen. Wie einsam und öde mußte es hier nicht werden, wenn sie uns verließ, wie fremd und verlassen mußte ich dann nicht wieder dastehen! Was war das nicht für ein Herzenskummer – ich suchte ihn zu verbergen – munter zu sein, ein ganz anderer zu sein, als ich war.

Sie redeten von der Entfaltung aller möglichen Pracht bei ihrer Einweihung, als wenn es ein Freudenfest wäre. Aber war es denn auch nur möglich, daß sie wirklich von uns gehen konnte? Bethört hatte sie ihre Sinne, bethört ihren Verstand. Das schöne lange Haar sollte ihr abgeschnitten, das Leichengewand über die Lebende gebreitet werden, sie sollte die Totenglocke läuten hören, und erst nach dem symbolischen Begräbnisse als Himmelsbraut auferstehen. Ich redete mit Flaminia darüber, bat sie mit Todesangst, sich dessen bewußt zu werden, was sie thäte, wenn sie so gewissermaßen in ihr eigenes Grab hinabstiege.

»Laß niemand hören, was du sagst, Antonio!« sagte sie mit einem Ernste, den ich nie bei ihr gehört hatte. »Die Welt hält dich allzu fest! Sieh mehr auf das Himmlische!« Sie errötete wie Blut, ergriff meine Hand, als hätte sie zu hart geredet und sagte mit der rührendsten Milde: »Du wirst mich ja doch nicht betrüben wollen, Antonio!«

Da sank ich ihr zu Füßen. Wie eine Heilige stand sie vor mir; meine ganze Seele klammerte sich an sie. Wie viele Thränen weinte ich nicht des Nachts. Meine heftige Neigung zu ihr erschien mir wie eine Sünde, war sie doch die Braut der Kirche. Täglich sah ich sie, täglich lernte ich sie höher schätzen. Wie eine Schwester redete sie zu mir, sah mir ins Auge, reichte mir die Hand, sagte, ich müßte sie stets recht lieb haben. Krampfhaft verbarg ich vor allen Dingen die Todesnacht, die meine Seele umdüsterte, und es gelang mir, man bemerkte sie nicht. Gott sende dem Herzen, welches so leidet, wie das meinige litt, den Tod! Der Augenblick der Trennung stand in schrecklicher Gestalt vor mir; deshalb flüsterte mir ein böser Geist in das Ohr: »Du liebst sie!« und ich liebte sie ja doch nicht, wie ich Annunziata geliebt hatte, mein Herz klopfte nicht so, wie damals, als meine Lippen Laras Stirn berührten. »Sage Flaminia, daß du ohne sie nicht leben kannst; sie hängt ja doch an dir, wie eine Schwester am Bruder! Sage, daß du sie liebst! Eccellenza und die ganze Familie wird dich verdammen, dich in die Welt hinausstoßen! Aber mit ihr verlierst du ja auch alles. Die Wahl ist leicht!«

Wie oft schwebte nicht das Geständnis auf meinen Lippen, aber mein Herz bebte, ich verstummte. Es war ein Fieber, das mein Blut, meine Gedanken erregte.

Im Palaste wurden alle Vorbereitungen zu einem glänzenden Balle, einem Blumenfeste für das Opferlamm, getroffen. Ich sah sie in der reichen, prächtigen Tracht, sie war unendlich liebreizend.

»Sei nun heiter und fröhlich, wie die anderen!« flüsterte sie mir zu. »Es betrübt mich, dich traurig zu sehen! Oft werde ich gewiß um deinetwillen an die Welt zurückdenken, wenn ich in meinem Kloster sitze, und es ist Sünde, Antonio! Versprich mir, daß du heiterer werden willst. Versprich mir, daß du dem Vater und der Mutter verzeihen willst, wenn sie ein wenig hart gegen dich sind! Sie meinen es weit besser mit dir. Versprich mir, daß du nicht so viel an die Bitterkeit der Welt denken willst, und sei immer gut und fromm, wie du es jetzt bist, dann darf ich gewiß deiner denken, gewiß für dich beten, und die Madonna ist gut und gnädig.«

Ihre Worte klangen wie Todesseufzer in meinem Herzen. Ich sehe sie noch den letzten Abend, ehe sie uns verließ. Sie war vollkommen ruhig, sie küßte ihren Vater und die alte Eccellenza und sprach von dem Abschiede, als gälte es nur eine Trennung von wenigen Tagen.

»Sage nun auch Antonio Lebewohl!« forderte sie Fabiani auf; er war gerührt, die anderen schienen es nicht zu sein. Schnell trat ich auf sie zu und neigte mich, um ihr die Hand zu küssen.

»Antonio!« sagte sie; ihre Stimme war sanft und weich, die Thränen brachen mir aus den Augen. »Werde glücklich!« sagte sie.

Ich weiß selbst nicht, am liebsten hätte ich mich losgerissen; zum letztenmal blickte ich ihr in das fromme, sanfte Antlitz.

»Lebewohl!« sagte sie, und doch kam nicht ein Ton über ihre Lippen; sie neigte sich über mich, küßte mich auf die Stirn und sagte: »Dank für alle deine Liebe, mein teurer Bruder!«

Mehr weiß ich nicht; ich befand mich außerhalb des Saales, war auf meinem Zimmer, wo ich mich ausweinen konnte. Es war, als ob eine Welt unter mir versunken wäre.

– – Und ich sah sie wieder! Als die Zeit erfüllt war, sah ich sie wieder. Die Sonne schien warm und freundlich. Ich sah, wie Flammia in all ihrer reichen Pracht und Herrlichkeit von Mutter und Vater an den Altar geführt wurde, hörte den Gesang, gewahrte die große Menschenmasse rings um mich her, aber deutlich steht nur das bleiche sanfte Antlitz vor mir; ein Engel war es, der mit den Priestern vor dem Hochaltare kniete. Ich sah, wie sie ihr den kostbaren Schleier vom Kopfe nahmen und das üppige Haar über ihre Schultern hinabfloß, ich hörte, wie die Schere es abschnitt. Sie zogen ihr die reichen Kleider aus, sie legte sich auf die Totenbahre, das Leichentuch und die schwarzen Decken mit den Totenköpfen wurden über sie gebreitet. Die Kirchenglocken läuteten zum Begräbnis, man stimmte den Trauergesang für die Tote an. Ja, tot war sie, begraben für diese Welt. Da« schwarze Gitter vor dem Chorgang des Klosters erhob sich, die Schwestern standen in ihren weißen Festgewändern da und sangen der neuen Schwester das Willkommen der Engel entgegen, der Bischof reichte ihr die Hand, die Tote stand aus ihrem Grabe als Himmelsbraut auf. Elisabeth hieß sie jetzt. Ich sah den letzten Blick, welchen sie über die Versammlung hingleiten ließ; darauf reichte sie der nächsten Schwester die Hand und trat in das lebendige Grab des Lebens hinein. – Das schwarze Gitter fiel! – Ich sah noch ihre Umrisse, den letzten Zipfel ihres Kleides – und sie war verschwunden.

Die alte Domenica. Die Entdeckung. Der Abend in Nepi. Terni. Der Gesang der Schiffer. Venedig.

Im Palazzo Borghese nahm man Glückwünsche entgegen. Flaminia – Elisabeth war ja Himmelsbraut. Francescas Ernst verbarg sich hinter einem erkünstelten Lächeln; die Ruhe, die auf ihrem Antlitze lag, hatte sich aus ihrem Herzen geflüchtet. Fabiani sagte wunderbar bewegt zu mir: »Du hast deine beste Gönnerin verloren; du hast Grund, betrübt zu sein! – Sie bat mich, der alten Domenica einige Scudi zu geben. Du hast ihr wohl von deiner alten Pflegemutter erzählt? Bringe ihr diese, es ist Flaminias Gabe.«

Der Tod hatte sich wie eine Schlange um mein Herz gewunden; ein seltsamer Lebensüberdruß hatte sich meiner bemächtigt, ich bebte davor, denn der Selbstmord zeigte sich mir von seiner hellsten Seite. Leer und tot war es in den großen Sälen. »Hinaus in die freie Luft!« dachte ich, »hinaus nach der Heimat meiner Kindheit, wo Domenica mir Wiegenlieder sang, wo ich spielte und träumte,«

Unfruchtbar und versengt lag die Campagna vor mir, nicht ein einziges Blatt redete von Lebenshoffnung, die gelbe Tiber wälzte ihre Wellen dem Meere entgegen, um zu verschwinden. Ich sah wieder die alte Grabstube, mit dem dichten

Epheu über dem Dache und die Mauer hinab, die kleine Welt, die ich als Kind die meinige genannt hatte. Die Thüre stand offen; ein wehmütig frohes Gefühl regte sich in meinem Herzen, ich dachte an Dominicas Liebe, an ihre Freude, mich zu sehen. Ein Jahr war es wenigstens her, seit ich das letzte Mal hier draußen war, und beinahe acht Monate, seitdem ich sie zum letztenmal in Rom gesprochen hatte, und sie hatte mich doch gebeten, recht bald zu ihr hinauszukommen. Oft hatte ich an sie gedacht, von ihr mit Flaminia geredet, allein der Sommeraufenthalt in Tivoli, meine bewegte Seelenstimmung seit unserer Rückkunft trugen die Schuld, daß ich nicht in die Campagna hinausgegangen war. – In Gedanken hörte ich schon ihren Freudenschrei bei meinem Anblikke und beflügelte meinen Schritt; als ich aber der Thüre nahe war, trat ich ganz leise auf, damit sie mich nicht hören sollte. – Ich blickte in die Stube hinein; mitten auf dem Fußboden stand ein großer eiserner Topf über einem Feuer, welches mit Stücken Rohr unterhalten wurde. Ein kleines Bürschchen blies dasselbe an, er wandte den Kopf und erblickte mich. Es war Pietro, das kleine Kind, welches ich gewiegt hatte. »Sankt Joseph!« rief er und sprang freudig auf; »Sie sind es, Eccellenza! Es ist lange, lange her, seit Sie so gnädig waren, zu uns herauszukommen!«

Ich reichte ihm die Hand und er wollte sie küssen. »Nein, nein, Pietro!« sagte ich; »es hat vielleicht den Anschein, daß ich meine alten Freunde vergessen habe, aber ich habe es nicht.«

»Nein, das sagte auch die gute alte Mutter!« rief er, »O Madonna, wie würde sie froh gewesen sein, hätte sie Sie gesehen,«

»Wo ist Dominica?« fragte ich.

»Ach!« erwiderte er, »schon ein halbes Jahr ruht sie in der Erde. Sie starb, während Eccellenza in Tivoli war. Sie war nur einige Tage krank, aber in der ganzen Zeit sprach sie nur von ihrem lieben Antonio. Ja, Eccellenza, Sie werden nicht böse sein, daß ich Sie so nenne, sie hatte Sie so lieb. – Möchten meine Augen ihn noch einmal sehen, ehe sie sich schließen!« sagte sie voller Sehnsucht. – Als ich merkte, daß sie die Nacht nicht überleben konnte, ging ich nachmittags nach Rom. Ich wußte ja, Sie würden über meine Bitte nicht böse werden; ich wollte Sie bitten, mich zu der alten Mutter hinauszubegleiten; als ich aber ankam, waren Sie und die Herrschaft schon nach Tivoli übersiedelt. Da kehrte ich betrübt um, und als ich wieder zu Hause anlangte, war sie schon eingeschlafen.« Er bedeckte die Augen mit seinen Händen und weinte. Jedes Wort, welches er sagte, fiel mir schwer auf das Herz. Ich war ihr Gedanke auf dem Totenbette gewesen, und zu derselben Zeit waren meine Gedanken weit umhergeschweift, weit, weit von ihr. Hätte ich ihr doch wenigstens Lebewohl gesagt, ehe ich nach Tivoli reiste! Nein, ich war kein guter Mensch. Ich gab Pietro den auf Flaminias Wunsch mir anvertrauten Geldbeutel und alles, was ich sonst noch bei mir hatte, und er sank vor mir auf die Kniee und sagte, ich wäre ihr Schutzengel. Es klang wie Spott in meinem Herzen. Mit doppeltem Schmerze, in tiefster Seele erschüttert, verließ ich die Campagna. Ich weiß nicht, wie ich nach Hause kam.

Drei lange Tage lag ich ohne Bewußtsein in einem heftigen Fieber, Gott weiß, was ich darin gesprochen habe, aber Fabiani kam oft zu mir; man hatte mir die taube Fenella zur Krankenwärterin gegeben. Nie erwähnte man Flaminias. Krank war ich von der Campagna heimgekommen und hatte mich sofort zu Bett gelegt, worauf das Fieber ausbrach.

Langsam kehrten meine Kräfte zurück; vergebens zwang ich mich zu einer Laune, zu einer Munterkeit, die ich nicht besaß. Ungefähr sechs Wochen, nachdem Flaminia den Schleier genommen hatte, gestattete mir der Arzt wieder auszugehen. Unwillkürlich ging ich nach der Porta Pia, mein Auge starrte zu der Quattro Fontane hinab, aber ich hatte nicht den Mut, an dem Kloster vorüberzugehen. Aber nur wenige Abende später, als der Neumond schien, zog mich mein Herz dorthin, ich sah die graue Klostermauer, die Gitterfenster, Flaminias geschlossenes Grab. – »Weshalb soll ich diese Grabstätte des Todes nicht sehen dürfen?« sagte ich zu mir selbst und fand Entschuldigung dafür. Jeden Abend führte mich mein Weg dort vorüber; ich ginge gern nach der Villa Albani spazieren, sagte ich zu denjenigen von meinen Bekannten, die mir zufälligerweise begegneten, »Gott weiß, wie es enden mag!« seufzte mein Herz. »Lange kann ich es nicht aushalten« – und gerade da war ich am Ziele.

An einem dunklen Abend fiel ein Lichtschimmer aus einem Klosterfenster die Mauer hinab, ich lehnte mich gegen das Eckhaus, starrte nach dem hellen Punkte und dachte an Flaminia, »Antonio!« sagte plötzlich eine Stimme dicht neben mir. »Antonio, was thust du hier?« – Es war Fabinia. »Begleite mich nach Hause!« – Ich ging mit ihm; auf der Straße redeten, wir nicht ein einziges Wort. Er wußte alles ebensogut wie ich selbst; das fühlte ich.« Ein Undankbarer war ich; ich hatte nicht den Mut ihn anzusehen. Wir waren im Zimmer allein.

»Du bist noch krank, Antonio!« sagte er, und es lag ein merkwürdiger Ernst in seiner Stimme. »Dir fehlt Bewegung, Zerstreuung; es würde dir gut thun, wenn du dich mehr in der Welt umhertummeltest. Einmal haschtest du ja schon nach den Freiheitsschwingen; vielleicht war es unrecht, daß ich den Vogel wieder in den Käfig sperrte. Im Grunde genommen muß der Mensch immer seinen Willen haben, stürzt er dann in Unglück, so er es sich nur allein vorzuwerfen. Du bist alt genug, selbst deine Schritte zu lenken! Eine kleine Reise wird dir gewiß dienlich sein, der Arzt sagt es ebenfalls. Du hast ja bisher nur Neapel gesehen, besuche einmal Norditalien. Ich werde dafür sorgen; es ist für dich am besten, ja sogar notwendig, und,« fügte er mit einem Ernste, einer Strenge, die ich an ihm noch nicht kannte, hinzu, »ich bin überzeugt, daß du nie die Wohlthaten vergessen wirst, welche wir dir erwiesen haben, uns nie Verdruß und Kummer bereiten wirst, wie sie Unbesonnenheit und blinde Leidenschaft zu verursachen vermögen. Ein Mensch kann alles, was er will, wenn er nur das Gute will.« Blitzartig schlugen mich seine Worte zu Boden, ich beugte meine Kniee und drückte seine Hand an meine Lippen, »Ich weiß wohl, seine Hand an meine Lippen, »Ich weiß wohl, wir thaten dir stets unrecht,« sagte er halb spottend, »waren unbillig und streng. Aber niemand wird es wenigstens mit dir ehrlicher und aufrichtiger meinen, als wir. Du wirst schönere Redensarten, freundlichere Worte hören, aber nicht die wahre Treue finden, welche wir dir bewiesen. Ein Jahr kannst du dich ja auswärts in der Welt versuchen! Laß uns dann sehen, was für ein Geist in dir wohnt, ob wir dir unrecht gethan haben!« Er verließ mich.

Hat die Welt noch neue Schmerzen für mich, noch mehr Gifttropfen? Selbst der einzige Labetrunk: die Freiheit, in Gottes weite Welt hinauszufliegen, wird mir wie Gift in meine tiefe Wunde geträufelt. Fort aus Rom, fort aus dem Süden, wo alle Erinnerungsblumen stehen, über die Apenninen, nach Norden, wo ja der Schnee auf den hohen Bergen liegt! Von den Alpen herab weht Kälte in mein warmes Blut! Auf, nach Norden, nach dem schwimmenden Venedig, der Meeresbraut! Gott, laß mich nie mehr nach Rom, nach dem Grabe meiner Erinnerungen zurückkehren! Lebe wohl, meine Heimat, meine Vaterstadt!« – Der Wagen rollte über die öde Campagna; die Peterskuppel verschwand hinter den Anhöhen; wir kamen am Monte Soracte vorbei, fuhren über die Berge nach Nepi mit seinen schmalen Gassen. Es war ein mondheller Abend, ein Mönch predigte vor der Thüre der Osteria, die Menge wiederholte seine Viva, Santa Maria, und folgte ihm singend durch die Straßen; mich verscheuchte dies Menschengewimmel. Die alten Wasserleitungen mit dichten Schlingpflanzen, die dunklen Olivenwälder ringsumher vereinigten sich zu einem Bilde, welches meiner Gemütsstimmung entsprach. Ich ging zu dem Thore hinaus, durch welches ich gekommen war. Dicht vor demselben lag die mächtige Ruine eines Kastells oder Klosters, durch dessen eingestürzte Hallen die große Landstraße führte. Ein kleiner Fußpfad führte vom Wege aus tiefer hinein, Epheu und Venushaar überzogen die Wände der einsamen Zellen; ich trat in eine große Halle, wo hohes Gras über den Trümmern und den hinabgestürzten Kapitälern wuchs. Neugierig schauten die breiten Blätter der Weinreben zu den gotischen

Fenstern hinein, in denen nur noch hier und da einzelne Stücke bunten Glases saßen. Hoch oben auf der Mauer schossen Büsche und Sträucher hervor, die Strahlen des Mondes fielen auf ein Freskogemälde des heiligen Sebastian, der blutend und von Pfeilen durchbohrt dastand. Tiefe, donnergleiche Töne brausten beständig durch den Saal, ich ging dem Schalle nach, trat aus der engen Klosterpforte hinaus und stand zwischen Myrtensträuchern und reichem Weinlaub unmittelbar vor einem senkrechten Abgrund, in welchen sich ein Wasserfall, in dem hellen Mondschein wie mit Silberschaum bedeckt, hinabstürzte. Die ganze romantische Situation würde jedes Gemüt überrascht und gefesselt haben, doch hätte mein Schmerz sie vielleicht meiner Erinnerung entfallen lassen, hätte sich nicht das, was ich außerdem sah, meinem Herzen tief blutig eingegraben. Ich ging den kleinen, fast völlig zugewachsenen Fußpfad dicht am Abgrunde entlang, der auf die breite Landstraße zurückführte. Plötzlich starrten mich von der hohen weißen Mauer herab, auf welche der Mondschein fiel, drei bleiche Köpfe hinter einem eisernen Gitter an, die Köpfe hingerichteter Räuber, welche, wie in Rom auf der Porta del Angelo, in einem eisernen Käfig zur Warnung und zum abschreckenden Beispiel ausgestellt waren. Für mich war das kein Anblick, der mir Furcht einjagen konnte; früher hätte mich freilich mein Blut von solcher Stätte getrieben, aber der Schmerz giebt Philosophie. Das kühne Haupt, das Tod und Mordgedanken ausbrütete, des Gebirges mutiger Adler war nun ein schweigender gefangener Vogel, saß still und vernünftig in seinem Käfig, wie die anderen zahm gemachten Vögel. Ich trat ganz nahe heran; sie waren sicher erst in diesen letzten Tagen hingerichtet; jeder Zug war noch erkennbar. Als ich aber den mittelsten, einen weiblichen Kopf, anschaute, schlugen meine Pulsschläge stärker. Es war der einer alten Frau, die Haut war gelblichbraun, die Augen halb offen, das lange silberweiße Haar hing zum Gitter hinaus und bewegte sich im Winde. Mein Auge fiel auf die an der Mauer angebrachten steinernen Tafeln, auf welche man, wie es die Gewohnheit verlangte, die Namen und Verbrechen der Hingerichteten hatte eingravieren las-

sen; Fulvia stand darauf. Ich las auch den Namen ihres Ge-
burtsorts: Frascati, und auf das Tiefste erschüttert trat ich
einige Schritte zurück. Fulvia, die seltsame Alte, welche mir
einmal das Leben gerettet hatte, sie, die mir die Mittel verschafft hatte, nach Neapel zu kommen, meines Lebens rät-
selhaften Schutzgeist, sah ich so wieder. Diese bläulichen
Lippen, welche sie einmal auf meine Stirn gedrückt hatte,
diese Lippen, welche prophetische Worte geredet und Tod
und Leben gebracht hatten, sie waren verstummt, hauchten
Furcht durch ihr Schweigen aus. »Mein Glück weissagtest
du! Dein kühner Adler liegt mit gebrochenen Schwingen da,
erreichte nie die Sonne. In dem Kampfe mit seinem Unglück
sinkt er in des Lebens großen Nemisee hinab, seine
Schwungfedern sind gelähmt!« Ich brach in Thränen aus, rief
Fulvias Namen und ging langsam durch die öden Hallen
zurück. Nie vergesse ich diesen Abend in Nepi.

Am nächsten Morgen reisten wir von dort ab und kamen bis
Terni, welches Italiens größten und schönsten Wasserfall
besitzt. Ich ritt zur Stadt hinaus durch einen dichten dunklen
Olivenwald, nasse Wolken hingen um die Gipfel der Berge.
Alles nördlich von Rom schien mir finster, nichts war lächelnd und schön wie die Sümpfe, wie Terracinas Orangenhaine, wo die grünen Palmen wachsen. Vielleicht war es
mein eigenes Herz, welches dem Ganzen dieses finstere Kolorit verlieh. Wir kamen durch einen Garten; eine üppige
Orangenallee dehnte sich zwischen der Felsenwand und dem
Flusse aus, welcher pfeilschnell dahinbrauste. Schon zwischen den Felsen sah ich eine Wolke von Wasserstaub hoch
in die Luft ragen, auf welcher der Regenbogen spielte. Inmitten einer wahren Wildnis von Rosmarin und Myrten stiegen
wir aufwärts und vom höchsten Gipfel des Berges stürzte
sich die ungeheure Wassermasse über die steile Felsenwand
hinab. Ein kleinerer Flußarm schlängelte sich wie ein silbernes Band dicht neben dem Hauptstrome entlang; beide vereinigten sich unmittelbar vor dem Felsen, um eine breite
Kaskade zu bilden, die in milchweißen Strudeln in den
schwarzen Abgrund hinabwirbelte. Ich dachte an die Kaska-
dellen bei Tivoli, wo ich vor Flaminia improvisiert hatte. Der

donnergleich brausende Strom sang mir mit ergreifenden Orgeltönen die Erinnerung an meinen Verlust, an meinen Schmerz; zerschmettert werden, sterben und verschwinden ist das Los der Natur.

»Hier wurde voriges Jahr ein Engländer von den Räubern erschossen!« sagte unser Führer, »Es war die Bande aus dem Sabinergebirge, obschon man sagen kann, daß sie in der ganzen Gebirgsgegend zwischen Rom und Terni zu Hause ist. Die Obrigkeit ist nun immer so schnell bei der Hand, da hat sie denn drei arme Burschen in ihre Finger bekommen. Ich sah selbst, wie sie, gebunden auf einem Wagen liegend, nach der Stadt gefahren wurden. Am Thore saß die kluge Fulvia, wie wir sie nannten; sie wußte vieles, wofür ein Mönch hätte den Kardinalshut erhalten können; sie sagte ihnen ihr Schicksal in verblümten Worten voraus. Später erzählte man, sie hätte ihnen heimliche Zeichen gemacht, es wären ihre Spießgesellen gewesen. In diesem Jahre haben sie nun die Alte und mehrere der Räuber ergriffen, ihre Stunde war gekommen; jetzt sitzt ihr Kopf grinsend auf dem Thore in Nepi.«

Es war, als ob alles, die Natur wie die Menschen, nur darauf ausging, meine Seele zu umnachten. Ich fühlte Luft in Windeseile die Länder zu durchjagen. Die dunklen Olivenwälder warfen immer mehr Schatten in meine Seele, die Berge erdrückten mich fast. »Hinaus an das Meer, wo die Winde wehen, an das Meer, wo ein Himmel uns trägt und ein anderer sich über uns wölbt!« Mein Herz brannte vor Liebe, mein Herz vor Sehnsucht. Zweimal hatte ich die reine begeisternde Flamme gefühlt, zu Annunziata hatte ich emporgeschaut, und mich mit meiner ganzen erwachenden Kraft an sie geschmiegt, aber sie liebte einen anderen. Flaminia war nur allmählich mit meiner Seele verwachsen, ich war nicht geblendet, nicht hingerissen worden, aber ich hatte den Edelstein schätzen gelernt. So oft sie mir schwesterlich die Hand reichte und ich sie an meine Lippen drücken durfte, so oft sie mich so sanft tröstete und betete, daß die Welt mich nicht verderben möchte, stieß sie mir den Pfeil tiefer in das Herz.

Ich liebte sie nicht wie eine Braut, und doch fühlte ich, daß ich es nicht würde ertragen können, sie in eines anderen Armen zu sehen. Jetzt war sie tot, tot für die Welt. Kein fremder Mann sollte sie an sein Herz drücken, sollte Küsse von ihren Lippen saugen, sollte sie besitzen. Dieser Höllenqual war ich wenigstens nicht überliefert. Ich suchte mich durch Ausmalung dieses Bildes zu trösten, denn nun nannte ich mein Gefühl Liebe, der Seele und des Blutes starke Leidenschaft. Wenn ich sie als Braut eines der jungen Nobili gesehen hätte, wenn ich täglich Zeuge ihres Liebesglückes gewesen wäre, ich, der unbeachtete Hirtenknabe aus der Campagna, der das Gnadenbrot in dem reichen Palast aß, wenn sie mir dann noch immer ebenso schwesterlich, ebenso sanft, aber ohne Liebe gegenübergestanden hätte, o, das würde mich wahnsinnig gemacht haben. Nein, nun war sie eine Klosterjungfrau, niemand durfte sein Auge zu ihr erheben, niemand sah sie. Ja, das war besser, war glücklicher. – Der Jammer der Welt kann groß sein, denn mein Los war ja beneidenswert. »Nach dem Meere, dem wundervollen Meere! Das ist eine neue Welt für mich! Nach Venedig, der schwimmenden Stadt, der Königin des Adriatischen Meeres! Aber nicht durch die dunklen Wälder, die erdrückenden Berge, schnell, in leichtem Fluge über die Wogen!« so träumte mein Herz.

Mein Plan war gewesen, zuerst nach Florenz zu gehen, von dort über Bologna und Ferrara; ich änderte meinen Plan, verließ in Spoleto den Vetturino, nahm einen Platz auf der Post und jagte in finsterer Nacht über die Apenninen, durch Loretto hindurch, ohne auch nur das heilige Haus zu besuchen – die Madonna möge mir meine Sünde vergeben! Schon von den höchsten Punkten der Gebirgsstraße aus hatte ich das Adriatische Meer wie einen Silberstreifen am Horizonte erblickt. Gleich Riesenwellen lagen die Berge unter mir. Nun sah ich das blaue wogende Meer mit den Wimpeln und Flaggen aller Nationen auf den Schiffen. Bei diesem Anblicke mußte ich Neapels gedenken, aber kein Vesuv erhob sich mit seiner schwarzen Rauchsäule, kein Capri schwamm draußen im Meere. Ich schlief hier eine Nacht und hatte einen seltsamen Traum von Fulvia und Flaminia. »Deines Glückes Palme grünt!« sagten sie beide und lächelten. Als ich erwachte, schien das Tageslicht zu mir herein.

»Signore!« sagte der Cameriere, »ein Schiff nach Venedig liegt segelfertig. Aber Sie wollen wohl erst unsere Stadt besehen?«

»Nach Venedig!« rief ich. »Sofort, sofort, das ist gerade mein Wunsch!« Ein unerklärliches Gefühl trieb mich vorwärts. Ich ging an Bord, ließ meinen Koffer nachbringen und schaute nur über das unendliche Meer hinaus. »Lebe wohl, mein Vaterland!« Jetzt erst, als mein Fuß den festen Boden nicht mehr betrat, kam es mir endlich als eine Wirklichkeit vor, daß eine neue Welt sich vor mir öffnete. So viel wußte ich, daß mir Norditalien eine andere Natur zeigen würde. Venedig selbst war ja von allen Städten Italiens verschieden, eine reichgeschmückte Braut des mächtigen Meeres. Der venetianische geflügelte Löwe flatterte schon in der Luft über mir. Ein Schiff von Venedig trug mich. Die Segel wurden vom Winde geschwellt und bald befanden wir uns auf dem hohen Meere. Ich saß auf dem Reling und schaute über das blaue wogende Meer hinaus, ein junger Bursche saß nicht weit von mir und sang ein venetianisches Lied von dem Glücke der Liebe und der Kürze des Lebens.

»Küsse die roten Lippen, denn morgen bist du eine Beute des Todes! Liebe, so lange dein Herz noch jung, dein Blut noch Feuer und Flamme ist! Die grauen Haare sind des Todes Blumen, dann ist das Blut Eis, dann erlöschen die Flammen. Komm in die leichte Gondel! Unter ihrem Dache sitzen wir verborgen, Fenster und Thüre verhüllen wir, niemand sieht dich, mein Mädchen! Niemand sieht unser Liebesglück! Wir schaukeln auf den Wellen! Die Wellen umarmen sich, wie wir uns. Liebe, so lange die Jugend in deinem Blute brennt, die schweigende Nacht und die Wellen kennen allein dein Glück! Das Alter tötet mit Frost und mit Schnee.«

Während er sang, lächelte und nickte er den anderen in seiner Nähe zu, und im Chor sangen sie von Kuß und Liebe, so lange das Herz jung wäre. Es war ein lustiges Lied, ein sehr lustiges, und doch halte es in meinem Herzen wie ein magisches Sterbelied wieder. Ja, die Jahre fliehen, die Jugendflamme erlischt! Der Liebe heiliges Oel ließ ich hin über die Erde fließen, es wurde nicht zu Licht und Wärme angezündet. Wohl verbreitete es kein Verderben, aber es ging zu Grunde, ohne geleuchtet oder gebrannt zu haben. Kein Gelübde band mich ja, keine Verpflichtung; weshalb kostete meine Lippe nicht von dem Labetrunk der Liebe, der brennend heiß vor mir stand. Mich quälte ein eigentümliches Gefühl, ja, wie soll ich es nennen, eine Art Mißfallen über mich selbst. War das etwa das wilde Feuer in meiner Brust, das meinen Verstand verzehrte? Ich fühlte eine Bitterkeit darüber, daß ich vor Santa die Flucht ergriffen hatte. Der Madonna heiliges Bild stürzte herab. – Nur der verrostete Nagel, der plötzlich brach, trug die Schuld, und die Klosterzucht der Jesuitenschule, die Ziegenmilch in meinem Blute jagte mich mit der Rute fort. Wie schön war Santa nicht! Ich sah ihren feurigen zärtlichen Blick, und ich ärgerte mich über mich selbst. Weshalb sollte ich nicht Bernardo gleichen, Tausenden gleichen, allen meinen jungen Freunden gleichen? Keiner, keiner wäre so thöricht wie ich gewesen. Liebe verlangte mein Herz, Liebe verlangte Gott, der dies Gefühl in mich hineingelegt hatte. – Aber ich bin noch jung, Venedig ist eine lustige Stadt, hat herrliche Weiber! Was giebt die Welt mir für meine Tugend, für mein kindliches Gemüt? Spott! Die Zeit bringt Bitterkeit und graue Haare! Und im Chor sang ich mit den andern auf dem Schiffe von Kuß und Liebe, so lange das Herz jung wäre.

Es war ein Fieber, der Wahnsinn des Schmerzes, welcher diese Gedanken in meiner Seele hervorrief. Er, der mir das Leben, der mir meine Empfindungen gab und mein ganzes Schicksal lenkte, wird mich gnädig richten. Es giebt Kämpfe, selbst Gedanken, welche die meisten Sterblichen nicht auszusprechen wagen, denn der Unschuldsengel in unserer Brust beugt sich vor der Sünde. Diejenigen, welche die Erfüllung des Sehnens ihrer Herzen fanden, haben schöne Gelegenheit, über meine ausgesprochene Ansicht moralisch zu philosophieren. Aber »richtet nicht, so werdet auch ihr nicht gerichtet werden, verdammet nicht, so werdet auch ihr nicht verdammet werden!« Ich fühlte es: in meinem Fleische, in meiner verderbten Natur wohnt nichts Gutes. Beten konnte ich nicht, doch schlief ich bald ein, während das Schiff nach Norden, nach dem reichen Venedig flog.

Am Morgen gewahrte ich dessen weiße Gebäude und Türme; sie glichen einer langen Reihe von Schiffen mit ausgespannten Segeln; zur Linken dehnte sich das lombardische Reich mit seinen flachen Küsten aus; die Alpen ähnelten einem bläulichen Nebel am Horizonte. Wie groß war hier der Himmel! Hier konnte sich die halbe Himmelskugel im Herzen abspiegeln.

Die Frische des Morgens besänftigte meine Gefühle; ich war ruhiger. Ich dachte an Venedigs Geschichte, an den Reichtum und die Pracht der Stadt, an ihre Selbständigkeit und Uebermacht, die mächtigen Dogen und ihre Vermählung mit dem Meere. Mehr und mehr näherten wir uns der Stadt, schon konnte ich über den Lagunen die einzelnen Gebäude unterscheiden, aber sie hatten gelblichgraue Mauern, schienen weder der alten noch der modernen Zeit anzugehören und gewählten keinen freundlichen Anblick. Den Markusturm hatte ich mir ebenfalls höher gedacht. Wir segelten zwischen dem festen Lande und den Lagunen hin, die wie krumme Erdwälle weit in das Meer hinausgriffen. Wie flach alles war, die Küste schien kaum einen Zoll höher als der Wasserspiegel! Ein paar armselige Häuser nannten sie eine Stadt, Fusina hier und da stand ein einzelner Busch, sonst bot sich dem Auge nichts dar, als nur das flache Land. Ich hatte geglaubt Venedig ganz nahe zu sein, aber noch lag es eine Meile entfernt, und zwischen uns und demselben befand sich nur ein stehendes morastiges Wasser mit breiten Schlamminseln. Nicht ein Vogel hätte sich auf sie niederlassen können, nicht ein Grashalm sproßte empor. Durch diesen ganzen See waren tiefe Kanäle gegraben und große Pfähle eingerammt, um gleichsam die Landstraße anzudeuten. Ich sah die ersten Gondeln, schmal, lang und pfeilgeschwind, aber sämtlich kohlschwarz angestrichen. Die kleine Kajüte in der Mitte war mit schwarzem Tuch überzogen; pfeilgeschwind glitten sie wie schwimmende Leichenwagen an uns vorüber. Das Wasser war nicht mehr blau wie draußen auf dem freien Meere oder dicht an der Küste Neapels; es war ein schmutziges Grün. Wir kamen an einer Insel vorüber, wo die Häuser aus dem Wasser emporgewachsen oder auf ein Wrack geklebt zu sein schienen. Auf der höchsten Spitze einer Mauer stand die Madonna mit dem Kinde und schaute über diese Wüstenei hinaus. An einzelnen Stellen war die Wasserfläche eine bewegliche grüne Ebene, eine Art Entengrün zwischen dem tiefen Wasser und den schwarzen Inseln von weichem Schlamme. Die Sonne schien hell auf Venezia herab, alle Glocken läuteten, aber es sah doch tot und einsam aus. Nur ein Schiff lag auf den Werften, noch keinen einzigen Menschen hatte ich bis jetzt entdecken können.

Ich stieg in eine schwarze Gondel und fuhr in eine tote Straße hinein, wo alles Wasser war, nicht ein einziger Fußbreit Landes war zu entdecken, auf dem man hätte gehen können. Große Gebäude sah ich, offene Thüren und Treppen bis ins Wasser hinab. In die großen Portale strömte das Wasser, als bildete es dort einen Kanal, und der Hofraum selbst glich nur einem viereckigen Brunnen, in den man zwar hineinsegeln konnte, wo sich aber die Gondel schwerlich umwenden ließ. Das Wasser hatte seinen grünlichen Schleim bis hoch die Mauern hinauf angesetzt; die großen Marmorpaläste schienen zusammenzusinken. Die breiten Fenster waren bis zu dem vergoldeten halbmorschen Gebälk mit rohen Brettern verschlagen. Stückweise schien der stolze Riesenkörper zu verfallen; das Ganze hatte etwas Beängstigendes. Die Glocken schwiegen, und außer dem Plätschern der Ruder im Wasser ließ sich nicht ein einziger Laut vernehmen; noch immer sah ich keinen Menschen, das prächtige Venedig lag wie ein toter Schwan auf den Wellen. Wir bogen in andere Straßen ein, klein und schmal, steinerne Brücken hingen über den Kanälen. Jetzt sah ich Menschen, die über mich fort zwischen den Häusern hinschlüpften oder sich in die Mauern selbst hineindrängten, denn Straßen sah ich nirgends als dort, wo die Gondel entlang glitt. »Aber wo geht man denn?« fragte ich meinen Gondelier und er zeigte bei den Brücken auf die schmalen Durchgänge zwischen den hohen Häusern. Die sich gegenüberwohnenden Nachbarn konnten einander von der sechsten Etage aus über die Straße fort die Hand reichen. Höchstens konnten dort unten, wohin kein Sonnenstrahl den Weg fand, drei Menschen nebeneinander vorübergehen. – Unsere Gondel war vorbei, und alles war wieder totenstill.

»Das ist Venezia, des Meeres reiche Braut, die Weltbeherrscherin!«

Ich sah den prächtigen Markusplatz. »Hier ist Leben!« sagte man. Wie ganz anders in Neapel, ja selbst in Rom auf dem lebhaften Korso! Und doch war der Markusplatz Venedigs Herz, wo sich noch Leben regte. Läden mit Büchern, Perlen und Bildern schmückten die langen Bogengänge, wo es jedoch noch immer nicht lebhaft genug zuging. Eine Gesellschaft Griechen und Türken saß in bunten Kleidern und mit der langen Pfeife im Munde still vor den Kaffeehäusern, die Sonne beleuchtete die goldenen Kuppeln der Markuskirche und die mächtigen Pferde von Bronze über dem Portale. Um Cyperns, Kandias und Moreas rote Masten hingen die Flaggen ohne Bewegung. Tausende von Tauben flatterten über dem Platze umher oder trippelten auf den breiten Steinen.

Ich besuchte die Ponte Rialto, die Pulsader, welche das Leben verriet. Und bald hatte ich Venedigs Bild, das Bild der großen Trauer, den Abdruck meiner eigenen Seele, aufgefaßt und verstanden. Es schien mir, als befände ich mich noch auf der See, nur von einem kleineren auf ein größeres Schiff, auf eine schwimmende Arche versetzt.

Als der Abend kam, als der Mondschein sein unsicheres Licht verbreitete und stärkere Schatten warf, fühlte ich mich hier mehr zu Hause. In der Stunde der Geisterwelt wurde ich erst mit der toten Braut vertraut. Ich stand am offenen Fenster, die schwarze Gondel schoß schnell über das dunkle Wasser hin, welches der Mond beschien. Ich dachte an den

Sang des Schiffers von Kuß und Liebe und fühlte eine Bitterkeit gegen Annunziata, die mir den leichtsinnigen Bernardo vorgezogen hatte, und weshalb? Vielleicht gerade des Pikanten wegen, da« ihm sein Leichtsinn verlieh. Ja, so sind die Weiber! Ich fühlte sogar Bitterkeit gegen die unschuldige fromme Flaminia; des Klosters Stille und Frieden galt ihr mehr, als meine starke brüderliche Liebe. – Nein, nein, ich liebte keine von ihnen mehr; eine eigentümliche Leere erfüllte meine Brust; alles, was ich sonst lieb gehabt hatte, wollte ich aus meiner Seele verbannen. An keine von ihnen wollte ich denken und doch schwebten meine Gedanken unaufhörlich zwischen dem Schönheitsbild Lara und Santa, dieser Tochter der Sünde. Ich stieg in eine Gondel und ließ mich an dem stillen Abende durch die Straßen fahren. Die Ruderer stimmten ihren Wechselgesang an, der nicht dem *Gerusalemme liberta*, entnommen war. Selbst ihres Herzens alte Melodien vergaßen die Venetianer, als ihre Dogen ausstarben und fremde Hände die Flügel des vor ihren Triumphwagen gespannten Löwen banden. »Das Leben will ich ergreifen, es bis auf den letzten Tropfen genießen!« sagte ich, und die Gondel lag still – wir hielten vor dem Hotel, in welchem ich wohnte, ich stieg aus und legte mich schlafen. Das war der erste Tag in Venedig.

Der Sturm. Die Soirée bei meinem Bankier. Des Podestas Nichte

Die Briefe, welche ich mitbrachte, verschafften mir Bekanntschaften, Freunde, wie man es nennt, und ich hieß Signore Abbate. Niemand belehrte mich; das Gute, was ich sagte, fand man vortrefflich, und man rühmte mir auch Talente nach. Von Eccellenza und Francesca war ich gewohnt, nur solche Dinge zu hören, die kränkend für mich waren; beständig erzählten sie mir, was mich unangenehm berühren mußte; es gewann oft den Anschein, als ob sie alles mir Widerwärtige und mich Beleidigende mit Behagen sammelten, bloß um mir mitteilen zu können, es gäbe viele, die es durchaus nicht gut mit mir meinten. Hier fiel auch dieses fort. Freilich hatte ich auch keine aufrichtigen Freunde, denn nur diese sollten ja die charakteristische Eigentümlichkeit besitzen, mir Unangenehmes zu sagen. Das untergeordnete Verhältnis, welches nicht einmal Flaminias Güte hatte heben können, übte keinen bedrückenden Einfluß mehr auf mich aus.

Ich hatte den reichen Dogenpalast besucht, die leeren prächtigen Säle durchwandert und das Inquisitionszimmer mit dem häßlichen Bilde der Höllenqualen gesehen. Ich durchschritt eine enge Galerie, eine nach allen Seiten geschlossene Brücke, hoch oben, dicht unter dem Dache, die über den Kanal führte, auf welchem die Gondeln hin und her glitten. Aus dem Dogenpalaste gelangte man auf diesem Wege nach Venedigs Gefängnissen. Die »Seufzerbrücke« wurde dieser Verbindungsgang genannt. Dicht daneben lagen die »Brunnen.« Nur der Schein der Lampe auf dem Gange konnte durch die dichten Eisenstangen in die obersten Gefängnisse hineindringen, und doch waren diese, im Vergleich zu den tiefer gelegenen, helle luftige Hallen; unter dem schwammigen Boden, tief unter dem Wasserstande des Kanals, hatten die Unglücklichen geseufzt und ihre Namen, ihre Klagen den feuchten Wänden anvertraut. Aufs tiefste durch den Anblick dieses Schreckensortes erschüttert, sehnte ich mich nach Luft. Ich stieg in eine Gondel und pfeilschnell fuhr ich von dem blaßroten alten Palast und von den Säulen mit Sanct Theodors und Venedigs Löwen über das belebte grüne Wasser nach den Lagunen und zum Lido hinaus, um frische Seeluft zu atmen, und was bot sich meinen Blicken dar? Ein Kirchhof. Der Fremde, der Protestant wurde hier draußen weit von seiner Heimat beerdigt, wurde auf einem schmalen Streifen Land mitten zwischen den Wellen, die den schwachen Rest Tag für Tag mehr fortzureißen scheinen, beerdigt. Weiße Menschengebeine ragten aus dem Sande hervor; nur die Brandung weinte über sie. Hier hatte oft des Fischers Braut oder Frau gesessen und auf den Geliebten oder Mann gewartet, der seinen Fang auf dem unsicheren Meere suchte. Die Stürme nahmen zu und ließen wieder ihre starken Schwingen ruhen, Und die Frauen sangen dann Lieder aus dem *Gerusalemme liberata*, und lauschten, ob der Mann nicht antwortete, aber die Liebe stimmte in den Wechselgesang nicht ein. Allein saß die Gattin und schaute über das schweigende Meer hinaus; – und auch ihre Lippe verstummte, das Auge sah nur die weißen Totengebeine am Strande, sie hörte nur die hohle Brandung, während die Nacht über dem toten, schweigenden Venedig emporstieg.

Das finstere Bild erfüllte meine Seele, meine ganze Gemütsstimmung gab ihm noch ein schärferes Kolorit. Ernst wie eine Kirche, an Grab und Ewigkeit erinnernd, stand die ganze Natur um mich her. Vor meinem Ohre klang Flaminias Wort, daß ein Prophet Gottes, was ein Sänger doch sein sollte, nur nach der Verherrlichung Gottes streben mußte, dieser Stoff wäre der höchste. Die unsterbliche Seele müßte von dem Unsterblichen singen, der Glanz des Augenblicks schillerte in trügerischem Farbenspiel und verschwände mit der Minute, die ihn geboren hätte. Ich fühlte, wie Kraft und Begeisterung in mir aufloderte, aber auch bald wieder ohnmächtig verrauchte. Schweigend stieg ich in die Gondel, welche mich nach dem Lido hinüberführte. Das große offene Meer lag vor mir, die See war bewegt, ich dachte an die Meeresbucht bei Amalfi.

Nicht weit von mir saß zwischen Tang und Steinen ein junger Mann und skizzierte, wahrscheinlich ein fremder Maler.

Er kam mir bekannt vor, ich trat näher, er erhob sich, wir kannten einander. Es war Poggio, ein junger venetianischer Edelmann, mit dem ich schon einige Mal bei den Familien, welche ich kennen gelernt hatte, in Gesellschaft gewesen war.

»Signore!« rief er; »Sie auf dem Lido! Führt Sie die Schönheit des Meeres hierher, oder haben Sie andere Schönheiten so nahe an das zornige Adriatische Meer gelockt?«

Wir reichten einander die Hand. Es war mir bekannt, daß er kein Vermögen besaß, aber für einen talentvollen Maler galt. Aeußerlich trug er eine heitere, fast ausgelassene Laune zur Schau, und doch hatte man mir ins Ohr geflüstert, daß er in seiner Einsamkeit der größte Misanthrop wäre. Nach seiner Rede zu urteilen mußte er der personifizierte Leichtsinn sein, und doch war er in der Wirklichkeit die Keuschheit selbst. Nach seinen Worten mußte die Welt glauben, daß Don Juan sein Vorbild wäre, in der That kämpfte ei jedoch wie der heilige Antonius gegen jede Versuchung. Ein tiefer Seelenschmerz läge diesem seltsamen Benehmen zu Grunde, erzählte man sich, aber was für einer, sein geringes Vermögen oder eine unglückliche Liebe oder irgend ein anderes Leiden, das wußte niemand recht. Er schien alles zu erzählen, nicht das Geringste verschweigen zu können, sein Wesen war so kindlich, und doch war noch niemand mit ihm auf das Reine gekommen. – Das hatte mich interessiert und ich freute mich deshalb über dieses angenehme Zusammentreffen, welches die Wolken meiner Seele verscheuchte.

»Eine solche blaue, wogende Fläche,« sagte er und zeigte auf das Meer, » hat Rom nicht! Das Meer ist das Schönste auf Erden! Es ist ja auch die Mutter der Venus und,« fügte er lächelnd hinzu, »die Witwe aller mächtigen Dogen Venedigs.«

»Der Venetianer muß es besonders lieben,« erwiderte ich, »muß es wie die Großmutter betrachten, die ihn um ihrer schönen Tochter Venezia willen trägt und mit ihm spielt.«

»Jetzt ist sie nicht mehr schön, sie neigt ihr Haupt,« entgegnete er. »Aber sie ist ja doch glücklich unter Kaiser Franz?«

»Ein stolzeres Gefühl ist es, Königin auf dem Meere zu sein, als Karyatide auf dem Lande. Der Venetianer hat über nichts zu klagen, und auf Politik verstehe ich mich nicht, wohl aber auf die Schönheit, und huldigen Sie, wie ich nicht bezweifle, ebenfalls derselben, so kommt dort die schöne Tochter meiner Wirtin und fragt, ob Sie nicht an meiner dürftigen Mahlzeit teilnehmen wollen,« Wir gingen in das kleine Haus unmittelbar am Strande; der Wein war gut und Poggio lustig und unterhaltend. Niemand hätte glauben können, daß sein Herz im geheimen blutete.

Wir hatten gewiß schon zwei Stunden zusammengesessen, als meine Ruderer kamen und fragten, ob ich nicht zurückkehren wollte, denn ein Sturm drohte sich zu erheben, die See wäre in heftiger Bewegung und zwischen dem Lido und Venedig gingen die Wellen schon so hoch, daß die Gondel leicht kentern könnte.

»Ein Sturm!« rief Poggio. »Den habe ich mir schon lange gewünscht; das Schauspiel dürfen Sie sich nicht entgehen lassen!« sagte er zu mir. »Gegen Abend legt er sich gewiß wieder, und legt er sich nicht, nun, dann giebt es hier Gelegenheit, daß man sich legen und unter Dach und Fach ihn über sein Haupt dahinbrausen lassen kann, während die Wellenschläge uns in Schlaf singen,«

»Ich kann hier auf der Insel stets eine Gondel bekommen,« sagte ich zu den Männern und gestattete ihnen heimzufahren. Der Sturm nahm zu und heftige Windstöße erschütterten das Haus. Wir traten ins Freie. Die untergehende Sonne beleuchtete die dunkelgrüne aufgeregte See, höher erhoben sich, die Wellen, wie von weißem Schaume übergossen und stürzten wieder in sich selbst zusammen. In weiter Ferne, dort, wo die Wolken wie Gebirge mit dem Blitze des Vulkan standen, bemerkten wir einige Schiffe, aber bald waren sie uns wieder außer Sicht. Hoch schlug die Brandung auf den Strand und bespritzte uns mit ihren salzigen Tropfen. Je höher die Wellen schlugen, desto höher stieg Poggios Jubel, desto lauter lachte er auf, klatschte in die Hände und rief dem wilden Elemente ein Bravo zu. Sein Beispiel steckte auch mich an: in dem Aufruhr der Natur fühlte mein krankes Herz sich besser. Schnell brach der Abend herein. Ich ließ die Wirtin ihren besten Wein bringen und Glas auf Glas tranken wir dem Sturme zu. Poggio sang von Liebe, sang das Lied, welches ich auf dem Schiffe gehört hatte.

»Auf das Wohl der Venetianerinnen!« sagte ich, und er stieß auf das der schönen Römerinnen an. Hätte uns ein Fremder gesehen, würde er uns für zwei glückliche junge Leute gehalten haben.

»Die römischen Frauen gelten für die schönsten!« sagte Poggio. »Seien Sie aufrichtig: was sagen Sie dazu?«

»Ich halte sie auch dafür.«

»Wohl,« erwiderte Poggio, »aber die Königin der Schönheit lebt doch in Venezia! Sie sollten die Nichte unseres Podestas sehen! Ich kenne keine, die eine geistigere Schönheit besitzt als sie. So würde Canova, hätte er Maria gekannt, uns die Jüngste der Grazien dargestellt haben. Nur in der Messe und ein einziges Mal im Theater San Moses habe ich sie gesehen. Es geht allen jungen Venetianern gleich mir, nur mit dem Unterschiede, daß sie sterblich verliebt sind, während ich nur ihr Anbeter bin! Sie ist für meine sinnliche Natur zu geistig. Aber das Himmlische muß man ja anbeten! Nicht wahr, Herr Abbate?«

Ich dachte an Flaminia und meine augenblickliche auflodernde Munterkeit war vorüber.

»Sie werden ernst,« sagte er. »Der Wein ist ja vortrefflich und die Wellen singen und tanzen zu unsrem Bacchanal.«

»Macht der Podesta kein Haus?« fragte ich, um etwas zu sagen.

»Nicht oft!« erwiderte Poggio; »hat er Gesellschaft, dann ist sie sehr ausgesucht! Die Schöne ist scheu wie eine Antilope, ängstlich schüchtern, wie ich es noch bei keinem Weibe meiner Bekanntschaft gesehen habe; aber,« fügte er mit einem spöttischen Lächeln hinzu, »das ist ja auch eine Weise, sich interessant zu machen. Der Himmel weiß, was das eigentlich für eine Bewandtnis mit ihr hat! Sehen Sie: unser Podesta hat zwei Schwestern, beide waren lange Jahre fort von ihm. Die Jüngste war in Griechenland verheiratet und sie soll die Mutter des herrlichen Mädchens sein; die andere Schwester ist noch Jungfrau und zwar eine alte Jungfrau, sie brachte die Schöne vor ungefähr vier Jahren hierher,«

Eine plötzlich hereinbrechende Finsternis unterbrach ihn in seiner Rede; es war, als ob die schwarze Nacht uns in ihre Arme drücken wollte, im selben Augenblicke erleuchtete ein greller Blitz alles um uns her. Ein lauter Donnerschlag folgte, der mich an die Ausbrüche des Vesuvs erinnerte. Unser Haupt neigte sich, unwillkürlich machten wir das Kreuzeszeichen.

»Jesus Maria!« sagte die Wirtin, die zu uns kam, »es ist eine Angst und ein Grauen! Sechs unsrer besten Schiffer sind auf der See, wöge die Madonna ihre Hand über sie halten! Die arme Agnese sitzt mit fünf Kindern da, was wird das für ein Elend werden.«

Durch den Sturm hörten wir Gesang. – An dem Ufer, an dem sich die Brandung in klafterhohen Wellen brach, stand eine Schar Weiber und Kinder mit dem heiligen Kreuze; schweigend saß eine junge Frau da; ihr Blick weilte auf der See. Sie säugte ein kleines Kind und ein etwas größeres stand neben ihr und legte sein Köpfchen in ihren Schoß. Nach dem letzten blendenden Blitzstrahle schien sich das Unwetter zu entfernen; es wetterleuchtete am Horizonte und heller schimmerte der weiße Schaum auf der brausenden See.

»Dort sind sie!« rief die Frau, sprang auf und zeigte nach einem kohlschwarzen Punkte, der immer deutlicher wurde.

»Die Madonna sei ihnen gnädig!« sagte ein alter Fischer, der mit der enganschließenden braunen Kapuze über dem Kopfe und mit gefalteten Händen dastand und starr nach dem dunklen Gegenstande blickte. In demselben Augenblicke verschwand er unter einer schäumenden Sturzsee.

Der Alte hatte recht gesehen. Ich hörte den Jammer der Verzweifelten, er steigerte sich, als das Meer ruhiger, der Himmel klarer und die Gewißheit dadurch stärker wurde. Die Kinder ließen das heilige Kreuz los, ließen es in den Sand fallen und schmiegten sich weinend an ihre Mutter an, aber der alte Fischer hob das Kreuz auf, drückte einen Kuß auf den Fuß des Erlösers, hielt es hoch empor und rief den heiligen Namen der Madonna.

Gegen Mitternacht war der Himmel rein, die See ruhiger und der Vollmond warf seine langen Strahlen über die völlig windstille Bucht zwischen der Insel und Venedig. Poggio stieg mit mir in die Gondel, wir verließen die Unglücklichen, denen wir nicht helfen noch Trost bringen konnten.

Am folgenden Abend trafen wir uns bei meinem Bankier, einem der reichsten Venedigs; die Gesellschaft war sehr groß, von den Damen kannte ich keine einzige und hatte auch für keine ein Interesse.

Man begann von dem Unwetter am gestrigen Abende zu reden, Poggio ergriff das Wort, erzählte von dem Tode der Fischer, dem Unglücke der Familien und gab deutlich genug zu erkennen, wie leicht sich einem großen Teile dieser Not abhelfen ließe, wie eine freundliche Gabe eines jeden aus der Gesellschaft eine Summe von großer Bedeutung für die Unglücklichen ausmachen würde, aber niemand schien ihn verstehen zu wollen, man bedauerte, zuckte die Achseln und sprach wieder von anderen Dingen. Jetzt begannen die gesellschaftlichen Talente sich geltend zu machen, Poggio sang eine lustige Barkarole, aber ich glaubte in seinem höflichen Lächeln Bitterkeit und Kälte gegen den vornehmen Kreis lesen zu können, der seine edle Beredsamkeit so kalt aufgenommen hatte.

»Sie singen nicht?« fragte mich die Frau des Hauses, als er sein Lied beendigt hatte.

»Ich werde die Ehre haben, vor Ihnen zu improvisieren,«
sagte ich, indem mir ein Gedanke durch die Seele schoß.

»Er ist Improvisator!« hörte ich sie ringsumher flüstern. Die
Augen der Damen warfen mir freundliche Blicke zu, die
Herren verneigten sich, ich nahm die Guitarre und bat sie,
mir ein Thema aufzugeben.

»Venezia!« rief eine Dame und sah mir kühn ins Auge; »Venezia!« wiederholten die jungen Herren, denn die Dame war
schön. Ich griff einige Accorde, schilderte Venedigs Pracht
und Glanz in den Tagen seines Glückes, wie sie mir geschildert waren und die Träume meiner Phantasie sie sich aus-
gemalt hatten, und alle Augen flammten, man träumte, daß
es noch so wäre. Ich sang von der Schönen auf dem Balkone
in der mondhellen Nacht, dachte an Santa und Lara, jede der
Damen glaubte, daß es ihr gälte und klatschte mir Beifall.
Sgricci Ein in unsrer Zeit berühmter Improvisator. selbst
hatte nie solch Glück gemacht. »Sie ist hier!« flüsterte mir
Poggio zu, »Die Nichte des Podesta!« Aber wir wurden ver-
hindert, länger miteinander zu reden, denn man bat mich,
noch einmal zu improvisieren. Eine Deputation von Damen
und eine alte Eccellenza trugen mir den Wunsch vor. Ich war
willig; war es doch mein eigener Wunsch. Ich hatte diese
Bitte vorausgesehen, nur wünschte ich in einem der aufgegebenen Themata Gelegenheit zu erhalten, den Sturm, welchen
ich mit angesehen hatte, sowie die Not der Unglücklichen zu
schildern und durch die Macht des Gesanges den Sieg zu
erfechten, den die Beredsamkeit nicht hatte erringen können.
– Man gab mir Titians Apotheose auf. Wäre er doch Seemaler
gewesen, dann hätte ich ihn als Fürsprecher auftreten lassen,
aber sein Lob und seine Verherrlichung konnte ich nicht mit
den Ideen in Einklang bringen, die ich auszuführen wünschte. Der Stoff war ja reich, seine Behandlung glückte über
Erwarten; ich stand als der Bewunderte unter ihnen, es war
meine eigene Apotheose.

»Kein Glück kann größer sein, als das Ihrige,« sagte die Frau
des Hauses, »Es muß ein unendlich seliges Gefühl sein, seine

ganze Umgebung durch sein Talent hinreißen und erfreuen zu können.«

»Ja, es ist ein beglückende« Gefühl,« erwiderte ich.

»Sprechen Sie es uns in einem schönen Gedichte aus!« entgegnete sie bittend. »Es wird Ihnen so leicht, daß man vergißt, wie unbillig man ist, Sie stets von neuem aufzufordern.«

»Ich kenne ein Gefühl,« versetzte ich, und mein Herz flößte mir Mut ein, »ich kenne ein Gefühl, welches von keinem andern aufgewogen werden kann. Es verwandelt jedes Herz zum Dichter, weckt das Bewußtsein derselben Glückseligkeit, und ich bin ein so geschickter Zauberer, daß ich imstande bin, es in jedem Herzen zu wecken, aber diese Kunst hat da Eigentümliche, daß sie nicht umsonst mitgeteilt werden kann, sondern erkauft werden muß.«

»Wir müssen sie lernen!« riefen alle.

»Hier auf diesem Tische sammle ich die Summen. Wer die größte giebt, wird am tiefsten eingeweiht,«

»Ich lege meine goldene Kette hin,« sagte sofort eine der Damen, lachte und legte sie im Scherz auf den Tisch.

»Ich all mein Spielgeld!« erklärte eine andere und lachte über meinen Einfall.

»Aber es ist Ernst,« versetzte ich, »man bekommt den Einsatz nicht zurück,«

»Wir wagen es trotzdem,« versicherten sämtliche, die alle Geld, Ketten und Ringe auf den Tisch gelegt hatten, während sie doch in die Möglichkeit meines Kunststückes Zweifel setzten.

»Aber wie, wenn mich dies Gefühl nun nicht ergreift,« sagte ein alter Soldat, »erhalte ich meine zwei Dukaten dann nicht wieder?«

»Sie sind durch nichts gezwungen, sie aufs Spiel zu setzen,« erwiderte ihm Poggio, und ich verneigte mich bejahend.

Alle lachten, alle waren erwartungsvoll, das Resultat zu sehen und ich begann zu improvisieren. Eine heilige Glut durchflammte mich, ich sang von dem stolzen Meere, Venezias Bräutigam, von des Meeres Söhnen, den kühnen Seeleuten und von dem Fischer in seinem kleinen Boot. Ich schilderte einen Sturm, die Sehnsucht und Angst der Gattin und der Braut, schilderte, was ich selbst gesehen hatte: die Kinder, welche das heilige Kreuz fallen ließen und sich an die Mutter klammerten, den alten Fischer, welcher das Kruzifix küßte. Es war, als ob ein Gott durch mich spräche, als ob ich nur das Werkzeug wäre, durch welches er seine mächtige Stimme erschallen ließ. Ein tiefes Schweigen herrschte im Saale, manches Auge weinte. Darauf führte ich sie in die Hütte der Armut, brachte den Unglücklichen durch unsere kleine Gabe Hilfe und Leben und ich sang, um wie viel seliger es wäre zu geben als zu nehmen, besang die Freude, welche meine Brust erfüllte, jedes Herz erfüllte, das voller Liebe sein Scherflein dargebracht hätte. Es wäre ein Gefühl, welches nichts aufzuwiegen vermöchte, die Stimme Gottes wäre es, welche in jedem Herzen spräche, es heiliger und geistiger machte, es zum Dichter erhöbe; und während ich so sang, nahm meine Stimme an Kraft und Fülle zu. – Alle hatte ich für mich gewonnen; ein stürmisches Bravo jubelte mir entgegen, als ich am Ende des Gesanges Poggio die reichen Gaben reichte, um den Unglücklichen zu Hilfe zu kommen.

Eine junge Dame sank mir zu Füßen, einen schönern Triumph hätte mir mein Talent nie erringen können. Sie ergriff meine Hand und mit Thränen in den wunderbaren dunklen Augen schaute sie mir dankbar bis in die Seele hinein. Seltsam ergriff mich dieser Blick, dieser Schönheitsausdruck; es war, als hätte ich ihn einmal im Traume gesehen.

»Die Mutter Gottes lohne es Ihnen!« stammelte sie, und das Blut stieg ihr flammend in die Wangen, sie verbarg ihr Antlitz, und erschrocken über das, was sie gethan hatte, fuhr sie vor mir zurück. Doch wer hatte so grausam sein können, das reine Gefühl der Unschuld verspotten zu wollen. Man drängte sich um mich. Alle waren unerschöpflich in meinem Lobe;

alle sprachen von den Unglücklichen auf dem Lido; ich ward als ihr Wohlthäter verehrt. »Geben ist seliger als nehmen!« Ja, dieser Abend hatte es mich gelehrt. Poggio drückte mich in seine Arme.

»Vortrefflicher Mensch!« sagte er, »ich achte und ehre Sie! Die Schönheit bringt Ihnen ihre Huldigung dar. Sie, die durch einen Blick Tausende glücklich machen kann, beugt sich vor Ihnen in den Staub!«

»Wer war sie?« fragte ich mit gedämpfter Stimme.

»Die Schönste in Venedig!« erwiderte er, »des Podesta Nichte.«

Der wunderbare Blick, die Schönheitsgestalt stand lebendig in meiner Seele abgedrückt. Unerklärliche Erinnerungen wurden wach, und auch ich rief: »Sie war schön!«

»Sie erkennen mich wohl nicht wieder, Signore?« fragte eine ältliche Dame, welche an mich herantrat. »Es ist freilich eine Reihe von Jahren her, seit ich die Ehre hatte, Ihre Bekanntschaft zu machen.« Sie lächelte, reichte mir die Hand und dankte mir für meine Improvisation. Ich verneigte mich höflich; ihre Züge schienen mir bekannt, aber wann und wo ich sie gesehen hatte, war mir nicht klar. Ich mußte es gestehen. »Ja, das ist erklärlich,« sagte sie; »nur ein einziges Mal haben wir einander gesehen; es war in Neapel. Mein Bruder war Arzt, Sie besuchten ihn mit einem Mitgliede der borghesischen Familie.«

»Jetzt erinnere ich mich!« rief ich; »ja, nun erkenne ich Sie! Am wenigsten hätte ich erwartet, daß wir uns hier in Venedig treffen würden!«

»Ich führte damals meinem Bruder die Wirtschaft,« sagte sie, »vor vier Jahren ist er gestorben! Nun bin ich hier bei meinem älteren Bruder. Der Diener soll Ihnen unsere Karte bringen. Meine Nichte ist ein Kind, ein eigentümliches Kind, sie will fort, augenblicklich fort! Ich muß ihr schon den Willen thun.« – Die alte Dame reichte mir die Hand und verließ das Zimmer.

»Glücklicher Mensch!« sagte Poggio, »das war des Podesta Schwester, Sie kennen sie, sind von ihr eingeladen, das halbe Venedig wird Sie beneiden. Knöpfen Sie nun den Rock fest bis zum Herzen zu, wenn Sie hingehen, damit sie nicht auch, wie fast alle, verwundet werden, die nicht einmal in solche Nähe der feindlichen Batterie geraten.«

Die Schöne war verschwunden. Für den Augenblick hatte ihr Gefühl sie hingerissen, sie war mir zu Füßen gesunken, aber sofort war auch ihre übertriebene Verschämtheit und ihre außerordentliche Schüchternheit erwacht. Angst und Schrekken vertrieben sie deshalb aus dem großen Kreise, dessen Aufmerksamkeit sie auf sich gezogen hatte, und doch erschallte nur ihr Lob und ihre Bewunderung – sie wurden ihr mit mir gemeinschaftlich zu teil! Die Königin der Schönheit hatte alle bezaubert; ihr Herz war ebenso edel wie ihre Formen.

Das Bewußtsein, eine gute Handlung gethan zu haben, warf einen Lichtstrahl in meine Seele, ich fühlte einen edlen Stolz, fühlte mein Glück, die Gabe des Gesanges zu besitzen. All das Lob und die Liebe, womit man mich von allen Seiten überhäufte, schmolz jede Bitterkeit in meiner Seele; es war, als, ob sich meine geistige Kraft aus ihrem bittern Scheintode reiner und besser erhöbe. Ich dachte an Flaminia und dachte an sie ohne Schmerz, sie würde mir schwesterlich die Hand gedrückt haben. Ihr Wort, daß der Dichter nur das Göttliche, nur Gottes Herrlichkeit besingen dürfte, stand mir klar und leuchtend vor der Seele. Ich fühlte wieder Kraft und Mut, eine milde Ruhe verbreitete sich über mein ganzes Wesen und zum erstenmal seit langen, langen Zeiten hatte ich wieder eine frohe Empfindung, Es war ein glücklicher Abend. Poggio stieß mit mir an; wir schlossen Freundschaft und besiegelten sie mit dem brüderlichen Du. Spät kam ich nach Hause, aber ich hatte kein Verlangen nach Schlaf und Ruhe. Hell stand der Mond am Himmel und spiegelte sich in dem Wasser der Kanäle und ein leiser Luftzug wehte mir Kühlung zu. Mit des Kindes frommem Glauben faltete ich meine Hände und betete: »Vater, vergieb mir meine Sünden! Verleihe mir Kraft, ein guter und edler Mensch zu sein, und dann darf ich ja wohl auch Flaminias gedenken, der Schwester gedenken. Stärke auch ihre Seele, laß sie nie von meinem Schmerze träumen! Sei uns gnädig, ewiger Gott!« Ich fühlte mich leicht um das Herz; Venedig mit seinen leeren Kanälen und alten Palästen schien mir eine schöne schwimmende Feenwelt.

Am nächsten Morgen war ich wunderbar aufgeräumt, ein edler Stolz war in meiner Brust erwacht, ich war glücklich durch meine geistigen Gaben und Gott dankbar. Ich nahm eine Gondel, um dem Podesta, dessen Schwester ich ja kannte, einen Besuch abzustatten. Ehrlich gestanden, hatte ich auch Lust, die junge Dame zu sehen, die mir so lebhaft gehuldigt hatte und für die Königin der Schönheit galt.

»Palazzo d'Othello!« sagte der Gondolier und fuhr mich durch den großen Kanal nach einem alten Gebäude, während er erzählte, daß der Mohr von Venedig, der ein solcher Quälgeist seiner schönen Gemahlin Desdemona gewesen wäre, darin gewohnt hätte und daß alle Engländer das Haus mit ebenso großem Interesse betrachteten, als ob es die Markuskirche oder das Arsenal wäre.

Sie nahmen mich sämtlich wie einen lieben Verwandten auf. Rosa, die alte Schwester des Podesta, sprach von dem teuren verstorbenen Bruder, von dem lustigen lebensprudelnden Neapel, welches sie seit vier Jahren nicht gesehen hätte. »Ja,« sagte sie, »Maria hat ebenfalls Sehnsucht, und wir reisen, wir reisen, wenn jemand es am wenigsten vermutet. Ich muß den Vesuv und das wunderbar schöne Capri noch einmal sehen, ehe ich sterbe.«

Maria trat herein und reichte mir mit einer eigentümlichen Schüchternheit die Hand. Schön war sie, ja sie kam mir schöner als bei ihrer gestrigen Huldigung vor. Poggio hatte recht, so mußte die Jüngste der Grazien aussehen, kein weibliches Wesen zeigte edlere Formen. Lara vielleicht? Ja, Lara, das blinde Mädchen, war in seinen Lumpen mit dem kleinen Veilchenstrauße im Haare ebenso schön wie Maria in ihrer reichen Pracht! Die geschlossenen Augen hatten stärker zu meinem Herzen geredet als dieser wunderbar dunkle Feuerblick. Jeder Zug war Wehmut wie bei Lara, aber in dem offenen dunklen Auge lag ein Frieden, eine Freude, die Lara nicht gekannt hatte. Vieles an ihr lenkte meine Gedanken auf das blinde Bettlermädchen, welches sie nie gesehen hatte, selbst die eigentümliche Ehrfurcht, die sie meinem Herzen einflößte, als stände sie vor etwas Höherem. Meine geistigen Fähigkeiten gewannen größere Biegsamkeit, meine Beredsamkeit wurde reicher. Ich gefiel, wie ich fühlte, allen und Maria schien mir die Bewunderung zu zollen, welche mir ihre Schönheit abnötigte. Ich betrachtete sie, wie ein Bräutigam eine herrliche weibliche Statue betrachtet, die das Bild seiner Geliebten vollkommen wiedergiebt. In Maria fand ich Laras Schönheit, fast wie in einem Spiegelbilde und Flaminias schwesterlichen Sinn; man mußte Vertrauen zu ihr haben. Es war mir, als ob wir lange einander gekannt hätten.

Die Sängerin

Ein großes Ereignis in meinem Leben liegt mir hier so nahe, daß es fast alles andere verdrängt. Nur mit flüchtigen Strichen will ich deshalb das damit nicht in Zusammenhang Stehende andeuten. Ich kam oft in das Haus des Podesta, ich war, wie sie sagten, der belebende Genius desselben. Rosa erzählte von ihrem lieben Neapel und ich las ihr die *divina commedia*, Alfieri und Nicolini vor, und Maria Geist und tiefes Gefühl bezauberten mich nicht weniger wie jene Meisterwerke der Dichtkunst. Außer dem Hause war Poggio mein liebster Umgang; man wußte es und er wurde deshalb ebenfalls vom Podesta eingeladen. Er dankte mir und sagte, es waren meine und nicht seine Verdienste, unsere Freundschaft, die ihn hierherführte, wo er von Venedigs ganzer Jugend beneidet werden müßte. Ueberall bewunderte man mein Improvisationstalent, ja, schätzte es so hoch, daß mich kein Kreis losließ, ehe ich ihren Wunsch, ein Gedicht zu schaffen, erfüllt hatte. Die ersten Künstler reichten mir brüderlich die Hand und ermunterten mich, öffentlich aufzutreten, und ich erfüllte es dadurch wenigstens halb und halb,

daß ich vor den Mitgliedern der Academia del Arte eines
Abends über Dandolos Zug nach Konstantinopel und über
die Bronzepferde auf der San Markuskirche improvisierte,
wofür man mich mit einem Diplome beehrte. Ich war nun in
die Gesellschaft aufgenommen. Aber eine noch größere
Freude erwartete mich im Hause des Podesta. Maria überreichte mir eines Tages ein kleines Kästchen mit einem hübschen Halsband von schönen bunten Muschelschalen, die
unendlich klein, fein und niedlich waren und nur durch einen seidenen Faden zusammengehalten wurden. Es war eine
Gabe der Unglücklichen auf dem Lido, deren Wohlthäter
man mich nannte. »Es ist sehr schön,« sagte Maria.

»Das müssen Sie aufheben und es einmal Ihrer Braut schenken,« sagte Rosa, »es ist gerade eine schöne Gabe und in der
Absicht wurde sie Ihnen auch gegeben.«

»Meiner Braut!« wiederholte ich ernst, »ich habe keine,
durchaus keine,«

»Aber sie wird schon kommen,« entgegnete Rosa. »Sie bekommen eine Braut und zwar die hübscheste von allen.«

»Nie!« wiederholte ich und starrte auf die Erde, indem ich
fühlte, wieviel ich verloren hatte. Maria wurde bei meinem
Mißmute ebenfalls still. Sie hatte sich so sehr darauf gefreut
mir das Geschenk zu überreichen, das sie von Poggio erhalten hatte, welchem es für mich übergeben war, und nun hatte
es mich verstimmt und ich konnte es so schlecht verbergen.
Ich hielt das Halsband in der Hand und hätte es Maria so
gern geschenkt, aber Rosas Worte hielten mich davon zurück. Maria hatte gewiß meine Gedanken erraten, denn indem ich mein Auge auf sie richtete, glitt eine leichte Röte
über ihr Antlitz.

»Sie kommen selten zu uns!« sagte die Gattin meines reichen
Bankiers eines Tages, als ich ihr einen Besuch abstattete, »allzu selten kommen Sie her, aber zu Podestas! Da giebt es freilich Anziehenderes! Maria ist ja Venedigs erste Schönheit
und Sie sind unser erster Improvisator. Es ist zugleich eine
gute Partie! Das Mädchen soll ein prächtiges Gut in Kalabri-

en besitzen; sie hat es geerbt, oder es ist für ihr Erbteil gekauft. Seien Sie mutig und es glückt! Sie werden von ganz
Venedig beneidet.«

»Wie können Sie glauben,« erwiderte ich, »daß ein so eigen-
nütziger Gedanke in mir wohnt. Ich bin so weit davon entfernt Maria zu lieben, wie nur jemand sein kann. Ihre Schönheit ergreift mein Herz, wie alles Schöne, aber es ist nicht
Liebe, und daß sie Vermögen hat, giebt bei mir nicht den
Ausschlag.«

»Darauf muß man doch auch sehen,« sagte die Frau. »Liebe
ist erst dann ein Lebensglück, wenn es in Küche und Keller
wohlsteht. Davon muß man leben!« Sie lachte und reichte
mir die Hand.

Es erbitterte mich, daß man so von mir denken, ja sogar reden konnte. Ich beschloß die Familie des Podesta seltener zu
besuchen, so lieb sie mich auch alle hatten. Den Abend hatte
ich daselbst zuzubringen gedacht, nun änderte ich meinen
Plan. Mein Blut war in Bewegung gekommen. »Nein,« dachte ich, »weshalb mich ärgern, lustig will ich sein! Das Leben
ist schön, wenn man es nur selbst will. Frei bin ich, niemand
soll auf mich einwirken! Ich habe Kraft und Willen genug!«
Als es dunkel war, streifte ich allein durch die engen Straßen,
wo die Häuserreihen einander fast berührten, wo deshalb
der schmale Raum hell erleuchtet und ein lebhaftes Menschengewühl war. In langen Strahlen fiel der Schein der
Lampen auf den großen Kanal, schnell schossen die Gondeln
unter dem einzigen hohen Bogen hindurch, welcher die
Brücke trägt. Da tönte Gesang, das Lied von Kuß und Liebe,
und wie die Schlange auf dem Baume der Erkenntnis, zeigte
es mir der Sünde schönes Antlitz. Ich ging weiter, vertiefte
mich in das Labyrinth der engen Gassen. Ich stieß auf ein
Haus, welches sich durch eine hellere Beleuchtung vor den
anderen auszeichnete; eine Menge Menschen ging hinein. Es
war eines der kleineren Theater Venedigs, San Lukas glaube
ich, heißt es. Eine kleine Operngesellschaft gab dort täglich,
gerade wie im Theater Fenize in Neapel, zwei Vorstellungen.
Um vier Uhr nachmittags begann die erste Vorstellung des

Stückes, sie endete gegen sechs Uhr, und die zweite begann dann abends acht Uhr. Das Eintrittsgeld war sehr gering; freilich durfte man nicht erwarten, etwas Vorzügliches zu sehen, aber die Neigung der niedrigen Klassen, Musik zu hören, sowie die Neugierde der Fremden füllten das Haus oft bis auf den letzten Platz und zwar täglich zweimal. Der Zettel zeigte an: Donna Caritea, regina di Spagna, Musik von Mercadante. – »Man kann ja wieder gehen,« dachte ich, »wenn man sich langweilt. Die schönen Frauen will ich mir ansehen, mein Blut ist warm, mein Herz kann klopfen, wie Bernardos, wie Federigos; man soll den Knaben aus der Campagna mit der Ziegenmilch im Blute nicht verspotten. – Wäre ich immer leichtsinnig gewesen, wie ich es jetzt sein will, dann hätte ich gewiß größeres Glück gemacht! Ja, das Leben ist kurz, das Alter bringt Kälte und Eis.«

Ich ging hinein, bekam ein kleines schmutziges Billet, und man fühlte mich in eine Loge dicht neben der Bühne. Zwei Reihen Logen befanden sich übereinander, der eigentliche Zuschauerplatz war ziemlich tief, aber die Bühne selbst glich einem Präsentierteller. Sonderlich viel Personen konnte sie schwerlich fassen, und doch gab man sogar Ritteropern mit Gefechten und Aufzügen. Die Logen waren inwendig schmutzig und zerrissen und die Decke war erdrückend niedrig. Ein Mann in Hemdsärmeln erschien, um die Laternen anzuzünden. Die Leute plauderten laut auf ihren Plätzen. Im Orchester versammelten sich die Musici; sie bildeten ein einziges Quartett. Jede Einzelheit verriet im voraus den Genuß, den das Ganze zu gewähren imstande war, aber den ersten Akt wollte ich doch aushalten. – Ich betrachtete die Damen rundum, aber keine derselben gefiel mir. Jetzt trat ein junger Herr in die Nebenloge, welchen ich schon vorher in einer Gesellschaft gesehen hatte. Er lächelte, reichte mir die Hand und meinte, er hätte nicht geglaubt, daß wir uns hier treffen würden, »aber,« flüsterte er mir zu, »man kann oft recht angenehme Nachbarschaft erhalten. In diesem matten Mondenscheine macht man leicht Bekanntschaft.« Er schwatzte weiter, bis gezischt wurde, weil die Ouvertüre begann. Die Musik klang sehr kläglich. Endlich rollte der

Vorhang in die Höhe. Der ganze Chor bestand aus zwei Damen und drei Herren, die den Eindruck machten, als wären sie direkt von der Feldarbeit geholt und darauf in Ritterkleidung gesteckt. »Ei nun,« sagte mein Nachbar, »die Solopartien sind oft nicht so übel besetzt. Hier ist ein Komiker, der auf jedem großen Theater auftreten könnte. – Ach du guter Gott!« unterbrach er sich selbst, indem die Königin des Stükkes nun mit zwei Damen auf der Bühne erschien. »Sollen wir die jetzt haben! Ja, dann gebe ich nicht einen halben Zwanziger für das Ganze, Jeannette war weit besser.«

Es war eine kleine unansehnliche Gestalt mit einem feinen scharfen Antlitz und tiefliegenden dunklen Augen, die auftrat. Dazu saß ihr königliches Gewand ungemein schlecht. Es war die Armut, welche als Königin erschien, indes geschah es mit einem Anstande, der mich in Verwunderung setzte. Er stach seltsam von dem übrigen ab. Ein junges hübsches Mädchen würde er vortrefflich gekleidet haben. Sie schritt bis zu den Lampen vor – mein Herz klopfte stark, ich wagte kaum nach ihrem Namen zu fragen, ich glaubte, mein Auge betröge mich. »Wie heißt sie?«

»Annunziata!« antwortete er, »Singen kann sie nicht und ihr Anblick kann einen dafür auch nicht entschädigen.« Wie fressendes Gift fiel mir jedes Wort auf das Herz; ich saß wie festgenagelt, mein Auge starrte unbeweglich vor sich hin. Sie sang; nein, da« war nicht Annunziatas Stimme! Matt, tonlos und unsicher hob sie sich.

»Es ist bei ihr wirklich eine Spur von guter Schule zu erkennen,« sagte mein Nachbar, »aber ihre Kräfte wollen nicht ausreichen.«

»Sie ähnelt wenig,« stammelte ich, »ihrer Namensschwester Annunziata, einer jungen Spanierin, die einst in Rom und Neapel glänzte.«

»Und doch,« erwiderte er, »ist sie es selbst! Vor sieben bis acht Jahren saß sie auf hohem Pferde. Damals war sie jung und soll eine Stimme wie die Malibran gehabt haben, jetzt aber ist die Vergoldung fort. Im Grunde genommen ist dies das Los aller dergleichen Talente! Einige Jahre stehen sie auf der Mittagshöhe. Geblendet von Bewunderung merken sie es nicht, daß es abwärts geht, ziehen sich nicht vernünftig zurück, so lange die Glorie sie noch umstrahlt, das Publikum merkt zuerst die Veränderung und dann ist es traurig. Gewöhnlich leben diese guten Damen auch so lustig, daß der ganze Verdienst gradweise mit verduftet, und dann geht es in Galopp abwärts. Sie haben sie wohl in Rom gesehen?« fragte er.

»Ja,« versetzte ich, »einigemal.«

»Es muß eine schreckliche Veränderung sein, am bedauernswertesten muß sie ihr natürlich erscheinen. Sie soll vor ungefähr vier bis fünf Jahren ihre Stimme in einer langen schweren Krankheit verloren haben; aber dafür kann das Publikum nicht. Klatschen Sie alter Bekanntschaft halber? Ich werde helfen, es wird der Alten Freude machen!« Er klatschte stark, einige im Parterre folgten seinem Beispiele, aber es wurde auch stark gezischt, während die Königin stolz von der Bühne schritt. Es war kein Zweifel, Annunziata war es.

» *Fuimus Troes*!« flüsterte mein Nachbar. Jetzt trat die Heldin des Stückes, ein schönes junges Mädchen von wollüstigen Formen und mit einem brennenden Blicke auf. Sie wurde mit Bravo und Beifallklatschen empfangen. Alle alte Erinnerungen stürmten auf meine Seele ein, des römischen Volkes Entzücken und Jubel über Annunziata, ihr Triumphzug, meine heiße Liebe! Bernardo hatte sie also verlassen! Oder hatte sie ihn vielleicht gar nicht geliebt? Ich sah ja doch, wie sie ihr Haupt über das seinige neigte und ihre Lippen auf seine Stirn drückte. Er hatte sie verlassen, sie verlassen, als sie krank wurde, als die Schönheit schwand, die er allein liebte.

Sie trat wieder auf die Bühne; wie alt und leidend sie aussah! Es war eine geschminkte Leiche, die mich zurückschreckte. – Ich war auf Bernardo erbittert, der sie um des Verlustes ihrer Schönheit willen hatte verlassen können, und doch war dieser es gerade, der mich jetzt so tief verwundete. Das Psychische in Annunziata konnte sich ja nicht geändert haben.

»Ist Ihnen nicht wohl?« fragte mich der Fremde, denn ich sah leichenblaß aus.

»Es ist hier drückend heiß!« sagte ich, erhob mich, verließ die Loge und ging in die freie Luft hinaus. Ich eilte durch die engen Straßen, tausend Gefühle bewegten meine Brust, ich wußte nicht, wohin ich ging. – Ich stand wieder vor dem Theater; ein Mann nahm gerade den alten Zettel ab, um einen neuen für den nächsten Tag anzukleben.

»Wo wohnt Annunziata?« flüsterte ich ihm in« Ohr; er drehte sich um, sah mich an und wiederholte: »Annunziata? Sie meinen wohl Aurelia, Signore? Sie, bei der eine Menge Herren hinter den Coulissen waren? Ich will Ihnen das Haus zeigen, aber noch ist sie nicht fertig.«

»Nein, nein!« erwiderte ich, »Annunziata, sie, welche die Partie der Königin sang!« Der Mann maß mich mit Blicken, »Die kleine Magere?« fragte er, »ja sie, glaube ich, ist an Besuch nicht gewöhnt! Aber das hat freilich seine guten Gründe! Ich will Ihnen das Haus zeigen, Signore, Sie werden es ja an einem Trinkgelde für meine Bemühung nicht fehlen lassen! Aber treffen können Sie sie erst in einer Stunde, so lange dauert die Oper noch.«

»Erwarten Sie mich hier!« sagte ich, stieg in eine Gondel und ließ mich von den Gondolieren rudern, wohin sie wollten. Meine Seele war tief betrübt, ich mußte noch einmal Annunziata sehen, noch einmal mit ihr reden. Sie war unglücklich, aber was konnte ich für sie thun! Schmerz und Kummer trieb mich vorwärts.

Eine Stunde war gerade verstrichen, als meine Gondel vor dem Theater lag, wo der Mann schon wartete.

Durch enge schmutzige Durchgänge führte er mich nach einem alten verfallenen Hause; ganz oben in der Dachstube brannte ein Licht; er zeigte hinauf. »Dort wohnt sie?« rief ich. »Ich werde Eccellenza bis hinauf begleiten!« Er

klingelte.

»Wer ist da?« fragte von oben eine weibliche Stimme.

»Marco Lugano!« erwiderte er, und die Thüre öffnete sich.

Inwendig herrschte vollkommene Nacht, die Lampe vor dem kleinen Madonnenbilde war ausgegangen, nur eine rote Schnuppe glimmte noch wie ein blutiger Punkt. Ich hielt mich dicht an ihn. Ganz oben wurde eine Thür geöffnet, wir sahen einen Lichtstrahl herabfallen. »Nun kommt sie selbst!« sagte der Mann. Ich drückte ihm einige Zwanziger in die Hand, er dankte tausendmal und eilte fort, während ich die letzte Treppe hinaufstieg.

»Ist das Repertoire für morgen etwa geändert, Marco Lugano?« hörte ich die Stimme fragen; es war die Annunziatas. Sie stand in der Thüre, ein kleines seidenes Tuch hatte sie um das Haar gebunden, ein dunkler großer Ueberrock hing lose um sie.

»Fallen Sie nicht, Marco Lugano!« sagte sie und ging in die Stube voran; ich folgte ihr.

»Wer sind Sie? Was suchen Sie hier?« rief sie erschreckt, als sie mich erblickte.

»Annunziata!« rief ich schmerzlich bewegt. Sie starrte mich an.

»Jesus Maria!« schrie sie auf und drückte die Hände vor das Gesicht.

»Ein Freund,« stammelte ich, »ein früherer Bekannter, dem Sie einmal viel Freude, viel Glück bereiteten, sucht Sie auf, wagt Ihnen die Hand zu reichen!« Sie nahm die Hände vom Gesicht; totenbleich, wie eine Leiche, stand sie da; das dunkle geistvolle Auge brannte. Aelter war Annunziata geworden, leidend sah sie aus, aber doch waren noch Reste der verschwundenen Schönheit übrig, derselbe seelenvolle Blick, von Wehmut umschwebt.

»Antonio,« sagte sie, und ich sah eine Thräne in ihrem Auge, »so müssen wir uns wieder treffen! Verlassen Sie mich, unsere Wege gehen weit voneinander, Ihrer aufwärts, meiner abwärts – doch auch zum Glücke!« seufzte sie schmerzlich.

»Stoßen Sie mich nicht von sich!« rief ich. »Als ein Freund, als ein Bruder komme ich, mein Herz treibt mich dazu! Sie sind unglücklich, Sie, welcher Tausende in lauter Freude zujubelten, Sie, durch welche Tausende erheitert, ja beglückt wurden!«

»Das Glücksrad dreht sich!« entgegnete sie. »Das Glück bleibt nur der Jugend und der Schönheit treu, vor deren Triumphwagen sich die Welt spannt. Verstand und Herz sind die schlechteste Mitgift der Natur, sie werden über Jugend und Schönheit vergessen, und die Welt hat immer recht.«

»Sie sind krank gewesen, Annunziata!« sagte ich, und meine Lippen bebten.

»Krank, sehr krank, ungefähr ein ganzes Jahr, aber ich starb doch nicht daran,« fuhr sie mit einem bitteren Lächeln fort. »Die Jugend starb, die Stimme starb, und das Publikum verstummte beim Anblick dieser beiden Leichen in einem Körper! Die Aerzte sagten, sie wären scheintot, und der Körper glaubte es! Der Körper bedurfte Speise und Kleider; all seinen Reichtum gab er für dieselben zwei lange Jahre hindurch hin. Dann mußte er sich schminken, auftreten, als besäße er die Toten noch lebendig; aber er trat im Schatten auf, damit man sich darüber nicht erschrecken sollte. Auf dem kleinen Theater, wo wenige Lampen brannten, wo alles halb dunkel war, zeigte er sich wieder. Allein man merkte doch, daß Jugend und Stimme tot, begrabene Leichen waren. Annunziata ist tot, dort hängt ihr Bild!« und dabei zeigte sie auf die Wand.

In dem ärmlichen Zimmer hing ein Gemälde, ein Brustbild mit reich vergoldetem Rahmen, das wunderbar von der sonstigen Armut ringsumher abstach. Es war das Bild Annunziatas, als Dido gemalt, es waren jene Züge, die noch immer in meiner Seele lebten, das geistige schöne Antlitz mit dem Stolz auf seiner Stirne. Ich sah von demselben auf die wirkliche Annunziata hernieder; sie hielt die Hände vor das Gesicht und weinte.

»Verlassen Sie mich! Vergessen Sie mein Dasein, wie die Welt es vergessen hat!« bat sie und winkte mir mit der Hand.

»Ich kann nicht,« sagte ich, »kann Sie nicht so verlassen! Die Madonna ist gut und gnädig, die Madonna hilft uns allen!«

»Antonio!« sagte sie ernst, »können Sie meiner im Unglücke spotten! Nein, Sie sind nicht wie die ganze übrige Welt, das habe ich auch schon früher von Ihnen gedacht. Aber ich begreife Sie nicht: als mir noch alle Beifall zujubelten, als mich die Welt mit Schmeicheleien und Lobeserhebungen überschüttete, verließen Sie mich völlig, und jetzt, wo jeder Glanz, der einst die Welt entzückte, verschwunden ist und alle mich wie einen fremden gleichgültigen Gegenstand ansehen, jetzt kommen Sie zu mir, suchen mich auf - -«

»Selbst stießen Sie mich von sich!« rief ich, sie unterbrechend, »stießen Sie mich in die Welt hinaus! Mein Schicksal, mein Verhängnis,« fügte ich in einem milderen Tone hinzu, »trieb mich in die Welt hinaus.« Sie blieb stumm, aber ihr Blick ruhte merkwürdig fest auf mir. Sie schien reden zu wollen, ihre Lippen bewegten sich, aber sie schwieg, ein tiefer Seufzer entwand sich ihrer Brust, sie schlug den Blick empor, senkte ihn aber gleich wieder. Ihre Hand strich langsam über ihre Stirn, es war, als ob ein Gedanke, der nur Gott und ihr bekannt war, durch ihre Seele ging.

»Ich habe Sie wieder gesehen,« sagte sie, »Sie noch einmal in dieser Welt gesehen! Ich fühle, daß Sie ein guter, ein edler Mensch sind. - Sie werden glücklicher werden als ich! Der Schwan hat ausgesungen. Die Schönheit ist verblüht, ich bin ganz allein! Von der glücklichen Annunziata ist nur das Bild an der Wand dort übrig! - Eine Bitte habe ich, Sie werden sie mir nicht abschlagen! Annunziata, die Ihnen einmal nicht gleichgültig war, bittet Sie darum!«

»Alles, alle« gelobe ich!« rief ich und drückte ihre Hand an meine Lippen.

»Betrachten Sie, was Sie heute Abend gesehen haben, wie einen Traum! Treffen wir uns in der Welt, dann kennen wir einander nicht! Jetzt scheiden wir!« Sie reichte mir die Hand. »In einer bessern Welt treffen wir uns wieder, hienieden trennen sich unsere Wege! Leben Sie wohl, Antonio, leben Sie wohl!«

Da sank ich, von Schmerz überwältigt, vor ihr nieder. Ich wußte nichts mehr, sie hob mich auf und führte mich wie ein Kind und ich weinte wie ein solches. »Ich komme, ich komme wieder!« sagte ich und verließ sie. »Lebe wohl!« hörte ich sie sagen, sah sie aber nicht mehr. Auf der Treppe wie auf der Straße war es vollkommen finster. »Gott, wie unglücklich können deine Geschöpfe sein!« jammerte ich und weinte; kein Schlaf kam in meine Augen, es war eine kummervolle Nacht.

Unter tausend Plänen, die ich faßte und wieder verwarf, verging der folgende Tag. Ich fühlte meine Armut; ein armer Knabe war ich nur, den man aus der Campagna zu sich genommen hatte. Gerade meine größere Geistesfreiheit hatte mich in die Fesseln der Abhängigkeit gelegt, aber mein Talent schien mir ja eine glänzende Bahn zu eröffnen – konnte sie glänzender als Annunziatas werden und wie endete diese? Der brausende Fluß, welcher mit Wasserfällen und Regenbogen schäumend und strahlend dahinschoß, endete in den pontinischen Sümpfen des Elend«.

Noch einmal mußte ich Annunziata sehen, mußte ich mit ihr reden. Den zweiten Tag nach unserem Zusammentreffen stieg ich wieder die engen niederen Treppen hinaus. Die Thüre war verschlossen; ich klopfte an, ein altes Mütterchen öffnete eine Seitenthür und fragte, ob ich das Zimmer ansehen wollte, welches zu vermieten wäre. Für mich würde es aber wohl zu gering sein. – »Aber die Sängerin?« fragte ich. – »Sie ist ausgezogen!« erwiderte die Alte, »schon vorgestern zog sie aus! Abgereist glaube ich; es ging Hals über Kopf.«

»Wissen Sie nicht wohin?« fragte ich. – »Nein, sie sprach kein Wort davon. Aber sie sind nach Padua, nach Triest oder Ferrara oder nach irgend einer anderen Stadt gegangen, wie es ja so viele giebt.« Sie öffnete die Thür und zeigte mir das leere Zimmer.

Ich ging nach dem Theater; es war geschlossen, die Gesellschaft hatte gestern die letzte Vorstellung gegeben. – Sie ist fort, die unglückliche Annunziata! Bernardo war doch an ihrem Unglücke schuld, war an der ganzen Richtung schuld, die mein Leben genommen hatte. Wäre er nicht gewesen, hätte sie mich lieben können, ihre Liebe würde meinem Geiste eine größere Kraft und Entwicklung gegeben haben. Wäre ich ihr damals gefolgt und wäre als Improvisator aufgetreten, dann hätte mein Triumph sich vielleicht an den ihrigen geknüpft und wir hätten den Platz gewechselt. Alles war anders geworden. Kummer hätte ihre Stirne nicht gefurcht.

Poggio. Annunziata. Maria.

Poggio besuchte mich, scherzte über meine Verstimmtheit, aber ich konnte ihm den Grund nicht sagen, niemandem konnte ich ihn sagen.

»Du siehst ja aus, als bliese ein gefährlicher Scirocco! Geht dieser warme Luftzug vom Heizen aus? Der kleine Vogel in demselben könnte verbrennen, und da es kein Vogel Phönix ist, so ist er darauf nicht eingerichtet. Nein, er muß bisweilen ausfliegen, in die roten Beeren auf dem Felde und in die feinen Rosen auf den Balkonen picken, da muß er zulangen. Das thut mein Vogel und findet sich wohl dabei, hat einen vortrefflichen Humor, singt Fröhlichkeit in mein Blut, in mein ganzes Wesen hinein, und davon stammt die gute Laune, die ich habe. Die kannst du auch bekommen und mußt es! Gerade ein Dichter muß einen wirklichen Vogel in der Brust haben, einen Vogel, der sowohl Rosen wie Beeren kennt, die sauren wie die süßen, den Dunst der niederen Welt wie den reinen Aether!«

»Du hast eine schöne Idee von einem Dichter!« rief ich.

»Christus wurde Mensch wie wir andern, stieg sogar in die Hölle zu den Verdammten hinab. Das Göttliche muß sich mit dem Irdischen mischen, soll ein großartiges Produkt daraus entstehen –; aber da halte ich dir ja förmlich eine prächtige Vorlesung! Eine sollte ich dir ja freilich halten, darauf habe ich mein Versprechen abgegeben, aber sie sollte, wie ich glaube, ein anderes Thema behandeln. Was hat das zu bedeuten, daß der Herr plötzlich seine Freunde verläßt! Seit drei Tagen hat er sich nicht im Hause des Podesta sehen lassen. Das ist garstig, sehr garstig von ihm! Die Familie ist auch ärgerlich. Noch heute mußt du hin und wie ein zweiter Friedrich Barbarossa kniend die Steigbügel halten. Drei Tage nicht bei Podestas gewesen, wie ich von Signora Rosa höre! Was in aller Welt ist denn los?«

»Ich habe mich nicht wohl gefühlt, bin nicht ausgewesen!«

»Nein, lieber Freund, das weiß man besser! Neulich Abend hast du dir ja die Oper *la Regina di Spagna* angesehen, in der die kleine Aurelie als Ritter auftritt; sie ist ein kleiner *Orlando furioso*. Aber diese Eroberung kann dir keine grauen Haare machen, die ist nicht so schwierig. Was es nun auch sein mag, du begleitest mich heute Mittag zum Podesta; wir sind dort zu Tische eingeladen und ich habe meine Hand darauf gegeben, dich mitzubringen.«

»Poggio,« sagte ich ernst, »dir will ich den Grund sagen, weshalb ich nicht dagewesen bin, weshalb ich seltener hingehen will.« Ich erzählte ihm, was mir die Frau des, Bankiers in« Ohr geflüstert, daß Venedig davon spräche, ich beabsichtigte, die schone Maria zu gewinnen, die vermögend wäre und ein Gut in Kalabrien besäße.

»Ei nun!« rief Poggio, »das dürften sie sich von mir dreist erzählen! Und deshalb willst du nicht hinkommen? Ja freilich sagen es die Leute, ich glaube es sogar selbst, weil es so natürlich ist. Aber ob wir nun recht oder Anrecht haben, so ist es doch nicht billig, gegen die Familie unartig zu sein. Maria ist schön, sehr schön, hat Verstand und Gefühl, und du liebst sie auch, das habe ich allzu deutlich gesehen.«

»Nein, nein!« fiel ich ihm ins Wort, »mein Herz ist weit von Liebe entfernt! Maria hat eine gewisse Aehnlichkeit mit einem blinden Kinde, das ich einmal gesehen habe, einem Kinde, das mir wunderbar gefiel, wie eben nur Kinder gefallen können! Tiefe Aehnlichkeit hat mich bei Maria ergriffen und meinen Blick auf sie gezogen.«

»Maria ist ebenfalls blind gewesen,« erwiderte Poggio in einem ziemlich ernsten Tone; »sie kam noch blind aus Griechenland, ihr Onkel, jener Arzt in Neapel, hat sie operiert,«

»Meine Blinde war Maria nicht!« versetzte ich.

»Deine Blinde!« wiederholte Poggio lustig; »jenes blinde Kind muß in der That ein wunderliches Persönchen sein, daß es dir die Begierde einstößt, Maria anzustarren und eine Aehnlichkeit mit demselben aufzusuchen. Bildlich gesprochen, hast du mit dem kleinen blinden Amor einst in höchst eigener Person Bekanntschaft gemacht und er zwingt dich nun, Maria anzublicken. Jetzt gestehst du es ja selber ein! Ehe wir uns dessen versehen, giebt's Hochzeit und ihr zieht von Venezia fort,«

»Nein, Poggio!« rief ich, »du erzürnst mich mit solchen Reden, ich verheirate mich nie! Mein Liebestraum ist vorbei, ich träume ihn nie wieder, kann es nicht! Bei dem ewigen Gott und allen Heiligen, nie will oder kann ich – –« »Still, still! Schwöre nicht darauf!« unterbrach mich Poggio; »ich will dir glauben und allen Leuten widersprechen, welche behaupten, du liebest Maria und ihr würdet einmal ein Paar werden, aber schwöre nicht darauf, dich nie zu verheiraten! Vielleicht ist die Hochzeit näher als du meinst, vielleicht noch in diesem Jahre, es ist ja möglich,«

»Deine vielleicht,« erwiderte ich, »aber meine niemals!«

»Wie kannst du nur glauben, daß ich mich verheiraten könnte!« versetzte Poggio; »nein, lieber Freund, ich habe keine Mittel dazu, mir eine Frau zu halten, das ist mir ein zu kostspieliges Vergnügen.«

»Deine Hochzeit geht der meinigen vorher,« entgegnete ich; »vielleicht wird die schöne Maria selbst dein eigen, und während Venedig sagt, ich werde ihr die Hand reichen, bist du es, dem sie die ihrige reicht.«

»Das wäre ein schlimmer Streich!« sagte er und lachte; »nein, da gönne ich ihr doch einen besseren Mann als mich. Wollen wir wetten,« fuhr er fort, »du verheiratest dich, sei es mit Maria oder mit einer anderen Dame, du wirst ein Ehemann und ich bleibe Junggeselle. Zwei Flaschen Champagner wollen wir wetten,« fuhr er fort, »welche an deinem Hochzeitstage getrunken werden.«

»Eine solche Wette wage ich anzunehmen,« erklärte ich lächelnd. Darauf mußte ich ihn zum Podesta begleiten. Die alte Rosa zankte mich au« und der Podest» gleichfalls. Maria verhielt sich schweigend, mein Auge ruhte auf ihr, sagte doch Venedig, daß sie meine Braut wäre. Rosa stieß mit mir an.

»Keine Dame darf auf die Gesundheit des Improvisators trinken,« sagte Poggio; »er hat dem schönen Geschlecht einen ewigen Haß geschworen; er will sich nie verheiraten.«

»Ewigen Haß?« erwiderte ich. »Wenn ich auch nicht heirate, kann ich ja doch wohl das Schöne des Geschlechts gebührend verehren und schätzen, welches alle Verhältnisse des Leben« am meisten erheitert und mildert.« »Nicht heiraten!« rief der Podesta; »das wäre der schlimmste Gedanke, der bis jetzt Ihrem Genie entsprungen ist! Aber,« sagte er scherzend zu Poggio, »hübsch ist es von einem Freunde auch nicht, ihn auszuplaudern!«

»Es geschieht nur, um ihn an den Pranger zu stellen,« versetzte Poggio, »er könnte sich sonst leicht in diesen seinen einzigen schlechten Gedanken verlieben und ihn, weil er so außerordentlich glänzend ist, für originell ansehen und an demselben festhalten.« Man scherzte mit mir, zog mich auf, und ich mußte wieder munter sein. Köstliche Gerichte und herrliche Weine wurden aufgetragen. – Ich dachte an Annunziatas Armut, dachte, ob sie wohl hungern mochte. »Sie haben versprochen uns Silvio Pellicos Werke vorzulesen,« sagte Rosa beim Abschiede, »vergessen Sie es nicht und

kommen Sie hübsch täglich zu uns, Sie haben uns daran gewöhnt, und niemand in Venedig vermag diesen Freund-
schaftsbeweis höher zu würdigen als wir.«

Ich kam, ich kam recht häufig, denn ich fühlte, wie lieb ich
ihnen war. Ungefähr ein Monat war seit meinem letzten Gespräche mit Poggio verstrichen, nicht das Geringste hatte ich
hinsichtlich Annunziatas ermitteln können, ich mußte mich
auf den Zufall verlassen, der den zerrissenen Faden einst
vielleicht wieder anknüpfen würde. Als ich mich eines
Abends beim Podesta befand, schien mir Maria merkwürdig
gedankenvoll; ein lebhafter Schmerz prägte sich in ihren
Zügen aus. Ich hatte ihr und Rosa vorgelesen, und selbst
währenddessen war sie mir zerstreut vorgekommen. Rosa
verließ das Zimmer; noch nie war ich mit Maria allein gewesen; eine sonderbare unerklärliche Ahnung, daß mir irgend
etwas Uebles bevorstand, erfüllte meine Brust. Ich suchte ein
Gespräch über Silvio Pellico, über die Einwirkung des politischen Lebens auf seinen Dichtergeist zu beginnen.

»Herr Abbate!« unterbrach sie mich und schien nicht ein
einziges Wort meiner Rede gehört zu haben, alle ihre Gedanken schienen vielmehr auf einen einzigen Gegenstand gerichtet zu sein. »Antonio!« fuhr sie mit bebender Stimme fort und
das Blut stieg ihr in die Wangen, »ich muß mit Ihnen reden,
einer Sterbenden habe ich die Hand darauf gereicht, daß ich
es thun wollte.«

Sie stockte; von den wenigen Worten seltsam ergriffen, stand
ich schweigend da.

»Wir sind einander doch nicht so fremd,« sagte sie, »und
gleichwohl ist mir dieser Augenblick so schrecklich.« Sie
wurde leichenblaß.

»Gott im Himmel!« rief ich, »was ist denn geschehen?«

»Gottes wunderbare Lenkung zieht mich in Ihre Lebens-
schicksale hinein, hat mich in ein Geheimnis, in ein Verhältnis eingeweiht, welches kein Fremder wissen sollte. Aber
meine Lippen sind stumm, was ich der Toten versprach,

weiß niemand, nicht einmal der guten Rosa habe ich es anvertraut.« Sie zog ein kleines Päckchen hervor. »Das ist für Sie, es wird Ihnen gewiß alles sagen können. Ich habe gelobt, es Ihren Händen zu überliefern. Zwei Tage lang habe ich es verwahrt; ich wußte nicht, wie ich mein Versprechen erfüllen sollte; nun ist es gelöst. Seien Sie still, wie ich es sein werde.«

»Von wem kommt es?« fragte ich. »Darf ich es nicht wissen?«

»Ewiger Gott!« rief sie und verließ das Zimmer. Ich eilte nach Hause und öffnete das kleine Briefpaket, Einige lose Briefe lagen darin. Das erste, was ich sah, war meine eigene Schrift, ein kleiner mit Bleistift geschriebener Vers, aber unten mit Tinte drei schwarze Kreuze, als wenn es eine Grabschrift wäre. Es war da« Gedicht, welches ich einst Annunziata zuwarf, als ich sie zum erstenmal sah. »Annunziata!« seufzte ich tief; »ewige Mutter Gottes, es kommt von ihr!« Unter den Papieren lag ein versiegelter Zettel mit der Aufschrift: »An Antonio!« Ich riß ihn auf – ja, es war von ihr. Die Hälfte war, wie ich sah, in der auf meinen abendlichen Besuch folgenden Nacht geschrieben. Die untersten Reihen schienen neueren Datum«; sie waren wunderbar blaß und zitternd geschrieben. Ich las.

»Ich habe dich gesehen, Antonio, dich noch einmal gesehen! Dies war mein einziger Wunsch, und doch fürchtete ich mich vor dem Augenblicke, wie man sich vor dem Tode fürchtet, der doch Glück bringt. Es sind erst wenige Stunden her, daß ich dich sah; wenn du dies liesest, sind Monate, oder auch noch längere Zeit verstrichen. Man erzählt sich, daß, wer sich selbst gesehen hat, kurz darauf sterben muß. Du warst die Hälfte meiner Seele, du warst mein Gedanke! Dich habe ich gesehen! Du sahst mich in meinem Glück, in meinem Elend! Du warst der einzige, welcher die arme vergessene Annunziata nicht verleugnete. – Aber ich verdiente es auch, Antonio! Jetzt darf ich es dir sagen, denn wenn du dieses liesest, bin ich tot. Ich liebte dich, liebte dich von meinen glücklichen Tagen an bis zum letzten Augenblicke. Die Madonna wollte nicht, baß wir in dieser Welt vereint werden sollten und sie trennte uns. Ich kannte deine Liebe, ehe du sie an jenem unglücklichen Abende, als der Schuß Bernardo traf, gestandest. Mein Schmerz über das Unglück, das uns trennte, der große Jammer, der mein Herz bedrückte, band meine Zunge; ich verbarg mein Angesicht an dem Körper des Toten, und du warst verschwunden, ich sah dich nicht mehr. Bernardo war nicht tödlich verwundet, ich wich nicht von ihm, ehe ich dessen gewiß war. Hat das in deiner Seele Zweifel an meiner Liebe zu dir geweckt? Ich wußte nicht, wo du warst, konnte es nicht erfahren. Einige Tage darauf kam ein sonderbares altes Weib zu mir und reichte mir einen Zettel, worauf von deiner Hand geschrieben stand: »Ich reise nach Neapel.« Die Unterschrift trug deinen Namen: die Alte sagte, du brauchtest einen Paß und Geld. Ich bewog Bernardo dazu, seinen Onkel, den Senator, darum zu bitten. Bei ihm galt mein Wunsch als Befehl, bei ihm hatte mein Wort Kraft, ich bekam, was ich wünschte. Bernardo war gleichfalls deinetwegen betrübt. Er wurde wieder gesund und liebte mich, liebte mich, wie ich glaube, aufrichtig; aber du allein erfülltest alle meine Gedanken. Er verließ Rom; ich sollte nach Neapel, eine plötzliche Krankheit meiner alten Freundin nötigte mich einen Monat in Mola di Gaeta zu verweilen. Als wir später nach Neapel kamen, hörte ich von einem jungen Neapolitaner, Cenci, der an dem Abende meiner Ankunft auf dem Theater aufgetreten war. Ich ahnte, daß du es warst; ich erhielt die Gewißheit. Meine alte Freundin schrieb sofort an dich, nannte zwar unsere Namen nicht, gab aber an, wo wir wohnten. – Du kamst nicht; sie schrieb abermals, allerdings ohne Namen, aber du mußtest die Absender erkannt haben. Sie schrieb: »Kommen Sie, Antonio! Der Schreck in dem letzten unglücklichen Augenblicke, wo wir beisammen waren, ist jetzt gewiß überstanden. Kommen Sie bald! Betrachten Sie es als ein Mißverständnis. – Alles kann noch gut werden, nur zögern Sie keinen Augenblick zu kommen!« Aber du kamst nicht. – Die Briefe hattest du, wie ich erfuhr, gelesen, und warst sofort nach Rom zurückgereist. Was mußte ich glauben? Deine Liebe wäre schon vorbei! Auch ich war stolz, Antonio! Die Welt hatte meine Seele eitel gemacht. Ich vergaß dich nicht, ich gab dich auf und litt dabei. Meine alte

Freundin starb, ihr Bruder folgte ihr. Sie hatten wie Eltern an mir gehandelt, jetzt stand ich ganz allein in der Welt, indes war ich ja ihr Liebling, war jung und schön, glänzte durch meinen Gesang. Das war, kann ich sagen, das letzte Lebensjahr! Ich wurde auf der Reise nach Bologna krank, sehr krank, mein Herz litt! Antonio, ich wußte nicht, daß du meiner zärtlich gedachtest, daß du einmal, wenn alles Weltglück zusammengestürzt war, noch einen Kuß auf meine Hände drücken würdest. – Ein Jahr lag ich krank; mein Vermögen, in den beiden Jahren meiner Sängerinlaufbahn gesammelt, schmolz zusammen. – Ich war arm und doppelt arm, denn meine Stimme war fort, die Krankheit hatte mich entkräftet. Jahre vergingen, ungefähr sieben lange Jahre – da trafen wir uns. – Du hast meine Armut gesehen! Du hast gewiß gehört, wie man die Annunziata, die einst im Triumph durch Roms Straßen gezogen wurde, auszischte? Bitter, wie mein Geschick, ist auch mein Herz geworden. – Du kamst zu mir, wie ein Schleier fiel es von meinen Augen, ich fühlte es: du hattest mich aufrichtig geliebt! Ich hätte dich in die Welt hinausgestoßen, sagtest du zu mir. Du wußtest nicht, wie ich dich geliebt, wie ich meine Arme nach dir ausgestreckt hatte! Ich habe dich gesehen, deine Lippen haben wie in älteren besseren Zeiten auf meiner Hand geglüht. Wir sind geschieden, ich sitze wieder allein in meiner kleinen Kammer, morgen verlasse ich sie, vielleicht Venezia. Sei meinetwegen nicht betrübt, Antonio! Die Madonna ist gut und gnädig! Gedenke freundlich meiner! Es ist die Tote, die dich bittet, Annunziata, die dich geliebt hat und jetzt – und im Himmel für dich betet.«

Meine Thränen strömten, während ich es las. Es war, als ob sich mein Herz in Thränen auflösen wollte. Der zweite Teil des Briefes war erst vor wenigen Tagen geschrieben. Es war ihr letzter Abschied.

»Meine Not nähert sich ihrem Ende! Die Madonna sei gelobt für jede Freude, die sie mir sandte, sie sei auch gelobt für jeden Schmerz! – Der Tod ist mir ans Herz getreten! Das Blut strömt aus demselben. Nur einmal noch, und dann ist es vorbei! Venezias schönstes und edelstes Mädchen ist, wie man mir gesagt hat, deine Braut. Möget ihr glücklich werden, das ist der Sterbenden letzter Wunsch! Ich wüßte außer ihr niemand in der Welt, dem ich diese Zeilen, mein letztes Lebewohl übergeben könnte. Sie wird kommen, mein Herz sagt es mir. Einer Person, die auf der Abschiedsstufe zwischen Leben und Tod steht, wird ein edles weibliches Herz den letzten Labetrunk nicht abschlagen. Sie wird zu mir kommen! Lebe wohl, Antonio, mein letztes Gebet auf Erden, mein erstes im Himmel ist für dich, für sie, die dir sein wird, was ich dir nie hätte werden können.

Eitel war meine Seele, die Lobeserhebungen und Schmeicheleien der Welt tragen die Schuld; vielleicht wärest du nie mit mir glücklich geworben, sonst hätte die Madonna uns nicht geschieden. Lebe wohl! Lebe wohl! Ich fühle Frieden in meinem Herzen, mein Schmerz ist vorbei, der Tod ist nahe. Betet auch ihr, du und Maria, für mich!

Annunziata«

Der tiefste Schmerz hat keine Worte – betäubt, zusammensinkend, saß ich da und starrte auf den Brief, der von meinen Thränen feucht war. Annunziata hatte mich geliebt! Sie war der unsichtbare Geist, welcher mich nach Neapel führte, der Brief war von ihr und nicht, wie ich mir eingebildet hatte, von Santa gewesen, Annunziata war krank gewesen, war in Armut und Elend hingesiecht und jetzt war sie tot, nur zu gewiß tot. – Der kleine Zettel, den ich Fulvia mit der kurzen Notiz: »Ich reise nach Neapel,« gegeben und welchen sie Annunziata gebracht hatte, lag in dem Briefpaketchen. Außerdem befand sich darin ein offener Brief von Bernardo, in dem er ihr Lebewohl sagte und zugleich seinen Entschluß mitteilte, Rom zu verlassen und in fremde Dienste zu treten, in welche stand aber nicht darin. Maria hatte sie das Briefpaket an mich übergeben, Maria nannte sie meine Braut; das leere Gerücht war also auch bis zu Annunziata gedrungen und sie hatte es geglaubt, hatte Maria zu sich gerufen. Was konnte sie ihr gesagt haben? Ich entsann mich, mit welcher Angst Maria zu mir gesprochen hatte, also wußte auch sie jetzt, wie Venedig über uns beide urteilte. Ich hatte nicht den Mut mit ihr zu reden und doch mußte ich es, sie war ja mein und Annunziatas guter Engel.

Ich nahm eine Gondel und war bald in dem Zimmer, in welchem Rosa und Maria bei ihrer Handarbeit saßen. Maria war verlegen, ich hatte nicht den Mut auszusprechen, was mich einzig und allein beschäftigte, auf jede Frage antwortete ich zerstreut, der Kummer bedrückte meine Seele. Da ergriff Rosa meine Hand und sagte: »Sie leiden an einem tiefen Kummer! Haben Sie Vertrauen zu uns! Können wir Sie nicht trösten, so können wir doch mit einem aufrichtigen Freunde trauern.«

»Sie wissen ja alles!« rief ich, meinem Schmerze Luft machend.

»Maria vielleicht!« erwiderte Rosa. »Aber ich weiß so gut wie nichts!«

»Rosa!« sagte Maria flehend und ergriff sie bei der Hand.

»Nein, vor Ihnen habe ich keine Geheimnisse!« versetzte ich, »alles will ich Ihnen erzählen! Auch das ist eine Linderung!« Und ich erzählte von der Armut meiner Kindheit, von Annunziata und meiner Flucht nach Neapel; aber als ich Maria mit gefalteten Händen vor mir sah, wie einst Flaminia dagesessen hatte, wie noch ein Wesen in meiner Erinnerung vor mir saß, da schwieg ich. Von Lara, von dem Traumbilde in der Grotte hatte ich in Marias Nähe nicht Mut zu reden, es gehörte ja auch nicht zu der Geschichte von Annunziata. Ich ging sofort zu unserer Begegnung in Venedig und unserem letzten Gespräche über. Maria drückte die Hände vor die Augen und weinte. Rosa schwieg.

»Davon habe ich nichts gewußt, nichts geahnt!« sagte sie endlich. »Aus dem Hospitale der barmherzigen Schwestern erhielt Maria einen Brief des Inhalts, ein sterbendes Weib beschwöre sie bei allem Heiligen und Guten, bei ihrem eigenen Herzen, doch ja dorthin zu kommen. Ich begleitete sie in der Gondel, da sie aber allein kommen sollte, blieb ich bei den Schwestern, während sie an das Bett der Sterbenden trat.«

»Ich sah Annunziata,« sagte Maria. »Sie haben erhalten, was Sie mich Ihnen zu übergeben bat.«

»Und sie sagte?« rief ich.

»Geben Sie das hier Antonio, dem Improvisator, aber ohne daß es andere sehen!« – Sie redete von Ihnen, redete wie eine Schwester, wie ein guter Geist reden kann – und ich sah Blut – Blut auf ihren Lippen, sie schlug im letzten Todeskampfe ihre Augen auf und –« – Maria brach in lautes Weinen aus.

Schweigend drückte ich ihre Hand an meine Lippen und dankte, daß sie in ihrer Frömmigkeit und ihrem milden Sinne Annunziatas Bitte erfüllt hatte. Ich verließ sie, ging in die Kirche und betete für die Tote.

Die war mir größere Innigkeit und Freundschaft zu teil geworden, als seit diesem Augenblicke in dem Hause des Podesta, Rosa und Maria behandelten mich wie einen lieben Bruder, jeden meiner Wünsche suchten sie mir abzulauschen; selbst in den geringsten Kleinigkeiten erkannte ich ihre zärtliche Sorge für mich.

Ich besuchte Annunziatas Grab. Der Kirchhof glich einer schwimmenden Arche mit hohen Mauern, die sich auf dem Wasser wiegte, der Insel mit dem Totengarten. Einen grünen Fleck mit vielen schwarzen Kreuzen gewahrte ich vor mir. Ich fand das Grab, welches ich suchte. »Annunziata« lautete die ganze Inschrift. Ein frischer schöner Kranz mit grünen Lorbeeren hing über dem Kreuze, wahrscheinlich eine Gabe Rosas und Marias. Ich dankte ihnen beiden dafür. Wie schön war nicht Maria in ihrer Milde, welche wunderbare Ähnlichkeit hatte sie nicht mit meinem Schönheitsbilde Lara, wenn sie die Augen niederschlug. Es kam mir vor, so unerklärlich es auch schien, daß Maria und Lara eine und dieselbe Person wären.

Um diese Zeit traf ein Brief von Fabiani ein; ich verweilte, schrieb er, jetzt schon vier Monate in Venedig; es schien ihn zu wundern, und er schlug mir vor, nicht längere Zeit auf diese Stadt zu verwenden, sondern Milano oder Genua zu besuchen; doch hinge es ganz von mir selber ab; was mir am liebsten wäre, könnte ich thun. Was hielt mich im Grunde genommen auch in Venedig zurück, für mich war es eine Stadt der Trauer, mit Trauer im Herzen war ich in sie eingezogen und meines Lebens schönster Traum hatte sich in ihr in Thränen aufgelöst. Maria und Rosa sind mir zärtliche Schwestern, Poggio ist ein liebenswürdiger treuer Freund, ich finde keine zweiten so wie sie, aber wir müssen ja doch einmal scheiden und hier findet mein Schmerz nur immer neue Nahrung! Ja, fort, fort! Das war mein fester Entschluß. Ich wollte Rosa und Maria darauf vorbereiten; sie mußten es ja doch erfahren. Am Abend saß ich bei ihnen in dem großen Saale, von dem aus ein Ballon über den Kanal hinausgebaut war. Maria wollte von dem Diener eine Lampe hereinbringen lassen, aber Rosa gefiel es in dem hellen Mondschein besser.

»Sing uns etwas vor, Maria!« sagte Rosa, »trage uns das schöne Lied vor, welches die Troglodytengrotte besingt! Laß es Antonio hören!«

In eigentümlich weichen Tönen sang Maria darauf ein wunderbar ergreifendes Wiegenlied. Text und Melodie verschmolzen miteinander und zeigten den Herzen und Sinnen das Daheim der Schönheit unter den ätherklaren Fluten.

»Es ist etwas so Geistiges, so Durchsichtiges in dem ganzen Liede,« sagte Rosa.

»So muß der Geist sich ohne Körper offenbaren!« rief ich.

»So schwebt die Schönheit der Welt dem Blinden vor!« seufzte Maria.

»Aber so schön ist sie wohl in Wirklichkeit nicht, wenn das Auge sich öffnet?« fragte Rosa.

»Nicht so schön und doch schöner!« erwiderte Maria.

Dann erzählte Rosa, was mir Poggio bereits gesagt hatte, daß Maria blind gewesen wäre und ihr Bruder derselben das

Augenlicht geschenkt hätte. Maria nannte seinen Namen mit Liebe und Dankbarkeit, erzählte mir kindlich ihre Begriffe von der Außenwelt, von der warmen Sonne, von den Menschen, von den breiten Blättern des Kaktus und den großen Tempeln. »In Griechenland giebt es mehr als hier!« bemerkte sie plötzlich und es trat eine augenblickliche Stockung in ihrer Erzählung ein. »Die Farben stellte ich mir ähnlich wie die Schönheit und Stärke der Farben vor,« fuhr sie fort. Die Veilchen sind blau, das Meer und der Himmel sind auch blau, erzählte man mir; aus dem Düfte bei Veilchen lernte ich dann, wie schön der Himmel und das Meer sein müßten. Wenn das körperliche Auge tot ist, sieht das seelische desto klarer. Der Winde lernt an eine Geisteswelt glauben; alle seine Anschauungen sind Offenbarungen derselben.«

Ich gedachte Laras mit dem blauen Veilchenstraße in dem dunklen Haar, der Duft des Orangenbaumes lenkte meine Gedanken ebenfalls nach Pästum, wo die Veilchen und die roten Levkojen um die Tempelruinen blühten. Wir sprachen von der großen Schönheit der Natur, vom Meere und den Gebirgen und Rosa sehnte sich nach ihrem schönen Neapel. Na erzählte ich ihnen, daß meine Abreise bevorstände, daß ich schon in einigen Tagen Venedig verlassen würde.

»Sie wollen uns verlassen?« sagte Rosa betrübt; »nicht einmal die Möglichkeit Ihrer Abreise ist mir bisher in den Sinn gekommen.«

»Sie kommen nicht wieder nach Venedig?« fragte Maria; »Sie kommen nicht wieder zu Ihren Freunden?«

»O doch, sicherlich!« rief ich, und obgleich es durchaus nicht in meinem Plane lag, versicherte ich nun, daß ich von Milano über Venedig nach Rom zurückzukehren gedächte; aber ob ich wohl selbst daran glaubte?

Ich stand au Annunziatas Grabe, nahm ein Blatt des Kranzes, der auf demselben lag und verwahrte es, als wollte ich nie mehr zurückkehren. Es war auch das letzte Mal, daß ich dorthin kam. Was das Grab in sich schloß, war Staub, in meinem Heizen stand dessen Schönheitsabdruck und bei der

Madonna wohnte der Geist, dessen Bild er war. Annunziatas Grab und die kleine Stube, in der Rosa und Maria mir die Hand zum Abschied reichten, sahen allein meine Thränen und meinen Kummer.

»Finden Sie ein edles Weib, das Ihnen den Verlust Ihres Herzens ersetzen kann!« sagte Rosa beim Abschiede. »Führen Sie sie einmal in meine Arme, ich weiß, ich werde sie lieben, wie Sie mich Annunziata lieben gelernt haben.«

»Kommen Sie fröhlich und heiter zurück!« sagte Maria, Ich küßte ihr die Hand, ihr Blick ruhte schmerzlich betrübt auf meinen Zügen. Der Podesta stand mit dem schäumenden Champagnerglase da und Poggio stimmte ein Reiselied von dem rollenden Rade und dem Gesange der Vögel in der freien Natur an. Er begleitete mich in bei Gondel nach Fusina hinüber. Die Damen winkten vom Balkon aus mit ihren weißen Taschentüchern. Wie vieles konnte nicht geschehen, ehe wir einander wiedersahen! Poggio war ausgelassen lustig, aber ich fühlte es nur zu deutlich, daß es nicht Natur war. Er drückte mich heftig in seine Arme und sagte, wir wollten uns fleißig schreiben. »Du zeigst mir dann deine Verlobung an und vergißt die Wette nicht!«

»Wie kannst du nur in diesem Augenblicke scherzen,« sagte ich. »Du kennst meinen Entschluß!« Wir schieden voneinander.

Veronas Merkwürdigkeiten. Milanos Domkirche. Die Begegnung an Napoleons Triumphbogen. Traum und Wirklichkeit. Die blaue Grotte

Der Wagen rollte von dannen. Ich sah die grüne Brenta, die Trauerweiden, die schönen Villen und die fernen Berge; gegen Abend war ich in Padua. Die Kirche des heiligen Antonius mit ihren sieben Kuppeln begrüßte mich in dem hellen Mondenscheine. Es war lustig und lebendig unter den Bogengängen der Straßen, aber ich fühlte mich fremd und einsam. Beim Sonnenscheine wurde mir alles noch unbehaglicher. »Fort, weiter fort! Das Reiseleben ermuntert und verscheucht den Kummer!« So dachte ich und die Räder rollten weiter.

Ich fuhr durch eine große Ebene, aber sie war üppig grün wie die pontinischen Sümpfe. Die hohen Trauerweiden hingen wie riesige Kaskaden über die Gräben hinüber, überall standen Altäre mit dem heiligen Bilde der Madonna; einige derselben hatte die Zeit gebleicht, ja selbst ihre Seitenwände, die bei allen bemalt waren, lagen zum Teil in Ruinen da, aber an einzelnen Stellen standen auch neubemalte Bilder mit der Mutter und dem Kinde. Es fiel mir auf, daß der Vetturino seinen Hut nur vor den neuen Bildern lüftete, die alten und verbleichten schien er nicht zu bemerken. Das machte einen eigentümlichen Eindruck auf mich. Vielleicht legte ich mehr hinein, als in der That darin lag. Selbst das Heilige, das Reine, der Madonna eigenes Bild wurde übersehen und vergessen, weil die irdischen Farben verbleicht waren.

Ueber Vicenza, wo Palladios Kunst seinen Lichtstrahl in mein trauriges Herz warf, kam ich nach Verona, der ersten von allen Städten, die mir gefiel. Das Amphitheater führte meine Gedanken nach Rom zurück, erinnerte mich an das Kolosseum; es war ein schönes Abbild desselben in kleinerem Maßstäbe, erkennbarer und von den Barbaren nicht verwüstet. Die geräumigen Bogengänge wurden als Packhaus benutzt und mitten in der Arena stand aus Brettern und Leinwand eine kleine Bretterbude aufgeschlagen, in der, wie man mir erzählte, eine Gesellschaft Vorstellungen gab. Ich ging am Abende hin; die Veronenser saßen auf den Steinbänken des Amphitheaters, wie einst ihre Urvater dort gesessen hatten. Auf diesem kleinen Theater wurde »la Generentola« aufgeführt. Es war dieselbe Truppe, der Annunziata angehört hatte. Aurelia führte die Hauptpartie der Oper aus. Alles gewährte einen elenden und jämmerlichen Anblick. Das alte antike Theater stand der zerbrechlichen unbedeutenden Bretterbude wie ein Riese gegenüber. Ein Kontrabaß übertäubte die wenigen Instrumente; da« Publikum applaudierte und rief Aurelia heraus. Ich eilte hinaus. Draußen herrschte tiefe Stille. Das große Riesengebäude warf bei dem hellen Mondschein einen breiten dunklen Schatten.

Man erzählte mir von den Familien Capuletti und Montecchi, deren Streit zwei liebende Herzen schied, welche der Tod wieder vereinte, die Geschichte von Romeo und Julie. Man führte mich nach dem Palazza Capuletti, wo Romeo zum erstenmal seine Julie sah und mit ihr tanzte. Jetzt war das Haus eine Fremdenherberge. Ich stieg die Treppe hinauf, die Romeo zu Liebe und zu Tod hinaufgeschlichen war. Der große Tanzsaal war noch erhalten, aber die Farben der Wandgemälde waren verschossen; die großen Fenster reichten bis zum Fußboden hinab, allein längs den Wänden standen Kalktonnen, überall lag Heu und Stroh und in die Ecken hatte man Pferdegeschirre und Ackergerätschaften geworfen. Hier waren einmal Veronas stolzesten Geschlechter unter wogenden Tönen dahingeschwebt, hier hatten Romeo und Julie ihren kurzen Liebestraum geträumt. Tief fühlte ich, wie leer doch aller irdischer Glanz ist, fühlte, daß Flaminia das beste Teil erwählt und Annunziata erreicht hatte und ich pries meine Tote glücklich.

Mein Herz klopfte wie in Fieberhitze, ich hatte keine Ruhe. »Nach Milano!« dachte ich, »dort ist jetzt meine Heimat.« Und unaufhaltsam trieb es mich meinem Ziele entgegen. Noch vor Ende des Monats war ich da. Nein, in Venedig war es doch weit besser, weit heimischer. Ich fühlte mich allein und schloß doch keine Bekanntschaften, überreichte keinen der zahlreichen Empfehlungsbriefe, mit denen man mich versehen hatte.

Das riesengroße Theater mit seinen verhüllten Logen, die sich in sechs Reihen übereinander erheben, der ganze große Raum, welcher selten genug gefüllt ist, hatte für mich etwas Oedes und doch zugleich Bedrückendes. Ich war einmal darin und hörte Donizettis Torquato Tasso. Der hervorragendsten Sängerin, deren glückliches Lächeln ihre Freude über ihren Triumph zu erkennen gab und die wieder und wieder hervorgerufen wurde, glaubte ich als ein Unglück weissagender Magier eine Zukunft voller Elend prophezeien zu können. Ich wünschte ihr in diesem Momente ihrer Schönheit und ihres Glückes zu sterben, die Welt würde dann über sie, sie nicht über die Welt, weinen. Niedliche Kinder tanzten im Ballette mit, mein Herz blutete bei dem Anblicke ihrer Schönheit. Ich besuchte nie mehr das Theater La Scala.

Einsam streifte ich in der großen Stadt umher, durchwanderte die schattigen Straßen, allein saß ich auf meinem Zimmer und begann ein Trauerspiel »Leonardo da Vinci« zu dichten; hier hatte er gelebt, hier hatte ich sein unsterbliches Gemälde »Das Abendmahl« gesehen. Die Sage von seiner unglücklichen Liebe, von seiner Geliebten, von der ihn das Kloster geschieden hatte, wiederholte sich ja in meinem eigenen Leben. Ich gedachte Flaminias, Annunziatas und schrieb, was mein Herz mir eingab. Aber mir fehlte Poggio, mir fehlte Maria und Rosa. Ihre treue Sorge und Freundschaft fehlten gerade meinem Herzen. Ich schrieb, erhielt aber keine Antwort, auch Poggio hielt sein schönes Versprechen von Briefen, von Freundschaft keineswegs, er war wie alle andere, die wir Freunde nennen und an die wir uns beim Abschiede um so fester anschließen. Täglich ging ich nach Milanos Domkirche, diesem seltsamen Marmorberge, welcher den carrarischen Felsen abgewonnen ist. In dem hellen Mondscheine sah ich die Kirche zum erstenmal; blendend weiß erhob sich die obere Hälfte in die unendlich blaue Luft. Ringsumher, wohin ich nur schaute, ragten Marmorfiguren hervor, aus jedem Winkel, auf jedem Türmchen, womit das Gebäude wie übersäet ist. Das Innere des Doms blendete nicht mehr als das der Peterskirche; das geheimnisvolle Dunkel, der Lichtschimmer durch die bunten Scheiben, die eigentümlich mystische Welt, die sich hier offenbarte, ja, das war eine Kirche Gottes! Ich war schon einen Monat in Milano gewesen, als ich zum erstenmal das Dach der Kirche bestieg. Die Sonne brannte auf die leuchtende weiße Fläche, die Türme standen auf derselben, wie Kirchen und Kapellen auf einem mächtigen marmornen Marktplatze. Tief unter mir lag Milano; rundum enthüllten sich neue Statuen, Heilige und Märtyrer, welche mein Auge von der Straße aus nicht hatte erblicken können. Ich stand auf der obersten Spitze neben der mächtigen Christusbildsäule, die das ganze Riesenge-bäude krönt. Gegen Norden erhoben sich die hohen dunklen Alpen, gegen Süden die niedrigen bläulichen Appenninen und zwischen diesen dehnte sich eine ungeheure grüne Ebe-ne aus, als wäre es Roms flache, in einen blühenden Garten verwandelte Campagna, Ich blickte nach Osten, wo Venedig liegen mußte. Ein Schwarm Zugvögel zog in einer langen Reihe, gleich einem flatternden Bande, dorthin: ich gedachte meiner dortigen Lieben, dachte an Poggio, Rosa und Maria und ein schmerzliches Gefühl erwachte in meiner Brust. Ich mußte mich der alten Erzählung erinnern, die ich als Kind gehört hatte, als ich mit meiner Mutter und Mariuccia vom Nemisee zurückkehrte, wo wir den Raubvogel gesehen hat-ten und Fulvia erschienen war. Damals erzählte Angelina von der armen Theresa in Olevano, die vor Kummer und Sehnsucht nach dem flinken Giuseppe, welcher auf seiner Wanderung nach Norden über das Gebirge gezogen war, dahinschwand; wie dann die alte Fulvia Kräuter in einer kupfernen Concha gekocht und sie mehrere Tage über glü-henden Kohlen in kochendem Zustande erhalten hätte, bis Giuseppe von Sehnsucht ergriffen wurde und heim mußte, Tag und Nacht, ohne Ruhe und Rast, dahin zurück mußte, wo ihre Concha mit heiligen Kräutern und seiner und There-sas Haarlocke kochte. Ich fühlte jene magische Kraft in mei-ner Brust, die mich vorwärts zog; ein Gebirgsbewohner würde es Heimweh genannt haben, aber das konnte es bei mir nicht sein, denn Venedig war ja nicht meine Heimat. Ich war sehr angegriffen, fühlte mich krank und stieg vom Dache der Kirche hinab. Auf meinem Zimmer lag ein Brief an mich, er war von Poggio – endlich doch einmal ein Brief! Es schien, als ob er schon früher einen geschrieben hatte, den ich aber nicht erhalten. Alles stand in Venezia gut und glücklich, aber Maria war krank, sehr krank gewesen, sie hatten sich alle in großer Angst und Betrübnis befunden, jetzt aber wäre jede Besorgnis verschwunden, sie wäre wieder auf, wagte sich aber noch nicht hinaus. Darauf scherzte Poggio mit mir, fragte, ob mich noch keine junge Milaneserin gefesselt hätte und bat mich, den Champagnerwein und die Wette nicht zu vergessen. Er war so lebensfroh, so ausgelassen, der ganze Brief, völlig von meiner Gemütsstimmung verschieden und doch freute ich mich über ihn. Es war, als sähe ich den glücklichen ausgelassenen Poggio vor mir.

»Wie die Welt doch urteilen kann! Sie sagt, er trage sich mit einem tiefen geheimen Kummer, seine Lustigkeit sei nur ein Karnevalskleid – nein, es ist Natur! Sie sagt, Maria sei meine Braut und mein Herz ist doch weit davon entfernt, diesen Gedanken zu fassen. Ich sehne mich nicht mehr nach ihr als nach Rosa und von der alten Rosa sagte man doch nicht, daß ich sie liebte. O, wäre ich doch in Venedig, hier kann ich es nicht aushalten!« und abermals spottete ich über diese wunderbare Stimme in meiner Brust. Um mich zu zerstreuen, ging ich zum Thore hinaus über die Piazza d'Armi nach dem Triumphbogen Napoleons: Porta Sempione, wie er gewöhnlich genannt wurde. Hier waren die Arbeiter in voller Thätigkeit; ich ging durch die Gitterthür in dem niedrigen Bretterzaune, welcher den ganzen noch unvollendeten Prachtbau umschließt; zwei neue große Marmorpferde standen auf der Erde, das Gras wuchs hoch über das Fußgestell hinfort, ringsumher lagen Marmorblöcke und ausgehauene Kapitäler.

Ein Fremder stand mit seinem Führer unweit von mir und schrieb sich die Einzelheiten auf, die man ihm erzählte. Seinem Aussehen nach war es ein Mann von ungefähr dreißig Jahren. Er trug zwei neapolitanische Orden; als ich an ihm vorüberging, blickte er nach dem Bogen in die Höhe – ich erkannte ihn, es war Bernardo. Er hatte mich ebenfalls bemerkt, lief auf mich zu, drückte mich in seine Arme und lachte laut. »Antonio, Dank für unser letztes Zusammentreffen! Das nenne ich mir einen lustigen Abend, dem es auch an dem Knalleffekt nicht fehle! Wir sind doch hoffentlich noch immer Freunde?«

Es ging mir eiskalt durch das Blut. »Bernardo!« rief ich, »im Norden Italiens, am Fuße der Alpen müssen wir einander wiedersehen!«

»Ja, und ich komme von den Alpen selbst, von Gletschern und Lawinen! Dort oben auf den kalten Bergen habe ich der Welt Ende gesehen!« Und er erzählte mir, daß er im heißen Sommer in der Schweiz gewesen wäre. Die deutschen Offiziere in Neapel hätten ihm so viel von der Größe und Erhabenheit des Schweizerlandes erzählt, daß er dem Wunsche, es zu sehen, nicht hätte wiederstehen können, zumal Genua, von wo es nicht mehr weit wäre, sich vermittelst des Dampfschiffes leicht und bequem erreichen ließe. Er wäre im Chamounythale gewesen und hätte den Montblanc und die Jungfrau bestiegen, la bella ragazza, wie er sie nannte. »Sie ist die kälteste, welche ich kenne!« fügte er hinzu.

Wir gingen miteinander nach dem neuen Amphitheater und sodann nach der Stadt, Er erzählte mir, daß er sich jetzt nach Genua begäbe, um dort seine Braut und ihre Eltern zu besuchen, daß er auf dem Sprunge stände ein ruhiger und gesetzter Ehemann zu werden, lud mich ein ihn zu begleiten und flüsterte mir dabei lachend in das Ohr: »Du erzählst von meinem zahmen Vögelchen, von unserer kleinen Sängerin und allen diesen Geschichten natürlich nichts! Nun hast du selbst gelernt, daß sie mit zu der Geschichte eines jungen Herzens gehören; meine Braut könnte sonst leicht Kopfschmerzen bekommen, und dazu habe ich sie doch zu lieb.« Es war mir unmöglich, in seiner Gegenwart Annunziatas zu erwähnen; ich fühlte, er hatte sie nie so wie ich geliebt.

»Begleite mich!« rief er. »Genua hat schöne Mädchen und nun bist du ja alt und vernünftig geworden und hast gewiß Sinn dafür. Neapel hat dich gebildet, nicht wahr? In drei Tagen gedenke ich zu reisen! Begleite mich, Antonio!«

»Leider reise ich morgen,« erwiderte ich unwillkürlich. Es war durchaus nicht meine Absicht gewesen, aber nun war es ausgesprochen.

»Wohin?« fragte er.

»Nach Venedig!« antwortete ich.

»Du mußt deinen Plan ändern!« bat er von neuem und bestürmte mich mit Bitten. Ich setzte ihm so lange die Notwendigkeit meiner Abreise auseinander, bis sich mir schließlich selbst die Ueberzeugung aufdrängte, daß ich fort müßte. Ich hatte keine Ruh' noch Rast und ordnete alles zu meiner Abreise, als ob es längst mein Entschluß gewesen wäre.

Es war der unsichtbare Lenker, Gottes wunderbare Vorsehung, welche mich von Milano führte. Unmöglich war es mir in der Nacht zu schlafen; in kurzen wilden Fieberträumen und in einem krankhaft wachen Zustande lag ich einige Stunden auf dem Bette. Nach Venedig! rief die Stimme in meiner Brust.

Ich sah Bernardo noch zum letztenmal, hat ihn, seine Braut zu grüßen und flog dann rastlos dorthin zurück, von wo aus ich vor zwei Monaten abgereist war.

Mitunter kam es mir vor, als hätte man mir Gift beigebracht, welches in meinem Blute gärte. Eine unerklärliche Angst trieb mich vorwärts – was mochte mir nur bevorstehen?

Ich erreichte Fusina, sah Venedig mit seinen grauen Mauern, dem Markusturme und den Lagunen wieder, und nun schwand auf einmal meine seltsame Unruhe, meine Sehnsucht und Angst. Ein andres Gefühl begann sich in mir zu regen, wie soll ich es gleich nennen: Scham über mich selbst, Mißvergnügen, Unzufriedenheit. Ich begriff nicht, was ich hier wollte, fühlte, wie thöricht ich gehandelt hatte, und bildete mir ein, daß alle es mir sagen müßten, alle mich fragen müßten: »Was willst du wieder in Venedig?«

Ich ging in meine alte Wohnung und kleidete mich schnell um. Rosa und Maria mußte ich sofort besuchen, so entkräftet und angegriffen ich mich auch fühlte. Was sie wohl zu meiner Ankunft sagen würden?

Die Gondel näherte sich dem Palaste. Was für seltsame Gedanken können nicht in einer Menschenbrust entstehen! Wenn du nun zu einer Lustbarkeit und einem Festmahle kämest? Wenn Maria Braut wäre? Wenn die Hochzeit gefeiert würde? Aber ich liebte sie ja nicht, hatte ich tausendmal zu mir selbst gesagt, tausendmal Poggio und jedem versichert, welcher diesen Gedanken aussprach.

Ich sah wieder die graugrünen Mauern, die hohen Fenster und mein Herz klopfte vor Sehnsucht. Ich trat ein, ernst und schweigend öffnete mir der Diener die Thür, äußerte bei meinem Kommen keine Verwunderung, es war, als beschäftigten ihn ganz andere Dinge. »Der Podesta ist immer für Sie zu Hause, Signore!« sagte er.

In dem großen Saale war es totenstill, die Gardinen waren vorgezogen. Hier hat Desdemona gelebt, dachte ich, hier litt sie vielleicht, und doch litt Othello schrecklicher. Wie kam ich dazu, an diese alte Geschichte zu denken? Ich ging nach Rosas Zimmer, auch hier waren die Gardinen herabgelassen; es war hier halb dunkel, und ich fühlte wieder jene sonderbare Angst, die mich auf der ganzen Reise bedrückt und nach Venedig zurückgeführt hatte. Ein Zittern ging durch alle meine Glieder, ich mußte mich festhalten. Da kam der Podesta, er drückte mich in seine Arme und war froh, mich wieder zu sehen. Ich fragte nach Rosa und Maria – da kam es mir vor, als ob er sehr ernst würde.

»Sie sind fort!« sagte er; »sie haben mit einer anderen Familie eine kleine Reise nach Padua gemacht. Morgen oder übermorgen kehren sie wieder zurück.«

Ich weiß nicht, woher es kam, aber ein Zweifel an seinen Worten stieg in mir empor; vielleicht war es das Fieber in meinem Blute, das wilde Fieber, welches mein Schmerz hervorgerufen und genährt hatte und welches sich jetzt seiner Reise näherte, um zum Ausbruch zu kommen. Das war es ja doch allein, das auf mein ganzes Seelenleben eingewirkt, die ganze Reise hierher zurück bewirkt hatte.

Beim Abendessen vermißte ich Rosa und Maria; der Podesta war gar nicht, wie er zu sein pflegte. Eine Rechtssache, meinte er, verstimmte ihn, allein sonst nichts von Bedeutung. »Poggios kann man auch nicht mehr habhaft werden. Alles Unglück kommt auf einmal zusammen und Sie sind zum Ueberfluß auch noch krank! Das ist mir eine lustige Soirée! Mag der Wein versuchen, uns in eine bessere Laune zu versetzen! – Aber Sie werden ja leichenblaß!« rief er plötzlich, und ich fühlte, daß alles mit mir im Ringe ging. Ich schwamm den Strom der Vernichtung hinab.

Es war ein Fieber, ein heftiges Nervenfieber.

Ich erinnere mich nur, daß ich die Empfindung hatte, mich in einem freundlichen halbdunklen Zimmer zu befinden; der Podesta saß bei mir, sagte, ich sollte bei ihm bleiben, ich würde dann bald wieder gesund werden, Rosa würde mich Pflegen, Marias erwähnte er nicht.

Mein Dasein war ein halb schlummernder, halb wacher Zustand. Später hörte ich sagen, die Damen wären angelangt. Ich sollte sie bald zu sehen bekommen, und Rosa sah ich auch wirklich, aber sie war traurig, es kam mir sogar vor, als ob sie weinte; meinetwegen konnte es schwerlich sein, denn ich fühlte mich bereits stärker. Es wurde Abend, eine ängstliche Stille herrschte überall und doch machte sich eine Art Bewegung und Aufregung bemerkbar. Man antwortete mir auf meine Fragen nicht deutlich, mein Ohr war jedoch scharf, ich hörte, daß viele Menschen in dem Saale unter uns hin und her gingen, hörte die Ruderschläge mehrerer Gondeln. Als ich halb schlummerte, erhielt ich Gewißheit; man glaubte, ich schliefe. Maria war tot. Poggio hatte mir ihre Erkrankung, aber auch zugleich ihre Wiederherstellung gemeldet, allein ein Rückfall hatte ihr den Tod gegeben. Heute Abend wurde sie begraben, was man mir jedoch verheimlichte. Maria tot, sie, die unsichtbare Mächte mit meinem Leben verflochten hatten! Ihretwegen hatte mich also diese seltsame Angst überschlichen, und nun kam ich doch zu spät, bekam sie nicht mehr zu sehen! Jetzt war sie in die Geisteswelt hinübergeschwebt, in die Welt, der sie stets angehört hatte. Rosa hatte gewiß ihren Sarg mit Veilchen geschmückt! Diese blauen duftenden Blumen liebte sie so sehr, jetzt schlummerte sie unter den Blumen. Ich lag wie im Todesschlummer unbeweglich still und hörte Rosa Gott dafür danken. Sie verließ mich sogar, kein einziger blieb bei mir im Zimmer; es war dunkler Abend, ich fühlte meine Kräfte wunderbar zurückkehren. In der Kirche Dei Frari befand sich, wie ich wußte, die Familiengruft des Podesta; dort stand während der Nacht die Verstorbene vor dem Altare. Ich mußte sie sehen – ich stand auf – mein Fieber war vorbei – ich war stark. Den Mantel warf ich um – niemand bemerkte mich; – ich stieg in die Gondel. Alle meine Gedanken weilten bei der Toten. – Die Kirchenthüre war verschlossen, denn das Ave Maria war längst vorüber. – Ich klopfte an die Thür des Küsters; er kannte mich, hatte mich früher mit dem Podesta in der Kirche gesehen und mir in derselben Titians und Canovas Gräber gezeigt. »Sie wollen die Verstorbene sehen?« fragte er und erriet meinen Gedanken. »Sie steht vor dem Altare in dem offenen Sarge, morgen soll sie in der Kapelle beigesetzt werden!« Er zündete die Laterne an, holte das Schlüsselbund und öffnete eine kleine Seitenthür; unsere Fußtritte hallten unter dem hohen schweigenden Gewölbe wieder. Er blieb zurück, und langsam schritt ich durch den langen stillen Gang; vor dem Madonnenbilde auf den Altären brannte eine Lampe, aber matt und dunkel. Die weißen Marmorstatuen um Canovas Grab standen wie Tote in ihren Leichentüchern, stumm, mit unsicheren Umrissen, da. Vor dem Hauptaltare brannten drei große Lampen. Ich fühlte keine Angst, keine Trauer, es war als gehörte ich selbst dem Totenreiche an und träte jetzt in meine eigentliche Heimat ein. Ich näherte mich dem Altare, hier duftete es nach Veilchen, der Lichtschimmer fiel von der Lampe auf den offenen Sarg der Verstorbenen hinab. Es war Maria, sie schien zu schlafen! Wie ein Marmorbild der Schönheitsgöttin lag sie mit Veilchen bedeckt. Das schwarze Haar mit in einem Knoten über der Stirn zusammengebunden, und hielt ein Veilchenbouquet. Die geschlossenen Augen, das ganze Bild des Friedens und der Schönheit ergriff meine Seele; Lara war es, die ich sah, wie sie bei den Tempelruinen saß, als ich ihr den Kuß auf die Stirn drückte, aber eine tote Marmorstatue ohne Leben und Wärme. »Lara!« seufzte ich und sank vor dem Sarge nieder; »Lara!« Im Tode redet dein geschlossenes Auge, deine stumme Lippe zu mir! Ich kenne dich, habe dich in Maria erkannt! Mein letzter Lebensgedanke ist mit dir erstorben!« Mein Herz machte sich in Thränen Luft, ich weinte, eine Thräne fiel auf das Angesicht der Leiche, und ich küßte die Thräne fort. »Alle verließen mich,« seufzte ich, »auch du, die letzte, von der mein Herz noch träumte! Nicht wie für Annunziata, nicht wie für Flaminia brannte meine Seele für dich! In heiliger Ehrfurcht neigte sich mein Herz vor dir! Geläuterte reine Liebe, wie die Engel sie fühlen, trug dir mein Herz entgegen, und ich hielt sie nicht für Liebe, denn sie war geistiger als mein sinnlicher Gedanke! – Nie bin ich mir selbst klar geworden, nie habe ich sie dir auszusprechen gewagt! – Lebe wohl, du, die letzte, die Braut meines Herzens. Selig sei dein Schlummer!« Ich drückte ihr einen Kuß auf die Stirn. »Meine Seelenbraut, keinem Weibe reiche ich meine Hand! Lebe wohl, lebe wohl!« Ich zog meinen Ring ab, steckte ihn Lara an den Finger und hob mein Auge zu dem unsichtbaren Gotte über uns empor. Da durchrieselte ein plötzliches Grausen mein Blut, es kam mir so vor, als ob sich die Hand der Toten um die meinige klammerte – nein, es war eine Sinnestäuschung. Und doch! Ich starrte sie an, ihre Lippen bewegten sich, alles um mich her drehte sich, ich fühlte, daß sich mir die Haare auf dem Kopfe sträubten. Schrecken, Todesschrecken lähmten mir Arme und Füße; ich konnte mich nicht emporrichten. »Ich friere!« flüsterte eine Stimme hinter mir. »Lara! Lara!« rief ich, und alles war Nacht vor meinen Augen, aber es war, als ob die Orgel in weichen schmelzenden Tönen spielte. Eine Hand strich leise über meinen Kopf, Lichtstrahlen drangen mir in das Auge, alles wurde so klar, so hell.

»Antonio!« flüsterte Rosa, und ich sah sie. Die Lampe brannte auf dem Tische, vor meinem Bette lag eine knieende Gestalt und weinte. Ich erkannte sie, ich schaute die Wirklichkeit vor mir, all mein Schrecken war nur eine Folge des wilden Fiebers.

»Lara, Lara!« rief ich. Sie drückte die Hände vor die Augen. Was mochte ich wohl in meiner Fieberphantasie gesagt haben? Jenes Gesicht stand lebendig vor meiner Erinnerung, und in Marias Augen las ich, daß sie Zeuge meines Herzensbekenntnisses gewesen war.

»Das Fieber ist vorüber!« flüsterte Rosa.

»Ja, ich fühle mich so wohl, so wohl!« rief ich und sah Maria an. Sie erhob sich und wollte das Zimmer verlassen. »Gehen Sie nicht fort von mir!« bat ich und streckte die Hände nach ihr aus. Sie blieb und stand schweigend und errötend vor mir. »Ich träumte, Sie wären gestorben!« sagte ich.

»Es war ein Fiebertraum!« unterbrach mich Rosa und reichte mir die Medizin, welche mir der Arzt verschrieben hatte.

»Lara! Maria! Hören Sie mich!« rief ich. »Es ist kein Fiebertraum! Ich fühle, daß das Leben in mein Blut zurückgekehrt ist, mein ganzes Leben müßte sonst ein seltsamer Traum sein. Wir haben einander schon früher gesehen! Sie haben meine Stimme schon einmal bei Pästum, bei Capri gehört, Sie erkennen sie wieder! Lara, ich fühle es, das Leben ist so kurz, weshalb also in diesem kurzen Beisammensein einander nicht die Hand reichen!« Ich streckte ihr meine Hand entgegen, und sie drückte sie an ihre Lippen; »ich liebe dich, habe dich immer geliebt!« sagte ich, und sie lag schweigend und knieend vor mir.

»Liebe,« sagt die Mythe, »ordnet das Chaos, erschuf die Welt.« Vor den Augen jedes liebenden Herzens erneuert sich

373

diese Schöpfung. Aus Marias Blicken sog ich Leben und Gesundheit. Sie liebte mich. Nach wenigen Tagen standen wir
allein in der kleinen Stube, die von dem süßen Dufte des
Orangenbaumes auf dem Balkon ganz erfüllt war. Hier hatte
sie mir früher ihre schönsten Lieder vorgesungen; aber in
weicheren Tönen, geistiger und tiefer klang hier das Geständnis des edelsten Herzens. Ich hatte mich nicht geirrt:
Lara und Maria war ein und dieselbe.

»Ich habe dich immer geliebt,« sagte sie; »du sangst Sehnsucht und Trauer in mein Herz, als ich, blind und allein mit
meinen Träumen, nur den Duft der Veilchen einatmete und
die warme Sonne fühlte. Wie die Strahlen derselben, so
brannte dein Kuß auf meiner Stirn, brannte in mein Herz
hinein. Der Blinde besitzt nur eine Geisteswelt und in dieser
schaute ich dich. In der Nacht nach deiner Improvisation im
Neptuntempel bei Pästum hatte ich einen merkwürdigen
Traum, der mit der Wirklichkeit eigentümlich verwebt war.
Eine Zigeunerin hatte mir geweissagt, daß ich mein Augenlicht wieder erhalten würde. Im Traume hörte ich dieselbe
sagen, ich sollte mit Angelo, meinem alten Pflegevater, über
die See nach Capri fahren; in dem Hexenloche würde ich das
Licht meiner Augen gewinnen, der Engel des Lebens würde
mir die Kräuter reichen, wie Tobias sollten meine Augen
Gottes Welt wiedersehen. In derselben Nacht träumte ich es
zum zweitenmal, so daß ich mich entschloß Angelo alles zu
erzählen, der jedoch ungläubig den Kopf dazu schüttelte.
Am folgenden Morgen träumte er es selbst und sagte nun:
»Die Macht der Madonna sei gepriesen, selbst die bösen Geister müssen ihr gehorchen!« Wir standen auf, er spannte das
Segel aus und wir flogen über die See. Der Tag verstrich und
es wurde Abend und Nacht, aber ich befand mich mitten in
der wunderbaren Welt, hörte, wie der Engel des Lebens meinen Namen nannte und seine Stimme klang wie die deinige.
Er gab mir die Kräuter und den Reichtum, große, in verschiedenen Ländern der Welt gesammelte Schätze. Wir kochten die Kräuter, aber kein Lichtstrahl drang in meine toten
Augen. Da kam eines Tages Rosas Bruder nach Pästum, er
kam auch in unsere Hütte, in der ich lag und durch meine

Sehnsucht Gottes schöne Welt zu sehen auf das Tiefste erregt war. Er versprach, mir das Augenlicht wieder zu geben, nahm mich mit nach Neapel und ich sah des Lebens große Herrlichkeit. Er und Rosa gewannen mich lieb, sie öffneten mir eine andre schönere Welt, die des Geistes. Ich blieb bei ihnen und sie nannten mich nach einer lieben Schwester, welche in Griechenland gestorben war, Maria. Eines Tages brachte Angelo mir die reichen Schätze, sagte, sie gehören mir, der Tod schliche schon durch seinen Körper und er hätte seine letzte Kraft aufgeboten, um mir mein Eigentum zu bringen. In der That ging seine Ahnung in Erfüllung, ich sah ihn sterben, ihn, meiner Armut einzigen Beschützer. Eines Abends fragte mich Rosas Bruder in einem eigentümlich ernsten Tone nach meinem alten Pflegevater und seinen Reichtümern. Ich wußte nur, was er mir gesagt hatte, daß sie ein Geschenk des Geistes in der strahlenden Grotte wären. Ich wußte, daß wir stets in Armut gelebt hatten, ein Freibeuter konnte Angelo nicht gewesen sein, er war überaus fromm, jedes kleine Geschenk teilte er mit mir.«

Ich erzählte ihr darauf, wie seltsam die Abenteuer ihres Lebens in mein eigenes hineingriffen, wie ich sie mit dem Alten in der merkwürdigen Grotte gesehen hätte. Daß der Alte selbst die schwere Concha nahm, wollte ich nicht sagen, aber ich erzählte, daß ich ihr die Kräuter reichte.

»Allein,« rief sie, »der Geist sank in die Erde, als er mir die Kräuter reichte, so hat mir Angelo wenigstens erzählt!«

»Das ist ihm nur so vorgekommen! Ich war entkräftet, meine Füße vermochten mich nicht zu tragen, ich sank in die Kniee und endlich fiel ich leblos in das hohe Gebüsch hinein.«

Jene wunderbare strahlende Welt, in der wir uns trafen, war das Unauflösliche, der feste Knoten zwischen dem Uebernatürlichen und der Wirklichkeit.

»Unsere Liebe ist doch eine Geisteswelt!« rief ich, »zur Geisteswelt gingen alle unsere Lieben, ihr schweben wir in unserem Erdenleben mehr und mehr entgegen. Weshalb sollen wir also nicht an sie glauben, die gerade die große Wirklichkeit selbst ist!« und ich drückte Lara an mein Herz; sie war so schön wie damals, als ich sie zum erstenmal sah.

»Ich erkannte dich an der Stimme, als ich dich in Venedig wieder hörte,« sagte sie; »mein Herz trieb mich zu dir; ich glaube, selbst in der Kirche, vor der Mutter Gottes, wäre ich dir zu Füßen gesunken! Ich sah dich hier, lernte dich mehr und mehr schätzen und wurde zum zweitenmal in deinen Lebensgang hineingeführt, als mich Annunziata als deine Braut segnete. Aber du stießest mich zurück, sagtest, du könntest kein Weib mehr lieben, würdest keinem deine Hand reichen. Nie nanntest du Lara, Pästum oder Capri, wenn du von den sonderbaren Schicksalen deines Lebens sprachest. Da glaubte ich, du liebtest mich nicht, hättest vergessen, was deinem Herzen nichts galt.«

Ich drückte ihr den Kuß der Versöhnung auf die Hand und erzählte, wie eigentümlich ihr Blick meine Lippe gefesselt hätte. Erst als mein Körper schon in Todesbanden lag, als mein Geist in der Welt der Geister schwebte, an welche unsere Liebe so wunderbar geknüpft war, hätte ich gewagt, meine Herzensgedanken auszusprechen.

Kein Fremder, nur Rosa und der Podesta, kannten unser Liebesglück. Wie gern hätte ich es nicht Poggio mitgetheilt! Täglich hatte er mich während meiner Krankheit mehrmals besucht. Es kam mir vor, als ob er bleich aussähe, als ich endlich wieder aufkam und ihn in dem hellen Sonnenschein an mein Heiz drückte.

»Poggio, kommen Sie heute Abend zu uns!« sagte der Podesta; »aber kommen Sie auch bestimmt! Sie sehen nur die Familie, Antonio und noch drei Freunde.« Alles war festlich geschmückt.

»Das sieht ja aus, als sollte hier ein Namensfest gefeiert werden!« sagte Poggio, und der Podesta führte ihn und die Freunde nach der kleinen Kapelle, wo Lara mir die Hand reichte. Einen blauen Veilchenstrauß hatte sie in das dunkle Haar gesteckt. Das blinde Mädchen von Pästum stand sehend, doppelt schön vor mir. Lara war die Meinige.

Alle wünschten uns Glück, die Freude war groß, Poggio sang lustig und trank eine Gesundheit nach der anderen.

»Ich verlor die Wette,« sagte ich, »aber ich verlor sie gern, denn mein Verlust war mein Glücksgewinn!« und drückte einen Kuß auf Laras Lippen.

Wie brausende Töne erklang die Freude der Anderen; meine und Laras war stumm, schweigend wie die Nacht, die uns umarmte, als alle fort waren.

»Das Leben ist kein Traum,« fühlte ich. »Liebesglück ist Wirklichkeit!« rief ich, und Brust an Brust verloren sich die Gedanken in eine Seligkeit, welche nur ein Gott in die menschliche Brust hat hauchen können.

Zwei Tage darauf verließen wir mit Rosa Venedig. Wir gingen nach dem Gute, welches für Laras Vermögen gekauft war. Seit dem Hochzeitsabend hatte ich Poggio nicht gesehen. Jetzt kam ein Brief von ihm an; ich las ihn:

»Die Wette habe ich gewonnen und doch verloren!«

In Venedig war er nicht zu finden. Allmählich wurde meine Vermutung Gewißheit: er hatte Lara geliebt. Armer Poggio! Deine Lippe sang Freude, aber Todesgedanken erfüllten dein Herz.

Francesca fand Lara liebenswürdig, ich selbst hätte, darin waren alle einig, unendlich auf der Reise gewonnen. Sie, Eccellenza und Fabiani, alle billigten meine Wahl. Selbst Habbas Dahdah lächelte mit dem ganzen Gesichte, als er mir Glück wünschte.

Von alten Bekannten lebt noch Onkel Peppo; er sitzt nach wie vor auf der spanischen Treppe, wo er gewiß noch viele Jahre sein *»bon giorno!«* sagen wird.

Den sechsten März 1834 waren viele Fremde in Paganis Wirtshause auf der Insel Capri versammelt. Aller Aufmerksamkeit war auf eine junge Kalabreserin gelenkt, deren

Schönheit sie fesselte. Ihr schönes dunkles Auge ruhte auf ihrem Manne, der ihr den Arm reichte. Lara war es in meiner Begleitung. Drei glückliche Jahre waren wir schon verheiratet gewesen und besuchten nun auf einer Reise nach Venedig die Insel Capri, wo unseres Lebens wunderbarstes Abenteuer sich ereignet hatte und sich auch auflösen sollte. In der Ecke des Zimmers stand eine alte Dame und hielt, ihre Arme um ein kleines Kind. Ein fremder Herr, ziemlich groß und etwas blaß, mit kräftigen Zügen und in einen blauen Frack gekleidet, näherte sich dem Kinde, spielte mit ihm und war über dessen Schönheit entzückt. Er sprach französisch, aber zum Kinde einzelne italienische Worte, machte ihm lustige Sprünge vor, brachte es zum Lachen und es reichte ihm den Mund zum Kusse. Er fragte, wie es hieße, und die alte Dame, meine liebe Rosa war es, sagte: »Annunziata!« »Ein schöner Name!« erwiderte er und küßte die Kleine, mein und Laras Kind. – Ich nährte mich ihm; er war ein Däne. Es war noch ein Landsmann von ihm in der Stube, ein ernster kleiner Mann mit einem klugen Blicke; er trug einen weißen Frack. Ich grüßte sie, waren es doch Federigos und des großen Thorwaldsens Landsleute. Von jenem hörte ich, daß er sich in Dänemark befände, dieser jedoch noch in Rom weilte. Er gehört ja auch mehr Italien als dem kalten finsteren Norden an.

Wir gingen nach dem Ufer hinab und stiegen in die kleinen Boote, welche dazu bestimmt waren, die Fremden nach der anderen Seite der Insel herumzufahren. Jedes Boot faßte nur zwei Personen, an jedem Ende saß eine und der Ruderer in der Mitte.

Ich sah das klare Wasser unter uns; es brachte meiner Erinnerung mit seiner luftigen Klarheit einen freundlichen Gruß. Der Bootsmann legte sich in das Ruder und das Boot, in welchem ich mit Lara saß, flog pfeilgeschwind vorwärts. Wir kamen lange vor allen anderen an. Bald sahen wir die amphitheatralische Seite Capris, auf welcher grüne Weingärten und Orangenbäume die Felsen schmücken, nicht mehr; senkrecht stiegen jetzt die hohen Felsenwände zu den Wolken empor. Das Wasser war blau wie brennender Schwefel; die blaue Brandung schlug gegen die Felsen und über die blutroten Seeblumen fort, die am Fuße derselben wuchsen. Wir waren bereits auf der entgegengesetzten Seite der Insel und sahen nichts als den senkrechten Felsen und in demselben, dicht über dem Meeresspiegel, eine kleine Oeffnung, die für unser Boot nicht groß genug schien.

»Das Hexenloch!« rief ich und alle sich daran knüpfenden Erinnerungen erwachten in meiner Seele.

»Ja, das Hexenloch!« sagte der Ruderer; »so hieß es früher; aber jetzt weiß man, was es ist!« Er erzählte uns darauf von den beiden deutschen Malern, Fries und Kopisch, die vor drei Jahren gewagt hätten hineinzuschwimmen und so die überaus prächtige Grotte, welche jetzt alle Fremde sehen müßten, entdeckt hätten. Wir näherten uns der Oeffnung, die kaum mehr als eine Elle über das blaue leuchtende Meer emporragte. Der Ruderer zog das Ruder ein, wir mußten uns in das Boot legen, welches er von nun an mit der Hand lenkte und wir glitten in eine finstere Tiefe unter dem ungeheuren Felsen hinein, welchen das große Mittelmeer bespülte. – Ich hörte Lara schwer atmen; es hatte auch in der That etwas eigentümlich Beklemmendes; aber nur einen Augenblick und wir befanden uns in einem mächtigen großen Gewölbe, wo alles wie der Aether schimmerte. Das Wasser unter uns glich einem blauen brennenden Feuer, welches das Ganze beleuchtete. Nach allen Seiten war die Grotte fest begrenzt und geschlossen, aber unter dem Wasser verlängerte sich die kleine Oeffnung, durch welche wir segelten, vierzig Klafter tief bis auf den Meeresgrund und erweiterte sich dort zu derselben Breite. Das helle Sonnenlicht draußen konnte deshalb bis auf den Grund der Grotte hineinleuchten und der dadurch bewirkte eigentümliche Lichtglanz strömte nun wie ein Feuer durch das blaue Wasser, welches in brennenden Spiritus verwandelt schien. Wohin man nun blickte, sah man den Widerschein; selbst das Felsengewölbe schien von Aether durchströmt und in denselben überzugehen. Die Tropfen, welche beim Ruderschlage in die Höhe spritzten, glänzten rot wie frische Rosenblätter. Es war eine Feenwelt, des Geistes eigentümliches Reich. Lara faltete die Hände, ihre Gedanken begegneten den meinen. Hier waren wir einmal gewesen, hier hatte der Seeräuber seinen Schatz verborgen, als niemand sich der Stelle zu nähern wagte. Nun hatte sich jedes übernatürliche Licht in Wirklichkeit aufgelöst oder die Wirklichkeit war in die Geisteswelt übergegangen, wie immer hier im Erdenleben,, wo alles, vom Samenkorn der Blume bis zu unserer unsterblichen Seele, ein Wunder ist und doch will der Mensch nicht daran glauben.

Die kleine Oeffnung der Grotte glänzte wie ein heller Stern; plötzlich wurde er verdunkelt und nun stiegen die anderen Boote wie aus der Tiefe hervor. Sie kamen zu uns herein. Alles war Andacht und Betrachtung. Der Protestant wie der Katholik lernten hier an Wunder und Wunderwerke glauben.

»Das Wasser steigt!« sagte einer der Seeleute. »Wir müssen hinaus, sonst wird die Oeffnung verschlossen und dann müssen wir hier bleiben, bis das Wasser wieder fällt.«

Wir verließen die wunderbar strahlende Grotte, in unermeßlicher Ausdehnung lag das große offene Meer vor uns und hinter uns die Oeffnung der *Grotta azzurra*.

Ende.

www.ingramcontent.com/pod-product-compliance
Lightning Source LLC
Chambersburg PA
CBHW051212120726
47905CB00004B/1083